| 作者简介 |

马 驰

毕业于复旦大学文艺学专业,文学博士。现为上海社会科学院思想文化研究中心研究员,上海大学上海电影学院博士生导师,全国马列文论研究会副会长,全国毛泽东文艺思想研究会副会长,长期从事马克思主义文艺理论,特别是20世纪后期至今国外马克思主义文艺理论、美学理论、文化理论的研究。

特立不独行

马驰文艺理论自选集

马 驰·著

上海社会科学院出版社

代序一　后学思潮下的马克思主义文艺美学问题

——马驰研究员访谈录

曾　军　上海大学文学院教授

曾军：算起来，中国的马克思主义传播史已有百年历史，马克思主义文艺美学如果说作为学科来看的话，也有大半个世纪的发展。马克思主义在中国的发展经历了从少数知识精英的理论武器到社会主义现代化建设的思想指南的过程，而这其中，马克思主义文艺学也扮演了相当重要的角色。我记得20世纪80年代，文艺学界曾围绕着马克思主义文艺学的重建产生过极大的争鸣，直到现在，各种建设和批评之声仍此起彼伏。马先生，您长期致力于马克思主义文艺美学研究，在您看来，中国的马克思主义文艺学的经验教训可总结为哪些？

马驰：我想，最基本的经验就是马克思主义（包括文艺、美学思想）必须实现中国化。马克思主义文艺思想在中国的传播与发展，并在这样一个占世界人口1/5的东方文明古国生根、开花、结果，得到创造性的发展，这是马克思主义文艺思想传播与发展史上的灿烂篇章。马克思主义文艺思想在中国的传播和发展的过程，是一个马克思主义普遍原理与中国社会实际相结合，与文艺实际相结合的过程，也是一个马克思主义文艺思想中国化的过程。这是一场艰难的革命，为此中国的马克思主义理论工作者付出过巨大的代价，也取得过辉煌的成就。马克思主义在19世纪末20世纪初传入中国，适应了中国新民主主义革命的需要，马克思主义文艺思想在中国的传播则适应了中国新民主主义事业的建设和文艺发展的需要。中国正是在半殖民地、半封建的特定社会条件下，接触马克思主义的。中国工人阶级虽然在第一次世界大战后，便开始以独立的姿态登上了中国的政治舞台，但它的主要任务是以新的理论和实践武装占人口90%以上的农民群众，主要斗争目标是反对帝国主义和反对封建主义，这种"特殊条件"决定了中国马克思主义（包括文艺思想）必定采取"特殊的形式"。卢卡奇曾经说过，并没有一个现成的马克思主义美学。马克思主义美学也许是一个需要几代美学家为之奋斗的事业。卢卡奇的话是很有道理的。中国马克思主义美学思想从传入之初就显现出以下特点：(1)鲜明的阶级性、强烈的革命功利目的和具体的实践精神。它不是装饰品，不是学者书斋里的事业，而是救济社会、除却弊害、解放思想的武器。(2)理论来源的间接性。从我们掌握的资料看，中国报刊提到马克思及其马克思主义，最早可追溯到1899年2月，基督教出版机构上海广学会主办的《万国公报》上发表的李提摩太节译、蔡尔康笔述的《大同学》，但十月革命胜利后，马恩的论著，包括文艺问题的若干重要书信、论著，开始从俄国介绍到中国。这些文献——包括瞿秋白所译的全部马恩有关文艺问题的书信、论著——都是以俄文本为蓝本，并以俄国学者的阐释为主要依据，于是在中国的马克思主义传播史上，便出现了一个先天不足的理论误区，即因为当时理论界(包括文艺理论界)没有把马克思主义的经典著作与一般阐释马克思主义文艺美学的论著加以区别，于是在译介时也往往存在着将马克思主义经典作家的文艺观点与一些含有非马克思主义成分的文艺观混杂起来的情况，甚至把一些对马克思主义文艺论著的阐释性著作，误当经典著作来解读，理论来源的间接性必然带来理解上的误读。毋庸讳言，在这些阐释性著作中确实存在着非马克思主义的观点与成分。这种理论来源的间接性甚至影响到中共的几代领导人。如毛泽东尽管从20世纪20年代起"就已经在理论上和某种程度的行动上"成了一个马克思主义者，但他与斯诺在1936年的谈话中曾说过，他在1920年冬接受马克思主义最早的文献是三本书：陈望道从日文转译的《共产党宣言》、考茨基著的《阶级斗争》和科卡普著的《社会主义史》。90年代邓小平在南方谈话中提及的马克思主义入门老师除《共产党宣言》外，则是布哈林与普列奥布拉任斯基著的《共产主义ABC》。从今天的眼光看，两代领导人所提及的4本书，除《共产党宣言》外，都不是马恩经典著作，余下3本书中的某些观点也不符合后来社会主义建设的某些实践经验。我们对马克思主义文艺美学思想的了解和掌握有一个逐步深入的过程。如果要指望在一个短时期内，或指望靠一个什么建设工程，建构一个马克思主义文艺美学思想体系，既不现实也很幼稚。

马克思主义文艺美学思想得以空前传播与发展，那还是中华人民共和国成立后的半个世纪的事。社会主义政权的建立使马克思主义成为我国的主流意识形态，在文艺领域马克思主义文艺理论也占据了支配地位，这确实为马克思主义文艺美学思想的传播与发展提供了前所未有的大好条件；但同时我们又要看到，这种有利条件的获得是由党和国家的政治机构提供的,而并非文艺自身所能完全提供的,在这种情况下,党和国家政治机构也必然要求文艺理论服从和服务于政治机构的特定政治需要。马克思主义美学思想的建设和发展,纳入了社会主义国家的政治生活轨道,文艺美学理论的重要问题都与党和国家的政治生活息息相关,而且往往以党和国家的政治决议的形式作用于文艺界,这也就是相当长一个时期我们所走过的后来又被猛烈抨击的"苏联模式"的马克思主义美学思想及其文艺政策。客观地说,这种理论模式并非一无是处,在历史上也确实起过一些进步作用。如美学界至今还不会忘记20世纪五六十年代的那场美学大讨论。正如马克思在确立一种新的世界观时,曾明确指出,哲学家只是用不同的方式解释世界,而问题在于改变世界。马克思主义自诞生之日起就不是一种书斋里的理论,而是无产阶级革命和建设的世界观,它应当而且必须在反对资本主义的政治斗争中,在社会主义革命和建设的政治中,发挥其应有的作用。而马克思主义文艺思想,作为马克思主义整体的一个组成部分,必然具有一定的政治倾向,这也是十分合理的。问题在于只强调政治在整个社会生活中的重要地位,把政治完全看作高于艺术、决定艺术的因素,而把艺术置于政治的主宰和管辖之下,把政治的因素和问题提升到艺术的最高层次和最高价值的高度,就是把对艺术而言重要的一个方面的因素等同于整个一切的全部重要因素,甚至当成唯一重要的因素,这也就走向了形而上学的片面性,最终背离了马克思主义的立场方法。在这种模式指导下,不能说完全没有艺术的审美分析和审美方面的理论成就,但是在政治重于或高于艺术的思考中,却没有纯粹审美分析的理论的生存空间,忽视和否定了对于艺术超越有限社会形态的永恒审美价值的探索,忽视和否定了艺术的超越一定政治、经济条件限制的文化意义,这不仅是这一思想路径的最大失误,也为党的文艺政策的制定埋下了祸根。如果我们要就上述问题总结教训的话,我想最重要的就是我们不能机械地理解马恩经典作家的个别论述和个别结论。马恩经典论述都是在特定思想和社会背景之中提出的。如关于现实主义的问题。他们有一个非常明白的"语义场",即19世纪特定的资本主义的社会环境,包括工人运动的成长等。我们在相当长时期内把文艺思潮与创作方法混为一谈,于是乎,现实主义成为无边的、万能的创作方法,似乎是古已有之的。这种理论方式是与马恩经典作家完全不一样的;中国共产党人从革命党转变成执政党之后,党通过自己的路线方针去影响文艺本无可厚非,但党的领导人就具体的文艺创作提出自己的看法应该慎之又慎。毛泽东为文艺发展提出过不少建设性的意见,但中华人民共和国成立后就某些具体文艺创作发表的意见却带来了负面的后果,如对《海瑞罢官》的批判等;马克思主义是一个开放的体系,马克思主义有自己的原则、立场和方法,马克思主义文艺美学也应该有一个原则、立场和方法,我的态度一贯是"可以离经,但不能叛道"。

曾军:马克思主义诞生之后,事实上出现了东西方两条完全不同的发展道路。在东方,随着社会主义革命在苏联、中国等国家的成功,马克思主义成为社会主义革命和建设的指导思想,成为执政党的意识形态,而在西方发达资本主义国家,马克思主义则始终处于边缘,扮演着社会批判和文化批判的角色。但从理论贡献上讲,为什么给人的感觉却是西方马克思主义能够在世界上产生巨大的影响而中国和苏联的马克思主义则建树甚少?

马驰:这个提法我并不完全认同。我并不认为,苏联和中国在马克思主义文艺美学理论上毫无建树。苏联在这方面做了很多基础工作。如《巴黎手稿》、马恩关于艺术问题的几封重要书信都是梁赞诺夫等人到荷兰等国抢救回来的,里夫希茨主编的《马克思恩格斯论艺术》至今还是我们研究马克思主义文艺思想不可逾越的经典文献。他们的研究著作更是多得不计其数。别以为那都是些教条主义的东西,其实有的研究成果直至今天都还很有价值,我们现在的研究水平还不敢说已经赶超人家了。如 1957 年 1 月,我国的《诗刊》杂志发表了毛泽东的《旧体诗词十八首》,同年,莫斯科真理出版社就翻译出版了这个集子,同时在书后发表了苏联著名学者费德林撰写的长篇后记,这是外国学者对毛泽东文艺思想最有创建的研究成果之一,可惜我们至今没好好研究这个文本。又如,中华人民共和国成立后,我国学者蔡仪等主编的《文学概论》、以群主编的《文学的基本原理》等,今天看来虽然有些"老套",有"苏联模式"之嫌,但那是在一无所有的基础上白手起家写出来的,其马克思主义的基本原则、立场、方法至今还站得住,如果没有这些前人的研究积累,我不知道我们后人该怎样起步。

另外,通过半个多世纪马克思主义文艺思想的探索,我们也培养了一支重要的理论队伍,出版了诸多的研究著作,这些著作对推进马克思主义中国化具有重要意义。我们也建立了自己的理论阵地,特别是十一届三中全会后 20 多年,《马列文论研究》《马克思主义文艺理论研究》《马克思主义美学研究》等刊物发挥了积极的作用,深受同行欢迎。

西方马克思主义的学者有一个很好的理论传统,即都是面对资本主义的当下问题展开研究的,他们不仅不回避尖锐的现实问题,而且试图作出新的理论回应,他们继承了马克思主义的批判精神及和资本主义制度持不合作的态度,这是非常高尚的品格。相比之下,我们的马克思主义研究者们在对待自身周围的现实问题时往往失去批判的立场。如我们可以毫不留情地批判资本主义的种种异化现象,但我们自己是否也存在异化呢?我们把很多理论问题回避和掩盖掉了,这些问题其实都是现实问题,有很强的现实针对性,如果我们都绕开了,发展中的马克思主义怎么会有生命力?当我们经过改革开放之后才发展,西方马克思主义早已走到我们的前面了,因此,西方马克思主义不仅在西方而且在中国,都受到广泛的瞩目,这是很自然的事情。但它也有致命伤:它和经典的马克思主义不同,它没有视最广大人民群众的解放为己任,他们可以在精神的层面一遍遍地推翻资本主义,但在现实的层面却毫无作为,这也就决定了他们只能成为书斋里的学者,不可能成为人们解放的精神导师。

曾军:近半个世纪以来,文化研究、后殖民主义等理论热潮相继兴起。我们发现,这些新兴的理论思潮都有着鲜明的马克思主义学术传统。它们在精神上对马克思主义的继承和理论上对马克思主义的发掘是否昭示了马克思主义的新生命?

马驰:历史哲学家雅斯贝尔斯曾经在人类历史中确定了一个"轴心时期",并断言迄今为止的人类历史一直没有超越轴心时期所奠定的人类精神根基和框架。如果雅斯贝尔斯的设想成立,那么现在的问题就是:我们应当怎样把握和准确界定"轴心期"的历史精神在20世纪科技发展的时代所展示的极限或局限性?20世纪的思想家和理论家们对此进行了许多深刻的探索。这些探索概括起来可以归结为一点:20世纪历史精神对原有内涵的批判,对原有限度的突破,都同文化在人类历史演进中的自觉直接相关。当今,就全球范围而言,尽管人类的精神力、物质生产力和探索研发能力都在前所未有的程度上得到了发展,但人类社会仍然可以分为富有的少数和贫穷的多数;仍然有着享受自由和遭受压迫的分野;仍然有着各种冲突与对立,而这一切又都与文化有关。从某种意义上说,人就是文化的存在,无论是脱离人的文化还是没有文化规定性的人的存在都是不可设想的。但作为文化存在的人并不是在任何时候都能意识到存在的文化内涵和文化规定性的,因为,当人类自觉从文化的角度来审视自己的生存时,意味着人对自我的认识开始从外在的、人之外的眼界向人内在的、自我生成的眼界的回归,这是历史精神的了不起的飞跃。这样,文化的自觉就成了我们理解20世纪人类精神状况和历史深层内涵的核心问题。在20世纪西方的各种思潮中,西方马克思主义所倡导的文化批判,无疑对上述问题具有敏锐的洞察力,并对这些问题作出了自己独特的回应。

如果我们认真反思一下20世纪社会历史进程,就会发现,西方马克思主义的这些理论转向,并非如安德森所断言的那样,是一种脱离实际,退回到书斋中的标志,而是西方马克思主义者在马克思主义的发展进程中的一种自觉的实践活动,即从片面的武装暴力革命转向一种更为深刻的总体性革命。而这种文化转向,不仅使马克思主义在20世纪历史条件下焕发出新的活力,而且以深刻且敏锐的方式切入了20世纪的核心问题——普遍的文化焦虑和文化危机。马克思首要关切的不是理性的逻辑,而是人的命运。他终生为之奋斗和献身的目标是"人类的幸福和我们自身的完善"。面对工人阶级的深重灾难和资产阶级剥削的残酷,面对社会普遍缺少自由,马克思明确把自己的使命归结为"对现存的一切进行无情的批判",要"揭露旧世界,并为建立一个新世界而积极工作"。马克思把批判的锋芒一方面指向旧哲学、政治经济学等意识形态,一方面指向现实的社会制度,他把"批判和实际斗争看作同一件事情"。

西方马克思主义的文化批判理论与马克思主义、当代西方各种批判思潮有着共同的批判指向,其宗旨是促使现代人自觉的反抗全面的文化危机和物化,为人的自由和主体性的健全发展提供合理的条件。随着我国理论工作者研究视野的逐渐开阔,近年来我国学者也已经开始注意西方学者的文化研究路径和方法了,但我们对西方左翼学者的研究还远远不够。如对著名的英国新左派格雷厄姆·默多克,一直以来,我国学术界只是关注了他的传媒理论,而没有更多地注意到他首先是一位有着马克思主义理论学养的英国新左派。现实中默多克不是一个简单的西方马克思主义者或欧美新左派,更不是简单地开创了一种传媒理论。在他的理论深处既有经典马克思主义的理论精髓,又有西方马克思主义、新左派的思想火花,他在自己的论述中非常善于引用两者的合理内核,从而形成了自己独特的思想见地。与同时代的众多文化学者不同,默多克不喜欢传统的学科分类,不是仅仅在理论的层面上简单地讨论文化问题,他有着广泛的涉猎和宽阔的视野:文学艺术、传媒、广告、商业电视、家用计算机、社会风险、阶级分析、游行示威、越南战争、转基因、生态环境、纳米、克隆、数字鸿沟……这些看似不甚相干的领域都成了他的研究对象,他对这些庞杂的研究对象作出了全新的真正意义上的文化解读。

马克思主义就其学说而言首先是哲学。它首先解决的是世界观和方法论上的根本问题。至于用这样的世界观和方法论去研究具体的问题,形成各种学派,那是后人的事情。西方马克思主义所关注的文化已经不是传统意义上的文化,而是一个大文化、大系统,我们只要看看他们研究的对象就明白了。西方马克思主义上至哲学的源头,下至诸如青年问题、妇女问题、少数民族、互联网、克隆技术等都成为他们的研究对象,因此,是对资本主义世界的全方位的研究,这种研究当然具有生命力。

曾军: 当前西方文化理论中,"后马克思主义"影响甚大,您如何看待它们与马克思主义的关系及其影响?

马驰: 后马克思主义思潮是在20世纪70年代之后逐步兴起的一种激进思潮,这种思潮的独特性与整个西方马克思主义发展特征直接相关。从逻辑上看,经典的"西方马克思主义"只是以人本主义——新人本主义为理论前提的对发达资本主义批判的文化思潮。但是在20世纪60年代中期,阿尔都塞提出"马克思主义是理论上的反人道主义"口号以及阿多诺以"否定的辩证法"证明了它的批判逻辑的脆弱性之后,这种思潮内部就发生了深刻的分裂,在总体上成为不可能的。在实践上,1968年的"5月风暴"也没有带来预期的结果。因此,经典"西方马克思主义"的逻辑就此终结了。在这之后,结构主义转向、哈贝马斯的晚期资本主义分析等都是其演化出来的不同方向。值得注意的是,后现代对宏大叙事和普世理论的怀疑直接鼓舞和推动了后马克思主义思潮的兴起,这种思潮一方面继承了马克思主义对资本主义的某些批判;另一方面又将自己的理论建立在对马克思主义的公开批评上。如福柯的谱系学政治、德勒兹与加塔利对资本主义后现代式诊断、鲍德里亚试图将马克思主义政治经济学与符号学结合起来举证的反政治、欧内斯特·拉克劳和尚塔尔·墨菲等人多元的激进民主政治理论以及德里达的幽灵政治学等。与传统的马克思主义相比,后马克思主义的概念框架只是保留和继承了马克思主义中某种直觉和散漫的形式,更多的则是压抑其经济和历史的分析部分,因此,有学者用"非还原主义"来描述其特征。客观上看,后马克思主义思潮用更为灵活和自由的方式使"马克思主义"成为激进、自由和多元民主斗争的有用工具时,它们也使马克思主义进一步失去其总体革命理论的特征,成为个别理论家的文化造反的借口。在这一意义上,它是继"西方马克思主义"之后又一次深刻的逻辑转向和形式转移。

后马克思主义思潮以新奇性宣告了"作为现代性宏伟规划的马克思主义"已经结束,代之以"小写的马克思主义"。在内容与形式上都明确地在自己与传统的马克思主义之间划出了一条清晰的界限,改写了"马克思主义"这个术语的能指,使之成为漂浮不定的符号。

就后马克思主义思潮而言,虽然它所依赖的基础和批判的对象在20世纪80年代之前的中国绝对都不存在,然而它却能够随着改革开放的进程寄生在后现代思潮中一步一步成为中国学术的时髦话语。如有学者所批判的那样,在话语移植过程中,由于我们自身缺乏独立话语和自觉的边界意识,可能存在着种种的误读与滥用。但随着市场的深入以及国际化程度的加强,后马克思主义思潮也绝非与我们无甚干系。

曾军:马克思主义文艺美学在中国走过了半个多世纪的曲折历程,在您看来,中国马克思主义文艺美学要从哪几个方面突破?

马驰:我想,要做的工作实在是太多了。第一,我们对马克思的经典论述还需要认真学习和领会。马克思主义现在成了国家意识形态,获得了话语权,也有学术资源,于是出现了一种奇怪的现象:有些所谓学术权威从来也不研究马克思主义,可能也不怎么研读经典著作,只是因为垄断资源的需要,他们一夜间就可以成为马列专家,还用一些似是而非的观点学说去招摇撞骗,吓唬年轻人,这是值得警惕的。记得当年毛泽东教育党内高级干部时就用陈伯达为例,指出,他读过原文,你们没读过,结果上当了。其实,现在真正在读马列的人也很少,为此,我们必须回到马克思的源头上去,认真研读经典。一个对马克思主义经典论述知之甚少或知之不多的人,要发展马克思主义简直不可思议。眼下,我们学界对马恩的经典论述的学习是很不够的。毛泽东在"文化大革命"当中针对林彪反党集团提出"认真看书学习,弄通马克思主义",由于当时受到极左思潮的影响,那时的学习不免有"左"的倾向,但是毕竟"逼"着很多人在当时那个特定的条件下读了一些马恩的原著,比如说《共产党宣言》《哥达纲领批判》《论法兰西内战》《反杜林论》《路易·波拿巴的雾月十八日》等,都是那时必读的文献。其实读原始文献是坚持和发展马克思主义的基础性工作。如前所说,对待马克思主义经典论述,我认为可以"离经"但不能"叛道",要做到这一点,对马克思主义基本原理、基本方法的掌握还是前提,而要掌握马克思主义基本原理、基本方法,当然离不开经典论述。

第二,因为马克思主义是我们国家的主流意识形态,又因为中国共产党是执政党,所以在人文社会科学研究当中,公开反马克思主义不是很有市场,这种人也不会太多。但是,马克思主义的原则、立场和方法是否能够真正贯彻,却是一个大问题。眼下很多研究者用相对主义、多元主义来解读马克思主义,走实用主义、机会主义路线,这是非常危险的。

第三,马克思主义就其本质而言,是实践的唯物主义,是要解决当下问题的。无论是我国改革开放所面临的重大问题,还是文艺美学当下所面临的问题,我们都必须对这些现实问题作出正面回应,这不仅需要理论勇气,还要有学术良心,这是不容易做到的。

曾军:传统实践美学和各类新实践美学都借用马克思主义的思想资源,其局限与意义何在?

马驰:在《德意志意识形态》中,马克思和恩格斯在谈到唯物主义历史观与唯心主义历史观的区别时,曾经说过:"这种历史观和唯心主义历史观不同,它不是在每个时代中寻找某种范畴,而是始终站在现实历史的基础上,不是从观念出发来解释实践,而是从物质实践出发来解释观念的东西……"。马恩经典作家的这段话值得我们认真思索。在这里,所谓"物质实践"的提法,显然指人的物质实践活动。但需要指出的是,马恩经典作家之所以用"物质实践"的概念,而不是用一般的实践概念,其深刻的原因就在于,唯物主义历史观是从直接生活的物质生产出发来考察现实的生产过程。在马克思历史观的视野里,观念的东西从归根结底的意义上看,是在物质生产这种物质实践活动的基础上产生的,也正因为如此,在马恩经典作家的日后著作中,大凡提到"实践"这个重要概念时,都会为其加上"物质""社会劳动"等特定的限制词,到了晚年更是直接用"劳动"来代替"实践"这个概念,这是马克思主义哲学与旧哲学的重要分野,也是马克思本人与旧哲学的精神实践的重要分野;但这又绝不意味着在马克思的历史观的视野里,直接生活的物质生产这种物质实践活动形式是人的实践活动的唯一形式,马恩经典作家要强调的是应"从直接生活的物质生产出发来考察现实的生产过程",这又是马克思主义哲学与旧哲学,特别是黑格尔的思辨哲学最根本的区别,也正是在这个根本问题上,马克思最终远离了新黑格尔主义,在对黑格尔旧哲学的扬弃中,最终走向了马克思主义。

但值得注意的是,中国传统的实践美学的理论资源并非马克思主义,而是毛泽东思想。毛泽东在20世纪50年代提出三大实践(阶级斗争、生产斗争和科学实验),在50—60年代的美学大讨论中,实践美学论者强调自己的观点理论来自毛泽东的《实践论》。这在当时是十分自然的。它与今天我们要讲的实践美学完全是两回事。只不过当年的实践美学提倡者如今已经不再提毛泽东的三大实践了,他们更喜欢给自己的理论包装上《巴黎手稿》等理论资源了。

我们知道,马克思主义是从批判新黑格尔主义那里来的。马克思从来不抽象地谈论实践,晚年更是主要谈劳动,那时是因为马克思要和旧哲学的精神实践划清界限。实践美学所谈的"实践",是物质生产劳动实践,还是精神实践,还是兼而有之?如果是前者,它和作为感性学的美学有什么关系?如果是后者,那又和马克思主义有什么关系?我觉得从美学角度来谈实践,要慎之又慎。有些学者借海德格尔的存在论改造传统实践观,改变了以往实践美学论者所努力坚持的马克思主义的实践观。持这样的实践观本身未尝不可,但这已经不是建立在马克思主义的实践唯物主义基础上的实践观了,因为这种实践观已经远离了"本体论解释框架内的实践概念",也远离了以生产劳动构成马克思实践概念中的基础性的层面。这种实践观与其说是马克思主义的,倒不如说是存在主义的。

曾军:马克思主义与哲学社会科学各门学科之间的关系应该怎样?是"统领""之一"还是其他?

马驰:我很赞同西方马克思主义一以贯之的思想:马克思主义首先是哲学,哲学要解决的是世界观、方法论的根本问题。过去我们在政治生活中,把马克思主义看成放之四海而皆准的真理。事实上,没有任何一种真理是能够放之四海而皆准的,真理总有相对性。马克思主义本质上首先是哲学,它有自己确定的基本内涵、准则和逻辑起点,但绝对不是一个包罗万象的东西。我觉得对待马克思主义有一个立场和态度的问题,马克思主义已有150多年的历史,但马克思主义的生命力正在于其作为方法的力量。马克思的个别判断、结论也许已经不能说明我们的当下问题了,但其基本立场和方法论仍然是有效的。从这个意义上说,用马克思主义"统领"人文社会科学,有其合理性。当然我们不能强迫所有的学者都坚信马克思主义,信仰和追求是个人的自由,不能强迫;个人的学术兴趣乃至政治立场都应当得到尊重,我只是在马克思主义的立场上谈上述问题。

曾军:对有志于学习马克思主义文艺美学的青年学人,您能否提几条建议并开列一个基本书目?

马驰:我想最根本的一条是要精读一些原著,马恩的经典文献,如《巴黎手稿》《德意志意识形态》《神圣家族》《〈政治经济学批判〉导言·序言》《诗歌和散文中的德国社会主义》,以及诸多散见在书信中的文艺论述。现在确实有些人,根本不读原著,却大谈马克思主义。如时下就有人大谈"在主流意识形态上坚持马克思主义",这种观点对不对呢?只要我们好好看看马恩经典作家对意识形态的论述就知道是值得怀疑的,因为马恩经典作家从不在肯定的意义上使用意识形态这个概念,他们一针见血地揭示了意识形态的虚假性、欺骗性。倒是卢卡奇将意识形态中性化、实用主义化,这已经是后人的事了。另外对马恩经典作家之后的一些马克思主义学者的论述也值得研究,包括普列汉诺夫、里夫希茨、卢那察尔斯基等人的相关论述。即便是那些在历史上受到批判的人的著作,如考茨基的《唯物主义历史观》等也应当重新研读。就是过去称之为马克思主义凶恶的敌人的论著,如杜林的《艺术哲学》也还需要再认识,不能用"马克思主义凶恶的敌人"而简单概括,也不能因为作者遭到马恩经典作家的批判就可以不加分析地一概否定,要尽可能深入了解当时的"语境",对具体内容深入解读,我想这些都是"入门"的必要条件。至于书目,可参阅几本拙著后面的参考文献。

代序二 "离经不叛道"

——上海社会科学院思想文化研究中心马驰研究员访谈录

万　娜　华中师范大学文艺学副教授、全国马列文艺论著研究会秘书长

万娜：马老师，您好，感谢您接受学会的采访。全国马列文艺论著研究会是一个历史较为悠久的学会，目前的会员散布在老中青不同的年龄层上。大家对学会历史的了解程度不一，年长的会员们对学会的历史当然是了解得更多，但年纪稍小一点儿的会员们就不敢说对学会历史有多深的了解了。此次访谈，首先想请您谈谈您与咱们学会之间的历史渊源，好让后来的会员们也多知道一些掌故。

马驰：我第一次参加研究会的活动是1986年秋，在当时的敦煌县委招待所召开的全国马列文艺论著研究会第八届年会，那个会议的主题是关于马克思主义与异化问题。记得当时艺术研究院马文所的《文艺理论与批评》刚刚创刊不久，刊物登载了陈涌、敏泽等老先生关于异化问题的大量文章，程代熙、陆梅林等老先生在会上作专题发言。当时参加会议的年轻人不少，但大多是在校研究生，我当时还是青年教师，结识了不少老先生和年轻的朋友。当时老先生们的长者风范让我终生难忘。如当陆梅林先生知道我是上海人，曾在北方生活多年，如今又回到上海后，很关心地用上海话询问我："生活上能适应吗？"那个会议正值中秋节，参会的年轻人总是不太安分，有人提出开个舞会。我虽不会跳舞，但发现当时县委招待所住着一群外国青年游客，于是我自告奋勇地联络了一批外国朋友准备晚上在招待所折腾一下，当时的学会秘书长周忠厚教授赶紧跑来和我商量，委婉地提出让我注意影响，态度十分谦和，没有任何教训的口吻。那个舞会虽没开成，但我与周先生日后却成了忘年之交。我从老一辈学者身上学得了不少东西。我保留着那个会议的合影，也保留着不少和老先生间的通信，如今不少老先生已经不在了，很多青年朋友日后也不再从事这份工作，如果拿出合影一一

核对，现在这张照片上真正还在马列文论这个教学或研究岗位上的人已经不多了。我参加了第八届年会后的绝大部分会议，其间因故只缺席过烟台会议、宜昌会议和台州会议，非常遗憾的是今年的成都会议，我也因有重要工作在身而不能参加了。

  参加敦煌会议时，我只是个入行不久的青年教师。而与会人员中不少都是文论界的老前辈。作为"文化大革命"后走进大学的年轻人，我们是读着他们这代学者的著作走出校门的，自然对他们的学术造诣早已知晓。但当时我并不熟悉我们的老会长吴介民先生，只是在人们对他的拥戴和尊重中感觉到他不是个普通的老同志。从敦煌会议后，我慢慢喜欢上了马列文艺论著研究，最后竟鬼使神差地在这条道上走了30多年。30多年过去了，我自己从一个刚入门的青年教师，慢慢进入学会的领导层，随着时间的推移，我对介民老也有了更多的了解；可以说是全国马列文艺论著研究会让我结识了介民老，并使我们之间有了一段难以忘怀的情谊。可以说，全国马列文艺论著研究会能发展到今天，介民老的人格魅力发挥了很大的作用。进入新千年后，国内外形势发生了深刻的变化，研究会的面貌也发生了深刻的变化，研究会中的一些老同志到了退休年龄，一些中青年学者加入了研究会。中青年学者既给学会带来了活力，也给学会带来了新问题，社会上一些"讨官""要官"的不良风气也曾反映到学会工作中，确实也有人公开要求谋取学会的职务。针对这种不良风气，介民老讲了一件他经历的事情：当年他的上级领导曾想把一位行将退休的驻日外交官安排到中国社科院外文所，他认为十分不妥并抵制了。他的意见是，这位同志是个合格的外交官，但并没有从事科学研究的经历，他到外文所是不合适的，此事最终告吹了。他以这个例子多次和我说："小问题上可以息事宁人，原则问题不能让步。"正是因为有介民老坚持原则、把握方向，全国马列文艺论著研究会才能始终保持队伍的团结和稳定。我们这些后来人不仅从老人身上学会了怎样工作，而且也学会了怎样做人。

  万娜：一直以来，您在马克思主义美学和文论领域内勤耕不辍，其中既看得到连贯性，也看得出侧重点的迁徙。能否请您谈谈是如何规划自己的学术研究路径的？

  马驰：我的学术研究路径可以说和20世纪80年代以来中国文论发展的总趋向是一致的。80年代中国改革开放的大潮迅速席卷了文学理论界。从中华人民共和国成立初期至"文化大革命"结束，影响中国文论20多年的、在批判形式主义理论基础上形成的社会主义现实主义文学理论和在毛泽东《在延安文艺座谈会上的讲话》的精神指引下形成的革命现实主义和革命浪漫主义"双结合"的创作方法,逐渐被一些理论工作者淡出文论话语中心,中国当代文论迅速向世界开放,和国际"接轨"。在以后的近30年中,中国文学理论界引进了许多西方文学理论,例如,引入了当年受到社会主义现实主义理论家们所批判的俄国形式主义,以及在俄国形式主义基础上发展起来的布拉格学派和法国的结构主义,还有大致在同一时期在英美等英语国家出现的诸如新批评、女权主义文论、解构主义文论、后现代主义文论、新历史主义文论、后殖民主义文论、文化研究、生态批评等。在全球化语境中,它们也成了中国当代文论的前沿话语和最新走向。这些与"后学"(post-ism)紧密相关的新问题和新视角,使得我国这30多年间的文论领域空前活跃,对中国当代文论研究产生了相当深刻的影响,而在诸多新学、新论中,西方马克思主义始终是我国文论界非常重要的理论参照之一,可以说,中国学者对诸多文论基本问题的重新界定和思考,端赖于对西方马克思主义基本理论走向的逐步了解。早在20世纪末,就有学者将西方马克思主义文艺理论的核心问题概括为5个方面,并逐一分析了它们的理论路径及其对中国当代文论的影响,这些研究对我们这一代学者影响很大,我本人也接受了不少这方面的理论养分。我比较早接触到了耶鲁学派的资料,但很快就发现他们的研究绕不开一个关键人物——卢卡奇。尽管耶鲁学派的学者们在用各种方式批判卢卡奇,但他们却绕不开他。于是,我对卢卡奇发生了兴趣。记得我在复旦大学师从吴中杰先生攻读博士学位时,曾就论文选题请教我们学会副会长应必诚教授。我请他帮我出出主意,是继续研究诸如耶鲁学派呢还是研究卢卡奇呢,我自认为在当时我对前者的研究更有基础,而且已经出版了专著。应先生对我说:"我还是建议你去研究卢卡奇,因为你研究卢卡奇,就是和一个伟人在对话。"我被应先生的话所鼓舞,几十年后我还是要深深感谢应先生,正是有了应先生的这份鼓舞,几十年来,我从未改变自己的研究方向,所不同的仅仅是在不断扩大自己的研究领域,努力走在学术前沿,不掉队。我也很感激我的导师吴中杰。他从不干涉我们这些学生的研究方向,总是谦虚地与我们讨论一些也许他也不十分熟悉的问题,我们读什么书,他也读什么书,号称"陪太子读书"。他知道我当时对西方文论走火入魔,多次劝我关注当下、关注中国问题。他让我参与他主持的"中国古代审美文化论"研究,说:"你总有一天会回到中国问题。"当我完成国家社科基金项目"西方马克思主义与中国当代文论"时,我才恍然大悟,我最终没能揪着头发离开地球。我从研究后现代、研究卢卡奇到试图从比较宏观层面,从传播史、思想史的视阈研究马克思主义文论史、美学史、研究马克思主义文论、美学在中国的传播,再到西方马克思主义对中国文论的影响研究,绕了一圈,没有离开马克思主义文论。这几年我更多关注西方当下左翼学者的文化研究,其最终目的也是要借鉴他们的理论去解决中国的文论问题。

万娜:在我的理解中,您从对西方马克思主义中的个别人物及其理论思想的研究,到对西方各类马克思主义思潮较为全局的观照,是有着对中国当代文论建构的思考作为底蕴的,西方马克思主义对中国当代文论的影响立体且复杂。那依您看,中国当代文论中有没有哪些问题是比较特殊的和值得深入研究的? 想请您谈谈您对目前马列文论研究领域亟待引起大家重视的一些问题的看法。

马驰:当然有,如意识形态问题。我们知道马恩经典作家不是像拿破仑那样,把意识形态简单地看作是"荒谬的诡辩术""有毒的学说",而是揭示了意识形态具有替现状辩护的本质特征。虽然它表面上具有普遍性的特征,但实质上它是为特定的集团利益或特定的社会秩序辩护,为现存秩序提供合法性和合理性的论证的。恩格斯在晚年致梅林的一封信中更明确地说道:"意识形态是由所谓的思想家通过意识、但是以虚假的意识完成的过程。推动他的真正动力始终是他所不知道的,否则这就不是意识形态的过程了。因此,他想象出虚假的或表面的动力。"①由此,我们也不难看出,马恩经典作家不是在中性的或肯定的意义上使用意识形态这个概念,而是在否定和消极的意义上使用这一概念,他们对意识形态持彻底批判的态度。不过在文论界,特别是马克思主义文论界,人们对此问题的警觉程度并不高。

早期的西方马克思主义者并非都是在否定的意义上使用意识形态这一概念的。卢卡奇早年就特别关注意识形态问题。在他看来,无产阶级是历史进程中主体和客体的统一体,而无产阶级的阶级意识能达到对社会历史的总体认识。对于无产阶级革命来说,意识形态是决定一切的,革命的胜利取决于无产阶级是否拥有成熟的阶级意识,是否取得了意识形态的领导权。"对无产阶级来说,它的'意识形态'不是一面扛着去进行战斗的旗帜,不是真正目标的外衣,而就是目标和武器本身。"②他认为,西欧革命运动面临的最大问题是"无产阶级意识形态的危机"。物化意识的实质是使无产阶级丧失了对资本主义社会整个现实的批

---

① 《马克思恩格斯选集》,第 4 卷,人民出版社 1995 年版,第 726 页。
② [匈]卢卡奇:《历史与阶级意识》,杜章智等译,商务印书馆 1992 年版,第 129 页。

判力和改造力,这是资产阶级取得成功的主要原因。那么如何克服物化并改变人的存在状况呢?卢卡奇寄希望于无产阶级的阶级意识的生成。阶级意识的生成是使人摆脱物化意识的现实手段与革命力量。作为资产阶级意识形态的物化意识和物化结构导致人的世界和社会历史进程支离破碎,扬弃物化的唯一方法就是要在思维方式上回到作为马克思辩证法核心的"总体"(totality)范畴上去。无产阶级革命的根本目的就在于"唤起人们对于总体性的渴望"。总体性的方法要求不仅要把社会当作一个有机的、不断运动的整体来考察,而且也要认识到人自身存在的全面性和完整性,摆脱人的存在的片面物化状态。有意思的是,在相当长的一段时期内,卢卡奇的理论在中国是作为修正主义学说而遭到批判的,奇怪的是我们又无保留地继承了他的理论中一些最应该引起警惕的东西,这方面的研究我们还远远不够深入。我觉得我们马列文论研究应当关注类似于这样的基础问题,好好研究经典著作、研究原著(特别是外文原著),好像日本学者那样做些文献学的研究,不要轻易下结论,也不要随意把学术问题政治化。

万娜:"问题意识"是您一直很强调的研究素养,您有"离经不叛道"的说法。近几年,您在有中国特色的文化研究方面也很活跃,您认为其中有哪些问题是有可能促成中国马克思主义文论研究特色显现的?作为年轻一代的研究人员,我们该做哪些方面的积累和准备才能更好地参与到这项事业中来?

马驰:是的。我一贯认为马克思主义有自己的原则、立场和方法,马克思主义已经为人类的最终解放指明了方向,这就是剥夺剥夺者,消灭私有制(注意:是消灭私有制而不是私有财产);但马克思的个别论述在资本主义的当下语境中是需要发展的。马克思主义文艺学、美学也应该有一个原则、立场和方法,我的态度一贯是"可以离经,但不能叛道"。为此,我十分欣赏西方马克思主义的一些立场方法。

早在20世纪70年代,佩里·安德森就指出,西方马克思主义理论和经典马克思主义理论的不同就在于,它把研究的重心越来越转向了文化和意识形态问题研究。这种转向是和20世纪20年代西方社会主义革命失败这一历史事件紧密相联的。西方马克思主义理论家认为,革命失败的根本原因在于无产阶级的主观精神准备不足,其根源在于第二国际对马克思主义作了一种唯科学主义的实证论的理论解说,在这种理论的指导下,无产阶级丧失了作为历史主体的革命首创精神。因此,西方马克思主义把理论批判的锋芒指向了第二国际的马克思主义理论。通过这种批判,他们建构了一种文化哲学形态的马克思主义哲学理论体系,并将哲学研究的主题转向了文化和意识形态问题研究。

卢卡奇在《历史与阶级意识》一书中,从方法论的角度论述了马克思的唯物主义哲学同唯科学主义的实证论式的马克思主义理论之间存在的区别。他指出他所理解的马克思主义哲学和唯科学主义、实证主义的马克思主义哲学方法论基础是存在着原则区别的,这种区别就体现在前者的方法论基础为"总体性辩证法",后者则为"自然科学的实证主义研究方法"。在卢卡奇看来,一定的理论必须以一定的理论研究方法论为基础,理论研究方法的性质直接决定了理论本身的价值趣旨。由于自然科学实证主义研究方法的突出特点是要求把它所要研究的"事实"从它所处的环境中抽象出来,孤立静止地看待"事实"本身,其结果必然会否认"事实"的历史性质。建立在这种方法论基础上的马克思主义哲学也必然会脱离"历史",无批判地看待资本主义社会的内在结构和它的本质,从而使马克思主义哲学丧失它本来具有的批判性和价值,无法真正实现对人的价值和自由的关怀。因此,卢卡奇认为,真正的马克思主义哲学的方法论基础应该是"总体性辩证法"。在卢卡奇那里,"总体性辩证法"既是一种分析和解决问题的辩证法方法,也具有一种"本体论"的特征。从方法论的角度看,"总体性辩证法"要求坚持总体分析社会生活,孤立或个别事件的意义和价值只有在总体的联系中才能得到科学的说明;从本体论的角度看,"总体性辩证法"是马克思研究社会历史中主、客体运动的概念,它是通过马克思所实现的"实践哲学的转向",在超越近代理性主义哲学主、客体二分的形而上学思维方式的基础上提出的。它要求以"实践"为基础和中介,把"主、客体的关系问题"置于社会历史的基础上予以考察。这种"总体性辩证法"决定了马克思唯物主义哲学的本体不应该是"物质或自然",而应该是"实践及人类社会历史"。卢卡奇在这里所论述的马克思主义哲学实际上是以"实践"为基础,以"人类社会历史"(包括人类社会历史和进入实践领域中的自然界)为自己的研究对象,把如何求得"人的自由和价值实现"作为哲学的任务,它实际上体现为以"人及其实践"为基础的文化哲学。"总体性辩证法"决定了其哲学的批判向度,也决定了其哲学必然会指向人们的现实生活世界,并展现为社会批判、文化批判、意识批判,这在卢卡奇那里体现为"物化理论"和"阶级意识理论"。[①] 卢卡奇的上述观点得到了葛兰西、科尔施等人的赞同。

尽管西方马克思主义理论内部存在着诸多差异,各个流派本身也存在着特

[①] 王雨辰:《青年卢卡奇文化哲学初探》,载于《武汉大学学报》(人文社会科学版),2002年第3期。

定的缺陷,但都展现出对资本主义,包括对后工业社会和现存文化的批判而形成的共同的理论定位。从卢卡奇和葛兰西为代表的早期西方马克思主义对第一次世界大战后欧洲无产阶级革命失败教训的总结,到以法兰克福学派为代表的西方马克思主义流派对第二次世界大战后发达工业社会普遍的异化结构和现代人的文化困境的剖析;从早期西方马克思主义提出的总体性的文化革命观,到当今正在活跃着的西方马克思主义者们针对现代社会的全方位的文化批判,西方马克思主义一直与20世纪整个社会历史进程同呼吸、共命运,关注着人类的精神状况和文化境遇,关注着发达社会条件下人的解放和自由。而这些正是当代人类社会演进的核心问题。从美学的革命、审美乌托邦向更广阔的文化领域的转向,确实是20世纪后期西方马克思主义理论研究者们的一个共同点。20世纪90年代以来,一些主要资本主义国家的马克思主义研究者,更加潜心于研究现实生活问题。比如关于十月革命的合理性问题,苏联东欧剧变的原因问题,中国特色社会主义的性质、意义问题,市场与社会主义的关系问题,当代资本主义的命运问题,马克思主义的现实性问题,社会主义和共产主义的新模式问题等,这些在国际上富于敏感性的重大理论问题都在西方马克思主义研究的视野之中,为此,他们的研究动向值得我们密切关注。他们抓住了当今人类精神生活的各个领域的核心范畴。审视一下他们的论著,不难看出,在迄今为止的各种文化批判理论中,西方马克思主义所涉及的文化批判主题最为广泛深入,因此,了解、研究他们的理论不仅可以为深入理解20世纪马克思主义在世界范围内的发展提供一个特殊的视角和窗口,而且也可以为我们全面理解20世纪全球性的文化危机和文化批判理论提供一个有价值的范例。

要坚持马克思主义,最根本的一条是要精读一些原著,马恩的经典文献,如《巴黎手稿》《德意志意识形态》《神圣家族》《〈政治经济学批判〉导言·序言》《诗歌和散文中的德国社会主义》,以及很多散见在书信中的文艺论述。现在确实有些人根本不读原著,却大谈马克思主义,还动辄标榜"中国特色",这很危险。如前所述意识形态问题,只要我们好好看看马恩经典作家对意识形态的论述就知道是值得怀疑的,因为马恩经典作家从不在肯定的意义上使用意识形态这个概念,他们一针见血地揭示了意识形态的虚假性、欺骗性。倒是卢卡奇将意识形态中性化、实用主义化,这已经是后人的事了。另外对马恩经典作家之后的一些马克思主义学者的论述也值得研究,即便是那些在历史上受到批判的人的著作,如考茨基的《唯物主义历史观》等也应当重新研读。就是过去称之为马克思主义凶恶的敌人的论著,如杜林的《艺术哲学》也还需要再认识,不能用"马克思主义凶恶的敌人"而简单概括,也不能因为作者遭到马恩经典作家的批判就可以不加分析地一概否定,要尽可能深入了解当时的"语境",对具体内容深入解读,在这方面,坦率地说,我们还处在"马克思主义学徒期"。如果上述问题有进展,就有可能形成中国马克思主义文论研究自己的语言、自己的特色。

作为过来之人,以上意见仅供青年朋友们参考。

万娜:谢谢马老师与我们分享自己的研究经历和心得。再次感谢马老师接受此次访谈!

(感谢华中师范大学2015级文艺学硕士研究生张雨蒙为此次访谈提供协助)

目 录

代序一　后学思潮下的马克思主义文艺美学问题
　　——马驰研究员访谈录　曾　军　/ 1
代序二　"离经不叛道"
　　——上海社会科学院思想文化研究中心马驰研究员访谈录　万　娜　/ 13

上　编

对"文艺是现实生活的反映"的再认识　/ 3
论艺术生产与艺术消费　/ 9
马克思主义文艺思想在中国的传播与发展　/ 17
警惕意识形态的虚假性　/ 23
文学理论美学化是否可能
　　——对文论界一些流行观点的思考　/ 36
中国美学走向现代化的前提条件　/ 41
论"人的全面发展"与文艺的社会功能　/ 48
论文学的本质与审美意识形态　/ 58
论马克思的实践观
　　——兼评实践美学论者的一些观点　/ 69
论马克思实践观形成的历史环境和具体规定性　/ 77

对当下文艺理论研究现状的一些思考　/ 91

对生态美学研究的一些思考　/ 101

准确把握《讲话》中的"经"与"权"　/ 109

中国文学之路何在？
　　——从文艺大众化到塑造社会主义新人的一些断想　/ 113

人民是文艺表现的主体　/ 120

以人民为中心的生动写照
　　——毛泽东《七律二首·送瘟神》创作成因考　/ 130

文艺批评要"剪除恶草""灌溉佳花"　/ 142

下　编

普洛普叙事理论　/ 151

卢卡奇是"西方马克思主义"的鼻祖吗　/ 155

艺术不是纯粹的意识形态形式
　　——卢卡奇对艺术与意识形态关系的论述　/ 165

论葛兰西的实践理论及其文艺观　/ 175

论拉法格的文艺思想　/ 188

区分两种不同的后现代主义
　　——本·阿格文化研究给我们的启迪　/ 198

西方马克思主义对中国当代文论的影响与启迪　/ 213

伯明翰与法兰克福：两种不同的文化研究路径　/ 230

意识形态批判理论及其对我国文论建设的启迪　/ 242

重新认识后现代主义
　　——本·阿格给我们的启迪　/ 254

本·阿格的文化研究观　/ 263

论科学主义与阿尔都塞结构主义的马克思主义　/ 270

论技术理性批判精神的当代意义 / 284

马克思主义人的全面发展观视野下的格雷厄姆·默多克 / 293

论大众文化批判的当代意义及其历史局限 / 306

在与当代思潮的对话中发展马克思主义
　　——论詹姆逊的美学思想 / 317

"改造空间":跨文化交流的新视阈 / 330

现代、后现代语境中的西方马克思主义对中国当代文论的启迪 / 336

阶级意识和超越阶级意识:马克思主义文化研究的应有立场 / 347

文化身份与保护文化多样性
　　——从怒江开发的讨论说起 / 359

论经济全球化趋势对我国文化发展的若干影响 / 366

以文化研究的视阈审视互联网 / 373

后记 / 381

发表文章一览表 / 384

上 编

对"文艺是现实生活的反映"的再认识

社会生活、作家、文学作品三者之间的关系是文艺理论界争论不休的老问题。"文艺是现实生活的反映"这一理论命题曾对中国当代文艺思想产生过重大影响,无论是在20世纪50年代初期和中期"关于创造英雄人物的问题"的讨论,50年代末文学上人性论、人道主义的争论,还是起于50年代中期,绵延至今的典型理论探讨乃至80年代初的"写真实""写本质"问题的讨论中,这个理论命题都被一次又一次诠释证明,然而近来在讨论创作方法问题时,有些同志却从本质上对这个理论命题提出了怀疑。问题似乎已经从"怎样反映"演变成了"能否反映"。我们认为,在当今,以辩证唯物主义的基本原则为指导,准确地把握马克思主义反映论的内涵,确实深入地探讨文艺究竟是如何反映生活的,对于澄清理论上的混乱和繁荣文艺创作无疑是有益的。

"文艺是现实生活的反映"这一理论命题是建立在马克思主义能动的反映论的哲学基础之上的。这一理论命题被一次又一次地解释为文学是作家对社会生活的能动反映,是社会生活在作家头脑中反映的产物。这不仅肯定了文艺作品来源于社会生活,反映社会生活,坚持了唯物论,同时又强调了文艺作品对社会生活的反作用,灌注了辩证法。同时也有大量的文章一遍又一遍地说明这种能动的反映。然而究竟什么是反映,却是一个不甚明了的问题。

过去我们讲反映论,常常是把反映看作认识论意义上的反映,而忽视了还有其他意义上的反映。马克思说,理论对世界的掌握,不同于"艺术的、宗教的、实践——精神的掌握"。[①] 这里马克思强调了人对于现实有4种把握方法,这里的

---

① 《马克思恩格斯全集》,第12卷,人民出版社1962年版,第752页。

理论也就是列宁所指出的认识论意义上的反映，或作为认识原则的反映，而"实践——精神"在这里显然是借用康德、黑格尔常用的术语，在康德、黑格尔那里，"实践——精神"也就是政治伦理道德精神，而"实践——精神"在黑格尔的《法哲学原理》一书中是指道德、伦理、家庭、市民社会、国家等领域。因此，马克思肯定了除了有认识论意义上的反映外，还存在着伦理学意义上的反映。而后者又恰恰是文艺所应集中全力关注的方面。这是因为哲学认识论与审美认识论是完全不同的两种认识规律，如果忽视了后者，则等于抹杀了文艺反映生活的特殊方式，这无疑是把文艺同一般宣传品混同起来了。

过去我们讲反映，一般只注意感觉和思维，很少提及情感和意志，于是就产生了一种模糊的观念，似乎只有感觉和思维才是反映，情感和意志就不是反映，应当承认马克思主义的经典著作从认识论的哲学前提出发，在讲到反映论时，较多地讲感觉和思维，但绝没有否认情感和意志也是现实的反映。马克思曾经说过："在不同的所有制形式上，在生存的社会条件上，耸立着由各种不同情感、幻想、思想方式和世界观构成的整个上层建筑。整个阶级在它的物质条件和相应的社会关系的基础上创造和构成这一切。通过传统和教育承受了这些情感和观点的个人，会以为这些情感和观点就是他的行为的真实动机和出发点。"①这里，马克思明确地肯定了情感是由人们的物质生活条件和社会关系所决定的，是这些条件和关系在人们头脑中的反映的产物。尽管单独的个人认识达不到这一点，以为情感仅仅决定于个人的信念，实际情况并不因此而有所变化。情感，这一审美心理中最活跃的因素，在过去的文艺创作中，我们对它的注意确实是太少了。辩证唯物主义告诉我们：任何运动都存在于一定的时空结构中，反映也不例外。就其反映的时空而言，我们同样应当承认，它具有现时、溯后和超前的三维结构。苏联著名高级神经活动生理学专家、机能系统理论创立者安诺兴认为，超前反映是高级机能系统的人类在进行自我控制、自我调解、自我组织的行为过程中所特有的高层次反映机能，是人类运用心理—意识的主体能动机制对于未知现象、未来世界和未发行为的先期把握、认识和模拟。而心理—意识显然包括情感、理智，因为它是超前反映的中介。多年来，我们深受简单反映论的影响，表现在文艺创作上，则是要求作家、作品与生活合拍，以至于现实生活的有无成了裁判艺术的绝对权威，艺术上的超前意识被长期禁锢和扼杀。现在我们应当承认：

---

① 《马克思恩格斯全集》，第 8 卷，人民出版社 1961 年版，第 149 页。

人类作为有意识、有目的的自由存在物，完全能够依靠自身所把握的信息超前且最为自由地优化目标的提出和建立，从而控制、协调、组织自身的行为运动程序。依靠信息的超前或反馈的功能构成美和艺术的前提。而作为一个艺术家当然有权超前于生活，甚至有权对生活不满，艺术家正是以审美的自由态度来观察对待世界，为人类描述着暂时尚未存在而今后必将存在的未来图景，如蒋子龙较早发表的成名作《乔厂长上任记》，作者对主人公乔光朴倾注了极大的情感，以极大的热情，呼唤、期待着一大批社会主义企业家的涌现，以至于一些报刊以"盼乔厂长走出来""欢迎乔厂长上任"等为题发表评论文章，尽管在作品主人公身上还留有作者主观理想的痕迹，但它确实表现了作者可贵的生活敏感性和把握时代的超前意识。

另外从反映的对象看，反映这一概念所包含的范围也是十分广泛的，反映可以是对客体的反映，也可以是对客体和主体的反映，还可以是对主体自身的反映。三个基本方面都能成为意识所反映的对象，此外，人的意识对这三方面的任何一个方面的反映，都表现为一种双向的反映，这既是对对象的反映，又是对作为反映者的人身所处的历史条件的反映。总之反映是一个广泛的概念，不仅仅局限于认识论。

过去由于我们对马克思主义反映论的掌握局限于认识论的基础上，因此对"文艺是现实生活的反映"这一理论命题的解释确实有过简单化的倾向，给文艺理论和创作带来了不利影响。理论界长期受到"再现说"的影响不能说与对马克思主义反映论的掌握不够纯熟没有关系。马克思曾经指出："从前的一切唯物主义——包括费尔巴哈的唯物主义——的主要缺点是：对事物、现实、感性，只是从客体的或者直观的形式去理解，而不是把它们当作人的感性活动、当作实践去理解，不是从主观方面去理解，所以，结果竟是这样，和唯物主义相反，唯心主义却发展了能动的方面。"[①] 在这里，马克思指出了旧唯物主义离开了人的社会实践来看待精神和物质的关系，把精神对物质的反映简单化了。应当肯定，马克思主义反映论的提出，是人类认识史上的一个飞跃。遗憾的是，在我国理论界，长期以来一方面坚持艺术起源于生活的唯物主义观点，另一方面又确实存在着轻视艺术家主观能动性和创造性的现象。这样一方面坚持了"源于生活"，另一方面又在事实上否认"高于生活"，这种反映论本身就留有形而上学的烙印。反映在

---

① 《马克思恩格斯全集》，第 3 卷，人民出版社 1960 年版，第 3 页。

我国文艺界,多年来一直强调作家深入生活,而生活并不深入作品,强调作品纯而又纯,而读者却对那些作品产生了反感,并未被"纯化",甚至对作家世界观的改造,也完全把作家看成是被动存在物,严重束缚了作家的主观能动性。事实上,文艺的反映,不能没有文艺家个人在审美注意方面的选择性,在艺术知觉方面的需求性,在文学体验方面的情绪性。这些当然也可以说是文学反映的主观性、偏颇性,但是没有它们,就没有艺术作品的个性与创造性。"文艺是现实生活的反映",然而,反映在文艺作品中的社会生活,已经不是纯客观的,也不是纯主观的,而是主客观的结合,即客观的社会生活和主观的作家思想感情的统一。应当注意的是:"再现说"虽然排斥作家的主观能动性,但它并不一般地排斥主观,恰恰相反,它的思想根源是主观主义,只不过它只承认一个主观,也就是一个统一的至高无上的主观,一切都要按照这个主观进行改造。在文艺上,它要求用一个统一的理念来描写生活,必须把社会主义时代的文学写成"以阶级斗争为纲"、必须把英雄人物写成不食人间烟火的"高、大、全",可悲的是,在这种机械反映论的影响下,至今尚有一些作家还在高喊"永唱时代的赞歌"。还应当注意的是:艺术毕竟是艺术,而不是哲学,当然艺术也能以其独特的方式同样关注哲学的研究对象(不是哲学研究本身及其思维对象,即客观存在的现实世界),也能认识艺术视野所能达到的本质境地,反映出艺术范畴所能显现的生活规律。但当艺术试图直接表现哲学认识世界的思想成果,甚至图解用概念和定理固定下来的认识结论,也即把其思维对象及其认识方法作为艺术表现的对象和方法时,艺术就走进了死胡同。尽管哲学的对象与文艺的对象有其相重合的地方,然而,它毕竟是以抽象思维的方式把握世界,以概念、范畴、理论体系等形式反映普遍性、必然性的内容,并通过扬弃个别偶然现象而求得必然本质。文艺与哲学相比,则不是扬弃生活的感性的、个别的、偶然的现象形态,它总是通过集中、概括、提炼、凝聚的过程,创造个别与一般、现象与本质、偶然与必然相统一的艺术形象。因此,艺术的内容是作用于艺术家的心灵的客观生活。反映论只能包括而不能代替具体的文艺创作方法,科学反映论的提出并不意味着我们能够自动揭开文艺创作的全部奥秘了。这也就是说只有当马克思主义认识论与审美认识论这两条直线在文艺的特殊性这一点上交叉时,这一认识原则才能发挥其伟大的作用。

作为对"再现说"的一种反拨,近年来又有一些同志提出"表现说"(当然这种提法古已有之,只是表达方法和角度不同罢了),它们确实强调艺术家的主观能动性,强调创作个性和创作风格在作品中的表现,但是却强调到了不适当的程度,并企图以此来补充简单反映论的缺陷。事实上,社会生活、作家、文学作品是一根链条上的三个环节,"再现说"抽去了中间环节,"表现说"抽去了第一个环节,而能科学地解决三者之间关系的唯有马克思主义能动的反映论。

文学艺术是社会生活的反映,但又不是现实生活的直接反映与摹写,它是人自身精神生活、情感生活的表现,既然如此,作家把注意力集中于"表现"(不是割裂社会生活的表现)、"感应"、"幻想"等方式,完全应看成是正常的、必然的。但是长期以来,由于我们对反映论的简单理解,经常在审美认识方面发生偏差,如把西方现代主义的种种观念视为洪水猛兽,有位先生就曾说:"对人类社会起什么作用而言,这些主义属于同一类型,可以总称为形式主义,形式主义文艺作品或者是剥削阶级及其帮闲们娱乐的工具,或者是欺骗麻醉劳动人民以求巩固剥削阶级的统治地位的,或者是按照作者的主观愿望,标新立异,哄动流俗,但除了一小撮追随者,更无人欣赏的。"对某种创作方法简单化地作番议论,当然容易办到,但这本身是否科学,是否符合马克思主义反映论就值得讨论了。从总的倾向看,现代派反映了垄断资本主义时代资产阶级社会解体和资产阶级文学的没落倾向,其中确有一些反动作品,确有宣扬色情和悲观主义的颓废作品,也确有形式主义的作品,但这不是现代主义的全部,甚至也不能说这是它的主流,因为也确有一部分现代主义作品是进步的、革命的,问题只是这种被称之为"形式主义"的创作方法在"再现式"反映论的天平上早已失去了平衡。也正是同样的原因,现实主义创作方法在我国得到了更多的偏爱,尽管当代文坛上的现实主义已经把自己描绘成包容一切的创作方法,如包容积极浪漫主义,但似乎也只有这种创作方法才是坚持了马克思主义的反映论。要是只有这一种方法可以反映生活,其他方法不可能再来认识和反映生活,主体和客体的认识关系的全部复杂性如果只是这样简单地一对一的关系,那么世界上只有形而上学就够了。正如特里·伊格尔顿所说:"对象变化了,经过折光反映出来,解体了——这种再创造与其说是镜子再现物体,不如说像舞台演员再现剧本内容。"实际情况正相反,我们在承认文学作品是人们精神生活、情感生活的表现的前提下,理应把现实主义创作方法(无论其外延有多大)看成同其他创作方法并列的,并承认其他创作方法的合理性。这样在创作方法上才能走向多样化,而这并不违背马克思主义反映论。我们认为马克思主义反映论是完全可以运用于审美认识的。"文艺是社会生活的反映"这个理论命题本身并没有错误,但这种反映不是哲学意义上的反映,而是审美认识上的特殊反映,要注重它的特殊性。这种特殊性,按卢卡奇的观点就是"既超出单纯的个别性,又超出单纯的普遍性",而且"还超越了两者的直接统一"。把特殊性这一丰富的哲学认识论范畴引入审美认识领域,这不仅可以纠正简单反映论,而且也坚持了马克思关于人对现实有四种把握方法的观点。只有这样,我们才算是把马克思主义认识论(一般的或哲学意义上的认识)灵活地运用于审美认识论中了。

论艺术生产与艺术消费

生产与消费本是经济学的研究范畴,但它也适用于文学艺术的研究,这是因为文艺活动存在于创作者的创作到作品文本自身再到读者接受这样三个环节紧密相关的动态过程之中。尽管这个动态流动过程不同于一般的商品生产与消费,自身有其质的规定及内在特性,但它又与一般的商品生产与消费有着诸多相近或相似之处。正因为如此,马克思早在19世纪的40—50年代便科学地提出了"艺术生产"的概念,尽管马恩经典作家并没有为我们留下多少有关艺术生产与艺术消费关系问题的论述,但他们有关商品生产与消费以及"艺术生产"的理论,却为我们解开这一文艺学本体论问题提供了一把钥匙。

一、"艺术生产"概念的提出

"艺术生产"的概念最早是由马克思提出的,这一重要概念的提出有一个历史发展的过程。在《1844年经济学哲学手稿》中,马克思在论述了人是生产的动物之后写道:"宗教、家庭、国家、法、道德、科学、艺术等等,都不过是生产的一种特殊方式,并且受生产的普遍规律的支配。"[①]在这里,马克思提出了一个唯物主义的命题,他把艺术看成是与人口生产和物质生产不同的精神生产的一种特殊形式。在《德意志意识形态》中,马恩经典作家又进一步提出了"精神生产""科学劳动"等概念,并在"关于意识的生产"一节中,专门讨论了"物质劳动"与"精神劳动"的关系。以后他们又在《共产党宣言》中具体以文学为例,再次论述了精神生

---

① 《1844年经济学哲学手稿》,人民出版社1985年版,第78页。

产与物质生产的关系,认为一旦物质生产中的世界市场形成,精神生产也就成了世界性的,"于是由许多民族的和地方的文学形成了一种世界文学"。[①] 在后来的《政治经济学批判大纲》和《资本论》中,他们更是比较集中地研究了资本主义社会的艺术生产问题。可见在这一时期,马恩经典作家在不断丰富和深化着"艺术生产"理论。

从"艺术生产"的视角来研究艺术活动有其自身特有的意义和价值。首先,把艺术创作视为一种生产,表明它与物质生产一样受同一规律支配,所以对于艺术问题,我们同样可以从物质生活的矛盾中,从生产力和生产关系的现存冲突中做出解释,这样就用辩证唯物主义和历史唯物主义原理,指出了解决复杂的艺术和美学问题的一元论途径。其次,把艺术创作界定为生产活动,也就意味着它不仅只是一种精神劳动,同时也如同物质生产那样是一种感性的物质活动,它总是要通过改变自然物质来获得自身存在的形式,这样曾在文论史上流传一时的一切唯心主义神话也就宣告破灭了。再次,既然文艺生产具有精神生产与物质生产双重性质,也就意味着我们不能像传统艺术理论那样,仅仅凭天才、灵感等概念来说明艺术家的才能,同时表明艺术家的劳动也与手工业制作一样,需要学会一套生产的技艺和制作的本领,它不仅需要天赋,而且还需要勤奋和学习。此外,"艺术生产"论也大大拓展了文艺学的研究领域,这一理论涉及艺术品与欣赏者、对象与主体、生产与消费的相互依存、相互转化的辩证关系,这种循环往复的辩证关系推动了文艺学的不断发展,也推动了人的审美能力和艺术生产力的不断发展。

二、西方马克思主义者对"艺术生产"的阐发

早在20世纪的30年代,以法兰克福学派为核心的西方马克思主义者,在马克思"艺术生产"概念的启迪之下,便根据马克思关于生产力与生产关系以及现代技术对艺术生产和消费的影响等问题的论述,创立了从生产论视角研究文艺活动的新视野,并建立和形成了初具规模的艺术生产理论。从某种意义上可以说,这是西方马克思主义理论家在文艺学与美学范畴内的突出贡献,而在这方面,本雅明的贡献又尤为突出。

---

① 《马克思恩格斯选集》,第1卷,人民出版社1972年版,第255页。

1934年，本雅明在巴黎的一个共产主义的前沿组织法西斯研究所做了一个题为《作为生产者的作家》的讲座，在这个著名的演讲中，他提出了一个用马克思主义来认识艺术的新颖思路。本雅明的贡献就在于，他把马克思主义政治经济学的有关理论运用到艺术生产中，并用来解决现代艺术和革命艺术发展中的一些问题。

值得注意的是，在本雅明的艺术生产论中，艺术技巧占有十分突出的位置。本雅明认为，一个文艺工作者不应当固守旧有的形式技巧，也不应毫无批判地去接受艺术生产的现成力量，而应当顺应时代的发展，变革旧有的艺术形式，创建新颖的艺术形式。从某种意义上可以说，他的艺术生产论更注重艺术形式的创新。上述观点与卢卡奇过分夸大19世纪现实主义艺术手法的作用，把它作为艺术创作应当遵循的经典法则，并过分贬低现代主义的艺术成就的观点，有着明显的差异。

也正由于本雅明更注重艺术生产的技巧，而不是如卢卡奇那样更多地是站在理性主义的视角来看待艺术，因此他对现代主义采取了比卢卡奇更为客观冷静的分析态度。他认为现代主义采用寓言的艺术方式来表达小资产阶级的惶恐和孤独，其对传统艺术手段的反叛，是有一定意义的，体现了艺术生产随时代发展变化的固有规律。不过他又不像法兰克福学派的其他成员（如阿多诺）那样，勾勒出一条现代主义必然代替现实主义的艺术发展轨迹，他较为清醒地看到了现代主义艺术的局限。他并不很赞赏达达主义艺术家的极端立场，而是更感兴趣于布莱希特的史诗剧。他认为史诗剧就是用新的概念对旧的艺术生产机器进行革命改造的典范。他说："史诗剧作家用戏剧创作活动来对照戏剧的总体艺术作品。他以新的方式动用戏剧的伟大而古老的可能性来揭示人物。处在他的尝试中心的是人，是今天的人；也就是一个被还原的人，被冷冰冰地置于一个冷冰冰的环境中的人。但是因为我们只有这样一个人可用，于是我们便有兴趣来认识他。他将经受考验，接受评估。其结果是这样的：事件不是处于其高潮时才能够改变，靠德行和决断也无济于事，只能极其严格地顺着事情合乎习惯的进程，依靠理性和动作来实现。从行为方式最微小的原素中，构造出在亚里士多德戏剧学里称作'行动'的东西来，这就是史诗剧的真谛。由此看来，史诗剧的手段比传统戏剧的更为简朴：其目的亦一样。"[①]本雅明高度评价了布莱希特的史诗剧，

---

① 《文艺学与新历史主义》，社会科学文献出版社1993年版，第59—60页。

认为布莱希特用对艺术手法的改革表明,革命的艺术家应当具有改造旧有的艺术生产机器的意识。真正的革命艺术家不能只注重艺术的目的,只关心艺术的倾向性,还应当重视艺术生产的"工具"。本雅明通过对"能动主义"和"新客观主义"的具体分析指出:"作家如果仅仅是从思想上、而不是作为生产者同无产阶级站在一起,无论他的政治倾向看起来如何革命,也会起着反对革命的作用。"[①]

根据马克思主义的政治经济学原理,本雅明指出,一个艺术工作者的工作不只是生产产品,而同时也在于生产的手段。艺术家为了实施和体现自己的政治倾向,真正让艺术为革命斗争服务,就必须变革艺术的生产工具。"问题的关键并不在于一个人持有什么样的见解,而在于这些见解把他造就成一个什么样的人。"他认为:"最正确的倾向若不从持此见解的那些人身上制造出些有用的东西来,依然毫无用处。最正确的倾向若不做出要求别人遵守的示范姿式,也是错误的。""决定性是生产的示范性质,即能够把其他生产者首先引向生产,其次给他们提供一部改造好的机器。而且这部机器越是把更多的人引向生产,就是说能够把读者或观众造就成其共同行动的人,这部机器就越优良。"[②]本雅明认为这样的范例就是布莱希特的史诗剧,布莱希特对传统戏剧艺术手法的改造以及贡献就在于,他把现代社会出现的电影、无线电广播面向大众的传播功能,吸收进戏剧。传统戏剧的主要手法是发展情节,而史诗剧则是发现和描述状态,为此它可以采纳诸如电影蒙太奇等的手法,以便跟上技巧的时代步伐。

三、艺术生产与艺术消费的辩证关系

关于生产与消费的相互关系,马克思在《〈政治经济学批判〉导言》中有更为辩证的论述。马克思在其中指出了消费与生产之间互为依存的关系。他说:"……生产直接是消费,消费直接是生产。每一方直接是它的对方。"[③]马克思认为生产生产着消费,它生产出消费的对象、消费的方式和消费的动力。同样,消费生产出生产者的素质,因为它在生产者身上引起追求一定目的的需要。在讲到生产与消费的辩证关系时,马克思指出了它们之间存在着三方面的同一性。马克思在此虽然主要是指物质生产与消费的关系,但对艺术的生产与消费

[①]《文艺学与新历史主义》,社会科学文献出版社 1993 年版,第 51 页。
[②]《文艺学与新历史主义》,社会科学文献出版社 1993 年版,第 57 页。
[③]《马克思恩格斯选集》,第 2 卷,人民出版社 1972 年版,第 93—94 页。

也同样具有指导意义,这是因为物质生产与消费虽与精神生产与消费有着明显的差异,其各自有着自己的内在规定性,但两者之间又有许多相通之处。

首先,艺术生产与艺术消费之间同样具有"直接的同一性",这是因为艺术生产直接就是艺术消费。作家在艺术创造中,把自己的全部才能与智慧投入其中,化成以艺术的各种形式组成的作品,创作主体在文学生产行为中付出和消耗着巨大的精神劳动和创造能力,实现了主体的物化。同时,在一定意义上,艺术消费也直接就是艺术生产,这是因为读者(或接受者)通过对艺术作品的欣赏,从中吸收自己所需要的精神文化养分。这个消费的过程就是把艺术家的"产品",即作品"人化",使之从物化形态再回复到心灵的过程。

其次,艺术生产与艺术消费之间存在着一种媒介运动。每一方都以对方为媒介,互为依存。没有艺术生产,艺术消费就失去了对象,同样,没有艺术消费,也就失去了艺术生产的价值与意义,因为艺术消费是艺术生产的唯一目的,它也为艺术生产创造出作为内在的对象,作为目的的需要。

另外,艺术生产与艺术消费的每一方在自己实现时也就创造了对方,把自己当作对方创造出来。艺术生产为消费创造了对象、方式与动力,给予读者的消费、欣赏以规定性,使欣赏得以完成。

按照马克思主义的观点,在生产与消费这对矛盾中,生产一般是矛盾的主要方面。正如马克思所说:"就一个主体来说,生产和消费表现为一个行为的两个要素。这里要强调的主要之点是:如果我们把生产和消费看作一个主体的或者许多单个个人的活动,它们无论如何表现为一个过程的两个要素,在这个过程中,生产是实际起点,因而也是居于支配地位的要素。消费,作为必需,作为需要,本身就是生产活动的一个内在要素。但是生产活动是实现的起点,因而也是实现的居于支配地位的要素,是整个过程借以重新进行的行为。"[①]将这一原理运用于艺术领域,我们同样可以说艺术生产是实际的起点,也是整个运动过程得以重新进行的行为,它居于支配、决定的地位,是整个艺术活动和存在方式的基础。这种支配与决定作用主要表现在:

第一,艺术生产为艺术消费提供材料、对象,艺术消费的材料与对象就是艺术作品,没有艺术作品,艺术消费就无从进行。在艺术生产为艺术消费创造出对象这个意义上,艺术生产创造出消费。

---

① 《马克思恩格斯选集》,第 2 卷,人民出版社 1972 年版,第 96—97 页。

第二，艺术生产还"给予消费以消费的规定性、消费的性质，使消费得以完成"。① 也就是说，艺术生产一般地规定着艺术消费的性质和方向。

第三，艺术生产不仅为需要提供材料，而且也为材料提供需要，艺术生产的持续动力是由艺术消费的需求所提供的。但艺术消费本身作为动力是靠对象作媒介的，艺术作品作为艺术生产的产品，具有引导、提高创造接受主体的审美知觉的作用，即具有创造新的艺术消费需要的功能。正如马克思所说："艺术对象创造出懂得艺术和能够欣赏美的大众，——任何其他产品也都是这样。因此，生产不仅为主体生产对象，而且也为对象生产主体。"②

值得注意的是，马克思不仅指出"生产直接也是消费"，而且强调"消费直接也是生产"。根据马克思主义生产与消费间的一般辩证关系的原理，艺术消费也绝不是消极、被动、无能为力的，但在一个相当长的时期内，人们又确实忽略了没有艺术消费也就没有艺术生产这个基本原理。马克思在《〈政治经济学批判〉导言》里把消费作为生产的根本目的提出来，正是这种目的才使消费也成为生产的媒介。艺术消费替艺术生产的产品创造了接受、消费的主体，艺术作品只是对这个接受主体来说才是艺术作品，艺术生产也只是为这个艺术消费、接受主体生产时，才成为艺术生产，也只有在这个意义上，我们可以说艺术消费也媒介着生产。

马克思在讲到生产和消费的辩证关系时，不仅强调两者相互间的依存关系，"每一方表现为对方的手段，以对方为媒介"，而且也强调"每一方直接是它的对方"，他十分重视生产与消费之间存在着的媒介运动。从政治经济学的角度看，生产与消费之间的媒介自然就是产品。因为正如马克思所说，"产品在消费中才能得到最后完成"，"因为只是在消费中产品才成为现实的"。"……没有生产，消费就没有对象。但是消费也媒介着生产，因为正是消费替产品创造了主体，产品对这个主体才是产品。产品在消费中才得到最后完成。一条铁路，如果没有通车、不被磨损、不被消费，它只是可能性的铁路，不是现实的铁路。"③把马克思主义的这一原理运用于艺术生产与消费，我们则可以说，艺术生产并非以艺术家创造出一个艺术作品为终结，艺术生产只有在艺术消费中才最终完成，艺术消费和接受者由此也成了艺术生产全过程的参与者和完成者。艺术产品之所以是产

---

① 《马克思恩格斯选集》，第 2 卷，人民出版社 1972 年版，第 94 页。
② 《马克思恩格斯选集》，第 2 卷，人民出版社 1972 年版，第 95 页。
③ 《马克思恩格斯选集》，第 2 卷，人民出版社 1972 年版，第 94 页。

品,不是它作为艺术家对象化了的创造活动,而只是作为接受和消费艺术品的主体的对象。离开了艺术消费的主体,艺术作品也就不成其为艺术作品了。因此,我们一方面要看到媒介的重要意义,不能把生产和消费简单地同一起来,以至于重犯卡·格律恩等"真正的社会主义者"们的错误;另一方面我们也要看到作为媒介的产品在生产与消费间的重要中介作用。

不过,我们在运用马克思有关生产与消费的一般原理来解释艺术生产与艺术消费的辩证关系,承认艺术产品具有商品的一般属性的同时,我们也得承认艺术商品毕竟不是普通商品,而是一种特殊商品,它通过商品交换的中介转化为审美对象。我们知道任何商品都有二重性,即它的使用价值与交换价值,艺术作为一种特殊商品也不例外。艺术的使用价值就是它作为艺术消费对象的审美价值,这也是艺术作为特殊商品与其他一般商品的根本区别所在。艺术作品审美价值的高低同它的交换价值,尤其同它在消费市场上的实际价值的高低有时确实是不一致的,这也是艺术作为特殊商品的市场体现。一般商品价格可以围绕交换价值的轴心上下浮动,艺术却不一定是这样。作为一种特殊的商品,艺术也要以商品的身份进入流通领域,非如此,艺术生产与消费的社会联系就不能建立起来;而当两者的联系建立起来之后,艺术生产与消费的真正交流,艺术作为审美对象真正呈现给读者,作品在读者的接受过程中真正成为艺术作品,都凭借于艺术的审美特质与审美价值。从这个意义上,我们确实可以说,艺术具有二重属性,即审美价值与交换价值;是二重存在,即审美对象和商品。艺术以审美属性为根本特征,以商品属性为存在基础。

与长期影响我国理论界的"审美反映论"相比,"艺术生产论"的提出对探索马克思主义文艺学当代形态并最终建构起马克思主义的文艺学体系确实具有诸多启发。但正如有学者指出的那样,"……与'审美反映论'一样,这种研究迄今为止也还远没有达到完善的境地。"[①]其主要表现为:

(一)在将把文艺纳入社会生产的理论作为一种社会生产的形态来进行研究时,存在着不同程度的把艺术生产与一般生产混同,把一般生产的理论套用到艺术生产中来的倾向。这种倾向不仅可以追溯到法兰克福学派的本雅明,而且在朱光潜等人日后的研究中也同样没能克服。而之所以会出现这种倾向,其原因就在于没有辩证地处理物质生产与精神生产两者之间的关系,没有充分认识

---

① 王元骧:《对于推进马克思主义文艺学在当代发展的思考》,《社会科学战线》,1997年第5期。

到艺术生产作为一种精神生产,具有观念性生产的特质,因此最终又离不开认识论研究的基础。

(二)这种研究方法把艺术生产纳入社会一般生产的系统来加以把握,存在着不同程度的把宏观研究与微观研究分割开来的倾向。如果不恰当地强调艺术生产与一般生产之间的规律的同一性,并进而认为马克思最重要的文艺和美学观点常常并不是从哲学,而是从政治经济学的角度提出来和联系在一起的,那就值得商榷了。在许多地方,马恩经典作家确实不是就艺术而论艺术,而是以文艺活动来印证自己的经济理论,这显然是由他们研究经济学的目的决定的,但我们不能因此把马克思主义经典作家考察艺术的这一特殊视角混同于马克思主义经典作家看待艺术问题的一般视角,即艺术研究自身的视角。因此,艺术活动在直接的意义上总是以个体的精神活动的形式而出现,这决定了我们在研究艺术时就离不开对活动的个别的、感性的层面的考察,所以从这一层面来看,艺术的生产就在于不仅作家通过创作活动力来为读者生产消费的对象,而且还在于读者通过阅读活动再生产自己,这些内容离不开微观的研究,也就不是以政治经济学的方法所能取代的。

马克思主义文艺思想在中国的传播与发展

马克思主义文艺思想在中国的传播与发展,是同马克思主义学说在中国的传播与发展同步的。它具有一些不同于马克思主义在欧美广泛传播的历史特点。马克思主义在 20 世纪初传入中国,适应了中国新民主主义革命的需要,马克思主义文艺思想在中国的传播则适应了中国新民主主义事业的建设和文艺发展的需要。

中国马克思主义文艺理论从传入之初就显现出以下两个特点:

首先,鲜明的阶级性、强烈的革命功利目的和具体的实践精神。它不是装饰品,不是学者书斋里的事业,而是救济社会、除却弊害、解放思想的武器。这在早期中国共产党人对马克思主义文艺思想的译介中可以清楚地看出来。陈独秀曾直言不讳地指出:"本来没有推之万世而皆准的真理,学说之所以可贵,不过因为它能救济一社会、一时代弊害昭著的思想或制度。我们评价一种学说有没有输入我们社会底价值应该看我们的社会有没有用他救济弊害的需要,输入学说若不以需要为标准,以旧为标准,是把学说弄成了废物,以新为标准,是把学说弄成了装饰品。"[①]这一时期的理论家们都极为关注文艺的政治功能、宣传教育功能,与当时中国的阶级斗争的尖锐复杂形势、特点分不开,是当时的中国国情所决定的。为了适应现实斗争的需要,马克思主义文艺理论一经传入中国,便走上了一条"中国化"的道路。中国马克思主义文艺思想的传播者们没有照抄照搬,而是根据对象、情势,尽量采取了中国老百姓所喜闻乐见的中国作风和中国气派,许多问题的出发点和归宿也都源于此。

[①]《陈独秀文章选编》,中卷,生活·读书·新知三联书店 1984 年版,第 25 页。

其次，理论来源的间接性。从笔者掌握的资料看，中国报刊提到马克思主义，最早可追溯到1899年2月基督教出版机构上海广学会主办的《万国公报》上发表的李提摩太节译、蔡尔康笔述的《大同学》，此文原是英国进化论者颉德（Banjamin Kidd）所著的《社会演化》（Social Evolution）的前4章，其中多次提及马克思、恩格斯。但最初把马克思主义介绍到中国主要还是通过那些社会地位相对低微的留日中小知识分子。他们通过对日本学者著作的译介，知道了马克思主义。1901年1月，中国留日学生主办的《译书汇编》杂志刊登了日本学者有贺长雄著述的《近世政治史》的译文，提到了马克思和欧洲的社会主义学说。1903年，上海广智书局出版了赵必振翻译的日本学者福井准造的《近世社会主义》一书，书中"加陆马陆科斯"一章介绍了马克思的生平及其学说。值得一提的是，该书涉及马恩有关文艺问题的论述，包括文艺的倾向性、阶级性等。

十月革命胜利后，马恩的论著，包括文艺问题的若干重要书信、论著，开始从俄国介绍到中国。这些文献——包括瞿秋白所译的全部马恩有关文艺问题的书信、论著——都是以俄文本为蓝本，并以俄国学者的阐释为主要依据，于是在中国的马克思主义传播史上，便出现了一个先天不足的理论误区，即因为当时理论界（包括文艺理论界）没有把马克思主义的经典著作与一般阐释马克思主义文艺美学的论著加以区别，在译介时往往存在着将马克思主义经典作家的文艺观点与一些含有非马克思主义成分的文艺观混杂起来的情况，甚至把一些对马克思主义文艺论著的阐释性著作误当经典著作来读解。理论来源的间接性必然带来理解上的误读。毋庸讳言，在这些阐释性著作中确实存在着非马克思主义的观点与成分。这种理论来源的间接性甚至影响到中共的几代领导人。如毛泽东尽管从20世纪20年代起"就已经在理论上和某种程度的行动上"成了一个马克思主义者，但他与斯诺在1936年的谈话中曾说过，他在1920年冬接受马克思主义最早的文献是三本书：陈望道从日文转译的《共产党宣言》、考茨基著的《阶级斗争》和科卡普著的《社会主义史》。90年代邓小平在南方谈话中提及的马克思主义入门老师除《共产党宣言》外，则是布哈林与普列奥布拉任斯基著的《共产主义ABC》。从今天的眼光看，两代领导人所提及的四本书，除《共产党宣言》外，都不是马恩经典著作。这一倾向也直接反映到文艺理论界。甚至像瞿秋白这样卓越的马克思主义理论家，在讨论文艺问题，特别是在讨论创作方法时，也会不自觉地受到"拉普"的影响。

"左联"前后译介马克思主义文艺论著方面所走过的道路值得我们认真思考

与研究。当时的不少具有影响的刊物如《拓荒者》《萌芽月刊》《现代》《译文》《文艺研究》《文艺群众》《朝花旬刊》《巴尔底山》《十字街头》《北斗》等都以大量的篇幅登载了马克思列宁主义文艺论著的译文、研究文章以及我国作家以马克思主义观点写的文艺论文。如陆侃如在1933年第3卷第6期《读书杂志》上发表了他从法文转译的恩格斯《致玛·哈克奈斯女士书》；1933年9月，《现代》第3卷第6期上发表了鲁迅的《关于翻译》一文，其中有从日文节译的恩格斯致敏·考茨基的信中关于文艺在资本主义制度下的历史使命的一段话；1934年12月16日，《译文》第1卷第4期则发表了胡风从日文转译的这封信的全文；1935年11月，《文艺群众》第3期上发表了易卓译的马恩分别就《济金根》致拉萨尔的信，以及恩格斯致保·恩斯特的信。此外，郭沫若也曾从日文转译过《神圣家族》等的有关章节。与译介马恩经典作家的原著相比，这一时期更多地还是译介俄苏马克思主义的文艺理论专著，其中有鲁迅译卢那察尔斯基的《艺术论》和普列汉诺夫的《艺术论》、冯雪峰译普列汉诺夫的《艺术与社会生活》和沃罗夫斯基的《社会的作家论》；1932—1933年，瞿秋白根据俄文本翻译了马克思、恩格斯、列宁、拉法格、普列汉诺夫等人的文艺论著，瞿秋白就义后，鲁迅亲自将这些译著编辑成书，以《海上述林》为题，于1936年正式出版。这一时期还出版了不少马克思主义文艺理论丛书，其中有上海水沫书店和光华书局出版的冯雪峰主编的《科学的艺术论丛书》、水沫书店出版的《马克思主义文艺论丛》、神州国光社出版的《唯物史观艺术论丛》等。这一时期译介马克思文艺论著的工作，总的趋势也是先间接，逐步走向直接，除少量译介了马恩经典作家的经典论著外，大量地还是将马克思主义的文艺理论家们如梅林、拉法格、李卜克内西、普列汉诺夫、高尔基、卢那察尔斯基、沃罗夫斯基、法捷耶夫、弗里契、藏原惟人等人的文艺论著译介到了中国。这些论著一方面为正在寻求解放的中国无产阶级文艺战士提供了重要的理论武库；另一方面也带来了一些负面的作用，如"左联"所执行的"左"倾路线在理论上与此不无关系。

毛泽东曾不止一次地指出，我们所需要的理论家，是真正能够将马克思主义普遍真理与中国革命具体实践相结合的理论家。他丝毫不避讳这一革命的功利目的，并且他本人正是这样一位卓越的理论家。他的文艺思想一方面是对马克思列宁主义在中国的继承；另一方面又是他运用马列的基本立场、观点、方法观察中国社会，观察中国文艺现状，解决中国文艺运动实际发生的种种问题所得出的新的结论。1942年，在延安文艺座谈会上，当时有的作家曾依据韦伯大辞典，或依据其他标准大谈什么是文艺,毛泽东在总结发言时说:"我们讨论问题,应当从实际出发,不是从定义出发,如果我们按照教科书,找到什么是文学,什么是艺术的定义,然后按照它们来规定今天文艺运动的方针,来评判今天所发生的各种见解和争论,这种方法是不正确的。我们是马克思主义者,马克思主义叫我们看问题不是从抽象的定义出发,而要从客观存在的事实出发,从分析这些事实中找出方针、政策、办法来。我们现在讨论文艺工作也应该这样做。"[1]严格地说,毛泽东更多地是从创作理论的角度继承和发展了列宁的有关文艺思想。他一方面强调作家要深入生活,深入火热的斗争这个创作的唯一源泉,去观察、体验、研究、分析一切人、一切群众、一切生动的生活形式和斗争形式、一切文学和艺术的原始材料,并在此基础上去进行自己的创造;另一方面,他又要求革命的文艺工作者花大力气、下大功夫去实现"立足点"的转移,从而在自己的创作中自觉而且充分地表现出无产阶级以及除极少数人在外的整个中华民族的共同思想、情感、利益和要求,充分体现出自己作为民族的、阶级的工具的价值和作用。尽管在那个特定的革命战争年代及以后,毛泽东并没有像列宁那样明确地提出必须保证作家有个人创造和个人爱好的广阔天地,有思想和幻想、形式和内容的广阔天地,而是把作家的主体意识更多地理解为个性和社会群体性,主要是民族性和阶级性的有机和辩证的结合,并以此为基础,提出了一系列重要的文论观点,但就本质而言,他还是沿着列宁的文艺思想,按照以创作的主客体关系为基本框架和思路的理论模式继承和发展。不幸的是,在相当长的时期内,在我国的社会主义文艺实践中,上自党和国家的文艺政策,下至作家艺术家的文艺实践,都没能准确地把握上述文艺思想中辩证的内核,在理论与实践中都出现了不小的差错,这不仅远离了马克思主义经典作家的文艺观,也与毛泽东当年的文艺思想初衷相背。

中华人民共和国成立后,马克思主义成为我国的主流意识形态,在文艺领域马克思主义文艺理论也占据了支配地位,这为马克思主义文艺思想的传播与发展提供了前所未有的大好条件。但同时我们又要看到,这种有利条件的获得是由党和国家的政治机构提供的,而并非文艺自身所能完全提供的,在这种情况下,党和国家政治机构也必然要求文艺理论服从和服务于政治机构的特定政治需要。马克思主义文艺理论的建设和发展,纳入了社会主义国家的政治生活轨

---

[1] 《毛泽东论文艺》,人民文学出版社 1992 年版,第 40—41 页。

道,文艺理论的重要问题都与党和国家的政治生活息息相关,而且往往以党和国家的政治决议的形式作用于文艺界,这也就是相当长一个时期我们所走过的后来又被猛烈抨击的"苏联模式"的马克思主义文艺理论及其文艺政策。客观地说,这种理论模式并非一无是处,在历史上也确实起过一些进步作用。马克思主义自诞生之日起就不是一种书斋里的理论,而是无产阶级革命和建设的世界观,它应当而且必须在反对资本主义的政治斗争中,在社会主义革命和建设的政治中,发挥其应有的作用。而马克思主义文艺思想,作为马克思主义整体的一个组成部分,必然具有一定的政治倾向,这也是十分合理的。问题在于只强调政治在整个社会生活中的重要地位,把政治完全看作高于艺术、决定艺术的因素,而把艺术置于政治的主宰和管辖之下,把政治的因素和问题提升到艺术的最高层次和最高价值的高度,就是把对艺术而言重要的一个方面或因素等同于全部重要因素,甚至当成唯一重要的因素,这也就走向了形而上学的片面性,最终背离了马克思主义的立场方法。在这种模式指导下,不能说完全没有艺术的审美分析和审美方面的理论成就,但是在政治重于或高于艺术的思考中,却没有纯粹审美分析的理论的生存空间,忽视和否定了对于艺术超越有限社会形态的永恒审美价值的探索,忽视和否定了艺术的超越一定政治、经济条件限制的文化意义。

值得欣慰的是,自20世纪80年代初起,我国马克思主义文艺理论的研究摆脱了苏联马克思主义文艺理论模式的束缚,开始走向多元多样化的发展道路。有的继续向"反映论"深化,有的向"艺术生产"发展,有的向"主体论"拓展,有的向"形式论"努力,有的向心理学逼近,有的向"读者反应和接受理论"靠拢,有的着意在"批评方法"和"术语概念"上翻新。如果除却少量的干扰和杂音,可以清晰地看到,马克思主义文艺思想在此时得到了极大的丰富和发展,并且是沿着马克思"艺术生产"和恩格斯"现实主义"的双重轨道丰富和发展的。中国马克思列宁主义文艺理论工作者用短短20余年的时间走完了恢复马克思列宁主义文艺理论本来面目,大量介绍引进国外尤其是西方近现代文艺思潮、文艺观念、文艺方法,建构有中国特色的马克思主义文艺理论体系的三个阶段。

马恩经典作家并没有为我们留下完整的文艺理论巨著,建构马克思主义文艺理论体系也许是几代人的共同事业,不论何种分支、何种理论观点,只要它不违背马克思主义的基本原则、立场、方法,我们就应当承认其合理价值,承认其在马克思主义文艺思想发展史上的应有地位,讨论问题的出发点和着眼点应重在建设和发展。这也就是说,要在世界观和方法论的最高层面上坚持马克思主义的一元论,而在较低层面上允许具体研究方法的多元化,这既坚持了马克思主义和马克思主义文艺思想的基本前提——"不能叛道",又对新说、新论以及具体的研究方法和观点、概念,坚持了唯物、辩证、历史的原则——"可以离经"。唯有如此,我们才能说马克思主义文艺思想不是一个既定的框架,而是一个发展的体系、开放的体系,它充满无限的生机和生命力。

警惕意识形态的虚假性

众所周知,在马恩经典作家的论著中,尤其是在他们的早期著作中,意识形态是一个使用非常频繁的词语。在《1844年经济学哲学手稿》中,马克思在批判资产阶级国民经济学时指出,国民经济学家一方面发现了财富的来源是人的劳动,而不是死的物;另一方面又发现,工人的工资与他们的劳动所创造的价值成反比,但是他们却无力解决这个问题。其根本原因在于国民经济学家们把私有财产当作给定的事实接受下来,而没有进一步探询私有制产生的原因,结果它成了替现实辩护的学说。马克思将这种把现实世界的矛盾当做给定的事实接受下来,并导致维护现状的理论称为意识形态。他对此持一种彻底批判的态度。在《德意志意识形态》中,马克思、恩格斯指出:"思想、观念、意识的生产最初是直接与人们的物质活动,与人们的物质交往,与现实生活的语言交织在一起的。观念、思维、人们的精神交往在这里还是人们物质关系的直接产物。表现在某一民族的政治、法律、道德、宗教、形而上学等的语言中的精神生产也是这样。人们是自己的观念、思想等等的生产者,但这里所说的人们是现实的、从事活动的人们,他们受着自己的生产力的一定发展以及与这种发展相适应的交往(直到它的最遥远的形式)的制约。"[①]按照马克思、恩格斯的理解,独立的意识形态的产生与社会分工、与精神生产的独立化及其职业精神生产者,即思想家的出现直接相关。"分工只是从物质劳动和精神劳动分离的时候起才开始成为真实的分工。从这时候起意识才能真实地这样想象:它是某种和现存实践的意识不同的东西;它不用想象某种真实的东西而能够真实地想象某种东西。从这时候起,意识才

---

① 《马克思恩格斯选集》,第1卷,人民出版社1972年版,第30页。

能够摆脱世界而去构造'纯粹的'理论、神学、哲学、道德等等。"①显然,马恩经典作家认为,这种独立化的精神生产及其成果就是意识形态。

同时,在马恩经典作家看来,意识形态不是与现实的历史进程完全无关的纯粹的理论形态,而是具有深刻的政治内涵。在这个意义层面上,他们和特拉西所使用的意识形态概念并无二致。马恩经典作家认为在有阶级存在的文明时代,社会的运行和统治往往要借助于意识形态的力量,以此取得社会统治的合法性基础。每个时代,作为统治思想或指导理论的意识形态总是同特定阶级的地位和利益相关联,但无论是统治阶级还是被统治阶级,都倾向于赋予自己的意识形态以普遍性的特征或普遍性的形式,把自己的利益说成是社会全体成员的共同利益,把自己的意识形态描绘成唯一合法的、有普遍意义的思想。因此,"统治阶级的思想在每一时代都是占统治地位的思想。这就是说,一个阶级是社会上占统治地位的物质力量,同时也是社会上占统治地位的精神力量。"②马恩经典作家不是像拿破仑那样,把意识形态简单地看作是"荒谬的诡辩术""有毒的学说",而是揭示了意识形态具有替现状辩护的本质特征。虽然它表面上具有普遍性的特征,但实质上它是为特定的集团利益或特定的社会秩序辩护,为现存秩序提供合法性和合理性的论证。恩格斯在晚年致梅林的一封信中更明确地说道:"意识形态是由所谓的思想家通过意识、但是以虚假的意识完成的过程。推动他的真正动力始终是他所不知道的,否则这就不是意识形态的过程了。因此,他想象出虚假的或表面的动力。因为这是思维过程,所以它的内容和形式都是他从纯粹的思维中……不是从他自己的思维中,就是从他的先辈的思维中引出的。他只和思想材料打交道,他毫不迟疑地认为这种材料是由思维产生的。"③由此,我们也不难看出,马恩经典作家不是在中性的或肯定的意义上使用意识形态这个概念,而是在否定和消极的意义上使用这一概念,他们对意识形态持彻底批判的态度。在马恩经典作家看来,意识形态是对纯粹思辨性的、唯心史观的以及掩盖真实的现实关系的精神观念的特设规定。他们所批判的意识形态原本指"德意志意识形态",即以费尔巴哈、布·鲍威尔和施蒂纳为代表的最近的德国哲学和以其不同的先知为代表的德国社会主义。这种意识形态直到"最后挣扎,都没有离

---

① 《马克思恩格斯选集》,第 1 卷,人民出版社 1972 年版,第 36 页。
② 《马克思恩格斯选集》,第 1 卷,人民出版社 1972 年版,第 52 页。
③ 《马克思恩格斯选集》,第 4 卷,人民出版社 1995 年版,第 726 页。

开过哲学的基地",即黑格尔思辨唯心主义的问题框架。后来马恩经典作家又从这种原初对象加以引申,将资产阶级用以掩盖社会真相、维护自己的统治秩序的辩护性思想观念泛称为"虚假意识"。

在《德意志意识形态》中,马恩经典作家反复指出,德国哲学是从"天上到地上","从意识出发,把意识看做是有生命的个人",这在黑格尔的思辨唯心主义哲学体系中表现得尤其突出。马克思说,意识形态家就是那些宣称人类世界是天生由意识、想象、概念构成的人,这些理论家认为世界就是观念的世界,对思维的独立性盲目崇拜。马克思、恩格斯借用"颠倒"(Inversion)这一从黑格尔和费尔巴哈那里继承来的概念来描述,意识形态的"虚假性"问题也被称为颠倒的意识,换句话说就是,意识形态是头足倒置的理论。

然而,把虚假意识形态概念仅视为认知的颠倒性还不够,马恩经典作家进而把问题焦点从意识范围的"真假之辨"转向了政治实践领域中的"利益之争"。意识形态的虚假性并不仅是一个认识层面的问题,也是一个利益层面的问题。因此,意识形态的虚假性不仅有其认识论根源,还有其客观的社会根源。正是在社会分工条件下,生产过程中的各个环节被模糊化,并且劳动者同自己的产品的关系被遮蔽了,产品成为与人的本质相异化的存在物,导致了商品拜物教。商品拜物教遮蔽了人与人之间的真实的社会关系,对人与物的关系进行了颠倒性的反映。就现实来说,和他们所处的落后的社会状况、不发达的政治关系以及本身是颠倒了的世界有关。人们按照自己的物质生产率建立相应的社会关系,正是这些人又按照自己的社会关系创造了相应的原理、观念和范畴。而这种颠倒性的意识形态毕竟是以特定的角度反映了现实社会,只不过社会本身就是颠倒的、虚假的。在《德意志意识形态》中,马恩经典作家认为,进入阶级社会之后,"个人利益""阶级利益"和"普遍利益"之间的分裂与对立是意识形态虚假性的根本原因。在个人利益变为阶级利益而获得独立存在的过程中,个人的行为不可避免地受到物化,同时又表现为不依赖于个人的、通过交往而形成的力量,由此造成了个人利益、阶级利益和普遍利益的分裂与对立。为了克服这种分裂与对立,统治阶级一方面通过以国家姿态出现的虚幻的"普遍"利益对特殊利益进行实际的干涉和约束;另一方面,统治阶级不得不把自己的利益说成是社会全体成员的共同利益,亦即赋予自己的思想以普遍性的外观,并把它们描绘成唯一合理的、有普遍意义的思想,进而再把这种思想实体化为物质世界的本质。马恩经典作家的这一分析真正洞穿了意识形态的本质。

值得注意的是，20世纪的思想家，特别是早期的西方马克思主义者，并非都是在否定的意义上使用意识形态这一概念的。卢卡奇早年就特别关注意识形态问题。在他看来，无产阶级是历史进程中主体和客体的统一体，而无产阶级的阶级意识能达到对社会历史的总体认识。对于无产阶级革命来说，意识形态是决定一切的，革命的胜利取决于无产阶级是否拥有成熟的阶级意识，是否取得了意识形态的领导权。"对无产阶级来说，它的'意识形态'不是一面扛着去进行战斗的旗帜，不是真正目标的外衣，而就是目标和武器本身。"[①]他认为，西欧革命运动面临的最大问题是"无产阶级意识形态的危机"。物化意识的实质是使无产阶级丧失了对资本主义社会整个现实的批判力和改造力，这是资产阶级取得成功的主要原因。那么如何克服物化，改变人的存在状况呢？卢卡奇寄希望于无产阶级的阶级意识的生成。阶级意识的生成是使人摆脱物化意识的现实手段与革命力量。作为资产阶级意识形态的物化意识和物化结构导致人的世界和社会历史进程支离破碎，扬弃物化的唯一方法就是要在思维方式上回到作为马克思辩证法核心的"总体"(totality)范畴上去。无产阶级革命的根本目的就在于"唤起人们对于总体性的渴望"。总体性的方法要求不仅要把社会当作一个有机的、不断运动的整体来考察，而且也要认识到人自身存在的全面性和完整性，摆脱人的存在的片面物化状态。

阶级意识理论是卢卡奇的理论逻辑的终结点。卢卡奇运用总体性方法考察资本主义社会的物化现象之后，指出欧洲无产阶级革命失败的根本原因在于无产阶级不成熟的阶级意识，其导致了革命主体的积极性和创造性的丧失。卢卡奇指出，阶级意识并不是个别阶级成员来自经验的心理意识，而是整个阶级对其所处的社会历史和生产过程中特殊地位的认识。阶级意识就是理性的适当的反映，而这种反映则要归因于生产过程中特殊的典型地位。阶级意识因此既不是组成阶级的单个人所思想、所感觉的东西的总和，也不是它们的平均值。作为总体的阶级在历史上的重要行动归根结底就是由这一意识，而不是由个别人的思想所决定的，而且只有把握这种意识才能加以辨认。由此卢卡奇得出结论：无产阶级的阶级意识的实质就是无产阶级作为社会历史进程的统一的主体与客体的地位的自觉意识，无产阶级的阶级意识的核心是总体性在实践上的生成和理论上的自觉。由此可以看出卢卡奇的总体性思想与阶级意识理论的逻辑关联。

---

① ［匈］卢卡奇：《历史与阶级意识》，杜章智等译，商务印书馆1992年版，第129页。

卢卡奇通过思辨哲学探索了无产阶级解放的路径,尽管这一探索是很不彻底的,但他毕竟摆脱了基础和上层建筑二分的思想路径,开始注意阶级意识,开始注意无产阶级自身的主体意识,开始注意文化的独特作用了。正如本·阿格所指出:"卢卡奇在文化研究上的影响微不足道,但他关于阶级意识和文化表述的研究对最初的西方马克思主义方案却具有变革性的影响,如果低估这种影响则犯了一个严重的错误。"[1]这是因为,本·阿格在卢卡奇的有关论著中看到了这位思想家对发展马克思主义的杰出贡献,也看到了他理论的缺失。本·阿格从经典马克思主义基础和上层建筑的二分中,引申出经典马克思主义由于强调基础和上层建筑而对文化研究的缺失。作者一方面高度评价卢卡奇的理论贡献,为文化重新赋予相关的社会政治地位,并试图建构马克思主义的文化政治学;另一方面也指出了卢卡奇的历史局限,他没有在充分打破马克思主义基础和上层建筑二分的思想方法中赋予文化独立地位,因为文化既是一个统治领域,又是建立社会主义的斗争中的主要政治战场。由此,作者分析了卢卡奇和苏联无产阶级文化派在文化政治学领域的失误,分析了西方马克思主义,特别是法兰克福学派文化研究的先天不足,重新运用卢卡奇的观点,提出了一个颇有建设性的命题:马克思主义应该是一种总体理论——涵盖一切的理论——而不仅仅是关于无产阶级这个利益团体的理论。

在本·阿格看来,在《历史与阶级意识》一书中,卢卡奇"追随着马克思,将无产阶级作为历史的同一主客体来神化。在此,他的神化在论证上缺乏反思基础"。"马克思同样遇到过这个问题:卢卡奇就是从他那里接过该问题的。结果,卢卡奇表明了一种无产阶级的文化评判标准——所谓的现实主义,他认为现实主义不仅能揭露资本主义的排他性,而且能为社会主义未来的文化创建和评判指引方向。"[2]本·阿格认为,如果文化能够简单地像卢卡奇说的那样根据自身暗含的正确主张去进行解读,那么它仅仅只是一个被视为系列传播物的政治因素。文化政治想要改变这些传播的内容,从隐藏的资产阶级文化的个性转向无产阶级文化的普遍性。但是,本·阿格认为文化也能根据自身的超越特征,尤其是在关注历史缺陷的方法上来进行解读和书写。从这种意义上说,当文化表述比现实恶劣时,表述本身就形成了各种各样的抵制和希望。

---

[1] BEN A, *Cultural Studies as Critical Theory*, London: the Falmer Press, 1992, p.42.
[2] BEN A, *Cultural Studies as Critical Theory*, London: the Falmer Press, 1992, p.44-45.

本·阿格看到了卢卡奇错误地将无产阶级泛化为世界历史的同一主客体，从而忽略了解放运动的其他力量。为了使正在建立中的马克思主义的文化理论不再无可救药地与当今时代格格不入，马克思主义文化理论必须反思马克思在19世纪中期关于国际资本主义社会变化形式和动因的设想。这并不是像后马克思主义者和后现代主义者一样要解散无产阶级，而是鉴于1883年马克思去世后资本主义在世界及精神领域的发展，要鼓励人们对马克思主义进行彻底的再思考。

从这一理论路径和思想方法出发，本·阿格指出，"如今，我认为具有无产阶级文化派特征的观点在左派学者中随处可见。但是现在的问题不仅仅是阶级，还涉及种族和性别。现在越来越多的人投身到文化评价运动中来，他们站在受害者的立场，表述他们的遭遇，以正确的政治论断来评价文化作品的真实性。通常，艺术家也来自这些严阵以待的队伍，他们的作品被当作是无权阶级发出的声音。这就导致了从文化作品描绘的特定的主体角度出发的文化研究的政治化、专业化以及族裔聚居：女性艺术和有色人种艺术（除了阶级艺术之外，如最初的日丹诺夫主义中的无产阶级文化派）。本质上，这些主张都认为能够从外部按政治真实性或者文化理论正确性的某种机械需求的观点来评判文化。尽管女性主义文化研究和从非白人角度进行的文化研究都将自己和马克思主义区分开来，但他们在自己的批评实践中仍然利用传统马克思主义的表述评价标准。尤其，他们试图站在文化历史之外，从他们政治诚信角度去评价有争议的作品，这恰好是马克思主义文化理论的最初方案。"[1] 由此，本·阿格不仅深化了卢卡奇的思想学说，提出了建构文化政治学的基本架构，同时也提醒人们注意：文化研究确实要有"阶级意识"，但又要超越"阶级意识"，本·阿格认为，不管是马克思主义者还是女性主义者，要根据特定的意识形态联系将文化研究政治化就意味着人们能进行无政治意义的文化研究：就像在社会主义现实主义中一样，政治也是悄悄渗入文化之中的。那种假设认为本质上为实证主义立场的文化实践不是文化政治。他认为任何一种文化解读都是文化创造行为。这既是建立他所说的文化政治学的需要，也是马克思主义文化研究的应有立场。由此也不难看出，本·阿格的上述理论在卢卡奇的思想基础上又推进了一步。

我们也知道，葛兰西和卢卡奇一样，也认为西欧无产阶级革命失败的主要原

---

[1] BEN A, *Cultural Studies as Critical Theory*, London: the Falmer Press, 1992, p.55.

因在于意识形态问题。为此他提出,西欧无产阶级革命的首要问题就是意识形态领导权的获得。他借用"市民社会"的概念(尽管他对这一概念的理解与马克思有很大的差异)分析指出,市民社会在东西方国家间有很大的差异,由此导致不同的国家结构,导致在东西方国家必须采取不同的革命形式。为此,他提出了与列宁不同的领导权理论。他认为西方革命的核心问题是夺取意识形态领导权,而不同于东方国家那样通过暴力革命去夺取领导权。这就是说,在西方发达的资本主义社会,无产阶级革命的首要目标并不是通过暴力直接夺取政治社会的领导权,而是应该先获得市民社会的认可与接受,然后才有可能在适当的时候掌握政治社会的领导权,即工人阶级只有获得文化与意识形态的领导权才能获得政治上的领导权。葛兰西借用军事上的"阵地战"和"运动战"的术语来阐述东西方国家不同的革命战略。他认为在像俄国这样市民社会不发达的东方国家,无产阶级可以运用"运动战"(即用暴力的手段)直接夺取政权;而在市民社会发达的西方国家,无产阶级只能用"阵地战"(即逐渐夺取意识形态领导权)的方式,通过坚守自己的阵地,最后在条件成熟的时候最终夺取国家的领导权。他认为这是西方资本主义国家的无产阶级所应采取的新战略。葛兰西不仅阐述了文化和意识形态领导权的极端重要性,而且对于获得这种领导权的具体途径做了深入的探讨,这些理论对日后的西方马克思主义产生了深刻的影响。

总之,早期西方马克思主义者一方面对资产阶级的意识形态的虚假性进行了尖锐的批判;另一方面又站在肯定的立场上提出要无产阶级去夺取意识形态的领导权,并用无产阶级自己的意识形态去代替资产阶级的意识形态,他们并没有完全在否定的立场上使用意识形态这一概念。他们和马恩经典作家一样,寄希望于无产阶级革命,但又有别于马恩经典作家,不提倡采用武装斗争和暴力革命的手段去夺取革命的胜利,而是提倡一种"文化—心理"革命,通过意识形态领导权的获得取得最终胜利。这一思想理论上的分野最终导致了实践层面的明显差异。

值得注意的是,当代一些有影响的思想家们同样是在肯定的意义上使用意识形态这一概念的。1929年,匈牙利出生的犹太裔德国哲学家卡尔·曼海姆在《意识形态与乌托邦》中就意味深长地写道:"当'意识形态'这一术语表示我们怀疑我们的论敌所提出的观点和陈述时,这一概念的特殊含义便包含在其中。这些观点和陈述被看作是对某一状况真实性的有意无意的伪装,而真正认识到其真实性并不符合论敌的利益。这些歪曲包括:从有意识的谎言到半意识和无意识的伪装,从处心积虑愚弄他人到自我欺骗。这一意识形态概念只是逐渐才变得有别于关于谎言的常识性观念。"①曼海姆在本书中所讨论的"意识形态"和"乌托邦",确实有别于人们在通常意义上理解的意思,他是通过对这两个概念的论述,贯彻体现了他通过研究知识与社会的关系,通过论述知识分子在社会中所发挥的作用,实现他自己作为一个知识分子所能发挥的、介入和改变现实的作用的人生理想。但他在书中有关意识形态的论述还是值得人们注意。他提出:随着工业社会的理性化进程的深入及其合理化思想对各个领域的影响,"求实态度"开始流行,意识形态将在这种背景下趋于消失。

曼海姆的观点在西方学术界具有相当的代表性。20世纪五六十年代,西方学术界就意识形态在现代社会的命运问题展开了一场大讨论。对意识形态否定和批判的学者大都赞成意识形态终结论。这些学者看到了现代社会结构和社会运行方式的变化,特别是现代科学技术的发展,不仅为社会生活提供了各种便利的手段,而且也深刻地影响了社会的运行机制,技术理性比任何时候都更为深入人心。由于社会结构的深刻变化,意识形态终结论者否定意识形态的根本原因是意识形态的强烈的政治内涵。他们认为,随着科学技术的发展和人们物质生活条件的改善,阶级对立开始消解,无产阶级正逐渐地被融合到现存社会结构中,成为现存社会秩序的肯定力量。在这种背景下,马克思主义的政治意识形态开始失去作用。

也有一些学者不赞成曼海姆的观点。这些学者大多是在中性或肯定的意义上使用意识形态这个概念的。在这些学者看来,在现代社会中,某种或某些意识形态的确经历了某种转变甚至消亡的过程,但这些变化并不是意识形态本身从历史进程中的衰亡或终结。他们从中性或肯定的意义上把意识形态理解为具有公共意义的政治反映、一种关于社会历史的定向理论、一种人类理想、一种描述社会的理智作品等,而无论在哪种意义上,意识形态本身都是社会历史的重要组成部分。由此他们断言:意识形态终结论本身就是一种意识形态,是一种以"技术统治论"为本质特征的信奉科学的意识形态。

20世纪50年代后,以法兰克福学派为代表的西方马克思主义学者基本上都强调了意识形态的虚假性和欺骗性。他们都认为意识形态作为一种异化的文化力量,其最为严重的消极功能是认同社会现状,替社会现实辩护,从而消解人

---

① [匈]曼海姆:《意识形态与乌托邦》,黎鸣等译,商务印书馆2000年版,第56—57页。

作为个体和主体超越现存的主体意识和批判现实的人本功能,使社会变成没有超越维度的单向度的社会。面对发达工业社会,他们普遍认为科学技术并不是意识形态的对立面,相反,在发达工业社会里,科学技术本身就变成了一种新的意识形态、一种新的统治力量。他们并不赞成曼海姆的意识形态终结论,提出在新的历史条件下,意识形态非但没有终结,反而同科学技术结合,成为扼杀人的主体意识和批判精神的强有力的异化力量,为此,他们从人的存在的角度展开了对意识形态的文化批判,对这一概念的解释也已超出了统治阶级的思想意识的范畴,并延伸到科学技术、文化、心理等领域。

阿多诺明确提出:在一种特定意义上,由于今天的意识形态就在生产过程本身,所以发达工业社会比起它的前辈来更是意识形态的。马尔库塞认为阿多诺的"这个命题以挑衅的形式揭示了盛行的技术合理性的政治方面"[①]。马尔库塞首先批判了意识形态维护现存统治的异化功能,从"需求一体化"的角度考察了发达工业社会"控制的新形式"。他认为在发达工业社会,社会的需求与个人的需求已经完全同一了。这样一来,人的批判性、否定性、个性都被泯灭,从而成为"单向度的人",成为统治阶层所需要的稳定的"社会水泥"。这种"需求的一体化"状况不仅是现代消费社会的主要特征,也是维持现存社会的主要力量。马尔库塞认为,追求物质消费并不是人的本质需求,人的本质需求恰恰是要摆脱物质的束缚而追求崇高的东西。但在现代西方社会里,人们把物质需求作为自己最基本的需求。社会把不属于人的本质的需求强加给人本身,社会通过舆论、广告、大众文化的宣传形式把这种虚假的需求强加给个人,目的是形成利益的一体化。这样一来,当把社会的需求变成了人的本质的需求后,也就必然把个人的利益与整个社会的利益联系在一起,其结果是个人不仅失去了反抗现存制度的理由,而且成为维护现实的主要力量。在意识形态的蒙蔽与操纵下,人们把受操纵的生活错当成舒适的生活,把社会压制的需要错当成他们自己的需要,把社会的强制错当成自己的自由。他尖锐地指出:"如果工人和他的老板享受同样的电视节目并游览同样的娱乐场所,如果打字员打扮得像她的雇主的女儿一样花枝招展,如果黑人挣到了一辆卡德拉牌汽车,如果他们都读同样的报纸,那么这种同样并不表明阶级的消失,而是表明那些用来维护现存制度的需求和满足在何种

---

① [美]马尔库塞:《单向度的人》,张峰、吕世平译,重庆出版社1988年版,第11页。

程度上被下层人民所分享。"①马尔库塞深刻地揭示了在发达工业社会里,统治的形式已经由外部的政治统治深入到对私人生活与内在心理本性的统治。

西方马克思主义还认为,在当代社会意识形态的传播方面,大众文化是重要的意识形态的传播手段。单纯的娱乐性的大众文化,麻痹人们的心灵,粉饰现实统治,支配人们的闲暇时间,同化与规范大众的行为,在这种文化熏陶下形成的人是统治阶层需要的单向度的人。尽管大众文化的制造主要是为了获取利润而不是意识形态,但它往往不自觉地起着意识形态的控制作用。法兰克福学派的理论家们到了哈贝马斯一代,在批判科学技术的异化方面更进了一步。哈贝马斯的早期著作就把科学技术与意识形态批判结合在了一起,把科学技术的社会功能同意识形态所起的社会功能相等同,认为科学技术起着掩饰多种社会问题,转移人的不满和反抗情绪,阻挠人们选择新的生活方式,维护现有社会统治和导致社会堕落的意识形态功能。1968年,哈贝马斯出版了《作为"意识形态"的技术与科学》一书。在该书中,他以科学技术为"新的坐标系",论证了社会的不断合理化与科技进步的制度化的关系,提出在当今资本主义社会科学技术本身已经成了"第一位的生产力"的观点。作为第一位的生产力,它的直接后果是社会物质财富的高度丰富、人民生活水平的大幅度提高以及随之而来的阶级差异和对抗的消失,而不像马尔库塞所说的那样,成了统治人和扼杀人的自由的一种极权性的社会力量。他认为,当今科学技术不仅成了第一位的生产力,而且也成了统治的合法性的基础。作为统治的合法性的基础,它为统治进行辩护或论证的标准是非政治的,因为这个社会的统治的合法性一方面是"从下""从社会劳动的根基上"获得的;另一方面是从社会本身的共同目的中获得的。晚期资本主义社会压倒一切的目的就是保持经济的持续增长,这不仅是统治阶级追求的唯一目标,而且也是社会个人生活的主要目标。政治的合法性要由经济的合理性保证;经济的合法性又要由科技的合理性保证。因此,他明确提出"科学技术就是意识形态本身","技术统治的意识形态同以往的一切意识形态相比,'意识形态性较少',因此它没有那种看不见的迷惑人的力量,而那种迷惑人的力量使人得到的利益只能是假的。另一方面,当今的那种占主导地位的,并把科学变成偶像,因而变得更加脆弱的隐形意识形态,比之旧式的意识形态更加难以抗拒,范围更为广泛"。"因为它在掩盖实践问题的同时,不仅为既定阶级的局部统治利益作辩

---

① [美]马尔库塞:《单向度的人》,张峰、吕世平译,重庆出版社1988年版,第9页。

解,并且站在另一个阶级一边,压制局部的解放的需求,而且损害人类要求解放的利益本身"。①

值得注意的是,哈贝马斯虽然承认科学技术是现存统治的合法性基础,但是他对于科学技术具有的意识形态功能却给予了强烈的批判。他认为:"无论是新的意识形态,还是旧的意识形态,都是用来阻挠人们议论社会基本问题的。"②同时,他也批判了技术作为一种统治的泛化,批判了这种统治对于其他领域的渗入与控制,也就是技术统治把一切文化领域囊括于自身,形成一个以技术统治为基础的合理的极权的社会,在这样一个社会里,科学的物化模式变成了社会文化的生活世界。因此,科学技术作为生产力并没有把人类解放出来,相反,在原有的奴役中又加上了科学技术的奴役。科学技术作为一种意识形态,在晚期资本主义社会中所起的作用也不是真正的合法性,而是以合法性为名义的一种新的政治统治。

和其他西方马克思主义意识形态批判理论路径有所不同,弗洛姆认为马克思像斯宾诺莎和后来的弗洛伊德一样,都认为人自觉地思考的那些东西大部分是虚假的意识,是意识形态的文饰,人的行为的真正动力是人所意识不到的。他从弗洛伊德的无意识概念来理解意识形态的虚假性和它对社会的决定作用。弗洛姆把意识形态理解为社会的无意识,他认为只有在社会的无意识的范围内,才能全面地认识到意识形态对社会生活的作用。社会的进步和文明的发展不会消除无意识对人的压抑,反而只会使之强化。马克思则指出了消除压抑、消除意识形态的前景。弗洛姆认为,按照马克思的观点,压抑本质上是人的全面解放的需要和特定社会结构之间矛盾的结果。因此,当剥削和阶级冲突消失的时候,全面发展的社会就不需要任何意识形态,也就可以取消任何意识形态了。在充分人性化的社会里,不存在压抑的需要,因此也就不存在社会的无意识。弗洛姆的理论路径虽然明显有别于其他法兰克福学派的理论家,但他同样认为意识形态在本质上是一种虚假意识,它具有很大的欺骗性,其主要功能是通过美化现实生活来替现状辩护。

西方马克思主义把意识形态视为发达工业社会批判的核心,这一方面反映了他们对马克思主义批判理论的继承,把意识形态理解为虚假意识和异化意识,

---

① [德]哈贝马斯:《作为"意识形态"的技术与科学》,李黎、郭官义译,学林出版社1999年版,第69页。
② [德]哈贝马斯:《作为"意识形态"的技术与科学》,李黎、郭官义译,学林出版社1999年版,第69—70页。

反复强调意识形态的要害在于替现状辩护,在于与现存分裂的和异化的世界认同;另一方面也反映了他们对晚期资本主义社会当下问题的关注,特别是看到了在当代历史条件下意识形态的消极功能,揭示了现代技术世界中意识形态通过现代技术手段操纵人、压抑人、遏制社会解放的消极作用,所以他们把对于意识形态的批判视为社会变革的先决条件。尽管在西方马克思主义理论内部存在着极大的差异性,有些学者的观点甚至存在着很大的不确定性甚至是变数,但他们都把意识形态视为"变革"社会的主要力量,把意识形态视为发达工业社会操纵和控制人的主要力量,都认为晚期资本主义社会统治的形式已经由传统的政治经济统治转变为意识形态的统治,即统治的形式已经由一种"外在的"强制性的暴力手段转变为"内在的"非强制性的对思想的控制,这种对思想的控制又是通过各种文化形式潜移默化地完成的。因此,20世纪中期以后的西方马克思主义者更强调通过"文化与心理"革命来恢复现代人已经被异化的心灵,唤起人们对自身完整性的期待,改变人的现存生活方式,最终实现社会的变革。因此,从根本上看,意识形态批判的实质是文化与生存方式的革命。由此,他们完成了西方马克思主义意识形态批判理论的"主题创新"。

近20多年来,随着西方马克思主义的"主题创新",新一代的理论家已经开始扬弃法兰克福学派等外在的批判方式,使批判内化于社会之中。他们不仅从经济生产的视角转移到意识形态领域,而且关注这种意识形态在文化领域内的传播,并还原为有着相对独立的自身属性的研究对象。如果说当年葛兰西有关争夺意识形态领导权的理论在种种历史原因的影响下还没有引起人们应有的关注的话,那么20世纪70年代以后,随着大众传媒的兴起,他的理论又重新被一批新一代的西方马克思主义学者所关注。他们将葛兰西理论的触角深入到性别、代别、种族、民族、宗教、同性恋乃至全球化等各个领域,为意识形态研究赋予了当代意义。他们独特的研究方法和视角对我们把握意识形态的当代形态很有启迪意义。如迪克·海布第奇曾用葛兰西的霸权理论对年轻人的亚文化进行令人信服的研究。他认为亚文化的实践是青年人群在主动消费过程中产生的,它首先将商品东拼西凑,抛离了原来生产者的意图,商品成为被重新阐明的具有相反意义的文化载体。而当斗争下的产物被重新推向消费市场时,亚文化总是会抛开原先的独创性和对立性,走向与商业的融合并起到缓和意识形态矛盾的作用,斗争得以消解,妥协得以生成。"各种青年文化风格在一开始时可能会发出一些象征性的挑战,但是它们最后必定是以确立一系列新的规则、产生一些新的产品、新的工业或是使一些旧的产品和旧工业重新焕发活力而告终。"[1]约翰·斯道雷研究了"摇滚"霸权,指出美国西海岸的摇滚与越南战争有直接的关系。这种音乐属于反文化的音乐,它鼓动人们抵制兵役并组织起来反对美国在越南的战争;然而,这种音乐也给资本主义的商业公司带来了滚滚财源,这些财源又可能被用于越南战争。因此,"这又是一个有关霸权过程的范例;它揭示了社会中占支配地位的集团是如何通过'谈判'将反对派的呼声引到对自己有利的方向,从而确保占支配地位的集团能继续保持其领导地位。支持越战的资本主义文化工业并没有禁止西岸摇滚乐表达其反战的心声,但是其反战的心声的表达却是为了支持越战的资本主义文化工业的经济利益服务的。"[2]新一代西方马克思主义理论家更关注社会的非同质问题。约翰·费斯克就明白地指出:"如果我们坚持错误地认为我们生活在一个同质的社会里,人们基本上都相同,那么,大众性就颇具诱惑力地容易理解了。但是,当我们考虑到晚期资本主义社会是由各种各样的社会集团和亚文化构成的,它们都聚集在一个社会关系网络中,其中最重要的因素是区别性的权力分配时,大众性问题就变得复杂了。"[3]为此,费斯克等人为大众性赋予了当下的阐释,大大深化了人们对大众性的理解。

  上述这些意识形态的研究路径显然是大大超越了他们的前辈理论家。尽管他们也认为文化工业是意识形态生产的主要场所,它为我们认识世界、了解世界编造了各种强有力的形象、描述、定义及参照背景,但他们并不像早期西方马克思主义者那样,认为这些文化的消费者都是受害者,他们甚至认为消费过程是消费者的创造过程,他们能够进行一定的防御和抵制。大众文化并不只是堕落的商业文化和意识形态操纵的场所,而是具有创新意义的场所。这种理论视野一方面为我们提供了一种现实的思想批判武器,另一方面对于我们面对当今文化走向,正确审视 21 世纪全球化背景下的各国、各地区、各种样态的文化,无疑具有借鉴意义。

---

[1] [德]哈贝马斯:《作为"意识形态"的技术与科学》,李黎、郭官义译,学林出版社 1999 年版,第 174 页。
[2] [德]哈贝马斯:《作为"意识形态"的技术与科学》,李黎、郭官义译,学林出版社 1999 年版,第 174 页。
[3] [德]哈贝马斯:《作为"意识形态"的技术与科学》,李黎、郭官义译,学林出版社 1999 年版,第 176 页。

文学理论美学化是否可能

——对文论界一些流行观点的思考

近几十年来,文学理论界围绕着审美问题,先后提出了审美反映论、审美价值论、审美意识形态论等一系列命题,这对反拨长期束缚文论界的"左"的思想,纠正以往文论中一些命题的理论缺陷,确实具有重要的理论与现实意义。时下文论界又有一种倾向:将文学理论研究美学化,并声称这是使文学理论走向学理化的战略转移,这似乎又在审美意识形态论的基础上,大踏步地向前迈进了一步,不过这些命题本身却还有一些值得思考的问题。

文学当然也应当关注美学问题,特别是用审美意识关注和研究文学作品,这本身应该是文学,特别是文学理论的题中应有之义。但能否以审美意识形态作为文艺学(这里所说的文艺学是作为一门学科的 ЛИТЕРАТУРОВЕДЕНИЕ 而言,并不是"literature and art")的第一原理呢?这是一个值得认真思考的问题。

意识形态这一概念是 19 世纪初由法国经济学家、哲学家特拉西(Antoine Louis Destutt de Tracy)在《意识形态概论》中首先使用的。它指考察观念的普遍原则和发生规律的学说。在马恩经典著作中,最早出现这一概念是在《神圣家族》的"对法国革命的批判的战斗"这一节中,以后他们又在《德意志意识形态》的有关论述里具体阐述了这一概念。马恩经典作家指出,意识形态是阶级社会的特有现象,对抗性的生产关系导致"在全部意识形态中人们和他们的关系就像照相机中一样是颠倒的"。他们还指出,统治阶级利用意识形态,一方面粉饰统治,另一方面作为统治的手段。马恩经典作家除了在贬义上使用这一概念,如称思辨哲学和唯心史观为"德国意识形态"之外,主要是把它作为和经济形态相对应的一个历史唯物主义的重要范畴。以后,马克思还在《〈政治经济学批判〉序言》

中论述了历史唯物主义关于意识形态与经济基础的辩证关系。从意识形态这一概念在这一时期的使用历史不难看出,不论是特拉西所指的观念的普遍原则和发生规律的学说,还是马恩经典作家将其作为与经济形态相对应的历史唯物主义范畴,意识形态概念的内涵是十分确切的,始终是指系统的、自觉的反映社会经济形态和政治制度的思想体系,是特定阶级或社会集团根本利益的体现。至于第二次世界大战以后西方哲学中的意识形态概念,则大多迎合实证主义的主张,意识形态被西方学者规定为与科学、真理相区别的属于价值领域的精神。他们认为马克思主义不是科学,而是意识形态,提出要区分马克思主义理论中的"科学成分"和"意识形态成分"。至于英国"新马克思主义"理论家伊格尔顿提出的"审美意识形态"(Aesthetic Ideology)则是以意识形态中的特殊的审美领域与"一般意识形态"(General Ideology),即一定社会中占主导地位的意识形态加以区别,以便最终以"文化生产"的观念来连接基础与上层建筑的复杂关系。不过,这与意识形态的原意乃至马恩经典作家的有关表述已相去甚远。

历史唯物主义认为,社会意识可分为社会心理与社会意识形式两大部分,社会心理属于较低层次,社会意识形式是自觉的、定型化的社会意识,包括相对稳定的各种样式。在阶级社会中,社会意识的各种形式依据它们是否直接反映社会经济形态和政治制度,又可以分为非意识形态和意识形态两大类,属非意识形态的社会意识形式有自然科学、语言学、形式逻辑等,属意识形态的社会意识形式有政治法律思想、道德、宗教、哲学、文学艺术等。总之,意识形态的内容是社会的经济基础和政治制度、人与人的经济关系和政治关系的反映。如果我们承认意识形态是系统地、自觉地反映社会经济形态和政治制度的思想体系,那么我们就不难看出,审美意识形态这一概念具有相当的狭隘性和不确定性。因为审美充其量只是社会意识形式中的一分子,且不论其是否为重要的一分子,它本身不是系统地、自觉地反映社会经济形态和政治制度的思想体系,它也无力担负起法律思想、道德、宗教、哲学等其他上层建筑领域的社会职责,因此,它不单独成其为意识形态。审美意识形态的提出,有将本来十分清晰的、作为历史唯物主义范畴的意识形态狭隘化、不确定化的危险。

如果审美意识形态这一概念能够成立,且将其作为文艺学的第一原理,那么它是否又能作为社会意识形态的其他艺术门类,诸如绘画、雕塑乃至于戏剧、音乐等的第一原则呢?因为这些艺术门类一般而言也是对于社会中人的情感领域的反映。如果不可以,那么难道就可以说这些艺术门类不具有审美或意识形的因素了吗？如果可以，那么审美意识形态作为文艺学的第一原理，与审美意识形态作为绘画的第一原理、审美意识形态作为雕塑的第一原理等又有何质的区别呢？审美意识形态岂不成了一种普遍的规律，而且至少是在文学艺术领域放之四海而皆准了吗？

将文学理论研究美学化，并声称这是使文学理论走向学理化的战略转移的观点，也同样值得思考。文学理论与美学理论虽有其共同点和相似点，但毕竟是两个不同的研究领域、两个不同的学科。在美学界，尽管美感的愉悦性或者说审美个体无功利性是否真的与社会功利绝缘，是一个长期争论不休的老问题。但人们还是普遍承认，随着社会实践和社会生活的发展，出现了由实用到审美的过渡，美感意识从与实用观念的直接联系中分化出来后，人们在审美欣赏中就不再考虑对象对人的实用功利价值了，审美愉悦性取得了相对独立的价值。在审美中，人的感觉至关重要。感觉是人的一切认识活动的基础，而审美活动作为主体对审美对象的直观把握，也是以感觉为基础的。审美主体只有把握了审美对象的各种感性状态，才可能引起审美感受。在审美过程中，其他更高级、更复杂的心理反映形式，如知觉、想象、情感、思维等，都是在通过感觉所获得的感性材料的基础上产生的，因此，经验主义美学家帕克甚至认为感觉是进入审美经验的门户。与美学理论相比，文学理论则有明显的差异。文学虽然也以审美的方式把握世界，但它却是以知觉的方式来把握世界的。知觉不同于感觉，也不同于思维，它是感觉和思维的中间环节，属于思维的感性阶段，但比感觉复杂和完整。尽管作家也要进行理性的思考，但他在掌握和反映客观时，必须持知觉的方式，才能符合审美的要求，更为重要的是，文学不能简单地追求审美愉悦。文学还要讲价值（尽管审美也有价值系统，但却与文学的价值系统有着不同的内涵），还要讲社会功利目的，这是任何一位有社会责任感和有良知的作家都必须考虑的问题。正如《毛诗序》所言："诗者，志之所之也，在心为志，发言为诗，情动于中而形于言……"任何作家在创作艺术形象时，都不能够完全超然物外地进行纯客观描写，总要经过自己主观意识的分析、选择，进行一番加工和改造，因此文学作品中也必然蕴含着作家一定的思想观念和感情态度，这与无功利的纯审美是两回事。将文学理论美学化会大大削弱文学的认识功能和价值取向，其发展趋向及其负面意义是不言自明的。

作为语言艺术的文学，其自身有着与其他艺术形式完全不同的特点；作为研究文学的文论，也有着自身明确的研究领域。纵观20世纪西方文论，无论是俄国形式主义文论的语言研究方法,还是英美新批评、符号学,都是借鉴各种社会思潮、哲学思潮的方法论,在文论自身的领域,大大拓展了研究的空间和深度。"话语""结构""共时性""历时性""内在性""文本"等概念的提出,都是建立在新的语言学研究的成果与基础之上的,而这些概念与方法的运用,又将叙事理论发展到一个新的水平,从而对文学这门语言艺术的研究作出了自己独特的贡献。从某种意义上可以说,这也是一种交叉学科研究的成果体现,但这种交叉又不同于将文学理论美学化式的交叉,因为它没有忽视自身的研究对象,换句话说,语言学仅仅是作为文学研究的一种方法,问题本身却还是文学。与西方文论相比较,近十年乃至近几十年,我们在文论研究领域却少有这样高质量的成果问世,对文学作为一种语言艺术本身特质的研究则显得更为贫乏。在20世纪国外有关文论方面的重要讨论中,更是缺少中国学者的声音。交叉学科的研究确实有自身的优势,但将文艺理论美学化,不同于自然科学中诸多交叉学科(如数学物理是用数学的方法解决物理的问题,方法改变了,但问题却仍然是物理问题),文艺理论的诸多亟待解决的问题在交叉中被美学忽略了,反之,美学中的理论问题,如审美意识、审美心理等,也未能在美学化了的文学理论中得到深入研究和讨论。文艺理论的美学化也使我们面临这样一个尴尬的局面,一方面近年来出版了大量的文学理论的新版教材,另一方面,我们又不难发现,这些文学原理与诸多的艺术原理、艺术概论,甚至是美学原理、美学概论在体例与问题的表述上如出一辙,文学理论乃至于文艺学这门学科本身还有无存在的必要似乎都成了问题。

审美可以不讨论现实问题,可以与现实保持相当的距离,文学却不行,文学要关心现实问题,要关心现实的人的生存状态。作为一个文艺理论工作者,则更应关注当代现实生活,关注人民群众的愿望与要求,对客观现实及其各种关系作深入细致的调查研究。我们知道,恩格斯在《诗歌和散文中的德国社会主义》等文章中,对"真正的社会主义者"们进行了深刻的批判。他不满足于文艺表现穷苦的劳动者,而是要正面歌颂倔强的、叱咤风云的和革命的无产者。这就是革命导师对现实问题的基本态度,这也应该是当今马克思主义文艺理论工作者应有的正确态度。将文艺理论美学化势必会将严酷的现实问题审美化,这是逃避现实的表现。

旧千年的大门已经缓缓关闭,我们已经迈入新千年的门槛,文学理论在新千年中正面临着前所未有的困难与机遇。一方面,文学创作的发展为文学理论带来了诸多亟待解决的新问题;另一方面,文学理论自身旧有的问题,特别是一些基本原理问题,也还需要认真的研究与发展,文学理论要在新千年里有新的突破,不应满足于追求美学化,这样说并不排除用美学的方法解决文学理论问题的可行性,而应当在自身应有的理论体系中,摆脱旧框框的束缚,在基本原理与理论路数清晰的前提下,不断吸收新说新论,争取新的成就。

中国美学走向现代化的前提条件

多年以来,中国的美学虽然经历了几个大的发展阶段,特别是在中华人民共和国成立以后的五六十年代及 80 年代,但其发展前景却不容过分乐观,要使中国美学真正走向现代化,必须具备以下前提条件。

一、科学技术的进步

我们知道,在古代和中世纪,技术和艺术本是相通的。古希腊人所称的"特克奈"(tekhne)一词,便既指工业、农业、医药、骑射、烹饪,又指音乐、雕塑、绘画、诗歌等。从人类物质生产与精神生产发生分离以来,人的统一的造美与审美活动分成了相互联系,又各有区分的两大领域,即物质生产与精神生产领域。但归根结蒂,美的本质离不开人的本质,美的存在离不开人类的社会实践,美和人们审美意识的发展也离不开以物质生产实践为基础的人类文明的发展。任何历史时期,物质生活中的造美与审美活动都是人类最基本的活动之一,它决定和影响着人类精神活动领域造美与审美活动的本源。美学作为一门基础学科,理所当然地要受到科学技术和人类文明程度的影响和制约。翻开中外艺术发展史,我们不难看到:大凡保持艺术持久创造性的地区,都是科学、文明高度发达之处。这是因为科学技术的进步赋予艺术以新的生机,科学技术为人类带来大量新的艺术形式,也极大地拓展了美学研究领域。作为主体的人对客观世界的认识也由此变得多种多样。这在某些实用性艺术门类中,表现得尤为明显。

以建筑艺术为例,中国曾经在世界建筑发展史上留下了非常光辉灿烂的篇章。古人很早以前便通晓拱顶的原理,因而完全有能力建造重要的、辉煌的建筑物，如城门、桥梁、高大的城墙壁垒等；但由于在建筑材料方面的局限，中国的建筑历来以轻材料，如砖、木为主，加之建筑方法上的局限、大量支撑物的需要、实体压力空间的限制，这就是我国历史上遗留下来的建筑物大多不超过宋朝的原因。而科学技术所带来的建筑材料和方法的革命，则意味着基于砖、木的耐力之历史悠久的比例体系的告终。新型的建筑材料——钢以其巨大的覆盖空间使快速建筑成为可能；钢筋混凝土允许更大的跨距，这就使建筑重新考虑空间。建筑不再受自重的钳制，在经历了一个相当长的横向发展后，重新又朝直向发展。至于现代建筑业所采用的巨大的玻璃工程，则使建筑物不再基于坚实的地基，而是基于梁柱。而防腐技术又防止了金属的氧化，使材料的强度增加，并使巨大的空间无支撑地连接起来，推翻了以往平拱和拱顶结构的全部传统的建筑观念，建筑业的科技革命使人类在审美领域得到了一次又一次全新的感受。

现代美学运用新技术革命提供的一切科学手段，从心理学、精神分析学、信息论、控制论、系统论、符号学、人工智能、计算机科学以及文化人类学等各个角度，对主体的审美经验，特别是艺术创造和艺术欣赏的经验，进行了空前规模的全方位的细致考察，并随之涌现出一大批形形色色的美学派别，美学的研究领域及分支也日趋多样和完善。如摄影技术与器材的发展推动了电影这种艺术形式的完善；电视技术的进步使人类足不出户，即可身居美的世界之中；电子技术的成功又使电声音乐异军突起，风靡全球，无论人们对此持何种态度，它的存在与发展，它对传统音乐的挑战已是一个现实。科学技术对人类文明的影响、对美学的影响是任何人都不能熟视无睹的。

近年来，我国美学界不少研究者已把自然科学的某些最新成果移植或嫁接到美学中来，如引进了热力学第一定律，即熵的定律、耗散结构理论等。但由于受当今大多数美学工作者知识结构所限，这些理论在美学领域中往往如同水中浮萍，缺少深厚的根基，难以引起人们深刻的哲学反思。如把耗散结构理论引入美学领域，本应引导人们从哲学的高度去考虑个体与群体，随机性与决定性等问题，从这一高度去理解人类社会的多元化结构，文化、理论体系的一元与多元关系等问题，最终使人们深刻地理解：任何思想体系之所以能够成为体系，显然是带有一元特点的，但这种一元不是对外孤立封闭的。人对世界掌握方式的多样性就决定了在总体上，文化与思想现象总是多元的，进而我们还可以理解到，马克思主义美学及文艺学就其体系而言是一元封闭的，但就其历史的形成与未来前途而言，则应开放在多元的对话之中。如果我们把马克思主义美学及文艺学理论封闭起来,就会使它像一个孤立的"热机"那样耗尽热量而生命终止。如果我们真正能把耗散理论作为一种方法论运用于美学领域,那么对建构我们的美学体系(当今有不少学者正为建构体系殚精竭虑)一定会产生深远意义。

由此我们还可以看到,要把自然科学的成果引进美学领域,其间还有一个艰巨的消化吸收过程,而要使中国美学真正走向现代化,仅仅吸收自然科学的最新成果还不够,社会科学、人文科学的最新成果同样不可忽视。正如马克思当年在创立异化劳动理论时,吸收了资产阶级国民经济学理论一样,我们今天也应当尽可能借鉴和吸收全人类在社会科学、人文科学领域的最新成果。马克思当年如果不是用资产阶级国民经济学的理论与方法,即从资本主义的商品、货币、劳动入手去研究异化问题,也就是用经济学的成果与方法去研究哲学问题,要想超越前人,得出全新的研究成果简直是难以想象的。而我们今天如果在社会科学领域中人为地制造一些禁区,不敢涉足,不敢启齿,要使中国美学走向现代化,同样也是难以想象的。为此,我们美学工作者要有勇气补上科学技术(包括社会科学、人文科学)这一课。

二、哲学的发展

哲学的发展水平如何,常常是衡量一个国家或民族整个发展水平的重要尺度,自然也成了衡量一个国家或民族美学研究水平的重要尺度。正如恩格斯所指出的:"一个民族要站在科学的最高峰,就一刻也不能没有理论思维。"[1]只要我们回顾一下中华人民共和国成立以来几场重要的美学论争便不难发现,这些论争最终都是哲学之争。

如 20 世纪 50 年代关于美的本质问题的论争之所以难以达成共识,除了这一问题本身的复杂性之外,归根结蒂还是在哲学的一些基本问题上,如意识的特殊性问题、自在的"物"与审美的"物"的区分与统一的问题,以及自然物的社会性等问题上的分歧,而这些问题最终则有赖于哲学认识论的深入,因此可以说,美学界所要澄清的问题,恰恰也是哲学的基本问题。

又如,围绕着马克思在《〈政治经济学批判〉导言》里关于"掌握世界方式"的经典论述,理论界也展开过一场虽说规模不大,但却持续近 10 年的讨论。这些

---

[1] 《马克思恩格斯选集》,第 3 卷,人民出版社 1972 年版,第 467 页。

讨论的论题不外是怎样理解马克思所提出的"掌握世界的方式"、关于四种"掌握世界的方式"的各自特点及其相互关系，以及"艺术掌握世界的方式"与艺术本质、特征等问题，这也是我国广大文艺工作者和美学工作者如何在马克思主义世界观和方法论指导下认识艺术的本质和特征的问题，它同样没有超越出哲学认识论的范畴。可以预料，如果仅仅停留在讨论四种掌握方式的内涵和外延及不同理解上，是很难把上述问题的讨论引向深入的。

再如，1986—1990 年关于文艺的意识形态性问题的论争，其争论的焦点在于：意识形态是否属于上层建筑，由此进而提出，文艺究竟是不是一种意识形态或意识形态形式。遗憾的是不少文章对"意识形态"这个概念却无严格的界定，使之在逻辑上失去了共同的论域，而上述问题的最终深入，也有赖于从哲学上非常严格地界定什么是"意识形态"，由此才能全面理解马克思主义的意识形态理论，才能把握文艺的意识形态性与社会倾向性、阶级性、党性之间的关系。

另外，理论上的有些问题本来是在哲学的层面上展开讨论的，其术语也是一个特定的哲学概念，当它被引入美学、文艺学范畴后，其概念就变得很不确定了。如 20 世纪 80 年代哲学界展开了关于本体论的讨论，本体（ontology）作为哲学概念，虽有普泛化倾向，但其基本的含义却是指本质或本源。这个哲学概念最初由新批评派引入文论，这一概念一经被我国学者运用到艺术理论中，其内涵与外延便有了很大的发展。出现了诸如以精神为本的文学本体论、作品本体论、语言或形式本体论、生命本体论等，术语的变化令人眼花缭乱。但是，这个问题如果放到哲学层面上看，即按本体的基本含义——来源来说，便不难看出，马克思主义是承认物质是世界本源的，尽管马克思主义的经典作家并未采用"本体论"这样的术语，但这仍可以看作是马克思主义的物质本源论，即物质本体论，这显然与 17 世纪德国哲学家郭克兰纽以及 18 世纪德国唯心主义哲学家沃尔夫所提出的脱离人的实践及其活动来阐述存在本身及其规律的哲学学说是根本不同的；也就是说，这两种哲学概念在人的意识同其周围存在的关系问题上的基本观点是完全不同的。至此，这个问题在哲学层面上应该说是已经可以认识的了。然而在艺术领域中，关于本体论的讨论远没有像哲学领域中的讨论那么深入，不少论者在没有对哲学层面的问题深入讨论的情况下，即哲学问题尚未完全解决时，又匆匆投入文学主体性问题的宣传中去了。无怪乎后来有人提出：我们国内目前并没有真正新的本体论研究，而是仍在重复表现论或反映论，或是两者的糅合，或是出发点似颇新颖，但结论却无新意。

即便是我们的眼光投向美学应用的实际领域，也还是应该清楚地记住，美学是一门理论学科，理论学科就不能离开哲学理论。正如蒋孔阳先生所说："美学如果不讲哲学和理论，很容易走向两条错误的道路。一是实用化的道路，把有用看成是美，把美的追求看成是对于物质利益的追求，这就违背了美学是精神文明建设中的事，而将它当成物质文明了。二是泛化或庸俗化的道路。"[①]遗憾的是，我们的有些美学研究者一旦从形而上走到形而下，就全然不顾理论的严谨性、科学性，把某些具有个别审美因素的事物当作美学研究对象，大谈特谈，以至于出现了语言美学、厕所美学……由此可见，从整体上提高美学研究队伍的哲学素养是十分必要的。

三、术语、概念，特别是范畴体系的同一

每一个独立的美学派别都有其独立的范畴体系，美学观念的创新也往往首先表现为范畴体系的创新。西方美学由于长期依附于哲学，因此其范畴体系所关注的问题主要是艺术审美或日常审美活动中的哲学问题，所运用的方法也主要是哲学的思辨方法。如柏拉图阐述了从某个美的个体到具有普遍性的美的形式，到心灵美，到行为美，到知识美，一直到最高层次的理念美的进程，建立了一个以"理念美"为核心范畴的美学体系。亚里士多德则把人类活动分为认识、实践行为和创造三大类，并在总结希腊艺术成功经验的基础上，围绕戏剧创造提出情节、性格、形象等戏剧六要素以及"净化""快感""痛感""滑稽""摹仿方式""摹仿媒介"等概念，建立起以"摹仿"为核心范畴的美学体系。康德则首次对主体的审美经验（他所谓的"判断力"）这个近现代西方美学的核心范畴进行了系统而全面的考察，第一次彻底揭示了审美经验中的中介性质及其固有的一系列特殊内在矛盾，阐明了审美判断力的主体性和超越性特征，并且力图用审美范畴的中介性质在他的真理范畴体系和逻辑范畴体系之间架构起一座桥梁。黑格尔纠正了康德未能纠正的英国经验派美学和大陆理性派美学各自的片面性，将感性和理性在审美中统一起来，建立了一套将美的理念按辩证逻辑推演而成的范畴体系，完成了康德未完成的事业。

我国古代美学思想虽然丰富多彩，并有着独自的特点，但无论在术语、概念

---

① 蒋孔阳：《上海美学在前进》，载于《上海审美文化》，百家出版社1992年版，第3页。

的含义和使用上,还是在范畴体系上,都有别于西方的美学理论,而且绝大多数美学论述都融合在哲学、政治、历史等著作中。其间虽有像《乐记》这样专门的音乐美学论著,也有像《典论·论文》《文心雕龙》《论画》《古画品录》这样的文论、画论等部门艺术理论著作,但较为系统的阐述美学基本原理的著作并不多见。另外由于中国古代思想家们几乎和西方没有交流,不了解西方的情况,很少受其影响。只是到了近代,随着社会改革的需要,一批资产阶级改良主义者为介绍西方资产阶级的社会理想、政治理想及文化思想,才开始译介西方美学的论著。就中国古代的美学范畴而言,在诗论方面,它讲意境兴寄;在画论方面,它讲虚实显隐,形神兼备之法。西方美学的范畴是分析性或演绎性的,尽可能运用理性逻辑对审美对象的性质进行精确的分析与界定,有一套严密的范畴体系。而中国美学大多是直感性的或体验性、描述性的,往往范畴本身就是比喻,如"风骨",始终立足于生动的审美经验感性的把握上。而术语、概念的含义及其范畴体系的逻辑进程,反映着社会实践向深度与广度发展的历史进程。如列宁曾把范畴比喻为"帮助我们认识和掌握自然现象之网的网上的纽结"。[①] 一定的范畴反映人对客观世界认识和掌握的不同方面和不同阶段。随着"自然现象之网"诸方面的关系在实践中不断向人展开,人类认识和掌握世界的思维之网的"网上的纽结"——范畴也逐渐形成、丰富、展开。然而严峻的问题是,中西方美学犹如完全不同的两大"符号系统",术语、概念的含义和使用以及范畴体系截然有别,造成了逻辑上不同的论域,影响了相互间的交融与对话,也使得东西方美学的接轨变得十分困难。某些表面看似美学之争的问题,其实却是概念之争并由此导致了大量激烈而无谓的商讨,限制了争鸣中学术水平的提高。要使美学这一学科得到健康的发展,就不能不考虑起码的学术规范。

术语、概念、范畴体系不仅是思维的"纽结",而且也是人类各种学科知识赖以系统化和科学化的"纽结",因此,要使中国美学走向现代化,在上述问题上不能不首先走向世界,相互交融,并且严格界定,也只有这样,才能使美学作为一门独立学科在理论上更加完善。

值得注意的是,由于在术语、概念、范畴体系上的混乱及缺少必要的学术规范,也造成了美学研究在投入与产出上的不平衡。一方面是大量的人力、财力从事着低效的,甚至是重复的劳动;另一方面是优秀的研究成果又难以问世,我们

[①]《列宁全集》,第 48 卷,人民出版社 2017 年版,第 233 页。

有统计不尽的美学教程已经出版或正待出版,但又有为数可观的重要文献资料苦于找不到出版部门,有些看似创新的论述,其实仅仅是概念、术语上的花样翻新。这些都束缚了中国美学走向现代化。这是一种极不合理的现状。现在不少学者都在哀叹中国美学走入了低谷,于是很自然地关心其出路问题,不过从某种意义上说,我们以为的这个低谷时期也许正是美学界自身整顿学科、建设学科的有利时机。队伍小了,人员精了;论著少了,质量高了,这未必是坏事。只要美学工作者振奋精神,严肃治学,克服自身的缺陷,中国美学一定能走向现代化,走向希望的明天。

论"人的全面发展"与文艺的社会功能

马克思生前没有为我们留下有关文艺和美学的系统论著,也没有系统地论述过文艺的性质和功能,他的文论和美学思想散见于他的一系列论著和书信之中。从马克思的论著和书信之中,我们发现,社会的全面进步和人的全面解放是他终生眷注的问题。

一、马克思从不抽象地讨论人的自由和解放

马克思一生思想的主题就是追求实现人的自由和解放。从青年时代研究古希腊、罗马哲学起,他就站在反思法国大革命抽象自由的立场上,在赞扬自由精神时,积极主张在现实中真实地建设具体自由。在《1844年经济学哲学手稿》(以下简称《手稿》)中,马克思就揭示了人的全面发展的本质规定及其历史形式。我们知道,黑格尔在《精神现象学》中深入地探讨了"劳动"问题,认为人和动物的区别在于劳动。动物在活动中是要把对象吃掉、消灭掉,以满足自己直接的欲望;人则不同,他是通过劳动,利用并改造自然界来满足自己的需要。因此,"劳动陶冶事物",人是在陶冶事物的劳动中"意识到他本人是自在自为地存在着的"[①]。这就是说,人在劳动中不仅把劳动的对象转变为真正的人的对象,而且通过劳动,意识到自我、独立性和自为的存在,并表现为自己是一个真正的人,因此人是他自己劳动的结果。马克思对黑格尔的这一评价是十分重要的,因为马克思肯定了人的自我生成或全面发展是一个历史的过程,即人在劳动中的外化

[①] [德]黑格尔:《精神现象学(上)》,贺麟、王玖兴译,商务印书馆1979年版,第130—131页。

和扬弃外化的过程,因而人的全面发展本质上是他劳动的结果。同时,由于黑格尔讲的劳动是抽象的精神劳动,劳动的主体、对象、产品和实际的劳动过程均被他精神化了,因此,要把黑格尔的"伟大之处"转变为富有实际意义的成果,就必须批判改造他的以精神劳动为基础的唯心辩证法,代之以物质生产劳动为基础的唯物辩证法。这就意味着,《手稿》阐述的人的全面发展的思想是以对物质生产劳动的理解为基础的,马克思是在物质生产劳动中发现了人的全面发展的全部根由,是劳动使人从自然存在物上升为"人的自然存在物",也是劳动使人客观地展开自身全部的丰富性。"当现实的、有形体的、站在稳固的地球上呼吸着一切自然力的人通过自己的外化把自己现实的、对象性的本质力量设定为异己的对象时,这种设定并不是主体;它是对象性的本质力量的主体性,因而这些本质力量的活动也必须是对象性的活动。"①劳动还使人在他所创造的世界中直观自身并发展自身。

马克思在《手稿》中高度评价了黑格尔的这一论述,他指出:"黑格尔《精神现象学》及其最后成果——作为推动原则和创造原则的否定性的辩证法——的伟大之处首先在于,黑格尔把人的自我产生看做一个过程,把对象化看做失去对象,看做外化和这种外化的扬弃;因而,他抓住了劳动的本质,把对象性的人、现实的因而是真正的人理解为他自己的劳动的结果。"②也只有马克思真正揭示了在物质生产劳动中隐藏着人的全面发展的全部秘密,只有对物质生产劳动进行唯物的、辩证的和历史的分析,才能最终揭示人的全面发展的本质和根源。

马克思对劳动本质的分析,为阐释人的全面发展的思想建立了一个抽象的然而是必不可少的逻辑前提,用以对"异化劳动"的考察分析和对共产主义的展望,探索人的全面发展的历史形式和理想状态。在马克思看来,"异化劳动"与人的全面发展的关系是一种否定性关系,因为劳动者与劳动产品相异化,否定了人的全面发展的物质基础。劳动活动本身的异化或人同自己的类本质相异化,否定了人的全面发展的自由自觉的劳动本质。异化劳动所以否定人的全面发展,还因为它使人与人异化,即产生了阶级对立的关系。马克思既揭示了工人在"异化劳动"条件下的悲惨境遇以及"异化劳动"同私有制的关系,也揭示了人的全面发展在"异化劳动"和私有制条件下的否定性,但马克思对"异化劳动"的分析和

---

① 《马克思恩格斯全集》,第 42 卷,人民出版社 1979 年版,第 167 页。
② 《马克思恩格斯全集》,第 42 卷,人民出版社 1979 年版,第 163 页。

思考并没有就此结束,他寄希望于未来的理想社会。"社会从私有财产等的解放、从奴役制的解放,是通过工人解放这种政治形式表现出来的,而且这里不仅涉及工人的解放,因为工人的解放包含全人类的解放;其所以如此,是因为整个人类奴役制就包含在工人同生产的关系中,而一切奴役关系只不过是这种关系的变形和后果罢了。"①工人的"异化劳动"是一切异化形式的集中表现,它必然使工人也使广大劳动者起来铲除私有制和奴役制,取得自身的解放和全人类的解放,实现人的全面发展,而这也就是马克思所理解的共产主义。

马克思对共产主义的理解是与他对空想社会主义和空想共产主义的批判联系在一起的,而其思想内容又与人的全面解放相关。在马克思看来,空想社会主义和空想共产主义虽然也要求否定私有财产,但它实际上"不过是私有财产关系的普遍化和完成"②,即不是消灭私有财产的主体本质,而是把私有财产当作客体、物来对待,通过均分私有财产来反对个别的私有财产,使人人都成为私有者,这显然是幼稚的。更为糟糕的是,在空想社会主义和空想共产主义理论中,凡不能被当作私有财产占有的东西,如人的个性、才能等,都应当被消灭。显然,这是对人类精神世界的蔑视和对人类文明的倒退。因此,马克思尖锐地指出:"对整个文化和文明的世界的抽象否定,向贫穷的、没有需求的人——他不仅没有超越私有财产的水平,甚至从来没有达到私有财产的水平——的非自然的单纯倒退,恰恰证明私有财产的这种扬弃决不是真正的占有。"③在批判空想社会主义和空想共产主义的基础上,马克思明确地提出了他自己关于共产主义的基本观点:"共产主义是私有财产即人的自我异化的积极的扬弃,因而是通过人并且为了人而对人的本质的真正占有;因此,它是人向自身、向社会的(即人的)人的复归,这种复归是完全的、自觉的而且是保存了以往发展的全部财富的。"④在此,马克思论述了共产主义与人的全面发展的本质联系。在马克思看来,共产主义不是单纯地通过物的扬弃就可以获得的,而是要通过对异化了的人或人的自我异化的扬弃才能获得;因而,仅仅获得对物质的占有是远远不够的,还需要精神的解放、人的本质的全面的占有。"一切对象对他来说也就成为他自身的对象化,成为确

---

① 《马克思恩格斯全集》,第 42 卷,人民出版社 1979 年版,第 101 页。
② 《马克思恩格斯全集》,第 42 卷,人民出版社 1979 年版,第 117 页。
③ 《马克思恩格斯全集》,第 42 卷,人民出版社 1979 年版,第 118 页。
④ 《马克思恩格斯全集》,第 42 卷,人民出版社 1979 年版,第 120 页。

证和实现他的个性的对象,成为他的对象,而这就是说,对象成了他自身。"① 由此可见,共产主义对人的本质的占有是全面的、彻底的,或者说,它对人的发展的理解是全面的、完整的。马克思从不抽象地讨论人的自由和解放,而是把物的属性同人的需要和本性联系起来,然后通过实践,按人自身的需要,实际地掌握和占有物,使之符合人的需要,体现人的本质,促进人的全面发展。在《论犹太人问题》和《黑格尔法哲学批判》中,他同样揭露了资产阶级的自由所掩盖的现实不自由,进一步深化了对法国大革命反思所得到的具体自由思想。在清算黑格尔的抽象自由观的基础上,指出这种仅仅停留于自我意识内部的自我规定性的自由仍然是抽象的。

二、马克思不但把人的尺度用于批判资本主义,而且用作任何社会发展的衡量尺度

马克思不仅终生关注人的自由和解放,而且关注社会中个人的解放的程度。晚年的他在逐步深入研究国民经济学,探索现实社会矛盾的过程中,把自由看成是现实矛盾的解决,指出具体自由存在于现实之中。此时的马克思已经意识到,在以往很长的历史时期内,整个人类社会的发展是以牺牲个人的发展为代价的。资本主义作为一种制度安排,就是通过最大限度地损害个人的发展才取得一般人的发展的。人类的发展和个体的发展因此处于对抗状态。有鉴于此,马克思的历史任务就是寻找一种社会形式来克服这种对抗,使整个社会的发展"同每个个人的发展相一致"②,这种社会形式就是共产主义。所以,马克思特别强调共产主义社会是以"每个人的自由发展"为条件的。在这种意义上,人的解放、人的全面发展主要就是指个体的人的发展和解放。

在《德意志意识形态》中,他把历史、社会形态的演变、人的普遍性发展统一起来加以考察,强调真正的社会主义革命必须具备物质条件和个人普遍发展的基础。分工所造成的个人无法支配巨大社会生产力的问题,必须靠自由发展的个人联合起来加以解决,个人只有通过这种联合才能获得自由。1846 年,他在致帕·瓦·安年科夫的信中批判了蒲鲁东,指出旧的历史观无视个人的问题,

---

① 《马克思恩格斯全集》,第 42 卷,人民出版社 1979 年版,第 125 页。
② 《马克思恩格斯全集》,第 26 卷·下册,人民出版社 1974 年版,第 124—125 页。

"蒲鲁东先生在历史中看到一系列的社会发展。……他发现,人们作为个人来说并不知道他们在做什么事情,他们误解了自身的运动,就是说,他们的社会发展初看起来似乎是和他们的个人发展不同、分离和毫不相干的。"①在《共产党宣言》中,他进一步指出,每个人的自由发展是一切人自由发展的条件。

在《资本论》及其手稿中,马克思把历史不仅仅看成是经济史,也是人自身发展的历史,他不仅用剩余价值理论剖析了资本主义,而且在更深层次上剖析了资本主义生产和交换,指出资本主义劳动是以物的依赖性为基础的虚假自由劳动,资本主义生产并不以人为目的。在资本主义生产和交换体系中,个人被片面化,个人成了商品,成了单纯可以出卖的劳动力和自然力,个人的活动和产品必须成为一般产品——交换价值这个使一切个性和一切特性被否定和消灭的东西——他才成为社会的人,个人只有否定自己才能成为个人。19世纪70年代,他在批判巴枯宁时还进一步强调了社会革命是建立在具体条件之上的,革命的目的是逐渐消灭阶级和国家,以人的自我管理和自治来实现个人自由。可以看出,如果没有对自由的不懈追求,就不可能有晚年马克思思想的发展。晚年马克思不但把人的尺度用于批判资本主义,而且用作任何社会发展的衡量标准。生产以人为目的和社会发展以人为目的都强调了不能把人片面化,不能用物统治人,而是要以人的全面发展克服片面性的束缚,实现人的真正自由和解放。马克思并不是把历史看成牺牲个别,靠偶然给自己开路的必然性运动,而是把人的具体自由置于最高地位,"人们的社会历史始终只是他们的个体发展的历史"②。这些论述不仅使我们进一步认识到社会基本支配原则的多样性和马克思革命哲学的内在追求,而且加深了我们对马克思主义哲学的人学立场的理解,而只有在这个意义上,我们可以说,马克思主义是最伟大的人道主义。

三、"人的全面发展"理论对人的解放的现实意义

"以人为本""坚持科学发展观""构建和谐社会",这是中国近年来提出的。随着改革开放的日益深入,"人的全面发展"问题越来越引起人们的关注并提上日程。众所周知,过去我们在一个相当长的历史时期强调的是"集体至上""社会

---

① 《马克思恩格斯全集》,第4卷,人民出版社1972年版,第320页。
② 《马克思恩格斯全集》,第4卷,人民出版社1972年版,第321页。

至上",个人必须服从集体和社会,并且把"集体至上""社会至上"在价值观上用作区别资本主义"个人至上"的重要标志,从而在事实上落入了马克思所批判的"虚幻的集体"。恩格斯在《家庭、私有制和国家的起源》中告诉我们,集体具有优先地位,个人对集体只是无条件服从的时代,只有在原始部落制中才存在。在以往相当长的一个时期内,我们更多强调的是两种社会制度和两种价值观的根本对立,而忽视了人类历史发展的共性和阶段性。对于中国社会来说,"个人"在历史舞台上真正"凸显",真正关注"现实的个人",是随着改革开放尤其是社会主义市场经济体制的建立才开始出现的。正是市场经济使人突破空间限制,建立起日益丰富的社会交往关系。市场经济对物质生产力的巨大推动,为个人的全面发展奠定了坚实的物质基础。随着市场经济的发展,关注现实的个人在中国不仅已得到理论的确认,而且已成为实践的过程。社会结构和关系的变革为个人的存在和发展提供了可能性空间,人们开始走出狭隘的群体和狭窄的地域,逐步摆脱"单位所有""部门所有""地区所有"的"人的依附关系",这是中国近几十年来发生的最深刻的社会变革,它已经并正在改变着延续了几千年的中国人的生存方式,其重要体现就是"个人"受到越来越多的关注,"个人"开始登上历史舞台。

然而,随着中国市场经济的全面发展,现实的个人的全面发展遇到了"全面"发展与"单向度"发展以及个人的现代化和物的现代化的二难情结。一是市场经济对社会分工的深化将引起人类个体能力的单向度发展,造成人的片面性。市场经济总是伴随着社会分工的深化发展起来的。市场经济越发达,社会分工越充分、越彻底,社会分工的极端发展使人在类的层面上获得了日益深刻的全面性和丰富性,但却是以个人的片面性发展为代价的,尽管市场经济使中国的生产力取得了巨大的进步,但这却是建立在个人的片面发展基础之上的,不扬弃片面性就不可能实现人的全面发展。二是市场经济最为严重的负面效应在于必然导致人的"异化"或"物化"。市场经济所显示的超越性,只是一种世俗层面上的超越性,它掩盖和遮蔽了人的精神层面上的内在超越性,把人仅仅局限于作为肉体存在物所呈现的物质欲望和官能欲望。按照马克思的观点,市场经济是人类存在方式演进的第二种历史形态,它"以物的依赖性为基础",市场经济使人依附于物,物变成了人的主宰,从而把人物化了。这种物化使人不可能以一种全面的方式占有自己的全面本质。尽管中国的社会主义制度可以在一定程度上遏制市场经济负面效应的扩张和肆虐,但现实的个人在物欲中日益沉沦,这将使个人的全面发展经受严峻的考验,从这个意义上说,促进现实的人的全面发展乃是中国社会在今后一个相当长的历史时期内的艰巨任务。从某种意义上说,现实的个人的全面发展,不仅是衡量中国社会全面发展和进步的重要尺度,也是推进中国社会全面发展和进步的根本力量。一个社会的进步和发展,归根结底应当落脚并体现在促进现实的人的全面发展上,"物"的现代化是"人"的现代化的手段而不是目的,如果机械地、片面地强调经济的中心地位,就只能进一步加剧人向物的沉沦,现实的个人有可能蜕变为丧失灵性的纯粹"经济人","人的全面发展"就会因此丧失其巨大的"道德感召力"。

四、"人的全面发展"提醒人们注意文艺的社会功能

马克思在强调经济基础的决定作用的同时,经常提醒人们,不要忽视上层建筑的反作用;在肯定社会存在决定社会意识的前提下,又指出社会意识的能动性,充分显示出唯物论和辩证法的深刻性。

从20世纪90年代以来,随着中国社会主义市场经济体系的逐步确立,中国的社会生活发生了全面而深刻的变化,这种全面而深刻的变化不仅反映在社会经济领域、政治领域,而且也波及社会文化领域,包括文艺领域。以往文艺担负的为社会代言、立说乃至治国兴邦的崇高使命迅速消解,无论从文艺观念还是表现形式来说都呈现出多样化的趋势。近20多年来,中国为选择市场经济作为自己的社会资源配置的基础而进行了各种艰巨的改革。伴随着深刻的社会变革,中国文艺界也已经和正在发生着前所未有的变化,这主要表现在文艺在社会生活中的地位和作用发生了微妙的变化;文艺与非文艺的边界正逐渐被打破;社会主义市场经济体系的建立,推动了文艺的市场化、产业化;文艺加速了和各种媒体的联姻;资本运作开始进入文艺写作领域。其中,文艺的社会功能的变化尤其值得关注。

中华人民共和国建立以来,在相当长一个历史时期内,文艺作为上层建筑和意识形态的一个组成部分,受到党和政府的高度重视。文艺不仅在人生、审美,而且在政治教化和道德层面上发挥着直接作用,文艺甚至渗透到社会生活的各个层面,文艺的社会作用显而易见。应当看到,这种地位的获得是由党和政府所提供的,而并非文艺自身所能完全提供的,在这种情况下,党和政府也必然要求文艺服从和服务于特定的政治需要。文艺的发展纳入了社会主义国家的政治生

活轨道,文艺的重要问题都与党和政府的政治生活息息相关,而且往往以党和国家的政治决议的形式作用于文艺界,这也就是人们非常熟悉的文艺为政治服务的时代。客观地说,这也不是一个一无是处的时代,在社会主义政权创立初始,这一特定的历史时期,这样的文艺政策在历史上也确实起过积极作用。工人阶级和共产主义的世界观应当而且必须在反对自己的敌对势力的斗争中,在社会主义革命和建设的政治中,发挥其应有的作用。而马克思主义的文艺思想,作为马克思主义整体的一个组成部分,必然具有一定的政治倾向,这也是十分合理的。正如当年恩格斯所要求的,文艺应当"歌颂倔强的、叱咤风云的和革命的无产者"[①]。问题在于只强调政治在整个社会生活中的重要地位,把政治完全看作高于艺术,决定艺术的因素,而把艺术置于政治的主宰和管辖之下,把政治的因素和问题提升到艺术的最高层次和最高价值的高度,就把艺术的一个重要的方面或因素等同于整个一切的全部重要因素,甚至当成唯一重要的因素,这也就走向了形而上学,这种异化的文艺并不能为"人的全面解放"提供精神食粮,更不能灼照人的心灵,最终远离受众就是自然的了。

党的十四大明确宣布:中国经济体制改革的目标是建立社会主义市场经济体制。这是一个带有全局性的重大突破。1993 年,党的十四届三中全会又通过了《中共中央关于建立社会主义市场经济体制若干问题的决议》,确立了社会主义市场经济体制的基本框架,制定了深化改革的总体蓝图,中国的改革发展从此进入了理论上和实践上全面性总体推进的新阶段。

随着改革开放逐渐深入的步伐,整个中国社会尤其是沿海开放城市的面貌发生了深刻的变化。市场经济和城市化进程加快了多元文化的形成;市民社会的逐渐形成更使文艺逐渐进入个人私密空间,喜欢或不喜欢什么作品,完全成了个人的事情,与公众的关系越来越疏远。而商品化、城市文明又带来了劳动时间和休闲时间分离的直接后果。人们开始把文艺视为一种生活中的休闲,甚至需要在阅读文艺作品中寻求一种快感。这种休闲和娱乐型的文艺,并不旨在解释生活的底蕴,只求满足由文本激起的情感本身。各种各样的"戏说"大行其道也许最能说明问题。在诸多的"戏说"中不能说没有情感,这种情感甚至在某种意义上也折射出社会内涵,但它们不是为了揭示真实的历史感,而是折射出欣赏者所理解的历史和审美趣味。市民社会对文艺的多元要求还表现在自身极大的宽

[①]《马克思恩格斯全集》,第 4 卷,人民出版社 1958 年版,第 223—224 页。

容性上,古典的与现代的、中国的与外国的,通通来者不拒,并在此基础上形成以满足快感经验为精神内涵的"兼容并蓄"的混合型文艺,这种文艺多元化的样态是中国近半个世纪以来所未曾出现过的。

如果说在 17 世纪的英国,有着大量休闲时间的市民尤其是妇女对英国近代小说的兴起,以及这一时期小说的内容和形式都产生了决定性的意义的话,那么近 20 年来中国逐渐形成的市民社会则是决定当下文艺内容与形式的重要社会群体。当今社会为人们打发休闲所提供的各种娱乐方式几乎共同地指向宣泄被压抑的情感,放松紧张的身心的效果。因此,满足公众闲暇时消遣娱乐欲求的通俗文艺已经成为当代商业社会最有影响力的文化形式之一。这类通俗文艺不仅在普通市民中拥有广泛的受众,而且在知识分子群体中也颇有市场。如果说琼瑶、三毛等人作品的主要读者是青年学生的话,那么金庸的武侠小说的读者则不仅包括普通市民、青年学生,而且还包括众多受过良好教育的学者、教授。在市场经济条件下,文艺越来越朝着娱乐型、多样化的方向发展,这本身不是坏事,但文艺的教育作用,文艺改造人们的灵魂,文艺通过审美功能而产生的社会作用却丢失了。

社会主义市场经济体系的建立,推动了文艺的市场化、产业化。文艺的市场化、产业化是文艺进入社会主义市场经济体制后必须应对的一个重大现实课题。它关系到社会主义市场经济条件下自身的生存与发展,关系到文艺的发展与繁荣。市场经济无情地剥夺了作家、艺术家的不少特权,他们的作品毕竟要开始关注市场,关注卖点了。文艺作品一旦成为商品,哪怕是一种特殊的商品,它都要服从市场行情与商业原则的调控,文艺的商业性特征开始凸显出来。这一深刻的变化既给作家带来以往不曾有过的机会、诱惑,也给他们带来许多焦虑。与计划经济时代的文艺体制及其创作模式相比,此时的创作虽然部分地摆脱了意识形态的束缚,但审美创造个性的受限性和创作活动本身的商业性又凸显了出来。由于作品需要直接面向市场、面向受众,写作活动就要充分考虑到受众的接受心理与审美期待,在大多数情况下,在审美价值与经济效益不可调和的状况下,审美价值往往会让位于经济效益。这样的作品也就很难担负起应尽的社会责任——人的精神解放的神圣职责了。

市场是广大消费者意愿的表现。从这个意义上说,文艺走向市场是一种文化的民主。尽管这一民主形式还有漫长的路程要走,但比起个别长官决定一切、垄断一切来,它毕竟是一个不小的社会进步。文艺走向市场,在文艺的生产过程中，作家的艺术个性与文艺的市场化并非一种不可调和的矛盾组合，两者之间既有矛盾，又存在着可以相互融合的广阔空间。在一个人民群众的教育程度和文化素质普遍不理想的社会里，市场的要求往往失之于鄙俗刺激，重乐轻教，这些问题的出现并不是市场经济本身给文艺带来的后果，恰恰是需要靠民族教育的普及与提高，也要靠发展市场经济来改善。文艺的个性与需要会通过市场这个平台最终实现，而市场的繁荣与兴盛也需要文艺的个性来保证。从这个意义上可以说，文艺的探索性与商业性构成了文艺的矛盾张力体，是确保文艺保持活力的内在机制。如果从文化产业链形成的过程看，文艺目前还刚刚进入这根链条，在今后相当长的一个时期内，各种新特征将体现得更加具体、明显，事业与产业、社会效益与商业利益之间的矛盾还会进一步暴露，但这些矛盾绝不是不可调和的，完全可以通过相应的创作机制、体制以及文化政策的合理调整得到解决。问题的关键是文艺有改造人的灵魂的作用，但它对接受者，并非耳提面命，而是潜移默化；不是诉诸人的理智，而是打动人的情感。一个有社会责任感的文艺工作者，特别是一个有着马克思主义立场的文艺工作者，则应时刻不忘文艺在"人的全面发展"，特别是人的精神解放中的重要社会职责，守护好文艺这块精神阵地。

论文学的本质与审美意识形态

一个时期以来,文学理论界围绕着审美问题,先后提出了审美反映论、审美价值论、审美意识形态论等一系列命题,这对纠正以往文论中"文艺为政治服务""文学从属于政治"等理论缺陷,反拨长期束缚文论界的极左思潮,确实具有重要的理论与现实意义。时下文论界又有一种倾向:将文学理论研究美学化,并声称这是"使文学理论走向学理化的战略转移",尤其近年来有学者提出将审美意识形态作为文艺学的第一原理,并用这个概念去统摄文学的全部本质和特性,这是一个需要认真探讨的问题。

一、意识形态的虚假性

意识形态这一概念是19世纪初由法国经济学家、哲学家特拉西在《意识形态概论》中首先使用的。它指考察观念的普遍原则和发生规律的学说。在马克思、恩格斯的经典著作中,最早出现这一概念是在《神圣家族》的"对法国革命的批判的战斗"这一节中,以后他们又在《德意志意识形态》的有关论述里具体阐述了这一概念:"思想、观念、意识的生产最初是直接与人们的物质活动,与人们的物质交往,与现实生活的语言交织在一起的。人们的想象、思维、精神交往在这里还是人们物质行动的直接产物。表现在某一民族的政治、法律、道德、宗教、形而上学等的语言中的精神生产也是这样。人们是自己的观念、思想等等的生产者,但这里所说的人们是指现实的、从事活动的人们,他们受自己的生产力和与之相适应的交往的一定发展直到它的最遥远的形态所制约。"①按照马克思、恩格斯的理解,独立的意识形态的产生与社会分工,与精神生产的独立化及其职业精神生产者,即思想家的出现直接相关。"分工只是从物质劳动和精神劳动分离的时候起才真实成为分工。从这时候起意识才能现实地想象:它是和现存实践的意识不同的某种东西;它不用想象某种现实的东西就能现实地想象某种东西。从这时候起,意识才能摆脱世界而去构造'纯粹的'理论、神学、哲学、道德等等。"②显然,马克思、恩格斯认为,这种独立化的精神生产及其成果就是意识形态。

同时,在马克思、恩格斯看来,意识形态不是与现实的历史进程完全无关的纯粹的理论形态,而是具有深刻的政治内涵。在这个意义层面上,他们和特拉西所使用的意识形态概念并无二致。马克思、恩格斯认为在有阶级存在的文明时代,社会的运行和统治往往要借助于意识形态的力量,以此取得社会统治的合法性基础。每个时代,作为统治思想或指导理论的意识形态总是同特定阶级的地位和利益相关联,但无论是统治阶级还是被统治阶级,都倾向于赋予自己的意识形态以普遍性的特征或普遍性的形式,把自己的利益说成是社会全体成员的共同利益,把自己的意识形态描绘成唯一合法的、有普遍意义的思想。因此,"统治阶级的思想在每一时代都是占统治地位的思想。这就是说,一个阶级是社会上占统治地位的物质力量,同时也是社会上占统治地位的精神力量"。③ 马克思、恩格斯不是像拿破仑那样,把意识形态简单地看作是"荒谬的诡辩术""有毒的学说",而是揭示了意识形态具有替现状辩护的本质特征;它实质上是为特定的集团利益或特定的社会秩序辩护,为现存秩序提供合法性和合理性的论证。恩格斯在晚年致梅林的一封信中更明确地说道:"意识形态是由所谓的思想家通过意识、但是通过虚假的意识完成的过程。推动他的真正动力始终是他所不知道的,否则这就不是意识形态的过程了。因此,他想象出虚假的或表面的动力。"④由此,我们也不难看出,马克思、恩格斯不是在中性的或肯定的意义上使用意识形态这个概念,而是在否定和消极的意义上使用这一概念,他们对意识形态持彻底批判的态度。

---

① 《马克思恩格斯选集》,第 1 卷,人民出版社 1995 年版,第 72 页。
② 《马克思恩格斯选集》,第 1 卷,人民出版社 1995 年版,第 82 页。
③ 《马克思恩格斯选集》,第 1 卷,人民出版社 1995 年版,第 98 页。
④ 《马克思恩格斯选集》,第 4 卷,人民出版社 1995 年版,第 726 页。

值得注意的是,马克思、恩格斯以后的一些马克思主义理论家、一些西方资产阶级学者却将这一概念中性化。如卢卡奇就对意识形态概念作了实用主义的解释,将意识形态作为工具。他在《历史与阶级意识》中写道:"一个阶级越是能心安理得地相信积极的使命,越是能百折不挠地、本能地根据自己的利益驾驭一切现象,它的战斗力也就越大,这一点是必须肯定的,而且也并没有过高估计这些意识形态因素的实际作用。"①这里,卢卡奇已经抹杀了意识形态的虚假性,认为无产阶级也可以像资产阶级那样使用意识形态这一工具。与卢卡奇相似,葛兰西也认为,意识形态不是一种虚假意识,而是社会构成的一个必不可少的方面,所以根本不存在传统马克思主义所谓的意识的真实或虚假的问题。"客体"与对客体存在的"体验"被他严格区别开来,借此,意识形态与体验、想象活动得以紧密结合(不但存在着真实的关系,而且更存在体验、想象的关系),意识形态也被理解为人类对真实生存条件的想象关系。意识形态既是生活的,又是想象的,它是作为想象的生活;反映的也不是人类同自己生存条件的关系,而是他们体验这种关系的方式,这就是所谓意识形态是个体与其存在的真实状况的想象性关系的"再现"。换言之,所有意识形态都不是再现生产的现实关系,而是那些个体生活于其中的真实关系的想象性关系。意识形态是人与世界之间想象性关系的再现,意识形态再现了个体与生产方式的关系,是社会行为者与社会之间的想象性关系。意识形态就是个体对其存在的真实状况的想象性关系。与葛兰西的"文化霸权"角度不同,阿尔都塞是从"意识形态国家机器"角度着手,从意识形态的角度重新定义了国家,认为国家就是意识形态国家机器,它通过意识形态的再生产维持着自身的存在。显然,两人在理论上尽管各有特色,但通过意识形态的分析来建构自己的理论,以及直接思考社会整体存在的可能性,却是其中的共同之处。此外,也有一些西方学者,从实证主义立场出发,将意识形态规定为与科学、真理相区别的属于价值领域的精神,并作了实用主义的解释。

将意识形态概念中性化,其影响是十分严重的。它不仅掩盖了意识形态的真实内涵,使人们对之缺少了必要的警惕,一些资产阶级理论家还将这些早已扭曲了的意识形态的"罪名"强加到马克思主义头上,认为马克思主义不是科学,而是意识形态,提出要区分马克思主义理论中"科学成分"和"意识形态成分"。

值得一提的是,在西方马克思主义和欧美新左派中,也有一些学者重新"修

---

① [匈]卢卡奇:《历史与阶级意识》,杜章智等译,商务印书馆1992年版,第124页。

正"了卢卡奇等人对意识形态的实用主义解释,更批判了资产阶级学者对意识形态的歪曲。例如,雷蒙德·威廉斯在《马克思主义与文学》中就明白地指出:

"意识形态"这一概念并不是马克思主义首创的,也不限于马克思主义专用。但它显然是马克思主义关于文化——特别是文学和思想观念——的整体理论思想的一个重要概念。而难点在于,我们不得不对马克思主义著作中有关这一概念的三种常见的说法加以区分。概括地说来,这三种说法是:

（1）"意识形态"是指一定的阶级或集团所特有的信仰体系；

（2）"意识形态"是指一种虚幻的信仰体系,即由虚假的观念或虚假的意识所构成的体系,这种体系同真实的或科学的知识相对立；

（3）"意识形态"是指生产各种意义和观念的普遍过程。①

威廉斯在书中强调了意识形态的虚假性,并对意识形态采取了批判的立场,坚持了马克思、恩格斯的意识形态理论立场。

威廉斯的学生特里·伊格尔顿在《马克思主义与文学批评》中同样坚持了这一立场,他认为:"意识形态不是一套教义,而是指人们在阶级社会中完成自己的角色的方式,即把他们束缚在他们的社会职能上并因此阻碍他们真正地理解整个社会的那些价值、观念和形象。"他还以《荒原》为例,指出:"在这个意义上,《荒原》是意识形态的:它显示一个人按照那些阻止他真正理解他的社会方式,也就是说,按照那些虚假的方式解释他的经验。一切艺术都产生于某种关于世界的意识形态观念。"②以后,伊格尔顿又出版了《审美意识形态》一书,作者在书中并没有刻意要提出一个"审美意识形态"的范畴,他在书中甚至也没有把"审美意识形态"作为一个严格的概念加以界定。作者的写作目的是以意识形态中的特殊的审美领域与"一般意识形态",即一定社会中占主导地位的意识形态加以区别,以便最终以"文化生产"的观念来连接基础与上层建筑的复杂关系。不过,这个概念却很快被中国一些理论工作者反复引用。

最近又有学者撰文,认为"文学'审美意识形态'论,是一个时代的学人根据

---

① Raymond Williams, *Marxism and Literature*, Oxford University Press, 1977, p.55.
② ［英］特里·伊格尔顿:《马克思主义与文学批评》,文宝译,人民文学出版社1986年版,第20页。

时代要求提出的集体理论创新,它是对'文革'的文学政治工具论的反拨和批判。它超越了长期统治文论界的给文艺创作和文学批评带来公式主义的'文艺为政治服务'的口号,但它的立场仍然牢牢地站在马克思主义上面"[①]。显然,论者的目的已经不是如伊格尔顿那样,以"文化生产"的观念来连接基础与上层建筑的复杂关系,而是欲将这一概念作为文艺学的第一原理,并冠之以马克思主义的立场,这就需要文艺理论工作者特别是持马克思主义立场的文艺理论工作者审慎对待了。

历史唯物主义的基本原理告诉我们,一定社会形态中社会经济结构的性质必然决定着该社会形态中存在于各种具体社会意识形式中社会意识的性质。因此,具体的社会意识无论归属于什么领域和分工形式,其社会性质都要受到经济基础的制约和支配,从而产生社会意识在社会性质上的差别和划分,各自形成特定的样态、面貌。另一方面,不管何种意识形式、何种意识因素,只要产生并存在于某种社会形态之中,就有可能或多或少地、直接或间接地、显露或隐曲地体现出该种社会形态的社会性质。同时,它们会聚合成一个统一的、整体的意识样态——意识形态。

文学的特质不能简单地用审美意识形态涵盖。意识形态表示的不是意识的实体自身,而是意识的性质、样态,它不是由各种具体意识自身组成的,而是由各种具体意识的社会性质组成的。它要以具体的意识、观念为存在载体,却不以具体的意识、观念为自身实体的构成要素。具体说来,从社会结构划分看,每一种具体的意识既可以从水平层次上归属于社会心理或社会意识形式;也可以从分工形式上归属于政治、法律、道德、宗教、哲学、艺术。从社会性质上划分,每一种意识都只能现实地、具体地存在于特定社会中,该社会的特定经济形态决定着该意识同该社会全部其他的意识因素一起,构成了具有特定性质的意识形态。

文学既有一定的意识形态性,也具有对现存意识形态的超越性。我们说意识形态作为某一社会意识的整体样态,遍及社会意识系统的所有层面的所有意识都是它的体现者。然而,社会意识如同世界上其他事物一样,内部存在着肯定与否定、保持与冲撞等对立因素。社会意识也恰恰是在两种因素的对立统一运动中发展变化的。具体说来,实用意识与审美意识就是一对对立因素。处于意识结构现实层面的实用意识维护现实的品格,要求它立足现实、保留现实,并对

[①] 童庆炳:《新时期文学审美特征论及其意义》,载于《文学评论》,2006(1)。

不符合的其他意识内容、意识因素进行管束和抑制。就处于意识结构超越层面的审美意识来说,其超越品格要求它否定现实、指向理想。这样看来,实用意识(特别是规范意识)是一种专注于"在场的东西"的意识,也是与现有的意识形态保持同一性的意识。但作为对立项的审美意识却不是如此:一方面它要违背本性,被迫成为一定意识形态的表现者;另一方面又要是它体现的意识形态的否定和批判者。因为它的超越品格要求它不注意"在场的事物",它要冲破沉闷的现实束缚,去探寻表现世界背后的真实存在——"不在场的东西"。

由此可见,审美意识作为独立的意识类型不过是一定社会意识形态的表现者,不能单独成为一种意识形态。文学与意识形态不同质,文学是"一种意识形态"或"一种审美意识形态"的说法就很难成立。当我们说文学具有一定的意识形态性时,其审美因素已经内在地包含其中了。意识形态性的现实实用特征和审美的非功利、超越及自由性特征使两者具有天然的相斥性,它们不可能融会成为一个实存事物。所谓"审美意识形态",其实是一个不能成立的虚幻概念。

二、文学的本质特征不能用审美意识形态涵盖

文学的性质或文学的本质问题一直是文艺理论争论不休的老问题。中华人民共和国建立以后,马克思主义作为主流意识形态,在文艺领域占据了主导地位,这为马克思主义文论的传播与发展提供了前所未有的大好条件;但同时我们也要看到,这种有利条件的获得是由党和国家的政治机构提供的。在这种情况下,党和国家政治机构也必然要求文艺理论服从和服务于政治机构的特定政治需要。马克思主义文艺理论的建设和发展被纳入了社会主义国家的政治生活轨道,文艺的重要问题都与党和国家的政治生活息息相关,而且往往以党和国家的政治决议的形式作用于文艺界,这也就是相当长一个时期内我们所走过的、后来又被批评的"苏联模式"的马克思主义文艺思想及其文艺政策。客观地说,这种理论模式并非一无是处,历史上也确实起过进步作用。但是,由于受到机械唯物论和庸俗社会学,特别是苏联学者那一套理论路径的影响,人们习惯于在认识论的范围里讨论文学的本质,对文学作为语言艺术特质的研究确实不够。这种研究路径发展到极端,必然忽视文学自身特性的研究,而将文学视为政治的附庸,必然提倡文学为政治服务;在那个"抓意识形态领域里的阶级斗争"的特定年代,必然导致文学为阶级斗争服务,这种文学观念和文学政策给中国文学事业造成

的危害在十年"文化大革命"中达到了顶峰。有鉴于这些沉痛的教训，进入新时期，人们对文学为政治服务，特别是文学为阶级斗争服务的工具论文学观进行了深刻的反思，重新强调文学的审美特性，强调研究语言艺术的特性，这是十分自然的。但与此同时，中国文论研究又出现了过分强调创作主体的主观能动作用，甚至把现实世界都包含在人的感情和幻象之中，强调文学的审美功能，仿佛文学除了审美功能外不再有其他特性了。这其中，将文论研究美学化是一个值得关注的倾向。

我们知道，文学理论与美学理论虽有其共同点和相似点，但毕竟是两个不同的研究领域、两个不同的学科。在美学界，尽管美感的愉悦性或者说审美个体无功利性是否真的与社会功利绝缘，是一个长期争论不休的老问题。但人们还是普遍承认，随着社会实践和社会生活的发展，出现了由实用到审美的过渡，美感意识从与实用观念的直接联系中分化出来后，人们在审美欣赏中就不再考虑对象对人的实用功利价值了，审美愉悦性取得了相对独立的价值。在审美中，人的感觉至关重要。感觉是人的一切认识活动的基础，而审美活动作为主体对审美对象的直观把握，也是以感觉为基础的。审美主体只有把握了审美对象的各种感性状态，才可能引起审美感受。审美过程中其他更高级、更复杂的心理反映形式，如知觉、想象、情感、思维等，都是在通过感觉所获得的感性材料的基础上产生的，因此，经验主义美学家帕克甚至认为感觉是进入审美经验的门户。与美学理论相比，文学理论则有明显的差异。文学虽然也以审美的方式把握世界，但它却是以知觉的方式来把握世界的。知觉不同于感觉，也不同于思维，它是感觉和思维的中间环节，属于思维的感性阶段，但比感觉复杂和完整。尽管作家也要进行理性的思考，但他在掌握和反映客观时，必须持知觉的方式，才能符合审美的要求。更为重要的是，文学不能简单地追求审美愉悦。文学还要讲价值（尽管审美也有价值系统，但却与文学的价值系统有着不同的内涵），还要讲社会功利目的，这是任何一位有社会责任感和有良知的作家都必须考虑的问题。正如《毛诗·序》所言："诗者，志之所之也，在心为志，发言为诗，情动于中而形于言……"任何作家在创作艺术形象时，都不能够完全超然物外地进行纯客观描写，总要经过自己主观意识的分析、选择，进行一番加工和改造，因此文学作品中也必然蕴含着作家一定的思想观念和感情态度，这与无功利的纯审美是两回事。将文学理论美学化会将文学的本质界定为审美意识形态，将大大削弱文学的认识功能和价值取向，其发展趋向及其负面意义是不言自明的。

作为语言艺术的文学，其自身有着与其他艺术形式完全不同的特点；作为研究文学的文论，也有着自身明确的研究领域。综观20世纪西方文化，无论是俄国形式主义文论的语言研究方法，还是英美新批评、符号学，都是借鉴各种社会思潮、哲学思潮的方法论，在文论自身的领域，大大拓展了研究的空间和深度。"话语""结构""共时性""历时性""内在性""文本"等概念的提出，都是建立在新的语言学研究的成果与基础之上的，而这些概念与方法的运用，又将叙事理论发展到一个新的水平，从而对文学这门语言艺术的研究做出了自己独特的贡献。从某种意义上说，这也是一种交叉学科研究的成果体现，但这种交叉又不同于将文学理论美学化式的交叉，因为它没有忽视自身的研究对象，换句话说，语言学仅仅是作为文学研究的一种方法，问题本身却还是文学。与西方文论相比较，近10年乃至近20年，我们在文论研究领域却少有这样高质量的成果问世，对文学作为一种语言艺术本身特质的研究则显得更为贫乏。在20世纪国外有关文论方面的重要讨论中，更是缺少中国学者的声音。交叉学科的研究确实有自身的优势，但将文艺理论美学化，不同于自然科学中诸多交叉学科（如数学物理是用数学的方法解决物理的问题，方法改变了，但问题却仍然是物理问题），文艺理论的诸多亟待解决的问题在交叉中被美学忽略了，反之，美学中的理论问题，如审美意识、审美心理等，也未能在美学化了的文学理论中得到深入研究和讨论。文艺理论的美学化也使我们面临这样一个尴尬的局面：一方面近年来出版了大量的文学理论的新版教材；另一方面，我们又不难发现，这些文学原理与诸多的艺术原理、艺术概论，甚至是美学原理、美学概论在体例与问题的表述上如出一辙，文学理论乃至于文艺学这门学科本身还有无存在的必要似乎都成了问题。

审美可以不讨论现实问题，可以与现实保持相当的距离，文学却不行，文学要关心现实问题，要关心现实的人的生存状态。作为一个马克思主义的文艺理论工作者，则更应关注当代现实生活，关注人民群众的愿望与要求，对客观现实及其各种关系作深入细致的调查研究。我们知道，恩格斯在《诗歌和散文中的德国社会主义》等文章中，对"真正的社会主义者"们进行了深刻的批判。他不满足于文艺表现穷苦的劳动者，而是要正面"歌颂倔强的、叱咤风云的和革命的无产者"①。这就是革命导师对现实问题的基本态度，这也应该是当今马克思主义文艺理论工作者应有的正确态度。将文艺理论美学化势必会将严酷的现实问题审

---

① 《马克思恩格斯全集》，第4卷，人民出版社1958年版，第223—224页。

美化，也难以体现历史的和美学的统一。因为历史的和美学的统一，在文学中是通过文学美体现的。用意识形态的虚假性代替历史的真实，这是一种危险的倾向。审美意识形态的提出混淆了文学与其他艺术形式、其他精神生产形式的区别，掩盖了文学本身的特质、特殊性，它不能对文学的特性作出科学而全面的说明。这是因为文学是对人的整体生活的反映，而意识形态、审美意识形态只是对人的整体生活的局部的反映。虽然审美意识本身可以遍及整体的社会生活领域，但审美意识的意义取向、非功利性、审美自律等相对于人的整体意义追求却是单向度的，而文学作为对生活的整体反映正体现了多向度的整体意义。过去我们强调的文学的认识功能、教育功能、审美功能正体现了文学本身的特殊性，今天看来也还是合理的。

三、审美意识形态的命题割裂了人的精神活动与历史的关系

马克思和恩格斯在《德意志意识形态》一文中阐述自己的历史观时说："这种历史观就在于：从直接生活的物质生产出发来考察现实的生产过程，并把与该生产方式相联系的、它所产生的交往形式，即各个不同阶段上的市民社会，理解为整个历史的基础；然后必须在国家生活的范围内描述市民社会的活动，同时从市民社会出发来阐明各种不同的理论产物和意识形式，如宗教、哲学、道德等，并在这个基础上追溯它们产生的过程。……这种历史观和唯心主义历史观不同，它不是在每个时代中寻找某种范畴，而是始终站在现实历史的基础上，不是从观念出发来解释实践，而是从物质实践出发来解释观念的东西。"[①]

所谓历史观即对历史的观察方法，也就是研究历史的方法。这段话反映了马克思与黑格尔本质不同的哲学观念，也是他研究资本主义的生产方式的实践方法的总结。马克思运用的这种方法是研究社会的科学方法，是唯物主义在研究方法上的具体体现。

但是，后来的许多自称马克思主义者们完全背离了马克思的这种研究方法。恩格斯在于 1890 年 8 月 5 日致康·施米特的一封信中，针对当时对历史研究的方法和态度，引用了马克思的一段话：

---

① 《马克思恩格斯全集》，第 3 卷，人民出版社 1960 年版，第 42—43 页。

唯物史观现在也有许多朋友,而这些朋友是把它当作不研究历史的借口的。正像马克思关于七十年代末的法国"马克思主义者"所曾经说过的:"我只知道我自己不是马克思主义者。"……对德国的许多青年著作家来说,"唯物主义的"这个词大体上只是一个套语,他们把这个套语当作标签贴到各种事物上去,再不作进一步的研究……但是我们的历史观首先是进行研究工作的指南,并不是按照黑格尔学派的方式构造体系的诀窍。必须重新研究全部历史,必须详细研究各种社会形态存在的条件,然后设法从这些条件中找出相应的政治、私法、美学、哲学、宗教等等观点……但是,许许多多年轻的德国人却不是这样。[①]

恩格斯在这封信中既对年轻人提出了批评,同时也寄以极大的期望,并表示马克思不能同意那些自称为"马克思主义者"的观点。因为那些自称马克思主义者的人们将马克思的结论当作黑格尔的学说一样,将马克思的历史唯物主义的具体结论变成先验的概念体系,取代对社会实际历史的认识,脱离对不断发展的、不同的社会具体实践的考察,用历史的"一般"逻辑代替各种具体的社会实践的历史。唯物主义不再具有在社会研究中实践的意义,而只剩下了概念的外壳。这样,马克思的学说只能停留在马克思自己所研究的具体社会形成的概念上,逐渐走向僵死。恩格斯在这里明确提出了,在研究社会问题的方法上,马克思和恩格斯坚持的唯物主义与那些"马克思主义者"们的"唯物主义",实际是唯物主义同唯心主义的差别。马克思、恩格斯的这些论述对我们用历史唯物主义的眼光准确把握文艺思潮和文学的特质具有重要的指导意义。

从新时期文论发展的历史看,审美意识形态命题的提出有其历史的必然性。我们知道,新时期的文论建设是从清理和批判各种"左"的思潮开始的。在批判机械唯物论和庸俗社会学等假马克思主义的同时,各种西方文艺思潮也被大量介绍到了国内,这其中就包括欧美新批评,而勒内·韦勒克与奥斯汀·沃伦的《文学理论》在中国那个特定的历史时期影响尤其深刻。该书提出了文学的"外部研究"和"内部研究"的方法问题。作为新批评理论家,韦勒克与沃伦研究的重点自然不在文学的"外部研究",而在于文学的"内部规律"。又由于新批评通常面对的是欧洲传统的诗学问题,他们的研究对象主要是欧美传统的诗歌,因此,

---

[①]《马克思恩格斯选集》,第 4 卷,人民出版社 1995 年版,第 691—692 页。

谐音、节奏、格律乃至意象、隐喻、象征等都成了他们关注和研究的重点。尽管如此，新批评理论家也没有否定文学的"外部研究"。文学和社会、文学和思想、文学和其他艺术的关系等并没有被他们排斥在文学研究之外。从整个西方文艺思潮的发展历史更是不难看出，后来的新历史主义、女权主义、后殖民主义、新马克思主义等都采用了"外部研究"的方法。在《文学理论》中，作者明白地指出："文学是一种社会性的实践，它以语言这一社会创造物作为自己的媒介。""文学的产生通常与某些特殊的社会实践有密切的联系。"[1]问题在于中国学者出于对"文学为政治服务""文学从属于政治"的反思，过多地注意了文学的"内部规律"，也过多地注意了文学的审美自律，甚至将文学与社会的关系、作家的思想倾向等文学的"外部研究"都误认为是庸俗唯物主义和机械反映论而加以抛弃。一个时期以来，马克思主义文艺理论由于关注人们的精神活动与历史的关系，也被划入了"外部研究"的范畴。但形式主义方法并不能解决文论的所有问题，文学研究也决非"审美"所能涵盖。当中国的文论在沿着俄国形式主义、新批评等各种形式主义方法走过20来年后，理论界终于又发现：原来形式主义方法并不能解决文论的所有问题，沿着这条路径走下去，我们甚至失去了自己的理论话语。这时一些人把目光转向"审美意识形态"就是十分自然的事情了。因为"审美意识形态"既延续了"向内转"、研究文学的"内部规律"的理论路径，表面上看似乎又和马克思主义的文论传统相一致。但意识形态毕竟是社会的思想上层建筑，这种理论体系是由一定的政治、法律、哲学、道德、艺术、宗教等社会学说、观点所构成，并成为一定的政治纲领、行为准则、价值取向、社会思想的理论依据，它从来都不是中性的。审美意识形态的提出不仅将意识形态中性化，而且将文学研究与历史关系相割裂，强调的是文学研究的"审美"趣味。不过，这一提法的后果却是值得认真思考的，因为它割裂了文学作为精神活动与历史的关系，这与马克思主义的历史观是大相径庭的。这种文艺观使解构历史、颠覆历史、戏说历史都成为可能的和合理的，因为各种解构历史、颠覆历史、戏说历史的文艺作品都往往具有意识形态的色彩，又往往具有审美的特性，而这种虚假的意识形态正是我们应当高度警惕的。至于它是否还属于马克思主义的范畴更是不言自明的了。

---

[1] ［美］勒内·韦勒克、［美］奥斯汀·沃伦：《文学理论》，刘象愚等译，江苏教育出版社2005年版，第100页。

论马克思的实践观

——兼评实践美学论者的一些观点

实践是马克思创立的实践唯物主义的核心范畴,也是马克思主义唯物史观的基石。对马克思主义实践范畴的含义的科学阐释和澄清,其意义不仅关乎马克思主义哲学学科的要求,而且也关乎对唯物主义历史观内在逻辑结构的理解与阐释,甚至关乎以马克思主义唯物史观和实践唯物主义为指导的其他一切学科基本范畴的逻辑起点。

一

从历史上看,实践范畴并不是马克思主义哲学的首创。在西方哲学史上,实践范畴至少可以上溯到古希腊时期。亚里士多德将伦理学界定为一门关于实践的科学,认为伦理学的功能和使命就是指导人们在社会生活中应如何行动,使人们懂得什么样的行为是合乎德行的行为。亚里士多德最早对人的活动的不同类型进行了思考。在《大伦理学》中,他批评了苏格拉底关于"美德就是知识"的著名观点,认为这一观点混淆了人类灵魂的两个不同的部分,从而也混淆了人的两种不同的活动类型。在他看来,人类的灵魂是由两个部分组成的:一个部分是理性,它涉及人的感觉、认识、理智和思辨,关系到人的制作、生产和技术方面的活动;另一个部分是非理性,它涉及的是人的激情、欲望和意志,关系到人的德性和伦理、正义和政治方面的活动。苏格拉底说的"美德"是属于灵魂的非理性部分的,而"知识"则是属于灵魂的理性部分的,这两者不能等同起来,与它们相对应的也是两种不同的活动类型。在亚里士多德的伦理学中,实践活动主要指道德活动。

亚里士多德对实践范畴的理论与阐释对日后西方思想家的影响是深远的，甚至影响到了德国古典哲学家们。如康德就明确地区分了理性的两种主要类型：一种是"思辨理性"，它关涉自然必然性（我们通常称之为自然规律）的概念，是在现象界的范围内展开的，其中起立法作用的是知性；另一种是"实践理性"，它关涉自由概念，是在本体的范围内展开的，其中起立法作用的则是善良意志。在康德看来，思辨理性涉及的是人与自然之间的关系，人通过自己的认识活动与技术发明活动去把握和利用自然的必然性；而实践理性涉及的则是人与人之间的关系，人通过建立伦理规范来追求并实现自己的自由。与亚里士多德相同的是，在比较严格的意义上，康德也只把后一种活动看作是实践活动。

真正将实践范畴主要由一个伦理学范畴转变为哲学范畴的是黑格尔哲学。黑格尔在他的辩证法中充分肯定了人的劳动、实践对人的社会历史乃至人本身产生的意义。然而受其历史的局限，特别是受其哲学体系的制约，黑格尔对实践、劳动范畴的理解存在着明显的历史局限，这首先表现在他将实践、劳动的对象化、外化和异化混为一谈，因而只看到了人的劳动、劳动对人的肯定的方面，而没有看到异化劳动对人的本质的否定。其次，在他的理论路径中，所谓实践、劳动主要指的是人的思维活动，而不是对人的社会历史生成和发展具有基础性及决定性意义的物质生产活动。

与亚里士多德、康德、黑格尔相比，马克思具有更宽广的理论视野。他不但深入地研究了哲学、法学、数学、自然科学、政治学、伦理学和宗教学，而且也深入地研究了国民经济学，并试图把所有这些知识的领域综合起来。他不赞成亚里士多德和康德关于实践概念的褊狭的观点，即把实践仅仅理解为伦理、政治等领域中的活动，而主张把经济领域和其他一切领域中的实际活动都理解为实践。在《1844年经济学哲学手稿》中，马克思发展出了一种关于人的活动的统一理论，即主要把生产劳动看作生命活动和主体的对象化，看作一种人类活动的基本理论或社会生活本体论的组成部分。在马克思看来，正是人的对象化活动，才具体生成着人的社会特性，生成着人的自由自觉性。而一旦确认生产劳动是前提，我们也就同时确认了意识的存在。意识的存在特性并不是它的内在性，而恰恰是它的实践性或者说它的意向性，即意识决不是先在的、纯粹内在的，它总是指向现实的，总是有自己特定的社会内容的。也因此，人的对象化活动并不是先在的、纯粹内在的意识去把外部现实事物当作自己的对象，而就是人们的现实生活过程本身。到了1845年春天，马克思在《关于费尔巴哈的提纲》中更是明白地指出:"全部社会生活在本质上是实践的。凡是把理论引向神秘主义的神秘东西,都能在人的实践中以及对这个实践的理解中得到合理的解决。"① 对于社会存在和意识的关系,马克思也确实说过不是人们的意识决定着人们的存在,相反,是人们的社会存在决定人们的意识。这段话过去和现在都常常被经济决定论者、庸俗唯物主义者所误解,好像马克思只强调了社会存在对意识的决定作用,社会存在与意识之间是分离并对立的。事实上,只要我们把社会存在理解为以生产劳动为基础的现实生活过程,这种误解就能消除。因为劳动(也只有劳动)是一种目的性的活动。马克思明确提出,劳动过程结束时得到的结果,在这个过程开始时就已经在劳动者的表象中存在着。这就意味着,在劳动中,意识为其提供动力和方向。而且,也是在劳动(作为实践的最基本形式)中,意识的现实性才能得到证明。可见,马克思认为意识是社会存在的产物,但是意识作为产物不在社会存在之外,它本身就是社会存在的一个组成部分,并在其中发挥着重要作用。只是由于意识的(目的论)作用,社会存在才能从自然存在中产生出来,成为一种新的独立的存在类型。

由此可见,马克思的意识—社会存在、理论—实践解释结构,意在探讨社会与人类活动的相互形塑关系,而绝不仅仅是为了在认识论意义上探讨理论的来源、发展过程、检验标准等。意识是社会存在的重要组成部分。理论与实践的统一不只是若干机械的事实,而是历史过程的一个组成部分。现实的确是思维、理论正确性的标准,但现实处于不断的生成之中,而要生成,就需要思维、理论的参与。从这个意义上,我们也可以说,马克思主义哲学是真正意义上的实践哲学,它不能简单地归结为认识论,它是关于人类活动的意义的哲学;"意义"不能归结为"知识",恰恰相反,"知识"只有在"意义"中才能得到恰当理解。因此,指认马克思哲学为实践哲学,重要的是把社会存在看作一个总体性范畴,把劳动实践看作唯一的目的性活动,看到观念的东西与意识形态之于目的性概念的意义,看到劳动实践作为人的自由自觉活动的意义,自由王国存在于物质生产领域的彼岸,但只有在物质生产高度发展的基础上才能繁荣起来,等等。

马克思把实践理解为全部社会生活的本质,但这并不意味着马克思混淆了两种不同性质的实践。马克思不赞成康德把此岸世界(现象界)与彼岸世界(本体界)割裂开来,也就是把两种不同的实践活动割裂开来。马克思认为,人的生

---

① 《马克思恩格斯选集》,第1卷,人民出版社1995年版,第56页。

活世界是统一的,人的实践活动也是统一的。在马克思看来,生产劳动是实践活动的基础。因为人们为了创造历史,必须能够生活;而为了生活,就要先解决衣、食、住等问题;"因此第一个历史活动就是生产满足这些需要的资料,即生产物质生活本身"①。在批判费尔巴哈的直观唯物主义时,马克思进一步指出:"这种活动、这种连续不断的感性劳动和创造、这种生产,是整个现存感性世界的非常深刻的基础,只要它哪怕只停顿一年,费尔巴哈就会看到,不仅在自然界将发生巨大的变化,而且整个人类世界以及他(费尔巴哈)的直观能力,甚至他本身的存在也就没有了。"②这就告诉我们,马克思是在生存论的本体论,即"全部社会生活的本质"的基础上统一全部实践活动的。

二

马克思对黑格尔劳动观的分析中,既以赞赏的态度肯定了黑格尔劳动观的伟大之处,也以扬弃的态度揭示出其中所隐藏的错误和片面。在《德意志意识形态》中,马克思、恩格斯在谈到唯物主义历史观与唯心主义历史观的区别时,曾经写道:"这种历史观和唯心主义历史观不同,它不是在每个时代中寻找某种范畴,而是始终站在现实历史的基础上,不是从观念出发来解释实践,而是从物质实践出发来解释观念的东西。"③马恩经典作家的这段话值得我们认真思索。在这里,所谓"物质实践"的提法,显然指人的物质实践活动。但需要指出的是,马恩经典作家之所以用"物质实践"的概念,而不是用一般的实践概念,其深刻的原因就在于,唯物主义历史观是"从直接生活的物质生产出发来考察现实的生产过程,并把与该生产方式相联系的、它所产生的交往方式,即各个不同阶段上的市民社会,理解为整个历史的基础;然后必须在国家生活的范围内描述市民社会的活动,同时从市民社会出发来阐明各种不同的理论产物和意识形式,如宗教、哲学、道德等等"④。在马克思历史观的视野里,观念的东西从归根结底的意义上看,是在物质生产这种物质实践活动的基础上产生的。也正因为如此,在马恩经典作家的日后著作中,大凡提到"实践"这个重要概念时,都会为其加上"物质"

---

① 《马克思恩格斯全集》,第 3 卷,人民出版社 1960 年版,第 31 页。
② 《马克思恩格斯选集》,第 3 卷,人民出版社 1960 年版,第 50 页。
③ 《马克思恩格斯选集》,第 1 卷,人民出版社 1972 年版,第 43 页。
④ 《马克思恩格斯选集》,第 1 卷,人民出版社 1972 年版,第 43 页。

"社会劳动"等特定的限制词,到了晚年,他更是直接用"劳动"来代替"实践"这个概念。这个问题也是卢卡奇很早就发现了的。他在撰写《关于社会存在的本体论》时,曾用大量篇幅讨论劳动问题。在他看来,"要想从本体论上阐明社会存在的诸多特殊范畴,阐明它们是如何从早先的存在形式中产生的,阐明它们是如何与这些形式相联系并以这些形式为基础,阐明它们与这些存在形式的区别,那就非得从分析劳动开始不可"①。卢卡奇的理解是正确的,因为每一种社会科学的本体论的基础都是由目的论设定构成的,而这些目的论设定的意图则在于在人的意识以及他们未来的目的论设定中引起变化。可见,这是马克思主义哲学与旧哲学的重要分野,也是马克思本人与旧哲学的精神实践的重要分野;因为马克思本人就是从新黑格尔主义的旧营垒中走出来的,他深知抽象地讨论精神实践的危害;但这又绝不意味着在马克思的历史观的视野里,直接生活的物质生产这种物质实践活动形式是人的实践活动的唯一形式,马恩经典作家要强调的是应"从直接生活的物质生产出发来考察现实的生产过程",这又是马克思主义哲学与旧哲学,特别是与黑格尔的思辨哲学最根本的区别。也正是在这个根本问题上,马克思最终远离了新黑格尔主义,在对黑格尔旧哲学的扬弃中,最终走向了马克思主义。

马克思主义的实践的唯物主义虽然有一个发展的过程,但马克思对实践的表述却是十分清楚的,马克思主义实践哲学的基本内涵也是清楚的。马克思实践哲学的本质是生存论的本体论;马克思的实践概念本质上是"本体论解释框架内的实践概念";马克思扬弃了亚里士多德和康德关于两种实践的观念,把实践概念理解为一个涵盖人类全部社会生活的统一的概念。这样一来,人的各种活动就不再处在离散性的状态下。正如斯宾诺莎把笛卡儿学说中的两个实体——思维和广延改造为上帝所具有的两个不同的属性一样,马克思也把亚里士多德和康德的两种实践的观念改造为同一个实践活动,尤其是生产劳动的两个不同的维度,生产劳动构成了马克思实践概念中的基础性的层面。

令人遗憾的是,马克思主义理论界在相当长的一个时期里,对马克思主义实践范畴的理解却是有偏差的。人们往往把实践看作是认识论的子范畴,没有真正理解实践在马克思主义哲学中本体论的意义。且不说国内一般的理论工作者,即便像哈贝马斯这样具有世界声誉的新马克思主义学者,也同样存在这种偏

---

① [匈]卢卡奇:《关于社会存在的本体论》,下卷,重庆出版社1993年版,第1页。

差。哈贝马斯把人的活动主要分为两种类型:一是"劳动";二是"相互作用"。他认为:"我的出发点是劳动和相互作用之间的根本区别。"①所谓劳动,也就是按照经验知识和技术规则进行的工具性的活动;所谓相互作用,也就是按照人们共同认可的规范,以符号为媒介的交往活动。哈贝马斯正是从这一根本区别出发去批评马克思的实践概念的。他指出:"马克思对相互作用和劳动的联系并没有作出真正的说明,而是在社会实践的一般标题下把相互作用归之劳动,即把交往活动归之为工具活动。"②显然,哈贝马斯对马克思的实践观的理解是有偏差的。

三

将实践这一重要范畴引入美学,并在此基础上建构起庞大的实践美学体系,是中国一些美学工作者多年来为之奋斗的目标。老一代实践美学的倡导者们努力学习马克思列宁主义,学习毛泽东的哲学思想,勤奋探索,在美学的诸多基础理论问题上取得了不少成绩。在20世纪50—60年代的美学大讨论中,实践美学论者积极从毛泽东的《实践论》中寻找理论养分;当马克思《巴黎手稿》及其中译本在国内普及后,又从《巴黎手稿》中汲取了丰富的理论资源。如今,几乎所有的实践美学论者又坚称自己的理论是建立在马克思主义的实践唯物主义的基础之上的,而且几乎所有的实践美学论者也都将《巴黎手稿》视为自己的理论资源,有的甚至还视其为唯一的理论资源。我们知道,在《巴黎手稿》中,马克思确实说过"通过自己的对象性的关系,亦即通过自己同对象的关系,而对对象的占有,对属人的现实的占有,属人的现实同对象的关系,是属人的现实的实际上的实现";同时,"随着对象性的现实在社会中对人来说到处成为人的本质力量的现实,成为属人的现实,因而成为人固有的本质力量的现实,一切对象也对他说来成为他自身的对象化,成为确证和实现他的个性的对象,成为他的对象,也就是说,对象成了他本身"③。实践美学体系正是从马克思《巴黎手稿》中汲取养料,在"人化自然"和"人的本质力量的对象化"这两个命题认识美的本质中建构起来的。这样一来,实践的观点价值就不仅在于阐明一种美学观点,而是为美学提供一个哲学的根基。其中,"实践"作为连接主体与客体的中介,解决了主客体关系中如何

---

① [德]哈贝马斯:《作为"意识形态"的技术与科学》,李黎、郭官义译,学林出版社1999年版,第48页。
② [德]哈贝马斯:《作为"意识形态"的技术与科学》,李黎、郭官义译,学林出版社1999年版,第49页。
③ 《1844年经济学哲学手稿》,人民出版社1983年版,第77—79页。

认识、改造的环节。因此,实践美学肯定了美有自身的社会基础;从实践本体出发,认为美既不在物,也不在心,而在人的社会性物质实践活动;美与审美主体都是社会实践的产物。与此同时,实践美学重新提出"人的社会性本质"命题,坚持实践本体范畴,认为人类是通过生产劳动自我生成,人类社会是通过生产劳动自然进化而成,克服了旧唯物主义认为的审美只是主体对客体的直观性与片面客观性,否定了审美只是主体对客体的直观反映形式的错误。这些理论贡献是应当充分肯定的。

随着对实践美学讨论的深入,理论界对实践美学本身也提出了诸多质疑,最近更有开展争鸣之势。有对实践美学持批评的学者指出:"实践美学虽然在中国美学发展史上有过巨大贡献,但其理论自身愈来愈显露出对于活生生的不断发展的现实审美活动和审美文化的滞后。"[1]作者在文中分析了实践美学在起源本质论、实践决定论、美感认识论、误设美的客观存在、对自由的误用、把美误作意识形态、对自然美的误解、褊狭的艺术观等方面的种种缺陷,对实践美学的学理本身作了具体和深入的辨析。有对实践美学持赞同的学者则立即撰文指出,"实践美学是不该这样去理解的";作者坚持"实践美学的哲学基础是马克思主义的实践唯物主义,它主要包含实践本体论(存在论)、实践认识论、实践辩证法、实践价值论等"[2];作者缜密论证了实践美学的学理依据,并对相关问题进行了周密论述。

对学理依据的争鸣固然重要,但在讨论实践美学问题时,最为关键的还是要搞清实践美学建立其上的逻辑起点,即实践美学所有理论建立其上的"实践"的内涵。实践美学论者是怎样界定和理解、解释"实践"的呢?这是需要花费一番工夫考察的,因为不少实践美学论者都没有对自己所倡导的"实践"的内涵做出严格的界定,大多引用《巴黎手稿》中"人化自然""人的本质力量的对象化"等论述作为自己理论的逻辑起点。不过,近来也有实践美学论者说得比较明白,他的学术努力是"要把人的历史性的存在和'实践'范畴相结合,要消解把'实践'范畴仅局限在认识论框架下这样一种理论格局;要把实践从单纯的物质实践中解放出来;要避免把'实践'范畴抽象化的倾向"[3]。有的实践美学论者还以这样的理论作为教材的编写原则,提出:"我们认识到,要想在美学原理的研究领域里有所创新和推进,最紧要的事情就是突破长期以来主客二分的二元对立的思维模式

---

[1] 章辉:《论实践美学的九个缺陷》,载于《河北学刊》,2004(5)。
[2] 张玉能:《实践美学是不该这样去理解的》,载于《河北学刊》,2004(6)。
[3] 刘旭光:《实践存在论美学新探》,载于《学术月刊》,2000(11)。

对我们的束缚。因此,我们在反思、总结过去几十年,特别是最近20年国内美学研究的经验教训和取得的各种成果的基础上,以美是在审美活动中当下生成的实践生存论美学思想作为重新思考美学问题、寻求美学基础理论研究突破的切入点。"他们"借鉴吸收了西方现象学的某些合理思路",比较自觉地发展了其理论前辈"以实践论为哲学基础、以创造论为核心的审美关系理论,努力超越主客二分的思维模式和认识论的理论框架,把美与人生实践紧密联系起来",将"审美是一种人生实践""广义的美是一种特殊的人生境界"的主旨贯穿全书,以审美活动论为教材编写的中心和逻辑起点,然后从"审美形态论""审美经验论""艺术审美论""审美教育论"等方面展开论述,整个教材从基本思路、逻辑框架到概念范畴等都有一定的创新①。作者要从人的存在的角度重新审视"实践"范畴,拓展、恢复"实践"范畴的原初内涵,使之从单纯物质生产劳动的狭隘含义扩展为广义的人生实践,认为道德伦理活动、艺术审美活动,甚至认为"青春烦恼的应对、友谊的诉求、孤独的体验等日常生活杂事"也是人生实践的内容。作者把审美活动看成人类的基本活动和生存方式之一,看成是人与世界的本己性交流,是最具个性化的精神活动,认为美或审美对象(客体)并非先在地存在于人之外的纯客观实体及其审美属性,相反,审美对象与审美主体只有在审美活动中才现实地生成。因此,美学研究的一切其他重要课题如审美形态、审美经验、艺术存在和活动、审美教育等,均从审美活动所造成的人与世界的审美关系入手加以探讨、论述与阐发。从而提出"美学是研究人的基本存在方式之一——审美活动的人文科学""审美活动是一种基本的人生实践""广义的美是一种高级的人生境界"等基本命题。不难看出,作者借助海德格尔的存在论既大大改造了传统实践观,也改变了以往实践美学论者所努力坚持的马克思主义的实践观。持这样的实践观本身未尝不可,但这已经不是建立在马克思主义的实践唯物主义基础上的实践观了,因为这种实践观已经远离了本体论解释框架内的实践概念,也远离了以生产劳动构成马克思实践概念中的基础性的层面。这种实践观与其说是马克思主义的,倒不如说是存在主义的。这样的实践美学还能说是"以马克思主义的实践唯物主义和实践观点作为自己的哲学基础和主要观点的美学流派"②吗?这样的实践美学还能说是奠基于马克思的《巴黎手稿》吗?

---

① 朱立元:《走向实践存在论美学》,载于《湖南师范大学学报》,2001(1)。
② 张玉能:《实践美学是不该这样去理解的》,载于《河北学刊》,2004(6)。

论马克思实践观形成的历史环境和具体规定性

近读《上海大学学报》（社会科学版）刊发的董学文、陈诚《"实践存在论"美学、文艺学本体观辨析——以"实践"与"存在论"关系为中心》[①]及朱立元《全面准确地理解马克思主义的实践概念——与董学文、陈诚先生商榷之一》[②]两文，涉及如何准确理解马克思实践观的重大理论问题。对马克思实践观的理解事关马克思主义研究的基本立场、基本原则、基本方法，对这一重大问题值得认真探讨。

我们知道，马克思在《关于费尔巴哈的提纲》中对实践问题有着深入的思考，其最大特点是历史主义性质。换句话说，马克思在此时已大体形成了唯物史观的基本框架。早在1843年的《〈黑格尔法哲学批判〉导言》中，马克思就开始从社会关系的性质去分析社会历史，并把无产阶级的解放与人类解放联系在一起；在《1844年经济学哲学手稿》中又进一步把对社会关系的考察深入经济领域；1844—1846年他与恩格斯先后合写的《神圣家族》《德意志意识形态》，更是揭示了唯物史观关于生产方式的基本内容。1845年春季写成的《关于费尔巴哈的提纲》，显然是以基本完成的唯物史观理论为依据的。由此，对马克思主义实践范畴的含义的科学阐释和澄清，其意义不仅关乎马克思主义哲学学科的要求，而且也关乎对唯物主义历史观内在逻辑结构的理解与阐释，甚至关乎以马克思主义唯物史观和实践唯物主义为指导的其他一切学科基本范畴的逻辑起点。马克思

---

① 董学文、陈诚：《"实践存在论"美学、文艺学本体观辨析——以"实践"与"存在论"关系为中心》，载于《上海大学学报：社会科学版》，2009(3)，第37—50页。
② 朱立元：《全面准确地理解马克思主义的实践概念——与董学文、陈诚先生商榷之一》，《上海大学学报：社会科学版》，2009(5)，第76—95页。

不赞同旧哲学一味地解释世界,这并不是说他不想解释任何问题,而是说他对旧哲学把人和外部世界分开,看成彼此独立的两种存在,然后再用人性或理性之类的神话把两者捏到一起的思维方式不满。在马克思看来,人和外部世界的关系不是这样的。人是作为实践的主体,外部世界是作为实践的对象、结果,人和外部世界通过实践发生冲突和联系。因此,解决哲学基本矛盾——思维与存在的关系的核心任务,是解决人与自然、人与人、人的思维与存在之间的实践矛盾,马克思主义科学实践观也由此展开。

一、马克思实践观的形成有其特定的历史环境和条件

马克思主义科学实践观的诞生是对黑格尔思辨哲学的"批判改造"和对费尔巴哈哲学的积极"扬弃"的中介环节。他对实践范畴含义的理解及阐释,也经历了一个从唯心到唯物再到辩证唯物的成熟发展过程。

青年马克思曾先后把黑格尔和费尔巴哈哲学作为批判现成世界的武器。马克思曾在他的博士论文《德谟克立特的自然哲学和伊壁鸠鲁的自然哲学的差别》中写道:"一个本身自由的理论精神变成实践的力量,并且作为一种意志走出阿门塞斯的阴影王国,转而面向那存在于理论精神之外的世俗现实,——这是一条心理学规律。""哲学的实践本身是理论的。"[1]可是当他用黑格尔理性国家的理论模式对剥夺和压迫人民自由权利的普鲁士封建专制和官僚等级制度进行否定性的批判时,就发现黑格尔法哲学本身在现实苦难面前无能为力,于是他开始批判黑格尔法哲学:"对思辨的法哲学的批判既然是对德国迄今为止政治意识形态的坚决反抗,它就不会面对自己本身,而会面向只有用一个办法即实践才能解决的那些课题。"[2]诉诸实践、寻找物质武器是马克思在现实面前的必然选择,因为他意识到:"哲学不消灭无产阶级,就不能成为现实;无产阶级不把哲学变成现实,就不可能消灭自身。"[3]在《1844年经济学哲学手稿》中,马克思开始将劳动、生产和实践结合在一起,从而发现了人类最基本的实践活动,这对马克思来说意义重大,由此马克思突破了把实践仅限于理论批判的范围,赋予实践以感性的物质内容。在这部手稿中,马克思考察了实践的人的活动,即劳动的异化行为,提

---

[1] 《马克思恩格斯全集》,第40卷,人民出版社1982年版,第258页。
[2] 《马克思恩格斯选集》,第1卷,人民出版社1995年版,第9页。
[3] 《马克思恩格斯选集》,第1卷,人民出版社1995年版,第16页。

出劳动的现实化就是劳动的对象化,而对象化就是工人的生产。而进行劳动、生产的一个先在前提就是自然界或感性外部世界的存在。没有自然界,工人就什么也不能创造。自然界不仅为工人生产提供生产资料,即劳动加工的对象,而且还给工人本身的肉体生存提供生活资料。所以,肯定自然界的优先地位无疑会成为区别马克思的劳动观与黑格尔的劳动观的重大标志。此时的马克思已经表明,劳动作为一种客观活动,以存在客观对象为前提,并作用于对象。劳动主体之所以能通过实践来改造自然,为自己创造一个对象世界,是因为人自身就是一个客观存在物,而不是自我意识。作为人与自然统一基础的劳动,是人与自然之间的物质交换。"它所以能创造或设定对象,只是因为它本身是被对象所设定的,因为它本身就是自然界。因此,并不是它在设定这一行动中从自己的'纯粹的活动'转而创造对象,而是它的对象性的产物仅仅证实了它的对象性活动,证实了它的活动是对象性的、自然存在物的活动。"[①]与此同时,马克思还认为,正是在改造对象世界的劳动中,人才真正地证明自己是类的存在物,人不同于动物的生命活动,不是作为一种纯自然存在物,不是作为孤立的个体与自然发生关系,而是在改造自然的过程中,一方面同自然进行物质交换;另一方面人们相互之间交换自己的劳动和产品。由此,劳动就是一种有意识、有目的的活动,人在改变客观世界的同时,也在实现自己的目的,使在劳动过程开始时存在于观念中的东西,变成一种物质形态的东西。最终,马克思通过劳动过程和要素的分析,揭示了实践的本质特征,即实践是人类改造客观世界的感性的物质活动。马克思还通过扬弃私有财产的革命运动,找到了历史之谜的解答方案——现实的共产主义革命实践活动。这标志着马克思的实践观及整个哲学观已经由唯心主义转向唯物主义,并使他本人从革命民主主义转向初步的共产主义。

费尔巴哈是马克思从黑格尔走向自己的中间环节。马克思充分肯定了费尔巴哈对自己的影响,认为费尔巴哈的伟大功绩之一就是"创立了真正的唯物主义和现实的科学"。[②] 但当费尔巴哈考察历史,特别是考察人的实践活动时,却陷入了一种主观的、唯心的世界观中。马克思在《关于费尔巴哈的提纲》中专门总结了以费尔巴哈为代表的旧唯物主义的特点,对费尔巴哈哲学进行了全面的扬弃,从而最终形成了自己科学的实践观。"费尔巴哈想要研究跟思想客体确实不

---

① 《马克思恩格斯全集》,第 42 卷,人民出版社 1982 年版,第 167 页。
② 《马克思恩格斯全集》,第 42 卷,人民出版社 1982 年版,第 158 页。

同的感性客体，但是他没有把人的活动本身理解为客观的活动，所以，他在'基督教的本质'中仅仅把理论的活动看作是真正人的活动，而对于实践则只是从它的卑污的犹太人活动的表现形式去理解和确定。所以，他不了解'革命的'、'实践批判的'活动的意义。"①由于费尔巴哈忽视了作为人的对象性活动的实践范畴，缺乏用实践的观点看待历史的眼光，所以他的形而上学就没有辩证法思想，尤其在关于实践、主客体矛盾运动的见解方面缺乏辩证思想。费尔巴哈的所失正是黑格尔的所得。由于黑格尔紧紧抓住人通过劳动而创生的辩证法，所以在他的唯心主义形式中潜藏着批判的一切要素，这就要求人们把这些要素拯救出来置于真正现实的社会历史基础上，即把黑格尔只承认的一种劳动——精神劳动恢复为人的全面而现实的活动，首先是生产劳动，把抽象的主体恢复为现实的、有血有肉的感性实体，从而使实践与人统一起来。

　　这个历史的重任是马克思完成的。马克思既看到了费尔巴哈比黑格尔正确的地方：唯物主义的感性对象性原则；又看到了黑格尔比费尔巴哈的深刻和高明之处：人的对象性活动的作用，即人们通过意识和实践创造对象世界的主观能动作用。在继承黑格尔唯心主义劳动观和费尔巴哈人本学唯物主义的基础上，马克思创立了唯物辩证科学实践观。在《关于费尔巴哈的提纲》中，马克思写道："人的思维是否具有客观的[gegenst ndliche]真理性，这不是一个理论的问题，而是一个实践的问题。人应该在实践中证明自己思维的真理性，即自己思维的现实性和力量，自己思维的此岸性。关于思维——离开实践的思维——的现实性或非现实性的争论，是一个纯粹经院哲学的问题。"②以后在《德意志意识形态》中，马克思、恩格斯进一步阐述了物质生产实践在历史发展中的基础作用。他们指出："人们为了能够'创造历史'，必须能够生活，但是为了生活，首先就需要吃喝住穿以及其他一些东西。因为第一个历史活动就是生产满足这些需要的资料，即生产物质生活本身。"③可见，马克思的实践观是建立在物质第一性基础之上的实践观，以物质生产为核心的多方面的实践活动构成了一个完整的社会结构基础，由此，实践也成了历史唯物主义的基本范畴。马克思的这一发现意义重大。在哲学史上，马克思第一次把实践作为哲学的根本原则，实践的观点成为马克思主义哲学首要的和基本的观点，而科学实践观的创立，一方面意味着马克思

---

① 《马克思恩格斯全集》，第3卷，人民出版社1960年版，第3页。
② 《马克思恩格斯选集》，第1卷，人民出版社1995年版，第55页。
③ 《马克思恩格斯选集》，第1卷，人民出版社1995年版，第79页。

告别了德国旧哲学，形成新的世界观，马克思、恩格斯把他们这一新的世界观称为"实践的唯物主义"。唯物主义面前冠以"实践"，充分表明了马克思主义哲学的实践性特点和实践观在这一新哲学中所占有的位置。另一方面，由于马克思主义哲学抓住了人类世界的根本——实践，并从这一根本出发向人类世界的各个方面、各个环节、各种关系发散出去，这在整体上超越了只抓住人类世界某一侧面、某一环节、某种关系的各种旧哲学。

由此，我们不难看到，把实践纳入哲学并使之成为核心概念不是马克思的创造。在马克思以前，康德、费希特，以至青年黑格尔派的赫斯等都已这样做了。但如前所述，他们所讲的实践和马克思讲的实践并不是一回事。前者都在精神范围内建构实践，把实践归结为意志的活动。这种唯心主义实践观，已为人们所熟知。但是还有一种实践观，它不是马克思主义的，却似乎也很难归入唯心主义实践观一类。比如费尔巴哈，他把实践理解为纯功利的行为，是琐碎的生活和利己的活动，费尔巴哈的实践观实际上是一种直观的实践观。他把当下的实践形式，即一定历史条件下的具体实践，视为实践的总体。因此，他认为实践在本质上是排斥理论的。为了维护理论的权威，更为了其人道主义理想，费尔巴哈断然把实践排除在哲学的视野之外。马克思的实践观内含着对于理论的渴求，因而是自觉的，以一定社会目标为方向的；内含着现实普遍利益，即人民大众利益的价值导向，因而是革命的、批判的；内含着把个人有限生命融入伟大的人类解放事业，并从中获得生命意义的人生导向，因而是积极的、向上的。相反，直观的经验的实践观，由于把实践视为自发的、利己的、个体的，因而其实践从根本上是排斥理论的，是个人利益和纯粹自我的领地。由此而引发了关于社会发展的两种根本对立的观点。从直观的实践观出发，社会活动本质上是个人的自发活动。每个人都是从自己出发，为实现个人利益而进入社会。正是在自发的个人利益的尖锐冲突中，人们逐渐地摸索出日渐完善的行政、法律、道德等社会规范，其作用在于保护人们的自由竞争，其目的在于实现个人利益。因此，所谓"社会"不过是"抽象的游戏规则"的同义语。我们知道，马克思曾追随费尔巴哈，用抽象的"类本质"否定资本主义的残酷现实，并批判资产阶级经济学家为之辩护的实践形式，将其称为"异化的活动"。但是，当马克思越来越认识到这种批判的软弱无力时，便转向了实践的观点。他摒弃了费尔巴哈强加在现实实践活动上的偏见，不再把工业及世界市场看作"非人的活动"，而是看作有着历史必然性的人类实践活动形式；他同时也克服了资产阶级经济学家套在市场经济上的光环，不把它当作人类唯一的实践形式,而只看作具体的历史实践形式之一。马克思之所以能采取这一独特而又科学的态度,关键在于他发现了"无产阶级实践"这一崭新的实践形式。大家知道,在马克思那个时代,无论是唯物论或唯心论都把能够超越个人狭隘性的力量归结为理性。只是前者为避免使理性成为纯粹的精神现象,又往往对其冠以"普遍利益"的称谓。然而,普遍利益如果没有从"市民社会"中获得自己的存在方式,它就始终只是一种思想原则和信念。但是,如果仅立足经验或直观,又确实很难发现现实的普遍利益。马克思依赖下述发现才奠立了普遍利益的现实根据:其一,历史,尤其是法国大革命史表明,任何一个试图领导革命的阶级,其阶级利益必然这样那样地和人类的普遍利益相吻合。马克思写道,充当解放者角色的"这个阶级和整个社会亲如手足,打成一片,不分彼此,它被看做和被认为是社会的普遍代表;在这瞬间,这个阶级本身的要求和权利真正成了社会本身的权利和要求,它真正是社会理性和社会的心脏"。① 其二,无产阶级能够持久地代表人类的普遍利益,因而是唯一能够冲破资本主义狭隘个人关系的社会力量。马克思关于这点的全部论证归结到一点,就在于无产阶级是一个"非市民社会的市民社会阶级"。说其是"市民社会阶级",乃因为它是不断壮大的经济地位相同的现实社会力量;说其是"非市民社会阶级",乃因为它并非传统意义上(受特定生产资料占有关系束缚)的阶级,毋宁说,它的形成本身就意味着阶级的消亡趋势和现存社会的解体。马克思并没有将无产阶级神化。如果说,阶级斗争并不是马克思的发现,他的独特贡献仅在于论证了阶级斗争的历史根源、历史暂时性以及阶级消灭的现实道路,指明阶级斗争必然导致无产阶级专政的话,那么,也可以毫不夸大地说,把实践引入哲学并使之成为核心概念并非马克思的首创,他的独特贡献在于发现了无产阶级实践这一崭新的社会实践形式,从而揭示了实践的直接现实性和普遍性的双重品格相统一的内在机制。毫无疑义,实践的形式是多样的:有自发的、盲目的,也有自觉的、高度组织化的;有生产的、经济的、日常生活的,也有政治的、军事的,以至科学教育的;有个人的、小团体的、地域性的,也有阶级的、民族的,乃至全民全球性的。但是,从趋势上、从当今时代发展的高度上看,自觉的、有着广泛群众基础的实践活动在其中起主导作用。用马克思的话说,即"随着历史活动的深入,必将是群众队伍的扩大"。

我们同意"在西方思想史背景下考察马克思"实践"概念的完整内涵"的观

---

① 《马克思恩格斯全集》,第1卷,人民出版社1956年版,第464页。

点,但是应当明确马克思的实践观与其他中产阶级哲学实践观的根本区别点。其一是马克思主义实践观有着直接现实性。凡可称之为实践的,一定是对独立的对象性存在进行有效改造的活动,因而同一切唯心的实践观相区别。因此,尽管实践的范围极其宽泛,每一种实践形式都有其存在的根据,但根本制约它们的不是意志活动,而是客观的物质活动条件。其二是马克思主义实践观具有普遍性。实践绝不像人们所直观看到的那样凌乱、那样狭隘,事实上,它是人类进步趋势的坚实基础,具有普遍性、统一性的品格。生产的进步、科技的进步、人类交往的扩大,不断地表明了这一趋势。虽然在相当长的时期内,这一趋势被掩盖在盲目性、自发性和偶然性中,但实践的普遍性品格还是倔强地日益显露出来。努力揭示人类实践的大趋势、自觉地将个别实践提升到人类实践的高度、求得人自身更健康的发展,正是马克思实践观的深刻内涵,是马克思主义历史观、价值观和人生观的发轫。两个基本点的有机统一使得马克思的实践观真正做到了科学与价值、现实与未来的统一。而割裂这两个基本点,必然会使马克思的实践观思辨化或实证化。我们知道,当年的伯恩施坦曾把实践归结为个人的经验积累,把实践过程归结为个人根据经验事实进行摸索的过程。这样一来,实践的直接现实性在他那里就成了个人的唯一实在性,并因而成了否定包括阶级实践在内的群众实践形式的王牌;实践对于理论的检验也就成了从根本上排斥理论、崇拜自发性的借口,实践对于社会发展的决定作用则更成了否定革命飞跃、美化进化改良的根据。从崇拜自发性、个体性实践到根本排斥和背叛马克思主义,这就是伯恩施坦给我们敲响的警钟。后来的"西方马克思主义"走的是另一个极端。从实践观上看,它的最大失误在于割裂实践的革命批判本性和直接现实性,将个体经验的"客观性"视为资产阶级的思想原则,视为工人阶级缺乏革命积极性的根源。它在正确地看到停留于日常经验中的人们(包括工人)无法摆脱资产阶级的思想控制的同时,却把日常生活这一最大量、最普遍的实践活动从实践中清除了出去。这样,它势必夸大实践的自觉性、变革性和独创性,进而夸大理论以至知识分子的历史作用。从强调"无产阶级实践"经由"阶级意识"而向理论中心主义和思辨哲学复归,这就是"西方马克思主义"的历史悲剧。

二、马克思的实践观有其具体规定性

实践是人类特有的生命活动。这种特殊性表现在"动物和自己的生命活动是直接同一的。动物不把自己同自己的生命活动区别开来。它就是自己的生命活动。人则使自己的生命活动本身变成自己意志的和自己意识的对象。它具有有意识的生命活动"。① 实践就是这种有意识的生命活动。

但是,作为自然界中的生命活动现象,"人们……正如任何动物一样,他们首先要吃、喝等等,也就是说,并不'处在'某一种关系中,而是积极地活动,通过活动来取得一定的外界物,从而满足自己的需要"。② 这种不断为满足自身"需要"而从事的生命活动构成了人的本性,"任何人如果不同时为了自己的某种需要和为了这种需要的器官而做事,他就什么也不能做",③人以其需要的无限性和广泛性区别于其他一切动物,"这种新的需要的产生是第一个历史活动"。④

显然,人的需要取决于人作为一种生物物种所特有的机体构造,即取决于人的物质规定性;由此所产生的需要归根结底也都具有物质性。正因为如此,人的实践承担着人与自然界之间物质交换的任务,也只能是物质性活动。

从马克思科学实践观形成与发展过程来看,我们不难看出他的实践观至少具有如下具体规定:

第一,实践是"革命的"活动。其革命性意义深厚地蕴藏在实践的改变和塑造功能之中,改变和塑造功能的实现不仅作用于客体,而且同等地使主体自身受到与客体相关的改变和塑造。由于主体的认知能力和认知行为在改变和塑造中得到提升和发展,因而既创造了主体的理论能力,又促进了理论本身的发展。

第二,实践是具有"批判意识"的活动。对客体的批判使客体不断地摆脱外在的独立性,不断地被纳入主体的现实活动视域,从而使客体不断现实化。这种批判一方面使主体依据主体性的尺度审察对象,引起主体对形成的批判成果进行批判性反思;另一方面客观地造成主体依据对象性的尺度反观自身,引起主体对自己的批判能力进行批判性反思。因此,"批判意识"在实践中展开时所产生的认知与行为的互动作用,便从认知与行为两个维度不断地实现着主体的潜能,为理论的发展开辟了主观和客观两个无比广阔的生长领域。

第三,实践是辩证的运动发展过程。过程性的意义在于,实践是一个永无完结的状态,具有不断上升、进化和发展的特性。因为如果没有上升、进化和发展

---

① 《马克思恩格斯选集》,第1卷,人民出版社1995年版,第46页。
② 《马克思恩格斯全集》,第19卷,人民出版社1963年版,第405页。
③ 《马克思恩格斯全集》,第3卷,人民出版社1960年版,第514、286页。
④ 《马克思恩格斯全集》,第3卷,人民出版社1960年版,第32页。

就是循环,循环虽然也可能具有不停止的外在形式,但它一开始就是结束,故不具备过程性。过程性的实践一方面使得主体在主客互动中不断借助于对象化的活动展开自身,主体的禀赋和潜能也不断得到实现;另一方面,客体的展开愈来愈呈现出自身内在诸因素之间的本质联系,使得主体更能理解和把握客体。同时,在实践的辩证发展过程中,主客之间的矛盾冲突有力地推动着人的思维能力发展和认识水平提高。综上所述,对"'革命的''实践批判的'活动的意义"的深刻把握,是实践活动得以展开的重要条件,实践活动的展开推动了主体的变革和客体的现实化,促进了理论的发展。

许多学者都熟悉马克思对实践问题的强调,但往往是在与理论对立的意义上去理解的,并没有注意到他是在既定理论前提下表达这一立场。马克思曾明确提出:"理论在一个国家实现的程度,总是决定于理论满足这个国家的需要的程度。……理论需要是否会直接成为实践需要呢?光是思想力求成为现实是不够的,现实本身应当力求趋向思想。"①

按照前述观点:实践需要两大要素并存。当"思想"要素已经具备的时候,当马克思已经明确认识到"德国人的解放就是人的解放。这个解放的头脑是哲学,它的心脏是无产阶级。哲学不消灭无产阶级,就不能成为现实;无产阶级不把哲学变成现实,就不可能消灭自身"②的时候,他当然要说"哲学家们只是用不同的方式解释世界,问题在于改变世界"。③

值得注意的是,早在1842年马克思就说过:"真正危险的并不是共产主义思想的实际实验,而是它的理论论证;要知道,如果实际实验会成为普遍性的,那么,只要它一成为危险的东西,就会得到大炮的回答;至于掌握着我们的意识、支配着我们的信仰的那种思想(理性把我们的良心牢附在它的身上),则是一种不撕裂自己的心就不能从其中挣脱出来的枷锁;同时也是一种魔鬼,人们只有先服从它才能战胜它。"④当人们为了突出实践的地位,单方面将之抬升到本体论层面时,实践本身的不确定性就被强化了。因为,实践虽然与意识相联系,但它并没有规定这种联系的方式或性质。换句话说,这种联系既可以是系统的、稳定的,也可以是零碎的、随机的。前者可以是在承认客观规律条件下的实践,后者

---

① 《马克思恩格斯选集》,第1卷,人民出版社1995年版,第11页。
② 《马克思恩格斯选集》,第1卷,人民出版社1995年版,第16页。
③ 《马克思恩格斯选集》,第1卷,人民出版社1995年版,第57页。
④ 《马克思恩格斯全集》,第1卷,人民出版社1956年版,第134、137页。

可以是在否认客观规律条件下的实践。两者截然对立。

由此又不难看出,不宜片面地强调实践的本体论地位。这主要是因为实践概念的某种不确定性容易把人们引向片面性,例如引向实用主义或实证主义。列宁在《唯物主义与经验批判主义》中曾指出:"实用主义既嘲笑唯物主义的形而上学,也嘲笑唯心主义的形而上学,它宣扬经验而且仅仅宣扬经验,认为实践是唯一标准。"[1]列宁还认为,"生活、实践的观点,应该是认识论的首要的和基本的观点。……这个标准也是这样的'不确定',以便不让人的知识变成'绝对',同时它又是这样的确定,以便同唯心主义和不可知论的一切变种进行无情的斗争。如果我们的实践所证实的是唯一的、最终的、客观的真理,那么,因此就得承认:坚持唯物主义观点的科学的道路是走向这种真理的唯一的道路"。[2] 但是,另一方面,必须注意到马克思主义对实践标准的看重:"人的思维是否具有客观的(gegenständliche)真理性,这不是一个理论的问题,而是一个实践的问题。"[3]不难看出,马克思主义实践观有其特定的价值目标和最终体现的形态规定性。只有如此,才能显示它作为一种思想体系的实际意义和科学地位。但是,如果不联系马克思主义实践观的本质规定性和结构规定性,人们也不能准确理解其形态规定性。

当我们肯定"全部社会生活在本质上是实践的"[4]时,不应该忘记实践虽然以精神活动为主导,却寓于物质载体之上。人自身的肉体存在既决定着其精神活动的性质和方式,又成为其精神活动的第一个反映对象。这意味着,人们虽同为主体,却又互为客体。精神现象作为一种能力萌生于生物特性,这是人类这一生命物种在自然界中生存演化的产物。但要使精神现象走出动物本能的限界,必须改变其存在方式,使原来精神现象与个体生命相始终的状况被新的存在机制所代替,人类找到了语言和文字这种文化载体,才把精神活动成果从个人身上分离出来,也才能进入精神成果不断累加的历史过程,并最终使几千年文明史创造了人类进化百万年都无法企及的成就。

作为具体的生命个体,任何人都无法超越生存时间和活动范围的客观限制。这意味着,精神世界或者说属人的世界是一个充满了偶然性的世界。这至少因

---

[1] 《列宁选集》,第 2 卷,人民出版社 1995 年版,第 234 页。
[2] 《列宁选集》,第 2 卷,人民出版社 1995 年版,第 103 页。
[3] 《马克思恩格斯选集》,第 1 卷,人民出版社 1995 年版,第 58 页。
[4] 《马克思恩格斯选集》,第 1 卷,人民出版社 1995 年版,第 56 页。

为,人是以精神活动为主导的生命活动现象,与物质运动的自在性质相比,人的精神活动具有自为的特点;自在性质的运动没有出现主客体关系,它就是它,体现出原生性、单一性、稳定性;而自为性质的活动生成了明确的主客体关系,主体的存在使客体成为被认识、被判断、被评价的对象,后者因此而具有了时间、空间和价值意义的区别,体现出派生性、复杂性、多变性。这样一来,精神和意识就是特定物质所表现出来的精神和特定存在所表现出来的意识,换句话说,属于明确了规定性的物质和存在,或者说,具备了主体属性的物质和存在。因此,当我们说精神决定物质的时候,不过是说物质决定物质,是肯定一种物质之间的关系。

三、不能将存在论、现象学与马克思主义混为一谈

最近,又有学者对中华人民共和国成立后几十年的美学研究做出总结并重提实践美学,认为:"实践美学在新时期的前两个十年之中逐步上升为中国当代美学的主导潮流。可以说,实践美学已经成为了中国当代美学的主要标志,实践美学就是中国化的马克思主义美学,而且是中国当代可以参与世界美学对话的中国特色马克思主义美学流派。"作者开列了一个长长的名单,其中也包括自己,称他们的"具体论点和理论侧重虽然不尽相同,但是,坚持、丰富和发展马克思主义实践美学的大方向是完全一致的"。① 由于其问题涉及马克思主义实践观,这里也不得不旧话重提。②

将实践这一重要范畴引入美学,并在此基础上建构起庞大的实践美学体系,确实是我国一些美学工作者多年来为之奋斗的目标。早在 20 世纪 50—60 年代的美学大讨论中,实践美学论者就强调自己的实践观理论来自毛泽东的《实践论》,如今几乎所有的实践美学论者又坚称自己的理论是建立在马克思主义的实践唯物主义的基础之上的,几乎也是所有的实践美学论者都将《巴黎手稿》视为自己的理论资源,有的甚至还视其为唯一的理论资源。我们知道,在《巴黎手稿》中,马克思确实说过"通过自己的对象性的关系,亦即通过自己同对象的关系,而对对象的占有。对属人的现实的占有,属人的现实同对象的关系,是属人的现实的实际上的实现"。同时,"随着对象性的现实在社会中对人来说到处成为人的

---

① 张玉能:《中国化马克思主义美学的考察》,载于《文艺报》,2009-02-24(3)。
② 马驰:《论马克思的实践观》,载于《河北学刊》,2005(3),第 58—62 页。

本质力量的现实,成为属人的现实,因而成为人固有的本质力量的现实,一切对象也对他说来成为他自身的对象化,成为确证和实现他的个性的对象,成为他的对象,也就是说,对象成了他本身"。① 实践美学体系正是从马克思《巴黎手稿》中汲取养料,以"人化自然"和"人的本质力量的对象化"这两个命题为基础,在认识美的本质中建构起来的。这样一来,实践观点的价值就不仅在于阐明一种美学观点,而是为美学提供了一个哲学的根基。其中,"实践"作为联结主体与客体的中介,解决了主客体关系中如何认识、改造客体的环节。因此,实践美学肯定了美有自身的社会基础,从实践本体出发认为美既不在物,也不在心,而在人的社会性物质实践活动,美与审美主体都是社会实践的产物。与此同时,实践美学重新提出"人的社会性本质"命题,坚持实践本体范畴,认为人类是通过生产劳动自我生成,人类社会是通过生产劳动自然进化而成,克服了旧唯物主义认为审美只是主体对客体的直观性与片面客观性,否定了审美只是主体对客体的直观反映形式的错误,这些理论贡献是应当充分肯定的。

对学理依据的争鸣固然重要,但最为关键的还是要搞清实践美学建立其上的逻辑起点,即实践美学所有理论建立其上的"实践"的内涵。实践美学论者是怎样界定和理解、解释"实践"的呢？这是需要花费一番工夫考察的,因为不少实践美学论者都没有对自己所倡导的"实践"的内涵做出严格的界定,大多引用《巴黎手稿》中"人化自然""人的本质力量的对象化"等论述作为自己理论的逻辑起点。不过也有实践美学论者说得比较明白,他的学术努力是"要把人的历史性的存在和'实践'范畴相结合,要消解把'实践'范畴仅局限在认识论框架下这样一种理论格局;要把实践从单纯的物质实践中解放出来;要避免把'实践'范畴抽象化的倾向"。② 也有学者试图在马克思主义与其他西方哲学,如现象学间加以融合,提出要从人的存在的角度重新审视"实践"范畴,拓展、恢复"实践"范畴的原初内涵,使之从单纯物质生产劳动的狭隘含义扩展为广义的人生实践,认为道德伦理活动、艺术审美活动,甚至认为"青春烦恼的应对、友谊的诉求、孤独的体验等日常生活杂事",也是人生实践的内容。作者把审美活动看成人类的基本活动和生存方式之一,看成是人与世界的本己性交流,是最具个性化的精神活动,认为美或审美对象(客体)并非先在地存在于人之外的纯客观实体及其审美属性,

---

① 《1844年经济学哲学手稿》,人民出版社1983年版,第77—79页。
② 刘旭光:《实践存在论美学新探》,载于《学术月刊》,2002(11),第81—88页。

相反,审美对象与审美主体只有在审美活动中才现实地生成。因而,美学研究的一切其他重要课题,如审美形态、审美经验、艺术存在和活动、审美教育等,均从审美活动所造成的人与世界的审美关系入手加以探讨、论述与阐发。因此,"美学是研究人的基本存在方式之一——审美活动的人文科学",并提出"审美活动是一种基本的人生实践""广义的美是一种高级的人生境界"等基本命题。不难看出,作者借助于海德格尔的存在论既大大改造了传统实践观,也改变了以往实践美学论者所努力坚持的马克思主义的实践观。持这样的实践观本身未尝不可,但这已经不是建立在马克思主义的实践唯物主义基础上的实践观了,因为这种实践观已经远离了"本体论解释框架内的实践概念",也远离了以生产劳动构成马克思实践概念中的基础性的层面。这种实践观与其说是马克思主义的,倒不如说是存在主义的,这样的实践美学还能说是"以马克思主义的实践唯物主义和实践观点作为自己的哲学基础和主要视点的美学流派"?[①] 我们都知道,存在论的存在讲的是个体精神性的活动,马克思的实践观讲的是人类群体改造自然的物质性的客观活动。海德格尔认为,他的存在比马克思的实践更为本源,实践发源于存在。马克思主义和现象学,一者关注社会历史之谜,一者关注现代个体的自由问题,实践和存在两个概念在其各自的哲学体系中的地位、含义、功能完全不同,这样的理论融合已经抛弃了传统实践美学的基本命题,实践美学在此真的终结了。

理论的形式是主观的,内容是客观的。理论内容的客观性的程度只有经过实践变成客观现实,才能得到验证。实践对客观世界的批判即实践对客观世界的改造。马克思说:"环境的改变和人的活动的一致,只能被看作是并合理地理解为革命的实践。"[②]实践的内在批判性决定了我们的实践活动或实践结果可能是积极的,也可能是消极的,这就要求人们对实践本身采取行动,努力使实践向积极的、肯定人的方向发展。实践批判的内在性决定了人对实践不应该采取自我崇拜的态度,而应该采取自我批判的态度。实践的自我批判即人对实践的自我反省和自我控制。自我反省是指精神领域的自我批判,是对实践两重性的自觉,是对人类自我中心论、自我迷信的批判;自我控制是指现实领域的自我批判,是对实践的消极意义、异化的抑制机制,是人对实践的自我调节。在马克思看

[①] 张玉能:《实践美学是不该这样去理解的》,载于《河北学刊》,2004(6),第73—77页。
[②] 《马克思恩格斯选集》,第1卷,人民出版社1995年版,第17页。

来，人的主体性不是先天的，而是人自己创造的。人的实践活动既可以把人创造成为主体，也可以把人的主体性否定掉。因此，在主体性的问题上，人不应该自我迷信和自我崇拜，而应该代之以自我反省和自我控制。这一立场应当成为将实践范畴引入美学研究的基本前提。从这一前提出发，我们才能做到既批判历史和现实中的一切唯心主义美学，又批判旧的、直观的、机械的唯物主义美学，给美学之谜的解答提供强大的思想武器，给美学的发展带来革命性变革。

客观对象作为审美对象，不论是自然的、社会的，抑或艺术作品，它总是与人有关的，具有一种现实的联系和关系；而客观对象作为审美对象，与人之间具有的这种现实联系和关系，决定了美学要阐释和解决人类审美活动的特点、本质与规律就离不开马克思主义的实践观，因为只有实践才能赋予客观对象与人之间的现实以联系和关系，只有实践才具有这种直接现实性的能力与品格。从物质实践出发不能解释和解决人类审美活动的特点、本质与规律，撇开物质实践，同样也不能解释和解决人类审美活动的特点、本质和规律，包括各种精神劳动。也正因为如此，马克思的实践观给了我们诸多启迪。

对当下文艺理论研究现状的一些思考

近 30 年来，随着中国由社会主义计划经济体制向社会主义市场经济体制的转变，人们的生产和消费观念发生了明显的变化。反映到文学领域，人们已经不是将文学简单地看作一种意识形态（尽管文艺有意识形态的属性），也不是将文学简单地看作安邦治国的利器。在充分检讨庸俗唯物主义、机械反映论文艺观缺失的同时，各种西方思潮和文论思想纷纷被介绍到中国，这些新学说为中国的文学剥去了昔日伪神圣的外衣。文学创作、研究和整个接受过程都悄悄地发生着变化，这是历史的进步。但近 30 年的文论研究也暴露出一些自身亟待解决的问题。

一、对社会思潮的关注超过对文本的重视

20 世纪 80 年代，中国改革开放的大潮迅速席卷了文学理论界，从中华人民共和国成立初期至"文化大革命"结束，曾经影响中国文论 20 多年的、在批判形式主义理论基础上形成的社会主义现实主义文学理论和毛泽东《在延安文艺座谈会上的讲话》的精神指引下形成的革命现实主义和革命浪漫主义"双结合"的创作方法，逐渐被一些理论工作者淡出文论话语中心，中国当代文论迅速向世界开放，和国际"接轨"。在以后的近 30 年中，中国文学理论界引进了许多西方文学理论，例如引入了当年曾受到社会主义现实主义理论家们所批判的俄国形式主义，以及从俄国形式主义基础上发展起来的布拉格学派和法国的结构主义，还有大致于同一时期在英美等英语国家出现的诸如新批评、女权主义文论、解构主义文论、后现代主义文论、新历史主义、后殖民主义文论、文化研究、生态批评等。

在全球化语境中,它们也成了中国当代文论的前沿话语和最新走向。这些与"后学"(post-ism)紧密相关的新问题和新视角使得中国近20多年的文论十分活跃,对中国当代文论研究产生了非常深刻的影响。人们在反思反映论的文论观的同时,很容易接受上述西方流行的文论思潮。客观地说,随着思想解放运动的深入,人们的理论视野变得开阔,接受西方新思潮,其本身确有积极意义;但过于重视社会思潮,特别是西方社会思潮的更迭,而忽略了在这些思潮产生的特殊社会语境下形成的文论背景和话语背景,甚至不顾中国当下文论界的现实情形,特别是中国当下文艺创作的实际情形,离开了现实的文本,生硬地引进、使用这些西方文论的话语体系,也给中国文论的健康发展带来了种种问题。

例如,解构主义在20世纪下半叶风靡欧美,到80年代,这一反传统、反形而上学的激进方法论已经普遍地渗透到当代文化评论和学术思维中。解构主义的词汇:消解、颠覆、反二元论、书写、话语、分延、踪迹、撒播等已被广泛运用到哲学、文学、美学、语言学研究中。它实现了诗学研究的话语转型,刷新了人们对语言与表达、书写与阅读、语言与文化、文学与社会等方面的认识,影响和重塑了文学评论的性格,并开拓了文学批评和文学作品阐释领域。正如有学者指出的:"如果真要为哲学撰写一个历史的话,解构主义无疑是它的最后篇章。"[①]

德里达颠覆了言语对书写的优先地位,使说话(言语)从中心移位到了边缘。中心的解除使说话与书写具有相同的本性,两者不存在任何中心和从属关系,也不存在二元对立的关系,而是一种平等的互补关系:书写是说话的记录保存形式,说话是书写的补充形式,书写与说话都是思想的意义表达形式,两者互相依存,缺一不可。进而,德里达将这一原则扩展到整个形而上学层面,解构一切不平等的对立概念,从而颠倒了本质与现象、内容与表现、隐含与显现、物质与运动关系的传统观念,对绝对理性、终极价值、本真、本源、本质等有碍于自由游戏的观念提出质疑。于是,德里达的解构策略——"分延""撒播""踪迹""替补"等概念,成为与"定义"的单一固定含义相对的、具有双重意义的不断运动的模糊词汇。可以说,德里达通过分延、播撒、踪迹、替补等模棱两可、具有双重意味的词所要达到的目的,无非是追问自诩为绝对真理的形而上学大厦赖以建立的根基是什么。这一根基的先验虚幻性是怎样有效地逃脱一代又一代哲人的质疑的。破除形而上学神话的基本方略怎样才能有效地避免自身重陷泥淖。"如果说,哲

[①] [美]保罗·德曼:《解构之图》,李自修等译,中国社会科学出版社1998年版,第1页。

学史的尾声就是对它的起源给以致命一击的话,那么,德里达的哲学在某种意义上埋葬了哲学学科本身……"①

实际上,解构方法的正负价值都相当明显。就正面价值而言,解构主义在整个思维上进行本体论革命的同时,在文化界产生了一场方法论革命,解除了人们头脑中根深蒂固的传统一元论,消解了人们习惯的思维定式,从新的角度反观文学和自身,从而发现了许多过去未察觉的新问题和新意义。"就解构坚持这些立场而言,它似是种辩证的综合……"②解构批评热衷于在文学文本中探索文本的潜隐逻辑,它不为表面的中心、秩序和二元对立所迷惑,而是从边缘对中心进行消解,从"裂缝"对秩序进行颠覆,从表象中弄清事情本来的面目,从文本的无字处说出潜藏的压抑话语。就解构批评的负面价值而言,解构批评以过激的言词和调侃的态度,彻底否定秩序、体系、权威、中心,主张变化、消解、差异是一切,这是另一种意义上的"语言暴政"。作为后现代主义理论的发现,这种充满政治意味的解构方法使整个文学评论界的兴趣离文学自身越来越远,以至有人认为解构主义正在毁灭文学,使整个文学研究和评论界陷入意义和价值危机。

中国文论界受到类似于解构主义等西方当代思潮的影响,对文学自身,特别是对文本的研究慢慢淡化。一个时期以来,人们热衷于跟着西方思潮走,文学理想和文学精神逐渐丧失,文学的认识和批判功能逐渐退隐,文论工作者离开文本妄加评论并不鲜见。从 20 世纪 90 年代中期开始,文化研究又大举嫁接到文学研究中来,这对开拓文学研究的视阈不无好处,把文学放到更广泛的文化背景上来探讨,无疑会取得一些新的突破,这种研究路径和研究方法本应对阅读文本带来帮助,但结果却使一些研究者不仅没有接近文本,反而越来越远离文本。从近年来研究的成果看,宏观的、跨学科的,甚至边缘化的著述层出不穷,而微观的、文学本身的研究却越来越被忽略或受到轻视,特别是长期以来形成的文学研究的许多基本概念、基本问题、基本理论和基本术语渐渐被摒弃,代之而用的是一些抽象的(有些也是大而无当的),或借鉴自其他学科的新名词、新概念、新理论。难怪这种现象会被一些学者形象地喻为文学研究的"失语症"。

特别是 20 世纪 90 年代以来,随着社会主义市场经济的逐步建立,城市化建设步伐的加快,大众消费时代迅速来临,以广告和网络传媒等为代表的消费型大

---

① [美]保罗·德曼:《解构之图》,李自修等译,中国社会科学出版社 1998 年版,第 1 页。
② [美]乔纳森·卡勒:《论解构》,陆扬译,中国社会科学出版社 1998 年版,第 105 页。

众文化勃然兴起。大众的审美趣味更加多样化和时尚化,结果文学还未来得及回归到人们预期的本位,便已被迅捷到来的消费社会冲击得改变了方向。就目前而言,以消费为特征的时尚文学大行其道,引领着所谓的文学新潮流。尤其是被称作新生代的作家们,追求随意式的、不受约束的"自我写作",迎合着越来越大众化的审美消费口味,文学越来越成为宣泄"自我情绪"、抒写"自由浪漫气息"的载体。这种现象被一些论者理解成"一次必要的补课"。依这种理解,眼下的文学似乎就是一种回归。对这种回归,学界开始还有点伫立观望,但很快就有人紧跟潮流,提出文学应该更新研究对象,比如对广告的研究、对网络话语的研究,甚或对日常生活中具有文学意味的言语行为的研究。这种更新研究对象的构想固然有其合理性,因为文学的研究对象确实在不断更新,但任何一种文学研究如果离开了鲜活的文本,都将成为无本之木。文学理论从根本上说是文学现象的衍生物,它的形成与发展必须以文学现象的演变为前提。一种批评话语的逻辑起点固然重要,但这一逻辑起点却不能先验地生成,而要植根于文学现象,即文学的文本。遗憾的是,许多文论研究者往往对西方的各种理论殚精竭虑,而对鲜活的创作实践缺乏兴趣,由此,理论成了典型的空中楼阁。

二、对新潮理论的追逐超过对基本问题的研究

20世纪的最后30年,拉康、巴特、福柯、阿尔都塞和德里达这五位法国思想家把整个西方思想理论界颠覆了几遍。作为一个整体,他们的巨大影响是毋庸置疑的,然而,就他们所遭遇的批评和反驳来说,其激烈程度也是空前的。这种思想的交锋使当代西方文学理论、政治话语和文化研究着实发生了深刻的变化。而与此同时,他们也在悄悄地修正着自己的理论,在时隔近30多年之后的今天看来,他们原先激进的理论锋芒早已所存无多,德里达本人就是一个最能说明问题的例子。

德里达是20世纪下半叶法国最重要的思想家之一,他的《文字语言学》《声音与现象》《书写与差异》等3部专著的出版标志着解构主义的确立,后来逐渐形成以德里达、罗兰·巴特、福柯、保尔·德曼等"耶鲁四人帮"为核心并互相呼应的解构主义思潮。德里达不满足于几千年来贯穿至今的西方哲学思想,对传统的哲学信念发起挑战,对自柏拉图以来的西方形而上学传统大加责难。在他看来,西方的哲学历史即形而上学的历史,它的原型是将"存在"定为"在场"。他借

助于海德格尔的概念,将此称作"在场的形而上学"。"在场的形而上学"意味着在万物背后都有一个根本原则、一个中心语词、一个支配性的力、一个潜在的神或上帝,这种终极的、真理的、第一性的东西构成了一系列的逻各斯(logos),所有的人和物都拜倒在逻各斯门下,遵循逻各斯的运转逻辑,而逻各斯则是永恒不变的,它近似于"神的法律",背离逻各斯就意味着走向谬误。德里达及其他解构主义者攻击的主要目标就是这种被称为逻各斯中心主义的思想传统。解构主义及解构主义者就是要打破现有的单元化的秩序,这个秩序不仅仅指社会秩序,除了包括既有的社会道德秩序、婚姻秩序、伦理道德规范之外,还包括个人意识上的秩序,比如创作习惯、接受习惯、思维习惯和人的内心较抽象的文化底蕴积淀形成的无意识的民族性格。简言之,就是打破旧秩序,然后再创造更为合理的新秩序。

德里达的解构主义虽然是从语言和书写理论入手,却有着宏大的关怀视角和深刻的历史背景。它不是德里达闭门造车的产物,而是融会了西方哲学反形而上趋势的成果,可以说是集非理性主义思潮之大成。对德里达影响最大的先驱主要有尼采、索绪尔、弗洛伊德、海德格尔和拉康。从尼采那里,德里达继承了对传统哲学的批判精神和对酒神精神的推崇;从索绪尔那里,德里达批判地吸收了符号理论;从弗洛伊德那里,德里达吸收了无意识和心灵书写的理论;从海德格尔那里,德里达继承了对"无"的重视;从拉康那里,德里达接受了漂浮的能指和滑动的所指理论。在博采众长的基础上,德里达发展了自己的思想。德里达的理论动摇了整个传统人文科学的基础,也是整个后现代思潮最重要的理论源泉之一,其主要代表作《文字语言学》《声音与现象》《写作与差异》《撒播》《哲学的边缘》《立场》《人的目的》《马克思的幽灵》《文学行动》等影响了一代知识分子。

德里达曾说:"解构不是一种方法,但可以有些规则。"[1]他的思想在20世纪60年代以后掀起了巨大波澜,他也成为欧美知识界和哲学史上争议最大的人物之一。支持者认为他的理论有助于反对人类对理性的近乎偏执的崇拜,有助于打破形而上传统对真理、本体的僵化认识,有助于打破形形色色的压制差异和活力的权威和中心;反对者认为,德里达相信语言没有确定的意义,真理只是人的臆造,势必导致虚无主义和相对主义。从总体上看,德里达的理论确实充满了矛盾,也提供了多种解读的可能性,但要更充分地把握它的要义,就必须把它置于

---

[1] [法]雅克·德里达:《书写与差异》,张宁译,生活·读书·新知三联书店2001年版,第16页。

20世纪的历史语境乃至整个西方哲学传统来考察。

20世纪70年代以来,西方学者发表了许多研究德里达思想和学说的著作、文章,对他的研究成为西方学术界的一大热点。2002年,劳特利奇出版社出版了一套三卷本的《雅克·德里达:主要哲学家批判评价》,[1]收录了编者所认为的近30年来国外德里达研究的重要学术成果。

德里达文学批评理论在中国的传播经历了由自发到自觉的过程。在不断了解和接受的过程中,中国学者对"解构主义"文学批评进行了重新梳理和评价,出现了自己的"解构主义"研究成果,并利用他的文学批评理论展开中国当代的文学批评。但是,在这样的传播和接受中,对德里达的文学批评的翻译和研究仍有许多方面值得我们进一步研究和深化,如对于德里达的文学批评思想的研究缺少深层次的研究,宏观多于微观,对整个思潮的描述或一般性介绍过多、过泛,缺少新意;在具体的研究中,由于局限于英文著作的翻译而紧跟着美国的"解构主义"研究的套路走,无法形成自己独立的研究特色。另外,关于将德里达为主的"解构主义"放在一个什么样的立场上研究出现重大的分歧,尤其是出现"名称"和"身份"上的混乱。研究德里达,主要就是研究"解构主义"最初的思想资源,从而理清德里达的文学批评理论的来源。而后来德里达的政治学转向都应该纳入这个前提下进行。显然,其研究不能等同于美国的"解构主义"和"后结构主义",也不等同于利奥塔《后现代的知识报告》中提出的"后现代主义"的看法。它们虽然有着千丝万缕的联系,但德里达式的"解构"永远是属于"德里达的",这在后来与保罗·德曼、福柯等人的争鸣中充分地体现出来了。正像德里达自己反复咀嚼的那句"文外一无所有"所隐含的意思一样,"解构"也是断然不能跳到西方形而上学传统之外进行的。到了20世纪80年代之后,德里达的"解构"也许已经明确地定格为一种坚持思想自由、探索意义之可能性的方法。也正是在这个意义上,他在1993年发表的《马克思的幽灵》中,心悦诚服地承认自己也属于"马克思和马克思主义的继承人"。可惜,直至今日,我国学界真正能体味出这位思想家思想精髓的学者并不多,真正在这位思想家提出的思想路径下深入思考、研究基本问题的学者更是有限,不少译介更是远离了德里达所关注的基本问题。

---

[1] Jacques Derrida, *Critical Assessments of Leading Philosophers*, ed. by Zeynep Direk and Leonard Lawlor, Routledge, 2002.

三、对西方文艺思潮的引进超过对中国现实问题的关怀

近30年的文论建设是从清理和批判各种"左"的思潮开始的。在批判机械唯物论和庸俗社会学等假马克思主义的同时,各种西方文艺思潮也被大量介绍到国内,其中包括欧美新批评,而勒内·韦勒克与奥斯汀·沃伦的《文学理论》在中国特定的历史时期影响尤其深刻。

在20世纪初的西方,当文学作为社会历史事件的反映或作家身世生平的演义被发掘和引用,或作为妙不可言的审美对象被印象式地欣赏时,俄国形式主义大声疾呼"文学性",呼吁批评家不要在远离文学的地方看文学,而是要贴近作品本身,通过对真正生成"文学性"的种种写作技巧和手法的分析,对文学作品进行正确的批评判断。紧接着在20世纪30年代,美国出现了"新批评"。新批评从本体论和方法论上进一步发展了俄国形式主义的批评观,认为文学作品像一个浑圆的苹果,是一种自足的客观存在,应在细读作品的基础上,分析对象的"语言、结构、意象",从而把握本来就存在于作品肌理中的那种"文学性"。对于厌倦了或大而无当,或浮泛感性的社会的、传记的、印象的批评文字的读者来说,新批评的一套系统的文学本体论和扎实绵密、操作性强的作品分析方法,确实让人有"到家"的感觉。于是,新批评成了后来许多年里最重要的一种批评理论和方法,广泛占领了西方大学的讲坛。

勒内·韦勒克与奥斯汀·沃伦的《文学理论》提出了文学的"外部研究"和"内部研究"的方法问题。作为新批评理论家,韦勒克与沃伦研究的重点自然不在于文学的"外部研究",而在于文学作品的存在方式、文体和文体学等文学的"内部规律"。又由于新批评通常面对的是诗学问题,他们的研究对象主要是欧美传统的诗歌,因此谐音、节奏、格律乃至意象、隐喻、象征等都成了他们关注和研究的重点。尽管如此,新批评理论家也没有否定文学的"外部研究",文学和社会、文学和思想、文学和其他艺术的关系等并没有被他们排斥在文学研究之外。从整个西方文艺思潮的发展历史更是不难看出,后来的新历史主义、女权主义、后殖民主义、新马克思主义都采用了"外部研究"的方法。在《文学理论》中,作者明白地指出:"文学是一种社会性的实践,它以语言这一社会创造物作为自己的媒介。……文学的产生通常与某些特殊的社会实践有密切的

联系。"①国内学者出于对"文学为政治服务""文学从属于政治"的反思,过多地注意文学的"内部规律",过多地注意文学的审美自律,甚至将文学与社会的关系、作家的思想倾向等文学的"外部研究"都误认为是庸俗唯物主义和机械反映论而加以抛弃。其实,中国理论界对新批评虽然不陌生,但对其研究却是很不够的,新批评的很多重要的代表作如《理解诗歌》《理解戏剧》等,国内至今没有中译本。这使众多文学研究者难得一窥新批评的全貌,大部分人认识新批评的方式只能是间接的,遑论掌握其理论方法的精髓,用之于当下文学批评实践。在评介方面,由于评介文章具有很强的概括性和主观性,难免以偏概全。因为存在着对新批评的种种"误读",一个时期以来,马克思主义文艺理论因其关注人们的精神活动与历史的关系,也被划入了"外部研究"的范畴。但形式主义方法并不能解决文论的所有问题,文学研究也绝非"审美"所能涵盖。当中国的文论在沿着俄国形式主义、新批评等各种形式主义方法走过20来年后,理论界终于发现:形式主义方法并不能解决文论的所有问题,沿着这条路径走下去,我们甚至失去了自己的理论话语。

从历史发展来看,我们注意到,当西方文论热衷于对文艺进行内部规律研究的时候,中国文论恰好把对文艺的外部规律的研究推向了极端,以至产生庸俗社会学的弊病;当中国文论倾心于对文艺的内部规律进行研究的时候,西方文论又开始突破文本主义文论和形式主义文论的局限,向社会、历史和人生开放,极大地拓展了文艺外部规律的研究。半个多世纪以来,中国文论的研究重心常常发生明显的错位。当下,当代中国的文艺理论家们又紧跟着当代西方学者的脚步,沿着文化研究的路径,从对文艺的内部研究走向对文艺的外部研究。20世纪的西方文论出现了两次重大的"转向":一次是深入内部研究的语言转向,一次是开拓外部研究的文化转向。至于其他转向,多得难以描述。现当代西方文论总是像"走马灯"似的不断地变换着,最终却往往以自身的"失语"告终。

自20世纪80年代以来,中国发生了翻天覆地的巨变。伴随着历史的转型,中国当代文坛进入了一个沸沸扬扬、纷纷扰扰的时期。特别是西方各种社会文化思潮的涌入、移植和引进,对中国当代文论的格局产生了重大的影响。仅仅20年,中国学术界几乎走过了西方文论近一个世纪的学术历程,现当代西方各

---

① [美]勒内·韦勒克、[美]奥斯汀·沃伦:《文学理论》,刘象愚等译,江苏教育出版社2005年版,第100页。

种文艺思潮、批评模式、文艺观念、文艺思想都在中国得到了不同程度的展示和演练,经过一定程度上的本土化过程,出现了一些发育不甚成熟的中国版。中国当代文论的结构正在发生重组与新变,最值得关注的是马克思主义文艺学面临着严峻的冲击与挑战,遭遇到前所未有的所谓"祛魅化"运动的磨砺和考验。然而,各种理论资源和学术思想的碰撞、对话与竞争,只能给科学的文艺理论的发展提供开拓创新的动力和契机,通过承接和吸纳一切有益的、合理的思想因素来丰富和优化自己。事实表明,经历了新变的马克思主义文艺学仍然焕发着旺盛的生命力。这不是偶然的,而是由马克思主义文艺学自身的学理优势所决定的。

马克思主义文艺学具有博大的宏观性质和开放的多维视野。马克思主义文艺学的基本原理是从现实主义文艺现象中总结、提炼、概括出来的理论体系,强调文艺与现实的关系。以真为基础,尽可能地求得真、善、美的和谐统一,这是马克思主义文艺学追求的审美理想和价值目标。

马克思主义文艺学重视和尊重文本存在,运用"美学观点""人学观点"和"史学观点"对作家作品进行审美的、人文的和社会历史的解读,形成了一种比较严谨的理论系统。马克思主义的文本理论是与文本包含着的审美因素、人文因素和社会历史因素有机相连的,不同于西方封闭的文本主义文论。它从"美学观点"看文艺,认为美学因素作为文本的审美特性负载着一定的人文因素和社会历史因素,因此有别于西方的纯粹的审美主义文论;从"人学观点"看文艺,认为作品中的人文因素是通过具有审美特性的文本表现出来的,作为历史的人与人的历史发生着不可分割的联系,从而与西方的那些具有疏离社会历史倾向的人本主义文论大异其趣;从"史学观点"看文艺,认为作品中的社会历史因素同样是通过具有审美特性的文本表现出来的,作为人的历史必然同历史的人构成一个有机的整体,从而与那种"只见物不见人"的庸俗社会学、庸俗历史学和庸俗政治学划清了界限。

马克思主义文艺学把对文本的美学研究、人学研究和史学研究融为一个有机的整体,从而实现文艺学的美学精神、人文精神和历史精神的和谐统一。与此相联系,还尽可能地把对文艺的外部规律研究和对文艺的内部规律研究结合起来。马克思在《德意志意识形态》中阐述自己的历史观时说:"这种历史观就在于:从直接生活的物质生产出发来考察现实的生产过程,并把与该生产方式相联系的、它所产生的交往形式,即各个不同阶段上的市民社会,理解为整个历史的基础;然后必须在国家生活的范围内描述市民社会的活动,同时从市民社会出发来阐明各种不同的理论产物和意识形式,如宗教、哲学、道德等,并在这个基础上追溯它们产生的过程。……这种历史观和唯心主义历史观不同,它不是在每个时代中寻找某种范畴,而是始终站在现实历史的基础上,不是从观念出发来解释实践,而是从物质实践出发来解释观念的东西。"①马克思的论述为我们研究文艺问题,特别是研究当下问题提供了重要的参照。

我们要借鉴西方文艺思潮和西方文艺理论的有益养分,但更要关注近30年来中国文学发展的新现实、新思潮、新特点、新问题。理论是实践的产物,具有很强的现实性。正如马克思在《〈黑格尔法哲学批判〉导言》中所说:"理论在一个国家实现的程度,总是决定于理论满足这个国家需要的程度。"②我们的文艺理论理应关注当下丰富的创作实践,为解决当下问题提供思想方法。

---

① 《马克思恩格斯全集》,第3卷,人民出版社1960年版,第42—43页。
② 《马克思恩格斯选集》,第1卷,人民出版社1994年版,第11页。

对生态美学研究的一些思考

生态美学是近几年我国美学界的显学,不少学者为之殚精竭虑,付出了许多辛劳,也取得了不少富有原创性的成果。但是作为一个研究方向乃至于一门学科,生态美学研究也存在着一些亟待思考的问题。

一、我们应在什么样的范畴内讨论生态？

有学者认为:"生态美学,顾名思义,应是生态学和美学相交叉而形成的一门学科。生态学是研究生物(包括人类)与其生存环境相互关系的一门自然科学学科,美学是研究人与现实审美关系的一门哲学学科,然而这两门学科在研究人与自然、人与环境相互关系的问题上,却找到了特殊的结合点。生态美学就生长在这个结合点上。"就此他认为:"生态美学研究人与自然、人与环境的关系。"[1]持这种观点的学者目前不在少数。把生态美学视为生态学和美学的交叉学科,并认为生态美学研究人与自然、人与环境的关系这本身并没有问题,真正的问题是我们应在什么样的范围内讨论生态。

就我们所知,生态学(ecology)一词最初来源于希腊语的"oikos"和"logos",前者表示住所和栖息地,后者表示学科,原意是研究生物栖息环境的科学。如今,尽管学者们对这个词的定义还存在争议,但都认为生态学是研究生命系统与环境系统之间相互作用规律及其机理的科学。人作为一个族类,自然是一个生命系统,或曰生物物种,但人类所面临的问题却比其他的生命系统或生物物种要

---

[1] 彭立勋:《生态美学:人与环境关系的审美视角》,载于《光明日报》,2004年5月29日。

复杂得多。这是因为人首先是社会性的人，作为社会性人类所栖息的环境，绝不仅仅是自然环境，还包括更为复杂的社会环境。人在与自然发生关系的同时，还要和人赖以生存的社会乃至于人本身发生关系。这就决定了无论作为个体的人，还是作为族类的人所面对的生态都是极其复杂的，这个生态绝不仅仅是自然。遗憾的是，时下的不少生态美学论者都将生态简单地界定在自然的范畴内，而忽略了人所面对的生态的社会属性。同理，讨论生态美，不仅要关心人与自然的和谐相处，更重要的是还要关心人与社会、人与人的和谐相处，包括和谐的政治制度、法律体系、社会生活等。

的确，我国古代的思想家们确实把天地万物视为一个有机联系的整体，相互依存、相互支撑，只有处于和谐关系中，才能各得其所，得到发展并生生不息。正如《中庸》所说的："万物并育而不相害，道并行而不相悖……此天地之所以为大也。"但同时，他们又不把生态简单地局限在自然的范畴里，在这方面，即便是时下很多生态美学论者非常推崇的老子也有不少值得我们关注的论述。他创立的"道"的理论认为"道可道，非常道"，"道法自然"，道是无为的。他告诉人们要"唯道是从"，爱道，循道，无为而无不为。他的"自然和谐论"的政治思想体系就是这一思想的体现。根据这种思想，统治者的作为应该顺应自然，是自然而然的事。统治者要很好地进行统治，还得处理好人与物的关系。维护万物的"自然"状态，保持自然的秩序不变。一句话，应该遵循"道法自然"的原则，这是老子提出的根本原则，也是最高原则。老子所说的自然并不等同于我们现在所说的大自然或自然界，而是一种自然状态。老子所关心的不是自然界，而是人类和人类社会，是与人类社会生存有关的状态，是一种类似于自然无为、自然而然的和谐状态。自然状态包含事物自身内在的发展趋势，是原有自发状态延续的习惯和趋势。老子眼中的"自然"是一种自然而然的状态，是事物自发状态的保持与延续的习惯与趋势，或者说是事物内在的规律性。老子所描绘的这种"自然"状态下的人类社会，统治者与老百姓之间自是互不干扰、相安自得、怡然自乐，整个社会呈现出一种自然和谐的田园式理想状态。

又如，儒家的核心思想是"仁"的理念。它是处理人际关系的最高原则，"仁者，爱人"。和谐是仁的理念追求的目标和境界，和谐思想是儒家思想的精髓，孔子的"礼""孝""恕""诚"等，都是和谐之道的工具。孔子的弟子有子提出"礼之用，和为贵"。可见"礼"与"和"的关系，礼是从属于和谐的。孟子提出"天时不如地利，地利不如人和"。这里的"人和"指人的团结，齐心协力团结一致是取得胜利的决定性条件。庄子则提出:"与人和者,谓之人乐;与天和者,谓之天乐。"将"和"视为取得快乐的根本,有"和"才有乐,人与人之间、人与自然之间和谐无间,那么就会其乐融融、怡然自得。荀子则认为人之所以"最为天下贵",是因为人能"和",而"和则一,一则多力,多力则强,强则胜物",人与人之间和睦协调就能团结一致,团结一致的话,力量就强大,力量强大的话,就能战胜外物。总之,他们都是在追求一种和谐的人际关系。可见,我国古代的智慧者们,不仅关心人与自然的和谐相处,更关心人与社会、人与人的和谐相处。

二、我们能否回到农耕经济时代的生态环境?

中国目前还是个农业国,工业化的进程还十分漫长,我们还远远没有实现现代化。但在现代化建设的进程中,我们所面临的环境压力确实又是巨大的。有这样的一些事实值得我们关注:进入21世纪的中国,第一天就遭遇了沙尘暴。2002年,沙尘暴又是历史上强度最大的。可以预见,在未来一定的时期内,沙尘暴还会更加频繁、更加猛烈。据报道,20世纪50年代中国共发生了五次沙尘暴,60年代8次,70年代13次,80年代14次,90年代23次,而2000年一年就发生了12次。现在,一些地区可以说是黄沙漫天,黄土遍地,河流浑浊,空气污染,水土流失,江湖干涸,森林倒地,草原退化,而且,一切还在恶化之中——中国的沙漠化正以每年2460平方公里的速度扩展,相当于每年一个中等大的县被沙漠化,每年直接经济损失540亿元以上。目前,荒漠化土地已占国土面积的27.2%。因水土流失,每年冲走肥土50亿吨,相当于全国的耕地每年平均削去1厘米厚的土层,由此每年造成化肥流失4000万吨,接近全国的化肥产量。

中华民族的母亲河黄河曾于1998年断流200多天,洪水期间,黄河河水的含沙量达50%。现在,长江也快成为第二条黄河了,其含沙量是黄河的1/3,等于世界三大河流——尼罗河、亚马逊、密西西比河年输沙量的总和,而尼罗河却是处于沙漠地带。目前,我国有70%的河流、50%的地下水被污染,淮河、辽河、海河、太湖、巢湖、洞庭湖、鄱阳湖、滇池等水域污水横流,水量大为缩减,洞庭湖、鄱阳湖的湖面损失了一大半,其蓄水功能大大下降。(新疆罗布泊水域面积曾为2万平方公里,古楼兰国据此繁荣了几百年,可到1972年,罗布泊彻底干涸了;如今,青海湖的水位也在不断降低,如果不痛下决心整治,也难逃罗布泊的命运;新疆石河子屯垦造成玛纳斯河断流干涸;现在,世界第二大内陆河塔里木河也已断流 1/4，水量缩减到 30 年前的 1/10）。

于是，有学者开始痛批工业化乃至现代化的"恶果"，并把注意力集中到了我国遥远的古代，怀念起了远古那种田园牧歌式的生活，并关注起我国古人的生态智慧来。有学者认为"擅理智，役自然"的现代性在全球范围的扩张已使世界"天翻地覆"，造成文明的偏颇和人对自己在宇宙中位置的错置，不仅生发了严重的生态灾难，而且把人扭曲为患了征服偏执狂的精神病人；资本主义精神是外部自然生态危机和精神生态危机的罪魁祸首，因为它把一切都归结为对效率和利润的算计，是以理性的形式表现自身的非理性力量；人要在地球上生存下去，就必须反思和超越现代性，寻找世界的返魅和人的归乡之路。"现代工业文明超速发展的 300 年，给地球的精神圈遗留下过多的空洞和裂隙、偏执和扭曲，给我们这个看似繁荣昌盛的时代酿下种种严重的生态危机与精神病症。修补这些空洞和裂隙，矫正这些偏执和扭曲，重修人与自然的关系，建设一个和谐、健康的人类社会，正是'人类纪'的人们面临的重大历史使命。"[1]

其实，人与自然始终是一对矛盾。从历史上看，4 000 年前，我国黄河流域是郁郁葱葱的原始森林；西周时，黄土高原拥有森林 4.8 亿亩，森林覆盖率为 53%（而现在的全国森林覆盖率仅为 13%，航拍和专家分析的结果仅为 8.9%）；及至春秋战国，狼烟四起，烽火连天，中国人的生存环境开始遭受巨大的破坏。后来，秦始皇一统天下，折腾百姓，继续毁灭生态，大兴土木，大伐森林，史书中就称"蜀山兀，阿房出"。汉时，中国人口剧增，统治者的思想又都是崇本抑末，以粮为本，发展单一的粮食种植业，砍掉林、牧、副、渔、商，结果，重农反而误农，粮食产量反而上不去。因为重农贵粟，必然毁林开荒，造成水土流失、生态破坏、地力下降，从而导致农业劳动生产率每况愈下。

而且，中国人的饮食结构不像游牧民族或者欧洲人是牧农产品并重、以肉类和奶类为主的，中国人的饮食几乎等同于吃植物性的粮食，所以，为了解决吃饭问题，我们的祖先只好大规模地毁林开荒。还有，中国古代有着庞大的专制官僚机构和军队，而军队又以步兵为主，不像游牧民族、西方民族以骑兵为主那样补给容易，饿了吃马肉、渴了喝马奶就行，可以就地解决，中国人是"兵马未动，粮草先行"，粮食总是军事家们考虑的头等重大问题。由于粮食保存的时间比肉类、奶类长久，所以，中国的政治家、军事家总是追求庞大的粮食储备，以应付不测。

---

[1] 鲁枢元：《生态批评的视野与尺度》，载于《中国艺术报》，2005 年 4 月 15 日。

为了解决政府、军队的巨大供给问题,中国人也只好开荒。西汉开荒 5 300 万公顷,东汉开荒 4 600 万公顷,至此,黄河流域的森林全部倒地。三国时期,中国人口从东汉时的 5 648 万减至 767 万,民族差点毁灭,生态也就在劫难逃,火烧赤壁、火烧连营八百里,也不知烧掉了多少森林。南北朝时,兵燹战乱频仍,中国人开始大规模南迁,长江流域的生态面临着威胁。

隋时,隋炀帝大兴土木,唐时开发东南,开荒 9 300 万公顷,"高山绝壑,耒耜亦满"。加上隋唐征战、五代动乱,后来,又经过宋辽金元争霸天下,元末、明末、清末、民国的战乱破坏,中国人的生态资源被破坏殆尽。

可见,即便在遥远的古代,即便我们远离西方的工业文明,人与自然的矛盾与冲突也同样是显而易见的。我们也知道,西方的各种社会思潮有两个大的理论来源,即古希腊文化和希伯来文化。古希腊人遵奉二元主义——灵肉分离,人与世界分裂;希伯来人主张神人分离,法律与犯人对立,人与大自然对立。这种天人分离的思想后来发展为以人为中心的启蒙运动,到近代则走向了极端人类主义——如尼采称"上帝死了",提出"超人哲学",推崇生命力的扩张。尼采在一首诗中号召:"夺取吧,只管去夺取!"它正代表了人类意志的盲目膨胀。西方的生态思想基本上是产生于近现代自然科学技术创造发明的时代。它表现为强大科学技术创造的生产力改变了人类社会的根本面貌。人类在短短的三四百年内创造的社会财富和辉煌远远超过了人类几千年文化的历史时期的积累,它也同样消耗了人类有史以来空前未有的生态资源。西方资本主义生产方式的快速发展,改变了千百年来陈旧落后的生产形式,也就破坏了古代社会天然生态的智慧选择,以及它所创造的缓慢和富有诗意的栖居生活。自然在科学技术为先导的破坏下,出现了明显的环境危机和生态资源枯竭的局面。能源战争频繁发生,全球气候变暖,海平面上升,空气污染,臭氧层发现空洞,整个自然生态环境处在崩溃的边缘。西方的生态意识应急于社会需要,其思想表现为强烈的社会选择和政治意识。生态运动和生态思想日益回归自然,成为后现代思潮的一种明显标志。面对自然生态危机,西方学者的思考恰恰是一种深刻的社会反思——对三四百年来现代工业社会的资本主义文化和生产模式的批判。他们发现,这种技术理性的思维方式虽造就了科学技术和社会文明,但也同样破坏了自然生态系统,并已经正在将人类社会推向危险的困境。人类的毁灭、地球的危机就是来自这种急功近利的生产、生活方式。这时,西方社会先后出现了一批思想家,对人类过分相信科学技术的心理以及科学技术创造的社会进步产生了怀疑,同时,还产生了一批身体力行的文化批判者与思想斗士。

问题的症结是,我国古人的生态智慧产生于农业社会,而西方生态思想产生于现代工业社会。这两种生态观念体系所表达的对自然的认识和体验,以及两种思想形成的社会背景是完全不同的。我国古代先哲的生态智慧是在生态环境和资源还没有发生危机的状态下产生的,它是东方民族还没有过度消耗生态资源,没有造成世界环境普遍危机的一种智慧结晶。它所阐述的生态智慧依然是对自然现象感到神秘,以及对自然怀有更多的仁爱情感的表达。它所理解的自然是将人与自然置于一个生命共同体,并将自我融合于自然之中显现出来的生存智慧。以平等的方式去关爱所有生命与无生命的物种,这是人与自然朴素生态智慧的表达。这种生态智慧显现了人类童年时代对自然的纯朴的情感和意识,缺少对自然环境的理性认识和确定性。与现代社会相比,它充满了人类最初时期的智慧、温情和惊喜,将人类的自我精神融入自然的山水和情感之中。自然之理就是人类社会的道德伦理,天意的呈现就是对人类的警示。在人对自然怀有敬畏的情感中,充满了理想化的理解方式,而少有现代科学技术的知性或理性的理解。孩子般童真一样的情感代替了人类对自然的诗意的幻想和敬畏的真诚。因此,在东方生态智慧中,更多地包含着人与自然浑然不分的智慧,包含了追求"天人合一""大道"的道家风范与追求厚德载物这一"天德"的儒家智慧。

作为后发展国家,我们固然要避免重蹈西方发达国家工业化进程中的种种失误覆辙,也不能把眼光仅仅盯在我国古人的生态智慧上。要从根本上解决人与环境的问题,要从学理上研究生态美学,就应关注人类文明的转变。即人类要从战胜大自然转变为与大自然和谐相处,从天人相分、天人对抗转变为天人合一、天人为友,从农业时代的黄色文明(1万年前开始)、工业时代的黑色文明(200年前开始)转变为后工业时代的绿色文明。也就是说,人类需要一场深刻的变革、一场绿色革命。我们的价值观应从"人是自然的主人和所有者""征服自然"发展为"人仅仅是自然链条上的一个环节""人是自然之子"。人类必须学会尊重自然、师法自然,不再把自然当作永无止境的盘剥的对象,而应看作是人类存在的根基。这些都是需要结合古今中外生态智慧重新建构起来的大智慧。

三、生态美学的"有用性"何在？

我们知道，在人文、社会科学领域，美学界是中华人民共和国"双百"方针贯彻得最好的领域之一。当代中国的一个有趣的社会现象是：美学这样形而上的学科竟然可以在一个相当长的时期里持续升温，而且还热了一波又一波。各种有关美学的文章，或挂靠美学的文章真是汗牛充栋，如今美学虽然不那么时髦了，但仍然有相当的从业人员，其相对数和绝对数都可谓世界之最。遗憾的是，这么多的从业人员，却没有做出具有世界影响的研究成果。在谈起这种学术现象时，有的学者以"思想淡出，学术凸显"来描述并解释这种状况，不知是有哀叹之意，还是有为此学术现状辩护之嫌。事实上，究其根源，这是科学精神渗透到美学的结果。19世纪以来，自然科学惊人地发展，并且越来越多地影响了人们的生活及心灵的图景，作为科学成功的结果与标志之一，我们的生活与心灵出现了这么一种倾向：科学精神愈益起着更大的，甚至是决定性的作用。这也表现在其对从事美学研究的人的影响及美学研究的方方面面。美学的现状也越来越受科学精神的支配。

回顾一下近20年我国美学研究的历程，不难发现：老三论美学还没弄出个眉目来，新三论美学又出来了。面对强大的科学浪潮，美学不由自主地变得自卑起来。搞美学的人钦慕科学的精确性、钦慕科学的……结果美学变得不能自持，被数理的或实证的科学一窝蜂地卷了进去。岂不知科学有科学的缺陷，美学有美学的优势。有的学者把这种美学称为走向科学的美学。

人类为了生存与发展，必须不断从事各种形式的实践活动，这就使实践具有了无限发展的特质。与此相应，作为能动反映客观实际的先进思想和理论，也必须随着实践的发展而发展。理论是实践的产物，具有很强的现实性。正如马克思在《〈黑格尔法哲学批判〉导言》中所说："理论在一个国家的实现的程度，总是决定于理论满足这个国家需要的程度。"[1]同时理论本身又具有独特的自主性，它不能成为技术的奴婢。这就需要理论向较高的境界——哲学境界提升。生态美学如果要成为哲学学科的分支——美学的一个子分支，同样需要哲学境界的提升。正如有学者已经敏锐地提出："目前，生态美学能否成立的核心问题是其

---

[1]《马克思恩格斯选集》，第1卷，人民出版社1994年版，第11页。

最重要的哲学——美学原则'生态中心'原则能否成立。无疑,这一原则是对传统的'人类中心'原则的突破。但分歧很大,争论颇多。"[①]生态美学建立在何种哲学基础上,它的哲学依据是什么,建立在这种哲学基础之上的生态美学能在多大的程度上满足我国全面建设小康和建设社会主义和谐社会的需要,即这一理论的"有用性",确实是这一新兴学科亟待解决的问题。

---

① 曾繁仁:《当前生态美学研究中的几个重要问题》,载于《江苏社会科学》,2004(2),第 205 页。

准确把握《讲话》中的"经"与"权"

胡乔木曾在回忆中提及毛泽东《在延安文艺座谈会上的讲话》(简称《讲话》)正式发表后不久,在社会各界人士中产生了极大反响,在国统区的郭沫若即针对《讲话》说,"凡事有经有权",意思是说,任何事情都有经常性道理和权宜之计,不能一概而论,表示对《讲话》精神的赞同。毛泽东很欣赏这个说法,认为是遇到了知音。胡乔木以为,"毛泽东之所以欣赏这个说法,大概是他也确实认为他的讲话有些是经常的道理,普遍的规律,有些则是适应一定环境和条件的权宜之计"。[1]

"经"与"权"是中国古代哲学的一对重要范畴。"经"即变中之不变者,指自然和人事所遵循的不易之则,即常驻性。"权"即所谓"时措之宜",即变通性。有学者认为,"常"这个范畴是老子、荀子提出的;"权"这个概念是《论语》上首提的,有"未可与权"之说。将经与权并称,并对权作了明确定义的是《春秋公羊传》。后来唐代柳宗元对经与权的对立统一关系又作了全面而透彻的论述。宋代对此论述有更为辩证的思考,如说经与权是"相反又相济"。反对无视事变势异的发展变化,而只知循规蹈矩、执常不变的顽固僵化态度。

毛泽东赞赏郭沫若的见解并非偶然。"凡事有经有权"其实是毛泽东的一贯思想,他本人并没有认为自己的《讲话》句句是真理,也没有把《讲话》和党在相当一个时期的文艺政策联系在一起。中华人民共和国成立以来,文艺部门长期将《讲话》简单地作为党和国家的文艺政策,理论界对《讲话》中个别观点或结论的过度阐释或提出的种种质疑,无不疏忽了《讲话》发表的历史背景和"经与权"的辩证关系。

---

[1] 胡乔木:《胡乔木回忆毛泽东》,人民出版社2003年版,第60页。

从当今的视角看,《讲话》最有争议之处,莫过于对文艺与政治关系的论述。毛泽东在全民抗战这一特定的历史时期提出,文艺应当服从于政治,文艺批评的标准应当是政治标准第一,艺术标准第二。这也成了《讲话》后来受到质疑和诟病最多也最集中的地方。如胡乔木有关回忆中就认为"文艺服从于政治"的提法"是根本不通的话","不能孤立地把政治标准作为衡量文艺作品的第一标准。硬要那样做,就必然导致实践上的简单粗暴,妨碍文艺创作、文艺批评的健康发展"。① 但是,如果我们考虑到当时延安正面临着抗战以来最严重的危机,为了调动文艺界一切可以团结和调动的力量为抗战服务,毛泽东从政治家的角度出发,坚持党对包括文学的领导权,要求将文艺纳入现实政治的轨道内,为现实政治服务,这也是符合当时现实需要的,具有历史合理性。政治家的立场和思维方式决定了毛泽东不可能撇开战争和现实政治去专门研究文艺,甚至去虑及纯粹意义上的文艺特征和文艺发展的特殊规律,而是把关注的重点放在了阐明党如何领导文艺这个根本的政策问题上。同时我们还应看到,当时延安文艺界内部思想的混乱也是促成"文艺服从于政治"观点出台的主要原因。

《讲话》的核心命题是革命文艺"为群众"以及"如何为群众"的问题。从文学史的角度来看,新文学与民众的关系自新文学诞生以来,就一直备受关注,但也一直没有得到根本的解决。"五四"倡导"人的文学""平民文学",主张文学应关注并表现世间普通男女的悲欢成败。20世纪30年代初期,"左联"积极推行文艺大众化运动,但其结果只是自上而下式地"化大众"而已。这中间原因自然是多方面的,但根本原因还在于文学工作者缺乏同普通劳动者的沟通和交流,即《讲话》中所说:"对于工农兵群众,缺乏接近,缺乏了解,缺乏研究,缺乏知心朋友,不善于描写他们;倘若描写,也是衣服是劳动人民,面孔却是小资产阶级知识分子。"② 这种情况自然是以团结和解放劳苦大众为目标的革命文艺所要反对的。有鉴于此,《讲话》明确提出:"中国的革命的文学家艺术家,有出息的文学家艺术家,必须到群众中去,必须长期地无条件地全心全意地到工农兵群众中去,到火热的斗争中去,到唯一的最广大最丰富的源泉中去,观察、体验、研究、分析一切人、一切阶级、一切群众、一切生动的生活形式和斗争形式,一切文学和艺术的原始材料,然后才有可能进入创作过程。"③ 由此,《讲话》事实上确立了文艺创

---

① 胡乔木:《胡乔木回忆毛泽东》,人民出版社2003年版,第671页。
② 胡乔木:《胡乔木回忆毛泽东》,人民出版社2003年版,第857页。
③ 胡乔木:《胡乔木回忆毛泽东》,人民出版社2003年版,第861页。

作应当遵循的"工农兵"方向,这个论断意义重大、影响深远,就其实际后果而言,它在为新文学的通俗化指明方向和途径的同时,也解决了部分作家创作的内容脱离群众的问题。这个命题即便在当下,同样意义重大,对时下的理论和创作也很有警醒作用。当代一些作家只懂得向壁虚构、闭门造车,只懂得天马行空地思考和创作,生产出来的作品或鲜有人问津,或很快地就成了明日黄花,最终失去了创作的原动力,这难道不值得深思吗?当然,对这一命题的理解与运用,同样需要处理好"经与权"的问题,处理不当的话,客观上也会限制文艺创作的范围,这也是毋庸讳言的。把文艺创作的题材完全局限在工农兵范围之内,这实质上是取消了生活的多样性。文艺应当反映不同的对象和主体,三教九流都应当进入文艺表现的视野。人类社会有三六九等之别,这固然不是追求民主解放、向往平等自由的志士仁人所乐意看到和接受的,然而在人类社会实现彻底的经济平等之前,单凭人良好的主观愿望是绝难改变这种差别的。把文艺一律化,加以整齐划一,反映的是一种全民大同式的建设乌托邦社会的理想,这实际上只是一种民粹主义而非科学共产主义,结果只能是取消文艺。

但需要正视的现实是,《讲话》发表时的工农兵由于长时期处于封建阶级和资产阶级的统治下,不识字,无文化,对于他们来说,第一步需要还不是"锦上添花",而是"雪中送炭"。所以在当时的条件下,"普及工作的任务更为迫切"。[①] 解放区的文艺创作要先着眼于普及,要深入群众中去,了解他们的爱好,熟悉他们,这样才能创作出大量通俗易懂又有教育意义的文艺作品来满足广大群众,以便"提高他们的斗争热情和胜利信心,加强他们的团结,便于他们同心同德地去和敌人作斗争"[②]。普及的过程同时又是提高的过程。普及并不妨碍提高,并且会为将来更大范围内的提高工作准备必要的条件。毛泽东要求专门家要像高尔基在主编工厂史、在指导农村通讯、在指导十几岁的儿童一样帮助与指导普及工作者,并从他们那里吸收丰富的营养以充实自己。这种要求在当时是为了纠正文艺工作者一个时期内比较严重的脱离实际、脱离群众的倾向,是非常必要的。但如果文艺家们都这样去做,势必无法进行自己的创作。显然,这就是针对当时存在的问题而提出的权宜之计了。

即便如此,我们还是应该承认这个命题是合理的。这个命题的正确性就在

[①] 胡乔木:《胡乔木回忆毛泽东》,人民出版社 2003 年版,第 862 页。
[②] 胡乔木:《胡乔木回忆毛泽东》,人民出版社 2003 年版,第 862 页。

于它论及了一个极其重要的思想方法和工作方法问题。唯物辩证法主张共性和个性的对立统一，它要求人们想问题、办事情，既要在异中求同，看到事物的共性，掌握它们的一般原则；又要在同中求异，看到事物的个性，认识它们各自的具体特点。这一方法论原则运用到工作实践中，就是要按照事物的本来面目决定工作方针并抓好落实，努力做到主观与客观的统一。这里主要包括三个方面的内容：其一，在切实了解实际的基础上，认识事物发展的规律性，按客观规律制定切实可行的方针政策；其二，遇事要对矛盾双方进行具体分析，善于把矛盾的两个方面辩证地结合，而不能只注意某一方；其三，一切以条件为转移，因地制宜，因时制宜，创造性地抓好工作方针的贯彻落实。

其实，对于权宜之计的生命力，毛泽东是很清楚的。1942年5月12日，延安文艺座谈会举行第二次会议，柯仲平针对当时有人忽视大众化文艺的倾向，结合自己率剧团到各地时受欢迎的体会，作了热情洋溢的发言。他说，剧团离村的时候，群众恋恋不舍地把他们送得很远，并给了许多慰劳品。他还幽默地讲道："我们就是演《小放牛》。你们瞧不起《小放牛》吗？老百姓都很喜欢。你们要在那些地区找我们剧团，怎么找呢？你们只要顺着鸡蛋壳、水果皮、红枣核多的道路走，就可以找到。"①到会的许多人都笑了，毛泽东也笑了。不过毛泽东说："普及工作还要和提高工作相结合，不能老是《小放牛》，你们如果老是《小放牛》，就没有鸡蛋吃了。"可见毛泽东非常清楚，艺术的普及的目的还在于提高，毛泽东就是希望艺术家在与群众的结合中既提高自己的思想，也提高群众的水平。

事实上，《讲话》将延安文艺工作者的思想引入了一个新的境界。丁玲在延安文艺座谈会期间曾受过严厉的批评，但在整风后却说过一段深情的话："回溯着过去的所有的烦闷，所有的努力，所有的顾忌和过错，就像唐三藏站在到达天界的河边看自己的躯壳顺水流去的感觉，一种幡然而悟，憬然而惭的感觉。"这种感觉绝不是丁玲一个人所具有的。晚年的胡乔木也曾满怀深情地说："50年后的今天重读《讲话》，它的深刻的思想性和说理性，仍使我们每一个相信真理的人感到折服。它的具有普遍真理性的基本内容，将使我们长久地受到教益。"这些恰恰就是《讲话》的魅力所在。

---

① 武在平：《巨人的情怀——毛泽东与中国作家》，中共中央党校出版社1995年版，第106页。

中国文学之路何在？

——从文艺大众化到塑造社会主义新人的一些断想

一

20世纪30年代，鲁迅提出了"帮忙文学"和"帮闲文学"的概念。1932年11月22日，他在北京大学做了一个标题为《帮忙文学与帮闲文学》的演讲。他认为，中国文学可以分为两大类：廊庙文学和山林文学。"廊庙文学，这就是已经进入主人家中，非帮主人的忙，就得帮主人的闲"，用现代话讲起来，就是"在朝"的文学；山林文学则是"下野"的文学，"这一种虽然暂时无忙可帮，无闲可帮，但身在山林，而'心存魏阙'。如果既不能帮忙，又不能帮闲，那么，心里就甚是悲哀了。"

什么是帮忙文学？就是帮主人做诏令、做敕、做宣言、做电报——做所谓皇皇大文；至于帮闲文学，则是帮主人消闲的东西。

20世纪30年代中期，文坛有所谓京海之争，鲁迅当时写了一篇短文《"京派"与"海派"》，虽不满千字，却把问题说得很清楚。他说："北京是明清的帝都，上海乃各国之租界，帝都多官，租界多商，所以文人之在京者近官，没海者近商，近官者在使官得名，近商者在使商获利，而自己也赖以糊口。要而言之，不过'京派'是官的帮闲，'海派'则是商的帮忙而已。"这种剖析真是入木三分。鲁迅的批判，特别是对于帮忙文学和帮闲文学的批判，是为了中国文人能摆脱依附思想，走上一条思想独立的道路。这对中国文化的现代化是非常必要的。

鲁迅给我们留下的不仅是单纯的知识思想上的受益和启迪，更是来自精神灵魂的震撼和洗沐，他已成为一种巨大的独异的精神资源，时时给"真的知识阶级"一种强韧的力量。什么是"真的知识阶级"？鲁迅认为真的知识阶级是不顾利害的,如想到种种利害,就是假的、冒充的知识阶级,他们对于社会永不会满意,所感受的永远是痛苦,所看到的永远是缺点,他们预备着将来的牺牲。"真的知识阶级"也是赛义德所定义的现代意义上的知识分子,他们是精神上的放逐者与边缘人,永远保持一份公共关怀和人类良知,永远具有一种独立不倚的品格和批判的精神,永远警惕并抵抗着任何形式的"奴性文化",追求个体的尊严。鲁迅就是这样一个"真的知识阶级"分子。

只可惜,鲁迅这一思想并没有在中国知识界及文人中真正扎根。

二

马克思和恩格斯早就指出："一切划时代体系的真正内容都是由于产生这些体系的需要而形成起来的。"[①]早期的中国共产党人要推翻旧体制、建立新世界,鲁迅自然成为重要的精神来源,文艺大众化也自然成了建设新民主主义的题中应有之义。文艺大众化是毛泽东文艺思想的重要内涵,它是适应半封建半殖民地的中国近现代革命需要而生的。青年时代的毛泽东在《讲堂录》中说："伊尹道德、学问、经济、事功俱全,可法。伊尹生制之代,其心实为大公也。"毛泽东崇尚的"大公"是希望达到儒家"万物并育而不相害,道并行而不相悖"的"道德之理想"境界。中国传统文化对毛泽东的影响是深广的,他在阅读了大量的古典小说之后发现：中国旧小说和故事里的人物都是勇士、官员或者文人学士,没有农民当主角。虽然当时他对这件事还不可能作出明确的解答,但他已悟出：这些旧小说颂扬的全是人民的统治者,而这些人是不必种地的,因为他们拥有并控制土地,并且显然是迫使农民给他们耕作的。毛泽东的这种认识在思想上是一个很大的进步。这对形成他对清政府反动统治的憎恶和对农民反叛斗争的深切同情奠定了思想基础。由此可见,中国传统文化是毛泽东青年时代乃至他一生最深厚的思想土壤,而他的文艺大众化思想正是在这片沃土中孕育成长的。

李大钊是中国早期马列主义的代表。他不仅最早接受和最先传播马克思主义,而且他的这种接受和传播从一开始便有"中国化"特色。他在号召知识青年学习俄国民粹派"到农村去"时说："我们青年应该到农村去,拿出当年俄罗斯青

[①]《马克思恩格斯全集》,第3卷,人民出版社1960年版,第544页。

年在俄罗斯农村宣传运动的精神,来做出开发农村的事,是万不容缓的。我们中国是一个农国,大多数的劳工阶级就是那些农民。他们若是不解放,他们的苦痛,就是我们国民全体的苦痛;他们的愚暗,就是我们国民全体的愚暗;他们生活的利病,就是我们国民全体的利病。"把希望放在农村和农民身上,这样重视农村并歌颂农民,对毛泽东影响很大。1917年,毛泽东为了解中国农民状况,邀同学以"游学"方式,对长沙、宁乡、安化、益阳、沅江等五县进行了考察,了解农民的生产生活情况、风土人情、风俗习惯等。通过"读无字之书"亲眼见证了民间实情、民众疾苦。

"五四"以后文化战线的一个突出特点是:在诸多文学成分中,居于主导地位并取得巨大成就的是无产阶级领导的人民大众的反帝反封建的文学,亦即新民主主义性质的文学。这是一种全新的真正属于人民大众的文学,是鲁迅所说的"山林文学",它同历史上一切具有民主性、进步性的文学都有质的区别。"五四"文学运动使文学以崭新的内容和形式跟人民群众接近了一大步。毛泽东在"五四"革命高潮的影响下,在组织和领导湖南人民的爱国斗争实践中,继承和发扬了科学和民主的精神。在斗争中,他认为现在社会的政治、经济、文化、教育等都应进行改革,特别指出文学改革的重要性:"见于文学方面,由贵族的文学、古典的文学、死形的文学变为平民的文学、现代的文学、有生命的文学。"[1]已经有学者从毛泽东青年时代的革命实践活动和他早期的著述入手,对毛泽东早期文艺大众化思想孕育过程所涉及的内容提出如下概括:"无产阶级新文艺的作用——开启民心、推动革命;文艺服务的方向——新民主主义的政治、经济、广大革命人民;文艺的内容与形式——言必载物、质贵于文、生动活泼、通俗易懂;对待西洋文化——'取于外而资于内'、'可采者取之,其不可采者击之';对待中国古代文化传统——主张'时时涤旧','染而新之';新文学的性质——科学的民主的彻底反帝反封建的人民大众的文学;新文学的本质——言革命之志、抒人民之情。"[2]尽管这些思想内容还不成熟,但它已是毛泽东文艺大众化思想孕育的产物。

农民问题是毛泽东从青少年时代开始就一直关注的大问题。他对农民在历史发展中的地位和作用给予了高度评价:农民是人民的绝大多数,是革命的脊

---

[1] 中共中央文献研究室:《毛泽东早期文稿》,湖南出版社1970年版,第293页。
[2] 张居华:《毛泽东文艺思想发展史》,武汉大学出版社1997年版,第39—96页。

梁,革命的根本问题就是农民问题。"正如他后来在中国共产党第七次代表大会中所指出的:把'农民'两个字忘记了,就是读一百万册马克思主义的书,也是没有用的。"①青年毛泽东以农民造反意识为主调的性格特征是很突出的,它不仅影响和支配着他战斗的一生,而且可以说,他的文艺大众化思想的根也扎在这里。"1919 年毛泽东提出:当'国家坏到了极处,人类苦到了极处,社会黑暗到了极处',其补救、改造的方法,'就是民众大联合',有了民众大联合,'我们起而一呼,奸人就要站起来发抖,就要舍命飞跑',而'我们黄金的世界,光华灿烂的世界,就在前面'。"这足以看出民族民众的巨大威力。所以毛泽东寻求革命真理、救国救民道路的时候,始终强调要变换民质、改造民心、唤起民众,肯定人民是创造历史的动力。青年毛泽东的民族情感气质使他成为一面鲜艳而又富有感召力的民族民主革命的旗帜,鼓舞着民族民众为争取民族解放而奋斗,同时也使孕育中的文艺大众化思想从一开始就带有浓厚的民族特色和浪漫情结。我们今天可以就毛泽东文艺大众化的思想展开各种讨论,甚至也可以说毛泽东有关文艺大众化的思想充满理想主义情结,但毛泽东的"公共关怀"和"人类良知"以及对旧世界的"批判精神"确与鲁迅有异曲同工之处。此后,毛泽东又在《中国共产党在民族战争中的地位》《新民主主义论》等著作中多次提出了文艺大众化问题,并提出"为全民族中百分之九十以上的工农劳苦群众服务"的思想。他的《在延安文艺座谈会上的讲话》特别提出人民群众历来是作品"够资格"和"不够资格"的唯一评判者,并以戏剧与观众的关系为例,生动地说明了一个道理:戏唱得好坏,还是归观众评定的。一个戏,人们经常喜欢看,就可以继续演下去。

1943 年 11 月,延安平剧院发动新剧本创作运动。在这个背景下,新编历史平剧(即京剧)《逼上梁山》诞生了。《逼上梁山》主要描写林冲的故事,但并不单纯表现林冲的个人遭遇,而是以林冲故事做线索,广泛联系北宋末年的社会斗争,突出表现当时广大劳苦群众不堪封建统治者的压迫,纷纷起来聚义造反的现实。它不但描写了林冲由一个具有正义感的下层军官走上反抗道路的曲折过程,成功塑造了一个"官逼民反"的典型形象,而且着力塑造了李铁、李小二、鲁智深、曹正、王月华等反封建起义的造反式的英雄形象,讴歌了人民大众的造反精神及其在推动历史前进方面所起的作用。这就使《逼上梁山》在思想上与同一题材的戏曲作品有根本的不同。在现代中国戏曲发展史上,《逼上梁山》的出现具

---

① 张居华:《毛泽东文艺思想发展史》,武汉大学出版社 1997 年版,第 39—96 页。

有重大意义。

　　1944年元旦,中共中央党校俱乐部"大众艺术研究社"首次演出《逼上梁山》。该剧只演了不到10场。1月9日晚上,毛泽东看完《逼上梁山》的演出十分高兴,当夜给杨绍萱、齐燕铭写了封热情洋溢的信:"看了你们的戏,你们做了很好的工作,我向你们致谢,并请代向演员同志们致谢!历史是人民创造的,但在旧戏舞台上(在一切离开人民的旧文学旧艺术上)人民却成了渣滓,由老爷太太少爷小姐们统治着舞台,这种历史的颠倒,现在由你们再颠倒过来,恢复了历史的面目,从此旧剧开了新生面,所以值得庆贺。郭沫若在历史话剧方面做了很好的工作,你们则在旧剧方面做了此种工作。你们这个开端将是旧剧革命的划时期的开端,我想到这一点就十分高兴,希望你们多编多演,蔚成风气,推向全国去!"① 人民性是毛泽东思想的重要组成部分,毛泽东的人民性思想传承了马克思主义的思想传统,并结合中国革命和中国历史的具体情况,给予了进一步的发展和完善。毛泽东的人民性思想也催生了文艺新作的涌现,使当时的解放区产生了一批小说、戏剧、诗歌等堪称经典的作品,它们至今依然充满了认识价值和历史价值,在艺术上具有永久的魅力。毛泽东的人民本位文学观的确立打破了中国传统的"载道说""娱乐说"的文学观念,注入新内涵,体现了新文艺底层关怀的人文精神。这种文艺观虽然质朴,不乏很强的目的性,但却也在客观上推动了文艺启蒙作用的实现。

三

　　如果说文艺大众化的提出适应了中国共产党人打碎旧世界的需要,是早期中国共产党人追求的理想与目标的话,那么,描写和培养社会主义新人则更是这场社会革命的必然归宿与合逻辑的选择,因为它适应了建设一个人民民主新中国的需要。

　　中华人民共和国成立后,"塑造新人"成了与建设新社会并行的目标。苏联的"新人"典范和歌颂"新人"的文学作品在中国非常有影响,如《钢铁是怎样炼成的》是那个时代的畅销书,很多志愿军官兵是读着《卓娅和舒拉的故事》走上前线的。但随着毛泽东和苏联模式的决裂以及中国在苏联"变修"中吸取的教训,中

---

① 《毛泽东书信选集》,人民出版社1984年版,第222页。

国式的"新人"在"大跃进"和"文化大革命"之间开始变形并最终异化,从 20 世纪 60 年代上半期起,各类"共产主义新人"在各条"战线"上涌现出来,其事迹充满报刊、电台、电影、舞台和文学读物,成了这一时期思想文化和意识形态领域中最令人瞩目的现象,但时至今日,能够在人民群众中扎下根的新人形象实在是寥若晨星。

"社会主义新人"的提法虽可在苏联文学中找到鼻祖,且在"文化大革命"前 17 年已经提出,但作为一项执政党倡导的文艺政策,还是在党的十一届三中全会召开以后,由邓小平代表党中央提出的。党的十一届六中全会的胜利召开和《关于建国以来党的若干历史问题的决议》的公布,总结了中华人民共和国成立以来党的基本经验,实事求是地评价一系列重大历史事件,科学地阐明了毛泽东的历史地位,进一步明确了我们前进的方向,六中全会是党和国家拨乱反正、继往开来的一个新的里程碑。

邓小平于 1979 年 10 月在《在中国文学艺术工作者第四次代表大会上的祝辞》中正式提出:"我们的文艺,应当在描写和培养社会主义新人方面,付出更大的努力,取得更丰硕的成果。"20 世纪 80 年代初,中国文学界结合对改革题材作品的评价从理论上对"社会主义新人"及其塑造问题进行了探讨。塑造和描写"新人"是社会主义文艺根本的、一贯的要求。随着历史条件和历史任务的改变,恩格斯曾把这些"新人"称为"倔强的、叱咤风云的、革命的无产者",苏联文学界称之为"社会主义英雄人物",中国在 80 年代以前称之为"工农兵英雄人物"。进入社会主义建设新时期以后,在改革的形势下,一代社会主义新人正在成长。因此,文学界普遍认为,塑造社会主义新人形象是新的历史时代的必然要求,是社会主义文艺推动社会前进的伟大职责。

在什么是社会主义新人的问题上,评论界看法尚不尽一致,有的意见主张新人必须具有爱国主义的思想特征,有的意见强调新人必须有不同于传统的先进人物的"新"的时代特质。更多的意见则认为,社会主义新人应当是多种多样、多姿多彩的,不应该是一个模式、一种类型。它的基本思想特征应该既体现社会主义的理想,同时又在性格、才智、情操等方面具有新的境界、新的气质。社会主义新人,不论是正在成长的或已经成熟的,不论出现在硝烟弥漫的战场或日常平凡的工作岗位,不论性格、经历、命运、业绩如何,都是社会主义现代化事业的积极参与者和捍卫者,都有大无畏的主人翁精神和历史首创精神。社会主义新人的提法既继承了社会主义文艺坚持塑造新人的先进性,又适应中国新的形势,把新人的范围扩大到包括工人、农民、知识分子等各行各业的社会主义劳动者和拥护社会主义的爱国者。

在如何塑造社会主义新人这一问题上，文艺界普遍认为，必须在真实和深刻两方面下功夫，同时还指出，在文学创作中，应当既提倡写社会主义新人，又坚持人物描写的多样化。

社会转型期不可避免地存在一些社会问题，但我们应当看到当下社会的主要矛盾绝不是婚外恋、"口红"之类的，在这个特定的转型期，人们需要激昂的、引领时代风潮的、催人奋进的作品作为精神支撑。社会丑陋现象要揭露，人民群众的心声要反映，当下文学创作需要讴歌创业者、改革者、新人形象，他们对引导和带领人民群众实现当代中国现代化的历史任务具有积极作用。作家要深入生活，挖掘这些人物既平常又超常的英雄举止，写出他们的人生态度、思想观念、理想信仰和价值追求，用他们的精神面貌引领、温暖、滋润和激励广大人民群众，这些都无需争论。但另一个不争事实是：时至今日，我们的文艺界在塑造"新人"的实践中并没有多少成功的先例。由于这个工程的基地是在摧毁旧道德的基础上建立起来的，因此它的失败留下的是双重意义上的道德废墟，使得虚无主义、犬儒主义和政治冷漠大行其道。在一个有深厚宗教传统的国家，恢复宗教传统可以填补这种道德衰落带来的伦理空白；但在一个缺乏这种传统的社会，如中国，道德的复兴和人性的回归就要困难得多，这是我们亟待解决的严峻问题。

更令人遗憾的是，20世纪80年代，我们的文艺作品还塑造了诸如陆文婷、乔光朴等一群社会主义新人形象，而如今的大众偶像已经几乎是清一色的各类明星了。我们文艺工作者乃至于广大读者的价值取向就更值得关注了。这一切都说明我们当下执行的一些文艺政策和理论路径出现了偏差，我们的文艺创作、我们的文化出了问题，我们的价值取向出了问题。另一个不争的事实是：我们今天的大学、科研院所、文化机构中充满数量庞大的各类专业工作者，他们每天都在辛苦地进行知识生产，制造出以几何级数增长的论文、专著和文学作品。可是，他们全能称得上鲁迅所谓的"真的知识阶级"吗，他们在当下大众文化主导的市场经济社会中，更多的是沦为"商"的"帮闲""帮忙"与"大众"的"帮闲""帮忙"；他们不再关注身外的世界，不再站在没有声音的人、没有代表的人、无权无势的人——真正人民大众的立场，不再为底层民众呐喊代言，不再对社会不平现象进行抗议，不再对社会丑恶势力进行批判；知识分子的知耻感消失了，疼痛感消失了，良知感消失了，正义感消失了，悲悯和爱也消失了。这样一个很难代表社会大众的群体、一个很难引领社会正义的群体，还有能力塑造与讴歌社会主义新人吗？

人民是文艺表现的主体

习近平总书记在党的十九大《决胜全面建设小康社会,夺取新时代中国特色社会主义伟大胜利》的报告中指出:"社会主义文艺是人民的文艺,必须坚持以人民为中心的创作导向,在深入生活、扎根人民中进行无愧于时代的文艺创造。要繁荣文艺创作,坚持思想精深、艺术精湛、制作精良相统一,加强现实题材创作,不断推出讴歌党、讴歌祖国、讴歌人民、讴歌英雄的精品力作。"①报告凸显了以人民为本的思想情怀,坚持了社会主义文艺的根本方向,立意高远、针砭时弊,对我们当下文艺理论与创作实践具有重要的指导意义,我们需要深刻学习与领会。

以人民为本的思想情怀也一以贯之地体现在习近平总书记的其他重要论述中。2015年,习近平总书记在《在文艺工作座谈会上的讲话》中就曾指出:"人民既是历史的创造者、也是历史的见证者,是历史的'剧中人'、也是历史的'剧作者'。文艺要反映好人民心声,就要坚持为人民服务、为社会主义服务这个根本方向。这是党对文艺战线提出的一项基本要求,也是决定我国文艺事业前途命运的关键。只有牢固树立马克思主义文艺观,真正做到以人民为中心,文艺才能发挥最大正能量。以人民为中心,就是要把满足人民精神文化需求作为文艺和文艺工作的出发点和落脚点,把人民作为文艺表现的主体,把人民作为文艺审美的鉴赏家和评判者,把为人民服务作为文艺工作者的天职。"②在此,我们有必要回顾一下马克思主义文艺理论的发展历程。

19世纪中叶,德国产生了一个小资产阶级派别——"真正的社会主义者",

---

① 习近平:《决胜全面建设小康社会,夺取新时代中国特色社会主义伟大胜利》,载于《人民日报》,2017年10月28日。
② 习近平:《在文艺工作座谈会上的讲话》,载于《人民日报》,2015年10月14日。

他们在政治思想上扮演了资产阶级民主革命反对派这一极不光彩的角色。该学说的理论渊源是空想社会主义、黑格尔思辨哲学、费尔巴哈的人本主义,鼓吹对"抽象的人",即所谓"真正的人"的崇拜,把历史的现实的人还原为自然界的"类"。在文艺创作上,"真正的社会主义者"主张描写所谓"完美人性的人",倡导"歌颂胆怯的小市民的鄙俗风气",向资产者摇尾乞怜;这是一种保守反动的小资产阶级的社会改良思潮。这种思潮虽有善良愿望,但纯属乌托邦。他们不理解现实的社会关系、贫富悬殊、阶级对立是现实生活中存在着的基本事实。他们既不愿看到两极分化的现象,又不想去追究产生这种令人痛苦的社会现实的根源和求索消除人世间黑暗的出路。他们天真地幻想只要没有穷人,便会万事如意。他们作为德国小资产阶级的思想代表,具有软弱、动摇和耽于幻想的痼疾。这种政治倾向和文艺活动理所当然地受到马恩经典作家的无情批判。

马克思和恩格斯从政治、哲学等方面对这一思潮进行了深刻的批判,恩格斯的《诗歌和散文中的德国社会主义》一文即集中批判了这一反动思潮的诗歌创作和文艺观念。恩格斯指出,卡尔·倍克及其他"真正的社会主义"诗人,"不是在现实世界中生活和创作诗歌的活动着的人",而是"飘浮在德国市民的朦胧幻想的'云雾中'"的诗人。他们把资产者美化成善良的"博爱家",把无产者丑化为逆来顺受的奴才。他们的诗歌的特征是"对叙述和描写的完全无能为力"。这是"他们的整个世界观模糊不定"所致。"他们的诗歌所起的并不是革命的作用,而是'止血用的三包沸腾散'。"[①]恩格斯还批评"真正的社会主义"诗人"只歌颂各种各样的'小人物'",而"并不歌颂倔强的、叱咤风云的和革命的无产者"。恩格斯在这里提出的文艺要歌颂无产阶级的思想,在文艺发展史上具有划时代的意义。恩格斯在《诗歌和散文中的德国社会主义》一文中,通过对"真正的社会主义"文学的批判,提出了文学创作中的一些重要原则。在恩格斯看来,文学作品应该对现实关系作真实的描述,应该把人物、事件的描述同特定的社会历史环境联系起来,同时文学应该正面歌颂"倔强的、叱咤风云的和革命的无产者"。"革命的无产者"是马恩时代推动社会进步的力量,文艺要讴歌社会进步力量,这一具体的文艺评论不仅坚持了唯物史观,而且这一重要的见解像一根红线一样贯穿于马恩经典作家的全部文艺论述中。

1927年,鲁迅在黄埔军校的一次演讲中曾说过:"现在中国自然没有平民文

---

① 《马克思恩格斯全集》,第4卷,人民出版社1972年版,第223—224页。

学,世界上也还没有平民文学,所有的文学,歌啊,诗啊,大抵是给上等人看的……""有人以平民——工人农民——为材料,做小说做诗,我们也称之为平民文学,其实这不是平民文学,因为平民没有开口。这是另外的人从旁看见平民的生活,假托平民底口而说的。"①鲁迅在演讲中指出,现在中国的文学家都是读书人,如果工人农民不解放,工人农民的思想就仍然是读书人的思想,必待工人农民得到真正的解放,然后才会有真正的平民文学。鲁迅虽没有在演讲中明确回答文学"为什么人"和"怎样为"等问题,但通篇都显示出他对"民"(更准确地说是对平民)的关怀,而不是抽象地关注"人";通篇都显示出他对平民的关怀和建立真正的平民文学的期待,鲁迅是为平民而代言。他还说:"好的文艺作品,向来多是不受别人命令,不顾厉害,自然而然地从心中流露的东西。"②从《新青年》开始,鲁迅就以睿智而深刻的理性精神和强健而坚韧的自由意志从事文学活动,既坚持了符合艺术目的性的自觉的审美创造,又充分展开了以情感因素为指归的自由的审美创造。在革命文学论争中,他指斥那些"先有了'宣传'两个大字的题目,然后发出议论来的文艺作品"是"教训文学"③;"九一八"事变后,上海的画报上出现了"白长衫的看护服,或托枪的戎装的女士们",而一些"远路的'文人学士'便大谈'乞丐杀敌','屠夫成仁','奇女子救国'一流的传奇式古典,想一声锣响,出于意料之外的人物来'为国争光'",鲁迅称之为"玩把戏"的文艺④;他还告诫左翼作家:"无须在作品的后面有意的插一条民族革命战争的尾巴,翘起来当作旗子。"当文艺堕入某种观念的传声筒或某项具体政策的图解时,"那全部作品中真实的生活,生龙活虎的战斗,跳动着的脉搏,思想和热情"便荡然无存。⑤在鲁迅看来,好的文艺作品是自然而然、情不自禁地创造出来的,如果一味强调创作理性而有意识地控制,那样的作品就会矫情、失真。文艺创作犹如童心的复活和再现,本来应是自然、纯真的感情之流露,倘若有意为之,往往事与愿违。鲁迅用做梦和说梦的不同来说明这个道理:"做梦,是自由的,说梦,就不自由。做梦,是做真梦的,说梦,就难免说谎。"⑥文艺创作就像做梦似的,作家一任自己的感情自然流淌,从而获得艺术的真实。"变戏法"的艺术也是一样,倘若有意而为,

---

① 《鲁迅全集》,第3卷,人民文学出版社1989年版,第421—422页。
② 《鲁迅全集》,第3卷,人民文学出版社1989年版,第421—422页。
③ 《鲁迅全集》,第4卷,人民文学出版社1989年版,第18—24页。
④ 《鲁迅全集》,第4卷,人民文学出版社1989年版,第335—337页。
⑤ 《鲁迅全集》,第4卷,人民文学出版社1989年版,第204页。
⑥ 《鲁迅全集》,第4卷,人民文学出版社1989年版,第467—469页。

就会虚假;如果无心而作,反而有真,"幻灭之来,多不在假中见真,而在真中见假"。① 有意为之、装腔作势之作,最易引起读者大众的幻灭之感。

还有一场"历史公案"也大致能够反映出鲁迅的上述思想。1929年9月,梁实秋在《新月》第2卷第6、7期合刊上发表了《文学是有阶级性的吗?》和《论鲁迅先生的硬译》两篇文章,用他的精英意识奋力抨击鲁迅关于文学具有阶级性的观点。在文中,梁实秋把精英意识表现得淋漓尽致。他认为,无产者首先应该甘于忍受自己的不平等命运,但不要团结起来形成一个阶级,然后再通过"辛辛苦苦诚诚实实的工作一生"使自己成为一个有产者。人是不平等的,但阶级却是没有的。无产者可以成为有产者,有产者也可能成为无产者。阶级意识只是几个"富同情心而又态度偏激的领袖"为了夺权需要,把无产者联合起来的工具。为了更有效地攻击这种把无产者联合起来的阶级意识,梁实秋特别讽刺鲁迅翻译的《文艺与批评》(苏联文艺批评家卢那察尔斯基的论文集)是个"硬译"和"死译"出来的东西:"其文法之艰涩,句法之繁复,简直读起来比读天书还难。宣传无产文学理论的书而竟这样的令人难懂,恐怕连宣传品的资格都还欠缺。"

鲁迅在1930年3月的上海《萌芽月刊》第1卷第3期上发表《"硬译"与"文学阶级性"》一文,对梁实秋予以反驳,文章题目中的两个双引号指的就是梁实秋的那两篇文章。鲁迅提出,所谓永恒人性其实是虚伪的。虽然有产者和无产者"都有喜怒哀乐,都有恋爱","穷人决无开交易所折本的懊恼,煤油大王哪会知道北京捡煤渣老婆子身受的酸辛,饥区的灾民,大约总不去种兰花,像阔人的老太爷一样,贾府上的焦大,也不爱林妹妹的"。② 有产者的喜怒和恋爱与无产者的喜怒和恋爱,是不同的两回事。

我们都知道,马克思以前产生的各种社会观把社会或者理解为人群共同体,或者理解为人的外部环境。其实质都是把社会理解为外在于人的独立实体,都是一种"实体化"的社会观。"实体化"的社会观是人们对"社会"经验直观的产物,是以作为头脑当中的抽象的人为出发点的。这样一来,人的生命的丰富性就被抽象掉了,人不再是"有感觉的、有个性的、直接存在的人",而是"抽象的、人为的人,寓言的人、法人"。③ 从这种抽象的人出发,就不会真正理解由真实的人所

---

① 《鲁迅全集》,第3卷,人民文学出版社1989年版,第24页。
② 《鲁迅全集》,第4卷,人民文学出版社1989年版,第204页。
③ 《马克思恩格斯全集》,第1卷,人民出版社1956年版,第433页。

构成的社会。马克思在批判各种已有的社会观和社会理论基础上形成了自己的社会观。马克思认为,为了真正理解社会,"首先应当避免重新把'社会'当作抽象的东西同个人对立起来。个人是社会存在物"。① 在这里,马克思确立了理解社会的出发点——"个人"。这里所说的个人不是他们自己或别人想象中的那种个人,而是现实中的个人。也就是说,这些个人是从事活动的、进行物质生产的,因而是在一定的物质的、不受他们任意支配的界限、前提和条件下能动地表现自己的。

鲁迅从弃医从文那一刻起,就把他意识到的"改变国民精神"的历史使命宣告于世了。他认为真正的艺术家应该具有"进步的思想和高尚的人格",从事革命文学创作的作家艺术家要做"革命人"。他说:"我以为根本问题是在作者可是一个'革命人',倘是的,则无论写的是什么事件,用的是什么材料,即都是'革命文学'。从喷泉里出来的都是水,从血管里出来的都是血。"②革命作家在个人的自由创造中,只有融入深厚的革命情感和进步的社会意识,才能写出革命文学。人不能在一刹那中命令自己具有某种情感或不具有某种情感,人的情感是在长期的社会实践中积淀而成的,它像喷泉里的水、血管里的血,在创作过程中自然而然地流淌出来。因此,从事"革命文学"创作的作家,必须先在革命的血管里面流淌几年。同样值得注意的是,鲁迅虽然没有如恩格斯那样直接提出文艺应该正面歌颂"倔强的、叱咤风云的和革命的无产者",但为人民而写作、为人民代言却是鲁迅一生的追求,他无愧于"民族魂"的称号,他的创作价值正体现在人民的需要之中。只可惜,鲁迅的精神并没有在中国知识界及文人中真正扎根。

毛泽东出身农家,懂得农民的辛酸与悲苦、理想与追求。因此,农民问题是他从青少年时代开始就一直关注的大问题。他对农民在历史发展中的地位和作用给予了高度评价:农民是人民的绝大多数,是革命的脊梁,革命的根本问题就是农民问题。毛泽东在《中国共产党在民族战争中的地位》《新民主主义论》等著作中多次提出了文艺大众化问题,并提出"为全民族中百分之九十以上的工农劳苦群众服务"的思想。他在《在延安文艺座谈会上的讲话》中特别提出人民群众历来是作品"够资格"和"不够资格"的唯一评判者,并以戏剧与观众的关系为例,生动地说明了这样一个道理:戏唱得好坏,还是归观众评定的。一个戏,人们经

---

① 《马克思恩格斯全集》,第 42 卷,人民出版社 1979 年版,第 123 页。
② 《鲁迅全集》,第 3 卷,人民文学出版社 1989 年版,第 544 页。

常喜欢看,就可以继续演下去。

　　1942年,毛泽东在《在延安文艺座谈会上的讲话》中严肃地提出文艺要塑造新人形象的要求。他说:"有的同志想:我还是为'大后方'的读者写作吧,又熟悉,又有'全国意义'。这个想法,是完全不正确的。'大后方'也是要变的,'大后方'的读者,不需要从革命根据地的作家那里听那些早已听厌了的老故事,他们希望革命根据地的作家告诉他们新的人物,新的世界。"①该讲话中澄清了当时延安文艺界存在的一些糊涂认识,发展了恩格斯提出的文艺要"歌颂倔强的、叱咤风云的和革命的无产者"的思想,对无产阶级文艺的发展和繁荣起到了十分重大的作用。但哪些人是"新的人物",他们"新"在哪里?毛泽东当时并没有具体解释。马克思、恩格斯在《德意志意识形态》等论著中,把能否改变社会环境确立为新人的重要标志。他们认为思想是重要的,但思想本身并不能实现什么;"为了实现思想",必须"有使用实践力量"去"改变旧环境"的"新人"。

　　1944年元旦,中共中央党校俱乐部"大众艺术研究社"首次演出《逼上梁山》。该剧只演了不到10场。1月9日晚上,毛泽东看完《逼上梁山》的演出后十分高兴,当夜给杨绍萱、齐燕铭写了封热情洋溢的信:"看了你们的戏,你们做了很好的工作,我向你们致谢,并请代向演员同志们致谢!历史是人民创造的,但在旧戏舞台上(在一切离开人民的旧文学旧艺术上)人民却成了渣滓,由老爷太太少爷小姐们统治着舞台,这种历史的颠倒,现在由你们再颠倒过来,恢复了历史的面目,从此旧剧开了新生面,所以值得庆贺。郭沫若在历史话剧方面做了很好的工作,你们则在旧剧方面做了此种工作。你们这个开端将是旧剧革命的划时期的开端,我想到这一点就十分高兴,希望你们多编多演,蔚成风气,推向全国去!"②

　　人民性是毛泽东文艺思想的重要组成部分。毛泽东的人民性思想传承了马克思主义的思想传统,并结合中国革命和中国历史的具体情况,给予了进一步的发展和完善。毛泽东的人民性思想也催生了文艺新作的涌现,促使当时的解放区产生了一批堪称经典的文艺作品,它们至今依然具有很高的认识价值和历史价值,在艺术上具有永久的魅力。毛泽东的人民本位文学观的确立打破了中国传统的"载道说""娱乐说"的文学观念,注入了新内涵,体现了新文艺底层关怀的

---

① 《毛泽东文艺论集》,中央文献出版社2002年版,第81—82页。
② 《毛泽东书信选集》,人民出版社1984年版,第222页。

人文精神。这种文艺观虽然质朴,不乏很强的目的性,但也在客观上推动了文艺启蒙作用的实现,在中国历史上真正解决了"为什么人"和"怎样为"的问题。

1979年10月,邓小平在《在中国文学艺术工作者第四次代表大会上的祝辞》中重新提出社会主义新人的问题。他说:"我们的文艺,应当在描写和培养社会主义新人方面,付出更大的努力,取得更丰硕的成果。"20世纪80年代初,中国文学界结合对改革题材作品的评价从理论上对"社会主义新人"及其塑造问题展开了探讨,指出塑造和描写"新人"是社会主义文艺根本的、一贯的要求。随着历史条件和历史任务的不同,恩格斯曾把这些"新人"称为"倔强的、叱咤风云的和革命的无产者",苏联文学界称之为"社会主义英雄人物",中国在80年代以前则称之为"工农兵英雄人物"。进入社会主义建设的新时期之后,在改革形势下,一代社会主义新人正在成长。因此,文学界普遍认为,塑造社会主义新人形象,是新的历史时代的必然要求,是社会主义文艺推动社会前进的伟大职责。

在什么是社会主义新人的问题上,评论界看法尚不尽一致,有的学者主张新人必须具有爱国主义的思想特征,有的强调新人必须有不同于传统的先进人物的"新"的时代特质。更多的学者则认为,社会主义新人应当是多种多样、多姿多彩的,不应该是一个模式、一种类型。其基本思想特征应该是既体现社会主义理想,同时又在性格、才智、情操等方面具有新的境界、新的气质。社会主义新人,无论是正在成长的或是已经成熟的,无论是出现在硝烟弥漫的战场或是日常平凡工作岗位的,无论其性格、经历、命运、业绩如何,都是社会主义现代化事业的积极参与者和捍卫者,都有着大无畏的主人翁精神和历史首创精神。社会主义新人的提法既继承了社会主义文艺坚持塑造新人的先进性,又适应了中国新的形势,把新人的范围扩大到包括工人、农民、知识分子、各行各业的社会主义劳动者和拥护社会主义的爱国者。

不难看出,无论从马恩经典作家提出文艺要歌颂"倔强的、叱咤风云的和革命的无产者",鲁迅倡导"贫民文学",还是毛泽东提出"为全民族中百分之九十以上的工农劳苦群众服务",邓小平提出"应当在描写和培养社会主义新人方面,付出更大的努力,取得更丰硕的成果",直至习近平在文艺座谈会上提出"把人民作为文艺表现的主体",虽所指的对象和表达的语汇有所不同,但人民情怀却是一致的。不过一个棘手的问题是,"人民"本是个政治术语,在文艺理论与创作实践中如何界定人民,马恩经典作家没有给我们现成的答案。毛泽东在《关于正确处理人民内部矛盾的问题》中曾用这样一段表述来界定"人民":

应该首先弄清楚什么是人民,什么是敌人。人民这个概念在不同的国家和各个国家的不同的历史时期,有着不同的内容。拿我国的情况来说,在抗日战争时期,一切抗日的阶级、阶层和社会集团都属于人民的范围,日本帝国主义、汉奸、亲日派都是人民的敌人。在解放战争时期,美帝国主义和它的走狗即官僚资产阶级、地主阶级以及代表这些阶级的国民党反动派,都是人民的敌人;一切反对这些敌人的阶级、阶层和社会集团,都属于人民的范围。在现阶段,在建设社会主义的时期,一切赞成、拥护和参加社会主义建设事业的阶级、阶层和社会集团,都属于人民的范围;一切反抗社会主义革命和敌视、破坏社会主义建设的社会势力和社会集团,都是人民的敌人。①

不难理解,毛泽东仍然是在政治范畴内界定"人民"的,如果我们将这一政治概念直接"移植"到文艺实践,势必带来一系列的问题。

第一,这里的"人民"是政治标准,不是法律标准。这个标准是毛泽东在最高国务会议上提出来的,并不是经过立法程序制定出来的法律条文。然而在相当长的一个历史时期内,它却具有类似法律的效力。

第二,"反抗社会主义革命"的含义是什么?"敌视、破坏社会主义建设"又是什么意思?这里并没有严格的界定。在我们国家的政治生活和文艺实践中,今天是朋友,明天变敌人这样的荒诞剧并不鲜见。

第三,毛泽东采用了"人民"和"敌人"的两分法,但"人民"和"敌人"在逻辑上并非一对"矛盾概念",而是"反对概念";换句话说,并不是任何人不是人民,就是敌人。有些人不问政治,对于社会主义事业态度冷淡,但也不反对和敌视社会主义事业;有些人觉得社会主义和资本主义都有好的地方,也有不好的地方,在社会主义和资本主义之间动摇:对于这些采取中间立场的人,该划在"人民"一边,还是"敌人"一边呢?

第四,毛泽东的定义不说个人,只说"阶级""社会集团",似乎判定某人是不是敌人不是根据他本人的表现,而是看他属于哪一个阶级,似乎敌对阶级的每一个成员都是敌人,而工人阶级和农民阶级的每一个成员都不会变成反革命。这

---

① 毛泽东:《关于正确处理人民内部矛盾的问题》,载于《人民日报》,1957年6月19日。

很容易堕入唯成分论。作为政治领袖,毛泽东对"人民"的论述无疑是正确的,然而我们的文艺理论工作者和人文社会科学工作者有责任、有义务将这个关键概念在当下的内涵、外延廓清,这样才能更好地指导当下的文艺实践。

同理,习近平总书记提出"把人民作为文艺表现的主体",也是十分正确的。理论工作者的任务是要认真界定"人民"的具体范畴,我们的理论工作者有责任进行深入细致的分析和研究,理论工作者应在社会主义民主与法治的基础上,对人类思想史上有关人民以及人民主权的学说进行全面的梳理,重建一个适宜于社会主义法制体系的人民概念,这是理论工作者责无旁贷的责任和义务。

我们还应认识到,习近平总书记强调人民是文艺创作的源头活水,一旦离开人民,文艺就会变成无根的浮萍、无病的呻吟、无魂的躯壳。能不能创作出优秀作品,其根本在于是否能为人民抒写、为人民抒情、为人民抒怀。要虚心向人民学习、向生活学习,从人民的伟大实践和丰富多彩的生活中汲取营养,不断进行生活和艺术的积累,不断进行美的发现和美的创造。要始终把人民的冷暖、人民的幸福放在心中,把人民的喜怒哀乐倾注在自己的笔端,讴歌奋斗人生,刻画最美人物,坚定人们对美好生活的憧憬和信心。结合当下具体文艺创作,这些论述具有鲜明的现实针对性。

习近平总书记还指出,文艺工作者要想有成就,就必须自觉与人民同呼吸、共命运、心连心,欢乐着人民的欢乐,忧患着人民的忧患,做人民的孺子牛。对人民,要爱得真挚、爱得彻底、爱得持久,就要深深懂得人民是历史创造者的道理,深入群众、深入生活,诚心诚意做人民的小学生。艺术可以放飞想象的翅膀,但一定要脚踩坚实的大地。文艺创作方法有一百条、一千条,但最根本、最关键、最牢靠的办法是扎根人民、扎根生活。他的讲话中反复强调"人民",体现了习近平总书记的人民情怀,是对马克思主义文艺理论中人民性的继承和发展。更为重要的是,习近平总书记还提出"把人民作为文艺审美的鉴赏家和评判者",体现了他的人民主权意识,同样意味深长。既然人民群众是文艺作品的消费者,那么作品的好坏就应该由人民群众来评判。然而,在以往一个时期的文艺创作与文艺评价中,人民群众不仅很少有权力评判作品,同时文艺作品的创作与生产也很少将人民群众的需求考虑进去,导致人民群众长期以来只能被动地阅读和观看。"把人民作为文艺审美的鉴赏家和评判者",把文艺的评判权交还给人民,这是对人民群众鉴赏能力的信任和肯定。这一重要论述为文艺工作者的艺术创作提供了规范,也提高了人民群众在整个文艺活动中的地位和价值,增强了人民群众在文艺创作活动中的参与权与话语权。习近平总书记还在讲话中提出，要高度重视和切实加强文艺评论工作，运用历史的、人民的、艺术的、美学的观点评判和鉴赏作品。将人民作为文艺评论的标准之一提出来，与"历史的、艺术的、美学的"并列而成为文艺评论的四个标准，就以具体的形式确立了"人民"在文艺作品评论中的地位。在马克思主义文艺理论发展史上，关于如何评判作品的好坏优劣，恩格斯较早提出了"美学的、历史的"标准，并且认为这两个标准是"非常高的、即最高的标准"。作为一种经典论述，这两个标准已深入人心，长期以来一直作为评价文艺作品的科学标准为评论界所广泛应用。习近平总书记在讲话中保留了这两个标准，又新提出"人民"与"艺术"这两个标准，不仅体现出他对经典马克思主义文艺思想的继承，同时也为马克思主义文艺理论工作者留下了重要的阐释空间，启迪我们进一步认真思考"艺术"与"美学"标准的具体内涵，"历史"与"人民"的价值尺度等一系列重要理论问题最终将我们的理论研究引向深入，"在实践创造中进行文化创造，在历史进步中实现文化进步"①。

---

① 习近平：《决胜全面建设小康社会，夺取新时代中国特色社会主义伟大胜利》，载于《人民日报》，2017年10月28日。

以人民为中心的生动写照

——毛泽东《七律二首·送瘟神》创作成因考[①]

1953年,时任全国政协副主席、民盟中央第一副主席、最高人民法院院长沈钧儒正在太湖疗养,他发现在长江中下游各省市,血吸虫病流行极为严重,像瘟神一样威胁着人们的生命。这种肉眼看不见的灰白色线状小虫,当虫卵入水孵化后会形成毛蚴,向水清处游,遇到钉螺便钻入其体内进行无性繁殖,生出无数的尾蚴,再从水里钻到人畜体内寄生。只要皮肤接触到疫水,十几秒钟就能引发血吸虫病。儿童被传染血吸虫病后,发育会受到影响,甚至成为侏儒;妇女被感染后,大多不能生育;青壮年被感染后,会丧失劳动力甚至死亡。血吸虫病的肆虐横行,使不少疫区人烟稀少、田园荒芜,甚至出现了不少"寡妇村"、无人村。

看到这些情形,沈钧儒于9月16日给毛泽东写了一封信,反映了这一情况:

毛主席:

春夏间在无锡太湖滨养病,见农村中血吸虫病传染甚广,危害人民生长、生育、生产、生活以至生命。此病传染主要由于粪便及水中钉螺。据不完全统计,苏南一带患此病者近二百万人,有全家因此死亡者。太湖面积三万六千顷,其中渔民一万三千二百六十余人,半渔半农者二万一千二百余人。渔民终年在水中劳动尤易沾染虫病。闻此病不仅传染太湖区域,全国十二省,二百十三县市均有此病。我生长浙西,辛亥革命,任浙江省教育厅长曾赴各地视察,目睹农民罹此病致死,不知防治。

[①] 本文在写作中得到江西省寄生虫病防治研究所刘亦文、葛军、曾小军,民盟江西省委刘文萍,余江中国血防纪念馆童晓庆、李静,联合国世界卫生组织郭家钢,鹰潭红旗干部学院车文军、罗群来等同志的大力支持与无私奉献,特此一并致谢。

此次重游太湖，当地已设血吸虫病防治所，不知其他各地政府均注意及之否。但就太湖区所见，农村环境卫生，仍未臻美善。居民在湖中洗浴游泳，习以为常，因此病毒传播仍甚广。为此特嘱孙女沈瑜写报告以了解实际情况。兹将孙女来信及报告一并附呈，藉供参考。个人意见应请卫生机关加以重视，加强并改进血吸虫病防治工作。是否有当，请予核示。顺致

敬礼。

沈钧儒

一九五三年九月十六日①

这封信和附带的材料很快一起放到了毛泽东的办公桌上。毛泽东看完信和附件后，于9月27日给沈钧儒写了一封回信：

沈院长：

九月十六日给我的信及附件，已收到阅悉。血吸虫病危害甚大，必须着重防治。大函及附件已交习仲勋同志负责处理。此复。顺致敬意

毛泽东

九月二十七日②

时任中央人民政府政务院秘书长习仲勋在卫生部副部长贺诚关于血防工作的材料上给杨尚昆批示：

尚昆同志：请将贺诚防治血吸虫病的报告印发中央各同志。③

习仲勋为此做了大量工作。

血吸虫病是世界上对人类危害严重的寄生虫病之一，在中国流传历史久远。仅以江西省为例，"据统计，新中国成立前30年间，江西省死于血吸虫病近36万

---

① 参见江西余江中国血防纪念馆展出之影印件。
② 参见江西余江中国血防纪念馆展出之影印件。
③ 参见江西余江中国血防纪念馆展出之影印件。

人,灭绝 22 658 户,毁灭村庄 1 362 个……"①早在 1949 年 6 月,渡江战役结束后,随着解放战争向南推进,血吸虫病亦在部分部队中大量发生,对当时部队的训练作战造成一定影响。1949 年上海解放后,人民解放军第九兵团各部队于太仓、南翔、嘉定、嘉兴、松江、海盐等地,进入战备训练,开展水上练兵。自 7 月份起,每日下水游泳并在日常生活中广泛接触河水。9 月起,大批指战员感染急性血吸虫病。患病人数高达 38 273 人,其中第二十军、第二十七军血吸虫病感染率分别高达 49%和 31.9%。部队战士感染血吸虫病事件同样发生在长江中游地区。1949 年秋,中国人民解放军经洞庭湖南下,有 6 名战士因发烧入湖南湘雅医院,诊断为血吸虫病,随后在军队中检查 328 人,确定感染者 154 人。

部队和地方大规模出现血吸虫病感染事件,以及长江流域报告的血吸虫病疫情引起了军队和政府的重视,把血吸虫病防治工作提到了重要的议事日程上。部队首先行动起来,1949 年 12 月 20 日,华东军区卫生部在上海成立了血吸虫病防治委员会,各部队亦相继成立了防治血吸虫病委员会。动员宁、沪、杭等各地医学院校、医院,派出各类卫生技术人员 2 100 多人,组成防治血吸虫病医疗队,分赴各部队开展查治。在开展查治的同时,将血吸虫病疫情上报中央人民政府卫生部。

1950 年 4 月 21 日,中央人民政府卫生部发出《关于血吸虫病防治工作的指示》,要求加强对血吸虫病预防知识的培训,以便将来开展宣传工作,推动血吸虫病防治工作的顺利开展;发动寄生虫学家、农药化学家、农作物学家及市县乡村行政人员集体讨论,共商大力扑灭良策;深入农村开展血吸虫病的调查和宣传工作,开展贮粪杀卵期的具体试验,研究粪便管理的办法。该指示对当时指导各血吸虫病流行区的防治工作发挥了重要作用。

1950 年 4 月 24 日至 29 日,中央人民政府卫生部召开全国卫生科学研究工作会议,强调要加强对各种疾病的研究。在传染病方面,首先研究危害最大的鼠疫、斑疹伤寒、回归热、黑热病、血吸虫病、疟疾、性病、结核病等。

1950 年 8 月 7 日至 19 日,中央人民政府卫生部和中国人民革命军事委员会卫生部在北京联合召开第一届全国卫生会议,会议确定了"面向工农兵、预防为主、团结中西医"的卫生工作方针。会上,血吸虫病的危害性也被强调。首任

---

① 江西省卫生健康委员会编:《春风杨柳万千条——江西血防 60 年》,江西科学技术出版社 2018 年版,第 9 页。

卫生部部长李德全在会上指出,我国全人口的发病数累计每年约一亿四千万人,死亡率在30‰以上,其中半数以上是死于可以预防的传染病,如鼠疫、霍乱、麻疹、天花、伤寒、痢疾、斑疹伤寒、回归热等是危害最大的疾病,而黑热病、日本血吸虫病、疟疾、麻风、性病等,也大大危害了人民的健康。

沈钧儒给毛泽东的信再次引起毛泽东对血吸虫病的高度重视。习仲勋接到毛泽东指示后,协调相关部门,为防治血吸虫病做了大量具体工作。自此以后,毛泽东将血吸虫病防治作为一件大事,始终放在心上。1955年仲夏,毛泽东到杭州开会,派出工作人员现场调查杭州郊区血吸虫病的情况。毛泽东开始思考如何根除血吸虫病,对此,他展开了进一步的调查研究,先后同上海市委和华东地区几个省的省委书记座谈,了解情况,商讨对策。1955年11月,毛泽东在杭州召集华东、中南地区省委书记研究农业问题。其间专门听取了卫生部副部长徐运北关于防治血吸虫病情况的汇报,并与中共中央华东局及相关省委书记商讨对策。当卫生部领导在汇报中谈到当时防治血吸虫病的主要困难——患病人数多、流行地区广;没有理想的治疗药物;管理粪便、管理水源、消灭钉螺等任务艰巨时,毛泽东提出了四点指示:一是要认识到血吸虫病的严重性,一定要消灭血吸虫病;二是要充分发挥科学家的作用,研究更有效的防治药物和办法;三是要发动群众,要使科学技术和群众运动相结合;四是防治血吸虫病不能光靠卫生部门,要在党委统一领导下成立血吸虫病防治领导小组。1955年11月17日,毛泽东在杭州会议上发出"一定要消灭血吸虫病"的号召。11月22日至25日,全国第一次血吸虫病防治工作会议在上海召开,会议宣布成立中共中央防治血吸虫病九人小组[①],有血吸虫病的省、地、县也成立七人小组或五人小组领导这项工作。九人小组第一次会议要迅速在上海召开,各省立即行动。卫生部要把消灭血吸虫病作为当前的政治任务。要依靠党的领导,各有关党委要亲自抓,了解情况,总结经验,并尽快编出通俗小册子,向群众宣传消灭血吸虫病的知识和方法。会议确定了"加强领导,全面规划,依靠互助合作,组织中西医力量,积极进行防治,七年消灭血吸虫病"的工作方针,提出了"一年准备,四年战斗,两年扫尾"的大体规划。具体内容为,1956年内各地都必须调查病区,摸清情况,做好思想准备、组织准备、物质准备,选择重点地方试点,取得防治经验。在1957年,

---

① 江西省卫生健康委员会编:《春风杨柳万千条——江西血防60年》,江西科学技术出版社2018年版,第139页。

全面管理好粪便,基本消灭钉螺,管理好水源,制止血吸虫病的发展,并治好35％的病人。到1959年年底,要彻底消灭钉螺,全面管理好水源,治疗好80％左右的病人。1961年和1962年要把病人治完、治好,完全消灭病害。

1956年1月23日,中共中央政治局讨论通过了《全国农业发展纲要(草案)》。在此前通过的《农业十七条》和《全国农业发展纲要(草案)》四十条中,都把防治和基本消灭对人民有严重危害的疾病,首先是消灭血吸虫病,作为一项重要内容。1956年2月27日,毛泽东在最高国务会议上又发出"全党动员,全民动员,消灭血吸虫病"的战斗号召。《全国农业发展纲要(草案)》的公布和毛泽东的号召,成了全民向血吸虫病开战的总动员令。1000多名专家学者随即带着队伍奔赴全国几百个重疫区,在给患者治病的同时开展更为细致的实地调研,摸索消灭血吸虫的有效途径。这是一个非常完备的组织架构。由各个省市的负责人直接挂帅以保证其权威性,由大量专家学者调研以保证其科学性,再加之来自中央不断的督促,可以说,对血吸虫病的防治力度和重视程度,都是有史以来前所未有的。

1956年2月28日,中国科学院水生动物专家秉志写信提出,用火焚烧的办法对消灭钉螺更为有效。毛泽东见信后立即批示卫生部重视此意见,并叮嘱"开会时可邀秉志先生前往参加"。3月20日至28日,第二次全国防治血吸虫病工作会议在上海召开。4月20日,毛泽东把徐运北给中央关于第二次全国防治血吸虫病工作会议的报告批转给时任中共中央秘书长、国务院副总理的邓小平,并给该报告加了"关于消灭血吸虫病问题的报告"的标题,批示分发给党内外高级干部及各省省委书记。

1957年2月6日,中共中央批转中央血防九人小组《关于第三次防治血吸虫病工作会议的报告》和《1957年防治血吸虫病工作要点》。批示指出:"加强党对防治血吸虫病工作的领导,是完成防治任务的基本保证。"为了加强对防治血吸虫病工作的具体组织,卫生部正式设立血吸虫病防治局,与领导小组办公室合署办公。4月20日,国务院发出《关于消灭血吸虫病的指示》,明确要求建立各级防治委员会。

毛泽东提出的自上而下建立专门领导小组和防治机构的举措,开创了中国防治传染性疾病的独特领导模式,形成了血吸虫病防治的领导机构体系,对统筹领导防治工作提供了强有力的组织保障。毛泽东关于消灭血吸虫病的一系列讲话和指示,形成了一股巨大的精神力量,广大干部群众掀起了轰轰烈烈的消灭血吸虫病的人民战争。

血吸虫的宿主是钉螺,通过人畜的粪便繁殖传播。只要消灭钉螺,血吸虫便无处存身;只要科学处理粪便,也就切断了血吸虫繁衍传播的途径。而对于人畜来讲,只要不接触疫水和钉螺,也就无从感染血吸虫病。但就当时中国广大农村落后的面貌而言,要真正做好绝非易事。钉螺是种繁衍能力极强的生物,一对钉螺在一年的时间内便可繁衍成 25 万只,加上钉螺个子小、喜阴凉,总是躲在阴暗潮湿的草滩或沟渠边,想要彻底消灭非常困难。以当时中国农村的条件,想按照防疫的要求科学管理人畜的粪便也不是一件容易的事情,想让广大农民杜绝和疫水疫地的接触更是无从谈起。尽管起步艰难,但工作还是在一步步稳健地进行。最关键也是最困难的任务便是对钉螺的围剿。曾有专家建议买一种特效进口药,但江西省领导计算了一下,灭一亩地的钉螺大约要花 500 元,江西全省有 300 多万亩农地,这将是一笔不菲的开销,当时政府根本无法负担。而且光用药,也不见得灭得了。结果整个江西省都没有买药,江西防治组每人一把油纸伞、一双布鞋,到各地摸情况,试验土办法。

江西省余江县是全国血吸虫病流行最为严重的地区之一,仅中华人民共和国成立前的 30 年间,患病死亡者就达 2.9 万余人,毁灭村庄 42 个,2 万多亩良田变成荒野,成为"头年人种田,二年人肥田"的"棺材田"。毛泽东的"千村薛荔人遗矢,万户萧疏鬼唱歌"的诗句正是当年这一地区的真实写照。由此,余江县也成了江西省血吸虫病防治工作的重点县、试点县。

1955 年,第一次全国血吸虫病防治工作会议提出七年消灭血吸虫病的战略方针后,余江县委认真总结前几年防治工作的经验教训,分析防治血吸虫病的有利条件,提出了"半年准备,一年战斗,半年扫尾"[①]的全县两年消灭血吸虫病规划,下发了全县开展血防工作以来,县委第一份"关于血防计划方案"的文件——《中共余江县委关于防治消灭血吸虫病害计划方案》[县委(55)字第 69 号,1955 年 12 月 7 日][②]。1956 年 1 月 19 日,县委在邓埠镇召开全县消灭血吸虫病的誓师大会,至此,余江消灭血吸虫病工作正式展开。

在消灭血吸虫上,余江贡献了独特的经验。1950 年,江西省水利部门在狮子岩边修建白塔渠,解决旁边两个省办农场的灌溉问题。工程中,开新沟的土把

---

① 刘亦文、林丹丹编:《江西省血吸虫病防治经验》,江西科学技术出版社 2018 年版,第 116 页。
② 刘亦文、林丹丹编:《江西省血吸虫病防治经验》,江西科学技术出版社 2018 年版,第 116 页。

久已淤积的旧沟填平了。后来在全县大规模查螺时,发现新沟完全没有钉螺,而旧沟里的钉螺也全被埋死了,变成了白色的螺壳。这个经验获得成功后很快在全县推广。1957年7月30日,中共中央血防九人小组办公室负责人率调查组到余江县进行防治效果调查,为时10天,写出了《关于余江县基本消灭血吸虫病的调查报告》。"开挖新沟填旧沟"的灭螺经验被正式认可。从1955年冬到1958年春,在这3年的冬春季节里,余江人共发动了3.6万多人投入灭螺战斗,填平了300多条有钉螺繁殖的旧沟渠和500多个旧水塘,填老沟347条,长382华里[1],开新沟87条,长334华里,填旧塘503口,搬动土方416万立方。如此宏大的劳动场面,现在的人恐怕很难想象。大家都日夜奋战,坚持工作,不去考虑保护自己。在中国血防纪念馆有一个历史还原场景展区,诉说了这样一个故事:人们知道穿橡胶套鞋下田是预防血吸虫虫蚴的有效方法,但当时国家物资匮乏,县委好不容易才从上海买到四双橡胶套鞋。为了这四双橡胶套鞋,县委还专门开了一个会,会上决定,县委成员都不穿这四双鞋,把这四双橡胶套鞋让给下田检查钉螺的医生穿。明知道身处在随时可能感染血吸虫病的疫区,却没有一个干部顾得上做自我保护,这就是基层干部的风范。基层干部身先士卒,吃住在工地,工程每推进1米都要仔细排查,如果在旧沟旧塘里发现了不合规范的操作,或是在新沟新塘里发现了一个钉螺,整个工程就都要推倒重来。当时在工地,感染血吸虫病是家常便饭,参加灭螺的人基本都得过血吸虫病,但每个人对患病都很坦然,查出来就立即治疗,治好了就马上回到工地灭螺。当时在工地上流行这样一句话:"上午为别人看病,下午别人为自己看病,病人轮流做。"1958年5月10日,《江西日报》发表余江县委书记李俊九的文章《我们是怎样根除血吸虫病的?》。6月1日,《根除血吸虫病鉴定书》在《江西日报》刊发,宣告余江在全国率先消灭了血吸虫病,创造了世界血吸虫病防治史上的奇迹。

  消灭钉螺虽然是围剿血吸虫时最重要的一部分工作,却还远远不是全部。普及疾病知识,治疗既有病人,防止疫病重来……一项项更为琐碎的工作都在有条不紊地进行着。值得一提的是,"实施消灭血吸虫规划时,正值1955年冬,农业合作化发展正值高潮之际,土地私有制被社会主义集体所有制所取代,为'开新填旧'等大规模灭螺工作提供了有利条件。"[2]

---

[1] 1华里约等于0.5公里。
[2] 刘亦文、林丹丹编:《江西省血吸虫病防治经验》,江西科学技术出版社2018年版,第116页。

1958年5月12日至22日,江西省血吸虫病五人小组组织医学专家和血防技术人员到余江县进行全面复查鉴定,证实余江县已经达到消灭血吸虫病的标准,颁发了《根除血吸虫病鉴定书》。1958年6月5日,卫生部给中共余江县委防治血吸虫病五人小组发去贺电:

> 接五月二十五日来电,欣悉你县消灭了血吸虫病,使全县人民永远摆脱了血吸虫病的危害,特向你县全体人民热烈祝贺。你县在与血吸虫病作斗争中取得了巨大成就,为各血吸虫病流行地区树立了榜样,希望你们总结发扬防治血吸虫病的经验,进一步发动群众做好除"四害"讲卫生,并在消灭其他危害人民的疾病上,取得更大的胜利。
>
> 中华人民共和国卫生部
> 一九五八年六月五日于北京[①]

1958年6月30《人民日报》第3版以"第一面红旗"为题对余江县消灭血吸虫病做了全面报道。毛泽东主席看到这篇报道后欣然命笔提诗二首:

七律二首·送瘟神
读六月三十日《人民日报》,余江县消灭了血吸虫。浮想联翩,夜不能寐。微风拂煦,旭日临窗,遥望南天,欣然命笔。

其一
绿水青山枉自多,华佗无奈小虫何!
千村薜荔人遗矢,万户萧疏鬼唱歌。
坐地日行八万里,巡天遥看一千河。
牛郎欲问瘟神事,一样悲欢逐逝波。

其二
春风杨柳万千条,六亿神州尽舜尧。
红雨随心翻作浪,青山着意化为桥。
天连五岭银锄落,地动三河铁臂摇。
借问瘟君欲何往,纸船明烛照天烧。

---

① 参见江西余江中国血防纪念馆展出之影印件。

当年毛泽东在写就《送瘟神》后,还题下了这样一篇诗后小记:

  六月三十日,《人民日报》发表文章说,余江县基本消灭了血吸虫,12省市灭疫大有希望,我写了两首宣传诗,略等于近来的招贴画,聊为一臂之力……除开历史上死掉的以外,现在1000万人患疫,1万万人受威胁,是可忍,孰不可忍?然而,今日之华佗们在前几年大多数信心不足,近一二年干劲渐高,因而有了希望。主要是党抓起来了,群众大规模发动起来了!党组织、科学家、人民群众,三者结合起来,瘟神就只好走路了。①

同日,毛泽东还致信胡乔木,信中写道:"睡不着觉,写了两首宣传诗,为灭血吸虫而作。……灭血吸虫是一场恶战。诗中坐地、巡天、红雨、三河之类,可能有些人看不懂,可以不要理他。过一会,或须作点解释。"②

如果从毛泽东发表《七律二首·送瘟神》算起,时间已经过去了60多年,当我们站在中国共产党建党百年和中国民主同盟建立80周年的历史重要节点,至少有如下历史经验值得我们今人认真汲取。

第一是中国共产党的坚强领导。早在中华人民共和国成立初期,党就十分关心血吸虫病防治工作,1950年4月,卫生部发布《关于血吸虫病防治工作的指示》③,采取了一些防治措施,但事实表明这项工作绝非卫生部门孤军作战就能完成。1955年11月,毛泽东同志指出:"光靠卫生部门是不行的,要在党委统一领导下,成立血吸虫病防治领导小组。"随后,直属中央的防治血吸虫病九人小组成立。1957年7月又在上海成立卫生部血吸虫病防治局,与中央防治血吸虫病领导小组办公室合署办公,加强各血吸虫病防治机构之间的协调和配合。此后,血吸虫病流行地区县以上党的组织以及大部分乡以上党的组织,都建立了防治血吸虫病领导小组,大部分地区乡以上的各级人民委员会都建立了防治委员会,一举扭转了防治血吸虫病缺乏统一领导的局面。中央防治血吸虫病领导小

---

① 参见江西省寄生病防治研究所馆藏影印件。
② 参见江西余江中国血防纪念馆展出之影印件。
③ 江西省卫生健康委员会编:《春风杨柳万千条——江西血防60年》,江西科学技术出版社2018年版,第15页。

组统筹调动全国力量,充分整合了卫生、农业、水利、化工、商业、教育、民政等部门,以及军队和共青团、妇联等方面的组织资源。在地域上,整合了华东局、江苏、浙江、福建、安徽、上海等流行区的组织资源。此外,党中央强调要克服"条件较好地区部分同志的自满思想和条件较差地区部分同志的畏难情绪",对一些重灾区在人力物力等方面给予支持。当时参加灭螺工作的不仅有流行地区的群众,而且还有大量非流行地区的农民、学生和解放军官兵。国务院特别强调,对血吸虫病流行的少数民族地区,要"在经济上和技术上给予他们大力的帮助和支持"。全国各地纷纷发扬同舟共济精神,伸出援助之手,在人力物力等方面给予灾区人民极大支援。

血吸虫病防治工作并非易事,毛泽东充分考虑到它的严重危害和广大人民的迫切要求,在讨论研究后,将工作时限明确为七年。为完成这一目标,1957年4月20日,国务院发出《关于消灭血吸虫病的指示》,对这项工作做出总体部署。随后,党中央发出《关于保证执行国务院关于消灭血吸虫病指示的通知》,要求各有关省市都要制订本地区防治血吸虫病的计划,并将执行情况每半年向中央作一次专题报告。党的领导始终是血防工作的核心力量。时任余江县委书记李俊九带领干部群众,仅仅用2年时间消灭血吸虫病,其事迹感人至深。他不是为了邀功请赏,而是为了让老百姓尽快脱离病痛折磨。李俊九坚持人民的利益高于一切的为民情怀,切实把实现好、维护好、发展好最广大人民的根本利益作为党的一切工作的出发点和落脚点,其事迹的当代启迪意义深刻。正是在李俊九式党员干部带领下,通过广大科技工作者的不断努力攻关,经过人民群众的艰苦奋斗,余江才迎来了"红雨随心翻作浪,青山着意化为桥"的灿烂今天。

第二是民主人士、科学及医卫工作者的积极参与。作为历史上著名的"七君子"之一的沈钧儒时任全国政协副主席、民盟中央第一副主席、最高人民法院院长。他并不是医务工作者,但是当他在太湖畔疗养时,却敏锐地意识到了血吸虫病对人民生命健康的极大危害,并"请卫生机关加以重视,加强并改进血吸虫病防治工作"。沈钧儒给毛泽东的这封信也许是中华人民共和国最早的越级直送党和国家最高领导人的"社情民意",文字不多,却体现了民主人士奔走国是的初心。正是他的"管闲事"和越级报告引起了毛泽东的高度重视,人民领袖虽日理万机,却在沈钧儒发出信后第11天就给予十分明确的答复:"血吸虫病危害甚大,必须着重防治。"体现了执政党以人民为本的执政理念。时任政务院秘书长习仲勋为此做了大量组织、协调工作。在血吸虫病防治工作中,党中央认真听取科学家和专业人员的意见，支持和推动科学研究工作。成立中央防治血吸虫病研究委员会，加强血吸虫病防治的科研工作。该科研组织整合了江苏、浙江、安徽、上海等地医学院、血吸虫病防治所和有关研究单位的专家学者，明确了科学开展防治工作以及血防干部密切配合的重要性。在该机构之下，各省、市、区都成立了对口的血防科研组织。《关于消灭血吸虫病的指示》中指出，不仅要积极地帮助和支持科学家的研究工作，还应当随着防治工作的开展，经常性地向科学家提出防治工作中迫切需要解决的问题。农业部门也组织兽医专家，积极开展防治牲畜血吸虫病和科学研究工作，并动员血吸虫病流行地区所属畜牧兽医部门，同卫生部门共同消灭危害人体和牲畜健康的血吸虫病。血防工作还实现了中西医的结合，各级党组织整合中医研究院、卫生实验院、中央和各地的卫生研究院等医学科研组织，发挥血吸虫病防治和科研攻坚的合力作用。1956年4月，徐运北在给中央的报告中提出了关于防治血吸虫病的具体建议，并附上中医、中药治疗血吸虫病的验方一份。毛泽东同志指示把这份报告分发给党内外高级干部及各省委书记。各地中医通过献方等措施发掘了一大批能够有效防治血吸虫病的中草药和药方。

第三是人民群众的广泛参与。长期以来，人民同血吸虫病的斗争是自发的、分散的。中华人民共和国成立初期，农村的社会改革任务尚未完成，也难以广泛动员广大群众来进行全面的防治，尽管疫区的卫生状况在一定程度上得到改善，但未能从根本上控制血吸虫病的流行和蔓延趋势。党中央发出"一定要消灭血吸虫病"的号召之后，各级党委和政府紧紧依靠群众，众志成城打响了防治血吸虫病的人民战争。毛泽东同志明确要求卫生部，"要把消灭血吸虫病作为当前的政治任务"，加强宣传教育和思想动员。国务院在《关于消灭血吸虫病的指示》中强调，"必须经常地、反复地向群众进行广泛深入的宣传教育和思想动员"。相关部门通过编辑出版通俗小册子，向群众宣传消灭血吸虫病的知识和方法。各级党委和政府通过报刊、广播以及农村的墙报、广播喇叭等各种宣传工具，广为宣传，凝聚共识。防治血吸虫病是千百万群众对病害的一场斗争，打赢这场仗，既是为了群众，也要依靠群众。在各级党组织的发动下，各地群众开展了一场声势浩大的消灭钉螺运动，这是最终送走瘟神的根本力量。

第四是为全面建设社会主义现代化提供了先行先试的经验。我们知道，1960年3月，毛泽东在中共中央批转《鞍山市委关于工业战线上的技术革新和技术革命运动开展情况的报告》的批示中，以苏联经济为鉴戒，对我国的社会主义企业的管理工作做了科学的总结,强调要实行民主管理,实行干部参加劳动,工人参加管理,改革不合理的规章制度,工人群众、领导干部和技术员三结合,即"两参一改三结合"的制度。1961年制定的"工业七十条",正式确认这个管理制度,并建立党委领导下的职工代表大会制度,使之成为扩大企业民主,吸引广大职工参加管理、监督行政和克服官僚主义的良好形式。当时,毛泽东把"两参一改三结合"的管理制度称为"鞍钢宪法",使之与苏联的"马钢宪法"(指以苏联马格尼托哥尔斯克冶金联合工厂的一长制管理方法)相对立。毛泽东在《送瘟神》诗后小记中所说的"党组织、科学家、人民群众,三者结合起来"的经验,正是"鞍钢宪法"的雏形。

文艺批评要"剪除恶草""灌溉佳花"

　　文艺创作与批评本是一对孪生兄弟,相互依存。文艺批评绝非可有可无,也不是依附在创作之树上的寄生物,而是文艺战线的重要一翼。我们都知道,鲁迅终其一生以作家成名,但他对文艺批评又是十分重视的。他看到了文艺批评对于繁荣创作、发展文艺的重要作用,他一生都十分重视文艺批评的健康开展。鲁迅曾经说过:"批评家的职责不但是剪除恶草,还得灌溉佳花。""譬如菊花如果是佳花,则他的原种不过是黄色的细碎的野菊,俗名'满天星'的就是。但是,或者是文坛上真没有较好的作品之故罢,也许是一做批评家,眼界便极高卓,所以我只见到对于青年作家的迎头痛击,冷笑,抹杀,却很少见诱掖奖劝的意思的批评。有一种所谓'文士'而又似批评家的,则专是一个人的御前侍卫,托尔斯泰呀,托她斯泰呀,指东画西的,就只为一人做屏风。其甚者竟至于一面暗护此人,一面又中伤他人,却又不明明白白地举出姓名和实证来,但用了含沙射影的口气,使那人不知道说着自己,却又另用口头宣传以补笔墨所不及,使别人可以疑心到那人身上去。这不但对于文字,就是女人们的名誉,我今年也看见有用了这畜生道的方法来毁坏的。古人常说'鬼蜮伎俩',其实世间何尝真有鬼蜮,那所指点的,不过是这类东西罢了。这类东西当然不在话下,就是只做侍卫的,也不配评选一言半语,因为这种工作,做的人自以为不偏而其实是偏的也可以,自以为公平而其实不公平也可以,但总不可'别有用心'于其间的。"[①]鲁迅这番话大致是"五四"之后一个时期中国文坛批评现状的真实写照。

　　鲁迅所处的时代是阶级斗争异常激烈的时代,反映在文坛上,文艺思想斗争

[①] 《鲁迅全集》,第3卷,人民文学出版社1981年版,第152—153页。

同样此起彼伏。鲁迅明确地以文艺为改造人生武器,主张在文艺园地里剪除毒草,但剪除不等于禁绝,他反对那种只看正面书籍不看反面材料的简单化做法,而是认为一个战斗者,在了解革命和敌人上,必须更多地去解剖当面的敌人,因此他拿起了杂文这一武器。鲁迅其实对自己的这一文体是相当在意的,杂文创作不仅伴随了鲁迅的一生,而且行走于"杂文人生"中的鲁迅,同时又通过对"杂文"的写作实践不断体悟文学的意义,逐步形成自己独特的文风。鲁迅自1927年10月到上海直至1936年10月逝世,在上海期间陆续出版9本杂文集,这在他一生的创作中占有重要位置。关于鲁迅杂文的"文学性"问题,长期以来在学界都充满争议,这种争议甚至在鲁迅在世时就存在。鲁迅本人一度对于杂文创作的"低调"也可以说是部分原因,但当时文坛对鲁迅的不理解,特别是左翼文坛缺少积极的评论也是重要的原因之一。

鲁迅是文化革命战线的主将,形形色色的反动文人惧怕鲁迅、侮蔑鲁迅,特别是贬低鲁迅杂文的战斗意义,说他是一个"杂感家",有的进步刊物甚至也攻击他是"封建余孽""二重反革命"。瞿秋白是当时左翼文化运动中真正理解鲁迅及其杂文的人。"八七会议"后,瞿秋白来到上海,一方面养病,一方面积极参与左翼文化活动并与鲁迅结下深厚友谊。由于处在白色恐怖环境下,瞿秋白不可能以自己的名义发表文章,1933年3月—4月这个短时间内,瞿秋白以鲁迅的"何家干"等笔名发表并由鲁迅编入其杂文集的杂文有十余篇,影响深远,至今仍是文学研究以至学术思想论争中的一个重要话题。这些文学活动直接影响到瞿秋白对鲁迅杂文的认识与理解,最终体现在他编辑的《〈鲁迅杂感选集〉序言》(以下简称《序言》)中。这篇长达1.7万字的《序言》,对鲁迅的杂文做出了极高的评价。他说:"正因为一些蚊子苍蝇讨厌他的杂感,这种文体就证明了自己的战斗的意义。"[①]正是在这样的环境下,1933年,在上海养病并从事左翼文化活动的瞿秋白,把正确地评价鲁迅看成那个时期文化战线上的一个重大任务。他决定认真地总结和评价鲁迅在文化战线上的重大作用并写一篇准确的评论,"给鲁迅一个永久的纪念"[②]。在白天,瞿秋白专心研究鲁迅著作,夜深人静就伏在一张小方桌上写作,花了4夜工夫,写成了这篇《序言》。这是在中国现代文学批评史上具有里程碑意义的经典文献,也是一篇充满辩证唯物主义和历史唯物主义色彩

[①] 严慈:《瞿秋白:学者兼革命家》,上海教育出版社1999年版,第2页。
[②] 《鲁迅杂感选集·序言》,上海文艺出版社1980年版,第129页。

的文艺评论。

在瞿秋白写出《序言》之前,许多人只把鲁迅当作伟大的文学家来评价,而瞿秋白则是从思想家和精神界战士的高度来研究鲁迅,指出他在中国现代史上的重要地位和价值。在这篇序言里,他首先用鲁迅在《坟》里的一句话"自己背着因袭的重担,肩住了黑暗的闸门,放他们到宽阔光明的地方去……"来隐喻鲁迅的历史担当,辩证地指出,"革命的作家总是公开地表示他们和社会斗争的联系;他们不但在自己的作品里表现一定的思想,而且时常用一个公民的资格出来对社会说话,为着自己的理想而战斗,暴露那些假清高的绅士艺术家的虚伪"。①

> 鲁迅在最近十五年来,断断续续的写过许多论文和杂感,尤其是杂感来得多。于是有人给他起了一个绰号,叫做"杂感专家"。"专"在"杂"里者,显然含有鄙视的意思。可是,正因为一些蚊子苍蝇讨厌他的杂感,这种文体就证明了自己的战斗的意义。鲁迅的杂感其实是一种"社会论文"——战斗的"阜利通"(feuilleton)。谁要是想一想这将近二十年的情形,他就可以懂得这种文体发生的原因。急遽的剧烈的社会斗争,使作家不能够从容的把他的思想和情感熔铸到创作里去,表现在具体的形象和典型里;同时,残酷的强暴的压力,又不容许作家的言论采取通常的形式。作家的幽默才能,就帮助他用艺术的形式来表现他的政治立场,他的深刻的对于社会的观察,他的热烈的对于民众斗争的同情。不但这样,这里反映着五四以来中国的思想斗争的历史。杂感这种文体,将要因为鲁迅而变成文艺性的论文(阜利通——feuilleton)的代名词。②

《序言》辩证地论述了鲁迅杂文的文学价值和战斗价值,明确指出在当时,鲁迅杂文的价值并未得到应有的评价和肯定,连一些新文学家也怀疑杂文中能否产生"伟大的作品"。正是瞿秋白,高瞻远瞩地从阶级斗争的高度分析了这一文体产生的原因、它的性质特点和战斗意义。《序言》指出,杂文是应急遽出现的剧烈的社会斗争的需要而产生的,它是一种"文艺性的论文"。它的特点"是更直接

---

① 严慈:《瞿秋白:学者兼革命家》,上海教育出版社1999年版,第2页。
② 严慈:《瞿秋白:学者兼革命家》,上海教育出版社1999年版,第2页。

的更迅速的反映社会上的日常事变",能抓住具有普遍性的人物和事物,以富于典型化的手法,形象地勾勒出中外反动统治者及其各式奴才的丑恶嘴脸和卑鄙伎俩,虽非文艺创作,但其中含着"五四以来的中国的思想斗争的历史"。

《序言》还站在历史唯物主义高度,将鲁迅放在他所生活的时代之中,并结合中国革命的进程、思想文化领域的斗争,深刻论述了鲁迅的思想特点和发展道路,这同样是富有开创意义的。在中国现代史上,旧派人物不用说了,即使一些进步作家,在"左"倾思想影响下,在相当一段时间内也没有真正认识到鲁迅的战斗特点和思想价值。还在与创造社、太阳社论争的时候,鲁迅就表示希望"有一个能操马克思主义批评的枪法的人来狙击我",然而他失望了。首先担当起这一历史责任的是瞿秋白。《序言》正确地指出:"鲁迅从进化论进到阶级论,从绅士阶级的逆子贰臣进到无产阶级和劳动群众的真正的友人,以至于战士,他是经历了辛亥革命以前直到现在的四分之一世纪的战斗,从痛苦的经验和深刻的观察之中,带着宝贵的革命传统到新的阵营里来的。"①鲁迅虽然出身于没落的封建士大夫家庭,但对民族富强、人民解放的渴望,对真理的追求,同人民群众特别是农民群众的密切联系,推动他更深刻地践履着阶级斗争实践和对新知的学习与体验,在经历了现代知识分子的三次伟大分裂后,终于在大革命失败后的革命低潮中,确立了自己的立场,挣脱了进化论和个性主义的羁绊,完成了世界观的转变,成为中国左翼文坛的领袖。在一番颇为精彩的论述后,瞿秋白以他深邃的历史目光和敏锐的历史唯物主义洞察力,拨开了笼罩在鲁迅研究与评价中的重重迷雾,为正确认识鲁迅以至正确认识和揭示小资产阶级知识分子向无产阶级转化的革命途径和客观规律,提供了科学的借鉴,以至于这些半个多世纪前的论述至今无人能够超越。

《序言》不仅是一篇出色的文艺性政论,还是一篇出色的"鲁迅论"。纵观瞿秋白的全文,不仅高屋建瓴、雄辩恣肆,而且明白晓畅、情感丰沛。《序言》是谈鲁迅杂文的,同时全文又充分顾及鲁迅的"全人",其中思想的绵密、视野的开阔,感人至深。"因为从旧垒中来,情形看得较为分明,反戈一击,易制强敌的死命。"(《写在"坟"后面》)"从满清末期的士大夫,老新党,陈西滢们……一直到最近期的洋场无赖式的文学青年,都是他所亲身领教过的。刽子手主义和僵尸主义的黑暗,小私有者的庸俗,自欺,自私,愚笨,流浪赖皮的冒充虚无主义,无耻,卑劣,

---

① 严慈:《瞿秋白:学者兼革命家》,上海教育出版社1999年版,第20—21页。

虚伪的戏子们的把戏,不能够逃过他的锐利的眼光。历年的战斗和剧烈的转变给他许多经验和感觉,经过精炼和融化之后,流露在他的笔端。这些革命传统(revolutionary tradition)对于我们是非常之宝贵的。"①瞿秋白对中国现代政治思想文化史的熟稔、理论上的成熟与自信,使这篇《序言》如大河奔流,滔滔而下,有很强的思辨色彩和少有的文采。瞿秋白把鲁迅及其思想放在具体的历史发展过程中加以考察,他既指出鲁迅世界观或思想从进化论进到阶级论的发展过程,又指出鲁迅从绅士阶级的逆子贰臣进到无产阶级和劳动群众的真正友人以至战士的革命斗争的过程。他把两个过程紧密结合起来,显示出鲁迅不仅是文学家,同时也是思想家和革命家,这个符合实际的结论,具有足以使人信服的说服力。

更为可贵的是,瞿秋白在对鲁迅杂文细致分析的基础上,结合鲁迅几十年的创作历程,最终为鲁迅及其杂文创作做出四点总结:第一,是最清醒的现实主义;第二,是"韧"的战斗;第三,是反自由主义;第四,是反虚伪的精神。②瞿秋白特别提到了鲁迅的《论费厄泼赖应该缓行》:"真正是反自由主义,反妥协主义的宣言。旧势力的虚伪的中庸,说些鬼话来羼杂在科学里,调和一下,鬼混一下,这正是它的诡计。其实这斗争的世界,有些原则上的对抗事实上是绝不会有调和的。所谓调和只是敌人的缓兵之计。狗可怜到落水,可是它爬出来仍旧是狗,仍旧要咬你一口,只要有可能的话。所以'要打就得打到底'——对于一切种种黑暗的旧势力都应当这样。但是死气沉沉的市侩——其实他们对于在自己手下讨生活的人一点儿也不死气沉沉——表面上往往会对所谓弱者'表同情',事实上他们有意的无意的总在维持着剥削制度。"③"鲁迅这种暴露市侩的锐利的笔锋,充分的表现着他的反中庸的,反自由主义的精神。"④不难看出,瞿秋白对鲁迅的评价,既没有廉价的吹捧,也没有无原则的拔高,真切的理解、真情的论述显露在字里行间,四点结论直至今天仍有教科书意义。批评家和文艺家之间应该是一种怎样的关系?古罗马美学家贺拉斯用磨刀石和钢刀来描绘批评家和诗人的关系:诗歌仿佛一把刀,只有经过批评的不断磨砺才能变得锋利。批评家和文艺家应既是朋友又是对手,在思想和审美的较量中,彼此成就。鲁迅的杂文创作与瞿秋白的批评恰恰是在思想和审美的较量中,彼此呼应,又彼此成就。鲁迅本人对

---

① 严慈:《瞿秋白:学者兼革命家》,上海教育出版社1999年版,第21—22页。
② 严慈:《瞿秋白:学者兼革命家》,上海教育出版社1999年版,第22—25页。
③ 严慈:《瞿秋白:学者兼革命家》,上海教育出版社1999年版,第23页。
④ 严慈:《瞿秋白:学者兼革命家》,上海教育出版社1999年版,第24页。

瞿秋白这篇《序言》也很满意。后来，杨之华在《回忆秋白》一书中记载了鲁迅看到这篇《序言》时的情形："鲁迅认真地一边看一边沉思着，看了很久，显露出感动和满意的神情，香烟快烧到他手了，他也没有感觉到。"①鲁迅对瞿秋白的评论心折不已。

毫不夸张地说，瞿秋白是对鲁迅在中国新文化运动中的地位和作用，对鲁迅思想的形成、发展和特点，给予科学评价的第一人。他在《序言》中所阐明的观点，即便是经过了半个多世纪，在今天看来也同样精彩而精准。《鲁迅杂感选集》的出版不仅是鲁迅和瞿秋白合作的产物，也是他们友谊的结晶，更是鲁迅研究史和瞿秋白文艺思想发展史上的光辉起点。《序言》由此成为用马克思主义文艺理论解释鲁迅的范式文本，尤其是在研究立场和研究方法上被认为具有示范意义而成为鲁迅红色经典化进程的开端。与此同时，《序言》也是瞿秋白构建中国马克思主义文艺理论体系并将其本土化的重大突破，是其文艺思想实践成就的重大体现。值得注意的是，在这篇长长的《序言》里并没有出现"马克思"或"马克思主义"等字眼，但纵观全文，无处不闪耀着辩证唯物主义和历史唯物主义的光辉，自觉运用马克思主义立场、方法，展开积极的"鲁迅批评"，是作者一以贯之的立场。

2015年10月15日，习近平总书记指出："要高度重视和切实加强文艺评论工作，运用历史的、人民的、艺术的、美学的观点评判和鉴赏作品，倡导说真话、讲道理，营造开展文艺批评的良好氛围。"②"倡导说真话、讲道理"，这是对当下文艺批评的要害问题对症下药。当下文艺批评存在各种问题，但归根到底，病症就在于"不说真话、不讲道理"。"不说真话"，批评就失去理想，就会出现假大空的颂歌批评和无底线的"红包批评"；"不讲道理"，批评就丧失准则、不分是非、难有品位、缺乏说服力。要纠正文艺批评的不正风气，首要之举就是"倡导说真话、讲道理"。瞿秋白的这篇《序言》可谓开了马克思主义文艺评论的先河，值得我们认真汲取养分。习近平总书记在文艺工作座谈会上还说："文艺批评要的就是批评，不能都是表扬甚至庸俗吹捧、阿谀奉承，不能套用西方理论来剪裁中国人的审美，更不能用简单的商业标准取代艺术标准，把文艺作品完全等同于普通商品，信奉'红包厚度等于评论高度'。"③文艺批评就是要"剪除恶草，灌溉佳花"；

---

① 《鲁迅杂感选集·序言》，上海文艺出版社1980年版，第132—133页。
② 习近平：《在文艺工作座谈会上的讲话》，载于《人民日报》，2015年10月15日第2版。
③ 习近平：《在文艺工作座谈会上的讲话》，载于《人民日报》，2015年10月15日第2版。

只有褒优贬劣、激浊扬清,才能构建良好的文学生态。文艺批评就是要"像鲁迅所说的那样,批评家要做'剜烂苹果'的工作'把烂的剜掉,把好的留下来吃'"。①

今天我们回顾了老一辈无产阶级革命家瞿秋白编辑《鲁迅杂感选集》及其撰写《序言》的历史,面对当下泥沙俱下的碎片化、平面化、情绪化的阅读与思想气候,面对失范的文学批评,鲁迅的审慎冷静的风格、内敛辩证的思维与自省反诘的意识,对当下的文坛及其文艺批评,仍然是一剂醒目醒脑的良药。而瞿秋白的《序言》则是帮助我们认识当下作家、作品,坚持马克思主义批评方法和批评原则的典范文本参照。

---

① 习近平:《在文艺工作座谈会上的讲话》,载于《人民日报》,2015年10月15日第2版。

下编

普洛普叙事理论

俄国形式主义的理论在诗歌与小说方面都有不少贡献，诗歌理论后来由雅克布逊在西欧与北美广为传播，形成了20世纪诗学的主流之一——结构主义诗论。但是在文学的叙事与分析方法上，结构主义受益于不属于俄国形式主义圈子，却对它乃至以后的结构主义者产生了深远影响的另一位代表人物——普洛普（V. Propp）。特别是他的《民间故事形态学》为其叙事理论与分析方法奠定了坚实的基础。此书出版于1928年，直至1958年才有英译本，但20世纪60年代前后已在西方引起了广泛的关注和讨论。虽然普洛普在该书中主要致力于俄国童话的研究，但其方法却被西方研究者扩展应用于其他材料——如其他民族的童话与其他文类。他的理论主要包括以下几点：

"功能"与故事结构　普洛普这本书的最大贡献在于突破了以往叙事分析的传统结构，并建立了严谨的方法，开叙事学科学性研究之先河。以往的俄国学者对童话故事的分析主要是收集基本的"母题"并加以分类，如俄国童话中常见的"三兄弟""护身符""被巫婆俘虏的公主""与毒龙搏斗的英雄"等母题。19世纪俄国民俗学家维谢洛夫斯基曾把这些童话按照人物和主题加以分类，认为"母题"是最基本的叙事单位。普洛普认为这种收集与分类方法不够系统和严密，对童话的了解并无多大帮助，这些分类的方法也常常难以维持其逻辑性，有些"母题"中包含另一"母题"，两者的界限含混难以确定。通常人们认为"母题"是叙事中最小的，不能再细分的单位。如俄国童话中"毒龙掳走了沙皇的女儿"。普洛普认为，这个母题仍然可以再分为四个单元。如果与其他类似的故事比较，可以发现每个单元又有变换的可能。如"掳走"可变成"诱拐""蛊惑"；"女儿"可变换成"妻子""新娘"等，同时"沙皇"也可变换成"农夫""国王"等。从这些组合可以发现,传统的所谓最小单位的界限是不明确的。由于传统的分析方法不能令人满意,于是普洛普提出了自己的方法。他认为分析应以故事的结构为着眼点,以故事组成单元在童话中的组织与结合方式为重心。另外,他又提出了两项原则性的论点:第一,表面的"母题"(如毒龙、巫婆)是一种"可变项",它们的作用或"功能"可用较抽象的单位来统一,即事项的作用或"功能"是一种"常数"或"不变项",而表面的"母题"则是"可变项"。第二,研究童话的结构必须从"不变项"着手,因为"母题"为"可变项",面目纷繁复杂,以之为分类对象让人难以把握。故事中的"功能"常有多项,普洛普称之为"功能单位",有"函数"之意,其价值是该单位与其他单位关系之值,以普洛普列举的"功能单位"为例:

1. 国王送给英雄一只鹰,鹰将英雄带到另一国度。
2. 老人送给萨科一匹马,马将萨科带到另一国度。
3. 男巫交给伊万一条小船,船把伊万送到另一国度。
4. 公主赠给伊万一枚戒指,从戒指里出来的一伙年轻人把伊万带到另一国度。

这几个例子包含了变数与常数项目,各例中的人物身份虽有变化,但其基本作用或"功能"以及他们之间的关系显然沿袭着同一形态。由此可见,基本结构相同的故事可能由不同的人物(或动物)担任"功能单位",而"功能单位"的决定则须透过故事的互相比较。因此普洛普推论道:"人物的功能不论由谁或以何种方式来完成,它永远是故事中稳定不变的因素。"[1]同时他定义道:"功能单位是人物的行为。行为之成为功能单位,则依赖于其在整个故事发展中所具有的功用(或意义)而定。"[2]他的结论认为民间故事的基本单元应该是"功能",而不是"母题",不同的"母题"可以用来表达故事序列中的同一个故事。因此可以再追溯到更小的单元——"母题"抗衡,这样"母题"就变成了同一个功能的常数之内的变体。本着这些原则,普洛普分析了一百例俄国童话,并将分析结果归纳成四条通则:(一)人物的功能是故事中恒定不变的因素,不管这些功能是怎样和由谁来完成的,它们是构成故事的基本成分。(二)"功能单位"的总数有限,从所有童话里可归纳其总数,同时普洛普归纳出俄国童话的"功能单位"共有 31 项,31 项"功能单位"大多又另有"变化式"。(三)功能的排列顺序总是一样的。

---

[1] 见《民间故事形态学》英译本,得克萨斯大学出版社 1968 年版,第 21 页。
[2] 见《民间故事形态学》英译本,得克萨斯大学出版社 1968 年版,第 13 页。

(四)所有童话就结构而言都属于同一形态。①

"角色"与"行动范围" 普洛普发现31项"功能单位"分布在7个"行动范围"内,和它们各自的表演者相对应,相应的角色有反面角色、为主人公提供某件东西者、帮助者、公主(被寻找的人)和她的父亲、派主人公外出历险者、主人公、假主人公。在某个具体的童话里,一个人物可能卷入数种"行动范围",而若干人物又可能卷入同一个"行动范围"。童话人物的"功能"和"行动范围"都有固定的数目,尽管表面上看,各种细节纵横交错,实际上"功能的数目极小,而人物的数目极大"。② "童话有二重性:一方面,它千奇百怪,五彩缤纷,另一方面,它如出一辙,千篇一律。"③普洛普处理的便是一些明显和重复的结构,于是他就在所有童话下面找出了一个由"角色"和"功能"构成的基本故事,现存的一切童话都不过是这基本故事的变体或显现。普洛普的理论超出表面的经验范畴,着眼于情节与功能、人物与角色之间的关系,对于理解所有叙事文学的本质都有帮助。

故事的整体结构 普洛普主要根据"功能"的分布探讨童话的形态结构。他把故事情节的发展分割成前后不同的功能:任何动作脱离它在故事发展中所占有的位置,就丧失了它的本身意义;一个功能在动作过程中到底带有什么意义,这是我们必须考虑的。在分析时,他首先将作品分解成一个个功能,然后将这些功能的标号列成一个个排列式,显示出故事的基本构架,最后根据结构特征进行分类。

在故事的整体结构分析上,普洛普首先说明童话的故事形态。一个完整形态的童话通常开始于"反角"的作恶或某种"欠缺",即 A 的变式,经过其他"功能单位"而发展到"婚礼"(W)的团圆收场,或其他如"报酬"(F 的变式)、消除灾难(K 的变式)等结局。这一整个过程可称之为一个"回合",一则童话可能由一个"回合"构成,也可能由数个"回合"构成。分析故事的第一个步骤就是分析其"回合"数。"回合"之间又可能有不同的关系形式,下一"回合"可能与上一"回合"头尾衔接;但有些故事里,可能两个"回合"重叠,或者是一个"回合"发展未完之际又插入另一个"回合",直到后者叙述完毕再拾起前一个话题。"回合"成为结构单位,在层次上讲,是介于"功能单位"与故事整体之间。普洛普讨论的重点其实

---

① 见《民间故事形态学》英译本,得克萨斯大学出版社1968年版,第23页。
② 见《民间故事形态学》英译本,得克萨斯大学出版社1968年版,第23页。
③ 见《民间故事形态学》英译本,得克萨斯大学出版社1968年版,第20页。

是"功能单位"层次。"功能单位"可以说是构成故事的最低层单位,但在故事中,"功能单位"又如何分析界定呢?这是叙事学中最棘手也是最根本的问题。普洛普的方法其实仍然依赖印象式的判断,并未完全程式化。他的方法第一步是将童话原文分解成句子段落,然后把看来相关的句子归结起来,套上"功能单位"的名称。普洛普由此总结出一整套的"公式"以及叙述中的伸缩规则。用这些公式便可以代替一切俄国童话。这如同于数学公式,可以解释各种表面不同的现象,同时还可以根据这种公式"创造"或者"衍生"出新的童话。例如,依 A 项"功能单位"的性质,顺序构想发展成各式的 B、C、D 等,当然各项之间又必须考虑"动机"、人物、时空的连贯持续,以及其他因素。关于"创造"的观念,普洛普只是附带提到,没进行深入讨论。

普洛普认为所谓童话故事的情节必定从 A 功能(邪恶),经过不同的折衷功能,终于到达化解万事的 W 功能(婚礼,亦即得到幸福)。从 A 到 W 的连环功能,普洛普称之为序列。他在研究民间童话的结构时,将故事中出现的动作简化为一种直线序列组合;只研究时间坐标上动作前后的连贯,这已超出了表层的经验描述。由于普洛普的研究资料仅限于一百个俄国童话故事,作法主要是归纳性和经验性的,难于将其推广。童话故事的形态,除了以结构序列的功能为主干外,功能的动机与功能的重现以及两者之间的关联也都相当重要。普洛普认为纠缠的序列,以及双重或三重的功能都是变体,都是例外。然而这些被视为例外的纠缠序列,以及双重、三重功能后来倒都变成了重要的研究范畴。同时也可以看出,普洛普忽略了动作间的"共时"关系,无法解释加插功能后所能产生的各种逻辑的可能性。尽管如此,普洛普的分析方法还是给了后来法国的结构主义一个启示:可以超越俄国民间童话这一范围,而仅仅把他的方法当导体看待。借此以进一步建立普通叙事学。

虽然普洛普对叙事结构的研究只是针对叙事体的一种特殊形式——童话,但是他采用的分析故事构成单位及相互关系的方法,对其他叙事体的分析有着重要的参考价值。他的重大突破在于他确立了故事中十分重要的基本因素——功能,提供了按照人物功能和它们的联结关系来研究叙事文体的可能性。由此,为叙事体结构和要素分析开辟了一条新路。

卢卡奇是"西方马克思主义"的鼻祖吗

在西方,对卢卡奇一直是肯定和赞扬者居多,但在苏联和东欧一些国家,卢卡奇却遭到过严厉的批判。20世纪60年代以后,卢卡奇在西方受到特别的推崇,与此同时,苏联和东欧各国对他的评价也发生了明显的变化,即从批判否定转为基本肯定。在我国,相当长一段时间里,卢卡奇是作为"修正主义"的主要理论家而受到批判的,"文化大革命"以后,理论界虽然为他摘去了"修正主义理论家"的帽子,却又冠之以"西方马克思主义的鼻祖"的桂冠。笔者认为,这实在是对卢卡奇的一个误解。尽管卢卡奇与"西方马克思主义"有某些共同的理论命题,他的某些理论曾启示过"西方马克思主义",可卢卡奇本人却不是个"西方马克思主义者",两者在哲学观和方法论上有着本质的区别。在卢卡奇的内心深处,马克思主义永远是认识世界的科学方法,是实现人类理想的必然途径。严格地说,他只能算是一个长期受到"正统马克思主义"排挤的独立思想家。本文拟通过比较的方式来对卢卡奇的思想进行一个客观的界定。

所谓的"西方马克思主义"是在总结俄国十月革命后,中欧、西欧所爆发的一系列革命失败的时代背景上产生的一种思潮。这一思潮的代表人物用各种资产阶级的思潮去"补充"马克思主义。他们认为,马克思主义不应只是作为无产阶级一个阶级的革命意识形态,而应成为全体进步人类实现社会正义化、合理化和自由化的指导理论。佩里·安德森认为,"西方马克思主义"是社会主义在西方处于低潮、左翼知识分子陷入悲观之中的思想产物。与这一历史特点相联系的是,"西方马克思主义"的研究主题表现了从经济领域转向哲学、美学领域的倾向。我们现在所指的"西方马克思主义美学"实质是指阿多诺、马尔库塞、本雅明等人的美学理论,即在《历史与阶级意识》奠定基础后被阿多诺、马尔库塞、本雅明等法兰克福学派代表人物系统发挥阐释的一种社会批判的美学理论。那么,卢卡奇与"西方马克思主义"究竟有什么关系呢?应当说,卢卡奇的某些著作,特别是早期的哲学著作对"西方马克思主义"理论的形成确实起了不可估量的作用。"西方马克思主义"在哲学上继承了卢卡奇的早期思想,如卢卡奇强调人的历史地位而反对主客体角色颠倒的思想;关于阶级意识在革命过程中的决定作用的主体性理论;关于整体有优于部分的至上性,社会应进行经济、政治、文化、心理等全面改造的总体性思想,都对"西方马克思主义"的理论产生过深刻的影响。K.曼海姆的《意识形态和乌托邦》就是在《历史与阶级意识》的启发之下写成的。马尔库塞和阿多诺曾深受卢卡奇的《小说理论》的鼓舞,阿多诺在读了卢卡奇的《青年黑格尔》后大为赞赏,等等。这些都说明卢卡奇与"西方马克思主义"确实有一些共同之处,这主要是:

(一)强调哲学的马克思主义。卢卡奇在《历史与阶级意识》中对"正统的马克思主义"下过一个定义,指出正统性仅仅是指方法。他坚信辩证唯物主义是通向真理的道路,只要沿着它的奠定者的路线走下去,这种方法可以得到发展、扩大和深化。卢卡奇所指的方法就是辩证法。他认为即使现代的考察已经彻底驳倒了马克思的所有结论,但每个"正统的马克思主义者"只要忠实于这种辩证法,就可以毫无保留地接受现代新的发展,放弃那些过时的命题,仍然不失为"正统的马克思主义者"。

卢卡奇这种强调马克思主义哲学性质的观点对于所有的其他"西方马克思主义者"产生了很大的影响。尽管"西方马克思主义者"在讨论什么是马克思主义哲学的问题上众说纷纭,但都认为马克思主义的核心是哲学,甚至全部归结为哲学。对把马克思主义哲学与马克思主义的其他部分割裂开来的恶劣影响,卢卡奇自然应当承担不可推卸的历史责任。

(二)异化问题。在《历史与阶级意识》中,卢卡奇依据马克思在《资本论》中的表述,认为资本主义通过商品拜物教,将一切人的关系转化为物的关系。在资本主义的日常生活中,人看不到事情的实质,对自己创造的关系顶礼膜拜,使自己成为商品的操纵物,商品成为人的关系的物化形式,也就是异化。卢卡奇认为,把人从异化中解放出来,这是真正的社会革命的伟大目标。

关于异化及其克服的思想,也是"西方马克思主义"思想家所普遍关注的。如马尔库塞就把马克思提到的劳动异化解释为人的本质的异化,提出文化的根源就在人的本质中。阿多诺也提出,资本主义文明的发展使人的理性成为纯工具化的思维方式——工具理性,工具理性支配着社会生活的一切领域,与此相适应的则是社会对人提出"合理性"要求,人的一切必须符合合理的思维,必须以"合理性"为万能标准。这样一来,工人对机器的适应,就暗合了一种广泛的隐喻的意义,即每个人必须按机器的标准来塑造自己,这就是异化。

(三)对资本主义进行文化批判。卢卡奇对资本主义的文化批判主要表现在现代主义批判上,他认为,与异化相适应的文化状况就是资本主义艺术的非人性化、非理性化,表现为艺术中的整体性的丧失,表现为人受商品的操纵,而现代主义则是这一文化危机的表现。卢卡奇试图恢复整体性,试图以美学人道主义的复兴来对抗这一危机。

"西方马克思主义",特别是"法兰克福学派"则是通过对大众文化的批判来否定资本主义文化。阿多诺认为,资本主义的大众文化意味着一种资本主义生产方式渗透到艺术生产中,标准化、重复化、包装化是其特点,这种文化以标准模式静悄悄地塑造了社会所需要的人,有效地支持了资本主义制度。而从艺术角度说,恰如黑格尔所早就估计的那样,艺术已经进入了衰落时代。马尔库塞也认为,现代资本主义的艺术是与刺激人们的消费欲望联系在一起的,大众文化逐渐成为被支配的慰藉和刺激,它不再具有反抗意义,使人们的奴役状态成为自愿接受的状态。

(四)把审美作为人性解放的途径。在艺术的本质上,卢卡奇充分论证了艺术的人化性质。在审美研究中,他提出了艺术的拟人化本质,认为艺术是人的本质力量对象化的拟人化形式,艺术把人提高到人的高度,审美是人性复归的标志。

法兰克福学派的理论家们则把艺术视为一种反抗,这种反抗不是别的自然方式的反抗,而是人本身的欲望、希求的反抗,艺术是一种全面实现的人的存在方式。马尔库塞则把艺术看作一种人的直接存在方式的审美化,这与卢卡奇的"拟人化"说法有相似之处。在上述方面,"西方马克思主义",特别是法兰克福学派明显受到卢卡奇的影响。

当然,即使在卢卡奇与"西方马克思主义"相同的部分中也有不同的地方。从政治态度上说,卢卡奇在批判资本主义时,毫不迟疑地接受了马克思的社会主义革命的理论,尽管他对苏联式的社会主义模式持批判态度,但他从来没有从根本上否认社会主义。而"西方马克思主义"只是批判资本主义而已,他们对社会主义革命的理论和实践从根本上是持怀疑或反对态度的。从哲学立场上说,"西方马克思主义"故意抬高马克思的《巴黎手稿》的地位,制造"两个马克思"的对立,从而否定马克思关于无产阶级革命的理论的做法,卢卡奇对此是明确反对的。从美学思想上说,卢卡奇也反对"西方马克思主义"的普遍做法,即把资本主义思想与马克思主义混杂起来。在基本的艺术观念上,卢卡奇比较强调意识形态的作用,而"西方马克思主义"则大多淡化意识形态的作用。

卢卡奇与"西方马克思主义"毕竟有本质上的区别,这主要表现在:

(一)卢卡奇毕生关注现实,为现实问题而献身于理论研究。他不是一位纯粹的书斋里的学者,而是一位积极的政治活动家。即便是在他遭到错误批判并被迫远离政治斗争时,他也在关注着重大的现实问题。晚年的他曾说过:"我活了漫长的一辈子,无论是小的私人问题还是大的社会问题,我从来没有发现哪一个是自行解决了的。"[①]对他来说,唯有行动和参与才能解决问题,包括艺术创作和理论研究都属于这种"行动"和"参与"。他曾经从这个角度出发,高度评价资本主义上升时期的杰出作家,说"旧日的作家们是社会斗争的参加者,他们作为作家的活动或者是这种斗争的一部分,或者是反映当时重大问题,并在意识形态上和文学上提出解决的途径"。[②] 在卢卡奇的理论活动中,现实的呼唤始终是他研究的动力。也正是出于对现实的关注,并为促进现实问题的解决而研究理论,使他与现实政治结下了不解之缘,这自然也给卢卡奇带来了不少麻烦。他有时甚至面临生死的考验,但他又从不因此而放弃自己的现实理论品格。他晚年曾这样说道:"我还从来没有抱怨过政治活动打扰我的工作。相反,政治活动对我的工作只有好处,因为它会更尖锐地勾画出各种问题,使我们能更清楚地看到人民的真正要求是什么等等。"[③]

相比之下,"西方马克思主义"者大多是大学里的教授,书斋里的学者,他们大多远离社会现实斗争。他们的共同特点是把冷酷的、巨大的社会问题转移到精神领域,最后又把这些问题彻底抛开,使其学说成为乌托邦,在这方面,"法兰克福学派"表现尤为明显。如霍克海默担任社会研究所所长后,改变了研究所面向工人运动的方向,而标榜既超越各个党派,也不代表无产阶级的"独立性"。以后,马尔库塞进而认为在发达工业国家中传统的无产阶级由于生活改善、意识麻

[①] 《卢卡奇自传》,社会科学文献出版社 1986 年版,第 288 页。
[②] 《卢卡契文学论文集》(二),中国社会科学出版社 1981 年版,第 325 页。(卢卡契即卢卡奇,是译名的翻译不同,为便于读者查阅参考,本书所引著作依然保留原译名。)
[③] 《卢卡奇自传》,社会科学文献出版社 1986 年版,第 185 页。

痹,已融合进资本主义制度,丧失了革命的历史主体的他们,不再是社会的解放力量,而寄希望于对资本主义持不合作态度的知识分子和各种被社会遗弃的人,把他们当作革命的新主体和制度的否定力量。可见,"西方马克思主义"的理论家们已经远离了工人运动的伟大实践,这样的理论最终成为精神上的乌托邦又是十分自然的。问题是在精神领域可以轻而易举地把社会推翻一百次,但真正的社会变革必须依靠现实的行动。

（二）从政治观点和态度上说,卢卡奇在批判资本主义时,毫不迟疑地接受了马克思的社会主义革命的理论;而"西方马克思主义"则仅仅是批判资本主义而已,他们对社会主义革命的理论与实践是怀疑或否定的。尽管卢卡奇对苏联式的社会主义模式在理论上进行了认真的清理与批判,但他从来没有在根本上否定社会主义。他认为只有社会主义才能使人们摆脱资本主义异化的控制,才能真正实现人的自由。同时对社会主义制度内部出现的种种问题,他又始终主张通过改革加以克服。他曾经就社会主义经济问题发表如下看法:"我主张这样一种观点,即若不开始恢复社会主义民主,新的经济体制就不可能实行起来。我确信,我们在新的经济机制中发现许多毛病和故障,正是由于我们实行了一种经济体制而没有首先考虑它的社会基础并加以改革。所以在这里,问题也是和革新马克思主义方法的基础结合在一起的。"[①]

而"西方马克思主义"者却不同意卢卡奇的上述观点,因为他们认为,垄断资本主义,尤其是第二次世界大战后的垄断资本主义,能够阻止诸如资本有机构成、资本集中和积聚这样一些"内在矛盾"的爆发。如马尔库塞的《爱欲与文明》不涉及马克思主义革命理论的中心问题——国家的本质和为超越目前人类史前史阶段所必要的历史力量的本质。因此,马尔库塞思想的这个时期也以陷入僵局告终。而在阿多诺的著作中,又充满一种世纪末的怨恨,他的卓越见识往往使人灰心丧气,他的辩证法成了一种虚无的乌托邦。"西方马克思主义"者由于远离马克思有关社会革命的理论,最终不能指引人们走上社会解放的道路。

（三）在哲学观上,卢卡奇反对"西方马克思主义"的普遍作法,即把各种资产阶级思潮与马克思主义混杂起来。在晚年他曾这样说过:"我对现代资产阶级哲学的评价并不高。当社会主义国家的人们对斯大林主义歪曲马克思主义感到失望的时候,他们转向西方哲学,这是可以理解的。这很像一个遭到自己丈夫欺

[①] 《卢卡奇自传》,社会科学文献出版社1986年版,第287页。

骗的女人倒入任何人的怀抱,道理完全一样。"①但是情感上的理解并不等于科学,资产阶级思想体系也并不会因此而价值倍增。他指出:"我并不特别赞赏今天的资产阶级哲学,我必须甚至承认,我认为黑格尔是最后一个伟大的资产阶级思想家。如果说今天美国的或德国的或法国的报刊宣布 X 或 Y 是伟大的思想家,而对斯大林主义失望的人们以为他们能够譬如说用结构主义来补救马克思主义,那么——请原谅我直说——我认为这是幻想。"②在这里,他明确否定了阿尔都塞的"结构主义的马克思主义"。对于法兰克福学派用弗洛伊德主义补充马克思主义的方法,他也同样表示怀疑。他在《审美特性》中这样写道:"由弗洛伊德或荣格心理学所产生美学结论是一种不牢靠的、偏离中心和正确道路的理论,对这些理论进行讨论不会有很大的收获。"③他坚持认为,"根本不存在一种与心理反应和社会发展不是同时联系在一起的所谓心理反应。"④值得一提的是,卢卡奇曾侨居维也纳,而那里又是精神分析和逻辑实证主义的发祥地,卢卡奇竟然未受其影响,这不能说与他的马克思主义立场没有关系。

严格地说,卢卡奇的美学思想不是"西方马克思主义美学"的组成部分。这主要是因为:

(一)卢卡奇的现实主义文艺美学理论主要产生于 20 世纪 30 年代以后。他在青年时代主要写过两部有关文艺、美学理论的著作:《心灵与形式》与《小说理论》。前者是对形式的美学思考,后者是用历史主义方法考察小说代替史诗的形式演变的历史基础。显然,这两部著作的基本理论不是现实主义的。一直到 30 年代以后,他才把现实主义作为着力阐述的对象。30 年代以后的卢卡奇重新回到反映论的原则与立场上来,写出了《青年黑格尔》《存在主义还是马克思主义》《理性的毁灭》等重要著作。这些著作的思想基础与"西方马克思主义"是格格不入的,也是"西方马克思主义"者们所着力抨击的对象。

(二)在"西方马克思主义"的文艺、美学理论中,占主导地位的是法兰克福学派和"存在主义的马克思主义"的有关理论,而法兰克福学派和"存在主义的马克思主义"的文艺、美学理论与卢卡奇的现实主义文艺、美学理论是截然对立的。法兰克福学派和"存在主义的马克思主义"理论家们确实程度不同地继承了卢卡

---

① 《卢卡奇自传》,社会科学文献出版社 1986 年版,第 275 页。
② 《卢卡奇自传》,社会科学文献出版社 1986 年版,第 275 页。
③ 《审美特性》(一),徐恒醇译,中国社会科学出版社 1991 年版,第 55 页。
④ 《卢卡奇谈话录》,龙育群、陈刚译,湖南文艺出版社 1991 年版,第 71 页。

奇的早期哲学思想,但在美学理论方面,他们对卢卡奇却持批判态度,卢卡奇经常被他们当作"传统马克思主义美学"的代表人物而加以批判。因此,把卢卡奇的美学思想纳入"西方马克思主义美学"体系显然是不妥当的。

(三) 卢卡奇的现实主义文艺、美学理论的基本思想是:现实主义是伟大的,是任何真正的伟大作品的基础。艺术在正常发表的条件下,总是与现实主义的创作方法联系在一起的,只有在相对落后的情况下,艺术才离开现实主义。与任何一种文艺、美学理论都有其哲学基础一样,卢卡奇的现实主义美学理论的哲学基础是反映论。他在现实主义问题上对反映论是这样强调与坚持,以至于西方学者在描述西方的马克思主义文艺理论流派时,首先把他纳入"反映模式"一派。卢卡奇的文艺、美学理论的中心观点是:文艺作品是对外部世界的反映。反映的理论是通过人的意识从理论和实践上来掌握现实的所有形式的共同基础,因而同样也是关于现实的艺术反映理论的基础。他认为艺术是反映客观现实的一种特殊形式,他给自己提出的任务是:在普遍的反映理论的范围之内研究出艺术反映的特殊性。反映论作为一根主线,贯穿在他写于 30 年代以后的所有关于文艺、美学的论述中。众所周知,"西方马克思主义"哲学的基本点是反对反映论的,因此,卢卡奇 30 年代以后的现实主义文艺、美学理论,显然是与"西方马克思主义"相抵触的,而且这是在根本问题上的抵触。从这个意义上说,把卢卡奇视为"西方马克思主义"者也是不妥当的。

(四) 在艺术观上,卢卡奇的主要倾向还是坚持了马克思主义的意识形态理论的。卢卡奇是在传统的马克思主义的意义上来理解意识形态的,他也是用意识形态的原理来分析社会精神现象的。而"西方马克思主义"尽管在其内部有诸多分歧,但在艺术观上都是否定意识形态性的。从方法论上,他们反对将艺术与社会意识形态联系起来,而主张将文化作为一种非意识形态来研究。从艺术的文本事实来说,他们认为艺术是涉及客观的普遍人性的,并不与社会、阶级的意识形态有必然联系。马尔库塞就认为,艺术的普遍化不能以一个特定阶级的世界和世界观为基础,因为艺术预想着一个具体的全称命题,即人性,这是任何阶级、即使是马克思称之为"普遍阶级"的无产阶级也不能体现的。因此,在"西方马克思主义"看来,体现了意识形态性的艺术便是失误的艺术,表现纯自然性与社会对抗的才是真正的艺术。阿多诺在称颂先锋派音乐时就认为,由于先锋派的作曲家们深刻地了解到社会的对抗性要求,因此,他们的作品就愈少意识形态性,而具备客观意识的正确性。这与卢卡奇把先锋派艺术看成是一种"意识形态补充"恰恰是针锋相对的。

卢卡奇在讨论艺术的意识形态性时,总是联系到人的主动创造精神,将经济基础、社会存在的支配作用与艺术家的个体精神力量协调起来。他说过,如果谁在承认意识形态论时只将意识形态看成经济过程的消极、被动的产物,那谁就是在歪曲和丑化马克思主义。他关于艺术本质观的两个基本点是:一是人类自己创造自己,一是人类的自我创造要受各种既定的、或业已形成的客观状况的制约。艺术一方面是人类的自我意识的行为;另一方面又是受社会政治经济状况制约并与之相适应的。而"西方马克思主义"则认为意识形态论否定人的主体性,如马尔库塞就认为,马克思主义美学即使在最卓越的代表身上,也有贬低主观性的倾向,一旦有必要按照阶级意识形态以外的词语来评价艺术作品的美学质量,它便会感到窘迫不堪了。这显然是不符合马克思主义创始人的本意的。

"西方马克思主义"的代表人物对卢卡奇的美学思想曾作过不少尖锐的批评。如马尔库塞就反对卢卡奇所坚持的反映论原则。他认为"文艺作品是客观现实的反映"的观点歪曲了文艺作品与客观现实之间的关系,陷入了庸俗唯物主义的困境。他批判这一观点是否定在文艺作品和客观现实之间相隔一段距离;批判这一观点把艺术视为模拟的手段,对现实作照相式的复制;批判这一观点抹煞了创作主体的主观能动作用。同时,他也认为经典马克思主义美学中有关"文艺作品表现了特定社会阶级的利益的世界观"的观点也有明显的错误。马尔库塞曾进行了如下的分析:根据艺术的性质,它的批判功能,它对解放斗争的贡献,寓于美学形式之中;艺术的创造主体——人的主观性是在其内心历史之中形成的,而其内心历史往往与阶级地位没有关系;艺术有着普遍的主题——人性,而承认这一普遍的主题就意味着不承认艺术的阶级性;艺术活动虽然已变成少数脱离生产过程的"优秀分子"的特权,但并不认为这些享有特权的"优秀分子"只是代表某一阶级的利益,因为他们突破了家庭、背景、环境的阶级限制;艺术有时确实可以成为阶级斗争的一个武器,其途径是它改变"占统治地位的意识",但是,在阶级意识和艺术作品之间存在着明显的相互关系的情况是特别罕见的,因此,不能把罕见的现象当作普遍的现象;艺术往往要作出解放的承诺,凭借这一功能,它可以超越任何一种独立的阶级内容。因此,马尔库塞就彻底"推翻"了经典马克思主义美学的"反映论"与"阶级论";同理,他也在美学领域内彻底否定了卢卡奇。

以上是卢卡奇与"西方马克思主义""西方马克思主义美学"的主要不同点。从上述分析与比较中,我们不难看出,两者的理论源头和归宿是完全不同的。卢卡奇严格地说是从经典马克思主义向当代形态的马克思主义过渡时期的代表人物,他在本质上没有抛弃经典马克思主义,因此,把他看作是"西方马克思主义"的鼻祖实在是不恰当的。

20世纪60年代以后的卢卡奇,把他在1940年代形成的思想体系与1920年代的某些思想重新糅合,形成了马克思主义的一种当代形态。它大致有以下几点:

(一)在坚持反映论的同时,又强调了总体性观点,试图把反映论与总体性观点融为一体。卢卡奇强调文艺是现实的特殊反映,要求艺术忠实于现实,那么,这个现实又是什么东西呢?他在对"现实"的解释过程中,开始求助于由他早期提出而后来成为"西方马克思主义"的一个重要理论内容的"总体性"观点。按照"总体性"观点,现实是现象与本质的辩证统一,是一个把一般与个别结合在一起的运动着的统一体,因此,艺术创造就是把这"生动的统一体的运动"变成"感性的观照"。在《审美特性》中,他甚至还像在《历史与阶级意识》中那样以"总体性"观点说明主观与客观的统一,将客观统一于主观基础之上。

(二)从反映论出发,论证了文学艺术的超阶级性,反对把意识形态、世界观作为文学艺术作品的美学成就的标准。"西方马克思主义"的美学理论与"传统马克思主义"的美学理论的一个重要区别是强调文艺的超阶级性,强调文艺作品的革命潜能不在于其创造者主观地去表现先进阶级的利益和世界观,而在于其美学形式本身。卢卡奇在晚年一反"传统马克思主义"把反映论与阶级论联系在一起的做法,用反映论去论证文艺的超阶级性。他认为要真正地实行客观地反映现实的现实主义,就必须摆脱政治、哲学等意识形态的干扰,当主观意图和客观实践产生矛盾时,应诉诸最高仲裁者——现实。一个伟大的艺术家,不问他的世界观如何,即使是反动的,遵照现实主义的创作方法也可以创作出伟大的作品。他要求艺术在任何时候都不能成为"受操纵的艺术",都要保持自己的独立品格,不被当作政治性和社会性的文件和手段。

(三)通过区分不同的反映形式,突出人学和人道主义是马克思主义美学核心的思想。这与"西方马克思主义"美学理论强调文艺的超阶级性和突出文艺的人道主义本性是同步的。卢卡奇在后期也在论证文艺的超阶级性的同时,极力说明文艺的人学本质。他通过对反映形式的三种划分,说明现实主义主要的美学问题就是充分表现人的完整的个性,使艺术成为"人类的声音","为人类生活表述出历史时刻的真理"。

通过以上分析,我们可以得出这样的结论:卢卡奇并不是"西方马克思主义"的鼻祖,而是一个坚定的马克思主义者。

艺术不是纯粹的意识形态形式

——卢卡奇对艺术与意识形态关系的论述

意识形态是马克思建立唯物史观的重要范畴之一，作为一个自觉追求马克思主义的理论家，卢卡奇也始终关注这一问题。在西方，最早提出"意识形态"这一概念的是法国大革命时期的思想家德斯图·德·特拉西，这一概念的法文"ideolgie"原意是"观念学"或"观念论"，特指在理性的基础上，通过实践使一种观念系统或他所谓的"观念科学"，能够解释世界和改造世界，从而造福于人类。意识形态同一般哲学或解释性理论的不同之处在于，一是它的实践因素，二是它的政治因素。以后的学者也正是在上述两个公认的意识上使用这一概念的。马克思主义经典作家在使用这一概念时，尽管对这一概念有所取舍并有所发展，但并没有改变其原意，也正是在约定俗成的意义上来使用这一概念的。包括他们在1845—1846年清理自己的思想发展，批判费尔巴哈、布·鲍威尔和施蒂纳等代表的当代德国哲学和社会主义思潮时所写的《德意志意识形态》及1859年所写的《〈政治经济学批判〉序言》中的意识形态概念，都是在上述意义上使用的，马克思主义经典作家没有抛弃或改变特拉西原意中最基本的东西，即它的实践因素和政治因素。

与欧洲大陆的理论传统相一致，卢卡奇尽管一生都在使用意识形态这一概念，且对它的理解也确有一个发展的过程，但他也是在实践因素和政治因素的意义上使用这一概念的。早在《历史与阶级意识》中他就写道：

> ……无产阶级的阶级意识不同于别的阶级的阶级意识的特殊功能。同样，如果不废除阶级社会，无产阶级作为阶级就不可能解放自己。因此它的阶级意识，作为人类历史上最后的阶级意识，一方面必须

要和揭示社会本质联系起来,另一方面必须实现理论和实践的越来越内在的统一。对无产阶级来说,它的"意识形态"不是一面扛着去进行战斗的旗帜,不是真正目标的外衣,而就是目标和武器本身。①

这里,"目标和武器"的实践因素和政治因素是十分明显的。

马克思在《〈政治经济学批判〉序言》中,十分明确地把文艺归属于社会意识形态的范畴,这是马克思主义唯物史观的一个重要内容,也是建构马克思主义文艺学的重要基石。

马克思首先论述了社会存在决定社会意识,他把辩证唯物主义对自然界的认识推广到对人类社会的认识,并用这种观点来考察人类社会及其历史发展,由此得出的结论便是:一切社会现象都可以归结到社会存在与社会意识这两大范畴之内。社会存在就是社会的物质生活,社会意识则包括政治、法律、宗教、哲学、艺术、道德以及社会科学等社会理论、社会观点及社会思想体系的各种形式,也包括人们的社会情感、感觉、风俗、习惯等社会心理。社会存在是第一性的,社会意识是第二性的,社会意识受社会存在的制约。

其次,马克思再次强调了经济基础决定上层建筑。但被社会物质生活的生产方式所制约的社会生活、政治生活和精神生活,情形也并不完全相同。其中有一些是属于政治、法律的制度、设施,另外一些是属于精神、思想的范畴,如法律、政治、宗教、艺术、哲学等社会意识形态。马克思把人们的生产关系即由生产资料所有制为基础的人们在生产过程中的关系和人们的交换、分配、消费等各种关系的总和称之为基础,而法律、政治等制度和设施以及法律的、政治的、宗教的、艺术的和哲学的等各种意识形态则是这个基础的上层建筑。上层建筑是由经济基础决定的,一旦经济基础有了变动,上层建筑也要随着发生变动。同时,上层建筑也反映和反作用于经济基础,二者的关系是辩证统一的。

另外,正如马克思所说"物质生产的生活方式制约着整个社会生活、政治生活和精神生活的过程"。这是因为同自然界不同,社会是由人们的活动创造的。在自然界中,是不自觉的、盲目的动力在发生作用,而在社会历史领域中,进行活动的全是有意识的并有明确目标的人。但社会是以人们的物质生产关系为基础和主导的社会有机体。在这个有机体中,物质生产关系即经济关系决定着人们

---

① [匈]卢卡奇:《历史与阶级意识》,杜章智等译,商务印书馆1992年版,第129页。

的其他各种关系。由于马克思有关意识形态的论述是建立在科学的唯物史观基础之上的,因此,马克思主义的"意识形态"概念与特拉西的"意识形态"概念也就有了立足点上的质的不同,这主要是在关于意识的最终来源问题及其人类社会发展的动力问题上。那么卢卡奇又是在什么意义上使用意识形态概念的呢？

(一) 对马克思经典著作中有关"意识形态"内容的继承

和马克思主义经典作家相同,卢卡奇也是在社会存在与社会意识、经济基础与上层建筑的唯物史观的基本范畴上来讨论意识形态问题的。他承认"……历史唯物主义在经济基础中看到了规定方向的原则,看到了起决定作用的历史发展的规律性。与此相联系,各种意识形态——其中包括文学和艺术——在发展过程中仅仅是起着次要决定作用的上层建筑"。[1] 在这里,他强调了社会历史发展的推动作用,从而坚持了马克思主义的唯物史观。同时,卢卡奇的意识形态理论还具有如下鲜明的个性。

意识形态的非个人性和非自觉性。他认为主体只有在与客体的关系中才能产生反应。"只要某种思想仅仅是某个个人的思维产物或思维表现,那么无论它是多么有价值或者反价值的,它都不能被视为意识形态。某种综合的思想即便在社会上得到比较广泛的传播,它甚至也不能直接变为意识形态。某种思想或思想整体若要变成意识形态,它必须执行某种规定得非常确切的社会职能。"[2]卢卡奇认为,不管是某个个人的正确的或是错误的观点,还是某种正确的或者错误的科学假说、理论等,它们本身都不是什么意识形态,它们只是可能成为意识形态,它们只有在变成克服社会冲突的理论或实践的工具之后,才能成为某种意识形态。卢卡奇以伽利略的太阳中心说和达尔文的进化论为例,指出："以太阳为中心的天文学说和有机界的生命发展学说都是科学理论,不管它们正确与否,它们本身以及人们对它们的肯定和否定,当时都还并未形成任何意识形态。只是在有了伽利略和达尔文以后,人们对他俩的观点的态度变成了克服社会矛盾的斗争手段,这些观点和表态才——在这一关联中——作为意识形态而

---

[1]《卢卡契文学论文集》(一),中国社会科学出版社1980年版,第275页。
[2] [匈]卢卡奇:《关于社会存在的本体论》,下卷,白锡堃、张西平、李秋零译,重庆出版社1993年版,第487页。

发挥作用。"① 为此,他反对葛兰西把上层建筑同个别人的任意想象进行对照的做法,他认为意识形态首先是人们对现实进行思想加工的形式,它用来让人们意识到自己的社会实践并使这种实践富有行动能力。这与他早年在《心灵与形式》中所主张的"主体性就是真理""一个单个的人的自我实现就意味着这样的实现是完全可能的"这样的唯心主义观点形成了鲜明的对照。他认为意识形态是由一定的社会客体构筑而成的。在一般情况下,主体可以意识到这种构筑的目的和宗旨,而且将其体现在构筑过程中,但对于主体来说,特别是对于个体来说,这种意识形态也可能是非自觉的,即个体可能是非自觉的意识形态的生产者。

在《理性的毁灭》中,卢卡奇曾以非理性主义思潮对法西斯主义意识形态的影响为例指出:"若是把狄尔泰或席美尔看成有意识的法西斯先驱者,那是太可笑了,就连尼采或拉加得那样含义上的法西斯先驱者,他们也不是。但是在这里重要的不在于对意图进行心理分析,而在于考察发展自身的客观辩证法。而从客观意义上说,这里谈到的每一个思想家,都对创造我们刚才所说的那种哲学气氛做出了贡献。"②

哲学思想作为意识形态可能是非自觉形成的,在艺术中,这种非自觉的可能性就更大了。也许一个艺术家真心实意地、出自内心地追求自己的艺术目标,或者是自己的感受,或者是对刻意完善每一形式的向往时,他完全有可能意识不到自己的动力是意识形态。而实际上,这一切的最后支配原因是受制于经济动力的意识形态。"意识形态的东西最终规定着哲学和艺术的形成过程以及它们的持久影响,它作为先导,作为切实起支配作用的因素,既不是从外部被输入到具体中去的东西,也不是由某种它物在这个整体之内'造成'的'原因',意识形态的东西乃是为促使在一定情况下产生的整体形成此时此地的定在而发生的推动。意识形态的东西的内容是由世界向人类提出的问题构成的,而哲学家和艺术家则都在寻找这些问题的答案,他们各用自己独特的手段,力求尽量完整、尽量恰当地描绘一幅人的合类性的世界图象,并且探明和获得存在的本质。哲学和艺术所描绘的整个世界图象不是要'解决'导致这种图象的那种冲突,而是把这种

---

① [匈]卢卡奇:《关于社会存在的本体论》,下卷,白锡堃、张西平、李秋零译,重庆出版社1993年版,第491页。
② [匈]卢卡奇:《理性的毁灭》,王玖兴等译,山东人民出版社1988年版,第365页。

冲突当作一个必然的阶段,纳入人类回归自我的历程之中。"①卢卡奇认为,完整的哲学的或艺术的作品,就是从对人类世界的这种意识形态的,同时也是实践的和静观的态度中产生出来的。这样的作品包含了所有与世界提出的问题相关联着的东西,其所以如此,既是由提出问题时的那个历史瞬间决定的,同时又是由用哲学或艺术对这些问题作出回答的主体的态度决定的。这两个因素无法分割开来。卢卡奇已经看到了,就艺术来说,尽管它有意识形态的属性,但它可能是非自觉形成的,因此,艺术家个人不一定要对自己的产品承担责任。如果有必要追究这类作品中的意识形态,那就必须以意识形态的方法来追究。"我反对设法用行政方法加速这个冲突,这些是意识形态的问题,必须用意识形态方式解决。"②

(二) 在"意识形态"理论上的创新

我们知道,恩格斯在论及法国大革命的意识形态与现实结果之间的差距时,说那次世界所追求的乃是与被认为不公正而又违背理性的封建专制主义相反的理性王国。他指出:"现在我们知道,这个理性的王国不过是资产阶级的理想化的王国。"③马克思这样描绘了在这里起了作用的意识形态过程:"但是,不管资产阶级社会怎样缺少英雄气概,它的诞生却是需要英雄行为、自我牺牲、恐怖、内战和民族战斗的。在罗马共和国的高度严格的传统中,资产阶级社会的斗士们找到了为了不让自己看见自己的斗争的资产阶级狭隘内容、为了要把自己的热情保持在伟大历史悲剧的高度上所必须的理想、艺术形式和幻想。"④卢卡奇认为,若要理解马恩经典作家的这些论述的全部意义,就必须把当时的社会发展和社会变革的真实图景当作引起抉择的关键而展现在自己眼前,这就意味着要同以下两种主要的庸俗马克思主义思潮决裂:"一种思潮坚持普拉斯式的严格的经济决定论,同时把意识形态仅仅看作现实的、严格的、必然发生的虚假的、归根到底是毫无影响的表面;另一种思潮则截然相反,宣称意识形态,特别是那些比较高级的意识形态(哲学、艺术、伦理、宗教等等)完全独立于历史发生所依赖的经

---

① [匈]卢卡奇:《关于社会存在的本体论》,下卷,白锡堃、张西平、李秋零译,重庆出版社 1993 年版,第 593 页。
② 《卢卡奇自传》,社会科学文献出版社 1986 年版,第 149 页。
③ 《马克思恩格斯全集》,第 20 卷,人民出版社 1971 年版,第 20 页。
④ 《马克思恩格斯全集》,第 8 卷,人民出版社 1961 年版,第 122 页。

济基础。"①

卢卡奇指出为了用正确的第三种思想来反对上述两种极端错误的观点,必须懂得社会及社会发展的特点,即本质与现象的辩证法。在本质和现象的相互关系中,我们必须始终清楚地想到它们两者都是现实,就是说,"一方面,与康德的自在之物(在这里则是作为本质的经济)相对的,并不是一个纯粹由认识主体规定的现象世界;另一方面,不能借助抽象地获得的、以认识主体为基础的'模式'表象(本质),去理解和控制唯一现实的经济世界"。② 他指出,从本体论来看,即便在社会存在中,本质和现象同样构成一个统一的、由诸多现实整体组成的、在这些整体的相互作用中自我演变和自我保持着的整体。这种辩证法一方面表明,本质乃是一定的存在特性、一定的存在阶段,它脱离并且——相对地——独立于存在以及它的普遍性,表现着存在本身的某种运动;另一方面表明,本质和现象的联系乃是一种必然的联系,产生种种现象乃属本质的本质。

同时,卢卡奇尖锐地批判了唯心主义者与庸俗唯物主义者对待高级的意识形态形式的错误观点。他指出:

哲学上的唯心主义通过偶像化,首先把这类较高级的意识形态形式变成目的本身(就是对于那些显然特别密切地依附于现实实践的高级意识形态形式,例如法,它当然也是这样干的),从而抹杀这类意识形态形式在社会存在中的形成过程以及它们在社会存在发展当中所起的现实作用;为了达到这样的目的,它还无限地言过其实地突出强调这类意识形态形式,这种做法也尤为罕见。而庸俗唯物主义则相反,它把人类社会同自然进行物质交换时的目的论设定所引起的因果系列变成一种机械地必然地发挥影响的"第二自然",而且基本上不知道如何对待这类比较高级的意识形式。③

卢卡奇认为,从新康德主义直到实证主义和新实证主义的一连串资产阶级哲学之所以把马克思主义视为资产阶级哲学的"补充",其原因就在于庸俗唯物主义

---

① [匈]卢卡奇:《关于社会存在的本体论》,下卷,白锡堃、张西平、李秋零译,重庆出版社1993年版,第516—517页。
② [匈]卢卡奇:《关于社会存在的本体论》,下卷,白锡堃、张西平、李秋零译,第516—517页。
③ [匈]卢卡奇:《关于社会存在的本体论》,下卷,白锡堃、张西平、李秋零译,第581页。

表现出来的上述无能。而"真正的马克思主义的方法,力求把握它们的实际存在去考察这些从社会存在的运动中产生、因而在社会存在的发展中起着某种(尽管是非常不平衡的、往往是自相矛盾的)现实作用的必然的意识形态形式;只有运用这样的方法,才能在研究这类意识形态形式方面获得真实的结果"。①

为了使马克思主义的意识形态理论变得纯洁,卢卡奇重申了马克思主义经典作家的一个原则立场,即马克思反对青年黑格尔派站在唯心主义立场上过分夸大和过高评价意识形态,他还指出马克思在这种斗争中确立了意识形态的,而且首先是最纯粹和最普遍的意识形态的形成过程和向高级的阶段发展的最终原则,马克思、恩格斯在《德意志意识形态》中表述了这些原则立场,他们使用的那种表述方式使得根据其存在和本质而对意识形态的独立性所作的彻底否定成了他们要强调的主要之点:"它们没有历史,没有发展,那些发展着自己的物质生产和物质交往的人们,在改变自己的这个现实的同时也改变着自己的思维和思维产物。"②卢卡奇指出:"马克思的这一规定引起了来自各个方面的各种各样的误解。一方面,庸俗马克思主义从这一规定中得出了结论,说凡是人类的不具有严格的经济性质的产物,都同经济处在一种直接的机械性的依赖关系当中,说它们都是经济发展的简单'产物'。另一方面,资产阶级理论家们一般都反对从社会经济基础中去推导各种观念表现形式,宣扬这些表现形式能够独立地、内在自主地发展;说纵使确有理由谈论某种决定性,那么它们的这种发展也只能是由各个领域的纯内部规律决定的。这两种截然相反的观点,归根结底都源于一些相似的完整的日常生活本体论偏见,这虽然奇怪,但却是真实的。"③由此,卢卡奇提醒人们注意:在人们就意识形态本身而展开的意识形态论战中,青年马克思已经设计出来的这幅意识形态发展总体图景很少在人们的视野中出现。人们很少注意马克思对社会存在的特殊性所作的规定。

意识形态与艺术又是什么关系呢?"人们首先必须吃、喝、住、穿,然后才能从事政治、科学、艺术、宗教等等;所以直接的物质的生活资料的生产,因而一个民族或一个时代的一定的经济发展阶段,便构成为基础,人们的国家制度、法的观点、艺术以至宗教观念,就是从这个基础上发展起来的,因而,也必须由这个基

---

① [匈]卢卡奇:《关于社会存在的本体论》,下卷,白锡堃、张西平、李秋零译,第581—582页。
② 《马克思恩格斯全集》,第3卷,人民出版社1960年版,第30页。
③ [匈]卢卡奇:《关于社会存在的本体论》,下卷,白锡堃、张西平、李秋零译,重庆出版社1993年版,第583页。

础来解释,而不是像过去那样做得相反。"①马克思主义的意识形态理论就是在这一基本原理上建立起来的。马克思虽然没有明确自己的艺术分类思想,但很清楚,马克思对艺术的规定是以物质和意识这两个最大范畴为基础的;确切地说,马克思是在社会存在与社会意识的历史坐标中给艺术定位的,这既是马克思主义唯物史观的必然结果和体现,又是对19世纪西方流行的"美的艺术""优美的艺术"之类的概念的反驳。在意识形态与艺术的关系问题上,卢卡奇首先是强调意识形态对艺术的"持久影响"和"先导"作用。卢卡奇认为,完整的哲学的或艺术的著作或其他作品,就是从人类世界的这种意识形态的,同时也是实践的静观的态度中产生出来的。这样的著作和其他作品包含了所有与世界提出的问题相关联着的东西。其所以如此,既是由提出问题时的那个历史瞬间决定的,同时又是由用哲学或艺术对这些问题作出回答的主体的态度决定的,这两个因素无法分割。

在强调意识形态对艺术的"持久影响"和"先导"作用的同时,卢卡奇又十分明确地指出艺术不是纯粹的意识形态形式。他说:"在现实地解决经济和社会生活所提出的问题方面,哲学和艺术所起的作用虽然是无法替代的,然而哲学和艺术绝对无意而且也不能对经济本身以及与之相联系的、对其社会再生产必不可少的社会构造物产生直接的现实影响,从这个意义上说,它们又不是纯粹的意识形态形式。"②至于一些个别的艺术作品,企图将自己表达的合乎类的普遍性直接付诸实践,在他看来,是完全徒劳的。

卢卡奇在晚年进一步认识到,事实上,意识形态是有好与坏、正确与错误之分的。他在晚年回顾自己参加现实主义问题的论战时说:"我坚决否认意识形态能够成为艺术作品的美学成就的标准……我们认为,尽管意识形态很坏,如巴尔扎克的保皇主义,也能产生很好的文学。反过来说,意识形态很好,也能产生出坏的文学。"③在这里,卢卡奇是从世界观与创作出发,指出直接地从属于一定意识形态的世界观并不能决定文艺创作。类似的观点在他于20世纪30年代所写的《马克思和意识形态的衰落问题》中已有显露,在那篇文章中,他写道:"单单提出世界观也是不够的。我们知道世界观和创作方法之间的关系是非常复杂的。

---

① 《马克思恩格斯选集》,第3卷,人民出版社1972年版,第574页。
② [匈]卢卡奇:《关于社会存在的本体论》,下卷,白锡堃、张西平、李秋零译,重庆出版社1993年版,第570页。
③ 《卢卡奇自传》,社会科学文献出版社1986年版,第149页。

事实上存在着这等情况,即一种在政治上和社会上都很反动的世界观并不能阻碍伟大的现实主义巨著产生,同时也有这等情况,即一个资产阶级作家恰恰由于他政治上的进步性而接受了某种程式,从而阻碍了他现实主义地塑造人物。"①卢卡奇在这里虽然讨论的主要还是世界观与创作的关系问题,但他已经明确指出,直接地从属于一定意识形态的世界观并不能决定艺术作品的美学价值,换句话说便是艺术的美学价值不一定取决于意识形态的正确与否。卢卡奇在这里并没有贬低世界观在艺术创作中的作用,也没有说艺术脱离了意识形态的规定性,而是说,一种意识形态不能直接决定艺术的价值。艺术与意识形态之间、艺术形式变化与意识形态的变化之间不存在简单的对称关系,这是因为艺术形式有高度的自主性,它部分地按照自己的内在要求发展,并不完全屈从于意识形态的发展趋向。

另外,卢卡奇还探讨了意识形态的非自觉性特征。他在《理性的毁灭》中把来自谢林晚年的天启哲学和理智直观的思想、叔本华的唯意志论和尼采的强力意志的超人哲学、基尔凯郭尔的宗教哲学看作是 20 世纪资产阶级哲学中一切颓废和反动流派的理论渊源,从客观上说,他们本人未必就是法西斯的元凶,但他们的哲学思想确实造就了这样的氛围。这是因为"……哲学家们依赖近期和较早期的思想家们的成果和方法,是不言而喻的,因为那些思想家在他们努力的方向上表达过对他们来说是本质性的思想。特别是因为哲学的问题和方法由之而产生的那些社会条件,在所有的变革之中——经常是在质变中——表现出一定的连续性,而这连续性必然会在意识形态上反映出来"。②

这种意识形态的非自觉性特征在艺术中表现尤为突出,因为当作为意识形态的世界观影响作家的创作时,"世界观的这种作用可能是自觉地、在没有正确意识的情况下而发挥出来的"。卢卡奇的上述论点与恩格斯在 1893 年 7 月 14 日致弗·梅林的一封信中的观点是一致的,恩格斯指出:"意识形态是由所谓的思想家有意识地、但是以虚假的意识完成的过程。推动他的真正动力始终是他所不知道的,否则就不是意识形态的过程了。因此,他想象出虚假的或表面的动力。"③对于艺术创作来说,这种虚假的或表面的动力在艺术家身上是真诚的或内在的,就是说,艺术家真心实意地、出自内心地追求自己的艺术目标,或者是自

---

① 《卢卡契文学论文集》(一),中国社会科学出版社 1980 年版,第 224 页。
② [匈]卢卡奇:《理性的毁灭》,王玖兴等译,山东人民出版社 1988 年版,第 353 页。
③ 《马克思恩格斯选集》,第 4 卷,人民出版社 1972 年版,第 501 页。

己的感受,或者是对刻意完善每一形式的向往,总之就是没有意识到自己的动力来自意识形态。而实际上,这一切的最后支配原因却是受制于经济动力的意识形态。

承认意识形态的非自觉性特性具有重要的现实意义。因为在卢卡奇看来,就艺术而言,虽然它不是最纯粹的意识形态形式,但它确实具有高级的意识形态的属性,然而它可能是非自觉形成的,因为艺术家个人不一定要对自己的产品承担责任。他反对把意识形态理解为个别人的任意思维构造物,"某种思想或思想整体若要变成意识形态,它必须执行某种规定得非常确切的社会职能"。[1] 由于艺术创作明显地带有"个别人的任意思维构造物"的特征,不一定有非常确切的社会职能,因此其意识形态的非自觉特征也就十分明显了。

晚年的卢卡奇一方面没有抛弃自特拉西以来意识形态这一概念所包含的实践因素和政治企图,一方面开始注意历史科学中发挥影响的那种意识形态。他认为,历史并不是一种简单的知识,而是要揭示过去应付诸实践的动机和动力,因为同当前的许多明显的事实相比,它们或许能够更加有效地且比较鲜明地表现出当前的人们同自己的合类性的关系。他指出:"只有那些能够为当前的行动提供正面或反面的动力的东西,才在当前的实践中表现为对于过去的——正面的或者反面的——继承。可见,同当前的过程在一起,以当前的过程为所依,过去在不断改变着自己的内容、形式、价值等等。因此,从马克思规定的意义上说,过去是一种意识形态:用以让人们意识到并且克服当前冲突的社会手段。"[2]在卢卡奇看来,意识形态绝不简单地就是错误意识的同义语;相反,历史科学中的这种意识形态因素倒是为它进行伟大而重要的发展开辟了道路。因此,人们若是不懂得某一时刻的合类性从正面或反面的意义上以肯定或否定的方式,把对现在和未来具有重要意义的自己的过去理解为什么以及是怎样作出这种理解的,那么就不可能正确地把握这种合类性。在意识形态问题上,卢卡奇同样展现了深刻的历史感。这也为以后西方马克思主义者论证意识形态的转型问题提供了理论依据。

---

[1] [匈]卢卡奇:《关于社会存在的本体论》,下卷,白锡堃、张西平、李秋零译,重庆出版社1993年版,第487页。
[2] [匈]卢卡奇:《关于社会存在的本体论》,上卷,白锡堃、张西平、李秋零译,重庆出版社1996年版,第83页。

论葛兰西的实践理论及其文艺观

安东尼奥·葛兰西（Antonio Gramsci，1891—1937）是意大利杰出的马克思主义理论家、实践理论的倡导者。他于1913年加入意大利社会党，1919年初创立了《新秩序》杂志，这是一个支持都灵工厂委员会运动的社会主义周刊。1921年1月，他与其他人一起创建了意大利共产党，以后又担任总书记。从1922年至1924年，他在莫斯科和维也纳为共产国际工作。1924年当选为国会议员。墨索里尼窃取政权后，建立了世界上第一个法西斯独裁政治的国家，白色恐怖笼罩着意大利，葛兰西仍坚守领导岗位，不幸于1926年11月8日被捕入狱，并被判20多年监禁。在法西斯牢狱中，葛兰西克服各种困难，就当代，特别是意大利的政治、哲学、历史、文学、经济、宗教等诸多领域的许多问题，进行了认真的思考与研究，写就了大量的札记、书简。1933年，高尔基、罗曼·罗兰等人组织声援葛兰西国际委员会，英国坎特伯雷大主教也出面呼吁，最终因葛兰西的健康状况极度恶化才被暂时释放就医，一周后，他就在罗马的一家医院溘然辞世了。死后，他的妻妹塔齐亚娜设法将他的34本笔记偷偷拿出，然后通过外交邮包寄往莫斯科，这就是我们今天看见的《狱中书简》和《狱中札记》的大部分内容，也就是他留给后人的宝贵精神财富。葛兰西生前虽发表过大量文章，却没能出版一本专著，而这两部经后人整理出版的著作大致反映了他一生的思想历程。

一、"实践哲学"的倡导者

葛兰西首先是一位"实践哲学"的倡导者。"实践哲学"最初是由意大利哲学家拉布利奥拉提出的，葛兰西认为它的创始人其实是马克思。这一提法抓住了他思想中的能动主义的推动力,他强调历史是自觉活动、实践意志、主观干预以及政治主动性的舞台,葛兰西的"实践哲学"既不同于普列汉诺夫的把马克思主义和唯物主义等同起来,又不同于伯恩施坦、阿德勒、鲍威尔、德·曼等人把马克思和新康德主义、托马斯主义、弗洛伊德主义等结合起来的诸种思想路线,他要根据拉布利奥拉开辟的方向,去发展拉布利奥拉的立场、观点和路线,因此,"在理论方面,是不可以把实践哲学同任何其他哲学相混同,或把它归结为任何其他哲学的。它的独创性不仅在于它超越了先前的哲学,而且也在于,并首先在于它开辟了一条新路,从头到脚地更新了整个设想哲学本身的方式。"①"实践哲学"中反映出了葛兰西独特的哲学观。

葛兰西首先提出了"哲学是什么"这一严肃的问题。哲学是一种纯粹"感受的"(receptive)活动还是一种"整理的"(ordering)活动,或是一种绝对的"创造性的"(creative)活动?"感受的"是指确信有一个外部的绝对不能改变的世界存在着;"整理的"从含义上接近于"感受的",它虽然也承认思想活动的作用,但这种活动是有限的和微不足道的;"创造性的"则意味着外部世界是由思想创造的,这样就不免陷入唯我论。"为了一方面避免唯我论,而另一方面避免已经蕴含在把思维理解为感受的或事理的活动本身中的机械论的观点.必须以'历史的'方式提出问题,并把'意志'(归根结底等同于实践的或政治的活动),作为哲学的基础。但这种意志必须是合理的,而不是任意的,其实现必须符合客观历史必然性……"②在这里,葛兰西明确指出,哲学的基础是实践活动,而实践活动必须以历史必然性为前提,这实际已论述到了"实践哲学"的主题。葛兰西认为,"实践哲学"是既避免了唯我论,又充分发挥创造性的伟大哲学。"实践哲学是绝对的'历史主义',是思想的绝对的尘世化和世俗化,是历史的绝对的人道主义。必须按照这种方式来描绘这种新的世界观的线索。"③

在葛兰西看来,实践哲学主要以人的基本的实践活动作为考察对象。把马克思主义归结为实践哲学,这并不包含对外部世界的否定。"一定的人的社会以

---

① [美]葛兰西:《实践哲学》,徐崇温译,重庆出版社 1990 年版,第 161 页。
② Antonio Gramsci, *The Prison Note books*, trans. by Lawrence Wishart, International Press, 1971, p.345.
③ Anhmio Gramsci, *The Prison Note books*, trans. by Lawrence Wishart, International Press, 1971, p.346.

一定的物的社会为前提,而人的社会只有存在着一定的物的社会才是可能的……"①在这里,葛兰西强调的是"实践哲学"与旧的机械的唯物主义的不同点,它赋予外部物质世界以新的含义。葛兰西认为,承认人的实践活动,也就是承认外部世界的实在性和规律性,因为任何实践活动正是以此为基础的。马克思在《关于费尔巴哈的提纲》中曾经说过:"从前的一切唯物主义——包含费尔巴哈的唯物主义——的主要缺点是:对事物、现实、感性,只是从客体的或者直观的形式去理解,而不是把它们当作人的感性活动,当作实践去理解,不是从主观方面去理解。"②《狱中札记》多次提到马克思的这份《关于费尔巴哈的提纲》,表明葛兰西深入地领会了马克思主义哲学的基本精神。不过应当指出的是,葛兰西还未能深入研究马克思主义的经济思想,因此,他未对实践的基本形式——劳动(包括异化劳动)做出详尽的探讨。(这项研究由卢卡奇给予完善)。

实践哲学的一个重要特点是强调理论与实践的统一。葛兰西认为,所有的哲学都关心理论与实践的关系问题,"实践哲学"更为关注这一问题,并在历史唯物主义的基础上把两者辩证地统一起来。然而,"实践哲学"关于理论与实践统一的观点却遭到了两方面的曲解。一方面,机械论的残余依然存在,因为在谈到理论时,把它作为实践的"附加物"或"补充物",作为实践的仆从;另一方面,在克罗齐这样的唯心主义者那里,实践成了一个空洞的口号,似乎一切都只是发生在精神世界中。葛兰西反对这两种错误倾向,主张以批判的方式把理论与实践统一起来:"把理论与实践统一起来是一种批判的行为,通过这种行动证明实践是合理的和必要的,理论是现实的和合理的。"③批判的行动旨在消解把理论或实践绝对化的意向,从而真正揭示两者之间的辩证关系。

其次,葛兰西的"实践哲学"还十分强调马克思的辩证法是历史的辩证法。葛兰西指出:"马克思从未用过'唯物辩证法'这个公式,而是称为同'神秘的'辩证法对立的'合理的'辩证法,他给'合理的'这一术语非常正确的意义。"④葛兰西之所以不同意"唯物辩证法"这一表述方式,是因为在他看来,黑格尔死后,他

---

① Antonio Gramsci, *The Prison Notebooks*, trans. by Lawrence Wishart, International Press, 1971, p. 353.
② 《马克思恩格斯选集》,第1卷,人民出版社1966年版,第16页。
③ Antonio Gramsci, *The Prison Notebooks*, trans. by Lawrence Wishart, International Press, 1971, p. 365.
④ Antonio Gramsci, *The Prison Notebooks*, trans. by Lawrence Wishart, International Press, 1971, pp. 456–457.

的历史辩证法在克罗齐那里成了一种空洞的概念辩证法。与此相似,马克思的辩证法在布哈林等人那里,也成了一种与社会历史内涵相分离的唯物辩证法,特别是在布哈林的那本关于历史唯物主义的小册中,"历史辩证法被因果律和对规则性、正常性和统一性的探索所取代"。① 葛兰西也反对另一种倾向,即卢卡奇否定自然辩证法,把人和自然对立起来的看法,他认为:"如果人类历史也应该被看作自然史(也依靠科学史),怎么能够把辩证法同自然割裂开来呢?"② 但从根本上说,葛兰西与卢卡奇一样,把马克思的辩证法理解为历史辩证法,所不同的是,他主张把自然辩证法理解为人类改造自然的辩证法,从而使之归属于历史辩证法。可见,葛兰西反对卢卡奇否定自然辩证法,并不是要肯定自然界的客观的辩证过程,而是要把自然辩证法纳入历史辩证法之中。

"实践哲学"的另一个重要特征在于强调其自身的批判性。葛兰西认为,如果一个人的世界观不是批判的,它就可能是一些相互矛盾的、杂乱的观点的堆积。"所以,批判自己的世界观,意味着使它取得一致性,把它提高到世界上最先进的思想水平。"③ 这也意味着批判以前所有的哲学,因为它们不同程度地对工人的世界观产生了影响。他认为强调哲学的批判性正是为了引导人民群众确立普遍的"批评意识"和"文化批判能力",从而使以"实践哲学"为基础的新文化的建设和传播充满活力。

葛兰西在他的"实践哲学"中致力于批判机械唯物主义、庸俗唯物主义,这固然十分可贵,可他又把机械、庸俗唯物主义和哲学唯物主义等同起来,这就走向了另一个极端。因为哲学唯物主义绝不等于形而上学的、机械的、庸俗的唯物主义,它是哲学上的一切形式唯物主义的总称,其中也包括了反对形而上学的、机械的、庸俗的唯物主义和实践的唯物主义。此外,葛兰西说,作为"实践哲学"创始人的马克思,"从来不曾把他自己的概念称作是唯物主义的,当他写到法国唯物主义时,他总是批判它,并断言这个批判要更加彻底和穷尽无遗。所以,他从未使用'唯物辩证法'的公式,而是称之为同'神秘的'相对立的'合理的',这给了

---

① Antonio Gramsci, *The Prison Notebooks*, trans. by Lawrence Wisharl, International Press, 1971, p. 473.
② Antonio Gramsci, *The Prison Notebooks*, trans. by Lawrence Wisharl, International Press, 1971, p. 488.
③ Antonio Gramsci, *The Prison Notebooks*, trans. by Lawrence Wisharl, International Press, 1971, p. 324.

'合理的'此词以十分精确的意义"。[1] 葛兰西的这一提法显然不十分准确。虽然马克思在《1844年经济—哲学手稿》中有过"彻底的自然主义或人道主义,既不同于唯心主义,也不同于唯物主义,同时又是把这两者结合的真理"[2]的论述,但这究竟是马克思在表述费尔巴哈的思想,还是表达了他早年的思想还有待进一步研究,而且从1845年的《关于费尔巴哈的提纲》《德意志意识形态》开始,马克思就明确提出过自己的哲学世界观是"新唯物主义"[3]"实践的唯物主义"[4],但这无论如何不能说马克思"从来不曾把自己的概念称作是唯物主义的"。在《资本论》中,马克思明确指出了他的方法的基础是唯物主义,他说,在《〈政治经济学批判〉序言》那里,已说明了他的"方法的唯物主义基础"。[5] 在1868年12月12日致恩格斯的信中,马克思又强调说"当我们真正观察和思考的时候,我们永远也不能脱离唯物主义"。[6]

在过分夸大实践而否定唯物主义这一点上,葛兰西的实践观与"新马克思主义"的其他先驱人物,特别是青年卢卡奇有某些相似之处。他们的研究课题在某些方面有相通之处。如:关于理论和实践的统一,总体性观念,对于马克思主义的黑格尔根源的重新感兴趣,强烈地强调革命意识、观念和意志在人类历史中的作用,以及极其强调批判实证主义和在马克思主义内部的实证主义渣滓等方面。但葛兰西还是有不少有别于卢卡奇等人的特殊之处,如:葛兰西关于意识作用的见解要比卢卡奇等人的更为通俗,葛兰西也不敌视自然科学,他虽反对把自然科学的方法还原主义地应用到社会科学,却又肯定它们之间有一种根本的连续性。葛兰西的"实践哲学"也直接启迪了20世纪50年代在大规模批判斯大林主义的运动中形成的南斯拉夫"实践派",因此在"新马克思主义"传播与发展史上具有不可忽视的意义。如"实践派"的理论家们提出自然界不可能存在辩证法,意识不能"反映"现实,对社会进行基础和上层建筑的分析是错误的,决定论的思想只能和人的自由相对立等观点中,明显带有他们的理论先驱的思想烙印。

---

[1] Antonio Gramsci, *The Prison Notebooks*, trans. by Lawrence Wisharl, International Press, 1971, p.214.
[2] 《马克思恩格斯全集》,第42卷,人民出版社1979年版,第16页。
[3] 马克思、恩格斯:《费尔巴哈》,人民出版社1988年版,第86页。
[4] 马克思、恩格斯:《费尔巴哈》,人民出版社1988年版,第19页。
[5] 《马克思恩格斯全集》,第23卷,人民出版社1972年版,第20页。
[6] 《马克思恩格斯全集》,第32卷,人民出版社1974年版,第213页。

二、文艺作为观念形态,属于历史的范畴

葛兰西与卢森堡一样,他首先是一位把自己的毕生精力奉献给无产阶级的解放事业的革命战士,文学事业只是他毕生事业的一个组成部分。特别值得指出的是,他有关文学研究的大部分论述是在狱中极其艰苦、恶劣的环境下用书简、札记的形式写就的,即这一研究是在极为恶劣的环境下进行的,是他与法西斯当局进行斗争的方式之一,这就决定了他的文论思想不可能十分缜密、完备,后人也不应在这方面作更多的指责与挑剔。葛兰西被捕4个月以后,在他的一封书信中谈到他将在狱中进行系统理论研究的设想以及他首先要着手研究的四个课题:19世纪意大利社会思想史,比较语言学,皮兰德娄戏剧,通俗小说和人民文学。由此可见,文学与艺术在葛兰西的心目中占有突出的位置。如果把他在狱中撰写的有关文艺的论文、评论、札记、书信集中起来,加以分析和研究,可以清楚地看到这位理论家在文论方面的思想轨迹,即他是根据意大利社会的客观实际和当时的时代特点,多方面地阐述了马克思主义文艺理论的一系列根本性问题,为马克思主义的文论宝库增添了新的内容。

葛兰西早年深受克罗齐的影响,并对克罗齐的理论建树抱有崇敬之情。但在革命实践中,他愈益痛切地意识到,不批判克罗齐的唯心主义文艺观,消除其影响,建设马克思主义文艺批评的任务就无从谈起。葛兰西文论思想的一个重要特点是,他坚持对社会现象和艺术现象的历史唯物主义态度,并最终和以克罗齐为代表的唯心主义文艺思想划清了界限。众所周知,克罗齐文论的核心是把艺术与现实生活,并同历史相割裂,认定艺术属于精神的范畴,是超脱社会的精神的产物。他由此断言,"艺术即直觉",即"静观",提倡"纯诗歌"。按照他的观点,文艺是"表现"和"交流"这样不同性质的过程的组合,前者为内在的、精神的活动,后者为外在的、实际的活动,文艺从内在的自我情感出发,为直觉的"抒情的表现",然后才转到外在的自然,即"交流"。

针对克罗齐的唯心主义文艺观,葛兰西从社会实践出发,指出文艺作为观念形态,属于历史的范畴,是历史的事实。在阶级社会中,文艺问题始终同社会的劳动分工、阶级关系联系在一起,并且自觉不自觉地对其作出反映,因此,文艺是"上层建筑",是一定社会的精神生活,代表一个民族"对生活和人的观念"。克罗齐宣传的纯艺术、纯诗歌的主张,历史地说是站不住脚的,因为文艺作品是特定

的社会——道德内容的体现,而艺术史、诗歌史实质上是从艺术、诗歌或审美的特殊角度,是从艺术家、诗人同历史、社会现实关系的角度来研究历史。所以,文学研究"不是文学史的研究",或者更确切地说,是把文学史作为更加广泛得多的文化史的一部分和一个方面来研究。这就从根本上划清了马克思主义的历史唯物主义的文艺观与克罗齐唯心主义文艺观的界限,揭示了无产阶级自觉地进行文艺领域的思想斗争的历史必然性。

也正是在这个意义上,他高度评价意大利著名文论家弗朗齐斯科·德·桑克蒂斯(Francesco De Sanctis),因为桑克蒂斯坚决反对文艺理论研究中的经院主义和形式主义,主张文学反映现实生活,强调文化与生活、形式与内容之间存在的不可分割的关系。他在《艺术与争取新文明的斗争》一文中,辩证地阐述了艺术批评同政治批评的辩证关系。葛兰西在文中摒弃了用政治批评、空洞的政治术语代替和取消艺术批评的教条主义倾向,同时强调了艺术批评同争取新文化的斗争,同对习俗、情感、世界观的批评相结合的必要性。他据此对桑克蒂斯、克罗齐等人的文艺思想作了细致的分析与比较,他认为,假使仅仅局限于指出这两个作家从社会关系的角度去反映或描写,即概括一定的历史——社会时期的特征时,一个获得了成功,另一个遭到了失败,并以为这样就阐明了问题,那就意味着根本没有触及艺术问题。他指出还要关心另一个领域,即在政治批评、道德批评的领域,在克服和战胜某些观念、信仰和某种人生观、世界观的斗争,尽管这已经不是艺术批评或艺术史的问题,但却至关重要,因为这"恰恰阻碍着文化斗争固有的目的的付诸实现"[①]。

也正是从这种标准出发,葛兰西高度评价了桑克蒂斯,他指出:

> 德·桑克蒂斯的批评,是战斗的批评;它不是"冷若冰霜"的美学批评,而是一个各种文化相互斗争的时代的批评,是截然对立的世界观相互冲突的时代的批评,即对艺术地映照出来的各种情感的历史真实性和逻辑性的分析和批评,是同这一文化斗争紧密交织的。显然,这正体现了德·桑克蒂斯的深邃的人性和人道主义,并使得这位批评家时至今日仍然深深赢得人们的爱戴之情。[②]

---

① [意]葛兰西:《论文学》,吕同六译,人民文学出版社1983年版,第5页。
② [意]葛兰西:《论文学》,吕同六译,人民文学出版社1983年版,第5—6页。

葛兰西批评克罗齐把批评家应该具备的，在桑克蒂斯身上水乳交融、浑然一体的各种因素，割裂了开来。他高度赞扬桑克蒂斯把道德、艺术批评同生活和人民的斗争中提出来的现实问题联系起来的艺术激情，认为这才是"战斗的批评"。这些充分显示出葛兰西已在自觉地运用马克思主义所提出的"历史的—美学的"批评标准，也反映了他在这一问题上所坚持的唯物史观。

从上述立场出发，葛兰西提出了著名的关于"民族—人民的文学"的思想，并把它置于意大利历史的范围内，加以深入细致地阐述。他认为，意大利历史首先是它的人民的历史，劳动人民是左右历史进程的最重要的因素。但由于意大利特殊的历史条件，在反对封建主义斗争中充当领导者的意大利资产阶级，同欧洲其他国家的资产阶级相比，具有极大的软弱性、排他性，它脱离群众，害怕群众，使意大利资产阶级革命以同封建地主阶级的妥协告终。这就决定了现时资产阶级以及依附于它的知识分子无力反映和满足民族—人民的理想和要求，这就是意大利文学缺乏民族—人民性的历史根源，或者说，意大利不存在"民族—人民的文学"的事实，正是"近代型意大利民族难产的反映"。葛兰西还通过历史的考察，指出作为反对"民族—人民的文学"的"世界主义"可以追溯到文艺复兴。他在以人文主义和文艺复兴为题的一组札记中写道："人文主义和文艺复兴在意大利具有倒退的性质，而在欧洲其他国家，总的进程以建立各个民族国家，随后又以西班牙、法国、英国、葡萄牙在世界范围的扩张而达到高峰。同这些民族国家相对照，意大利从亚历山大六世起形成具有专制国家形态的教皇政权，这个政权导致意大利的四分五裂。不建立民族国家，文艺复兴就不成其为文艺复兴。"① 在这里，葛兰西指出了文艺复兴运动交织着进步与倒退的二重性；其不容忽视而又往往被忽视的"倒退性"的一种表现，是随着城市公社的衰落，"资产阶级—人民世界观"失败了，产生了一批"世界主义"作家，他们依附于割据称雄的各邦封建君主，把他们当作自己和艺术的庇护神，对劳动人民采取冷漠的、贵族老爷式的态度。葛兰西的这一分析不仅在他所处的那个特定的历史时代和特定的国度中显得中肯、真切，而且就是对当今的社会主义文艺的建设与发展也同样具有现实意义。

葛兰西关于"民族—人民的文学"的思想，是总结意大利历史和现实文学经验的结果。他指出，为着建设"民族—人民的文学"，必须造就一支新型的知识分

---

① ［意］葛兰西：《论文学》，吕同六译，人民文学出版社 1983 年版，第 62 页。

子队伍,他认为,造就新型知识分子本质上意味着解决作家同人民的关系问题,而不是"造就新型的艺术家",因为"艺术家无法人为地创造出来"。从客观上说,这就需要发动一场足以打碎旧传统的"强有力的、自下而上的政治运动",以从根本上改变书本与生活、思想与实践、作家与人民的相互关系。在这一运动中,新的社会集团一旦以领导者的姿态和前所未有的信心登上历史舞台,便不能不从它的内部推举出新的艺术个性。而从作家自身来说,则需要同人民保持密切的联系,"跟人民的感情融为一体",成为"人民的组成部分"和它的代言人,并努力把文学的根子"扎在实实在在的人民文化的沃土上"。只有这样,"民族—人民的文学"才有生命力。

葛兰西关于"民族—人民的文学"的思想,汲取了前人,特别是克罗齐思想中的合理因素,因为克罗齐曾说过"诗歌不能产生诗歌",葛兰西利用了克罗齐上述观点中的合理因素,予以改造和发展。注进了克罗齐所排斥的社会因素,从而得出了他在文论中的一个原则性结论:

> 文学不能产生文学,就是说,意识形态不能创造意识形态,上层建筑除开由于惯性和惰性的结果外,无法产生上层建筑。它们的诞生,不借助于"孤雌生殖"、而是依靠"阳性"元素的参与,即历史、革命活动的参与;这"阳性"元素创造"新人"、即新的社会关系。①

由此,葛兰西为克罗齐的文论思想输入了历史唯物主义的因素,他完整而透彻地阐发了革命、革命活动是创造"新人"和"新的社会关系",从而建设"民族—人民的文学"的必由之路的重要思想。

在提倡"民族—人民的文学"的同时,葛兰西也严肃批评了以虚无主义的态度对待文学遗产,反对继承文学遗产中的优秀成果的错误倾向。他指出新文化无法臆造出来,"民族—人民的文学"也不是平地楼台。葛兰西特别强调新文学不能以精神活动为其渊源,因此新文学不能不以历史、政治和人民为前提,对文学遗产只能以马克思主义的观点去进行批判的、正确的评价。他多次提出,既往进步作家具有民主倾向的文学作品,具有现实地向人民群众进行教育的意义。对待古典作家不能采取一概否定的态度。尽管按照他们所处的时代和他们的世

---

① [意]葛兰西:《论文学》,吕同六译,人民文学出版社1983年版,第12页。

界观来说,他们是"旧人",但在社会现实原先的诸种关系被推翻以后,"旧人"会进入新的关系,这些"旧人"经历了变化,可以改造成"新人"。葛兰西特别指出,反映了一定的历史—社会阶段中占支配地位的力量,反映了历史进程的高潮的作家,当然无愧为反映了时代的艺术家,但却不能据此断言,那些反映了历史—社会阶段中的其他力量、其他因素的作家,就没有反映出时代的风貌。道理很简单,一定的历史阶段的社会生活,像大海一样无限广阔、丰富多彩、不断变化,它从来不是铁板一块,相反地,它充满错综复杂的矛盾。另外,在一定的历史阶段中,精神—道德革新的过程对于各社会阶级而言并不是同时发生的,历史前进运动也不呈现"单线条"的形态,而是"多线条"的,充满曲折以至倒退。因此,从客观上说,时代的本质既可以表现于事物的主流之中,也可以表现于事物的支流之中;从主观上说,不同的作家也可以不同的方式,对现实生活作出独特的认识和评价。因此那些反映了一定的历史—社会阶段中其他力量、其他因素的作家,在一定程度上仍然具有现实意义,也可以说反映了时代。葛兰西的上述观点充满了辩证思想,是对马克思主义文艺思想的很好的发展。

在文学批评与鉴赏中自觉运用唯物史观和辩证法,自觉运用马克思主义的基本原理去探讨文艺理论中的诸多基本问题,是葛兰西文艺思想的一个鲜明特色。

葛兰西曾不只一次地谈到文学批评的标准问题。他在《文学批评的准则》一文中指出,批评家的任务是把探讨作品的艺术特征,同探讨作品的思想内容,即作品中贯穿的情感及它对生活的态度,有机地结合起来。他明确提出:艺术就是艺术,而不是"预先安排的"和规定的政治宣传,如果把文艺变成这类政治宣传,让作家以虚假空洞的热情,去写对于他异常陌生的、无法驾驭的材料,即"人为地表现一定的内容",那么结果只有一个——产生短命的失败之作。文艺成了政治的附庸与传声筒,它的社会功能、它的认识与审美价值也就一笔勾销了。这一观点是与马恩经典作家在讨论《济金根》时的有关论述一致的。葛兰西反对用政治说教代替艺术创作和艺术脱离政治的两种倾向,他既没有忽视文艺的审美价值、文学家与政治家的区别,又强调文艺的社会—道德价值,文学家是"教育者",从而在马克思主义的原则与立场上,完整地阐发了文艺的社会功用问题。

在文艺作品的内容与形式的关系问题上,葛兰西提出.作品的形式与内容的关系具有"审美的"和"历史的"双重含义。他指出:"两个作家可以反映或描写同一个社会—历史时期;然而,一个能够享有艺术家的声誉,另一个充其量却只能落得个不高明的画师的称号。"①为什么会出现这种情况呢？这是因为后者忽视了文艺自身的特征和作品的艺术表现，因而不懂得作品仅仅是条理清楚地分别把一定的内容"概括"出来，是不能唤起读者的审美兴趣的，"民族—人民的文学"要求真实地、生动地再现现实生活。葛兰西嘲笑"那些略知几个陈腐不堪、千篇一律的公式，便自诩掌握了足以打开一切门户的'百宝钥匙'的鹦鹉学舌者，是何等的轻佻和幼稚"。②

从以上观点出发，他对皮兰德娄的怪诞戏剧作了十分精彩的评价。他跳出纯文艺批评的小圈子，从历史、文化、道德的高度，高屋建瓴地分析皮兰德娄怪诞戏剧的思想特征和艺术价值，指出皮兰德娄的世界观是主观唯心主义的，但他借助于迥异寻常的性格和荒诞的冲突，对教会势力、陈腐的观念、传统的戏剧规范，展开了无情的批判，具有"在观众的头脑中砰然爆炸"的"手榴弹"的威力。因此，"皮兰德娄的重要价值，在我看来，是属于思想和道德方面的，就是说，在更大的程度上是属于文化方面，而不属于艺术方面"。③葛兰西认为，文艺是现实或者说是现实在作家头脑中反映出来的"观念转化为艺术的过程"，这种艺术转化过程不应该是"始终刻板划一的，即只具有逻辑性"，而应该"从来是迥然不同的，即具有想象性"。因此，对文艺作品而言，"美"的素质是绝对不可少的。

葛兰西反复强调，形式与内容的有机的、统一的结合是支配文艺创作全过程的一个规律，因为文艺作品的内容不能用抽象的方式体现出来，内容必须要"熔铸"在艺术形式之中。葛兰西的上述观点是有指而发的，因为当时意大利文学中浮夸华丽、矫揉造作的恶劣文风风行一时，葛兰西认为坚持"形式"正是执着于"内容"，纠正传统的华而不实的文风的一种实际手段。在葛兰西看来，"内容"是指贯穿于作品中的艺术的情感，他对生活的态度是艺术家的心理—道德世界，即思想意识同他生活和创作的那个历史时代的结合。因此，他认为仅仅有美是不够的，需要一定的思想道德内容，并使之成为一定的群众，即在历史发展的一定阶段的民族——人民——的最深沉的愿望的完美和充分的反映。文学应该既是文明的必要的组成部分，又是艺术品。因此，内容与形式的关系，不是对立的、相互排斥的，而是"二位一体"、不可分割的。但他又强调，假使一部分作品达到了完美的境地，那主要是仰仗它的道德内容和政治内容，而不决定于作品的形式。

---

① ［意］葛兰西：《论文学》，吕同六译，人民文学出版社1983年版，第4页。
② ［意］葛兰西：《论文学》，吕同六译，人民文学出版社1983年版，第4页。
③ ［意］葛兰西：《论文学》，吕同六译，人民文学出版社1983年版，第120页。

他认为文艺批评是道德、情感批评同审美批评的辩证统一,这也正是他所倡导的"实践哲学"的批评观。在葛兰西的文学实践中,我们可以看到他总是把文艺作品的内容同道德内容、政治内容联系在一起,主张把对艺术作品本身的欣赏心情同道德上的欣赏,即参与艺术家的思想意识世界区分开来,并认为从批评的角度看,这种区分是正确的和必不可少的。他曾说:"我们可以从审美的观点出发,对托尔斯泰的《战争与和平》叹为观止,然而却无法苟同小说的思想实质;假使这两个因素吻合了,托尔斯泰便成为我的 Vndemecum, le livre de chevet。"①葛兰西在讨论莎士比亚、歌德、但丁等其他一些艺术大师作品的形式问题时,也同样是遵循这一原则立场的。

"距离"(distance)在美学中指审美主体与客体之间在时、空上和心理上的距离、间隔或差异、对立。它最早是由英籍瑞士美学家布洛于 1912 年提出的。他在《"心理距离"作为一项艺术因素与审美原则》中提出审美应与对象保持适当的心理距离。他认为对象的美并无客观标准,只要主体以审美态度进行观照,就是美的;审美态度中存在着一种可以辨认的心理因素,即对对象采取非实用主义的保持一定心理上距离的态度,而那种直接的功利态度,如伦理的、经济的、理智的都消除了距离,因此与审美无关。他用"心理距离说"来解释产生美感的心理原因,并进而引申到解释艺术创造和欣赏的心理批判。他对审美心理距离的分析在西方产生了很大影响,为不少理论家和艺术流派所吸收。

葛兰西重提"距离说"并把它运用于文学批评。1931 年 6 月 1 日,在从法西斯狱中写给妻子朱丽娅的两封信中,他提出了文学批评中著名的"距离说":

> 我觉得,一个有知识的现代人阅读经典作家的作品时,一般地说,应该保持某种"距离"。换句话说,应该仅仅欣赏它们的审美价值……②

葛兰西提出,对于经典作品,应该保持"距离",以批判的目光予以审视,不可迷恋、附和、人云亦云;应该把艺术品的审美价值同思想内容区分开来,把对作品的艺术欣赏同道德欣赏区分开来。葛兰西要求批评家甚至比作家站得更高一层,

---

① [意]葛兰西:《论文学》,吕同六译,人民文学出版社 1983 年版,第 32 页。其中的法语分别为"随身携带的手册""案头书"之意。

② [意]葛兰西:《论文学》,吕同六译,人民文学出版社 1983 年版,第 31 页。

既善于"欣赏"经典作品，又有魄力"轻蔑"经典作品。在思想上、情感上与其保持一定的距离，才能对经典作家作出实事求是的、正确的评价。葛兰西的"距离说"是与他在内容与形式、艺术批评与道德批评方面所持的观点一致的。如前所述，他可以从审美的眼光赞叹托尔斯泰的《战争与和平》，却不能苟同小说的思想实质。葛兰西在这里不仅自觉运用马克思主义的基本观点论述了审美批评的方法、尺度，而且也说明了怎样科学地、实事求是地对待作家的世界观与文学创作、作品的思想性与艺术性价值之间既互相联系，又互相独立甚至矛盾的关系。葛兰西的"距离说"对日后法兰克福学派思想的形成产生了重要影响，他们将葛兰西在文艺问题上的"距离说"运用于社会，汲取了葛兰西的批判精神，并最终提出人们对社会、对现实也应"保持距离"，持批判态度的观点。

葛兰西大部分文论是在法西斯监狱里十分艰难的条件下写就的，条件之恶劣是不言而喻的，他在狱中的研究甚至缺少必要的书籍与资料，因此就他的文论而言，作寻章摘句式的考证式研究是没有意义，也是不公正的，我们只能从宏观和总的趋向上把握他的文论观点。总的来说，葛兰西十分自觉地运用了马克思主义的基本原理和方法，并结合了意大利文坛的具体情况，提出了许多深刻的文学理论观点，他始终把文艺作为观念形态，作为自己所献身的工人阶级的伟大事业的一个组成部分。如他对克罗齐美学、文艺思想的批判、"民族—人民的文学"的思想、反对意大利文学中的"世界主义"、"距离说"以及对文艺的社会功能、形式与内容、文艺批评的标准等的论述，在继承和发展马克思主义文艺理论方面都起了积极的推动作用，直至今天仍具有重要意义。

论拉法格的文艺思想

保尔·拉法格(1842—1911)是法国国际工人运动的著名活动家、马克思主义理论家和宣传家、法国共产党的创建人之一,有"社会主义推销员"之称。拉法格的论著涉及哲学、政治经济学、科学社会主义、历史、宗教、文艺、美学等诸多领域,在文艺与美学方面发表了诸多创见,主要包括以下内容。

一、不是文学产生历史时代,而是社会关系中某些重大变革影响着文学的变化

根据马克思的社会存在决定社会意识的观点,拉法格对包括文学艺术在内的一切社会意识与社会存在的关系,作了如下说明:

> 人类社会的民事的和政治的制度、宗教、哲学体系和文学都是植根于经济环境里。它们在经济的土壤里获得自己盛衰的因素。历史哲学家应当在经济的环境里——也只有在这中间——找出社会进化和革命的基本原因。①

他强调一切上层建筑和意识形态都"植根"于一定的经济环境,强调要从经济环境里去寻找社会进化和革命的"基本原因"。以此为思想基础,他提出文学批评应当成为"关于历史唯物主义批评的一种研究",这是马克思主义唯物史观在文

---

① 《拉法格文选》(上),人民出版社 1985 年版,第 140 页。

学领域的具体运用。

拉法格对法国文学,特别是浪漫主义的历史有深入而细致的研究。他在《浪漫主义的根源》中驳斥了雨果所提出的"时代是按诗人自己的形象所组成"的唯心主义观点,明确指出时代和社会的发展,或者说经济的发展决定着文学艺术的各种流派及它们所关心问题的范围,决定着它们的思想状况和艺术创作根本任务的解决。不仅仅是文艺作品的内容,而且它的独特的表达方式和艺术创作语言也受历史时代特点的制约。在《浪漫主义的根源》中,拉法格尽管不恰当地把历史唯物主义称作"经济唯物主义"或"经济决定论",但他并没有像其他庸俗经济唯物主义者或资产阶级学者攻击唯物史观时所说的那样,要求对每一种社会现象做出直接的经济上的说明。他所强调的是一切上层建筑和意识形态都"根植"于一定的经济环境,强调要从经济环境中寻找社会进化和革命的"基本原因"。由此,他成了历史上第一个自觉运用历史唯物主义关于社会存在决定社会意识的基本原理来分析、研究文学思潮的文学史家,这在他对浪漫主义文学思潮的研究方面表现得尤为突出。

浪漫主义在法国是从 19 世纪初发端的,经过 1820 年代的浪漫主义运动,到雨果时获得了全面胜利。有关浪漫主义思潮的产生和胜利的回答众说纷纭、莫衷一是。法国古典主义者曾将它作为"从外国输入的、野蛮而丑陋的妖孽"而加以诅咒和反对,不少文学史家也对这种文学现象感到困惑。拉法格明确指出,法国浪漫主义是法国大革命的产物。他对"创立了法兰西文学上的浪漫主义"的夏多布里昂的三部作品——《阿达拉》《基督教精华》《勒内》进行了仔细的分析,指出其轰动效应在于夏多布里昂确实用自己的作品反映了那个时代群众的"心理"和"激情","在小小一册书中,在文学的形式中,包藏了那一时期的心理状况的主要特点"。① 也就是在这个意义上,他把夏多布里昂的小说《勒内》看作是"整整一世代人们的、充满诗意的自传"。② 他还说,从来没有过一部作品比夏多布里昂的《阿达拉》更及时、更能满足公众的需要,更适合时代的风尚了:"真的,如果不在思想上体验那些欢迎夏多布里昂初期浪漫主义作品的男男女女的情感和狂热,如果不追究那些男女在何种社会气氛中活动,就不能解释他们为什么那样热烈地接受这些作品。"③

---

① [法]拉法格:《文学论文选》,罗大冈译,人民文学出版社 1962 年版,第 221 页。
② [法]拉法格:《文学论文选》,罗大冈译,人民文学出版社 1962 年版,第 109 页。
③ [法]拉法格:《文学论文选》,罗大冈译,人民文学出版社 1962 年版,第 189 页。

拉法格进而揭露了浪漫主义的资产阶级性质。他指出，这个由夏多布里昂创立，到1830年才建立"为艺术而艺术"这一著名原则的文学思潮，也是一种"阶级文学"。这个结论是浪漫主义者所始料不及的，但却是事实。因为浪漫主义从来不曾放弃对政治斗争和社会斗争的关注，他明确指出："作家是钉住在他的社会环境上的；无论他怎样搞，他不能从周围的世界中逃出去，也不能和周围的世界隔绝；不能不受周围世界的影响，不知不觉地、不由自主地、不论回溯过去，或冲向未来，采取这个或那个方向，他不会比他那时代的条件所容许的范围走得更远。"①这是因为，作家的思想、人物、语言、文学形式，只能由他同时代的人们提供给他。拉法格对浪漫主义根源的研究，是他的"关于历史唯物主义批评的一种研究"的一次实践，在这个研究中，尽管其对作家的某些责难有失公允，但其立场、方法无疑是正确的。拉法格对浪漫主义研究所做出的某些结论，正是在大量翻阅从共和3年（1795年）到共和12年（1804年）的出版物（包括小说、诗歌、剧本、哲学著作、期刊、报纸）和弄清"资产阶级社会的政治、哲学、宗教、文学和艺术的演变"②的基础上得出的。

在分析雨果及浪漫主义文艺思潮产生的根源时，他指出浪漫主义文学流派是18世纪末至19世纪初资本主义生产关系的发展和伴随而来的资产阶级思潮的产物。浪漫主义与革命后的资产阶级思潮的联系，恰好确证了事物与对事物的反映相统一的原理，这确证了文艺与社会关系的总和相统一的原理。革命后的法国资产阶级的特殊利益和要求在浪漫主义中得到了出色的表达，在一定程度上可以说，这种表达是资产阶级利益在文艺领域的反映。拉法格在总结了上述现象之后认为，这恰好证明浪漫主义与社会进步是矛盾的。拉法格确信，任何艺术都是对社会存在的反映。他同时又指出："作家只能从他自己的时代找到观点、人物、语言和艺术形式。这是因为，诗人生活在人的漩涡之中，受到社会普遍而巨大的影响，他能够懂得和再现人们的感受，掌握自己时代的思想和语言从而形成自己的艺术形式，这种形式主要源于人们的日常交往和生活。"③拉法格从历史唯物主义的基本原理出发，并运用这一原理来分析浪漫主义的起源，指出它是18世纪末至19世纪初资本主义关系的发展和伴随而来的资产阶级思潮的产

---

① ［法］拉法格：《文学论文选》，罗大冈译，人民文学出版社1962年版，第235页。
② ［法］拉法格：《文学论文选》，罗大冈译，人民文学出版社1962年版，第189页。
③ ［苏］哈·尼·莫姆江：《拉法格与马克思主义哲学》，张大翔等译，国际文化出版公司1987年版，第279页。

物,这无疑符合马克思主义的基本原理。以此为出发点,他高度重视文艺的社会意识形态性,强调文艺的阶级属性,这也是十分合理的。但他没有意识到,某些杰出的文学艺术家可能在一系列重大问题上克服自己阶级的狭隘利益,站在它们之上,猜测到社会发展的未来趋势这一事实。忽视这一点,也就很难理解塞万提斯、莎士比亚、巴尔扎克这样一些文学巨匠的创作。仅仅以作家的阶级出身和所代表的阶级利益来理解他们的文艺创作的意义,必然会把美学问题庸俗化、简单化。在审美的范畴内对阶级分析方法的意义和作用的过度强调,必然使拉法格忽视了文学艺术家创作中的全人类因素。

拉法格还以1789年革命,推翻了旧的社会秩序,把一些新的社会阶层推到了前台,这些新阶层将旧贵族文学丢到了台下这一事例,说明评价美学问题时的"客观主义"是站不住脚的,"超政治的"纯艺术观也毫无根据,"为艺术而艺术"的口号同样具有虚假和片面性。他说:"刚刚在1830年提出了'为艺术而艺术'的著名口号的浪漫主义,尽管其口号被高蹈派诗人在第二帝国时期贯彻到创作中,但仍然表明自己是阶级的艺术……与自己的口号相左,浪漫主义作家从未超脱政治和社会斗争,他们始终站在攫取革命果实的资产阶级一边。"①这里,拉法格显然没有认真地把夏多布里昂、诺瓦里斯与海涅、拜伦、雨果的思想与创作区别开来,因此又显得缺少辩证色彩。恩格斯曾告诫人们,把马克思的唯物史观运用于科学研究,必须采取十分严肃的科学态度。"即使只是在一个单独的历史实例上发展唯物主义的观点,也是一项要求多年冷静钻研的科学工作,因为很明显,在这里只说空话是无济于事的,只有靠大量的、批判地审查过的、充分地掌握了的历史资料,才能解决这样的任务。"②拉法格根据马克思主义的唯物史观研究浪漫主义文学所得出的具体结论虽未必都很准确,但它确实是批判地审查和掌握了浪漫主义的"历史资料",正确地回答了这股思潮产生的原因。

二、从真实的事件中获得灵感

拉法格对19世纪后25年在法国和其他一些国家中广为流行的自然主义文艺思潮进行了批判。他认为自然主义只描写现象的表面,当然不能启迪深刻的

---

① [苏]哈·尼·莫姆江:《拉法格与马克思主义哲学》,张大翔等译,国际文化出版公司1987年版,第281页。
② 《马克思恩格斯选集》,第2卷,人民出版社1972年版,第118页。

思想和对现实、现实的"迫切问题"以及解决这些问题的正确途径的严肃认识。他认为自然主义排除认真的判断和概括,使艺术家形成自己的思想,类似于照相的底片。自然主义的代表们总是标榜自己在最精确、最直接地反映事物方面做出了功绩。拉法格在对自然主义的批判中,抓住了这一思潮在认识论上的致命缺陷,即它只能抓住链条的个别零散的环节,而无力揭示诸环节的内在联系,因而无法完成从现象到本质的过渡,达到对发展规律的认识。拉法格主要通过左拉的作品来评价自然主义。

拉法格高度评价左拉对正在形成的垄断资本主义的意图的深入分析,和对人民,首先是工人阶级利益的追求,他认为仅是要完成这个任务的愿望,就使左拉成了一名革命家,跻身于19世纪文学杰出代表的行列。他指出,当左拉才华横溢时,他有足够的勇气深入重大社会问题和现实生活事件。他曾力图描写各种经济结构对现代人类的影响。他对《太太们的幸福》给予肯定的评价,认为这部作品以感人的力量展示出联合起来的资产者的残酷行径,他们聚敛起百万家财,垄断行业,在自己的雇员——掌柜、伙计和女店员中煽动起情欲和斗争。同样,他对左拉的《萌芽》评价也颇高,因为小说再现了工人触目惊心的苦难和资本家攫取超额利润的贪婪,垄断资本是个逞威作福的"怪物",把人们引向罢工、搏斗和犯罪。

作为一个马克思主义的文论与美学家,拉法格在对自然主义,特别是左拉的评论中,十分重视文学的自身规律和特质,这是十分可贵的。19世纪末,法国文坛上资产阶级文学流派很多,"他们人人自以为是一种新的文学体裁的创造者,这个人在诗歌方面,那个人在小说方面,个个都自命为一种流派的领袖;个个在自己心目中都以为与众不同到这种程度,简直把自己放在和那些可尊敬的同行有天渊之别的地方。"①但"历史将要在当代各'流派'的'领袖'们的绝对缺乏想象这点上,看出他们最突出的特征"。② 这些"领袖们"抽掉了曾经是1830年的浪漫主义的动人之处的青春活力的幻想,提供给人们的只能是一种"沉闷恶俗的塾师文学"。

拉法格把左拉、巴尔扎克的作品以及19世纪末那些自封创造了"新的文学形式"的资产阶级文学"大师"们的文艺实践放在一起,进行了深入而具体的比较研究,批判资产阶级文学"大师"在形式上的矫揉造作和主观唯心主义创作倾向,强调形式与内容的辩证统一和艺术虚构的现实根源。某些"大师"的作品"……

---

① 《拉法格文选》(上),人民出版社1985年版,第321页。
② 《拉法格文选》(上),人民出版社1985年版,第322页。

他们的人物并不给人以有生命、有血肉的真实人物的印象。他们和我们的生存漠不相关,他们不谈烦扰我们心神的利害关系,他们既不被我们的那些幻想所支持,也不被我们的那些嗜欲所苦恼。他们就像砻糠充塞的傀儡一般,作家牵动他们身上的线,使他们按照情节的发展和所要求的效果而活动"。① 在拉法格看来,艺术虚构如果完全脱离现实的社会生活,那么作品中的人物就只能变成没有生命力的"砻糠充塞的傀儡",他们扮演的不过是"神明的角色"。他认为:"左拉竭力从小说中摒斥这种魔术,在这点上他是值得称道的;他至少试图从他的那些人物身上褫夺一部分万能权力,而将他们的行为和先决的原因联系起来;有时甚至使人物失去自由意志,使之屈服于双重的从属性,一种是内在的和生理的从属性,另一种是外部的和社会的从属性。"②这里,拉法格所肯定的左拉小说中"值得称道"之处以及他评价作品的"双重的从属性",都反映了他坚决反对文学创作中的主观唯心主义倾向。拉法格对左拉的《金钱》大加赞赏:"因为他给我们描写的,是被交易所的投机生意搞得经常处在发烧一般的紧张和奋亢状态中的环境,以及被这种投机生意搞得神经错乱的那些人。金钱在它的流转中,反映资本主义社会的一切过程和一切现象。……金钱成了人类一切行动的主要原动力……"③尽管拉法格并不赞同左拉的"生理学"或"病理学"的创作观点,但是从对待现实生活的态度看,左拉毕竟没有脱离社会现实,尤其是《金钱》等作品,无疑是对资本主义及其金钱关系的深刻揭露,因此他的自然主义是包含着批判现实主义的进步因素的。拉法格指出:"左拉的小说是从真实的事件中获得灵感的,他对这些事件作了诗意的安排。"④从现实生活中获取创作灵感,这是拉法格现实主义美学思想的一个重要内容。

拉法格在《左拉的〈金钱〉》一文中,对左拉的自然主义和巴尔扎克的批判现实主义创作方法作了具体的比较研究。他指出,在巴尔扎克的作品中也写了人物的"生理的必要性",但巴尔扎克的描写没有脱离人物的性格和行动。他通过对左拉与巴尔扎克的比较,明确地表述了自己的现实主义文艺观。拉法格指出现实主义文学应当在真实地再现现实关系的社会环境中去塑造人物的性格,这是区别于自然主义的一个重要标志,但拉法格充分肯定了左拉的创作成就:

---

① 《拉法格文选》(上),人民出版社1985年版,第324—325页。
② 《拉法格文选》(上),人民出版社1985年版,第325页。
③ 《拉法格文选》(上),人民出版社1985年版,第343页。
④ 《拉法格文选》(上),人民出版社1985年版,第344页。

> 左拉和巴尔扎克之所以不同,还在于作为左拉作品的特色,由他首先引入到小说中的一种新的表征,这就是他和别的现代小说家相形之下有了无可否认的优越性。……左拉的独特之处在于他表现了一种社会力量把人打翻在地上,而且将他压得粉碎。①

拉法格并不欣赏左拉笔下人物的"生理的必要性",但又公允地肯定左拉小说中的"一种新的表征"。他具体地分析了左拉与巴尔扎克各自所处的不同时代特征,巴尔扎克所处的时代是19世纪上半叶,那时巨大的资本在法国还刚刚开始集中,而左拉所处的时代则是19世纪下半叶,这时法国已由自由资本主义向垄断资本主义过渡,社会上已出现巨大的经济机体。在左拉的时代,生存斗争具有与巴尔扎克时代不同的性质。这个社会的独特之处就是"表现了一种社会力量把人打翻在地上,而且将他压得粉碎"。拉法格自觉运用历史唯物主义观点,把作家、作品放在社会政治经济的大视野中加以考察,因此,他认为在表现垄断资本主义的这种"社会必要性"方面,左拉的《金钱》在相当程度上反映了垄断资本主义社会的本质。拉法格高度评价了左拉小说表现这种"社会必要性"的社会价值,在描写和分析现代巨人般的经济机体,以及它们对人类性格和命运的影响时,给小说开辟了一条新的道路。这是一种大胆的事业,从事这样的事业,已经足够使左拉成为一个革新者,并且使他在当代文学中获得优选的位置和与众不同的地位。他还站在唯物史观的高度,辩证地指出:"《金钱》所描写的世界是不美的,可是人们不能像责备巴尔扎克那样责备左拉,就是说'把丑恶弄得更丑恶了'。在这儿,现实比左拉的一切龌龊和粗俚的描写更为令人作呕。现实超过最令人憎恶的图画。"②拉法格在赞赏左拉小说的现实意义以及左拉对小说发展所作的这一重大贡献时,实际上向我们揭示了现实主义文学一个重要特征,即作家应有勇气去接触和反映社会上一些宏大的现象和现代生活中的大事件。

拉法格既看到了左拉在表现社会大事件方面对当代小说的发展所作的重大贡献,又看到了由于自然主义世界观的局限,在大多数情况下,他的人物都是间接材料的产品。左拉的观察方法使得他不能在事件的主要发展方面去深入,不

---

① 《拉法格文选》(上),人民出版社1985年版,第330页。
② 《拉法格文选》(上),人民出版社1985年版,第354—355页。

能追究事件的原因,不能抓住它们的作用和反作用的复杂性,妨碍了他更深刻地去反映生活的本质。拉法格主张现实主义作家应像塞万提斯、巴尔扎克等那样观察和感受生活,拉法格是在马克思主义美学史上第一个对自然主义做出系统评价的人。恩格斯在 1891 年 4 月 30 日写给卡尔·考茨基的信中,曾说到拉法格是写左拉评论的"最合适的人",①这也是革命导师对拉法格的中肯评价。

应当指出的是,拉法格对现实主义的推崇和自然主义的批判是有其根据的,可问题在于他对社会现象的典型的自然主义态度,主要是在对待诸如《黛莱斯·拉甘》《玛德莱娜·菲拉》等左拉早期作品的特征上。尽管在左拉的晚期作品中仍可见到自然主义创作方法的影子,但笼统地把左拉的创作归于自然主义是不恰当的。拉法格在文中几乎要求左拉用马克思主义分析资本主义现实,这是极不恰当的,也违背了他所坚持的历史唯物主义的初衷。众所周知,马克思主义经典作家从未向巴尔扎克或托尔斯泰提出过他们在种种历史原因影响下而无法承担的任务,而是始终坚持着唯物主义的历史观,拉法格却违背了这个原则。他在赞赏左拉把资本主义关系作为艺术研究和再现对象的意图之后,又指责左拉没能深刻地、创造性地解决工人阶级及其斗争的问题,这在一定程度上降低了他对左拉文学遗产进行分析批评的科学水平。

应该指出,拉法格在批评左拉主张纯客观地再现生活的自然主义倾向时,强调作家应当像巴尔扎克那样是个深刻的思想家,把自己的机智和思想财富赋予他笔下的人物,这本来无可非议,但他对文学作品的思想深刻性和鲜明的政治倾向性的理解却是停留在作家是否通过人物发表哲学议论方面,这显然是有问题的。他赞扬巴尔扎克在《驴皮记》中对记者、政客、艺术家以及妓女之间所进行的关于社会、风俗和政治方面滔滔不绝的议论,具有深刻的思想性,而批评左拉"惯常很少发议论",并认为"不发表哲学议论的作家只不过是个工匠而已",这有悖于恩格斯所说的倾向应当从场面和情节中自然而然地流露出来,而不应当特地把它指点出来的艺术规律,显然是偏颇的。

三、民间文学是人民灵魂的忠实、率真和自发的表现形式

以往的资产阶级文学史家由于缺少历史感,往往鄙视产生在人民口头的歌

---

① 《马克思恩格斯全集》,第 38 卷,人民出版社 1972 年版,第 80 页。

谣。他们把群众的创作看成是缺少生命力的、廉价的和只能轰动一时、没有任何研究价值的低劣作品。拉法格彻底摒弃了这种观点。在他的文艺、美学著作中，有一个极为明确的思想，即不应当只把经典的文学作品当成研究的对象，也应该研究那些虽然没有达到经典作品的水平，但在当时十分流行，拥有广泛读者的作品。这些名不见经传的小人物之作，恰恰是研究某一社会阶层的感情、情绪的特殊"指示表"。他认为，艺术作品既然在读者中获得了成功，那么即使它缺少艺术价值，也一定具有巨大的历史价值。唯物主义批评家在研究这种作品时，会在字里行间捕捉到当代人的感受。

作为马克思主义文论、美学家，他注意的首先是民歌对人民生活的忠实反映。拉法格称民歌是"现实生活的忠实回声"，民歌"乃是人民灵魂的忠实、率直和自发的表现形式；是人民的知己朋友，人民向它倾吐悲欢苦乐的情怀；也是人民的科学、宗教和天文知识的备忘录"。① 正是从这样的认识出发，他高度肯定了民歌对于了解和研究人民的生活、历史所具有的不可取代的意义。

拉法格在《关于婚姻的民间歌谣和礼俗》一文中，就民间文学的特征及其历史价值做了深入的马克思主义的研究，提出了不少有见地的看法。他认为民歌是一种"口头诗歌""口头文学"，最初它与音乐、舞蹈密切地结合在一起。民歌"不是个人的作品，而是集体的作品"。他指出"民歌主要是地方性的"，但民歌的地域性和民族性并不排斥不同地区、不同民族的民歌的互相交流和影响。他认为从外国输入的题材，只有与采用者的气质和习惯相适合时，才会被接受、被利用。这说明一定民族的民歌总是和该民族的民族心理和生活习俗联系在一起。拉法格以"生活决定意识"的唯物史观，指出不同地域、不同民族民歌的"类似性"，源于"世界各民族都经历过大同小异的进化阶段"。② 处在大同小异的进化阶段的不同民族，不论是"北方或南方的人，亚里安人或黑种人，当他们被同样的现象激动时，他们曾经用类似的歌唱、传说和礼俗，来表达所见的现象"。③ 这就科学地说明了民间文学的民族特征是在民族生活的基础上形成的。离开了民族生活的土壤，就不可能把握民间文学的民族性特征。这一观点对民间文学的研究无疑具有方法论的指导意义。拉法格还论述了民间文学的纯朴性、真实性和形式上的自由性特征，对今天我们研究民间文学仍然具有重要的指导意义。

---

① 《拉法格文论集》，人民文学出版社1979年版，第8页。
② 《拉法格文论集》，人民文学出版社1979年版，第11页。
③ 《拉法格文论集》，人民文学出版社1979年版，第10页。

拉法格根据民歌丰富的有说服力的材料,最终"回溯"了人类社会发展史上"父权家庭的起源问题",揭示了以父权家庭为中心的社会制度下广大妇女们的悲惨命运。这本来是文学史家和历史学家们可以和应当做到的,却由于他们没有掌握唯物史观这个"研究历史的指南"而无法发现和认识这些材料中所包含的真实的历史内容。

　　拉法格通过深入细致的研究,终于发现,以上奇怪的现象的答案就隐藏在那些民歌和礼俗本身之中。那些民歌和礼俗仿佛是若干世纪以来埋藏在互相重叠的社会阶层的沉淀物底下的原始风俗的化石残片。拉法格认为,全面考察这些礼俗,把它们与现代野蛮人的风俗以及东方的圣书中所记载的古代民族的风俗加以比较就可以获得这些奇异礼俗的已经失去了的意义,同时给我们一个关于原始父权家庭的风俗的概念。从婚姻的民歌和礼俗中发现史学家们所不曾注意的原始父权家庭的起源,是拉法格的重要贡献。它和恩格斯从古希腊悲剧《奥列斯特》中发现人类父权制取代母权制的遗迹在研究方法上不谋而合。《关于婚姻的民间歌谣和礼俗》一文是恩格斯之后马克思主义文艺、美学理论宝库中少有的一篇专门研究民歌的重要著作,它不仅丰富了马克思主义的美学宝库,而且对我们今天以唯物史观研究民间文学仍然具有指导意义。

　　自马克思、恩格斯创立历史唯物主义以来,围绕着肯定还是否定历史唯物主义、正确理解还是歪曲历史唯物主义,一直存在着尖锐的斗争。恩格斯晚年为了捍卫和发展历史唯物主义的基本原理,写下了许多光辉的著作和通信。拉法格作为马恩经典作家的学生和战友、早期马克思主义者的重要代表,在这方面作出了十分突出的贡献。在他的文论和美学论著中,唯物史观是一以贯之的红线。尽管从今天的眼光看,他的艺术评论也还是限于"社会—历史"批评的范畴,但这其中却闪耀着马克思主义的思想光辉;尽管他的个别结论有别于马恩经典作家,但在马克思主义基本立场、观点、方法上却与革命导师完全一致。他的论著诚如梅林所说:"它们全部属于那些有永久意义的马克思主义的文献之列。"①

---

① [法]拉法格:《思想起源论》的《代序》,王子野译,生活·读书·新知三联书店1963年版,第4页。

区分两种不同的后现代主义

——本·阿格文化研究给我们的启迪

一、并行的思潮：后现代主义与后结构主义

理论界一般都认为，后现代性是对现代性及其哲学基本假设的反动，它尤其反对基础主义、本质主义和实在论。后现代主义在文化和哲学领域取得了一定的成功，它对启蒙理性、人类进步和解放理想的攻击以及对宏大叙述的怀疑，击中了现代文化的要害和弊端。但是，我们也看到，后现代主义只是一味地批判和解构现代性的基本假设和前提，对于后现代文化并未勾勒出一幅令人满意的蓝图。在哲学上，后现代主义更是一个复杂的概念，它主要包含以下思想倾向：反认识论立场或后认识论立场，反本质主义，反实在论，反基础主义，反对先验的论证和立场，反对把知识看作是一种精确再现，反对与实在相符合的真理概念，反对标准的描述，反对最后的话语，反对普遍的原则、区别和描述，怀疑宏大叙述和元叙述。后现代主义哲学反对传统的形而上学，认为传统的形而上学作为一种完全的、独特的和最后的说明体系是一种不可能实现的梦想，这种说明体系以二元对立为基础。在理性问题上，后现代主义哲学批判理性的中立性和至上性，坚持理性具有性别的、历史的和人类中心的特征，认为自主的理性主体只是一个神话。它也反对把它的立场看作是相对主义、怀疑主义和虚无主义。

后现代主义对以启蒙理性、人类进步和解放为特征的现代性的攻击取得了相当的成功。人们对后现代主义著作家的主要观点已经相当熟悉，并且不再感到难以接受，例如，海登·怀特(Hayden White)断言历史仅仅是以自身利益为目的的叙述小说，理查德·罗蒂宣称真理是完全依赖于背景的，因而人们永远不

应该把自己的真理强加于别人,德里达断言文本以外什么也没有。也许我们并不同意后现代主义者的观点,但是他们让我们意识到,当我们环顾四周,发生在我们时代的主要事件看上去的确犹如编剧和表演,许多构成我们实在的东西实际上并不是真实的,而只是娱乐工业和广告文化的产品,广告文化制造出我们日常讨论所看所谈的影像。另外,媒体转播的时事节目把全世界连结了起来,并且操纵了人们的视野和思想。例如,在海湾战争期间,所有的媒体影像一起给人们造成一个"清洁"战争的印象,使人们把注意力集中于高科技武器系统的使用,而不是战争本身的实际原因和后果。这一事实强化了后现代主义的论断,即我们的世界是我们"构造"的某种东西,而不是实际上"是"某种东西。这样,在后现代主义者看来,我们仍居住在一个假象和奴性信念的世界中,通过启蒙理性使人类获得解放的计划失败了。

值得注意的是,从1967年德里达完成《论文字学》到2004年他去世是后现代主义的主潮期,也是后结构主义的主潮期。从结构主义到后结构主义也许只有一步之遥,但却有天壤之别。后结构主义作为后现代主义的重要一翼,在后现代主义思想和历史进程中的地位和影响不容低估,两者也确实有很多相似点,但却是两种不同的后现代主义。本·阿格敏锐地看到了问题的核心,提出:"为了表明后结构主义和后现代主义的相似点以及它们对解构性文化研究的影响,区分二者是很重要的。"[①]他认为批判的后现代主义与肯定的后现代主义是有所不同的,要具体分析不同的理论家如何以有助于他们区分不同形式的真理、自由、公正和美好的方式来将文化当下和政治当下联系起来,这是文化研究的重要课题。本·阿格认为文化解构者最具挑战性的论点就是阅读和写作完全具有同样的建构性,没有纯粹的或既定的书写,只有视角性的书写,这些书写出现在阅读语境中,反映读者的需求和利益,读者给阅读带来价值、态度和实践利益。也许会有人说任何文本都可以变成我们想要的东西,这便威胁到了相对主义。"阅读就是书写这一断言是一个协调性的想法——那就是什么应该是真的。在此,分清楚两种解构断言非常重要。一方面,德里达论证了为了补充和完成书写,阅读必须存在——离开人们阐释和使用书写的语境,就没有'诸如此类'的写作(德里达反对无预设的文学解释的实证主义模式)……另一方面,更具政治性的解构将

[①] Ben Agger, *Cultural Studies as Critical Theory*, The Falmer Press, 1992, p.109.

认为,阅读建构性地参与到书写中并不意味着阅读就是书写。"[1]这一区分显示了非政治性与政治性解构的差异。前者的所有阅读就是书写的设想是非历史性的;后者区分了私人性阅读和公开性阅读,因而涉及资本主义的权力关系。这一思想路径与他对两种现代主义的区分完全一致。

我们也知道,那些后结构主义大师们崭露头角时大都被当成结构主义者。但人们很快就意识到20世纪60年代后期开始的反结构主义的那些"结构主义"思想,可能开启了思想史上的另一个时代。1966年,在美国霍普金斯大学一个关于结构主义的讨论会上,德里达出人意料地攻击结构主义,并对列维-斯特劳斯展开追根究底的批判。结构主义在它的鼎盛时期就孕育出它的掘墓人,在随后的思想多变的日子里,整个20世纪下半期,人文学科终于在后结构主义这块无边而且无底的地盘上,展开了随心所欲的思想游戏。在20世纪60年代中后期这一激进主义盛行的年代,思想界对打破传统秩序和思想封闭状况充满渴望,后结构主义既艰深晦涩又自由挥洒,没有任何一种思想体系能够把锐利的颠覆性力量与思想繁复深奥结合得如此天衣无缝。也正因为此,后结构主义就不仅只是某种知识体系,它同时是充满活力和变数的思想库和工具库。在20世纪后半期,各种各样的知识流派和思想体系——这些流派经常以反后结构主义的面目出现,如新马克思主义、女权主义、新历史主义以及最近发展为超级学科的文化研究等,都与后结构主义结下不解之缘,它们本质上不过是后结构主义的旁枝横逸,或者是在攻击后结构主义的理论活动中才获得新的理论资源和动力。正如本·阿格所指出的,"所有学术成果中,后结构主义和后现代主义对文化研究的影响最大。所有文化研究观点中,受这两种欧洲思维传统启迪的文化观点最为模糊"。[2]还因为"后现代主义与其说是一套认识论和推理原理,还不如说是一种社会文化理论。这一点值得引起人们注意,因为人们认为后现代主义与文化有关,而后结构主义则与知识和语言相关。在一定程度上,两者紧密交织,因而不可能,也没希望将它们作简单的区分。人们不得不参与到刻意简化的名称分类学和它们的学术成就中来,以便充分划定后结构主义文化研究和后现代文化研究的范围——而这范围划定也会混淆某些关键的差异要点"。[3]

---

[1] Ben Agger, *Cultural Studies as Critical Theory*, The Falmer Press, 1992, p.109.
[2] Ben Agger, *Cultural Studies as Critical Theory*, The Falmer Press, 1992, p.93.
[3] Ben Agger, *Cultural Studies as Critical Theory*, The Falmer Press, 1992, p.109.

二、批判理论:用现代性对抗后现代性

在西方,后结构主义遭到的最大争议就是它与虚无主义的关系。1992 年春,当剑桥大学提议授予德里达荣誉博士学位时,遭到欧洲、美国、澳大利亚等 10 个不同国家的 16 位教授的反对,德里达对之进行了强烈的反击。他说:"他们不一定要同意或相信我的话,但是,如果他们想要反对我此刻说的话,就应该读一点那个文本。"①德里达甚至认为无论反对者还是赞成者,都没有读懂他的文本,都把"解构"误解为单一的"否定性"。如果任何文本没有其原创性或原在性的"实体"形态所"肯定"下来的东西——意义,那就谈不上"读懂"。"如果在文学中有些东西不能还原为声音、史诗或诗歌,人们就只能通过割断形式游戏与书写符号表达实体之间的联系才能重新把握它。"②虚无主义与肯定性问题是解开解构之谜的一把钥匙。当"解构"的"虚无主义"被攻击时,德里达辩称:"如果认为,30 年来我一直在反对虚无主义是徒劳无功的,如果认为,我所赞成一种肯定的而不是虚无主义的思想方式,并不能令人信服,那么用文本和引语来讨论这一点,让他开始辩论并停止这种恶骂。"③可见,德里达不认可人们对他的"虚无主义"的指责,而思想史上之所以没有一个大思想家以虚无主义自诩,就是因为任何思想家都或明或暗地以不同方式用心目中或隐或显的最高价值来重估一切现有价值,也正因为这样,德里达说自己在和虚无主义做不懈的斗争。也正如本·阿格所说:"解构的文化研究方法与其说是一种方法,还不如说是一种视角,一种阐释性的自我意识。毕竟,德里达从来没有设定阅读文本的单一方法(可以说是针对自身)。他没有将阅读理论化,相反他所做的只是阅读。说得更明白一点,他书写阅读,反对围绕阅读而书写,似乎阅读和写作可以完全分离一样。我们用解构的视角,确切地说是德里达的观点来审视这些区分时,就会发现这些区分其实模糊了它们的不可区分性的观点。反方法中可以找到方法,反方法以一种警惕的姿态反对方法,认为方法是发生在文本间质网内外的、索然无味的、无立场的阅读。因此,阅读实际上是书写阅读——将阅读理论化。德里达的观点格外

---

① [法]雅克·德里达:《德里达访谈录——一种疯狂守护着思想》,上海人民出版社 1997 年版,第 210—211 页。
② [法]雅克·德里达:《论文字学》,汪堂家译,上海译文出版社 1999 年版,第 84 页。
③ [法]雅克·德里达:《德里达访谈录——一种疯狂守护着思想》,上海人民出版社 1997 年版,第 216 页。

自觉地为所有解构批评增添了风趣,不管批评的对象是传统文学作品还是媒体。"①

早在 20 世纪 80 年代初,哈贝马斯就在于法兰克福发表的演说《现代性——一个未竟的事业》中,对后现代进行了论述,虽然当时他对后现代的论述很有限,但这却是西方马克思主义学者较完整地论述后现代性的开始,也是后现代理论自 20 世纪 70 年代在西方大行其道以来,第一次受到如此严厉的抨击。值得注意的是,西方马克思主义理论家们对现代性的批判和西方各后现代理论家对现代性的批判是有所不同的。西方马克思主义对现代性的批判多少有些拯救、完善和反思的意味,他们也无意于用后现代理论去代替现代性理论,他们并不像西方后现代理论家那样,要用后现代性完全取代现代性。

早期的西方马克思主义者,如卢卡奇、葛兰西都认为现代社会即资本主义社会,但他们对现代社会的批判不再遵循第二国际领导人的那种经济决定论和自然主义传统,而是着眼于现代无产阶级革命意识的丧失和重建问题,探讨资本主义与无产阶级消极革命意识的关系,寻求积极革命意义的根源,为无产阶级政治革命奠定文化意识基础。由此,卢卡奇开创了理论文化批判道路,葛兰西则更为注重现代资本主义政治文化批判,他们开创了新的社会批判方向。法兰克福学派认为物化的深层根源在于现代社会的启蒙主体中心理性构想和人的深层心理,经验事实表明,随着现代社会的发展,反抗物化的要求已经被纳入到物化本身之中,因而解放现代社会物化问题必须转向寻求维护自由和民主的新途径,反对主体中心理性形式带来的普遍极权统治。

卢卡奇在《历史与阶级意识》中写道:"商品拜物教问题是我们这个时代、即现代资本主义的一个特有问题。"②他对资本主义的批判是从普遍的商品化开始的。在综合了马克思对交换价值生产体系实质的批判和韦伯对现代资本主义合理化经济的剖析的基础上,卢卡奇认为,正是现代资本主义社会中,商品和交换价值的生产向整个社会的统治形式的发展,导致了人的关系与事物关系的同化,抽象的普遍交换形成了普遍物化的趋势和资本主义的彻底统治,人自己的活动、劳动和关系,作为某种客观的东西与人相对立并且控制人,深入人的内在灵魂世界制造了物化意识结构。现代系统表现为一个机械的、有规律的过程,现代资本

---

① Ben Agger, *Cultural Studies as Critical Theory*, The Falmer Press, 1992, p. 95.
② [匈]卢卡奇:《历史与阶级意识》,杜章智等译,商务印书馆 1992 年版,第 144 页。

主义社会就像一个大机器一样受自然规律支配,它的物化即它的合理化,"商品形式的普遍性在主观方面和客观方面都制约着在商品中对象化的人类劳动的抽象……商品形式作为相同性的形式、即质上不同的对象的可交换性形式才是可能的。在这方面,质上不同的对象的形式相同性原则只能依据它们作为抽象的人类劳动的产物的本质来创立"。① 这种抽象的普遍等同性在现代劳动过程中的体现就是普遍的分工和合理的机械化,劳动活动被普遍分解,人的工作成了机械性的简单重复。在整个社会生活中,社会职能也普遍分化和形式合理化,并且深入人的主体性本身,使人的知识、气质、表达能力变成了一架按照自身规律运转的抽象机器。

卢卡奇赞同韦伯对现代资本主义社会与传统社会差别的分析,也赞同韦伯关于现代社会是形式合理化的有关论述,但却不赞成韦伯关于这种合理化起源于宗教伦理下的科学目的合理性扩张的主张,而是在资本主义形成史问题上接受了马克思主义的经济基础和上层建筑关系的原理。他认为资本主义社会是自然建立起来的社会,它的历史就是自然史。"资本主义社会是和这样一条'自然规律'有关的,这条自然规律'是以当事人的无意识为根据的'。"② 卢卡奇认为,在整个资本主义生产过程中,资本家不过是生产方式强制规律的齿轮,他作为经济和技术进步的化身并不是主动的。资本主义社会的人面对的是他自己创造的与自身对立的自然,他的活动只能是为了自己的利益而利用个别规律的自然进程。卢卡奇解释了这种机械化、形式化、片面化社会的特征,在他看来,由哲学、精密科学与技术生产劳动相互作用形成的"理性主义"特征在于它总是试图取消理性之外的非理性领域。"'理性主义'就是一种形式体系,它和现象的这样一个方面有关,这个方面是知性可以把握的,是知性可以创造的,并因而是知性可以控制,可以预见和可以计算的。"③ 它的前提是主客体对立的二元论。在卢卡奇看来,德国古典哲学尽管看到了形式理性化背后的极端对立,试图反对形式理性化思想的局限性,重建被现代社会打碎了的、分裂的、形式化中片面化了的人,但是在"理性的狡黠"和精神造物主的纯粹概念神话那里,"它的全部尝试都化为乌有。思维重又落入主体和客体的直观二元论的窠臼之中"。④ 卢卡奇相信存在

---

① [匈]卢卡奇:《历史与阶级意识》,杜章智等译,商务印书馆1992年版,第148页。
② [匈]卢卡奇:《历史与阶级意识》,杜章智等译,商务印书馆1992年版,第206页。
③ [匈]卢卡奇:《历史与阶级意识》,杜章智等译,商务印书馆1992年版,第180页。
④ [匈]卢卡奇:《历史与阶级意识》,杜章智等译,商务印书馆1992年版,第227页。

着可以与革命的科学理论结合起来的批判现代社会的现实力量。在揭示这种现实批判力量的过程中,他从黑格尔主义的主体—客体的总体辩证法出发,相信尽管普遍物化培植了自动服从的内在意识,物化深入主体性的深处,但无产阶级在资本主义经济合理化普遍统治的过程中,毕竟与资本家的感觉不同,他们在合理化中、在现实生活中直接感受到自身的被剥夺,而不是确证自己,因此会本能地感到现实存在的问题,积极实践的自发性革命的总体意识有现实的本能基础,无产阶级通过经验和社会生产与再生产,使自己的意识成长为社会意识,作为事实的客体成长为社会化的主体。

法兰克福学派的早期理论家,如霍克海默和阿多诺则把理性的工具化、人与自然以及人与人之间的关系分裂作为他们的批判理论对象。在《启蒙辩证法》等论著中,霍克海默始终把对权威顺从与对必然性的无奈这种虚假意识的分析相结合,这与他反对机械必然性、绝对必然性的前提始终是一致的,他把这种绝对必然性既看成是资本主义制度的特征,也看成是被支配者屈从心理方面的内在意识。与卢卡奇强调的在商品化的资本主义经济发展过程中产生形式理论化、机械化的普遍社会特征和科学特征不同,霍克海默和阿多诺认为,现代社会的特征在于自由主义转向极权主义,而极权主义又有其自由主义的根源。他们把物化——丧失自由视为主观理性以及自我维持的自由主体带来的结果,主观理性被看成是有目的的行动主体与外界相互作用的工具,即工具理性。在论述现代社会中丧失自由的现象时,他们并不注重分析经济、政治和法律体系方面的原因,而且没有深入考虑人之间的关系,而是从内在的心理分析走向了哲学理性批判。在霍克海默和阿多诺看来,工具理性本身的辩证法在于从外部自然界力量相互作用中形成的自我,是自我维持的产物,是工具理性造就的主体,这种主体服从自然,发展生产力,在使世界失去魔力的同时,主体也学会了掌握自己,把其他主体变为统治对象,并且压抑自己的本性,使内在自我客观化,对自我本身越来越不清楚,对外部自然的胜利以对内部自然的失败为代价。因而解决现代社会的物化问题在于寻求克服物化的新的文化基础,他们从寻找真正的哲学理性和科学理性走向了艺术和宗教。

在对现代极权社会权威进行批判的基础上,霍克海默和阿多诺从极权的文化心理的经验事实批判进入到理性的批判之中。他们认为,要真正把握现代社会的极权主义性质,理性思维本身也要接受批判。这一批判导向开始在启蒙理性的自我否定的解析中展开了现代性的批判。《启蒙辩证法》的理性批判的目的就在于"用于揭露错误的专横暴政、盲目的统治权",批判纳粹国家极权统治,"冷酷的学说揭露了统治权与理性的同一和一致",法西斯主义国家的"极权的制度是进行有计划思维的,并认为这种思维是科学本身"。① 在霍克海默和阿多诺看来,纯粹的思维基础就是启蒙精神,启蒙精神为了效力于现存制度而疯狂欺骗群众,批判启蒙精神必须放弃与敌人的调和,以不妥协的理论精神才能成为铁面无私的进步精神。真正的变革精神取决于反对社会盲目僵化的思想。他们的批判是非常深刻的,同时也是非常激进的。但即便如此,他们的批判宗旨也不是从根本上否定现代性,而是要以理性和个体自由的结合重建理性秩序。霍克海默认为,实证主义和实用主义的科学逃避社会整体性问题的责任,导致了内容肤浅和智力迟钝,尽管科学进步了,但社会整体却在倒退。在极权国家中,科学和技术导致了个人对命运的冷漠和愚钝。科学技术的问题被归结为作为对工具理性欺骗性使用的主观理性,只有用关心全部存在者的客观理性来对抗,才能在根本上建立真正的科学精神和理性精神,建立人与自然的和谐关系,因此,建立哲学和理性的批判潜力是批判理论的根本目标,合理的组织社会离不开哲学与生活实践的关系。

如果说霍克海默主要是从对工具理性欺骗性使用的主观理性入手批判极权主义的话,那么阿多诺对极权主义的批判则更多地是深入到哲学理性之中,这种批判包含着这样的潜在意义:一方面,哲学理性是极权主义形成的深层思想和文化根源,极权主义与哲学理性有紧密关系;另一方面,极权社会本身也体现出哲学理性的客观特征,因为哲学理性是构造现代社会的根本设想,这种构想赋予了现代社会丧失自由的特征。对现代极权主义社会的哲学理性基础的揭示集中体现在阿多诺对同一性的激进批判之中。

在阿多诺看来,极权统治并非建立在经济因素之上,它与启蒙精神对现代社会构想的双重性有着内在的深刻联系。所谓启蒙的双重性特征是,启蒙在积极反对统治权的同时,它也成了"伟大政治家"进行欺骗的手段,它本身还是进行着疯狂的欺骗、效力于现存制度的工具。在启蒙构想下发展起来的社会并没有走向人道主义,组织起来的人类只能是对人类的威胁。法西斯主义赞赏极权秩序与顺从极权化社会盲目僵化的思想,正是源于启蒙精神的这种欺骗性。在阿多

---

① [德]霍克海默、[德]阿多诺:《启蒙辩证法》,洪佩郁、蔺月峰译,重庆出版社1990年版,第37、111、79页。

诺看来,批判技术理性不是批判它的逻辑特征,而是要深入到它的主观性之中,这种主观性及其所虚构的冷漠的必然性集中反映在纳粹极权主义统治的种种迫害上,纳粹通过管理手段对数百万人的谋杀,从牺牲品身上榨取自己存在的意义,表现了对活生生的生命的漠视,极端地表现了对具体性的消灭。"如果否定的辩证法要求进行自我反思,那么这明显意味着,如果思维想成为真实的,特别是今天成为真实的,它就必须也是一种反对自身的思维。"[1]在这里,阿多诺已经明确地表现出拒斥建立在同一性基础上的宏大叙事的思想。

哈贝马斯一开始就承认美学现代性的精神是在波德莱尔时代出现的,而到了达达主义时期则攀上了高峰。这一时期对于时间的新感受是认为现在可以掌握一个崇高的未来,但是这种精神已经在明显的衰退当中:先锋艺术垂垂老矣,此刻后现代性的概念正好拥有这个不可否认的改变力量。但此时,新保守主义的理论家却得出了完全相反的结论,他们认为现代主义文化中摒弃社会规范的逻辑已经传遍整个资本主义社会,这也使得道德衰败,并因为不加限制的主题性的信仰而破坏了工作纪律,所以这种文化再也不是创造性艺术的来源了。而享乐主义大行其道的结果也威胁到曾经是荣誉的社会秩序,所以只能借助于重整一种类似于宗教信仰的东西——从一个渎神的世界回到一个圣洁的世界。

哈贝马斯在经过仔细的观察之后,在演讲中指责美学的现代主义成了明显的资本主义现代化的商业逻辑本身,所以文化现代性的真正死胡同正在于此。艺术发展到19世纪,逐渐变成了孤立的小团体,渐渐疏离社会,艺术本身又非常迷恋于这类疏离。到了20世纪初,革命性的前卫艺术,如超写实主义,作为一种美学思潮尝试去化解艺术与生活的这种隔阂,但他们的努力却徒劳无功,解放之流并没有从形式的毁灭或失去升华机制的意义中产生,而生命也不会因为欣赏艺术而有所改变,因为这需要科学和道德资源同时恢复才有可能。这个现代性的过程不但不被人们了解,反而很快就将它加以否定,因为每一种价值领域的自主性都无法被废除,即使是身处于退化的痛苦之中。在哈贝马斯看来,每一种文化都制造出具有普遍经验的语言,但这仍然存在着一个保护自然发生的生活场域,以对抗市场力量和官僚行政入侵的障碍,哈贝马斯自己也承认,想要改变这一切的机会不大,因为在整个西方世界都存在着发展现代主义的潮流;但在德国,一种隐藏的反现代主义和前现代主义的混合物正在潜入"反文化"之中,而前

———————
[1] [德]霍克海默、[德]阿多诺:《启蒙辩证法》,洪佩郁、蔺月峰译,重庆出版社1990年版,第365页。

现代主义和后现代主义这个不祥的联盟已经进入了政治集团。

哈贝马斯对于现代主义的界定，显然继承了韦伯的思想，并且将其浓缩成价值领域的差异，接着他又增添了另外的启蒙运动的灵感，而这种改造物正是生活场域中相互沟通的来源，但这也是在韦伯的启蒙运动中闻所未闻的，而哈贝马斯所勾勒出的现代性"事业"却清楚地显示了这是两个具有相反原则的混合物：专业化与通俗化。我们该如何了解这两种东西的混合物？这个事业会有完成的一天吗？显然，可能性是不大的，原因正在于哈贝马斯整体的社会理论。

还应当注意的是，哈贝马斯对现代主义的定义及其对后现代主义的批判，都是建立在他与同时代的哲学思潮的对话和交锋的基础之上的。近 20 年来，随着后现代主义思想影响的扩大，西方学者纷纷对后现代主义思想模式下的政治、意识形态和哲学立场进行批判性再评价。如美国社会学家丹尼尔·贝尔是最早批评后现代主义的学者之一。在贝尔以后十多年，英国地理学家大卫·哈维（David Harvey）审查了"后现代性的状况"，主张研究文化和社会的学者必须询问下列根本问题：后现代主义是否代表一种与现代主义根本的决裂？或者是代表一种现代主义内部对现代主义某种高级形式的反叛？后现代主义是一种时尚的生活方式或仅仅是一种历史分期概念？根据后现代主义反对任何形式的元叙述以及它对"他者"的关注，后现代主义是否具有一种革命潜质或者它仅仅是现代主义的商业化和本地化？它是削弱了新保守政治的基础还是与之成为一体？最后，我们是否应该把后现代主义的兴起与资本主义结构的根本变化联系起来？英国学者克里斯托弗·诺里斯（Christopher Norris）撇开我们是否居住在一个后工业世界的问题，直接攻击后现代主义思想的批判性，认为后现代理论在根本上是"非批判的"等。

同样，我们也知道，詹姆逊借鉴曼德尔的理论，将资本主义的发展历程分为早期资本主义、自由资本主义和晚期资本主义三个阶段。他认为，现实主义是早期资本主义的，现代主义是自由资本主义的，后现代则是晚期资本主义的。但在后现代的根源上，他认为后现代主义与"晚期的、消费的或跨国的资本主义的新时期息息相关"，因此，后现代主义与现代主义不可能有一个截然的分界，它必然会留存一些现代的成分。当然相对于现代主义，后现代有自己的特征，即"平面感""断裂感""零散化"和"复制"等。同其他西方马克思主义学者相同，詹姆逊也是从文化角度对后现代进行评判的。詹姆逊认为，前资本主义和垄断资本主义主要通过政治殖民主义与经济殖民主义来统治非西方国家；晚期资本主义时期则主要以文化殖民主义统治非西方国家。因为后现代性是与晚期资本主义经济制度相联系的文化逻辑,是晚期资本主义社会的文化主宰,所以他反对对后现代主义文化进行溢美或谴责,并固执地对马克思主义进行后现代主义的文化分析。

三、本·阿格的启示:如何走出后现代

与上述西方马克思主义者的理论路径不同的是,本·阿格"没有兴趣去划定一片研究文化研究的认知领地,因为这片领地变化太快,季节性地回应着流行或过时的理论和批评发展。今天用来印刷利奥塔理论的初级读本的纸张,几年后被回收利用,用来出版波德里亚的著作(或是还没被发现的昙花一现的新理论家的著作)。尽管为了教育目的,认知版图有其重要性,但是人们不必太相信看重这些"。[1] 本·阿格的目的是:"试图发展一种能做分析性和政治性研究的后现代社会批判理论;就重要意义而言,这种离经叛道的后现代主义方式在启蒙批判方面与法兰克福批评理论相似,都在保留着现代项目(启蒙主义未实现的)基本的进步目标的词汇里措辞。后现代主义为德国批评理论增添了一种大众文化视角,这一视角比起法兰克福的一些审美理论更为普通,少了些官方色彩,因此有价值地修正了阿多诺的文化悲观主义。"[2] 可以看出,本·阿格并不欣赏西方学者书斋里的理论建构,而是要恢复西方马克思主义,乃至于经典马克思主义理论的批判功能和批判旨向,具体地说他更乐意回到伯明翰学派关注现实、关注当下问题和法兰克福学派特有的批判立场和研究路径上。为此,本·阿格把后现代主义分成"肯定的或辩护的"和"批判的"两种程式。在他看来,"后现代主义一开始就是明显的文化作品,尤其是在建筑方面,它没有后结构主义的哲学反思性方式……由于它的建筑根源,更难认识和利用包含在后现代主义中的初现的社会批评;点缀了美国风景的大量'后现代'写字楼和购物中心证明了后现代建筑装饰的肯定特征"。[3] 他认为建筑后现代主义是主流建筑现代主义的肯定形式。而"对批判的后现代主义的论证实际是对激进的文化研究的论证,这种文化研究能够以同情和批判的方式来理解各种各样不相同的文化表述和实践。后现代主

---

[1] Ben Agger, *Cultural Studies as Critical Theory*, The Falmer Press, 1992, p.109.
[2] Ben Agger, *Cultural Studies as Critical Theory*, The Falmer Press, 1992, p.111.
[3] Ben Agger, *Cultural Studies as Critical Theory*, The Falmer Press, 1992, p.111.

义形式的真正矛盾就是后现代主义对现代主义的矛盾。一方面,批判的后现代主义想要超越现代性——当前建立的环境和晚期资本主义的社会经济机制。另一方面,批判的后现代主义想要完成现代性计划,即创建一个建立在普遍理性原则上的世界的启蒙尝试"。①

本·阿格之所以要区分两种不同的后现代主义,是因为"批判的后现代主义能细致地理清把利益从强大的文化霸权中解放出来的文化的各个方面"。"建基于这种离经叛道的后现代主义的文化研究拒绝各种先验的文化视角,不管是法兰克福学派的官方主义,还是赞同(而后抛弃)波德里亚的超现实论的各种模仿的主流后现代主义者的肯定姿态。这样的先验论之所以崩溃,是因为它忽视了文化方案和文化接受的语境本质。批判的后现代文化研究把它对文化解放潜力的判断与文化作品和实践所处的生产、分配、接受的语境联系起来。尽管不同于当代文化研究中心,批判的后现代文化研究倾向于用更自觉的历史哲学术语来表达它的文化批评,但在某些方面,它又类似于伯明翰当代文化研究中心的文化视角。"②只有区分两种不同的后现代主义,才能继承马克思主义理论的批判品格,也才能真正认识到后现代主义的问题所在,并最终走出后现代。

作为一名当代西方学者,本·阿格更善于体察当代西方的学术语境,特别是敏锐地发现了后现代主义和后结构主义正是在对待实证主义的态度上分道扬镳了。后现代主义(如利奥塔和福柯)和后结构主义(如德里达)为此互相对立。"利奥塔和福柯加入实证主义者行列,按照福柯的说法,文化批评家不可以在自己的话语和实践之外对散漫的实践进行评判。利奥塔坚持话语/实践的相关性和不能比较性,这为他对马克思主义的攻击奠定了基础。这与实证论主义的观点基本类似,实证论者认为文化批评不可以试图将自身的价值和评判强加给文化作品和实践,相反,文化作品和实践应该根据其自身意义从内部予以估价。然而,德里达派对此持有异议。他们挑战实证主义价值中立的断言:认为所有分析同时也是批评,所有的阐释就是干预,因为他们介入了选择性,体现了视角。艺术批评家强调个体艺术家作品的各个方面,将作品与他/她自己的批评兴趣融合在一起。影评家注重对电影风格的批评,而风格完全是个人一时兴趣的问题。书评家也不是简单地评论整个文本(不管文本所指为何),而是以批评讨论的方

---

① Ben Agger, *Cultural Studies as Critical Theory*, The Falmer Press, 1992, p.111.
② Ben Agger, *Cultural Studies as Critical Theory*, The Falmer Press, 1992, p.111.

式,极具选择性地决定他/她要主题化的内容。"①本·阿格指出,后结构主义者否认公正的文化评论和批评出现的可能性,他们强调话语/实践的可评价性,即便不是终极决定性。他相信人们能跨越文本差异,进行互文性的阅读和书写。试着重译话语/实践,发掘出它们的疑难逻辑对于德里达的解构至关重要。通过翻译话语/实践,人们能够认识到表述行动中几乎不可能做到清晰明朗,但同时也能发现语言的可重复性和灵活性搭建了对话的桥梁。"这并非对客观性的否定,而是认识到每个主观性都已经具有了客观性——即便不是相同的客观性。主体建构客体,这是后结构主义和现象学的主要经验之一。阅读是书写的一种形式。"②

　　本·阿格对后现代主义和后结构主义的细致分析对我们准确认识西方社会思潮具有启迪意义。我们知道,马尔库塞在《单向度的人》中指出:"在发达的工业社会里,批判意识已经消失殆尽,统治已成为全面的,个人已丧失了合理地批判社会现实的能力。"③在发达资本主义社会,对于价值、话语、实践和商品,人们丧失了批判性思维能力,失去了批判视角的人们的主导利益使得话语范围变窄了,唯有批判视角才能使人们与对传统的"商品"作出的判断保持距离。他还指出,在资本主义统治的利益中,人们认识不到可以替代常规的基本选择。人们被引导着从消费角度去界定快乐的含义,这些人在刺激生产的同时也将自己束缚在体系服务的惯例中,有拒绝挑战日常生活霸权化的惰性。受虚假需求的支配,人们背离了自己对自由的真实兴趣。他们一成不变地维持着资本主义消费和惯例的枯燥乏味的生活。本·阿格沿用了马尔库塞"虚假需求"的概念,进一步提出:"在马克思时代,虚假意识呈现出来的形式实际上是对现实合理性的虚假文本断言(如宗教和资产阶级经济理论)。今天的虚假意识才开始以一种看上去似乎残忍的真实性来书写和解读人们经历的一成不变的资产阶级日常生活。换言之,今天的人类经验具有超越的不可能性和社会变革的不可能性的特点。"④他认为"需求之所以虚假不是简单地因为其内容有害——如暴力电视节目、有辱女性的电影、环境污染以及肇事车辆等。尽管这些都是糟糕的事情,但它们代表着消费者的选择,事实上,考虑到广告的主流影响、社群化和同辈的压力,这些选择

---

① Ben Agger, *Cultural Studies as Critical Theory*, The Falmer Press, 1992, p.137.
② Ben Agger, *Cultural Studies as Critical Theory*, The Falmer Press, 1992, p.138.
③ [美]赫伯特·马尔库塞:《单向度的人》,张峰译,重庆出版社1988年版,第2页。
④ Ben Agger, *Cultural Studies as Critical Theory*, The Falmer Press, 1992, p.144.

早就为消费者准备好了。人们根据目前水平和可及的方式来定义美好生活，而不是根据有本质差异的最大限度的社会正义标准和人与自然的和谐关系来定义美好生活"。① 因为在资本主义制度下需求是由外界强加而来的。人们上当受骗来消费文化商品，既为商家提供了利益，又转移了注意力，窥不到全貌——我们循规蹈矩的顺从只是加剧了社会和经济的不平等。本·阿格看到了当今资本主义社会的这一深刻矛盾，因此他"建议某些实证的人类需求的虚假性应该成为文化评判的标准，看起来，我似乎想要鱼和熊掌兼得。在文化成为奴隶的地方，需求就是虚假的。在文化赋予我们以多元方式进行创造的地方，需求就是真实的。至少，这就使我不必提供在一定程度上比其他可能的产品和实践更有价值的文化产品和实践的权威清单了"。② 因为，"在资本主义社会，人们从来没有进出市场的自由，他们只能靠出卖自己的劳动力来换取工资。文化自治的神话是自由主义不可或缺的一部分，也是后现代主义最新进展的重要部分。人们之所以无法自由选择，是由于我们被模仿程式化，去文本化的模仿散落在漫不经心的日常感觉中，难以从它们自身的优点来进行评价。为了以不同的方式思维和表达，规避文化商品化的语言游戏强加给我们的先决意义，我们几乎不可能逃离现行的话语体系"。③

尽管本·阿格承认，批判的后现代文化研究没有特定的流派或代表，但批判的后现代主义与肯定的后现代主义是有所不同的；肯定的后现代主义自觉地认同所谓的后现代文化——如《迈阿密风云》、派瑞·艾力斯的时装以及林奇的富于想象力的电影、电视世界等，肯定的后现代文化研究抑制了对这类文化的判断，因为他们确信狂欢烂醉的曼哈顿城市景象占领了历史，历史本质上终结了，而"批判性的后现代主义旨在成为一种整体社会理论，解释资本主义晚期政治经济，文化和心理发展的所有方式"。④ "批判的文化研究不仅洞察纷繁复杂、相互交错的社会整体性，而且为文化研究的继续发展点燃希望之火。"⑤实际上，本·阿格已经提出了一个至关重要的命题——我们如何走出后现代。走出后现代不是历史总体演绎而出的，而是历史自身运动所展示的必由之路，是历史在当前语

---

① Ben Agger, *Cultural Studies as Critical Theory*, The Falmer Press, 1992, p.144.
② Ben Agger, *Cultural Studies as Critical Theory*, The Falmer Press, 1992, p.150.
③ Ben Agger, *Cultural Studies as Critical Theory*, The Falmer Press, 1992, p.150.
④ Ben Agger, *Cultural Studies as Critical Theory*, The Falmer Press, 1992, p.133.
⑤ Ben Agger, *Cultural Studies as Critical Theory*, The Falmer Press, 1992, p.133.

境下促使思想者对这一使命的自觉意识。尽管本·阿格与很多思想者一样,并没有为我们清晰地刻画出走出后现代的理论路径,对于后现代文化也并未勾勒出一幅令人满意的蓝图,而是更多地从感性体验中,从后现代主义思想的种种混乱中,从后现代现象的种种不和谐中,看到了走出后现代的历史必然性,而这正是本·阿格区分两种不同后现代性主义给我的深刻启迪。

西方马克思主义对中国当代文论的影响与启迪

西方马克思主义对我国当代文论所产生的影响是十分深刻的,这种影响主要表现为新时期我国文论在发展过程中所关注的一些重大理论问题都与西方马克思主义的关注点有某些契合,或者说中国新时期发展马克思主义文论的路径与一些西方马克思主义理论家在某些思路上有相当的一致性。

西方马克思主义的理论路径之一是发掘马克思思想中长期被遮蔽、未被注意和吸收的部分,就是所谓"回到马克思"。我国新时期文论开始于批判"四人帮"曲解马克思主义的恶劣行径,提倡正确地、全面地理解马克思主义文艺学,也是要"回到马克思"。其中一个重要举措就是研究和探讨马克思《1844年经济学哲学手稿》,把这部长期被忽略的重要著作作为马克思主义美学、文学批评理论思想的重要来源之一。

西方马克思主义的理论路径之二是提出要向马克思当年吸收黑格尔辩证法一样,接受当代资产阶级的文化成果。于是,他们把20世纪当代西方哲学文化思潮中的某些认为可取之处,作为改造和补充马克思主义的思想资料。在西方马克思主义中就有弗洛伊德主义的马克思主义、存在主义的马克思主义、结构主义的马克思主义等。这一点在我国新时期文论发展中也有突出反映。80年代中期,我国兴起了一场文艺学方法论研究、讨论的热潮。一些论者热衷于在文学研究中引进20世纪自然科学中的系统论、控制论、信息论等方法,用以补充和发展中国当代的文学批评理论。同时,较为全面地吸取西方当代批评理论,使之与中国传统文论和现代中国马克思主义文艺学相结合,这是新时期相当多的理论家所做过并且还正在继续做的工作。

西方马克思主义的理论路径之三是把目光投向现实社会,试图用马克思的原理和当代伟大的思想成果,去解决当代资本主义社会的社会问题和艺术、审美问题。在他们的理论结构中,既有马克思的原理部分,又有当代思想文化的最新成果、面向现实的维度,这种理论结构应当说也是与我国新时期文论的理论结构一致的。新时期文学批评是在马克思主义基本原理的正确指导、西方当代思想的合理吸收、中国传统文论精华的再度发掘等综合因素的整合之中,面对新情况、新问题的探索和解答。正是由于有上述相同或相似的境遇、动力因素和理论结构因素,中国新时期文论的发展在热点问题的提出、争论的发生、某些有代表性的理论形态等方面,都与西方马克思主义文论有似曾相识之处。其主要问题有:

1. 艺术与美学中的人道主义问题

西方马克思主义起源于 20 世纪 20 年代柯尔施、卢卡奇等人用黑格尔的主观辩证法来改造马克思主义的努力,它既否定第二国际把历史规律绝对化的倾向,又反对第三国际在实现历史规律时对人的自由意志的忽视,强调在推动历史进步时人的自由选择,形成了一种推崇主体性的文化哲学。卢卡奇在《历史与阶级意识》等著作中,反复强调人是马克思主义的出发点,也是归宿点,"这种人道主义是马克思主义美学最重要的基本原则之一"①。列斐弗尔提出只有在艺术和审美中,人才有可能成为总体的人、完善的人。把艺术作为人性在当代资本主义社会异化状况下复归的主要甚至是唯一的途径,就是西方马克思主义文论的基本主张。西方马克思主义对苏联社会主义文论模式的批判,其中就包含了对其忽视艺术与美学的人道主义核心的批判。卢卡奇等人的主张长期以来受到了国际共产主义运动的批判,直到 70 年代以后才得到一定的肯定性评价。

西方马克思主义的美学人道主义的思想,提出如何以马克思主义对待 19 世纪德国古典美学的主体性思想的问题。这一问题长期以来确实是马克思主义文论与美学的一个空白。因为马克思主义经典作家基本上把毕生精力用于对社会政治、经济、革命问题的研究,他们往往从政治革命的角度去对人道主义发表意见,而很少从艺术与审美的角度去论述人道主义问题。他们对人道主义思潮的论述大多是批判性的,这是不容否认的客观事实。西方马克思主义的人道主义思想的复杂性就在于,他们并不限于在艺术和美学的范围来论述人道主义;美学人道主义的批评理论来源于他们的人本主义的世界观、历史观。事实上,西方

---

① 《卢卡契文学论文集(一)》,中国社会科学出版社 1980 年版,第 300 页。

马克思主义是书斋里的理论,它的人道主义思想在政治上并没有获得什么实际成果,似乎只是在美学上才结出了硕果。这从另一方面说明西方马克思主义的人道主义思想作为一种政治观、社会观、历史观,已经离开了马克思主义的基本立场,但在美学观、艺术观上对于马克思主义文论的发展却有一定的促进作用。

中国的学术思想界长期以来受苏联模式的社会主义思想影响,对人道主义一直采取批判、排斥的态度。新时期开始于对"文化大革命"极左路线的批判和对长期"左"的失误的反思,特别是从事艺术活动的作家、艺术家,在"文化大革命"中经受非人的遭遇,产生了对极左思潮一概排斥人道主义的行径的怀疑和批判,于是在"文化大革命"结束以后,他们最早在文艺创作和评论中发出了对人道主义、人性论的呼唤,由此进一步引起了文艺学、美学和哲学界关于人性、人道主义的规模大、持续时间长的论争。论争中提出和涉及的问题和达到的深度,与西方马克思主义几十年来对人道主义的探索是不相上下的。这里既有一些人用传统思维对人道主义、人性的一概否定,也有一些人完全照搬西方马克思主义的理论,存在把马克思主义在世界观上人本主义化的倾向。遗憾的是,我国新时期的文论还没有对美学的人道主义问题进行非常深入的讨论和研究。这里的原因虽然复杂,但主要是论争双方都并没有在实际上把人道主义不同层面的含义划分清楚。提出主体性文学理论的学者,往往越出了审美的边界,把人道主义引申为一种世界观和历史观;而批判主体性文学理论的学者,有时又忽视了主体性文学理论中除了世界观和历史观的失误外,还包含了作为伦理观、美学观的人道主义的合理之处。由于论争主要在政治和社会历史层面进行,这对于澄清一些思想和理论的是非有好处,但又疏于对艺术和审美的人道主义问题的深入研究,这就在一定程度上影响了新时期文论对美学人道主义问题的深度发掘。目前,我国对这一问题的研究与西方马克思主义美学相比,还有很大的差距。

2. 现实主义与现代主义之争

西方马克思主义对现实主义的理解是随着现实主义的理论能否与现代主义的艺术相融合这一问题的争论而逐步明晰和完善的。20世纪30年代末期,卢卡奇与布洛赫、布莱希特之间关于表现主义的论战,不仅把争论推向高潮,而且事实上也成为西方马克思主义文论形成的契机之一。

卢卡奇根据他的理性主义、人道主义和总体性观点提出了"伟大的现实主义"

的主张,他认为"现实主义是一切伟大文学的共同基础"[①]。真正的、伟大的现实主义就是把人和社会当作完整的整体加以描写,充分表现人的完整的个性,而不是仅仅表现他们的某一个方面;现代作家应努力仿效古典现实主义传统,以总体性视角揭示现代社会,尤其是资本主义社会的物化现实。在他看来,现实主义因其把现实当作一个活生生的有意义的整体加以表现而达到了深刻。由于现代主义的哲学基础是非理性主义的,因此,他对现代主义的评价始终不高。他甚至认为乔伊斯和其他先锋派文学的代表们只有一道非常窄小的柴门。卢卡奇对"现实主义的伟大胜利"尤有自己独到的理解。文学创作与世界观的关系问题是一个复杂的问题,恩格斯讲"违反""隐蔽",列宁也提到这一点,他们都看到并指出了这种矛盾现象的存在。但更深一层,是卢卡奇将之置于现实发展之中,探讨世界观的深浅两层含义。恩格斯《致玛·哈克奈斯》的信,看到了现实主义创作与世界观之间的不统一,但是他无意去解释这样一些问题,卢卡奇自觉地挑起了这副担子。他以巴尔扎克、托尔斯泰等为例,仔细剖析他们的世界观与作品的矛盾的缘由。

布莱希特与布洛赫一方和卢卡奇对待现代主义的态度看上去似乎迥然不同,但他们都着力强调了文学的政治意义和社会功能,特别是布莱希特还强调"干预现实的文学才是现实主义文学"[②]。因而我们可以说,他们的美学原则也是现实主义的,只是这一原则在他们那里并未得到明确而有系统的表述。

与布莱希特和布洛赫不同,在西方马克思主义的现实主义美学中,另有一些人则力图通过把现代主义纳入现实主义的范围来为现代主义辩护,奥地利的恩斯特·费歇尔和法国的罗杰·加洛蒂就是这一倾向的代表。面对20世纪现代艺术日益发展的客观事实,他们执意要破除卢卡奇对现实主义的狭隘理解,赋予现实主义以新的尺度。在他们看来,凡是努力表现和把握现实的艺术都可视为现实主义。由于现实从来不是现成的东西,而是未完成的东西,是不断在打开的东西,或者说现实的发展是无边的,因而现实主义也是无边的。每个时代的艺术作品都是以其自身特有的方式或模式表现人与世界的关系,随着人与世界的关系的改变,艺术本身的语言或形式也会发生变化,19世纪的浪漫主义、现实主义以及20世纪的现代主义,都不过是无边的现实主义的不同模式体现,也就是说,现代主义乃是"无边的"现实主义。其实,无边的"现实主义"的提出,从目的上来

---

① 《卢卡奇·艺术与客观真理》,《马克思主义文艺理论研究》(第4卷),文化艺术出版社1985年版,第429页。
② 余匡复:《布莱希特论》,上海外语教育出版社2002年版,第29页。

讲也是想冲破自列宁、斯大林以来在一些社会主义国家和共产党文艺理论界占统治地位的左的、狭隘的文艺理论束缚,扩大马克思主义文艺理论的世界性和宽容度,只不过,加洛蒂没有像卢卡奇他们那样正面出击,直接对"列宁主义"进行发难,而是采取了以守为攻的方法,即开放现实主义的界限,拓展其包容性,于是将卡夫卡、圣琼·佩斯和毕加索等都纳入现实主义的疆域。他还以马雅科夫斯基为例指出:马雅科夫斯基是未来主义代表之一,苏联一直把他当作最伟大的社会主义现实主义诗人,可见社会主义现实主义所要求的主要是政治倾向,而不是创作方法。加洛蒂极力分析卡夫卡等人的作品与现实生活的密切联系,从而证实它们也是现实主义的,或者说希望现实主义也能把这些作家、艺术家的创作包括起来,从而使他们的作品也得到肯定。这当然要遭到恪守社会主义现实主义的理论家们的反对,因为卡夫卡等人根本没有表达社会主义政治思想。我们也必须看到,尽管加洛蒂强调人在现实中存在,人是创造者,他的现实主义观有其合理之处,但是,也有过分夸大之处。我们知道,我们不能把一切艺术都归入现实主义,即使强调人,也不能把现实主义扩大到无边的地步。现实主义是有边的,因为现实主义是一种理性主义,尽管现代主义是一种非理性主义,它也是有边的。加洛蒂只用艺术标准来确定现实主义,而忘记了用"美学观点和历史观点,以非常高的、即最高的标准来衡量"现实主义,因而扩大现实主义的边界,容纳"现代派",这又是其局限之处。

但是,我们不难看到,从卢卡奇经布莱希特到加洛蒂和费歇尔,针对现代主义这一新的文艺或文化现象,西方马克思主义确立了一种不同于苏联模式的现实主义美学形态。这一形态最典型的方面就在于,它在强调文艺对现实的再现或认知本质的基础上,尤其重视文艺随着现实或者说所要表现的内容的变化而在形式上进行创新和变革。西方马克思主义文论正是在对所谓的教条主义、苏联模式马克思主义文论的批判中,既寻找他们所理解的马克思主义文论的真正传统,又用自己对马克思主义的理解,去吸收现代文论思潮中的非马克思主义思想,以期解答时代的文论问题。虽说在探索的过程中出现这样那样的偏差在所难免,但其一以贯之的研究思路,其对马克思主义的"修正"和"补充",我们认为正是对马克思主义的真正继承和发展。

中国从 20 世纪 80 年代初开始,几乎重演了西方马克思主义 30 年代关于表现主义的争论。但中国新时期文论关于现实主义与现代主义的争论与西方马克思主义中的类似争论又有明显的不同之处:西方马克思主义文论所面对的无论是现实主义或是现代主义的文学现象,都是西方本土的文化现象;而中国无论是

"五四"以来被视为现实主义的文学,或是80年代被视为现代主义的新潮文学,都是在受到西方文化的强势影响之后发生和发展的,是一种跨文化影响的产物。这样,中国新时期文论中关于现实主义与现代主义的争论,就并不局限于这两种创作方法、风格、流派的得失之争,而把现实主义或现代主义定于一尊的极端化观点,也少有坚决的支持者。人们谈论得更多的话题是,在当代跨文化交流中,中国文学如何面对西方现代主义、后现代主义等新兴艺术潮流不可回避的影响。讨论的焦点似乎是中国新时期文学的发展需不需要吸收西方现代主义、后现代主义,需不需要中国的现代主义、后现代主义艺术,可不可以产生中国的现代主义、后现代主义艺术,最终能够产生的是一种什么形态的现代主义、后现代主义。

3. 艺术的人文精神的失落与拯救

人们的价值意识,即什么是好的艺术品的意识,对于艺术价值的实现至关重要。传统艺术价值意识的核心是以人的理性目的为最高追求的人文精神,这是在传统理性主义价值体系中的对人类精神追求的文化设定。20世纪当代学术思潮兴起了对传统理性主义观念的反思与反叛,对传统人文主义价值体系进行了重估。阿多诺是当代非理性主义向理性主义挑战的首要人物。他认为,人类社会发展的历史就是启蒙压倒自然、清醒战胜蒙昧、知识代替想象的历史。它给人类带来了进步和希望,但同时又在制造着新的倒退和绝望。[①] 阿多诺的思路是:人类文明的历史是启蒙走向反面的历史,也是艺术走向由盛而衰的历史。艺术衰亡的根本原因在于它是启蒙的产物,在它出世的那一天,就注定要走向衰亡。艺术沦亡以后,如果还有艺术的话,就只能是反艺术,即现代主义或后现代主义的艺术。这种思想在西方马克思主义文论中颇有代表性。它指出了人文精神的沦落在现代社会中不可避免的趋势,同时对这一趋势进行无情的批判,希望在批判中获得新生之路。詹姆逊试图重建一种适应后期资本主义社会、后现代主义文化艺术的革命政治文化理论——认知绘图美学。所谓认知绘图就是重新绘制一幅当代社会、文化的地图,对整个社会及其文化进行重新认识和分析。

西方马克思主义批评理论所指出的传统人文主义在当代艺术和社会中的衰落的现象,在我国新时期艺术发展过程中也同样出现了。许多理论家一直在关注艺术的人文精神是否失落以及失落之后如何对待的问题。20世纪90年代初,一些学者提出,在当代文学中严重存在着事业商业化、精神痞子化的危机,文

---

① [德]霍克海默、[德]阿多诺:《启蒙的辩证法》,洪佩郁、蔺月峰译,重庆出版社1990版,第5页。

学的危机暴露了当代中国人人文精神的危机。有人倡导"抗战文学",以抵抗精神堕落。有人认为,中国从来没有拥有过人文精神,所以现在也不存在失落的问题,现在大谈人文精神的危机,实际上是当代知识分子边缘化之后,对自身价值失落的哀叹。这种观点与西方马克思主义对传统理性价值观的否定有一定联系和相似之处,但还略有不同。西方马克思主义理论着眼于对建立传统人文精神的技术理性根基进行批判,在后现代主义文化背景下对传统人文精神进行整体扬弃;而中国理论界对传统人文精神是否存在、是否应当捍卫都有诸多看法,较多的人更为关注历史上的政治专制主义和时下金钱至上的商业化对人文精神的践踏和摧残,对传统人文精神有更多的肯定和依恋。于是,艺术的文化价值是否可能重建与如何重建的问题,又成为进一步讨论的热点。从讨论中的各种意见来看,与西方马克思主义在寻觅人文精神失落原因时,对当代资本主义跨国市场经济的批判不同,中国处于社会主义市场经济初级阶段,理论探讨注意的是把人文精神回归、文化价值重建与社会主义市场经济的建立协调一致起来,而不是用回避、冷淡甚至批判去抵制社会主义市场经济的建立。与西方马克思主义理论单纯注重吸收当代最新文化意识、对于马克思主义某些基本原理与传统文化弃置不顾的态度不同,中国当代文化价值的重建,仍然要坚持以马克思主义为指导思想,广泛吸收中华民族和世界的优秀文化遗产,不是对马克思主义基本原理和几千年文化价值的简单否定。在这种情况下,当今的文学艺术要高扬人文精神,艺术应当从审美方式关心人的生存状态、人的发展,使人成为人,拯救人的灵魂。这种"大视野的历史唯物主义"可以说吸取了西方马克思主义理论中对现代资本主义社会物质、技术至上的批判精神,提出及时地矫正中国在现代化过程中出现的人文精神失落的弊端的问题。当然,这种"新理性精神"与詹姆逊的"认知绘图美学"一样,还是初步的设想,还需要进一步探索。

4. 后现代语境及其现代性问题

后现代语境及对现代性的分析是哈贝马斯和詹姆逊理论的核心内容。对这个论题的研究,国内学者大致是从三个方面着手的,即对哈贝马斯和詹姆逊理论的介绍和解读、后现代在当前中国存在的可能性和现实性及其与现代性的关系、哈贝马斯与詹姆逊理论对当代中国的借鉴意义。后现代和现代性一直是西方学者争论的热点。以鲍德里亚为代表的一部分人极力推奉后现代主义,而拒斥现代理论和现代政治。哈贝马斯和詹姆逊虽承认现代社会处于后现代的境遇,即晚期资本主义,但哈贝马斯又强调对现代理论和现代政治进行创造性重建,探寻

"进一步合理化的生活世界"①,布莱希特、詹姆逊则强调后现代与现代性的连续性。哈贝马斯认为,现代性之所以出现合法性危机,是因为"生活世界"受到了来自"系统"(所谓"系统"即以金钱和权力为主宰的复合体,它在合理性类别上属于工具合理性)的"殖民"和侵蚀,其表现就是人与人之间交往的不合理。所以,要重建现代性,必须使交往合理性与目的合理性重新平衡,使"生活世界"得以复兴。由此,哈贝马斯强调,当代哲学必须实现根本的范式转换,即摆脱独白性的"主体哲学"而建立"主体间性哲学",并把真实性、公正性、真诚性视作交往行为的三大有效性前提,以建立普遍、有效、理想的语言使用规范和新的"文化解释体系"。詹姆逊借鉴曼德尔的理论,将资本主义的发展历程分为早期资本主义、自由资本主义和晚期资本主义三个阶段。他认为,现实主义是早期资本主义的,现代主义是自由资本主义的,后现代则是晚期资本主义的。但在后现代的根源上,他认为后现代主义与"晚期的、消费的或跨国的资本主义的新时期息息相关",因此后现代主义与现代主义不可能有一个截然的分界,它必然会留存一些现代的成分。当然相对于现代主义,后现代有自己的特征,即"平面感""断裂感""零散化"和"复制"等。同其他西方马克思主义学者相同,詹姆逊也是从文化角度对后现代进行评判的。詹姆逊认为,前资本主义和垄断资本主义主要通过政治殖民主义与经济殖民主义来统治非西方国家;晚期资本主义时期则主要以文化殖民主义统治非西方国家。因为后现代性是与晚期资本主义经济制度相联系的文化逻辑,是晚期资本主义社会的文化主宰,所以他反对对后现代主义文化进行溢美或谴责,并固执地对马克思主义进行后现代主义的文化分析。

随着我国改革开放和现代化建设的深化、发展,现代性和后现代语境也逐渐成为国内学者关注较多的话题,诸如后现代在当前中国存在的可能性和现实性及其与现代性的关系、哈贝马斯与詹姆逊理论对当代中国的借鉴意义等论题都得到了认真的探讨。有人从社会学角度认为,目前中国正处于以市场经济建构为目的的社会转型时期。一方面,现代化的进程呼吁我们必须倡导一种以科学理性和人的主体性为内涵的现代性文化精神;另一方面,西方高度工业化过程所带来的人文精神失落、生活世界萎缩的消极后果和负面效应也清晰地展示在我们面前,要求我们对之进行审视和反思,以实现现代性的重构,从而超越工具理

---

① [德]哈贝马斯:《交往行动理论·第二卷——论功能主义理性批判》,洪佩郁、蔺菁译,重庆出版社1994年版,第491页。

性的过度膨胀,实现科学价值与人文价值相统一的发展,实现人的自由全面的发展。哈贝马斯的"生活世界"学说对于启发我们如何兼顾这两方面因素,从社会一体化整合的角度来考察当代社会,建构合理和健全的社会关系,寻找符合中国国情的现代化发展路径具有借鉴意义。有不少学者认为,哈贝马斯的现代性社会交往合理化理论对于中国文论的建构具有重要的启示意义。首先,"主体间性"理论突破了文学认识论的二元对立思维方式,将文学看成是主体间的存在方式,是人这一自我主体与对象主体的自由交往、和谐共存。因而,对文艺的认识不但得到突破,而且使对话和交往成为文艺理论批评的中心课题。其次,哈贝马斯的交往行为理论对不同理论传统的扬弃、沟通和综合,体现了宏大的包容性,这对处于多元格局的中国文论各文艺观念之间的沟通、融合很有启示意义。这样,中国文论通过跨阈对话,通过与各学科的打通、融合,就能实现在操作层面上的建构。还有一些学者认为,后现代与中国存在着较强的亲和力,这不但表现在后现代使中国学者重新获得了关注社会的独特角度和知识话语权,而且还表现在中国文艺创作上也获得了较热烈的反应。不少人在他们的小说、诗歌、绘画中表现出他们所理解的后现代。但中国有自己独特的语境,中国的后现代与西方存在着相当大的文化差异。这种差异首先就是中国没有西方后现代反抗的哲学背景,其次就是当今的中国仍是一个农业大国,经济领域实际上是自然经济、计划经济、商品经济乃至"金融—证券经济"的并存,现代性建构仍是中国当前最紧迫的任务。这在文学艺术上的表现就是,中国后现代主义仅仅是一个空间概念,它并不是在现代主义的基础上产生的。所以中国知识分子所认同的只是西方后现代主义的姿态,或者说形式框架,而并非其具体内涵和体验。

5. 从美学的革命、从审美乌托邦向更广阔的文化领域的转向

20世纪是一个充满悖论的时代:一方面,人类的精神力、物质生产力和探索研发能力都在前所未有的程度上得到了发展;另一方面,人类又遇到了与人类生存自我相关的、深层的生存困境。历史哲学家雅斯贝尔斯曾经在人类历史中确定了一个"轴心时期",并断言迄今为止的人类历史一直没有超越轴心时期所奠定的人类精神根基和框架。如果雅斯贝尔斯的设想成立,那么现在的问题就是:我们应当怎样把握和准确界定"轴心期"的历史精神在20世纪科技发展的时代所展示的极限或局限性?20世纪的思想家和理论家们对此做了许多深刻的探索。这些探索概括起来可以归结为一点:20世纪历史精神对原有内涵的批判、对原有限度的突破,都同文化在人类历史演进中的自觉直接相关。人就是文化

的存在,无论是脱离人的文化或没有文化规定性的人的存在都是不可设想的。但作为文化存在的人并不是在任何时候都意识到存在的文化内涵和文化规定性的,因为,当人类自觉从文化的角度来审视自己的生存时,意味着人对自我的认识开始从外在的、人之外的眼界向人内在的、自我生成的眼界的回归,这是历史精神的了不起的飞跃。如此,文化的自觉就成了我们理解20世纪人类精神状况和历史的深层内涵的核心问题。在20世纪西方的各种思潮中,西方马克思主义无疑对上述问题具有敏锐的洞察力,并对这些问题做出了自己独特的回应。

尽管西方马克思主义理论内部存在着诸多差异,各个流派本身也存在着特定的缺陷,但都展现出对资本主义,包括对后工业社会和现存文化的批判而形成的共同的理论定位。从卢卡奇和葛兰西为代表的早期西方马克思主义对第一次世界大战后欧洲无产阶级革命失败教训的总结,到以法兰克福学派为代表的西方马克思主义流派对第二次世界大战后发达工业社会普遍的异化结构和现代人的文化困境的剖析;从早期西方马克思主义提出的总体性的文化革命观,到当今正在活跃着的西方马克思主义者们针对现代社会的全方位的文化批判,西方马克思主义一直与20世纪的整个社会历史进程同呼吸、共命运,关注着人类的精神状况和文化境遇,关注着发达社会条件下人的解放和自由。而这些正是20世纪人类社会演进的核心问题。如果说前期的西方马克思主义者们更多的是关心"文化革命",那么后期的西方马克思主义者们更多的是关心"文化批判",包括:意识形态批判、技术理性批判、大众文化批判、性格结构与心理机制批判、现代国家批判、现代性批判等。由于西方马克思主义学者们的研究都紧贴社会实际,因此,新一代的学者们的研究领域已不仅仅局限在哲学、社会学、美学或文学艺术,电影、电视、新闻、广告、互联网、流行音乐乃至语言、时尚、习俗、信仰……文化生活的各个领域都留下了他们的声音。总之,从美学的革命、从审美乌托邦向更广阔的文化领域的转向,确实是20世纪后期西方马克思主义理论研究者们的一个共同点。

与此相似,20世纪90年代后,我国的文论研究也开始朝文化研究方向发展。研究者已经不再拘泥于文艺学的一些基本原理问题,也不再拘泥于文学的文本,各种媒体、艺术类型都成了文论研究的对象,对于文学理论向文化研究的这种转向,尽管人们的看法截然不同,但文艺理论从来都没有面临如此广阔的研究空间却是不争的事实。

6. 大众文化问题

大众文化是在资本主义市场经济和当代科学技术发展过程中出现的,这种文化样态利用科技媒介手段作为艺术载体,通俗化且大众化,是有相当商业利润的艺术文化品种。阿多诺把大众文化称为"文化工业",并且进行了猛烈的批判。在阿多诺看来,表达启蒙精神的正面效应的艺术在当代资本主义社会已经面临绝境,甚至可以说已经死亡。不过新一代的西方马克思主义者并不完全同意阿多诺对大众文化完全否定的意见。他们除了继续批判大众文化的异化功能外,也肯定了大众文化的积极作用。

随着我国改革开放和社会主义市场经济体系的逐步建立,整个中国社会,尤其是沿海开放城市的面貌发生了深刻的变化。市场经济和城市化进程加快了多元文化的形成;市民社会的逐渐形成更使文学逐渐进入个人的私密空间,喜欢或不喜欢什么作品,完全成了个人的事情,与公众的关系越来越疏离。而商品化、城市文明又带来了劳动时间和休闲时间分离的直接后果。人们开始把文学视为一种生活中的休闲,甚至需要在阅读文学作品中寻求一种快感。这种休闲和娱乐型的文学,并不旨在解释生活的底蕴,只求满足由文本激起的情感本身。各种各样的"戏说"大行其道,也许最能说明问题。在诸多的"戏说"中不能说没有情感,这种情感甚至在某种意义上也折射出社会内涵,但它们不是为了揭示真实的历史感,而是折射出欣赏者所理解的历史和审美趣味。市民社会对文学的多元要求还表现在自身极大的宽容性上,古典的与现代的、中国的与外国的,统统来者不拒,并在此基础上形成以满足快感经验为精神内涵的"兼容并蓄"的混合型文学,这种文学多元化的样态是中国近半个世纪以来所未曾出现过的。面对大众文化对于严肃文化的冲击,理论界开展了关于大众文化的长期讨论。我国学术界认为,大众文化是当前一个突出的带有世界性和时代性的文化现象,它所表现的规律,也有属于文化发展的一般规律和时代内容的东西,特别是与高科技结合的大众文化产品的大批量、模式化的制作与传播,既有促进文化发展的正面影响,又对文化发展提出了新的问题和挑战。

在有关大众文化的讨论中,不少学者对大众文化的概念进行了分析和厘定。有人提出,"大众文化"(Mass Culture)这个概念是西方马克思主义理论家霍克海默与洛文塔尔在1942年的通信中首先使用的,他们使用这个概念的意义是指"文化工业"(Culture Industry)的产品。这个概念的正确译法应当是"大量艺术",即"大量生产的艺术,不是大众艺术",不是中国革命文化长期提倡的为大众服务的文化。有人则认为,当前的大众文化是通俗文化,与精英文化相并列。有的学者提请人们注意大众文化的负面效应,认为大众文化是现代社会发展不可避免的现象,它给人类带来许多新的东西,也毁灭了不少有价值的东西。在一个真正多元化的社会里,大众文化应有它的地位,但它对人类文化生态的破坏必须警惕,它的霸权更应加以抵制。要做到警惕和抵制,就必须坚持对大众文化的持续的批判。这些看法与西方马克思主义理论家的观点有相似之处。法兰克福学派对大众文化的批判,隐含着对现代主义的精英文化的提倡。与西方马克思主义理论家单纯批判大众文化不同,新时期中国理论家对大众文化采取肯定和支持态度的大有人在。有人提出,大众文化的发展体现了人民的文化需求和文化权利,在文化领域形成多元化和多层次的局面,从而给人民提供了选择的条件。当代大众文化的出现提出了"审美与生活的同一"的新命题,弥补了传统美学的缺陷。大众文化与高层文化互相影响,形成互补格局。

大众文化在走向现代化的过程中崛起和发展,有其社会生活的必然性。现在的问题是如何将大众文化的发展纳入建设中国特色社会主义文化的统一格局之中,促进其健康发展。比较西方马克思主义文论与新时期文论,应当对中国当前的大众文化进行更加细致的分析,看到中国的大众文化有顺应市场经济和现代科技发展的积极的一面,有走向现代化社会生活的积极的一面,体现了民众自发的审美需求。这里既有与西方国家大众文化相同的东西,更有不同的因素。这个不同从根本上而言是我国文化的整体性质不同,人民大众的文化地位不同。比较西方马克思主义文论与新时期文论对大众文化的论述异同,把握这些区别,可以使我们在引进海外大众文化制品时更多考虑西方马克思主义理论家对资本主义社会中大众文化的性质的分析,防止负面效应。

7. 生态文艺学和生态美学问题

西方马克思主义生态理论,是建立在对作为西方现代化价值体系的近代技术理性进行批判的基础上的。卢卡奇的《历史和阶级意识》为西方马克思主义理论家所继承,并发扬光大。卢卡奇指出,脱离"人类实践"和"社会历史"研究自然物质世界,实际上是一种旧唯物主义哲学,并没有把握马克思实践唯物主义哲学的真谛。他认为,在实践唯物主义哲学那里,"自然是一个历史的范畴。这就是说,在社会发展的一定阶段上什么被看做是自然,这种自然同人的关系是怎样的,而且人对自然的阐明又是以何种形式进行的,因此,自然按照形式和内容、范围和对象性应意味着什么,这一切始终都是受到社会制约的"。[①] 因此,自然的

---

① [匈]卢卡奇:《历史与阶级意识》,杜章智等译,商务印书馆1992年版,第318—319页。

发展状况实际上是由社会发展的状况所决定的,而把社会和自然联系起来的中介就是人类实践。卢卡奇认为,在资本主义制度下,社会和自然关系的异化及生态问题的产生具有必然性。首先,从资本主义制度的本质看,其生产的目的并不是实现人的自由和全面发展,而是服从和服务于资本追求利润的需要,因此,在资本主义制度下,人的发展方向取决于资本追求利润的需要,人也就陷入了被物所支配和奴役的异化状态。其次,正是资本主义制度的本质决定了工具理性和价值理性的分离,从而导致理性变成技术理性,反过来成为统治人、奴役人的工具,进而也必然导致纳入人类实践活动中的自然的异化。问题在于,"理性"在资本主义制度下是如何演变为"技术理性"的呢?后来的西方马克思主义理论家认为,其根源就在于西方传统的哲学世界观中,特别是在于西方近代的启蒙理性中。霍克海默、阿多诺在《启蒙的辩证法》一书中对这一问题进行了系统的分析。他们指出,近代启蒙运动的主旨在于把理性从神话的压迫下解放出来,其目的在于"使人们摆脱恐惧,成为主人"①。近代启蒙理性认为,人之所以能够成为主人,就在于人具有理性和知识,这里他们所讲的知识并不是揭示事物本质的概念和观念,而是指作为人类征服自然和改造自然的方法和技术。由此一切有关实体、存在、生存、实质、因果性这样的一些概念都因其超验的性质而被视为形而上学,从而被逐出科学的殿堂。凡是不可预料和利用的东西,启蒙理性都认为是可疑的。由此世界仅仅被归结为量的形式方面,启蒙理性以形式的抽象统一原则来把握世界,数学化、标准化、实用化成了启蒙理性的标志。其结果是启蒙理性不仅没有使人们从神话中解放出来,而且还走向它的反面,带来了新的神话。因为启蒙运动自培根提出"知识就是力量",并将知识归结为技术以来,人们便相信只要凭借着科学技术理性,不仅可以从宗教神学和自然崇拜中解放出来,而且还可以依靠科学技术,通过征服自然,而成为自然和宇宙的主宰,这实际上是一种新的神话。这种以工具性为特征的启蒙理性既造就了理性的异化,也导致了人和自然关系的异化。

西方的生态伦理学包括"非人类中心论"和"现代人类中心论"两种类型。"非人类中心论"的生态伦理认为,当代世界生态危机产生的根源在于西方文化的哲学传统——人类中心论。与此对应,"现代人类中心论"的生态伦理既反思了传统人类中心主义的狭隘的自我观念和需要观念,但同时也指出,生态运动的

---

① [德]霍克海默、[德]阿多诺:《启蒙的辩证法》,洪佩郁、蔺月峰译,重庆出版社1990版,第1页。

根本目的就在于捍卫人类的根本利益和长远利益,而生态运动则将丧失其内在的动力和基础。

值得注意的是,西方马克思主义的生态伦理不是站在资产阶级的立场上,不是在资本主义框架范围内寻找摆脱生态危机的出路,而是力图运用马克思主义哲学理论分析西方社会的现实,始终坚持把技术理性批判和资本主义制度批判有机地结合起来,同时他们也并不否定技术发展的必要性和满足人的需要的必要性,只是认为在资本主义条件下,科学技术必然会异化为统治和奴役大众的工具,西方传统的人类中心主义必然会演变为"阶级中心主义",人的需要必然不是自主的、合理的需要,而只能是被资本所控制、所支配的需要。因此,生态问题、人和自然关系的紧张是资本主义制度的必然产物。要从根本上解决生态问题,只有通过制度变革,从而摆脱消费主义文化和生存方式的支配,正确处理劳动、消费、需要与幸福之间的关系。应该说,这种理论更具有历史感和现实感,更深刻地揭示了生态问题的本质,因此也受到了我国学者的关注。还应该看到,西方马克思主义生态伦理有利于我们建立非西方中心论的发展观、科技观和生态观。从发展观的角度看,西方马克思主义生态伦理的消费主义文化批判说明:发展虽然是以生产力水平的提高、物质财富的增加为基础的,但是真正意义的发展实际上包括物质文明发展和精神文明发展这两个向度,如果人们沉醉于商品消费中,并以此作为自由和幸福的体验的话,那么,这种发展实际上是一种异化的发展。当代中国社会生活中所出现的粗俗化、感性化、商品化的现象和这种异化的发展观有着密切的联系。因此,我们所追求的发展必须是以人的自由和全面发展为目的的物质和精神的均衡发展,也就是科学的发展观。从科技观的角度看,由于全球性生态问题越来越严重,西方出现了以反思和批判理性以及科学技术的所谓后现代哲学文化思潮,在这股思潮的影响下,国内学术界也出现了一股敌视科学技术、夸大科学技术负效应的反科技思潮。西方马克思主义生态伦理的技术理性批判和资本主义制度批判表明,科学技术本身并无什么价值属性,其作用方向实际上是由社会制度所决定的。反科技思潮不仅在理论上是错误的,而且也对当代中国社会出现的若干非理性现象起了推波助澜的作用,不利于我国的现代化建设。

目前我国学术界研究得较多的是西方现代人类中心论和非人类中心论(自然主义)的生态伦理,这两种生态伦理尽管在具体理论观点上存在着较大的区别,但是其共同点是脱离社会政治制度及其生产方式,停留在从抽象的哲学世界观和价值观的层面上探讨解决生态危机的可能途径。西方马克思主义的生态伦理则分别从哲学世界观、资本主义制度及生产方式、消费主义文化及生存方式等方面分析了当代生态问题产生的根源及其解决生态危机的出路。目前争论的最基本问题就是到底应该走出人类中心主义还是应该走入人类中心主义的问题。在争论的过程中不少论者认为应该放弃"人类本位"而代之以"生态本位";也有不少论者在坚持"人类本位"的同时,认为在生态问题面前,"人类利益"高于"民族利益""地区利益",因而主张用"全球伦理"代替当前人类的伦理价值观。受其影响,也有学者开始运用生态学、生态伦理学的方法思考文论和美学问题。没有足够的理由证明这种研究路径和方法是受了西方马克思主义的直接影响,但是当代西方马克思主义对生态问题的立场和出发点却和我国学者有许多相同或相似之处。

应该说,西方马克思主义的这些论述对于学科建设和学科发展是有必要和有意义的。但是,我们应该清醒地看到,当代资本主义国家正是借全球性生态危机的出现,在捍卫"人类整体利益"的口号下,不仅不承担其保护生态环境应有的责任,而且对广大发展中国家实行"生态殖民主义",并在保护生态环境的"生态帝国主义"的口号下,对广大发展中国家实行所谓"绿色贸易壁垒",其根本目的在于维护本国资本追求利润的需要。正如西方马克思主义生态伦理所揭示的,在目前资本主义生产体系不断扩张的条件下,在生态问题上,放弃民族利益而实施"全球伦理"实际上是不可能的,那只会导致本国更大的生态灾难。中国作为一个后发的现代化国家,不应忽视本国的历史条件,超越社会发展阶段,对西方国家的生态哲学、生态伦理学和生态经济学全盘接受,而应该在马克思主义基本理论的指导下,结合本国的实际情况和人类历史的发展现状,创立超越西方中心论基础上的生态伦理,以指导制定本国的生态发展战略。

8. 后马克思主义话语及其对中国文论的启迪

后马克思主义思潮是在20世纪70年代之后逐步兴起的一种激进思潮,这种思潮的独特性与整个西方马克思主义发展特征直接相关。从逻辑上看,经典的"西方马克思主义"只是以人本主义—新人本主义为理论前提的对发达资本主义批判的文化思潮。但是在1960年代中期,阿尔都塞提出"马克思主义是理论上的反人道主义"口号以及阿多诺以"否定的辩证法"证明了它的批判逻辑的脆弱性之后,这种思潮内部就发生了深刻的分裂而成为一种总体上的不可能。在实践上,1968年的"5月风暴"也没有带来预期的结果。因此,经典"西方马克思主义"的逻辑就此终结了。在这之后,结构主义转向、哈贝马斯的晚期资本主义分析等都是其演化出来的不同方向。值得注意的是,后现代对宏大叙事和普世理论的怀疑直接鼓舞和推动了后马克思主义思潮的兴起,这种思潮一方面继承了马克思主义对资本主义的某些批判,另一方面又将自己的理论建立在对马克思主义的公开批评上,如福柯谱系学政治、德勒兹与加塔利对资本主义后现代式诊断、鲍德里亚试图将马克思主义政治经济学与符号学结合起来举证的反政治、欧内斯特·拉克劳和尚塔尔·墨菲等人多元的激进民主政治理论以及德里达的幽灵政治学等。与传统的马克思主义相比,后马克思主义的概念框架只是保留和继承了马克思主义中某种直觉和散漫的形式,更多的则是压抑其经济和历史的分析部分。因此,有学者用"非还原主义"来描述其特征。客观上看,后马克思主义思潮用更为灵活和自由的方式使"马克思主义"成为激进、自由和多元民主斗争的有用工具时,它们也使马克思主义进一步失去其总体革命理论的特征,成为个别理论家文化造反的借口。在这一意义上,它是继"西方马克思主义"之后又一次深刻的逻辑转向和形式转移。虽然后马克思主义思潮的边界仍然是一个有争议的问题,但以下基本特征却是非常确定的。(1)对马克思主义理论目标的改造。在这种改造中,社会主义或共产主义作为乌托邦被从批判理论中抹去了,或者被改写为一种各个阶级都能接受的伦理价值,例如拉克劳和墨菲拒斥了工人阶级的社会主义观而与自由主义重修旧好,提出了激进多元民主政治方案。(2)告别无产阶级革命。在这一点上,虽然福柯、德勒兹、墨菲等人无不提出比传统的马克思主义更为激进的革命立场,但毫无疑问也都告别了无产阶级政治。例如,拉克劳和墨菲从"阶级主义"的政治走向多元民主政治,而高兹则公开大唱"告别无产阶级"的文化革命的赞歌。(3)刷新了马克思主义的历史观,反对元叙事。这是后马克思主义最为深层的东西,在这里,它彰显了后现代理论的基本特征,如反本质主义、反主体性、反对权力中心主义,主张异质性、差异性和多元性等。所以,我们看到贝斯特和凯尔纳等人在讨论后现代理论时主要面对的就是后马克思主义思潮。

从总体上说,后马克思主义思潮以新奇性宣告了"作为现代性宏伟规划的马克思主义"已经结束,代之以"小写的马克思主义"。在内容与形式上都明确地在自己与传统的马克思主义之间划出了一条清晰的界限,改写了"马克思主义"这个术语的能指,使之成为漂浮不定的符号。

就后马克思主义思潮而言,虽然它所依赖的基础和批判的对象在 20 世纪

80年代之前的中国绝对不存在,然而它却能够随着改革开放的进程寄生在后现代思潮中一步一步成为中国学术的时髦话语。如有学者所批判的那样,在话语移植过程中,由于我们自身缺乏独立话语和自觉的边界意识,可能存在着种种的误读与滥用。但随着市场化改革的深入以及经济国际化程度的加强,后马克思主义思潮也绝非与我们无甚干系。从目前的状况看,它至少可能在思潮译介和研究、中国现代化道路的选择、对中国整体文化反思和知识分子使命探索、中国特色马克思主义文论话语的建构等方面对中国理论界产生深刻影响。

伯明翰与法兰克福：两种不同的
文化研究路径

　　从20世纪中期开始,西方马克思主义学者们的研究更加贴近社会实际,他们的研究已不仅仅局限在哲学、社会学、美学或文学艺术,电影、电视、新闻、广告、互联网、流行音乐乃至语言、时尚、习俗、信仰等日常生活领域都成了他们关注的对象,他们抓住了20世纪人类精神生活的各个领域的核心问题,即文化问题。从美学的革命、从审美乌托邦向更广阔的文化领域的转向,确实是20世纪后期西方马克思主义理论研究者们的一个共同点。在西方马克思主义文化研究的诸多流派中,伯明翰学派和更早一些建立起来的法兰克福学派的研究路径给后人留下的启迪最为深刻。长期以来,人们始终认为伯明翰学派和法兰克福学派是两股道上跑的车,走的不是一条路,但在已故哲学家德里达看来,从福柯的权力—话语理论到鲍德里亚的消费社会分析,从赛义德的东方学到詹姆逊的文化政治诗学,从中我们可以确切地感受到各种被"改装"的马克思主义在其中的幽灵般的徘徊。对这个幽灵,无论是无情驱赶还是热情拥抱,都是对这位幽灵般"父亲"的一种幽灵般的纠缠。德里达认为："马克思主义的经历,马克思在我们心目中的几乎慈父般的形象,以及我们用来和其他的理论分支、其他的阅读文本和阐释世界方式做斗争的方法,这一方法作为马克思主义的遗产曾经是——而且仍然是并因此永远是——绝对地和整个地确定的。"[①]其实,德里达的话大致也能反映近几十年西方文化研究的轨迹。无论是法兰克福学派还是伯明翰学派,其文化研究的路径虽然有着明显的差异,但坚持某些马克思主义的立场、方

---

① [法]雅克·德里达：《马克思的幽灵——债务国家、哀悼活动和新国际》,何一译,中国人民大学出版社1999年版,第22页。

法却是共同的。

一

我们知道,自20世纪40—50年代起,法兰克福学派的主要代表人物如霍克海默、阿多诺等人就站在文化精英主义立场上开始了大众文化研究,其批判理论产生了巨大的社会影响,他们的大众文化批判主要集中在麻痹、瓦解大众反抗意志的"文化工业"上。"文化工业"的含义是指在晚期资本主义社会,资本主义像一般商品生产那样生产文化产品,并建立起一整套凭借现代科技手段大规模复制、传播文化商品的娱乐工业体系。"文化工业"是他们对物化的大众文化的定性,意在指出这种商业性的文化因其技术化而在本性上侵蚀了艺术和美,也是对人的丰富性的"去势"而使人成为"单向度的人"。因商品生产的标准化原则成为大众文化的原则,所以,文化不再是标志着一种富有创造性的人的生命的对象化,而成为异化劳动的另一种形式的延伸,它以同样机械的节奏和标准化的情节操纵着大众的口味,以一种强制性的方式窒息了个体的生命力。致使大众对"舒适"的文化的需求与儿童对糖果或玩具的需求毫无二致,大众文化不再提供任何内在的价值,只不过用娱乐的外衣掩饰了它的本性。霍克海默、阿多诺之所以用"文化工业"而不是用"大众文化"这个概念,是因为在他们看来,大众文化有可能被误解成从大众生活中自发产生、并为大众所用的文化,从而遮蔽了以大众传媒为载体的美国流行文化的本质。而"文化工业"则一语道破资本主义文化生产的天机——商业流行文化是由文化工业批量生产的、由大众购买和消费的文化产品,其最终目的同样是对商品最大利润的诉求,而且是被商业利益集团所控制和大众"自愿"受操纵的。其实,超越单纯的文化表象就学术匠心而言,霍克海默和阿多诺提出大众文化理论是关联于他们对法西斯主义的研究,通过对社会经验的处理,用来解释大众的主观自然怎么会毫无反抗地就卷入社会合理化的悖论中,以及物化现象在文化生产及消费领域中的种种表现。他们对大众文化的看法是消极的、悲观的,得出了"现代大众文化"就是"社会水泥"的著名论断,并以其大众文化理论对文化剩余价值做了毫不留情的批判。

出现于20世纪五六十年代的英国文化研究,肇端于英国左翼批评家理查德·霍加特和雷蒙德·威廉斯等为代表的西方马克思主义文学和文化理论。霍加特于1957年出版了《文化的用途》,威廉斯于1958年出版了《文化与社会》,

1963年出版了《漫长的革命》,汤普森于1963年出版了《英国工人阶级的形成》,这几本书为英国文化研究做了奠基性的工作。特别是1964年"伯明翰当代文化研究中心"的成立,这是英国文化研究史上的一个大事件,以至"文化研究"这个概念本身也要归功于伯明翰学派。他们不满于法兰克福学派那样站在精英主义立场来研究文化的方式,特别是他们认为的本真的大众文化,即底层的工人阶级的文化,他们力图从英国文学批评的利维斯主义传统中脱离出来。他们反对利维斯那种试图通过对经典文学作品的阅读和批评来达到改造人性、以使人达到"高贵化"目的的精英立场,但他们继承了利维斯从社会功利方面看待文学和其他文化现象的思路,威廉斯和伊格尔顿都严厉地批评了利维斯的自由人道主义,即自以为是超阶级的,其实仍然是一种资产阶级的意识形态。伯明翰学派认为任何文化或文化分析都是受制于特定群体的特殊利益,因而是特定群体态度和立场的表现,以此开展他们的文化研究。在早期,他们以《新左派评论》为阵地,发展出一种"文化主义"理论,扩大了文化的内涵,反对高雅文化与低俗文化的划分,取消文化产品中审美标准的首要地位。认为文化既是实践也是经验,文化研究的主题不只是文化产品,也是实践和生产、分配、接受塑造一个社会文化共同体的过程。可以说,伯明翰学派是以严肃的方式对待大众文化,同时也坚持文化研究的社会批判维度,意图将大众文化放在与社会相关联的政治框架中加以分析。他们基于本土的社会、文化经验,对正统马克思主义经济决定论提出修正,强调文化主体与文化生产在当代社会中的决定性作用,并对大众传媒进行了较为深入的研究,对贬损、混淆大众文化的精英主义进行了分析,表明一切皆是大众的(精英只是幻象),所谓文化研究只是确定什么样的大众而不是区分精英与大众;并认为以传媒为载体的低级庸俗文化形式并不只是由工人阶级消费的,这些文化形式也不是由工人阶级自己创造的,他们以此对传统精英文化进行了一种持续的毫不妥协的批判。

20世纪70年代,伯明翰学派的新一代代表性学者霍尔重新整合了大众文化批判中的文化主义和结构主义两种研究范式,并将阿尔都塞的意识形态理论和葛兰西的文化霸权理论结合起来,开辟了文化研究的新方向,同时对北美及亚洲的文化研究产生了重要影响。到了80年代,费斯克、默多克等人又对大众日常生活和消费主义展开文化批判。他们通过对西方资本主义社会日常的消费文化现象进行解读,凸显大众在符号消费中积极的"创造性""艺术性"和"审美感觉",以期为大众的消费行为和商品符号乃至人生和生活实际寻求意义。这种凸显大众积极主动性的文化研究,有意无意地以法兰克福学派对美国商业流行文化的批判,作为张扬他们文化研究而进行批驳的靶子。费斯克关于大众文化理论的著作《理解大众文化》《解读大众》《电视文化》《解读电视》及《澳洲神话》等在英语世界乃至全球知识界产生了深刻影响。他的大众文化理论以凸显大众主动性与创造性"抵抗"而著称。他以其大众文化的平民主义立场和对大众文化的躬身践行等,来反驳以霍克海默、阿多诺为代表的对"工业文化"的批判。他明确地提出:"工业社会的大众文化,可谓矛盾透顶。一方面,它是工业化的——其商品的生产与销售,通过受利润驱动的产业进行,而该产业只遵从自身的经济利益。另一方面,大众文化又为大众所有,而大众的利益并不是产业的利益……"[1]为此他得出结论:"一种商品要成为大众文化的一部分,就必须包括大众的利益。"新一代西方马克思主义学者们不认为大众仅是被动受控的客体,也不再采用意识形态的分析方法,而认为在大众文化中隐藏着一种积极能动的自主性力量。他进而提出重新理解大众文化,重新审视大众传媒,认为大众文化是大众颠覆和反抗资本的有力武器,是文化游击战中战术上的胜利者,因而对大众文化持肯定乐观的态度。他将大众文化视作大众"怎么做都行的艺术",在他眼中,大众文化是大众"权且利用"现有文化资源进行积极主动的创造性活动的过程。最引人注目的是他通过"电视的两种经济"的区分等系列论述,推进和深化了霍尔开创的"新霸权主义"文化研究,发展出一套独特的文化理论,从而将大众推至前所未有的显要地位。

如果我们把英国文化研究,特别是伯明翰学派的产生放在一个宽广的社会思潮的背景下加以考察,就不难看出,英国文化研究起源于"后福特主义"时期。我们知道,后福特主义是以高度灵活和柔性化形式为特征的资本主义生产模式,在"后福特主义"模式中,生产过程和劳动关系都具有柔性,柔性化的生产是建立在柔性技术和柔性工作基础上的,生产出大量多样化的产品,以满足各自所占份额很小的个性化需求。20世纪50年代和60年代早期,英国和欧洲许多地区仍然存在着明显的社会对峙,这一对峙也表现在传统的工人阶级文化与新兴的大众文化之间,新兴的大众文化的代表就是美国文化产业的一些主打产品。理查德·霍加特、雷蒙德·威廉斯及E. P. 汤普森对文化研究的初步目的是要保存工人阶级文化,来对抗文化产业对大众文化的屠杀。汤普森对英国工人阶级组织

---

[1] John Fiske, *Understanding Popular Culture*, Routledge: Taylor & Francis Group, 1990, p. 23.

和斗争所进行的历史性研究,霍加特和威廉斯对工人阶级文化的保护以及他们对大众文化的抨击,成为社会主义和工人阶级研究的一部分。这种研究认为产业工人阶级是社会变化的进步力量,并被发动和组织起来去与现存的资本主义社会不平等现象做斗争,去争取一个人人平等的社会主义社会。威廉斯和霍加特都自觉投身于工人阶级教育的事业,投身于对工人阶级进行社会主义的政治教育,并把自己的文化研究看作是对社会进步力量的探索。与大多数法兰克福学派的理论家不同,霍加特、威廉斯等人大都不是纯粹的书斋里的学者,他们的父辈大都是工人运动的积极参加者,他们从小对欧洲的工人运动耳濡目染,他们对工人阶级有积极的评价。而法兰克福学派的理论家们大都是书斋里的学者,他们只看到在纳粹时期的德国和欧洲许多地区工人运动都失败了,他们看不到工人阶级会成为社会解放和变革的强大动力。

二

其实就研究路径而言,伯明翰学派从创立之初就有许多与法兰克福学派共同的观点。如:他们提出了许多不同的批评方法,来对文化产品进行分析、阐释和批评。通过一系列内部争论,通过积极响应20世纪60年代至70年代的社会斗争和运动,伯明翰的学者们聚焦于文化文本,包括媒介文化中的阶级、性别、种族、民族、国籍及其意识形态和表现的相互作用。他们首次研究了报纸、广播、电视、电影和其他文化形式对大众的影响。他们还聚焦于不同的群体在不同的情况下,如何以不同的方式来阐释和使用媒介文化,来分析促使大众对媒介做出对比反映的因素。在哲学观和方法论上,他们站在马克思主义基本立场上进行文化研究,同时他们也受到阿尔都塞和葛兰西的影响,如霍尔,尽管他通常从叙述的角度忽略了法兰克福学派,但是,伯明翰学派所做的工作,包括用于文化研究的社会理论和方法论模式、政治观点和策略,反映了法兰克福学派的某些典型立场。和法兰克福学派的理论家相似,英国文化研究者们关注工人阶级的整体性、关注工人阶级革命意识淡漠的原因,以及马克思主义革命目标失败的背景。与法兰克福学派一样,英国文化研究者们认为,大众文化在使工人阶级融合到现存的资本主义社会中起到了重要的作用,一种新的商品和媒介文化正在成为资本主义霸权的新模式。

两种学派不仅聚焦于文化与意识形态的交点,而且还把意识形态标准当作文化批评研究的关键所在。双方都把文化看作意识形态再生产和霸权的模式，都认为文化是反抗资本主义社会的一种形式。英国文化研究的先驱，特别是雷蒙德·威廉斯和法兰克福学派的理论家都认为高雅文化是反抗资本主义现代性的主要力量。后来，英国文化研究逐渐把视角转向媒介文化、大众阐释以及媒介产品的使用方面的反抗成分，而法兰克福学派，除了一些例外，大多倾向于把大众文化当作意识形态控制的统一性和强有力的形式，这一差别逐渐扩大，并最终形成两种流派。

　　当然，在看到这两个学派的相同点的同时，也应当看到他们之间存在的明显的差异：英国文化研究从一开始就具有高度的政治性特征，他们把自己的视角聚焦于具有反抗精神的亚文化圈的潜在反抗因素研究。如对工人阶级文化潜在因素的评价、对青年亚文化反抗资本主义统治的霸权形式的评价等。与经典的法兰克福学派不同，英国文化研究开始关注青年文化，因为青年能够提供反抗和社会变化潜在的新形式。通过对青年亚文化的研究，英国文化研究展示了文化如何构成独特的个体和群体成员资格，并评估了在各种青年亚文化圈中潜在的反抗因素。

　　此外，法兰克福学派对文化上有关高雅和粗俗的二分标准也成了英国文化研究批评的对象，他们认为这种研究路径应该被一种更为统一的模式所取代。该模式把文化看作一种范畴，并用相同的批评方法去研究所有的文化产品，从歌剧到流行音乐，从现代派文学到肥皂剧。法兰克福学派对大众文化的研究尤其引起了更多英国学者的争议，因为法兰克福学派认为批评、颠覆和解放特征仅局限在高雅文化的"特权"产品中，而所有的大众文化都具有高度意识形态化和同一性的特征，产生欺骗被动的大众消费者的效果，这也同样遭到了伯明翰学派的反对。多米尼克·斯特里纳蒂(Dominic Strinati)说得更明白："不能把通俗文化理解成一种强加于人们思想和行动的文化。无论这种强加被说成是资本主义生产和消费要求获利与市场的结果，是资本主义或父权制实行意识形态控制的需要的结果，是资产阶级利益的结果，是进行阶级斗争的结果，或者被说成是一种普遍精神结构支配的结果，都还是一种理解通俗文化的不适当的方法。根据平民主义的看法，除非把通俗文化看成是对于民众声音或多或少真实的表现，而不是一种强加，否则就不可能理解它。"[①]理解通俗文化的不适当的他们认为，人们

[①] ［英］多米尼克·斯特里纳蒂：《通俗文化理论导论》，阎嘉译，商务印书馆2001年版，第278—279页。

应该立足整个文化领域的批评和意识形态,而不应仅把批评局限到高雅文化或把粗俗文化看成具有意识形态性。人们也应该考虑到这种可能性,即批评和颠覆特征不仅存在于文化产业的产品中,而且还存在于现代派高雅文化中。人们甚至也应该区分媒介产品的编码和解码功能,更应该认识到大众接受媒介文化产品所产生的独特意义,因为从某种意义上说,正是他们的使用决定了这些文化产品的命运。

英国文化研究通过系统地摒弃高雅与粗俗文化之分,通过关注媒介文化产品,打破了法兰克福学派研究中的某些局限性。同样,也打破了法兰克福学派的被动观众的内涵,设想出了具有创造意义和大众化的主动参与者。这种设想虽然明显带有主观的成分,但其本身却是异常重要的。当然我们也应当指出,法兰克福学派的早期代表人物本雅明已经开始了对媒介文化的研究,他也看到了媒介文化解放的潜力,并提出了主动观众的可能性的观点。在他看来,体育比赛的观众正在轻视裁判的作用,因为他们能够亲自评论和分析某些体育比赛。所以,他认为,电影观众同样也能成为评论的专家,并对电影的意义及意识形态进行剖析。但毕竟,英国文化研究对整个西方知识界的影响是深刻的。在当今西方文化研究学术语境下,文化研究的对象一般包括这样三大类:以远离中心的"非主流"(subaltern)文化为对象的区域研究(area study),以多元文化社会中的"移民社群"(diaspora)为对象的种族研究(ethnic study),和以长期处于边缘地位、声音十分微弱的女性为对象的性别研究(gender study);而无论哪一类研究都受到了英国文化研究的影响。与法兰克福学派不同,英国文化研究没有充分地关注现代派及先锋审美运动的研究。相反,在很大程度上,却仅限于媒介文化产品,仅限于成为自己后来工作中心的大众文化研究。英国文化研究从所谓的"高雅"文化转移到大众文化上来,似乎更希望聚焦于大众研究的合法化和媒介文化产品。但是这样的转型可能会牺牲对文化所有形式的先前理解,又一次把文化领域分为"大众"和"精英"两派(这恰好颠倒了传统上文化高低之分的积极和消极的评价)。更重要的是,这阻止了文化研究试图发展与历史"先锋派"有联系的某种文化的反抗形式。

20世纪60—70年代,英国文化研究已经从早期对工人阶级及其亚文化的关注扩展开来,他们把研究的视角投向诸如性别、种族、阶级等文化领域中日渐繁复的文化身份、文化认同,注意到大众文化、媒体在个人和国家、民族、种族意识中的文化生产、建构作用。而这一时期的研究成果与他们接受结构主义与后结构主义的理论是分不开的。在阿尔都塞的意识形态理论影响下,他们形成了与早期文化主义在方法上相对的结构主义方法。斯图亚特·霍尔在《文化的研究:两种范式》一文中总结了这两种研究倾向:阿尔都塞的"主体性"和"意识形态国家机器"概念改变了笛卡尔、康德的主体哲学所确立的"自我",他认为这个先在的、本质的"自我"是个神话、虚构。主体性依赖于我们生活于其中的意识形态的塑造,我们用意识形态来想像自我的形象、文化身份,来看待我们与国家、社会乃至世界的关系。意识形态国家机器的概念启发文化研究者分析学校、教育、文化艺术机构对个人记忆、文化身份的建构作用,意识形态成为解释、说明个体经验的前提和支点。然而,阿尔都塞的结构主义方法将意识形态放在至高无上的决定位置,个体的人的能动选择、反抗作用完全被抹去。此时,对葛兰西的"文化霸权"理论的重读,使文化研究超越了文化主义与结构主义的局限。葛兰西曾经在总结无产阶级革命的经验教训时,提出"文化霸权"的概念。所谓"文化霸权"就是指文化领域的领导权。他认为,在资本主义社会里,资产阶级成功地利用文化领导权,而不是仅仅依赖军队、法庭、监狱等暴力机构来维持其统治。所谓文化霸权并非通常理解的支配阶级和从属阶级压迫反抗的单一关系,文化霸权是一个不断变动的斗争过程,是支配者与反支配者之间力量的较量。在这场文化能力的角斗中,既有主导阶级的支配、统治和从属阶级的反支配、反统治,同时还存在不同阶级为了换取其他阶级、阶层的支持与信任而做出的妥协与让步。阿尔都塞和葛兰西的理论激活了 70 年代以后的文化研究,而将两者综合起来并出色地发挥运用的正是霍尔,他的成果影响了各国的文化研究者。

据迈克·奎因引证,英国文化研究从一开始就与政治经济存在着不稳定的关系。虽然斯图亚特·霍尔和理查德·约翰逊以马克思的资本循环模式(生产—流通—消费—生产)作为文化研究的基础,但是,霍尔与其他的英国文化研究人员并没有一直坚持经济分析的观点,而且,大多数从事英国和北美文化研究的人员从 20 世纪 80 年代到现在已经总体上脱离了政治经济窠臼。在《两种范式》这篇文章中,霍尔摈弃了盛行于英国及世界各地的政治经济文化模式,但进行文化的政治经济研究是否可能? 法兰克福学派尽管没有陷入还原论的泥潭,但是仍然使用同样的文化经济相互影响模式。法兰克福学派尤其认为文化具有相对的独立性,尽管受到霍尔的赞同,但并没有使经济还原论或决定论成为必要。一般来说,霍尔和其他的英国文化研究人员,如费斯克和迈克·罗比等,要么把法兰克福学派看作经济还原论形式,要么就忽略它。对经济还原论的总的指控一般来说是要避开政治经济的一种方法。然而,尽管许多从事英国文化研究的人员完全地避开了政治经济,但是霍尔的确在不同的场合还是谈到了文化研究与政治经济联合的必要性。在1983年的一篇文章中,霍尔认为,把经济转型当作"第一情况"而不是"最后的情况"中的决定因素是可取的。但是,这与阿尔都塞强调经济状况的重要性的论点相比却很少在具体的文化研究中进行探讨。

霍尔认为撒切尔主义是一种"独裁民粹主义"。该分析把霸权主义与福特主义乃至后福特主义期间的全球化资本主义转向联系起来。但是,在他的批评中并没有充分地考虑到经济和经济因素在向撒切尔主义转型过程中所起的作用。他说过,自己从不放弃葛兰西"经济活动中的决定内核"。但是,霍尔本人是否充分地把经济分析纳入自己的文化研究与政治批评的工作中还难以界定。例如,霍尔在分析全球化和后现代问题时,提出用于当代全球化资本主义批评以及与法兰克福学派有关的经济和文化之间的关系理论。他认为,全球化后现代代表着差别和边缘的开始,使某种解读西方叙述成为可能。从文化政治本质来看,它也遇到强烈的反对:积极抵制差别,试图重建西方文明的准则;直接或间接地抨击多元文化;回归到历史语言及文学的宏大叙事,维护撒切尔和里根时代的文化种族主义;仇视外国人的现象将充斥着整个西方世界。

因而,在霍尔看来,全球化后现代涉及文化的多元、边缘、差别及排除在西方文化叙事之外的话语的开始。但是,人们能够借助于法兰克福学派的实质来反对这种阐释,即全球化、后现代只代表着全球化资本主义在新媒介及技术领域的扩张;信息和娱乐在媒介文化的大爆炸代表着资本实现和社会控制的新的强大源泉。确切地来说,技术、文化和政治在当前全球化资本主义时代的世界新秩序中具有多样性、多元性、差别及边缘话语的公开性,受到跨国公司的控制和限制。这些公司正在成为新型文化的强大的独裁者,从而会威胁限制而不是扩大文化渗透的范围。

虽然霍尔的全球化后现代理论提倡开放,但是却受到日益严重的同一化的约束和消解。的确,全球化媒介文化的这种限定特征正成为对抗性的力量,表现在同一与差异、同一性与异质性、全球化与民族化上。它们互相影响、冲突、和平共处或产生新的共生现象,全球化总体上意味着跨国文化产业,尤其是美国式的霸权。例如,在加拿大,电影院中大约有95%的电影属于美国;美国电视控制着加拿大电视;美国七大公司决定着音乐唱片的发行;报摊上出售的80%的杂志不属于加拿大……在拉丁美洲和欧洲,该情况则极其相似于美国媒介文化、商品、快餐和购物中心,因为由此创造的一种新型的文化正以相同的方式风靡一时。全球化后现代的分歧和差异产生的原因也应包括同一化和同一性的消解趋势——这些主题不断地得到法兰克福学派的强调。

在霍尔看来,有趣的问题是,随着进步政治对全球化后现代领域的侵入,该领域也似乎的确在对边缘化和"其他性"开放,但其结果却难以预料。事实上,全球化领域的建构受到了大财团和国家权力的控制。所以,要听到一种反抗的声音仍不是件容易的事。例如,在荷兰,普遍存在着对公众开放的频道或国家资助的公开频道之类的现象。当然,人们摆脱主流媒介文化时,情况会有所不同……在边缘地区会出现更多的多元主义、多样性、新话语的开放性。但是,这样可供选择的文化几乎不属于霍尔提出的全球化后现代理论。因而,法兰克福学派和早期的英国文化研究对全球化资本主义持有批判的观点,冲淡了霍尔对全球化后现代的过分乐观主义和自信。

三

法兰克福学派理论和英国文化研究都具有悠久的传统,各自的传统价值在新时期如何使用的问题也随之而起。也就是说,这些传统仍有十分重要的意义,因为在当前和早期阶段之间存在着连续性。当前资本制度与早期的生产和社会组织模式有着密切的联系。当代文化日趋商品化和商业化,很明显有利于法兰克福学派借助于商品化的观点,对当前局势形成自己的理论。资本霸权继续成为社会组织的主宰力量,甚至变得更加强大。同样,阶级的差别在加剧,媒介文化继续高度意识形态化,继续使阶级、性别、种族等不平等社会现象合法化。所以,早期的批评观点对于当代文化和社会这些现象的批评继续起着十分重要的作用。

技术资本主义全球化新格局以资本与技术的形态为基础,产生了文化、社会和日常生活的新形式。所以,法兰克福学派成为这方面研究的权威,因为其产业模式研究主要聚焦于当前的社会文化环境,包括资本、技术、文化和日常生活。虽然法兰克福学派的思想家不断地认为,技术极端的片面性和消极的视角将成为控制的工具——建立在韦伯的工具理性基础之上,但是从一些倾向可以看出,具有解放和压迫因素的技术批评理论正在成为可能。

根据马克思主义的观点,一个拥有和控制物质生产手段的阶级,实际上也就拥有了控制精神生产的能力。马克思主义的唯物主义历史观要求我们把文化产品放到其产生的特定的历史时期和特定的历史条件中加以分析。"……必须将各种文化作品与其产生的历史环境(在某些作品中,是不断变化的消费和接受环境)联系起来加以分析。"[①]无论是法兰克福学派还是伯明翰学派在这个问题上并无太大分歧。现在的问题是:我们既要关注两种流派之间在观点上存在着重叠的相似性及差异性,又要看到它们各自在当代社会和文化研究中的资源意义。在这一差别之中,两派互相补充,要求后人提出新的观点,以便在当前的情况下深化文化研究。当今,我们的文化研究完全可以借助于英国文化研究的早期模式,大胆质问摈弃政治经济、阶级、意识形态以及能够表现后现代文化研究转向特色的其他概念。同时,我们也应当尽可能避免法兰克福学派暴露出来的某些明显弱点。法兰克福学派早期的社会批评理论仍然有可能成为重新振兴文化研究的必要动力。这项任务的完成需要一种新型的文化研究方法的整合,即把传统的政治经济分析与媒介文化的颠覆因素、反抗亚文化及积极的大众群结合起来。前者是法兰克福学派的理论,而后者则是英国文化研究所强调的。对政治经济的忽略会影响到文化研究,因为它不仅有利于媒介文化的一般理解,而且,还有利于文本分析及大众对文本的使用。该使用受到生产和流通体制的影响,因为媒介产品就像普通产品一样流通和被消费。

英国文化研究在形成自己的理论和方法的过程中体现出海纳百川的气度。这与它在形成之初所具备的批判意识、入世精神不无联系。伯明翰学派的突出贡献在于对文化和意识形态的相对独立性的强调,反对经济决定论,而凸显文化及文化主体,尤其是他们以民族志的方法对工人阶级和青少年反社会的亚文化的跟踪考察、研究,取得了引人注目的卓越成效。他们突破了法兰克福学派对大众文化研究的阈限,对阶级、种族、性别做了行之有效的阐释,并能以一种动态的观点看待大众文化,难能可贵的是他们仍坚持了一种批判的立场。其实,不论法兰克福学派还是伯明翰学派,他们的大众文化批判的意义都是多维的,对当下中国的大众文化研究和现代性批判都有借鉴价值。20世纪七八十年代以来,如潮的商品包围了我们,资本的全球化切实地影响到个体的生存经验,文化研究者发

[①] [英]约翰·斯道雷:《文化理论与通俗文化导论》,杨竹山等译,南京大学出版社2001年版,第138—139页。

现在资本主义社会中不仅像阿尔都塞和葛兰西所说，由学校、宗教、文艺团体塑造着个体意识，大众文化、传播媒体发挥着巨大的意识形态功能。文化研究除了继续关注阶级、性别、种族等问题之外，更加投入地进行传媒、大众文化研究。他们大胆地借用后结构主义者，诸如德里达、福柯、鲍德里亚、利奥塔的理论，广泛地采纳精神分析学、社会学、人类学的研究成果。当代的文化研究就像披着一件华丽的外衣，上面缀满了理论界的七彩宝石，希望将更加绚烂多姿的现象世界囊括进这件外衣中，这也许正是当今文化研究的魅力所在。

意识形态批判理论及其对我国文论建设的启迪

意识形态问题在西方马克思主义的思想历程中不仅占有突出的位置，而且贯穿着西方马克思主义流派的始终。只是在不同的历史时期，所讨论问题的侧重点有所不同。早在20世纪初期，葛兰西就提出了无产阶级应争夺意识形态的领导权。到了20世纪中期，法兰克福学派更是以一种否定的态度对发达工业社会的意识形态进行了最为彻底的批判。进入20世纪后期，西方马克思主义对于意识形态的研究则转向了对其"合法性"问题的探讨，即更侧重于说明使意识形态合法化的基础。20世纪70年代，英国《新左派评论》主编佩里·安德森在《西方马克思主义探讨》中就曾经指出："……自20年代以来，西方马克思主义渐渐地不再从理论上正视重大的经济或政治问题了。西方马克思主义思想家在著作中直接讨论阶级斗争中心问题的，葛兰西是最后一个。然而，从分析生产方式本身的运动规律这一经典意义来说，他的著作也没有论述资本主义经济本身。在他之后，对于资产阶级统治的政治秩序，以及对于推翻这种统治的手段，也典型地为同样的一片缄默所笼罩。结果，西方马克思主义作为一个整体，当它从方法问题进而涉及实质问题时，就几乎倾全力于研究上层建筑了。而且，最常为西方马克思主义所密切关注的，拿恩格斯的话来说，是远离经济基础、位于等级制度最顶端的那些特定的上层建筑层次。"[1]安德森所注意到的西方马克思主义理论研究中的"主题创新"问题是十分重要的，这大致反映出了西方马克思主义意识形态批判理论的当代形态及其特征，这一问题也反映到文论乃至文学创作中。

---

[1] ［英］佩里·安德森：《西方马克思主义探讨》，人民出版社1981年版，第96页。

一

　　"意识形态"(ideology)这一概念最早来源于法文的"idéologie",它最初是由法国大革命时期的哲学家德斯图·德·特拉西(Desttut de Tracy)提出来的,用以指"观念科学"。特指在理性的基础上,通过实践,使一种观念系统,或他所谓的"观念科学"能够解释世界和改造世界,从而造福于人类。后来他又专门为此写了《意识形态原理》一书,全面阐释和建构他所理解的意识形态理论。他认为意识形态作为观念科学,是全部科学赖以存在的基础,能被应用于任何一种特殊的部门或科学。虽然特拉西赋予意识形态概念以较宽泛的意义,但他还是强调了意识形态的认识论意义,特别是它的实践因素和政治因素。特拉西所使用的"意识形态"其实是个"中性"词汇,无所谓褒贬,他的理论最初甚至还受到拿破仑的赞赏,但当后来拿破仑开始对观念学家的自由主义立场进行批判,并把"意识形态"视作"荒谬的诡辩术""有毒的学说"时,它的内涵就发生变化了。在现代社会里,意识形态作为系统化的、自觉的理论形态主要不是一种纯学术理论,而往往是一个集哲学认识论、政治学、社会学含义于一体的总体性范畴,尤其在19世纪下半叶和20世纪上半叶,意识形态的政治功能越来越突出,它往往成为政治统治和阶级斗争的重要组成部分,同政治冲突和社会革命密切相关。

　　在马恩经典作家的论著中,尤其是在他们的早期著作中,意识形态是一个使用非常频繁的词语。在《1844年经济学哲学手稿》中,马克思在批判资产阶级国民经济学时指出,国民经济学家一方面发现了财富的来源是人的劳动,而不是死的物;另一方面又发现工人的工资与他们的劳动所创造的价值成反比,但是他们却无力解决这个问题。其根本原因在于国民经济学家们把私有财产当作给定的事实接受下来,而没有进一步探询私有制产生的原因,结果它成为了替现实辩护的学说。马克思将这种把现实世界的矛盾当作给定的事实接受下来,并导致维护现状的理论称为意识形态,他对此持一种彻底批判的态度。在《德意志意识形态》中马克思和恩格斯指出:"思想、观念、意识的生产最初是直接与人们的物质活动,与人们的物质交往,与现实生活的语言交织在一起的。观念、思维、人们的精神交往在这里还是人们物质关系的直接产物。表现在某一民族的政治、法律、道德、宗教、形而上学等的语言中的精神生产也是这样。人们是自己的观念、思想等的生产者,但这里所说的人们是现实的、从事活动的人们,他们受着自己的生产力的一定发展以及与这种发展相适应的交往(直到它的最遥远的形式)的制约。"①按照马克思和恩格斯的理解,独立的意识形态的产生与社会分工,与精神生产的独立化及其职业精神生产者即思想家的出现直接相关。"分工只是从物质劳动和精神劳动分离的时候起才开始成为真实的分工。从这时候起意识才能真实地这样想象:它是某种和现存实践的意识不同的东西;它不用想象某种真实的东西而能够真实地想象某种东西。从这时候起,意识才能够摆脱世界而去构造'纯粹的'理论、神学、哲学、道德等等。"②显然,马恩经典作家认为,这种独立化的精神生产及其成果就是意识形态。

同时,在马恩经典作家看来,意识形态不是与现实的历史进程完全无关的纯粹的理论形态,而是具有深刻的政治内涵。在这个意义层面上,他们和特拉西所使用的意识形态概念并无二致。马恩经典作家认为在有阶级存在的文明时代,社会的运行和统治往往要借助于意识形态的力量,以此取得社会统治的合法性基础。每个时代,作为统治思想或指导理论的意识形态总是同特定阶级的地位和利益相关联,但无论是统治阶级还是被统治阶级,都倾向于赋予自己的意识形态以普遍性的特征或普遍性的形式,把自己的利益说成是社会全体成员的共同利益,把自己的意识形态描绘成唯一合法的、有普遍意义的思想。因此,"统治阶级的思想在每一时代都是占统治地位的思想。这就是说,一个阶级是社会上占统治地位的物质力量,同时也是社会上占统治地位的精神力量"③。马恩经典作家不是像拿破仑那样,把意识形态简单地看作是"荒谬的诡辩术""有毒的学说",而是揭示了意识形态具有替现状辩护的本质特征。虽然它表面上具有普遍性的特征,但实质上它是为特定的集团利益或特定的社会秩序辩护,为现存秩序提供合法性和合理性的论证。恩格斯在晚年致梅林的一封信中更明确地说道:"意识形态是由所谓的思想家通过意识、但是以虚假的意识完成的过程。推动他的真正动力始终是他所不知道的,否则这就不是意识形态的过程了。因此,他想象出虚假的或表面的动力。"④由此,我们也不难看出,马恩经典作家不是在中性或肯定的意义上使用意识形态这个概念,而是在否定和消极的意义上使用这一概念,他们对意识形态持彻底批判的态度。

---

① 《马克思恩格斯选集》,第1卷,人民出版社1972年版,第30页。
② 《马克思恩格斯选集》,第1卷,人民出版社1972年版,第36页。
③ 《马克思恩格斯选集》,第1卷,人民出版社1972年版,第52页。
④ 《马克思恩格斯选集》,第4卷,人民出版社1995年版,第726页。

二

　　值得注意的是，20世纪的思想家，特别是早期的西方马克思主义者，并非都是在否定的意义上使用意识形态这一概念的。卢卡奇早年就特别关注意识形态问题。在他看来，无产阶级是历史进程中主体和客体的统一体，而无产阶级的阶级意识能达到对社会历史的总体认识。对于无产阶级革命来说，意识形态是决定一切的，革命的胜利取决于无产阶级是否拥有成熟的阶级意识，是否取得了意识形态的领导权。"对无产阶级来说，它的'意识形态'不是一面扛着去进行战斗的旗帜，不是真正目标的外衣，而就是目标和武器本身。"① 他认为，西欧革命运动面临的最大问题是"无产阶级意识形态的危机"。物化意识的实质是使无产阶级丧失了对资本主义社会整个现实的批判力和改造力，这是资产阶级取得成功的主要原因。那么如何克服物化、改变人的存在状况呢？卢卡奇寄希望于无产阶级的阶级意识的生成。阶级意识的生成是使人摆脱物化意识的现实手段与革命力量。作为资产阶级意识形态的物化意识和物化结构导致人的世界和社会历史进程支离破碎，扬弃物化的唯一方法就是要在思维方式上回到作为马克思辩证法核心的"总体"（totality）范畴上去。无产阶级革命的根本目的就在于"唤起人们对于总体性的渴望"。总体性的方法要求不仅要把社会当作一个有机的、不断运动的整体来考察，而且也要认识到人自身存在的全面性和完整性，摆脱人的存在的片面物化状态。

　　葛兰西和卢卡奇一样，也认为西欧无产阶级革命失败的主要原因在于意识形态问题。为此他提出，西欧无产阶级革命的首要问题就是意识形态领导权的获得。他借用"市民社会"的概念（尽管他对这一概念的理解与马克思有很大的差异）分析指出：市民社会在东西方国家间有很大的差异，由此导致不同的国家结构，导致在东西方国家必须采取不同的革命形式。为此，他提出了与列宁不同的领导权理论。他认为西方革命的核心问题是夺取意识形态领导权，而不同于东方国家那样通过暴力革命去夺取领导权。这就是说，在西方发达的资本主义社会，无产阶级革命的首要目标并不是通过暴力直接夺取政治社会的领导权，而是应该先获得市民社会的认可与接受，然后才有可能在适当的时候掌握政治社

---

① ［匈］卢卡奇：《历史与阶级意识》，杜章智等译，商务印书馆1992年版，第129页。

会的领导权,即工人阶级只有获得文化与意识形态的领导权才能获得政治上的领导权。葛兰西借用军事上的"阵地战"和"运动战"的术语来阐述东西方国家不同的革命战略。他认为在像俄国这样市民社会不发达的东方国家,无产阶级可以运用"运动战"(即用暴力的手段)直接夺取政权;而在市民社会发达的西方国家,无产阶级只能用"阵地战"(即逐渐夺取意识形态领导权)的方式,通过坚守自己的阵地,最后在条件成熟的时候最终夺取国家的领导权。他认为这是西方资本主义国家的无产阶级所应采取的新战略。葛兰西不仅阐述了文化和意识形态领导权的极端重要性,而且对于获得这种领导权的具体途径做了深入的探讨,这些理论对日后的西方马克思主义产生了深刻的影响。

总之,早期西方马克思主义者一方面对资产阶级的意识形态的虚假性进行了尖锐的批判;一方面又站在肯定的立场上提出要无产阶级去夺取意识形态的领导权,并用无产阶级自己的意识形态去代替资产阶级的意识形态,他们并没有完全在否定的立场上使用意识形态这一概念。他们和马恩经典作家一样,寄希望于无产阶级革命,但又有别于马恩经典作家,不提倡采用武装斗争和暴力革命的手段去夺取革命的胜利,而是提倡一种"文化—心理"革命,通过意识形态领导权的获得取得最终胜利。这一思想理论上的分野最终导致了实践层面的明显差异。

但是当代思想家们并不都是在肯定的意义上使用意识形态这一概念的。1929年,匈牙利出生的犹太裔德国哲学家卡尔·曼海姆在《意识形态与乌托邦》中就意味深长地写道:"当'意识形态'这一术语表示我们怀疑我们的论敌所提出的观点和陈述时,这一概念的特殊含义便包含在其中。这些观点和陈述被看作是对某一状况真实性的有意无意的伪装,而真正认识到其真实性并不符合论敌的利益。这些歪曲包括:从有意识的谎言到半意识和无意识的伪装,从处心积虑愚弄他人到自我欺骗。这一意识形态概念只是逐渐才变得有别于关于谎言的常识性观念……"①曼海姆在本书中所讨论的"意识形态"和"乌托邦",确实有别于人们在通常意义上理解的意思,他是通过对这两个概念的论述,贯彻体现了他通过研究知识与社会的关系,通过论述知识分子在社会中所发挥的作用来实现自己作为一个知识分子所能发挥的、介入和改变现实的作用的人生理想。但他在书中有关意识形态的论述还是值得人们注意的。他提出:随着工业社会的理性化进程的深入及其合理化思想对各个领域的影响,"求实态度"开始流行,意识形

---

① [匈]曼海姆:《意识形态与乌托邦》,黎鸣等译,商务印书馆2000年版,第56—57页。

态将在这种背景下趋于消失。

曼海姆的观点在西方学术界具有相当的代表性。20世纪五六十年代，西方学术界就意识形态在现代社会的命运问题展开了一场大讨论。对意识形态否定和批判的学者大都赞成意识形态终结论。这些学者看到了现代社会结构和社会运行方式的变化，特别是现代科学技术的发展，不仅为社会生活提供了各种便利的手段，而且也深刻地影响了社会的运行机制，技术理性比任何时候都更为深入人心。由于社会结构的深刻变化，意识形态终结论者否定意识形态的根本原因是意识形态的强烈的政治内涵。他们认为，随着科学技术的发展和人们物质生活条件的改善，阶级对立开始消解，无产阶级正逐渐地被融合到现存的社会结构中，成为现存社会秩序的肯定力量。在这种背景下，马克思主义的政治意识形态开始失去作用。

也有一些学者不赞成曼海姆的观点。这些学者大多是在中性或肯定的意义上使用意识形态这个概念的。在这些学者看来，在现代社会中，某种或某些意识形态的确经历了某种转变甚至消亡的过程，但这些变化并不是意识形态本身在历史进程中的衰亡或终结。他们从中性或肯定的意义上把意识形态理解为具有公共意义的政治反映、一种关于社会历史的定向理论、一种人类理想、一种描述社会的理智作品等，而无论在哪种意义上，意识形态本身都是社会历史的重要组成部分。由此他们断言：意识形态终结论本身就是一种意识形态，是一种以"技术统治论"为本质特征的信奉科学的意识形态。

三

20世纪50年代后，以法兰克福学派为代表的西方马克思主义学者基本上都强调了意识形态的虚假性和欺骗性。他们都认为意识形态作为一种异化的文化力量，其最为严重的消极功能是对社会现状认同，替社会现实辩护，从而消解人作为个体和主体超越现存的主体意识和批判现实的人本功能，使社会变成没有超越维度的单向度的社会。面对发达工业社会，他们普遍认为科学技术并不是意识形态的对立面，相反，在发达工业社会里，科学技术本身就变成了一种新的意识形态、一种新的统治力量。他们并不赞成曼海姆的意识形态终结论，提出在新的历史条件下，意识形态非但没有终结，反而同科学技术结合，成为扼杀人的主体意识和批判精神的强有力的异化力量，为此，他们从人的存在的角度展开了对意识形态的文化批判，对这一概念的解释也已超出了统治阶级的思想意识的范畴,并延伸到科学技术、文化、心理等领域。

阿多诺明确提出:在一种特定意义上,由于今天的意识形态就在生产过程本身中,所以发达工业社会比起它的前辈来更是意识形态的。马尔库塞认为阿多诺的"这个命题以挑衅的形式揭示了盛行的技术合理性的政治方面"[①]。马尔库塞首先批判了意识形态维护现存统治的异化功能,从"需求一体化"的角度考察了发达工业社会"控制的新形式"。他认为在发达工业社会,社会的需求与个人的需求已经完全同一了。这样,人的批判性、否定性、个性都被泯灭,从而成为"单向度的人",成为统治阶层所需要的稳定的"社会水泥"。这种"需求的一体化"状况不仅是现代消费社会的主要特征,也是维持现存社会的主要力量。马尔库塞认为,追求物质消费并不是人的本质需求,人的本质需求恰恰是要摆脱物质束缚而追求崇高。但在现代西方社会里,人们把物质需求作为自己的最基本的需求。社会把不属于人的本质的需求强加给人本身,社会通过舆论、广告、大众文化的宣传形式把这种虚假的需求强加给个人,目的是形成利益的一体化。这样当把社会的需求变成了人的本质的需求后,也就必然把个人的利益与整个社会的利益联系在一起,其结果是个人不仅失去了反抗现存制度的理由,而且成为维护现实的主要力量。在意识形态的蒙蔽与操纵下,人们把受操纵的生活错当成舒适的生活,把社会压制的需要错当成他们自己的需要,把社会的强制错当成自己的自由。他尖锐地指出:"如果工人和他的老板享受同样的电视节目并游览同样的娱乐场所,如果打字员打扮得像她的雇主的女儿一样花枝招展,如果黑人挣到了一辆卡德拉牌汽车,如果他们都读同样的报纸,那么这种同样并不表明阶级的消失,而是表明那些用来维护现存制度的需求和满足在何种程度上被下层人民所分享。"[②]马尔库塞深刻地揭示了在发达工业社会里,统治的形式已经由外部的政治统治深入到对私人生活与内在心理本性的统治这一事实。

西方马克思主义还认为,在当代社会意识形态的传播方面,大众文化是重要的意识形态传播手段。单纯的娱乐性的大众文化麻痹人们的心灵,粉饰现实统治,支配人们的闲暇时间,同化与规范大众的行为,在这种文化熏陶下形成的人是统治阶层需要的单向度的人。尽管大众文化的制造主要是为了获取利润而不是意识形态,但它往往不自觉地起着意识形态的控制作用。

---

① [美]马尔库塞:《单向度的人》,张峰译,重庆出版社 1988 年版,第 1 页。
② [美]马尔库塞:《单向度的人》,张峰译,重庆出版社 1988 年版,第 9 页。

法兰克福学派的理论家们到了哈贝马斯一代,在批判科学技术的异化方面更进了一步。在哈贝马斯的早期著作中,就把科学技术与意识形态批判结合在一起,把科学技术的社会功能同意识形态所起的社会功能相等同,认为科学技术起着掩饰多种社会问题、转移人的不满和反抗情绪、阻挠人们选择新的生活方式、维护现有社会统治和导致社会堕落的意识形态功能。1968年,哈贝马斯出版了《作为"意识形态"的技术与科学》一书。在该书中,他以科学技术为"新的坐标系",论证了社会的不断合理化与科技进步的制度化的关系,提出在当今资本主义社会,科学技术本身已经成了"第一位的生产力"的观点。作为第一位的生产力,它的直接后果是社会物质财富的高度丰富、人民生活水平的大幅度提高以及随之而来的阶级差异和对抗的消失,而不像马尔库塞所说的那样,成了统治人和扼杀人的自由的一种极权性的社会力量。他认为,当今科学技术不仅成了第一位的生产力,而且也成了统治的合法性的基础。作为统治的合法性的基础,它为统治进行辩护或论证的标准是非政治的,因为这个社会的统治的合法性一方面是"从下"、"从社会劳动的根基上"获得的;另一方面是从社会本身的共同目的中获得的。晚期资本主义社会压倒一切的目的就是保持经济的持续增长,这不仅是统治阶级追求的唯一目标,而且也是社会个人生活的主要目标。政治的合法性要由经济的合理性保证;经济的合法性又要由科技的合理性保证。因此,他明确提出:"科学技术就是意识形态本身。""……技术统治的意识形态同以往的一切意识形态相比,'意识形态性较少',因此它没有那种看不见的迷惑人的力量,而那种迷惑人的力量使人得到的利益只能是假的。另一方面,当今的那种占主导地位的,并把科学变成偶像,因而变得更加脆弱的隐形意识形态,比之旧式的意识形态更加难以抗拒,范围更为广泛。""因为它在掩盖实践问题的同时,不仅为既定阶级的局部统治利益作辩解,并且站在另一个阶级一边,压制局部的解放的需求,而且损害人类要求解放的利益本身。"[①]

　　值得注意的是,哈贝马斯虽然承认科学技术是现存统治的合法性基础,但是他对于科学技术具有的意识形态功能却给予了强烈的批判。他认为:"……无论是新的意识形态,还是旧的意识形态,都是用来阻挠人们议论社会基本问题的。"[②]同时,他也批判了技术作为一种统治的泛化,批判了这种统治对于其他领

[①] [德]哈贝马斯:《作为"意识形态"的技术与科学》,李黎、郭官义译,学林出版社1999年版,第69页。
[②] [德]哈贝马斯:《作为"意识形态"的技术与科学》,李黎、郭官义译,学林出版社1999年版,第69—70页。

域的渗入与控制，也就是技术统治把一切文化领域囊括于自身，形成一个以技术统治为基础的合理的极权社会，在这样一个社会里，科学的物化模式变成了社会文化的生活世界。因此，科学技术作为生产力并没有把人类解放出来，相反，在原有的奴役中又加上了科学技术的奴役。科学技术作为一种意识形态在晚期资本主义社会中所起的作用也不是真正的合法性作用，而是以合法性为名义的一种新的政治统治。

四

西方马克思主义把意识形态看作是发达工业社会批判的核心，这一方面反映了他们对马克思主义批判理论的继承，把意识形态理解为虚假意识和异化意识，反复强调意识形态的要害在于替现状辩护，在于与现存分裂的和异化的世界认同；另一方面也反映了他们对晚期资本主义社会当下问题的关注，特别是看到了在当代历史条件下意识形态的消极功能，揭示了现代技术世界中意识形态通过现代技术手段操纵人、压抑人、扼制社会解放的消极作用，所以他们把对于意识形态的批判看作是社会变革的先决条件。尽管在西方马克思主义理论内部存在着极大的差异性，有些学者的观点存在着很大的不确定性甚至是变数，但他们都把意识形态看作是"变革"社会的主要力量，把意识形态看作是发达工业社会操纵和控制人的主要力量，都认为晚期资本主义社会统治的形式已经由传统的政治经济统治转变为意识形态的统治，即统治的形式已经由一种"外在的"强制性的暴力手段转变为"内在的"非强制性的对思想的控制，这种对思想的控制又是通过各种文化形式潜移默化地完成的。因此 20 世纪中期以后的西方马克思主义者更强调通过"文化与心理"革命来恢复现代人已经被异化的心灵，唤起人们对自身完整性的期待，改变人的现存生活方式，最终实现社会的变革。因此，从根本上看，意识形态批判的实质是文化与生存方式的革命。由此，他们完成了西方马克思主义意识形态批判理论的"主题创新"。

近 20 多年来，随着西方马克思主义的"主题创新"，新一代的理论家已经开始扬弃法兰克福学派等外在的批判方式，使批判内化于社会之中。他们不仅从经济生产的视角转移到意识形态领域，而且关注这种意识形态在文化领域内的传播，并还原为有着相对独立的自身属性的研究对象，这对我国社会主义的文论建设是有启迪意义的。在我国相当长一个历史时期中，文学作为上层建筑和意识形态的一个组成部分,受到党和政府的高度重视。文学不仅在人生、审美,而且在政治教化和道德层面上发挥着直接作用,文学甚至渗透到社会生活的各个层面,以至于作家协会的地位也远远高于其他专业协会而成为八大人民团体之一。应当看到这种地位的获得是由党和政府的政治机构所提供的,而并非文艺自身所能完全提供,在这种情况下,党和政府的政治机构也必然要求文学服从和服务于政治机构的特定政治需要。文学的发展纳入了社会主义国家的政治生活轨道,文艺的重要问题都与党和政府的政治生活息息相关,而且往往以党和国家的政治决议的形式实施于文艺界,这也就是人们非常熟悉的文艺为政治服务的时代。客观地说,这也不是一个一无是处的时代,在社会主义政权创立初始这一特定的历史时期,这样的文艺政策在历史上也起过一些积极作用。工人阶级和共产主义的世界观应当而且必须在反对自己的敌对势力的斗争中,在社会主义革命和建设的政治中,发挥其应有的作用。而马克思主义的文艺思想作为马克思主义整体的一个组成部分,必然具有一定的政治倾向,这也是十分合理的。问题在于只强调政治在整个社会生活中的重要地位,把政治完全看作高于艺术、决定艺术的因素,而把艺术置于政治的主宰和管辖之下,把政治的因素和问题提升到艺术的最高层次和最高价值的高度,就把艺术的一个重要方面的因素等同于一切的全部重要因素,甚至当成唯一重要的因素,这也就走向了形而上学,这种异化的文学最终远离受众就是自然的了。

  党的十四大明确宣布:我国经济体制改革的目标是建立社会主义市场经济体制。这是一个带有全局性的重大突破。1993年,党的十四届三中全会又通过了《中共中央关于建立社会主义市场经济体制若干问题的决议》,确立了社会主义市场经济体制的基本框架,制定了深化改革的总体蓝图,我国的改革发展从此进入了理论上和实践上全面性总体推进的新阶段。由社会主义计划经济体制向社会主义市场经济体制的转变,这一历史性突破给中国人民的社会生活带来了巨大的变化,人们对生产和消费的观念的变化尤为明显。此时,人们已经不是将文学简单地看作是一种意识形态,也不是简单地看作是安邦治国的利器。给中国的文学剥去昔日伪神圣外衣的同时,人们将注意力集中到了文学的生产过程、接受过程等以往不甚关注的领域,人们开始更多地关注起文学性的诸多问题。由此,文学创作、研究和整个接受过程都悄悄发生着变化。

  如果我们把上述文学或文论问题放在一个更广阔的社会文化背景下加以考察就不难发现,随着改革开放逐渐深入的步伐,整个中国社会,尤其是沿海开放城市的面貌发生了深刻的变化。市场经济和城市化进程加快了多元文化的形成；市民社会的逐渐形成更使文学逐渐进入个人私密空间，喜欢或不喜欢什么作品，完全成了个人的事情，与公众的关系越来越疏离。而商品化、城市文明又带来了劳动时间和休闲时间分离的直接后果。人们开始把文学视为一种生活中的休闲或消费，甚至需要在阅读文学作品中寻求一种快感。这种休闲和娱乐型的文学并不旨在解释生活的底蕴，只求满足由文本激起的情感本身。各种各样的"戏说"大行其道也许最能说明问题。在诸多的"戏说"中不能说没有情感，这种情感甚至在某种意义上也折射出社会内涵，但它们不是为了揭示真实的历史感，而是折射出欣赏者所理解的历史和审美趣味。市民社会对文学的多元要求还表现在自身极大的宽容性上，古典的与现代的、中国的与外国的，统统来者不拒，并在此基础上形成以满足快感经验为精神内涵的"兼容并蓄"的混合型文学，这种文学多元化的样态是中国近半个世纪以来所未曾出现过的。

如果说在17世纪的英国，有着大量休闲时间的市民，尤其是妇女，对英国近代小说的兴起，以及这一时期小说的内容和形式都具有决定性意义的话，那么近20年来我国逐渐形成的市民社会则是决定当下文学内容与形式的重要社会群体。当今社会为人们打发休闲所提供的各种娱乐方式几乎共同地指向宣泄被压抑的情感、放松紧张的身心的效果。因此，满足公众闲暇时消遣娱乐欲求的通俗文学已经成为当代商业社会最具影响力的文化形式之一。这类通俗文学不仅在普通市民中拥有广泛的受众，而且在知识分子群体中也颇有市场。如果说琼瑶、三毛等人作品的主要读者是青年学生的话，那么金庸的武侠小说的读者则不仅包括普通市民、青年学生，而且还包括众多受过良好教育的学者教授。在市场经济条件下，文学越来越朝着娱乐型、消费型、多样化的方向发展，这是不以少数人的愿望为转移的。

如果说当年葛兰西有关争夺意识形态领导权的理论在种种历史原因影响下还没有引起人们应有的关注的话，那么20世纪70年代以后，随着大众传媒的兴起，他的理论又重新被一批新一代的西方马克思主义学者所关注。他们将葛兰西理论的触角深入到性别、代别、种族、民族、宗教、同性恋乃至全球化等各个领域，当然也把触角伸向了文学，这一切为意识形态研究赋予了当代意义。他们独特的研究方法和视角对我们把握意识形态的当代形态很有启迪意义。如迪克·海布第奇曾用葛兰西的霸权理论对年轻人的亚文化做了令人信服的研究。他认为亚文化的实践是青年人群在主动消费过程中产生的，它首先将商品东拼西凑，抛离了原来生产者的意图,商品成为被重新阐明的具有相反意义的文化载体。而当斗争下的产物被重新推向消费市场时,亚文化总是会抛开原先的独创性和对立性,走向与商业的融合并起到缓和意识形态矛盾的作用,斗争得以消解,妥协得以生成。"各种青年文化风格在一开始时可能会发出一些象征性的挑战,但是它们最后必定是以确立一系列新的规则、产生一些新的产品、新的工业或是使一些旧的产品和旧工业重新焕发活力而告终。"①约翰·斯道雷研究了"摇滚"霸权,指出美国西海岸的摇滚与越南战争有直接的关系。这种音乐属于反文化的音乐,它鼓动人们抵制兵役并组织起来反对美国在越南的战争;然而,这种音乐也给资本主义的商业公司带来了滚滚财源,这些财源又可能被用于越南战争。因此,"这又是一个有关霸权过程的范例;它揭示了社会中占支配地位的集团是如何通过'谈判'将反对派的呼声引导到对自己有利的方向,从而确保占支配地位的集团能继续保持其领导地位。支持越战的资本主义文化工业并没有禁止西岸摇滚乐表达其反战的心声,但是其反战的心声的表达却是为了支持越战的资本主义文化工业的经济利益服务的。"②新一代西方马克思主义理论家更关注社会的非同质问题。约翰·费斯克就明白地指出:"如果我们坚持错误地认为我们生活在一个同质的社会里,人们基本上都相同,那么,大众性就颇具诱惑力地容易理解了。但是,当我们考虑到晚期资本主义社会是由各种各样的社会集团和亚文化构成的,它们都聚集在一个社会关系网络中,其中最重要的因素是区别性的权力分配时,大众性问题就变得复杂了。"③为此,费斯克等人为大众性赋予了当下的阐释,大大深化了人们对大众性的理解。上述这些意识形态的研究路径显然是大大超越了他们的前辈理论家了。尽管他们也认为文化工业是意识形态生产的主要场所,它为我们认识世界、了解世界编造各种强有力的形象、描述、定义及参照背景,但他们并不像早期西方马克思主义者那样,认为这些文化(自然也包括文学艺术)的消费者都是受害者,他们甚至认为消费过程是消费者的创造过程,他们能够进行一定的防御和抵制。大众文化并不只是堕落的商业文化和意识形态操纵的场所,而是具有创新意义的场所。这种理论视野一方面为我们提供了一种现实的思想批判武器;另一方面对于我们面对当今文化走向,正确审视21世纪全球化背景下的各国、各地区、各种样态的文化,无疑具有借鉴意义。

---

① [美]约翰·斯道雷:《文化理论与通俗文化导论》,杨竹山等译,南京大学出版社2001年版,第174页。
② [美]约翰·斯道雷:《文化理论与通俗文化导论》,杨竹山等译,南京大学出版社2001年版,第174页。
③ 罗钢、刘象愚主编:《文化研究读本》,中国社会科学出版社2000年版,第227页。

重新认识后现代主义
——本·阿格给我们的启迪

中国学者真正感受到现代主义的到来,大致始于20世纪90年代,但有趣的是,我们用了不到20年的时间,走完了西方半个多世纪的思想历程,在经济全球化日益浓重的氛围下,我们迅速迎来了后现代主义并实现了人文社会科学的文化转向。特里·伊格尔顿在《理论之后》一书中写道:"……后现代思维方式很有可能正在走向终点",[①]中国学者同样是感同身受。如他所描述,后现代的某些代表人物,如利奥塔、福柯、德里达等虽然过世了,但作为一种社会思潮并没有随之消失,正如后现代并没有使现代性终结,它们似乎"不可两立"地共生于无边的现代性之中。我们知道,后现代性是对现代性及其哲学基本假设的反动,它尤其反对基础主义、本质主义和实在论。后现代主义在文化和哲学领域取得了一定的成功,它对启蒙理性、人类进步和解放理想的攻击以及对宏大叙述的怀疑,击中了现代文化的要害和弊端。但是,我们也知道,后现代主义只是一味地批判和解构现代性的基本假设和前提,对于后现代文化并未提出一幅令人满意的蓝图。迄今为止,人们仍然不得不生活于现代文化之中,享受现代文化和科学的成果,而不会真的去依据后现代主义的主张建构一个后现代性的社会。

后现代还没有"热"过半个世纪,现代的我们去思考"如何走出后现代"是否有些为时过早?伊格尔顿的思考是深刻的。他重视理论的反思作用,认为"我们永远不能在'理论之后'",他所提出的"后理论"状态恰恰又是对他所处的西方后现代这个现实社会的理性思考。这种思考不是短期行为的怂恿和趋潮,而是以批判精神和自醒意识为其身份对社会的发展所做出的长远判断。如何从所谓正

[①] [英]特里·伊格尔顿:《理论之后》,商正译,商务印书馆2009年版,第213—214页。

统观念中脱身,探索新的话题? 这是中国当下理论界不少有批判意识的学者所认真思考的大问题。

要从现实的经验为出发点,去实现"走出后现代"这一历史的必然要求,我们还需要重新思考后现代,甚至还要重新理解现代性。而美国学者本·阿格(Ben Agger)对后现代主义的研究,为我们提供了一个全新的历史视阈。

一、区分两种不同性质的后现代主义

本·阿格把后现代主义明确地区分为肯定的后现代主义(affirmative post-modernism)和批判的后现代主义(critical post-modernism),他指出,后现代主义一开始是以建设风格出现的肯定性特征,并"没有后结构主义的哲学反思性方式"根源,这使得它"更难认识和利用包含在后现代主义中的初现的社会批评"。[1] 在他看来,"批判的后现代主义能细致地理清把利益从强大的文化霸权中解放出来的文化的各个方面"。"建基于这种离经叛道的后现代主义的文化研究拒绝各种先验的文化视角,不管是法兰克福学派的官方主义,还是赞同(而后抛弃)波德里亚超现实论的各种模仿的主流后现代主义者的肯定姿态。这样的先验论之所以崩溃,是因为它忽视了文化方案和文化接受的语境本质。批判的后现代文化研究把它对文化解放潜力的判断与文化作品和实践所处的生产、分配、接受的语境联系起来。尽管不同于当代文化研究中心,批判的后现代文化研究倾向于用更自觉的历史哲学术语来表达它的文化批评,但在某些方面,它又类似于伯明翰当代文化研究中心的文化视角。"[2] 只有区分两种不同的后现代主义,才能继承马克思主义理论的批判品格,也才能真正认识到后现代主义的问题所在,并最终走出后现代。

本·阿格的《统治话语——从法兰克福学派到后现代主义》一书则对上述问题有了更进一步理论分析。他认为,"没有单一或者简单的后现代主义,只有不同版本的后现代主义"。[3] 在他看来,后现代主义时期是文明的时期,我们应当相信在这一时期所有基本社会问题都已解决,而理论的衰退与其学术化进程成

---

[1] Ben Agger, *Cultural Studies as Critical Theory*, The Falmer Press, 1992, p.109.
[2] Ben Agger, *Cultural Studies as Critical Theory*, The Falmer Press, 1992, p.109.
[3] Ben Agger, *The Discourse of Domination from the Frankfurt School to Postmodernism*, Northwestern University Press, p.279.

正比。当理论演变成被划分、剖析的知识体系,并随后在学科博物馆保管人员手中变得僵化时,它已失去进一步完善的能力。不幸的是,这正是如今大部分理论的命运。本·阿格并不是说我们应该摒弃那些具有世界和历史意义的经典作品。"如果没有攻读过康德、黑格尔、马克思、弗洛伊德、维特根斯坦、胡塞尔、波伏娃、萨特、阿多诺、马尔库塞等人的作品,人们是无法了解现在的,因为这是要求掌握晦涩难懂资料的阐释学。"[1]但是,学术化的后果是将思想退化为方法,进而扼杀了思想。他也并非认为不需要引证其他作家,毫无引证的作品自以为是完全原创而宣称是不可置疑的权威,但这些作品往往只是在重复实践证实的理论,尽管这些实践是重组他人作品中的脚注和参考文献而做出的细微改动的作品。为此,他想用后现代主义来反对其自身,以防止其标签化。因为在他看来,人们会谈论后现代的种种,比如艺术、建筑和广告。但那样只会使对后现代的批评分析沦为竞相追捧的文化分类。

在该书中,本·阿格研究了后现代主义对公共话语衰落的批评性理论理解的影响。在他看来,话语衰落是当下一个严重的社会问题。他要在书中明确区分后现代和后现代主义。前者是文明化的阶段;后者是文化和社会理论,适合我们当下的批评理论。显然,这两者的结合是由于理论进入了当前的文化话语之中。但他想将后现代主义置于文化主流之外,目的是将这一批评理论与其所分析的后现代世界分离开来。正确理解后现代主义有助于逆转后现代发展的方向,尤其是我所称的话语的衰落,从而为"走出后现代"寻找新的理论路径;同时在他看来,后现代主义可以通过解构其自身来超越意识形态的终结。

二、两种不同性质的后现代主义有本质的区别

后现代果然存在吗?本·阿格所指的后现代绝不是一种与现代,尤其是资本主义完全隔绝开来的东西,而是一种实际存在的文明发展阶段。后现代理念标榜的是世界历史的后现代阶段,目的是彰显阶级、种族、性别和地理环境的不平等性的终结,从这一点来讲,与贝尔(Bell)早期理论的意识终结相一致。但是,鉴于意识形态仍与我们同在,尤其是在后现代主义和后现代的概念中,所以

---

[1] Ben Agger, *The Discourse of Domination from the Frankfurt School to Postmodernism*, Northwestern University Press, p.279.

历史还没有突破自己进入无摩擦、无冲突、无阶级、种族和性别之分的时代。后现代的信仰者，如利奥塔，对后现代主义者的定义总能让人想到贝尔早期的观点。后现代理应具有后工业主义的特征，阶级斗争的最终结果是消费者收获了数不胜数的商品和服务，高科技成为解决所有社会问题的灵丹妙药，意识形态的终结和全球现代化。从这点来说，利奥塔并没有对贝尔的观点进行任何补充。但是后现代作为一种轴心的新式个人主义道德观和政治观也暗示了一种无中心的世界历史。本·阿格认为，后现代主义是文化表达方式，尽管如他在书中反复论证时所说的，这根本不是后现代主义，这只是适合于重温 20 世纪 50 年代资本主义意识终结理论。后现代将个人主义建立在利奥塔所说的伟大的元叙事不与中产阶级的个人主义相关联的基础之上。本·阿格还指出，在这一时代，人们衣食无忧，并倾其一生来建造自己的精神（与现实）花园。人们隐晦地用后现代来描述晚期资本主义并为之进行辩护的话语，世界上不存在绝对的关于当前的"后"现代，它从根本上延续了 19 世纪中期以私有财产、性别歧视、种族歧视和控制自然为特点的资本主义。这样说并不意味着我们不应该将晚期资本主义理论化和再理论化；过去和现在的资本主义有一些重大区别，但应该是在马克思主义和女性主义范围内的反思，而不是脱离这些理论。"后现代理论从根本上反对无阶级、性别和种族压迫的未来乌托邦新世界。它在新个人主义的基础上建构未来，资本家、性别歧视者和种族主义者大厦完好无损。自由体现在个人表达方式、品味、消费、旅游、休闲、服饰和生活方式上。后现代理论是主要社会思想和行为的最新替代物，而不是成功地削弱了它们。"[1]"后现代理论是更早期的和更加拘谨的后工业主义的世界观点；它以文化吸盘纽约为中心。当然，他的虚假世界主义实在是狭隘，这在全球美国化中已有表示。"[2]

由此，本·阿格认为"后现代主义是一种意识形态"。[3] 这种意识形态从根本上排斥后现代概念，这一理论盛行于文化工业、非马克思主义的文学理论和文化研究之中。后现代主义犹如文化时尚的标志充斥着美国广告业，它移动的是产品而非思想，本·阿格将其称之为"不良"后现代主义。对"不良"后现代主义

---

[1] Ben Agger, *The Discourse of Domination from the Frankfurt School to Postmodernism*, Northwestern University Press, pp. 283 - 284.
[2] Ben Agger, *Cultural Studies as Critical Theory*, The Falmer Press, 1992, p. 284.
[3] Ben Agger, *The Discourse of Domination from the Frankfurt School to Postmodernism*, Northwestern University Press, pp. 284.

的讨论,即当今资本主义国家存在的文化产品,暗示了"好的"后现代理论发展的可能性,也就是他说的后现代主义是一种批评理论。由此,本·阿格围绕6个中心主题对此进行比较:价值观、历史、政治、主体性、现代性和理性,试图区分"不良"后现代主义,即意识形态的后现代主义与"好的"后现代主义,即批评理论的后现代主义。他的核心观点是:后现代主义含有一种巨大的释放因素,这种因素被文化工业版的后现代主义压制,这个版本实际上只是一种披着资本主义现代主义外衣的后现代主义。他对这一对比感兴趣并不是因其学术性,而是因为他认为后现代主义作为一种批评理论,在一种与政治息息相关的文化经验社会学的氛围中产生。它的核心概念是要将肯定的后现代主义与否定的后现代主义加以区分,为此,他从以下问题入手:

(一) 排斥绝对价值观

他指出,意识形态的后现代主义分布于世界各地的杂志,授课于主流文学理论的课堂。这种理论认为世界上不存在绝对的价值观,这一点与尼采的观点接近。尼采的理论来源包括两方面:一方面是后现代主义和后结构主义;另一方面是批评理论。根据德里达和福柯的观点,尼采是一位反对启蒙运动的作家,认为启蒙运动代表西方理性一文不值。对于阿多诺和他的法兰克福学派同事来讲,尼采是一位颇具影响力的文化启蒙运动的辩证批评家,当然从他的书中找到第二个尼采难上加难。但无论"真实"的尼采是什么或是谁,阿多诺试图将唯物主义的理性概念植入尼采对理性缺失以及西方理性的刻板的本能批评中,这具有明显意义。此外,这也有助于定义批评性后现代主义,这一主义将指引着当前文化工业的长河滚滚向前。

意识形态的后现代主义将尼采作为对绝对价值观消失以及任何事物都不存在这一概念的支撑。或者至少,后现代时期价值标准的确立并非建立在利奥塔所谓的马克思主义和女性主义理性的大"元叙事"基础之上。对绝对价值观的否认(尤其是尼采和柏拉图)产生了虚无主义——排斥一切价值观。本·阿格认为,"这仅是一种对尼采的传统解读,需要注意的是,人们需要根据文字资料对其进行充分证实。无论如何,主流后现代主义(像后结构主义一样,如果想要区别它们)依赖于这样一个假设,即已不能把将阿基米德观点置于历史背景之外为前提,在此背景下来研究推测世界历史意义、道德标准、价值观和真理。尼采的虚无主义被这些后现代主义者转化为相对主义,因此引起了人们对左派试图详述绝对意义标准的猜疑,是无阶级社会还是母系社会。"[1]

(二) 永恒的现在

后现代主义也包含历史概念,这一概念推翻了西方经典思想的末世观,或者是作为末世论的补充。后现代主义者将未来的西方末世论简化为一种永恒的现在,这是一种哲学状态,让人联想到后结构主义社会的社会公约。未来即现在;科技已解放人类;文化如此丰富多彩,我们也无需到未来——一段未知的时间——去寻求历史之谜。当然,这表明我们一路走来保持着十足的乐观主义。它概括(我会说成是笼统概括)西方文化、经济和政治精英——也就是嬉皮士——给全人类带来的福祉。对这一观点的支持来自鲍德里亚关于标志的政治经济观点,尤其是西方产品和广告在贫穷国家的激增,向世界"宣告"西方后现代主义就意味着全球现代化,也就是末世论所预言的名副其实的历史终结。

本·阿格认为,"永恒的现在这一词语并非只是夸大现在的重要性,它也排除了彻底干涉的可能性。历史的终结同时也是希望的终结和乌托邦式想象的终结。权威后现代主义会为好的事物欢呼呐喊,对元叙事在人间寻找乌托邦式的天堂感到厌世和轻视"。[2] "披头士将这种态度称为'酷'或者是'时尚',准确地说就是 20 世纪 80 年代后期和 1990 年代早期人们对后现代主义的看法。的确,潮男杂志就曾销售在 20 世纪 50 年代因詹姆斯·迪恩代言而红极一时的运动鞋,迪恩是 20 世纪 50 年代先锋主义的顽童。时尚与经典的后现代感并存,表达出对热情和辩论政治的自满又厌恶的结合。"[3] 本·阿格很好地论述了这一具有讽刺意义的现象。

(三) 反政治学

人们可以积极评价并批评后现代主义的第三个方面就是政治学。后现代是否表达出对政治的厌恶,与詹姆斯·迪恩的冷淡和摇滚音乐家史蒂芬·史提尔斯在 20 世纪 60 年代认为"政治就是胡说八道"的观点有关,显然,对后现代主义持肯定态度的都排斥政治。当然,如果历史终结,政治能动性的目的即社会变迁

---

[1] Ben Agger, *Cultural Studies as Critical Theory*, The Falmer Press, 1992, p.285.
[2] Ben Agger, *The Discourse of Domination from the Frankfurt School to Postmodernism*, Northwestern University Press, p.286.
[3] Ben Agger, *Cultural Studies as Critical Theory*, The Falmer Press, 1992, p.286.

就是荒诞不经和迂腐过时。本·阿格指出,如果观察婴儿潮时期的人,你可能会过度简化这一代人,他们都30岁左右,在20世纪的美国,他们谈论的政治话题都是围绕越南战争、美国内战和女权运动,这种情况是例外而非通则。他们的父母都闭口不谈政治,这实际上是植根于反末世论的一种反政治主义。年轻人追寻时尚并不是变革世界。这并不会忽视一种社会自由主义,那就是人们开始在意环境、中国的叛逆学生、动物权利等的原因。他指出,30岁的这代人帮助形成了一定程度上社会解放的主流文化,这在根本上并没有威胁资本主义的主导地位的秩序,这些社会解放主要包含女性自主决定是否生育以及在外工作。"但是像所有的解放运动一样,从根本上来说这种社会解放运动是个人私事;很少谈及社会结构应如何变化。后现代主义将政治拒之门外,是因其唯利是图、贪赃枉法、愤世嫉俗;从水门事件到伊朗丑闻,印在我们脑海里的就是政治是一种病态的弥撒亚主义。'健康的'人们追求事业、银行贷款、健全的孩子、文化地位和精神的富足。因此,后现代主义含有对政治本性的强大的预测能力,它认为政治从根本上是反对左派的元叙事,如希腊人那样,在政治中寻求救赎。"[1]如今,"政治被普遍认为是露天阴沟,而非寻求体面公共生活的平台。传统保守派加入到极端分子的行列,为日益衰落的公众领域扼腕痛惜,话语的衰落是其中一个重要环节"。[2] 经过上述分析,本·阿格指出,政治主要是被新保守主义排斥,原因是他们对解放运动感到失望。从美国经济学家凯恩斯和美国前任总统罗斯福的例子来看,人们普遍认为福利国家是重大社会问题的根源,并非救赎。这是最卓越的后现代:最好的政治就是反政治,是对政治学、政客以及所有寻求社会公平正义运动的非难。

(四) 新个人主义

权威后现代主义信奉修订后的个人主义,即后解放主义,在此基础上传统民主的社会公约形成,个人可以从集体中"索取"而无需回报,尤其是在大众立法方面。哈贝马斯将这种"立法危机"视为福利资本主义中潜在的祸根。但是新个人主义的占有欲望比以往更高,本·阿格以福利国家没能限制住城市的黑人和少数民族人口为例指出,如今夜晚时分在纽约中央公园逗留已不是一个安全的事,而纽约自由主义者变成了新保守主义者。地铁亡命之徒将后现代的新个人主义

---

[1] Ben Agger, *Cultural Studies as Critical Theory*, The Falmer Press, 1992, pp. 286-287.
[2] Ben Agger, *Cultural Studies as Critical Theory*, The Falmer Press, 1992, p. 287.

概括为：当年轻的黑人抢劫者靠近时，他可以掏出枪，将其吓跑。有趣的是，他不仅被工薪阶级全国步枪射击运动协会的乡下人视为英雄；他也赢得了各式"高端"自由主义者（比如新保守主义）的青睐，他们厌倦了平权举措、福利安全网和全社会的放任。由此，本·阿格认为，"系统评估种族主义的结构根源已经消失，取而代之的是对黑人家庭、黑人机构、黑人语言和黑人音乐的百般非难"。[1] "与今天不同的是，新个人主义在有关种族关系的文学作品中广泛存在。黑人的懒惰取代了白人的种族主义成为解释长期存在和与日俱增的白人与黑人之间经济不平等的原因。更糟糕的是，越来越多的时事评论者和社会科学家认为黑人实际上是恶魔，是野生动物。"[2] 后现代个人主义的特点就是其防卫的姿态；早期的占有个人主义试图通过在驶向美国西海岸的列车上苦思冥想来完善其自身，把未来当作一个即将到来的时间来建构。新个人主义捍卫自己的领土，反对他人占有，将其理论化的过程伴随着新保守主义保卫财产、家庭和国家。原始的个人主义自私但却乐观，而新个人主义既自私又愤世嫉俗。准确地说，正是这种愤世嫉俗赋予了主流后现代以独特的风格；20世纪晚期理性主义者的社会中心变成了自我。

（五）西方主义/现代化

后现代主义将后现代理论化，特别是主流后现代主义成了一种西方现代化的理论，尽管它努力将自己扮演得像多元论者或者是"去中心化的"，但事实上后现代主义中含有的西方主义隐藏在对"不同"限制的表象下。本·阿格指出，这种不同仅仅是个标签，落伍的自由主义者将美国自由编织成一种在餐厅就可以轻易点到的一道菜，现代的后现代假装成一种全球适用的多种多样的形式，只是由于它计划从不同的历史时代、风格和价值观体系折中地借鉴。事实上，保守的自由主义者过去所说的多元主义的特征被后现代主义者定义为"不同"根本不存在什么不同。本·阿格指出："后现代主义关于现代的定义并非折中的，而是以欧洲为中心，事实上是以美国为中心。经济帝国主义与包含时代精神帝国主义的文化帝国主义不可相提并论。全球美国化进程飞速发展，即使是在苏联和中国也是如此。很少有国家能够继续保持对可口可乐、牛仔裤以及表面民主的排斥。"[3]

---

[1] Ben Agger, *The Discourse of Domination from the Frankfurt School to Postmodernism*, Northwestern University Press, p.288.
[2] Ben Agger, *Cultural Studies as Critical Theory*, The Falmer Press, 1992, p.288.
[3] Ben Agger, *Cultural Studies as Critical Theory*, The Falmer Press, 1992, p.289.

(六) 后理性主义

后现代理论重提理性的概念，它从根本上区别于黑格尔的马克思主义。本·阿格并不想对尼采理论加以赘述，只是简单地提一下非理性主义和犬儒主义在后现代主义中的重心，尤其是对福柯、德里达和利奥塔德来说更是如此。他认为"……德里达对存在的形而上学主义的批判是对乐观主义的温和的攻击；事实上，在许多方面这是一种巧妙的方式，就好比他对西方二元论的解构。人们可以通过其解释性的方法论来有效地激化这一解构进程，这些方法论的目的是展示明显的二元性是等级分明的，从而支撑对这一意识形态的批判"。[①] 在本·阿格看来，德里达对形而上学二元论的批判并非换一种持久的表达方式来看待二元论，从而创建一个非二元的、无阶级差异的社会秩序。德里达认为后现代主义和批判理论的最大区别是"言外无意"，由此德里达走向绝对主义。

尽管本·阿格承认，批判的后现代文化研究没有特定的流派或代表，但批判的后现代主义与肯定的后现代主义是有所不同的；与众多西方学者不同，本·阿格从不回避自己的政治立场，也从不回避自己的马克思主义学术背景；但他从不标榜自己是马克思主义者，而是一直在思考着这样的一个问题：究竟怎样才能叫作马克思主义的支持者。他认为马克思主义并不是"苏联改革"或者"后现代主义"那样的陈词滥调。事实上，在他看来，当今社会面临的一切问题都能在马克思主义关于资本主义自相矛盾论的理论中找到答案。"本书中的这些文字就像是我的思想与复杂的批判理论之间的一次正面交锋。"[②]他并不赞同"法兰克福学派一直都是左派知识分子的老古董"之类的说法。而他所倡导的与法兰克福学派批判理论有所不同的批判理论恰恰应该被看作是马克思过世之后，由于知识和政治转型的需要，对马克思主义的一次合理"修正"。尽管本·阿格与很多思想者一样，也没有为我们清晰地勾勒出走出后现代的理论路径，对于后现代文化也并未描绘出一幅令人满意的蓝图，他对两种不同后现代的区分也仅仅是一种理论参照，而且本·阿格更多地是从感性体验中，从后现代主义思想的种种混乱中，从后现代现象的种种不和谐中，看到了走出后现代的历史必然性，但这种参照可以帮助国内学者思考这样一个问题：后现代是一个极其复杂、多元的思潮，要走出这样一个多元的思潮，其路径和方法也一定是多元的。

[①] Ben Agger, *Cultural Studies as Critical Theory*, The Falmer Press, 1992, p. 290.
[②] Ben Agger, *Cultural Studies as Critical Theory*, The Falmer Press, 1992, p. 2.

本·阿格的文化研究观

在欧美文化研究领域，一直存在着实证主义研究和批判研究两大重镇；前者一直处在学术研究的"主流"位置，而后者则一直处在学术研究的"边缘"位置，这其中既有深刻的学术渊源，也包括某些权力之争。从历史的角度来看，实证研究在西方，特别是在北美确实有悠久的历史，这里所说的实证研究包括一般性调查(Survey)、个案研究(Case Study)、民族志式的研究(Ethnographic Study)、准实验法(Quasi-Experimental Method)、实验法(Experimental Method)等。这种研究通常包括两大类：质的研究和量的研究。这其中还包括若干具体的研究方法，如实验法属于量的研究代表，而观察法和访谈法则属于比较典型的质的研究。批判学派的兴起和第二次世界大战、法西斯主义的兴起很有关系，当时马克思主义关注意识形态问题，考虑的问题是"为什么不发生无产阶级革命"及意识形态的作用等问题，法西斯主义兴起后，"为什么法西斯会起来"又成了批判学者关注的核心。可以说，整个批判学派的兴起是和当时学术界，尤其是德国学术界关心法西斯主义的兴起、法西斯主义和垄断资本有什么关系这样一个大问题相关的。后来，法兰克福学派的主要成员因为受到法西斯的迫害而到了美国，开始研究美国的大众文化，开始关注大众文化对个性的摧残、压抑的可能性，担心大众文化本身会不会带来威权的倾向。因为法兰克福学派看到希特勒利用广播来宣传，他们想到美国的大众媒体会不会也有助长法西斯主义这种倾向的可能性。他们提出一个问题：法西斯会不会也在美国发生？而当时美国的学者认为，美国的自由多元主义是存在的，所以他们开始做实证研究，研究观众如何接受广播信息。当时一个很有影响的研究是拉扎斯菲尔德的"人民的选择"，他的理论即受众影响有限论。可以说，实证研究尤其是观众研究的兴起，除了商业和政治选举方面的背景外,还有着一个隐含的政治背景:想证明法西斯主义不会在美国发生,证明媒介影响是有限的。所以,实证研究的兴起不是像我们想象的那么自然、科学和超政治的。从那开始,就有了所谓的主流研究和批判学派的分野。拉扎斯菲尔德在1941年把这两种不同的研究取向称为"行政的"和"批判性的"研究。1983年,美国《传播学刊》(*Journal of Communication*)出版了一个专刊,叫"发酵中的园地"(Ferment in the field),阐述这两个学派的分野。但事实上,主流研究不仅一开始就是在与来自欧洲的批判研究的分野中发展的,而且到了20世纪50年代末,实证研究还遭到了产生于美国本土的批判学术精神的抨击。

实证主义研究和批判研究虽然有着不同的理论路径,但发展到伯明翰学派时,理论整合的迹象已经显现。我们知道,伯明翰学派的文化研究既强调跨学科性、超学科性和政治批判性,重视边缘文化和亚文化、大众文化的研究,又注重个案研究和实证研究。这些都可以在其研究对象、方法论、课程设置和学生培养等方面发现。以1964年伯明翰当代文化研究中心(CCCS)成立后的第一份报告为例,报告列出了需要着手研究的首要7个项目,分别是:奥维尔(Orville)和20世纪30年代的气候、地方报业的成长与变化、通俗音乐中的民歌和俚语、当代社会小说的层次及其变迁、国内艺术及肖像研究、运动的意志及其表征、流行音乐及青春文化,它们分别属于地理、媒体、通俗文化与大众文化、文学、艺术、体育等领域,学科跨度之大不能不让人惊讶。CCCS开设的课程"文化研究的理论和方法"就包括了5个主要方向:文化、意义和意义建构;文化与意识形态;文化与结构;文化、亚文化和阶级;支配文化、次属文化和独特文化和反文化;这一切都强烈地凸显出伯明翰学派的政治批判性和重视边缘文化、重视实证研究的学术意识。

实证主义文化研究最大的特点就是理论上的相对主义,他们宣称恪守"价值中立",美国当代学者本·阿格在《作为批评理论的文化研究》中,曾就实证文化研究的深层设想概括如下:

1. 如同所有社会分析,文化研究必须价值中立,其关键并不在于改变世界,而在于理解世界(即便是理解世界也有可能导致由分析过程之外的人们发起的某些社会变革)。

2. 在结构上和功能上,流行文化是现代社会的必要特征;尽管流行文化存在一些不幸的流毒,但总体上是健康的,而且是有必要的。所有的文化表述似乎都是为了满足某种基本需求。文化分析家不能将自身对大众文化的不屑强加给大众本身,相反,他必须对民粹主义/流行文化有慎重的理解,试着去理解流行文化与寻常百姓的实证关联性。

3. 流行文化被当成娱乐，不同于日常生活，反过来日常生活又对流行文化加以颂扬。有人将流行文化概括为由"休闲时光"，即有偿劳动之外的时间组成的活动。在美国仍占主导地位的帕森斯年代的社会学理论没有将家务劳动概念化为价值生产劳动，而是将工作的定义局限于有偿劳动。与之类似，文化也被定义为是发生在私人领域，与有偿劳动无关的活动。

4. 没有先决原则来评定文化著作与实践以及其他著作与实践"孰好""孰坏"。文化分析家必须避免做出评判，转而去寻求价值中立。特别是在尝试代际文化分析的时候，要严格淡化高雅文化取向。

5. 尽管实证主义流行文化分析家可能会研究文化生产、分配及消费路径，但考虑到结构功能的偏见，他们更愿意关注文化解读。

6. 在对意义生产的阐释方面，文化研究发展成了一种彻底的技术操作，而不是更广泛的社会—理论操作，一方面去探寻艺术与意识形态的联系，另一方面去追寻社会、政治与经济实践之间的联系。就这一点而言，实证主义流行文化分析并不孤单。确实，激进化的文化研究面临的主要挑战之一便在于克服对待文化的技术性的、非政治性的方法。

7. 然而，实证主义文化研究的内在论与技术拜物教和后结构、后现代文化研究的内在论与技术拜物教之间是有区别的。后者认为其本身就是文化干预，反思性地衡量他们对自己研究的文本与实践的意义所作出的贡献，而前者忽略了自己固有的影响力。[1]

本·阿格并不赞成实证主义文化研究所恪守的所谓"相对主义"立场，作为一名西方左翼学者，他明确提出要建构"文化政治学"，指出，"我拒绝把'文化研究'变成一种空洞的口号，或者一门全新的学术学科的趋势，尽管批评性见解和实践的制度化常常带来这种趋势，但它也存在去除这种危险的潜在因素。尽管我自认为是一个文化研究者，为广泛的文化研究和关涉政治的文化研究做出了一些成就，但我还是为一种与日俱增的趋势感到沮丧，这种趋势就是：为了解读没有真正政治根基的文化文本，把文化研究变成一种空洞的方法论。这正是后结构主义在美国文学院系被变成解构主义的命运。确实，我一贯回避文化研究方法，很大程度上得归因于这种美国化了的后结构主义，我对这种文化研究方法

---

[1] Ben Agger, *Cultural Studies as Critical Theory*, The Falmer Press, 1992, pp.134-135.

感到失望"①。他更倾向于建立一种更具政治实质性的文化研究方法,为此他提醒人们注意:文化研究确实要有"阶级意识",但又要超越"阶级意识",本·阿格认为,政治是悄悄渗入到文化之中的。那种假设认为本质上为实证主义立场的文化实践不是文化政治。他认为任何一种文化解读都是文化创造行为。这既是建立他所说的文化政治学的需要,也是马克思主义文化研究的应有立场。

作为一名当代西方学者,本·阿格更善于体察当代西方的学术语境,特别是敏锐地发现了后现代主义和后结构主义正是在对待实证主义的态度上分道扬镳了。后现代主义(如利奥塔和福柯)和后结构主义(如德里达)为此互相对立。"利奥塔和福柯加入实证主义者行列,按照福柯的说法,文化批评家不可以在自己的话语和实践之外来对散漫的实践进行评判。利奥塔坚持话语/实践的相关性和不能比较性,这为他对马克思主义的攻击奠定了基础。这与实证论主义的观点基本类似。实证论者认为文化批评不可以试图将自身的价值和评判强加给文化作品和实践,相反,文化作品和实践应该根据其自身意义从内部予以估价。然而,德里达派对此持有异议。他们挑战实证主义价值中立的断言:他们认为所有分析同时也是批评,所有的阐释就是干预,因为他们介入了选择性,体现了他们的视角。艺术批评家强调个体艺术家作品的各个方面,将作品与他自己的批评兴趣融合在一起。影评家注重对电影风格的批评,而风格完全是个人一时兴趣的问题。书评家也不是简单地评论整个文本(不管文本所指为何),而是以批评讨论的方式,极具选择性地决定他/她要主题化的内容。"②本·阿格指出,后结构主义者否认公正的文化评论和批评出现的可能性,他们强调话语/实践的可评价性,即便不是终极决定性。他相信人们能跨越文本差异,进行互文性的阅读和书写。试着重译话语/实践,发掘出它们的疑难逻辑对于德里达的解构至关重要。通过翻译话语/实践,人们能够认识到表述行动中几乎不可能做到清晰明朗,但同时也能发现语言的可重复性和灵活性搭建了对话的桥梁。"这并非对客观性的否定,而是认识到每个主观性都已经具有了客观性——即便不是相同的客观性。主体建构客体,这是后结构主义和现象学的主要经验之一。阅读是书写的一种形式。"③

当年,伯明翰学派不是把媒介看成仅仅是国家用以维护意识形态和传递统

---

① Ben Agger, *Cultural Studies as Critical Theory*, The Falmer Press, 1992, pp.134-135.
② Ben Agger, *Cultural Studies as Critical Theory*, The Falmer Press, 1992, pp.134-135.
③ Ben Agger, *Cultural Studies as Critical Theory*, The Falmer Press, 1992, pp.134-135.

治阶级意志的一种工具,而是把大众传媒视为一个公共空间,不再把受众当作顺从主流生产体系的消极客体,而是具有能动性的可以进行选择的积极主体。在威廉斯等人的影响下,根据霍尔的"编码—解码"(Encoding an Decoding)理论,伯明翰学派的许多学者对电视媒介和电视观众的消费进行了研究。本·阿格显然是受伯明翰学派的影响,他以欧美流行的电视评论为例,指出:"实证主义电视批评几乎不质疑电视全面的社会作用,更不去解构性地追踪荧幕背后原始的文学和编辑建构,这些光鲜表述背后的建构隐藏着文学和编辑策略。这些所谓的产品价值巧妙地隐藏着繁多的文学手段,使电视自然地呈现于观众面前。电视是我们世界的社会地质学的一部分。有些批评家强化了这一印象,他们只关注电视表面的清晰度,完全没有触及暗藏着的作者建构的实践,这些实践是有趣的方式,文化意义以此方式潜藏在文本之下。"①假如我们指的文化评判意味着批评对批评客体的积极介入,那么文化评判就不可避免。在这个意义上,他高度评价后结构主义,称赞"后结构主义将我们从无预设的表述幻觉中解放出来。描述电影或小说已经参与了评判,即便其阐释性语言完全没有评判性形容词。批判被编码进入阐释中,阐释过程中,我们意识到,无论是在实证主义批评中,还是在更为自我意识的后结构阅读中,阅读都同样地改写书写"②。他在赞赏后结构主义文化批评的同时,对后现代主义文化批评展开了猛烈的抨击。他认为后现代主义文化批评坚守的实证主义文化分析立场政治性不强。其实,这些传统已经变得高度技术化,看不见当代文化研究中心的政治介入。这不是一个简单的要求学术和知识文化批评家克服障碍的问题。"尽管实证主义批评家有时候对其文化客体做出个人评价——典型的大众市场文化批评的赞成或反对姿态——对于文化分析行为而言,这些评判都是外在的,是客观主义评论者的最后润色,客观主义评论者在提出个人评判之前,对文化客体和实践进行'客观'描述,以此扫除障碍。从这个意义上讲,批评家把批评冒充为情节性的、不可靠的个人姿态,他并没有真正解构性地介入文本或实践,但是却获得报酬来给那些小心翼翼、担心在市场中受到迷惑的文化消费者提供建议。"③

本·阿格对后现代主义和后结构主义的细致分析对我们准确认识西方社会思潮具有启迪意义。我们知道,马尔库塞在《单向度的人》中指出:"在发达的工

---

① Ben Agger, *Cultural Studies as Critical Theory*, The Falmer Press, 1992, pp. 134-135.
② Ben Agger, *Cultural Studies as Critical Theory*, The Falmer Press, 1992, pp. 134-135.
③ Ben Agger, *Cultural Studies as Critical Theory*, The Falmer Press, 1992, pp. 134-135.

业社会里,批判意识已经消失殆尽,统治已成为全面的,个人已丧失了合理地批判社会现实的能力。"①在发达资本主义社会,对于价值、话语、实践和商品,人们丧失了批判性思维能力,失去了批判视角的人们的主导利益使得话语范围变窄了,唯有批判视角才能使人们与对传统的"商品"做出的判断保持距离。他还指出,在资本主义统治利益中,人们认识不到可以替代常规的基本选择。人们被引导着从消费角度去界定快乐的含义,这些人刺激生产的同时也将自己束缚在体系服务的惯例中,拒绝挑战日常生活霸权化的惰性。受虚假需求的支配,人们背离了自己对自由的真实兴趣。他们一成不变地维持着资本主义消费和惯例的枯燥乏味的生活。他认为"需求之所以虚假不是简单地因为其内容有害——如暴力电视节目、有辱女性的电影、环境污染以及肇事车辆等。尽管这些都是糟糕的事情,但它们代表着消费者的选择,事实上,考虑到广告的主流影响、社群化和同辈的压力,这些选择早就为消费者准备好了。人们根据目前水平和可及的方式来定义美好生活,而不是根据有本质差异的最大限度的社会正义标准和人与自然的和谐关系来定义美好生活"②。因为在资本主义制度下,需求是由外界强加而来的。人们因上当受骗而消费文化商品,既为商家提供了利益,又转移了注意力,窥不到全貌——我们循规蹈矩的顺从只是加剧了社会和经济的不平等。本·阿格看到了当今资本主义社会的这一深刻矛盾,因此他"建议某些实证的人类需求的虚假性应该成为文化评判的标准,看起来,我似乎想要鱼和熊掌兼得。在文化成为奴隶的地方,需求就是虚假的;在文化赋予我们以多元方式进行创造的地方,需求就是真实的。至少,这就使我不必提供在一定程度上比其他可能的产品和实践更有价值的文化产品和实践的权威清单"③。因为,"在资本主义社会,人们从来没有进出市场的自由,他们只能靠出卖自己的劳动力来换取工资。文化自治的神话是自由主义不可或缺的一部分,也是后现代主义最新进展的重要部分。人们之所以无法自由选择,是由于我们被模仿程式化,去文本化的模仿散落在漫不经心的日常感觉中,难以从它们自身的优点来进行评价。为了以不同的方式思维和表达,规避文化商品化的语言游戏强加给我们的先决意义,我们几乎不可能逃离现行的话语体系"④。

---

① [美]马尔库塞:《单向度的人》,张峰、吕世平译,重庆出版社1988年版,第2页。
② Ben Agger, *Cultural Studies as Critical Theory*, The Falmer Press, 1992, pp. 134 – 135.
③ Ben Agger, *Cultural Studies as Critical Theory*, The Falmer Press, 1992, pp. 134 – 135.
④ Ben Agger, *Cultural Studies as Critical Theory*, The Falmer Press, 1992, pp. 134 – 135.

大凡一种理论都需要有一个支点,即所谓的阿基米德点。但阿格认为文化研究却应"去阿基米德主义"。他反对西方实证主义的文化研究,但同时认为某些实证的人类需求的虚假性应该成为文化评判的标准。因为在文化成为奴隶的地方,需求就是虚假的;在文化赋予我们以多元方式进行创造的地方,需求就是真实的。他不完全赞成法兰克福学派的文化精英主义立场,但他认为文化批评有助于培养差异和挑战,揭露晚期资本主义中"幻想的客观语境"。文化研究特有的任务就是表明经验和存在的不同模式的可能性,它们不受文化工业自律倾向的束缚。但是文化研究有不同的形式,有的更为政治化。阿格倡导这样的文化研究,因为这种研究有助于对后现代性经验去神秘化,有助于解构后现代,因而实现现代性方案。

值得注意的是,文化研究从英国起步的时候就有着很强的阶级分析和批判资本主义制度下的压制性社会关系的内容,文化研究发展到美国后,有一些学者就把所谓的"观众自主性"提到了很高的地步,即主流意识形态说什么无所谓,反正观众是主动的,所以文化研究经过一个循环,从原来非常批判的、带有马克思主义的立场,从强调文化再生产、工人阶级的意识形态为什么被异化了等问题,转向后来在有些学者那里片面强调观众主体性而有了文化民粹主义的倾向。文化研究在20世纪80年代以后,由于吸引了很多年轻学者和影响的扩大而学科化,甚至变成了一种显学。这样一来,用福柯的概念来讲,它也被规训化了。文化研究本来是边缘的、有挑战性的,但进入高等学校的高墙深院后,变得很时髦了,它需要资源,于是主流化。主流化了的文化研究在某些方面跟原来的实证研究里的自由多元主义几乎到了融合的地步。因此,所谓的批判也好,主流也好,并不是完全对立和泾渭不分的。而本·阿格建议将某些实证的人类需求的虚假性纳入文化评判的标准也正反映了欧美文化研究界的现实情形。

还应该指出的是,在欧美,人们习惯于将自由、民主这些价值观作为实证研究的前提。但是到了20世纪60年代以后,一系列社会事件,如"民权运动"、反越战、新左翼的所谓的"反文化"运动的兴起,对这些价值观造成了挑战;实证研究并不是说没有价值,而是先要假定有"价值共识"的存在,而且要在这个价值被大部分人公认的前提下,研究才能进行,所以在一个公认的价值的前提下,再来做实证性的研究。但这种价值体系一旦受到挑战,实证研究的基本前提就被瓦解了。

论科学主义与阿尔都塞结构主义的马克思主义

20世纪的西方哲学给人们展现的是一幅四分五裂的图景,各种流派众多,思想各异。然而一道鸿沟却将整个现代西方哲学从总体上分为两大思潮,即科学主义思潮和人本主义思潮。科学主义思潮以客观性(objectivity)为元价值,探究知识,特别是科学知识的语言、形式、逻辑和结构,并力图以此为基础使哲学"科学化";人本主义思潮则以主观性(subjectivity)为元价值,探究人的超越性、情感意志和自由,它力图使哲学"人本化",具有强烈的反科学主义倾向。在西方马克思主义思想阵营内部,人本主义思潮一直是主流,科学主义的马克思主义是与处在主流位置的人本主义的马克思主义相对立的思想流派。这一流派认为,在马克思思想发展史上,人道主义只是一个意识形态概念,而不是科学概念。马克思在思想成熟期,已同人道主义进行了彻底的"决裂",于是他们要用"科学"的方法重新阐释马克思主义。尽管在西方马克思主义内部,科学主义的马克思主义所发出的声音相对微弱,但由于其附着了现代西方科学主义思潮,因此同样具有很强的影响力,而在这其中,阿尔都塞学派尤其值得关注。

阿尔都塞是法国著名的马克思主义理论家。他不是一个纯粹的书斋式学者,而是一个抱有强烈历史使命感的政治哲学家。面对他所处的当下问题,特别是苏共二十大后在国际范围内和法共党内广泛流行的把马克思主义人道主义化的思潮,阿尔都塞认为这种思潮会严重地危及马克思主义学说的命运,作为马克思主义者的首要任务是捍卫这一学说的严格科学性质,而要达到这一目的,首先必须把一切不科学的因素从马克思主义理论中"清除"出去,必须把马克思主义理论同形形色色的非马克思主义概念,以及包括黑格尔辩证法和费尔巴哈人本主义在内的马克思主义以前的概念严格对立起来。他从这一立场出发,对马克思主义的思想发展史和马克思主义基本理论的一系列问题,进行了非人道主义化的重新解释和论证。他试图从理论上建立马克思主义哲学,并提出了一套既不同于苏联理论模式,又不同于人道主义化的马克思主义的论题和观点。与卢卡奇、柯尔施直至法兰克福学派不同,他不再强调马克思的早期理论,强调青年马克思的人道主义理论品格,而是强调马克思的成熟著作,强调马克思思想的科学性。阿尔都塞的主要论著《保卫马克思》《读〈资本论〉》《列宁和哲学》等出版之时,正值结构主义思潮在法国广泛流行,结构主义是一种由贯穿于人文历史科学中的结构方法联系起来的广泛的思潮。阿尔都塞也接受了法国结构主义的某些影响,用他自己的话说,就是"卖弄起结构主义的术语显然超出了大家可以接受的限度",但他毕竟是在马克思主义理论的范围内进行探索,然而由于阿尔都塞的理论观点公开与当时流行的人道主义的马克思主义相对立,不少西方评论家都把他划入结构主义的阵营。阿尔都塞的各种论敌,无论是马克思主义者还是非马克思主义者,为了在与他的论争中占得上风,也非常乐意利用这种说法,给他扣上结构主义的帽子,从而将他从马克思主义阵营中清除出去。如果对阿尔都塞学派及其理论做一番全面清理,我们就会发现,他的理论渊源远比人们想象的要复杂得多,简单地用结构主义的马克思主义将其概括是十分牵强的。

一

结构主义是20世纪60年代在西方取代存在主义而广泛流传的一种思潮。从严格意义上说,结构主义并不是一种统一的哲学派别,它是由结构主义方法广泛联系起来的一种哲学思潮。结构主义的先驱是瑞士语言学家索绪尔(Ferdinand de Saussure)。早在20世纪初,在索绪尔死后由其学生根据听课笔记整理出版的《普通语言学教程》中,索绪尔已经提出了基本的语言学结构主义方法。他转换了语言学研究方法,反对传统的历时态研究方法,强调对语言进行共时态研究。以往的语言学家在语言学研究中多注重语言的历史发展和历时态演变,研究词形、词义等语言因素的历史形态。索绪尔认为现实语言的词和其他语言因素与它的历史形态的联系并不是主要的,应当通过阐明它与系统的其他因素的关系来显示自己的完整意义。对语言进行历时态研究就是研究语言要素各自的历史,这是传统的原子论和实体中心论的思维方式在语言学上的体现,即"词中心主义"。而共时态研究则要求注重要素的关系,因此,这种研究就是把现实的语言当作一个系统来看待,即研究语言的静态结构。准确地说,索绪尔并没有使用过"结构"这一概念,但他所说的"系统"就相当于后来结构主义者所说的"结构"。索绪尔区分了语言和言语。他认为语言并非是相差异的符号系统,而言语则是个体声音的表达。语言的意义依赖于一个符号与其他符号的关系,而不依赖于它和外界事物的联系。因此,他得出结论:对任何一个符号的理解依赖于对整个系统结构的理解,索绪尔语言理论中的这种观点最终成了结构主义的原始模式。20 世纪 30 年代,索绪尔的语言理论被布拉格学派所接受和发展,进而被法国人类学家列维·斯特劳斯运用于人类学研究,并最终提出结构主义这一概念。

结构主义作为一种影响广泛的思潮,在哲学观点和研究方法上首先强调整体性,反对孤立地研究对象。结构主义哲学家们批判了分析哲学所采用的把经验现象分解为各种部分,对各种部分孤立地加以研究的方法。结构主义主张整体在逻辑上对部分具有优先地位,只有在整体中,从成分之间的关系上才能认识事物,而孤立的各个部分本身是没有意义的。结构主义强调深层结构,反对停留在表面外观,并力图把握深藏在表层之下的深层结构;而要把握深层结构,必须借助于理论模式,建立一种科学模型。结构主义强调结构的外在性,反对人在客观面前具有主体能动性。结构主义者认为绝大多数人文学者被人的目的性、能动性、意识性所迷惑,看不到社会生活结构的客观性,因而阻碍了人文科学的客观性和精确性。他们认为,人的一切行为都受到"结构支配",人只能体现结构的作用,是结构的载体,而不能改变结构成为历史的主人。为此,结构主义强调从事物的结构上去认识事物,而不能只按照机械的因果关系去认识事物。结构主义的产生与自然科学的研究有密切的关系。事物内部的结构问题一直是自然科学长期探讨的课题。结构主义由于主张通过模式去认识对象的结构,因此这种科学主义的研究方法在人文科学的各个领域中产生了不小的影响。在马克思主义广泛传播的当代,结构主义也同其他现代西方哲学思潮一样,表现出对马克思主义的关注和"靠拢",这也是阿尔都塞学派形成的客观条件。

马克思主义和人道主义的关系问题历来是哲学界争论不休的问题。早在 20 世纪 50 年代,一些天主教神学家就在马克思的早期著作中找出了一些人道主义的论述,用以反对阶级斗争的口号。而到了 20 世纪 60 年代,随着对斯大林个人崇拜的批判和苏共二十大的召开,人道主义的呼声日益高涨,这股浪潮也直接影响到了西方马克思主义阵营内部。当时在法共党内正考虑同具有天主教倾向的工会组织结成"统一战线",而人道主义正可以成为连接双方的一根纽带。由于苏共的转向,产生了法共党内一批知识分子对马克思主义的信仰危机,人道主义更成了对斯大林批判的简单武器。在《保卫马克思》中,阿尔都塞尖锐地批判了法共的"理论空白",指出"看不起哲学理论比看不起政治理论和经济理论更要严重","……马克思主义不仅是一门政治学说、一种分析和行动的'方法',而且作为科学,它是发展社会科学、人文科学、自然科学和哲学所不可缺少的基础研究的理论领域"。[1] 他认为不能用"个人的心理"去解释整整一个历史时期的错误,"有些人不仅把斯大林应负的罪责和错误,而且把我们自己的失望、错误和混乱,统统推到斯大林的身上;一旦他们看到,哲学教条主义的结束并没有使我们能够完整地恢复马克思主义的哲学,他们将处于十分尴尬的境地"。[2] 为此,阿尔都塞开始重新考察马克思主义思想史。

人道主义的马克思主义一般都要求把马克思的全部思想统一于青年马克思的人道主义,认为以《巴黎手稿》为代表的青年马克思的人道主义是马克思思想发展的高峰,是真正的马克思主义。阿尔都塞在这个问题上则提出了截然相反的看法。在他看来,在马克思早期著作中公开以哲学面目出现的思想不是马克思主义的哲学(辩证唯物主义),它最初属于康德和费希特的总问题,而后来则属于费尔巴哈的总问题。对于这些意识形态的著作(即非科学的著作),马克思主义者的任务是要用辩证唯物主义去批判,决不能把意识形态命题(人道主义、历史主义等)同科学命题混淆起来。为此,他对马克思主义哲学的若干基本问题,诸如认识论、辩证法、意识形态等做了深入的研究,并得出了若干既与正统马克思主义,又与人道主义的马克思主义截然相反的结论。

二

作为一个马克思主义的学者,阿尔都塞对意识形态理论同样给予了极大的关注;作为一个科学主义者,他对意识形态的概念的理解又与众不同,大致包括以下几个方面:

第一,意识形态是一种客观的无意识结构。受当时流行的结构主义思潮影

---

[1] [美]阿尔都塞:《保卫马克思》,顾良译,商务印书馆1984年版,第7页。
[2] [美]阿尔都塞:《保卫马克思》,顾良译,商务印书馆1984年版,第11页。

响,他认为意识形态是具有独特逻辑和独特结构的表象体系。就具体形态而言,它包括宗教、伦理、哲学、艺术等。人们既不能把意识形态归结为胡言乱语,也不能把它看作是历史的寄生赘瘤,它是一种无意识的客观结构,而且是社会的历史生活的一种基本结构。"……没有这些特殊的社会形态,没有意识形态的种种表象体系,人类社会就不能生存下去。"①"即使意识形态以一种深思熟虑的形式出现(如马克思以前的哲学),它也是十分无意识的。意识形态是个表象体系,但这种表象在大多数情况下和'意识'毫无关系;它们在多数情况下是形象,有时是概念。它们首先作为结构而强加于绝大多数人,因而不通过人们的'意识'。它们作为被感知、被接受和被忍受的文化客体,通过一个为人们所不知道的过程而作用于人。人们'体验到'自己的意识形态,就像笛卡儿主义者在百步内'看到'或看不到月球(假如他故意不看月球)一样;因此,意识形态根本不是意识的一种形式,而是人类'世界'的一个客体,是人类世界本身。"②与人本主义的马克思主义学者截然相反,阿尔都塞甚至断言:"人类社会把意识形态作为自己呼吸的空气和历史生活的必要成分而分泌出来。只有意识形态的世界观才能想象出无意识形态的社会,才能同意这样的空想:意识形态(并非其某种历史形态)总有一天会被科学所代替,并从世界上消失得无影无踪。"③

阿尔都塞强调意识形态和人的意识相关,是为了把意识形态同其他社会领域加以区别。他认为历史的主体是特定的人类社会,它们分别以总体的形式出现。在历史过程中起作用的各个领域可以概括分为三类:经济领域、政治领域和意识形态领域。他认为意识形态是一切社会总体的有机组成部分,它和人类的意识相关,而和其他社会领域相异。他还认为,人类同世界(包括历史)的体验关系并不是随意的,它要通过意识形态而实现,甚至可以说,这种体验关系就是意识形态本身。"马克思说人们在意识形态(作为政治斗争的场所)中认识自己在世界和历史中的地位,讲的就是这个意思。人们正是在意识形态的这种无意识中,才能变更他们同世界的'体验'关系,并取得被人们称作'意识'的这种特殊无意识的新形式。"④因此,在阿尔都塞看来,人类对环境、世界和社会历史的一切自觉意识都受意识形态这种无意识客观结构支配。这也意味着,传统上被称之

---

① [美]阿尔都塞:《保卫马克思》,顾良译,商务印书馆1984年版,第201页。
② [美]阿尔都塞:《保卫马克思》,顾良译,商务印书馆1984年版,第202—203页。
③ [美]阿尔都塞:《保卫马克思》,顾良译,商务印书馆1984年版,第202—203页。
④ [美]阿尔都塞:《保卫马克思》,顾良译,商务印书馆1984年版,第203页。

为自由和意识的这些支配人的行动,甚至直接等同于人的行动的东西是要通过并依赖于意识形态才能实现的。

　　阿尔都塞还运用他的"问题框架"理论来进一步阐释意识形态与意识的关系。什么是问题框架呢？阿尔都塞认为它包含两层意思：其一,问题框架是个整体性概念,它不是着眼于思想家著作中的某一个问题,而是着眼于整个问题体系或问题群落。其二,问题框架规约着具体问题的内容及提问方向,它要回答时代向思想家提出的真正问题。如果一个内蕴于一个思想家著作中的问题框架,不能回答时代提出的真正问题,这就表明他的问题框架仍然落在意识形态之中。问题框架有两个基本特征：其一,它是思想家思想的方式、思想的特定结构。阿尔都塞坚持认为,决定思想特征和本质的不是思想的质料,而是思想的方式。其二,问题的框架躲在思想的深处,它是思想的内在整体。一个思想家总是在问题框架范围里思考,而不是在思考问题框架本身。对于思想家而言,问题框架已深入到无意识的心理层。一种思想的最后意识形态本质与其说取决于思考对象的直接内容,还不如说取决于提出问题的方式,而提出问题的方式正是由问题框架决定的。

　　第二,意识形态是人类体验自身同其生存条件的关系的方式。阿尔都塞认为,人类从某种意义上说,存在着两种关系。一种是人类与自己生存条件的关系;另一种是人类对前一种关系的体验关系。意识形态则属于后一种关系。"因为意识形态所反映的不是人类同自己生存条件的关系,而是他们体验这种关系的方式,这就是说,既存在真实的关系,又存在'体验的'和'想象的'关系。"[①]在这个意义上,阿尔都塞把意识形态看作是"复杂的关系""关系的关系""第二层的关系"。在他看来,意识形态作为一种"体验关系"和"想象关系",虽然更多地表现为一种意志,甚至一种希望,而不是现实的描绘,但在意识形态中,人类于自身生存条件中的真实关系不可避免地被包括到想象的关系中去。所以,他认为意识形态是人类依附于人类世界的表现,是人类对人类真实生存条件的真实关系和想象关系的多元决定的统一。他也是在这个意义上理解和接受马克思主义关于意识形态能动作用的理论的。

　　第三,意识形态的基本职能是实践的和社会的。阿尔都塞在《保卫马克思》中指出："作为表象体系的意识形态之所以不同于科学,是因为在意识形态中,实

---

① ［美］阿尔都塞：《保卫马克思》,顾良译,商务印书馆1984年版,第203页。

践的社会的职能压倒理论的职能（或认识的职能）。"①这里所说的"实践的"和"社会的"职能，指的是意识形态对人的实践活动和社会生存的根本意义。他还明确提出："……任何社会都必须具有意识形态，正如马克思所指出的，历史是对人类生存条件的不断改造，即使在社会主义社会中也是如此，因而人类必须不断地改造自己，以适应这些条件。这种'适应'不能放任自流，而应该始终有人来负责指导和监督，这个要求的表现形式就是意识形态。"②因此，在意识形态中起支配作用的乃是与人类的生存密切相关的价值和利益要求。在阿尔都塞看来，这正是意识形态与科学的根本区别。

阿尔都塞站在科学主义立场对意识形态的界定在西方理论界也遭到了一些批评，人们认为阿尔都塞政治立场的暧昧主要就反映在他的意识形态和国家理论中。雅克·朗西埃(Jasques Ranciére)就认为，意识形态在阿尔都塞的理论中原来是科学——意识形态这对范畴中的一个，而不是阶级斗争的主要场所和决定因素之一，它扮演着纯粹认识论的角色，这本来是完全正确的，可是后来因为阿尔都塞凭借意识形态、国家机器的概念和他对哲学定义的修正而发展了意识形态理论，这个发展在某种程度上使原来的正确性产生了偏差。③尤其是阿尔都塞把意识形态看成是"一切社会总体的有机组成部分"，否认意识形态是阶级社会的特有产物的观点更受到理论界众多的批评。尽管阿尔都塞的意识形态理论与马克思在《资本论》中关于拜物教的分析密切相关，但马克思的拜物教理论是资本主义生产方式特有的理论，在资本主义制度下，物的拜物教外表最终是从商品本质中产生出来的，因为劳动的社会性只有借助于它的产品在市场上的交换才能确立。其他生产方式中虽然也有各种类型的拜物教现象，但必须像马克思那样从对有关生产方式的具体特性的分析中得出它们的必然性来。这和阿尔都塞所论证的方法，即一般地断言社会本身的需要，是完全不同的一回事。当马克思把资本主义生产方式与共产主义生产方式加以对比时，他的意思很清楚，随着商品生产的消亡，因此也随着对于以一般化的商品生产为基础的生产方式的存在来说是必要的这些机制的消亡，这个制度的拜物教外表的必要性也就随之消亡。

---

① [美]阿尔都塞：《保卫马克思》，顾良译，商务印书馆1984年版，第201页。
② [美]阿尔都塞：《保卫马克思》，顾良译，商务印书馆1984年版，第205页。
③ Jasques Ranciére, "On the Theory of Ideology", *Radical Philosphy*, 1974(7).

把握了马克思的这一学说,我们就不难看出,意识形态作为一种使人们与其存在之间关系神秘化的展现体系,在马恩经典著作中很清楚的是阶级社会的产物。在阶级社会中,意识形态本质上是一种工具。统治阶级利用这种工具,通过让人看不清楚社会内部剥削压迫的条件的办法来维护它的地位,其本质带有欺骗性。工人阶级对这样一种意识形态的需要并不存在,因为工人阶级的利益在于消灭整个阶级社会。也正是在这个原因的影响下,揭示阶级剥削和阶级压迫机制的社会形态的科学是含有把采取无产阶级的政治立场作为其前提条件的一种科学,而且正是这种科学在无产阶级为夺取政权而进行斗争中引导着无产阶级。我们知道,马恩经典作家早已揭示了意识形态具有替现状辩护的本质特征。虽然意识形态表面上具有普遍性的特征,但实质上它是为特定的集团利益或特定的社会秩序辩护,为现存秩序提供合法性和合理性的论证。因此,意识形态是阶级社会的特定产物。阿尔都塞一方面把意识形态看作是阶级斗争的工具和阶级利益的反映,而不看作是先于科学真理存在的幻想;一方面又断言意识形态对于任何社会都是必要的。(尽管他也承认意识形态总有一天会被科学所代替,并从世界上消失得无影无踪。)他认为,意识形态作为人类同自身生存条件关系的体验方式普遍存在于任何社会形态,当然也存在于无阶级社会。在他看来,在阶级社会中,意识形态是统治阶级根据自己的利益调整人类对其生存条件的关系所必须的接力棒和跑道;在无阶级社会中,意识形态是所有人根据自己的利益体验人类对其生存条件的依赖关系所必须的接力棒和跑道。无阶级社会正是在意识形态中体验社会对世界的关系适应与否,它在意识形态中并依靠意识形态去改造人们的意识,即人们的态度和行为,使之适应人们的任务和生存条件。他承认在共产主义社会中,意识形态的形式和其各种关系可能会发生重大的变化,甚至某些形式可能会消失,但无论如何不能设想共产主义可以没有意识形态。显然他的意识形态理论和马恩经典作家有关意识形态的学说存在着质的分歧。

三

在辩证法的性质和内容等问题上,阿尔都塞同样发表了自己独特的见解。关于马克思的辩证法与黑格尔辩证法的根本区别,阿尔都塞不赞同传统马克思主义理论家们的看法。这种看法认为,黑格尔哲学存在着辩证法与其唯心主义体系的矛盾,因而其辩证法是头足倒置的,应当把它颠倒过来,去发掘黑格尔哲学中的合理内核。阿尔都塞认为这种看法是错误的,黑格尔辩证法与马克思的辩证法之间有着一条不可逾越的鸿沟,其间的区别是本质的,它绝不是一种简单的颠倒关系。传统的马克思主义理论家们的看法根源于对马克思在《资本论》第2版"跋"中一段话的理解。在这段话里,马克思谈到在黑格尔那里,辩证法是倒立着的,必须把它颠倒过来,以便发现神秘外壳中的合理内核。阿尔都塞认为,对这段话的机械理解中,自然形成这样一种观点:辩证法一旦剥去了它的唯心主义外壳,就变成了黑格尔辩证法的直接对立物。由此,辩证法不但不再与黑格尔的颠倒了的和升华了的世界发生关系,而且从此将被马克思运用于真实的世界。因此,似乎应当从黑格尔那里把辩证法拿过来,把它运用于生活,而不是运用于观念。

　　阿尔都塞认为,这样原封不动地照搬黑格尔形式的辩证法只能使我们陷入危险的境地。按照阿尔都塞的看法,在黑格尔的辩证法中,矛盾是单纯的,即总体的一切部分都反映基本矛盾。黑格尔的总体是表现的总体,每一个部分都表现那包含着它们的社会总体,因为每一个部分本身都以其表现的直接形式包含着总体本身的本质。对马克思说来,历史不是精神本质的表现,而是这样一个过程,它的发展是构成它的不同层次的关系的结果,因为只有在整体各个部分不可归结的差异这个基础上,决定关系、因果关系而不是绝对的内在本质才能建立起来。"不能想象黑格尔的意识形态在黑格尔自己身上竟没有传染给辩证法的本质,同样也不能想象黑格尔的辩证法一旦被'剥去了外壳'就可以奇迹般地不再是黑格尔的辩证法而变成马克思的辩证法。"[1]在阿尔都塞看来,我们只要仔细研究《资本论》就可以发现,所谓"神秘外壳"根本不是所谓"思辨哲学""世界观"或"体系",不是一种可被认为同方法相脱离的成分,而是本身就属于辩证法。他还特别注意到马克思所说的辩证法的"神秘方面"和"神秘形式",认为这清楚地表明,神秘外壳无非是辩证法本身的神秘形式而已,它不是辩证法的一种相对外在的成分,而是与黑格尔辩证法同质的一种内在成分。因此,阿尔都塞认为,解放黑格尔辩证法必须采取两个步骤:第一,剥去其第一层外壳即唯心主义体系,但这是远远不够的;第二,还必须把它从紧贴着它躯体的第二层外壳中解放出来,这第二层外壳就是同辩证法本身不可分割的一层皮,它本质上就是黑格尔的性质。对它的剥离就是破除神秘形式的过程,就是改造其内核的过程。

---

[1] [美]阿尔都塞:《保卫马克思》,顾良译,商务印书馆1984年版,第69页。

马克思的辩证法并不是黑格尔辩证法的简单"颠倒",它们之间有着根本不同的结构。阿尔都塞把辩证法的结构称为"总体性"。他认为马克思与黑格尔的这两种"总体"在本质上毫无共同之处。黑格尔的总体是简单统一体和简单本原的异化发展,或者更严格地说,是简单本原的现象和自我表现。在这种统一中,不同的社会现实只是理念现象上的表现,是理念自我发展的单纯外化和展现,因而具有从属性。马克思则十分重视社会组织的复杂性,他把社会组织结构的各个子结构和结构要素都看作是非还原的。如果要素之间、要素和结构之间、结构和结构之间的关系归结为因果关系,阿尔都塞认为马克思的总体性观念和黑格尔的总体性观念实质上反映了两种截然不同的因果观,前者属于结构因果观,后者则属于表现因果观。

在阿尔都塞看来,在马克思主义产生之前,哲学史上存在着两种因果观:一种是线状因果观。所谓线状因果观是一种机械论的因果观,是古典经验主义的因果观,它反映的是一物简单地作用于另一物的因果性。这种因果观只能描述一个因素对另一个因素的作用,却忽略了整体对于局部的作用。另一种因果观是表现因果观,是唯心主义对整体每一部分中整体具有的意义所做的考察,这种因果观在考察整体对于它的各个局部的影响和作用时,有一个未经论证的预设前提:一切整体都可以还原为一个原始的内在本质,而构成整体的各个局部则无非是这一原始的内在本质的现象和外部表现。阿尔都塞认为,结构因果观与线性因果观和表现因果观有本质的区别,因为结构不是外在的、强加的,而是出现于或者内在于事物的"要素—效果"之中的原因,结构并不完全出现在这些"要素—效果"的任何一个之中,而只存在于这些"要素—效果"及其关系的总体之中。马克思的因果观即这种结构因果观。马克思的结构因果观既坚持社会的总体性结构对局部性结构的决定性作用,这些局部性结构对于其各自的构成要素的决定性作用又承认了局部性结构对于社会的总体性结构、局部性结构的构成要素对于局部性结构的相对自主性。阿尔都塞认为,这是马克思主义理论的重大贡献。

在《读〈资本论〉》中,阿尔都塞并没有详细论述结构因果观这个概念本身,而是利用这个概念详细说明他关于科学完全是在思维中发生的过程这一观念。阿尔都塞的论述给人们一种暗示,告诉人们应当怎样对待结构因果观,即它在反映阿尔都塞认识论偏见中扮演的角色。阿尔都塞要批评现象和本质之间传统的二分法,在那里,现象是能够把它跟现实分离开,并从现实剥去一层主观幻想的面纱的。相反,正像我们在马克思对拜物教的批判中所见到的那样,资本主义生产关系所培植的现象构成它的必要的存在方式。但更重要的是,对阿尔都塞来说,本质和现象的差异是同经验主义的解读理论联系在一起的。按照这种理论,本质直接存在于现象之中,因为现象如果是主观的幻想,那么思维理解现实的能力就变得取决于现实的结构了。拒绝把现象当作幻想的面纱看待的另一面,是放弃把本质看作是只在现象的表面下潜行,等待着人们探索的目光立即可以加以理解的实体。这种本质概念构成阿尔都塞所称的线状因果观和表现因果观的基础,这种研究路径已经包含在多元决定的概念中。

众所周知,多元决定是一种结构的观念,这种观念认为,一种结构的复杂性,即它的各种要素的相互区别和相互依存关系,是通过下面的方式表现出来的:经济把结构内部占主导地位的角色移置给某一个层次,根据这个占主导地位的结构来组织其他的层次。由于这种移置,支配每个要素的因果观就不是能归为任何个别原因的一种东西,它是属于归根结底由经济决定的这个整体结构。阿尔都塞竭力要人们接受的是这样一种转变:要将本来把原因看作一种事物、一种实体、一种独特可指认出来的实体的看法,变到把它看作一种关系,要把从可以立即或者最终被指出、被掌握的东西,转变到把它看作由整体的结构对其各要素产生作用的移置。由此,结构是什么的问题已经非常明确,它是多元决定和归根结底的决定作用的机制。由此,阿尔都塞做了他的辩证法概念中一个认识论方面的补充说明,阐释了他对经验论的批判和多元决定论之间的关系。无论是他自己的多元决定论,还是马克思的拜物教理论,都使阿尔都塞得出这样的结论:现象不是什么不必要的东西,不是仅仅主观的幻想,而是现实采取的必要形式。他已经把这一点颠倒过来,证明现实不是躺在现象下面的什么东西,而是这种现象构成的关系。

按照阿尔都塞的看法,虽然在马克思的晚期著作中,有一种存在于实际状况中的结构因果观,并且马克思也曾为坚持这种新的因果观而斗争,但马克思本人却并没有从理论上系统明确地表述过这种因果观。这就是说,马克思在分析社会结构时实际运用了结构因果观,从而把自己的辩证法同黑格尔的辩证法区别开来,但正如一切发明者的命运一样,他并没有自觉地思考过这种区别,没有进行一种恰当的理论阐述和概念确定。所以必须通过结构主义的"依据症候的阅读法"去发掘马克思的结构因果观,以明确马克思对黑格尔辩证法的结构上的根本改造。在表面上看,这似乎是一种将总体归结为其部分总和的原子论,然而实际上并非如此。因为在因果关系上和认识论上都是优先考虑构造成的整体。阿尔都塞所要批判的,是那种把整体看作存在于其部分中然而又能够与其部分分离开的经验主义。在他看来,整体和部分是不能分离开的,整体存在于其作用的关系中。这样在现实生活中,经济之所以归根结底起作用,不是因为别的层次是它的副现象,而是因为它决定哪个层次是占主导地位的。它的角色只有根据构成整体结构的各种关系,只有通过整体各要素相互关联的方式,才能够把握。

结构因果观在某种意义上概括了阿尔都塞的辩证法理论和他的解读理论,它们都把中心作用分派给意识形态,分派给其独特角色在于使社会形态的活动神秘化的结构,分派给能够解释清楚社会整体的复杂情况的历史唯物主义。

阿尔都塞从他的总体性理论出发,进一步阐释了他的结构主义"多元决定"的矛盾观。在《保卫马克思》中,他写道:"马克思主义矛盾的特殊性在于它的'不平衡性'或'多元决定性',而不平衡性本身又是矛盾的存在条件的反映,换句话说,始终既与的复杂整体的特殊不平衡结构(主导结构)就是矛盾的存在。根据这种理解,矛盾是一切发展的动力。建立在矛盾多元决定基础上的转移和压缩,由于它们在矛盾中所占的主导地位,规定着矛盾的阶段性(非对抗阶段、对抗阶段和爆炸阶段),这些阶段构成了复杂过程的存在,即'事物的发展'。"[①]这段话概括了阿尔都塞关于矛盾的一系列独特看法。在阿尔都塞看来,由于马克思的辩证法与黑格尔的辩证法有着不同的内在结构和总体性,因此,马克思的矛盾观与黑格尔的矛盾观也就截然不同。在马克思的辩证法中,矛盾是有机结构的复杂统一体,事物的发展是由矛盾的多元决定;而在黑格尔的辩证法中,矛盾是单纯的,事物的发展是单纯矛盾自始至终地一元决定的。阿尔都塞认为,马克思深刻地改造了黑格尔辩证法的结构。

在矛盾问题上则表现为一种与黑格尔截然不同的"多元决定"的矛盾观。这种"多元决定"的矛盾观承认事物过程的复杂性,并把这种复杂性看作是非还原的。他还把承认"有机结构的复杂统一体的既与性"看作是马克思主义矛盾观区别于黑格尔矛盾观的根本前提。他认为马克思彻底取消而不是扬弃了黑格尔的前提,用与之毫无关系的,甚至截然相反的另一个前提取而代之,这就是"把承认一切具体'对象'具有复杂结构的既与性上升为原则"。[②] "多元决定"的矛盾观

---

① [美]阿尔都塞:《保卫马克思》,顾良译,商务印书馆1984年版,第187—188页。
② [美]阿尔都塞:《保卫马克思》,顾良译,商务印书馆1984年版,第170页。

同时还认为,矛盾的要害在于它的以主导结构为基础的不平衡发展法则。阿尔都塞说:"马克思讲的统一性是复杂整体的统一性,复杂整体的组织方式和构成方式恰恰就在于它是一个统一体。这是断言,复杂整体具有一种多环节主导结构的统一性。归根到底,正是这种特殊结构确立了矛盾与矛盾之间、各矛盾方面之间存在的支配关系。"[①]"多元决定"的矛盾观还认为矛盾是诸种"条件"的复杂整体。每个矛盾都通过自身两个矛盾方面之间特殊的不平衡关系以及与其他矛盾的特殊的不平衡关系,反映着它在复杂整体的主导结构中与其他矛盾的有机关系,反映着复杂整体的主导结构、现实存在和现实条件,并且与这些条件结合成一个不可分割的整体。因此,在阿尔都塞看来,矛盾不再具有单一的含义,因为矛盾本身和矛盾的本质反映着同复杂整体不平衡结构的关系。由此,"多元决定"的矛盾观还可以引申出这样的结论:主导结构中矛盾的"转移"和"压缩"是事物发展阶段性的根据;在复杂整体的主导结构中,矛盾的"转移"和"压缩"构成事物发展中的动力。阿尔都塞的所有理论也就最为集中地体现在上述结构主义辩证法中了。

虽然阿尔都塞用结构主义的方法来阐释马克思主义,但他基本上还是在马克思主义的理论路径上讨论问题,他的论述虽然明显带有结构主义的色彩,为了论战的需要,甚至发表了一些"矫枉过正"的观点,如:他认为马克思主义是"理论上的反人道主义",把人的哲学看作是虚构出来的神话,并试图彻底打碎这种神话,但他还是提出了许多值得认真对待的理论与实践问题。如果客观地、全面地研究阿尔都塞的理论,不难发现他的理论来源远不止结构主义,而且要复杂得多。当然,他的这些理论上的错误倾向不仅在今天十分容易看出,即便在他所处的时代,也已经遭到了西方马克思主义内部不少人的抨击。其实,结构主义的客观精神和人道主义的主观精神是有相互补充的,阿尔都塞所提出的结构主义辩证法在这方面给我们留下了不少深刻的启迪。如果我们简单地将阿尔都塞的理论归于结构主义,然后又将结构主义视为一种应当抛弃的资产阶级思潮,从而对阿尔都塞的理论做出完全否定的价值判断,这是一种极其简单化的做法。

不过从认识论的角度看,阿尔都塞对马克思主义思想发展的理解并没有摆脱二元论的窠臼。从本质上看,阿尔都塞的结论与人道主义的马克思主义的结论也没有本质的区别,但阿尔都塞的理论毕竟有其深刻性。他将意识形态置于

---

① [美]阿尔都塞:《保卫马克思》,顾良译,商务印书馆1984年版,第174页。

文化哲学的层面，置于事实与价值、科学与人文、理论与实践的矛盾之中，进行深刻的理论反思，并进而把意识形态看作是贯穿人类历史始终的普遍性存在，这无疑赋予了意识形态以一种深刻而独特的内涵，给后人留下了极大的思考空间。如阿尔都塞一向反对把矛盾简单化，并进而在历史观上反对单纯的经济基础决定论，反对把经济基础和上层建筑对历史发展的作用绝对化，而把革命的产生和历史的发展看作是由各种矛盾构成的复杂有机体多元决定的结果，这从某种意义上看，是克服了某些马克思主义研究者把历史简单化的倾向，也是值得充分肯定的。

论技术理性批判精神的当代意义

对技术理性的批判,是兴起于 20 世纪的法兰克福学派所创立的批判理论的重要主题之一。技术理性,就其作为一种重要的哲学范畴而言,在西方马克思主义具体的批判理论和批判实践中并不是严格的、学理上的概念,有时还和"工具理性""科学理性""知识理性"等混用,但普遍认同的意义既指所谓科学技术、科学知识、科学方法和技术方法等直接的文化知识形态,也蕴含着人们关于这种文化形态的理性认识观念、文化价值取向和社会心理态度,因此技术理性是科学技术与理性主义文化价值观念的结合体。正是这种技术理性主义支撑着西方现代化的历史进程,促生了人类文明形态的更替与变革,工业文明由此应运而生。诚如马克思所言,科学技术是历史发展的真正杠杆。

一

从文化学的背景看,整个西方文化根植于古希腊的理性主义和希伯来精神,这是西方文化的两种基本精神。理性与上帝构成西方人的两种精神支柱,成为西方文化的象征。这其中,理性主义文化精神尤为重要,它不但哺育了灿烂的古典文明,也支撑着整个现代工业文明。作为现代工业文明的主导性文化精神之一的技术理性主义,直接导源于古希腊的古典理性主义,是传统理性主义同文艺复兴的人本精神及其现代科学技术的结合体,它构成理性主义传统的重要组成部分。古希腊哲学是古典理性主义的典范,它在人类思想史上最先以自觉的方式确立了理性主义的基本原则。"人是理性的存在物",这一信念无疑贯穿于古希腊哲学之中。但是古希腊的先哲们对理性的把握并没有局限于认识论和人本学的层面,而是致力于本体论和宇宙观的把握。赫拉克立特为生生不息、变化不居的现象世界找到了"永恒地存在着的"根据,即万物皆由之产生的"逻各斯";巴门尼德抛开不确定的表象世界,设定了不生不灭、不变不动的"唯一的存在";柏拉图的理念论更是为我们提供了一个由最高的"善"的理念统领的、等级森严、秩序井然的"理念世界"……从古希腊哲学家的论述中,我们可以概括出古典理性主义的最基本精神,即实在(自然、宇宙、世界)是依据理性或逻各斯而运行的合理的存在结构,人是理性的存在,因而人可以通过理性把握人同事物的关系,把握世界的本质,从而控制自然和操纵自然。回顾西方历史,不难看到,这种古典理性主义的文化精神和文化信念连同希伯来精神一道构成了西方文化的渊源和本质精神。这种精神不但支撑着以古希腊为代表的灿烂的古代文明,而且在中世纪解体后,又通过与自然科学联盟,转换为支撑现代工业文明的技术理性主义文化精神。

所谓技术理性主义是指在近现代科学技术呈加速度发展的背景下产生的一种新的理性主义思潮。这种思潮坚信科学技术发展具有无限潜力和无限解决问题的能力,坚信科学技术万能。如果我们抛开技术理性主义和古典理性主义的时代差异,就会发现两者有着共同的文化内涵和价值取向,即不但相信理性万能,理性至上,而且还持一种乐观的人本主义态度或历史主义信念,相信人性永远进步,历史永远向上。现存社会的种种弊端都是历史进程中的暂时现象,随着理性和技术的进步,人类终究可以进入一种完满的境地。不可否认科学技术以及建立在科学技术发展之上的技术理性主义文化信念在现代工业文明条件下为推动人类社会的进步发挥了重要作用。然而以功利目的和技术手段为核心的工具理性或技术理性在一路高歌猛进的同时,其自身也孕育着深刻的危机。科学技术在为人类带来巨大的物质财富的同时,也正在悄悄地走向自律、走向异化,开始成为独立的制约人的统治力量。这一现象早在19世纪后期已被西方一些有头脑的人文知识分子所关注。这股批判思潮从德国的酒神哲学家尼采开始,中经狄尔泰、席美尔的生命哲学;马克斯·韦伯的合理性理论;胡塞尔的先验现象学;马克斯·舍勒的价值现象学;雅斯贝尔斯、海德格尔等的存在主义;伽达默尔的哲学阐释学直到法兰克福学派再从斯宾格勒、汤因比的文化历史哲学直至利奥塔、德里达、福柯等人的后现代主义,几乎从未间断过。两次世界大战的劫难和原子弹的邪恶威力更是把以技术理性为核心的文化之危机淋漓尽致地暴露在世人面前。面对技术世界中人的生存困境,20世纪西方哲学界对技术理性批判的思潮更为持续。无论是在欧洲大陆,还是在英语世界,思想家们对西方传统的理性主义文化观念和现代性精神、对技术乐观主义和人类中心论、对现代西方的工业文明以及科学技术发展所相伴而来的种种负面效应和历史代价等诸多问题,几乎不约而同地开始进行批判反思。西方马克思主义的技术理性批判是现代西方哲学浩浩荡荡的文化批判思潮即技术理性批判思潮的重要组成部分。技术理性批判在直接的意义上是对理性、知识、科学、技术、科学技术方法、科学技术的社会意义和实践功能等方面的分析、反思和批判,但在更深层的意义上是对文化价值观念、历史文明形态和人的存在方式等的内在批判和本质思考。技术理性批判和意识形态批判、大众文化批判、性格心理机制批判共同组成了对资本主义进行文化批判、社会批判以及人的存在方式批判的多维视野和理论切入点,特别是对技术理性的批判成为西方马克思主义文化哲学转向的主要的、典型的理论标志之一,构成了西方马克思主义不同于或超越于传统意义的马克思主义的一个极为重要的理论维度和崭新的理论视点。

二

以技术理性为视角对资本主义和西方社会进行激烈的社会批判和文化批判,这一理论路径对于西方马克思主义来说是一个不断发展、逐渐形成的过程。

早在 20 世纪 20 年代,卢卡奇在《历史和阶级意识》中首开从人本主义对技术理性进行异化批判的理论先河。他的技术理性批判是通过对资本主义的韦伯意义上的理性化进程的分析展开的。他认为理性化进程已经进入资本主义的经济活动、政治管理以及思想文化等各个领域,因此,社会进入被技术理性严格统治和支配的历史阶段。在这种情况下,人的存在本性遭到了全面的扼杀和毁灭。在经济活动中,人被严重地片面化和原子化。合理化在经济领域表现为工业的大机器生产和严格的劳动分工,这导致了人的主体性的丧失和严重的主体间疏离。从政治管理领域看,人的管理活动被严格地模式化和齐一化。他曾调侃官僚政治机构下层工作人员的工作非常类似于"机器的操作",并且在枯燥乏味和死板单调方面,确实还经常有过之而无不及。如果从人的精神领域观之,由于物化和理性化的全面和总体性的统治,人的主观世界完全为物化意识所支配。这种物化意识表现为人对事物和自身的认识停留于局部,失去了对整体的联系的把握,丧失了革命的主体性和反抗精神。卢卡奇的上述观点深深地启迪了他的后人。

1947年,霍克海默和阿多诺发表的《启蒙辩证法》是技术理性批判的经典表述。霍克海默和阿多诺所谈论的"启蒙"不是指17—18世纪新兴资产阶级思想家反对神权和封建专制统治的那场启蒙运动,而是泛指人类社会在近现代的理性化进程中所发生的所有强调理性的至上性和人对自然的技术征服的启蒙运动或思想解放进程。他们在这里所说的"辩证法"也不是一般意义上指谓事物结构的相互作用的辩证关系,或事物的矛盾运动,而是特指事物走向反面,走向自我毁灭的悲剧。"启蒙辩证法"就是要揭示以理性和技术为核心、以人的自由和对自然的统治权为宗旨的启蒙最终走向了反面,走向了理性的启蒙的自我毁灭和理性对人的统治的悲剧。在霍克海默和阿多诺看来,启蒙的悲剧性的辩证法就在于,它所设想的人对自然的无限的统治权和人的普遍的自由等目标非但没有在真正意义上实现,而且得到了相反的结果,走向了启蒙的自我毁灭。在理性普遍统治的世界中,"人类不是进入到真正合乎人性的状况,而是堕落到一种新的野蛮状态"。[①] 在他们看来,20世纪人类历史的状况表明,启蒙的世界不是一个人性全面发展的世界,而是一个普遍异化的世界。霍克海默和阿多诺指出,启蒙用知识取代了神话,使人的思维服从于理性的逻辑,这在某种意义上是人的认识的进步,但受实证科学支配的理性思维往往具有抽象性的特征,容易停留于对事物的直接的认识和精确的描述,而缺乏对现存的否定性的理解和超越。"当思想归结为数学公式时,世界就是用它自己的尺度被认可的。一切作为主体理性胜利所表现出来的东西,一切存在的东西对逻辑的公式所作的从属,都是以理性顺从直接出现的东西的形式表现出来的。"[②]当启蒙精神停留于这种以抽象性和直接性为特征,缺少主题的价值尺度,缺少对现存的否定性理解的理性认识时,它本身就不再作为现存世界的否定力量,而是作为与现实等同或认同的肯定的思想。这样,启蒙精神就成了一种崇拜理性思维和科学认识,而缺少主体性与否定性的新的迷信和神话。应当说,霍克海默和阿多诺的上述认识是深刻的,尤其是他们所经历的时代,正是工业文明蓬勃发展的时期。如果说经历了后工业时代,现在的西方知识分子在人与自然的关系等问题上已经比较容易接受他们的观点的话,那么在20世纪40年代,在生态意识和生态文化远未被人们重视的时候提

---

① [德]霍克海默、[德]阿多诺:《启蒙辩证法》,洪佩郁、蔺月峰译,重庆出版社1990年版,第1页。
② [德]霍克海默、[德]阿多诺:《启蒙辩证法》,洪佩郁、蔺月峰译,重庆出版社1990年版,第23页。

出上述思考，其思想价值就更应当肯定了。

1964年，马尔库塞发表《单向度的人》，这是法兰克福学派技术理性批判理论中另一个重要的表述形态，与霍克海默和阿多诺的"启蒙辩证法"理论具有同等重要的意义。该书的基本思路是：在发达工业社会里，批判意识已经消失殆尽，统治已成为全面的，个人已丧失了合理地批判社会现实的能力。所谓"单向度的人"就是指丧失这种能力的人。马尔库塞用"单向度"（One—dimension）一词来意指现代资本主义的技术经济机制对一切人类经验的不知不觉的协调作用。他认为发达资本主义以前的社会是双向度的社会，在这个社会里，私人生活和公共生活是有差别的，因此，个人可以合理地批判地考虑自己的需要。而现代文明，在科学、艺术、哲学、日常思维、政治体制、经济和工艺等方面都是单向度的。人们失去的"第二度"是什么呢？就是否定性和批判原则，即把现存的世界同哲学的准则所揭示的真实世界相对照的习惯。哲学的准则使我们理解自由、美、理性、生活享受等的真实性质。马尔库塞在《单向度的人》中对技术理性在现代社会中的统治和技术的异化问题做了较为全面的分析。他揭示和分析了科学技术发展的二重性、现代社会的技术统治形式及其特征、技术异化背景中人的生存困境、技术异化的原因、技术异化的扬弃等重大问题。马尔库塞指出，在发达技术世界中，现代劳动者经历了被整合或一体化到现存技术体系和现存社会秩序中的过程。技术理性通过确立富足与自由的生活目标实施着真正的统治，从而把所有真正的对立面整合起来。"在一个压制性总体的统治下，自由可以成为一种强有力的统治工具。个人可以进行选择的范围，不是决定人类自由的程度，而是决定个人选择什么和实际上选择什么的根本因素。"[1]马尔库塞指出，通过技术理性的统治而建立起来的新社会是一个消除了工人的反抗性的一体化的社会。正是在这种背景下，人成了单向度的人。作为一个思想家，马尔库塞甚至认为单向度人的出现，对于社会的进化而言不是一种积极的现象。虽然在现代技术世界中，人的物质生活条件得到了极大的改善，劳动者甚至主动地与现存制度认同，但在实际上，劳动者丧失了人之为人的一个基本维度，即否定和批判的维度，其后果是使社会失去了自我超越的内在驱动力，人的基本生存是由个人无法控制的力量和机制所决定的。因此在马尔库塞看来，人们在发达工业社会中并没有摆脱被奴役的命运。发达工业文明的奴隶们是升华了的奴隶，但毕竟还是

---

[1] ［美］马尔库塞：《单向度的人》，张峰、吕世平译，重庆出版社1988年版，第8页。

奴隶。值得一提的是，马尔库塞对技术理性的批判的论述是建立在当代文化批判思潮发展的前沿的，同韦伯、齐美尔、卢卡奇等思想家关于理性的分析批判有着共同的基础，同时与20世纪生态文化的兴起也有着呼应关系，尽管其理论本身存在着不少争议，但他对技术理性的批判的确给了后人不少启迪。

技术理性批判是西方马克思主义文化批判理论的重要内容，西方马克思主义阵营的代表人物们几乎都有所论述，只是论述的视角常常有所不同。法兰克福学派发展到哈贝马斯一代，其理论路径有了较大的变化。哈贝马斯的兴趣所在已经不是审美和建构乌托邦，而是从社会和意识形态的层面展开对资本主义的批判。1968年，为了纪念马尔库塞诞辰70周年，他写了题为《作为意识形态的技术与科学》的长篇论文，以后又在《交往与社会进化》《合法化危机》等著作中，对技术理性进行了独特的批判。

哈贝马斯所说的"作为意识形态的技术与科学"，并非意味着科学技术在一般的意义上简单地转变为意识形态，而是说发达工业社会条件下的科学技术具有意识形态的性质。按照西方马克思主义的意识形态批判理论，产生于精神生产与物质生产分工基础上的意识形态，并非一般意义上的理论体系，而是一种具有异化性质的"虚假意识"，其主要功能是替现状辩护。尤其在现代社会条件下，同大众传播媒介相结合的意识形态成为一种消解人的主体性和超越意识的主要的异化力量。因此，当哈贝马斯断言科学技术成为意识形态时，他是说作为"第一位的生产力"的现代科学技术成为现代社会统治的基础，导致了政治的科学化趋势，它为传统的政治统治提供了一种新的理性合法性的证据。与法兰克福学派的前几代理论家以及其他西方马克思主义学者相比，哈贝马斯对现代科学技术发展给人类带来的多方面的影响的分析比其他人更为深刻、细致，也更具有启迪意义。哈贝马斯也不是在一般意义上断言技术与科学的意识形态性质，而是做了许多限制与限定。他从比较技术理性统治和传统意识形态统治的异同入手来阐述自己的观点。他认为传统的统治是"政治的统治"，它是同传统的意识形态紧密联系在一起的，而今天的统治是技术的统治，是以技术和科学为合法性基础的统治。从这个意义上说，不能一般地把技术与科学等同于意识形态，"因为现在，第一位的生产力——国家掌管着的科学技术本身——已经成了（统治的）合法性的基础。（而统治的）这种合法性形式，显然已经丧失了意识形态的旧形态"。[1] 在

---

[1] ［德］哈贝马斯：《作为"意识形态"的技术与科学》，学林出版社1999年版，第48—49页。

哈贝马斯看来,同以往的传统政治意识形态相比,技术统治的意识"意识形态性较少",因此它在某种程度上摆脱了"虚假意识"的某些成分,摆脱了由阶级利益制造的骗局,但同时也更加难以抗拒。

在论述技术异化的原因方面,哈贝马斯也远比法兰克福学派的前辈理论家深刻。他运用了自己的交往理论。他提出:"我的出发点是劳动和相互作用之间的根本区别。"他反对取消二者的差别,从交往中推论劳动,或者把交往归结为劳动。他认为,马克思曾经论述了劳动和相互作用(交往)的关系问题,并没有做出真正的说明,而是在社会实践的一般标题下把相互作用归为劳动,把交往活动归为工具活动。通过上述分析,他指出,技术异化的根本原因是在现代发达工业社会条件下,以科学技术为背景的劳动的"合理化"导致了交往行动的"不合理化"。因此要消除科学技术的异化,就必须实现"交往行动"的"合理化",从而以交往取代劳动在人类社会和社会历史理论中的核心地位。

在哈贝马斯看来,生产力的进化与发展并不等于就是美好、幸福生活的建立和实现,合理地利用和发挥生产力潜能,虽然能导致经济——工业结构的改进,促进物质财富的提高,但却不能导致制度结构的变化,使人得到自由和解放。他并不认为生产力的发展具有根本性的进步意义,并强调马克思主义的目标和理想,正是要使人从经济需要的压迫下解脱出来,成为具有充分人性的人,也就是使人作为个人得到解放,克服异化。恢复人与人的统一关系,实现人与自然的和谐。从马克思主义发展的历程不难看清,第三国际后的马克思主义主流派都是把实现社会生产力的解放作为马克思主义的终极关怀的,而第三国际后马克思主义阵营中的一些非主流派则强调马克思主义的终极关怀是人的解放。哈贝马斯的上述观点可以说代表了第三国际后马克思主义非主流派的共同思想路径,他并不否定生产力对人的发展的积极意义,但更注重人的解放、人与自然的和谐,这确实具有深刻的现实意义。不过,实现社会生产力的解放和实现人的解放其实都应是马克思主义的题中应有之义,"两股道上跑的车"是有可能走到一起的。

三

西方马克思主义的技术理性批判,尽管在理论形态上具有很大的差异性,但有一个共同点是值得充分肯定的,这就是他们对当代资本主义世界无畏的批判精神。批判精神正是马克思主义的传统。众所周知,马克思主义也正是在对形形色色的所谓社会主义思潮的批判中形成的。1848 年,当《共产党宣言》诞生时,不少人士将其视为一种新的社会主义宣言,马克思和恩格斯在《共产党宣言》的 1890 年德文版序言中明确写道:"当《宣言》出版的时候,我们不能把它叫作社会主义宣言。""社会主义意味着资产阶级的运动,共产主义则意味着工人的运动。"①马克思主义的科学社会主义理论正是在批判各种空想社会主义和"形形色色的社会庸医"的进程中发展起来的。

总的说来,西方马克思主义的技术理性批判都立足于人的生存本性,对技术理性都进行了生存论困境的揭示和批判,他们有的揭示了现代资本主义社会技术理性已取得全面的、总体性的统治,成为一种新的统治形式和统治方式;有的从意识形态批判的视角,对技术理性的意识形态功能进行了激烈的批判,揭示了技术理性、科学技术已成为资本主义维护不合理的极权社会的统治工具。技术理性的全面统治使人们成为单向度的人,成为一种历史的被动的客体,丧失了主体性和革命精神,丧失了否定的、超越的维度,从而使人们与不合理的社会现实相认同。西方马克思主义理论家们对技术理性的批判是深刻的,这种批判不仅具有强烈的历史感,而且具有当代意义。

相对于传统马克思主义对资本主义批判而言,西方马克思主义的技术理性批判更侧重于从文化精神和文化形态对技术理性进行一种文化学意义上的批判。它批判了西方的理性化进程历史性的发展后果,揭示了理性在现代社会中已经不再是单纯的进步力量,而成了一种剥夺人的自由和人的本性的现实力量,指出了技术乐观主义、技术理性主义观念的根本性局限。现代社会的人们并不排斥科学技术,他们仰赖科学技术为其提供更加人性化的生活,但同时现代社会的人们更需要人文关怀,更需要实现人的全面解放。

与西方其他社会思潮所不同的是西方马克思主义的技术理性批判并不局限于对文化层面和人的生存方式进行分析和揭示,他们也结合社会经济和政治统治因素对当今资本主义社会进行了全面考察,因此,他们的技术理性批判具有鲜明的政治批判意向和历史性特征,贯彻了一种社会批判的立场,这是他们继承马克思主义理论传统的结果。

当然西方马克思主义的技术理性批判也具有历史的局限。在理论形态上,

---

① 《马克思恩格斯选集》,第 1 卷,人民出版社 1995 年版,第 264 页。

他们一般都具有浓郁的存在主义色彩,表现为对技术的文化悲观主义倾向。他们在指出技术本身具有的反人性、异化本质的同时,也暴露出自身对技术的浪漫主义、唯美主义的反思批判情结。这种理论上的缺陷使西方马克思主义的技术理性批判论者最终没能超越他们的理论前辈,特别是在疗治和解救社会问题的途径上,他们虽没有像其前辈那样,鼓吹艺术救世,走向审美乌托邦,但还是鼓吹理想主义,其开出的拯救社会的药方同样难以奏效。如哈贝马斯虽然试图通过交往理性的重建来拯救畸形发展的现代性,但真正的道路还在于人本身,在于人类自身做出正确的发展选择和价值选择。从最根本的方向上使技术真正地服务于人本身的生存。

马克思主义人的全面发展观视野下的格雷厄姆·默多克

一、马克思主义对人的发展有基本的规定

我们知道,马克思曾把人的本质归结为自由自觉的活动,而把实现这一本质所要求的人的能力的全面发展直接表述为"全面发展自己的能力"等;马克思也曾提出人的本质是社会关系的总和,提出人的发展离不开社会关系的充分丰富与全面占有;马克思又曾强调人的本质是人的自然属性、社会属性和精神属性的统一,强调人的完整本质的多方面的自由发展和发挥就是对人的体力、智力和道德的片面发展的克服;马克思还曾把人的本质与人的需求联系在一起,认为人的需要是全面的、综合的、多层次的,所以,为了实现人的本质应全面地、综合性地、多层次地满足人的需要。不难看出,不管马克思从什么样的角度去规定人的本质,所看到的人都是具有无限丰富性的总体的人;因而,不管马克思从什么样的角度去探讨人的发展,所得出的结论只能是:人的发展的第一个要求就是它的全面性。

马克思基于对人的本质和人的需求的正确分析得出结论:人并不是消费动物,真正使人成其为人、构成人与动物最根本区别的是人的自由自觉的活动,也就是劳动。人类只有实现了劳动的解放,即把强制性的、作为手段的异化劳动变成自由自觉的、作为目的本身的活动,才称得上真正实现了自身。人类生活的现实也越来越清楚地表明:人类的未来必须沿着劳动解放的方向发展,否则必然进入死胡同。

从理论上提出并研究"发展"问题当始于资本主义时代。马克思、恩格斯最

早研究资本主义发展问题。他们在《共产党宣言》中指出,资产阶级在它的不到一百年的阶级统治中所创造的生产力,比过去一切世代创造的全部生产力还要多、还要大。但是,近代资本主义社会发展的深刻弊端就是:经济和社会物质财富的增长是以牺牲个人的全面发展为代价的,并造成"物对人的统治"。

资产阶级学者对发展问题的特别关注是在 20 世纪上半叶,即两次世界大战后。由于战争给全世界带来巨大灾难,经济凋萎、社会停滞,发展问题成了全世界普遍关注的热点问题。1972 年,美国学者巴巴拉·沃德和雷内·杜博斯的《只有一个地球》问世,更是给人类敲响了生存的警钟!同年,罗马俱乐部发表了著名的研究报告《增长的极限》,明确提出"持续增长"和"合理的持久的均衡发展"的概念。1987 年,世界环境与发展委员会和环境规划署向联合国提交了一份题为《我们共同的未来》的报告,阐述了持续发展战略,明确提出环境保护的根本目的在于确保人类的持续存在和持续发展,把生态、经济、社会统一为不可分割的整体。1992 年,在巴西里约热内卢召开的"联合国环境与发展大会"通过了《21 世纪议程》,详尽而深刻地阐明了环境与发展的关系,丰富了可持续发展观,提供了落实可持续发展战略的行动方案,为人类改善环境、完善发展提供了广阔的前景。20 世纪 90 年代,印度著名的发展经济学家阿蒙加·森指出:我们的发展目标应该是人们能力的增强,而不仅是增加人均产出。它不仅包括人们对物质需求、精神文化需求的满足,而且包括能参与影响他们生活的公共决策以及自身素质的提高、能力的增强等。在新发展观理论的影响下,联合国开发计划署从 1990 年开始,每年发表一份不同主题的《人类发展报告》。该报告阐明了一个主旨——人类发展的目标就是为人创造一个享受长寿、健康和有尊严的生活环境。联合国《人类发展报告》提出了一个指标——人类发展指数(Human Development Index,简称 HDI)。过去,人均国内生产总值被认为是衡量一个国家或地区发展的主要指标,与这种传统的发展观不同,HDI 在经济与道德、效率与公平、工具与目的、眼前与长远、局部与全局的关系上,力图沟通、和谐与平衡。HDI 包括 3 个基本因素:寿命、知识和生活水平。在计算 HDI 之前,需要先生成以上 3 个方面分别对应的指数。HDI 则是这三项内容指数的简单平均值。从这三个要素可以看出,人类发展指数是经济增长、社会进步、环境和谐的综合反映。由此可见,人类发展指数 HDI 的产生是发展观转变为新发展观的一个重要标志。上述发展观的历史发展反映了在实践过程中,人们认识的不断深化。

马克思主义在社会进步和人的全面解放等问题上有着比以往资产阶级学说

更为科学的界说。马克思一生思想的主题就是追求实现人的自由和解放。从青年时代研究古希腊罗马哲学起,他就站在反思法国大革命抽象自由的立场上,在赞扬自由精神时,积极主张在现实中真实地建设具体自由。在《1844年经济学哲学手稿》(以下简称《手稿》)中,马克思就揭示了人的全面发展的本质规定及其历史形式。我们知道,黑格尔在《精神现象学》中深入探讨"劳动"问题,认为人和动物的区别在于劳动。动物在活动中把对象吃掉、消灭掉,以满足自己直接的欲望;人则不同,他是通过劳动,利用并改造自然界来满足自己的需要。因此,"劳动陶冶事物",人是在陶冶事物的劳动中"意识到他本人是自在自为地存在着的"[1]。这就是说,人在劳动中不仅把劳动的对象转变为真正的人的对象,而且通过劳动,意识到自我、独立性和自为的存在,并表现为自己是一个真正的人,因此人是他自己劳动的结果。马克思对黑格尔的这一评价是重要的,因为马克思肯定了人的自我生成或全面发展是一个历史的过程,即人在劳动中的外化和扬弃外化的过程,因而人的全面发展本质上是他劳动的结果。同时,由于黑格尔讲的劳动是抽象的精神劳动,劳动的主体、对象、产品和实际的劳动过程均被他精神化了,因此,要把黑格尔的"伟大之处"转变为富有实际意义的成果就必须批判改造他的以精神劳动为基础的唯心辩证法,代之以物质生产劳动为基础的唯物辩证法。这就意味着,《手稿》阐述的人的全面发展的思想是以对物质生产劳动的理解为基础的,马克思是在物质生产劳动中发现了人的全面发展的全部根由。是劳动使人从自然存在物上升为"人的自然存在物";也是劳动使人客观地展开自身全部的丰富性。"当现实的、有形体的、站在稳固的地球上呼吸着一切自然力的人通过自己的外化把自己现实的、对象性的本质力量设定为异己的对象时,这种设定并不是主体,它是对象性的本质力量的主体性,因而这些本质力量的活动也必须是对象性的活动。"[2]劳动还使人在他所创造的世界中直观自身并发展自身。

马克思在《手稿》中高度评价了黑格尔的这一论述,他指出:"黑格尔的《现象学》及其最后成果——作为推动原则和创造原则的否定性的辩证法——的伟大之处首先在于,黑格尔把人的自我产生看作一个过程,把对象化看作失去对象,看作外化和这种外化的扬弃;因而,他抓住了劳动的本质,把对象性的人、现实的

---

[1] [德]黑格尔:《精神现象学(上)》,贺麟、王玖兴译,商务印书馆1979年版,第130、131页。
[2] 《马克思恩格斯全集》,第42卷,人民出版社1979年版,第167页。

因而是真正的人理解为他自己的劳动的结果。"①也只有马克思真正揭示了在物质生产劳动中隐藏着人的全面发展的全部秘密,只有对物质生产劳动进行唯物的、辩证的和历史的分析,才能最终揭示人的全面发展的本质和根源。

马克思对劳动本质的分析,为阐释人的全面发展的思想建立了一个抽象的,然而是必不可少的逻辑前提;用以对"异化劳动"的考察分析和对共产主义的展望,探索人的全面发展的历史形式和理想状态。在马克思看来,"异化劳动"与人的全面发展的关系是一种否定性关系,因为劳动者与劳动产品相异化,否定了人的全面发展的物质基础。劳动活动本身的异化或人同自己的类本质相异化,否定了人的全面发展的自由自觉的劳动本质。异化劳动之所以否定人的全面发展,还因为它使人与人异化,即产生了阶级对立的关系。马克思既揭示了工人在"异化劳动"条件下的悲惨境遇以及"异化劳动"同私有制的关系,也揭示了人的全面发展在"异化劳动"和私有制条件下的否定性,但马克思对"异化劳动"的分析和思考并没有就此结束,他寄希望于未来的理想社会。"社会从私有财产等等的解放、从奴役制的解放,是通过工人解放这种政治形式表现出来的,而且这里不仅涉及工人的解放,因为工人的解放包含全人类的解放;其所以如此,是因为整个人类奴役制就包含在工人同生产的关系中,而一切奴役关系只不过是这种关系的变形和后果罢了。"②工人的"异化劳动"是一切异化形式的集中表现,它必然使工人,也使广大劳动者起来铲除私有制和奴役制,取得自身的解放和全人类的解放,实现人的全面发展,而这也就是马克思所理解的共产主义。

马克思对共产主义的理解是与他对空想社会主义和空想共产主义的批判联系在一起的,而其思想内容又与人的全面解放相关。在马克思看来,空想社会主义和空想共产主义虽然也要求否定私有财产,但它实际上"不过是私有财产关系的普遍化和完成"③。即不是消灭私有财产的主体本质,而是把私有财产当作客体、物来对待,通过均分私有财产来反对个别的私有财产,使人人都成为私有者,这显然是幼稚的。更为糟糕的是,在空想社会主义和空想共产主义理论中,凡不能被当作私有财产占有的东西,如人的个性、才能等,都应当被消灭,显然,这是对人类精神世界的藐视和人类文明的倒退。因此,马克思尖锐地指出:"对整个

---

① 《马克思恩格斯全集》,第 42 卷,人民出版社 1979 年版,第 163 页。
② 《马克思恩格斯全集》,第 42 卷,人民出版社 1979 年版,第 101 页。
③ 《马克思恩格斯全集》,第 42 卷,人民出版社 1979 年版,第 117 页。

文化和文明的世界的抽象否定,向贫穷的、没有需求的人——他不仅没有超越私有财产的水平,甚至从来没有达到私有财产的水平——的非自然的单纯倒退,恰恰证明私有财产的这种扬弃决不是真正的占有。"①马克思在批判空想社会主义和空想共产主义的基础上明确提出了他自己关于共产主义的基本观点:"共产主义是私有财产即人的自我异化的积极的扬弃,因而是通过人并且为了人而对人的本质的真正占有;因此,它是人向自身、向社会的(即人的)人的复归,这种复归是完全的、自觉的而且保存了以往发展的全部财富的。"②在此,马克思论述了共产主义与人的全面发展的本质联系:共产主义不是单纯通过物的扬弃就可获得的,而是要通过对异化了的人或人的自我异化的扬弃才能获得;因而,仅仅获得对物质的占有远远不够,还需要精神的解放、人的本质的全面的占有。"一切对象对他说来也就成为他自身的对象化,成为确证和实现他的个性的对象,成为他的对象,而这就是说,对象成了他自身。"③由此可见,共产主义对人的本质的占有是全面的、彻底的,或者说,它对人的发展的理解是全面的、完整的。马克思从不抽象地讨论人的自由和解放,而是把物的属性同人的需要和本性联系起来,然后通过实践,按人自身的需要,实际地掌握和占有物,使之符合人的需要,体现人的本质,促进人的全面发展。在《论犹太人问题》和《黑格尔法哲学批判》中,他同样揭露了资产阶级的自由所掩盖的现实不自由,进一步深化了对法国大革命反思所得到的具体自由思想。在清算黑格尔的抽象自由观的基础上,指出那种仅仅停留于自我意识内部的自我规定性的自由仍然是抽象的。

马克思不仅终生关注人的自由和解放,而且关注社会中个人的解放的程度。晚年,在逐步深入研究国民经济学、探索现实社会矛盾的过程中,他把自由看成是现实矛盾的解决,指出具体自由存在于现实之中。此时的马克思已经意识到,在以往很长的历史时期内,整个人类社会的发展是以牺牲个人的发展为代价的。资本主义作为一种制度安排,就是通过最大限度地损害个人的发展才取得一般人的发展的。人的类的发展和个体的发展因此处于对抗状态。有鉴于此,马克思的历史任务就是寻找一种社会形式来克服这种对抗,使整个社会发展"同每个个人的发展相一致"④,这种社会形式就是共产主义。所以,马克思特别强调共

---

① 《马克思恩格斯全集》,第42卷,人民出版社1979年版,第118页。
② 《马克思恩格斯全集》,第42卷,人民出版社1979年版,第120页。
③ 《马克思恩格斯全集》,第42卷,人民出版社1979年版,第125页。
④ 《马克思恩格斯全集》,第26卷下册,人民出版社1973年版,第125页。

产主义社会是以"每个人的自由发展"为条件的。在这种意义上,人的解放、人的全面发展主要就是指个体的人的发展和解放。

在《德意志意识形态》中,马克思把历史、社会形态的演变、人的普遍性发展统一起来加以考察,强调真正的社会主义革命必须具备物质条件和个人普遍发展的基础。分工所造成的个人无法支配巨大社会生产力的问题,必须靠自由发展的个人联合起来加以解决,个人只有通过这种联合才能获得自由。1846 年,他在致帕·瓦·安年科夫的信中批判了蒲鲁东,指出旧的历史观无视个人的问题,"蒲鲁东先生在历史中看到一系列的社会发展。他发现,人们作为个人来说并不知道他们在做什么事情,他们误解了自身的运动,就是说,他们的社会发展初看起来似乎是和他们的个人发展不同、分离和毫不相干的"①。在《共产党宣言》中,他进一步指出,每个人的自由发展是一切人自由发展的条件。

在《资本论》及其手稿中,马克思把历史看成不仅仅是经济史,也是人自身发展的历史,他不仅用剩余价值理论剖析了资本主义,而且在更深层次上剖析了资本主义生产和交换,指出资本主义劳动是以物的依赖性为基础的虚假自由劳动,资本主义生产并不以人为目的。在资本主义生产和交换体系中,个人被片面化,个人成了商品,成了单纯可以出卖的劳动力和自然力,个人的活动和产品必须成为一般产品——交换价值这个使一切个性和一切特性被否定和消灭的东西——他才成为社会的人,个人只有否定自己才能成为个人。19 世纪 70 年代,他在批判巴枯宁时还进一步强调了社会革命是建立在具体条件之上的,革命的目的是逐渐消灭阶级和国家,以人的自我管理和自治实现个人自由。可以看出,如果没有对自由的不懈追求,就不可能有晚年马克思思想的发展。晚年马克思不但把人的尺度用于批判资本主义,而且用作任何社会发展的衡量标准。生产以人为目的和社会发展以人为目的都强调了不能把人片面化,不能用物统治人,而是要以人的全面发展克服片面性的束缚,实现人的真正自由和解放。马克思并不是把历史看成牺牲个别,靠偶然给自己开路的必然性运动,而是把人的具体自由置于最高地位,"人们的社会历史始终只是他们的个体发展的历史"②。这些论述不仅使我们进一步认识到社会基本支配原则的多样性和马克思革命哲学的内在追求,而且加深了我们对马克思主义哲学的人学立场的理解,也只有在这个意义

---

① 《马克思恩格斯选集》,第 4 卷,人民出版社 1972 年版,第 320 页。
② 《马克思恩格斯选集》,第 4 卷,人民出版社 1972 年版,第 321 页。

上,我们可以说,马克思主义是最伟大的人道主义。

马恩经典作家揭示了近代资本主义私有制条件下的经济发展具有二重性。一方面,资本主义提供了人的发展的物质前提,创造了前所未有的生产力,拓展了人们的活动空间,丰富了人们的社会关系;另一方面,在资本主义条件下,人的发展却是一种"畸形"发展,是以牺牲个人的全面发展为代价,"是物对人的统治",人仅仅成为创造物质财富的手段,成为金钱资本的奴隶,人不能获得真正的全面发展。马克思从历史唯物主义出发强烈地批判了资本主义社会中人的生存和发展的悲惨处境与非人道的境遇,希望建立一个以每个人的自由、平等和全面发展为基本原则的新社会!

马克思在描述未来理想社会状态时指出,共产主义是以每个人的全面而自由的发展为基本原则的社会形式!在未来的新社会,消灭了旧式分工,不是物对人的统治,而是物为人的全面发展这一目的服务;不是资本占有劳动而是劳动占有资本;不是机器支配人而是全面发展的人驾驭机器。可见,人在自由平等基础上获得全面发展是马克思所追求的最终价值目标。

马克思"人的全面发展"理论的基本内容包括:(1)人的全面发展体现在人的社会关系的丰富和发展上。(2)人的全面发展体现在人的需要的不断满足和不断发展上。(3)人的全面发展表现在人的能力的全面发展上。(4)人的全面发展表现在人的个性和精神得到自由发展上。

马克思认为,只有在消灭了私有制和阶级的共产主义社会里,由于社会生产力极大发展,社会财富极大丰富,人们的工作时间极大缩短,而自由时间大大增加,所有人的自由和全面发展才是可能的。作为共产主义社会目标的人的全面发展是"每个人的自由发展"。在《共产党宣言》中,马克思、恩格斯对共产主义作了这样的规定:"代替那存在着阶级和阶级对立的资产阶级旧社会的,将是这样一个联合体,在那里,每个人的自由发展是一切人的自由发展的条件。"马克思主义关于"人的全面发展"的理论和确立的最终价值目标理应是社会主义时期建立科学发展观的价值坐标。以此坐标评价历史上的各种发展观,不难发现各种发展观均有其存在的历史合理性。在人们衣不蔽体、食不果腹的历史阶段,人们是不可能超越"经济增长发展观"去奢谈"可持续发展观""生态发展观"的;在私有制社会历史阶段,人们也是不可能去追求"人的全面发展"的。

按照马克思的观点,自然界不仅仅是作为有机的或无机的物质出现,而且是作为独立的生命体,作为主体—客体而出现,对生命的追求是人与自然的共同的本质;人之所以能同自然界发生关系,不仅是由于"物本身就是人的活动的对象化",而且由于"物本身也像人同它发生关系那样同人发生关系"。马克思从对自然的这一基本认识出发,要求对自然进行"人道的占有",即"把自然界改造成为符合人的本质的环境世界",要求"按照美的法则来塑造对象性的自然界",要求通过劳动建立起人与自然的关系。马克思把未来的共产主义说成"是人同自然界的完成的本质的统一,是自然界的复活,是人的实现了的自然主义和自然界实现了的人道主义",这是意味深长的。无论是评判他人的关于未来人和社会的发展蓝图,还是自己去规划人和社会的发展方案,不以马克思的这些人与自然相互关系的论述作为准则,肯定是要偏离方向,从而也肯定是要受到惩罚的。

生态学的马克思主义者用这样一个命题来表述马克思的劳动解放的思想,"人的满足最终在于生产活动而不在于消费活动"。马克思的劳动解放的思想常常被人们当作"劳动乌托邦"而加以唾弃,实际上,人类生活的现实越来越清楚地表明:人类的未来必须沿着劳动解放的方向发展,否则必然进入死胡同。我们是以马克思主义作为指导思想的国家,就应率先实施马克思的劳动解放的理念,尽管目前我们只能跨出很小的几步,但只要沿着这一方向前进就是中国人的大幸。相应地,在指导我们对社会和人的发展进行研究的思想观点中,马克思的劳动解放的思想应有其显著的位置。

从资本主义的发展现实来看,物质的丰富、生产力的发展,尤其是科学技术的巨大进步并没有必然地导致无产阶级的革命,也没有自动地带来人的全面解放和全面发展,相反人的存在受到了严峻的挑战,资本主义走上了一条不归之路。于是,这些西方马克思主义者开始关注精神的现实。从西方资产阶级对社会的统治和管理来看,它不完全依靠政治的统治,更重要的是依靠意识形态的统治。因此,西方马克思主义学者尖锐地指出最深刻的物化就是意识的物化。资产阶级意识形态使得工人阶级作为被统治者,在统治的状态中而不自觉、不自知;法兰克福学派的思想家们进一步指出技术对现代社会有着深刻的控制,资产阶级凭借技术的控制成功地实现了对整个社会的一体化。于是,他们把批判锋芒指向资本主义精神现实及其文化产品。

二、默多克把文化权力看作公民权力的重要内容

承认精神现实是实践的一个不可或缺的组成部分,其实也是马克思主义本

有的内涵。马克思早在《关于费尔巴哈的提纲》中就指出,全部社会生活在本质上是实践的。因而,追求人的全面解放和全面发展是马克思主义事业的题中应有之义。

西方马克思主义不仅认识到这一问题的重要,而且着手从深层次去解决。那么,西方马克思主义是怎么解决这一问题的呢？西方马克思主义学者首先指出,资本主义社会的主导意识形态的根本特征就是现代人把自己的生活目的交付给社会本身:资本的统治以工人成为商品为特征,而一旦工人被迫成为一种商品,他就必须在对交换价值的追求中实现自身,从而放弃了对自己生命的设定;实际上早在《手稿》中,马克思便深刻地指出,通过这一原则不仅工人被异化,而且资本家也同样被异化,资本家作为资本的人格化也必须按照资本的原则和逻辑去规定自我。最终导致的结果是,生活本身是有序的、有内在逻辑的,但是,这个生活和人本身有什么样的关系,这个根本的问题却被搁置了。这种状况在资本主义社会的发展过程中逐渐被加强。经历了 1848 年的革命和 20 世纪初的革命,资产阶级渐渐找到了替代革命的方式,他们企图通过科技革命和技术的革新来不断缓解社会内部矛盾,即实现对总体性的社会革命的摹仿和取代。于是,传统的劳资矛盾得到了某种程度的缓和,其紧张性被转移为人和市场的消费关系。在这种情况下,其意识形态的掌控更深刻地实现为对虚假需要的制造。在媒体广告的诱导下,人们不自觉地把对消费品的无止境的追求认作自身的生活的目的。在对虚假需要的不断追求中,消费者既彻底放弃了对生命的终极目的的追求,也达到了对资本主义社会的整体利益的认同。

针对资产阶级意识形态的这一根本特点,西方马克思主义意识形态批判理论的落脚点就在于重新唤醒人们对生命的终极目的的追问。而这一追问最后所带来的是对生活的不断理解和改变。西方马克思主义和欧美新左派理论家们最终意识到,只有马克思主义的道路才有力量在对生活的实际改变中追求生命的目的。换句话说,马克思主义事业对生命的终极目的的追求是具体的,而非抽象的乡愁。

作为当今活跃在西方思想界的新左派,格雷厄姆·默多克以独特的视角重新审视了西方社会中人的地位和尊严问题,他站在马克思主义的立场,重新思考了资本主义社会的公民身份和文化权力问题。"贯穿在以后现代性为中心的论辩中的最诱人的主题之一就是崇高庄严的叙事艺术及其全部内容的崩溃";"本是西方现代性特点的庄严的叙事方式……恰恰关注特殊文化身份向普遍的公民身份发展时的逾越"①。在《公民权益与代表》中,他明确提出了如果人们要变成完全的公民,就必须有权使用确保社会包容和促进参与的物质的和符号的资源。权力必须受到舆论上的支持。这就要求国家放弃它作为最低限要求的守夜人的角色,而干预市场资本主义的工作,其初衷在于保护公民不受合作滥用的影响,并确保他们的社会参与条件。经过一个世纪,这些领域的斗争却远未安定下来。

格雷厄姆·默多克也意识到,除了为参与共享确保基本的物质条件,完全的公民权益也要求有权使用相关的符号资源以及高效使用这些资源的能力。确保完全的文化权力的努力以一系列公众机构的发展为中心——教育系统、博物馆和美术馆、公共图书馆和公营广播体系,税外支付并对所有人平等开放。最少量的社会服务、最少量的工资、健康和安全性、节假日和病假,还有工会权益等都是不够的,为此,他提出了文化权的概念,他认为,所谓公民的文化权必须具有以下四方面的内容。

(1)获取信息的权力。公民有权使用尽可能广泛的相关信息——关于建构他们选择范围的情况,关于行动、动机和重要的社会、政治和经济行动者的策略,特别是那些对人们的生活有着重大影响力的。这些将包括国家机构、政府、公司、反对党和社会运动,还有跨国机构和组织。

(2)获取经验的权力。公民拥有使用个人和社会经验的最大可能多样性的权力。虽然电视里的信息主要来源于新闻、时事和纪录片——经验的探索却一直主要通过小说来完成。正如约翰·麦芬(John Mepham)所主张的,共享的故事是培育完整公民权益的能量及互惠性的基本资源,它们能够为生活中冒出来的问题提供一种质询,包括什么是可能的?我能成为什么?我的生活能由什么组成?成为其他人会怎样?成为特别的其他人会怎样?如何让人们能够那样存在?我们不得不做无休止的努力去回答像这样的问题,以至我们能够……在想象上形成选择,而且对其他人做出反应……这些问题和这些能量及技巧是拥有自我感觉、身份以及在一个社会关系体系里公平对待他人的基础。

(3)获取知识的权力。使用信息和经验提供对世界的"丰富描述"、基于移情作用的"情感结构"和通过他人的眼睛看世界的能力,但是它不提供解释。它

---

① "Rights Representations Public Discourse and Cultural Citizenship", in Jostein Gripsrud ed., *Television and Common Knowledge*, Routledge, 1999, pp. 7 – 17.

并不揭示特殊的重大事件和生活是如何一直受到根深蒂固的惯性和改变的过程的塑造的,也不揭示传记是如何在历史中定位的。联系特殊和一般、微观和宏观,要求有权使用阐释框架,指向链接、模式和过程,并提出解释建议。他们把信息和经验转换成知识。通过解释形成现在的各种力量并追溯它与过去的联系,他们展开了明确叙述改变策略的各种方式。

同时,后现代主义者坚持认为当代知识领域比以前更加支离破碎和充满竞争。这是对的。知识不再是一份由专家们仔细包装的礼物,它是持久的地位竞争的支柱。因此,当代情形下的文化权力必须确保有权进入这场竞争中关键的辩论和争论,但是用什么途径呢?

(4) 获取参与的权力。传统意义上,公营广播构建其观众为听众而不是演讲者,是观众而不是凭空想象的人。然而,在过去,这些不对称的关系日益受到观众的挑战,观众要求讲述他们自己的生活,用他们自己的声音表达期望,用他们自己选择的方式描绘与他们相关的事物①。

那么,如何去保障公民的这些基本的文化权力呢? 他又提出:

(1) 必须提供一个相对开放的代表竞技场。这要求强有力地阻止两大散漫权力中心——国家和政府以及社团界的不正当影响和共同选择权。限制所有形式商业演讲的入侵——从现场广告到公关宣传广告和合作赞助——在日益被促销宣传霸占的文化系统中甚至更为重要。

(2) 必须摧毁公认的大众和少数人、主流和边缘之间的区别。必须不断地利用由特殊的社会群体和运动发展的倡导领域,把"对话的、竞争的声音"带入共同领域的中心。

(3) 必须平衡信息和经验的多样性,促进给予公民有权使用知识框架的权力,以及公民有权使用可接受评估和挑战的原则的权力。

(4) 必须确保同等对待全体社会成员,抵制把公共物质和社会服务转化为商品②。

他认为,在私有化时代,如有任何机会继续进行未竟的公民权益事业,就需要比以往任何时候都要更强劲地捍卫公共通讯活动的基本原则。这些设想显然

---

① "Rights Representations Public Discourse and Cultural Citizenship", in Jostein Gripsrud ed., *Television and Common Knowledge*, Routledge, 1999, pp. 7 – 17.
② "Rights Representations Public Discourse and Cultural Citizenship", in Jostein Gripsrud ed., *Television and Common Knowledge*, Routledge, 1999, pp. 7 – 17.

是符合当下资本主义社会的实际的。

站在马克思主义的立场,格雷厄姆·默多克始终关注资本主义社会公民的权益(包括文化权益)问题,值得一提的是,他也意识到,在资本主义社会,公民的权益是从简单到复杂的。他指出,乍看之下,与公民社会相关的权力显得争议较少。当然,一般都认为,在民主政治中,公民的权力必须包括意识和信念的自由、联合的自由和表达的自由,但是存在许多困难。表达的自由涉及听众和演讲者双方的权力。当代各种文化中身份的增殖构成许多特殊的问题。人人都应享有"归属一个身份并有助于其定义的自由"(Melucci,1988:258)以及"为了创建新的意义从归属中撤出的"自由(Melucci 1989:173),这个论点对于当代政治日益以身份政治为中心的思想来说非常关键——在归属、忠诚和团结的形式上的斗争。反过来,这"要求使得个体和社会群体受到认可的条件,他们要求认可他们的现实状态或希望成为的状态"(同上,172)。但是,如果受压制者实施他们自己的各种压制形式会怎样?

对这种两难处境,一个诱人的解决方案是把差异归入特别划分的"少数民族"节目或连续的频道,避免面对面遭遇——从向每一个人传送的广播转成向自我定义群体服务的"窄带广播"。但这立即挑起另一个问题:不可能创建一个把对差异的尊重和发展行得通的当代概念"公众利益"的义务结合起来的共享的文化空间。这要求认可团结和分离、重新协商集体性和差异性。它取决于把多种多样的经验、身份和地位集合到同一个象征性的竞技场,探究它们之间的相互影响,平衡认知,尊重与共有文化的复兴对抗的特殊身份。正如斯图亚特·霍尔所主张的,在当今的支离破碎的状况下,我们"创建……足够的共享文化,意味着我们能存在于同一个空间,不用自相残杀"比以往更必要[①]。

作为研究媒体的权威,格雷厄姆·默多克指出:许多电视行业的人争辩说,他们正帮助创建一个日常基础的"共享文化"。他们的确如此,但那是一个越来越以消费人物和消费主义意识形态为基础的文化;在市场上能够购买身份和成就的概念,以及好生活是通过完全沉浸于商品世界的概念——后现代性的新洗礼。这个发展以两种方式破坏了公民权益。首先,它在社会和政治参与上给予个人特权,而且强调电视观众为购买者,而不是道德团体的成员。第二,通过把

[①] "Rights Representations Public Discourse and Cultural Citizenship", in Jostein Gripsrud ed., *Television and Common Knowledge*, Routledge, 1999, pp. 7–17.

社会差异和选择与风格的多样化等同起来,它否定了任何试图达成建立在十分复杂的差异协商上的"公共利益"的概念①。

　　格雷厄姆·默多克的深刻分析揭露了资本主义社会文化及其产品对人的控制,具有深刻的警示意义。同时,格雷厄姆·默多克的论述也揭示了人的发展具有阶段性和动态性。仅仅实现肉体的解放还不是人的解放的最终目的,精神的解放、思想文化的解放才是实现人的自由自觉发展的必然要求。与西方众多左派理论家不同,格雷厄姆·默多克更关注社会民众的文化权力,更关注社会民生,因此,他的研究视野也就比一般的西方理论家更宽广,他不屑于既定的学术体制和学术规范,反对人为地设置学术壁垒,反对过细的学术分科,因此,他和英国同时代的其他左派理论家又有不同之处,这一点,只要我们稍作比较就可明白。如:詹姆斯·卡伦(James Curran)、尼古拉斯·噶厄姆(Nicholas Gamham)和格雷厄姆·默多克同样活跃在当今英国的学术界,他们曾经在伦敦中央工艺学院(后来的威斯敏斯特大学)工作。尼古拉斯·噶厄姆曾在剑桥大学学习英国文学,进入 BBC 毕业实习,继而制作纪录片,有些是关于雷蒙德·威廉斯(Raymond Williams)这个当时著名的激进文学家和文化评论家的生活和思想的。威廉斯写了一些关于电视方面的文章,并且花费大量时间为国家报纸作电视评论家。那时,尼古拉斯·噶厄姆自己的兴趣主要是电影,但他在 BBC 的工作使他对文化是如何组织生产的有了兴趣,并且捍卫公共广播思想。这转而引导他开始写关于政治经济学方面的内容。詹姆斯·卡伦曾在大学里学习历史,通过为左翼报纸写作,对新闻产生了极为强烈的兴趣。他撰写了英格兰激进报纸发展史,并开始调查当代报纸的商业动态,调查其如何在英国行销——特别是它对广告收入的金融依赖——边缘化和压制激进的思想和分析。他们两人都对批评政治经济学作出了重大的贡献,但是他们的研究都专注在传播体系的结构组织及其潜在逻辑上。双方既没有对结构动态如何组织具体的语篇和公众可用的表达方式进行深入持续的研究,也没有对观众如何使用这些象征性的材料进行更深一步的分析探讨。在这一点上,作为他们同时代的学者,格雷厄姆·默多克却走得比他们远、比他们深。

---

① "Rights Representations Public Discourse and Cultural Citizenship", in Jostein Gripsrud ed. *Television and Common Knowledge*, Routledge, 1999, pp.7 – 17.

论大众文化批判的当代意义及其历史局限

刚刚过去的20世纪是人类文明与进步获得飞跃发展的世纪，然而，这种发展与进步同时也给人类带来了不少负面效应：人成为单纯的经济动物，生产的高效率被视为社会发展的最高目标，金钱与财富成为主要的甚至唯一的行为目标和价值选择，科学主义与人文主义的分裂日益加深，科学的实用价值被推至极端，艺术和审美丧失了独立性，沦落为一种消费品，变成赚钱和获取利润的手段，成了经济活动的附庸。精神的家园日益为人们所淡忘、所远离，信仰的迷失、精神的贫乏成为物欲社会中无法挥去的一种迷茫。发达资本主义国家一直以生产力的发展和物质财富的增加为至高的追求，而追逐个人的利益也正是工具理性的重要表现，这正是20世纪西方社会的症结所在。西方不少人文知识分子对上述症结的批判、声讨从来就没有中断过。尼采诊断了西方文明对生命和艺术的敌对本质；克尔凯郭尔证实了物欲的社会造成了人类精神家园的迷失；胡塞尔宣告了欧洲科学的危机；斯宾格勒、汤恩比等预测了西方的没落；弗洛伊德批判了文明、文化对本能需求的压抑；齐美尔深刻地揭示了西方社会的金钱崇拜和全面异化；韦伯详细阐发了理性化进程所造成的对人的全面统治。在西方众多人文知识分子的批判、声讨声中，西方马克思主义的大众文化批判理论值得关注。

西方马克思主义，尤其是早期的西方马克思主义者们都十分关注艺术和审美，这是因为从人的生存的角度看，艺术同哲学和科学一样，是人把握世界的一种基本方式，或者说是人的一种基本存在方式。在人类初始，当人的各种活动还没有走向分化，还没有出现职业分工的时候，艺术并不是一种独立的生存方式或存在领域，它是同人的日常活动和社会生活直接交织在一起的。在以后的历史进程中，艺术开始同人的日常生活和社会生活相分离，成为人的一种独立的生存方式和一种独立的创造领域。由各种审美形式构成的艺术领域一旦取得独立性，就成为人的最神圣、最崇高的存在领域，它超越了为生存压力所困扰的、琐碎的日常生计和程式化、常规化的社会运动，成为最具有创造性的领域。人在艺术创造中和审美活动中，能够在自由与超越两个维度上最大限度地展示自身的创造性本质。也就是说，真正的艺术的首要特征就是自由，它是人的自由本质的实现和体验，无论是艺术品的创作，还是艺术品的审美，都在展示人所特有的本质规定性，即自由。此外，真正的艺术的另一个特征就是超越性，即对现存和给定性的否定。虽然艺术的自由本质往往具有内在性，审美活动往往表现为独立个体的内在的自由创造或内在的自由体验，但这并不意味着艺术活动和审美活动不具有现实性。关于艺术的上述特质，法兰克福学派的早期学者是看得十分清楚的。霍克海默在《批判理论》中就写道："反抗的要素内在地存在于最超然的艺术中。"[1]按照霍克海默的理解，在艺术中，个体摆脱了他作为社会成员的现存的责任，又依据人的自由本性设定了与现存的异化世界所截然对立的理想境界，因此艺术成了具有超越性和否定性的革命力量。对此，马尔库塞也有大致相同的看法，他认为："自从自由意识觉醒以来，真正的艺术品无不揭示了这种原型的内容，即否定自由。"[2]在他看来，在现存社会中，由于技术理性的统治，原有意义上的革命力量，即工人阶级已经被整合或一体化到现存社会秩序中，他们失去了超越的维度，从现存社会的否定力量转变为它的肯定力量。在这种情况下，要想超越全面异化和物化的现存世界，就要寄希望于现存社会中的其他激进力量对现存社会实行彻底的否定和拒绝。在这方面，真正的艺术有着不可替代的作用。真正的艺术作为最精致的文化造物是人的自由自觉的本质的最深刻体现，是人类社会进化的重要的内在驱动力。然而，在现代发达工业社会里，艺术不可避免地走向了异化。法兰克福学派的理论家们共同认为，这种异化的艺术的集中表现就是大众文化。

法兰克福学派的理论家们最初并没有使用"大众文化"（mass culture）这一概念。1936年，霍克海默在《利己主义与自由运动》一文中首先使用了"肯定的文化"（affirmative culture）这一概念，1937年，马尔库塞在《文化的肯定性质》一文中对此做了专门的阐释。在马尔库塞看来，所谓肯定的文化是指资本主义时

---

[1] ［德］霍克海默：《批判理论》，李小兵等译，重庆出版社1989年版，第259页。
[2] ［美］马尔库塞：《爱欲与文明》，陈学明译，上海译文出版社1987年版，第104页。

代按其本身的历史发展到一定阶段所产生的文化。在这个阶段,作为独立价值王国的心理和精神世界这个优于文明的东西,与文明分离了。这种文化的根本特性就是认可普遍性的义务,认可必须无条件肯定的永恒美好和更有价值的世界,然而又可以在不改变任何实际情况的条件下,通过每个个体的"内心"而得到实现。只有在这种文化中,文化的活动和对象才能获得那种使它们超越出日常范围的价值。马尔库塞在文章中对"肯定的文化"的评价并不高,他已经看到了在现代资本主义社会中艺术和文化的异化问题,"肯定的文化"实际上是一种通过美化和肯定现存秩序而替现存世界辩护的独立的精神生产领域,从这个意义上看,这个概念同以现代大众传播媒介为依托的大众文化还有一定差别。

经过第二次世界大战的洗礼,1947年,霍克海默与阿多诺出版了《启蒙辩证法》一书。作者用"文化工业"(culture industry)这一概念对资本主义文化展开批判。作者认为,"文化工业"是凭借现代科学技术手段大规模地复制、传播商品化了的、非创造性的文化产品的娱乐工业体系。这种娱乐工业产生于发达的工业国家,它是制作和传播大众文化的手段和载体,它以独特的大众传播媒介操纵物化的、虚假的文化,成为束缚意识的工具、独裁主义的帮凶,并以较之以前更为巧妙有效的方法,即通过娱乐来欺骗大众,奴役和统治人。作者深刻地指出,资本主义以前的最后的残渣瓦解了,技术和社会之间发生了分离现象;整个社会都得通过文化工业这个过滤器;于是,"每个人都必须表明,他是与管治他的权利完全一致";"只有当人人竭尽全力工作,而不要求幸福的时候,人人才能像万能的社会一样万能,人人才能是幸福的。社会通过每个人的软弱反映出了自己的强大,从而赋予每个人以力量"。[①]

"大众文化"这一概念是随着20世纪哲学的文化转向和文化研究而一同出现的,但在各种文化理论,文艺、美学理论中,"大众文化"范畴并未得到十分严格、统一的规定,人们在相似或相关、更为宽泛或狭义的意义上理解和使用这一概念,赋予它不同的意义或内涵。归纳起来大致有以下几种:其一,大众文化是指共同文化,即一定时期内多数人所拥有的共同的行为习惯和生活方式。如俄国文论家巴赫金就将日常生活中的狂欢、娱乐和节日聚会活动等视为大众文化。在此,大众文化等同于某种共同性的民间文化和民俗文化,这种意义上的大众文化是源于日常生活的原生形态的文化,是基于某种文化传统和习俗而形成的自

[①] [德]霍克海默、[德]阿多诺:《启蒙辩证法》,洪佩郁、蔺月峰译,重庆出版社1990年版,第144页。

发性的文化。在这种文化模式中，文化的主体或载体是大众，文化的形式是民间的，文化的内容是传统或习俗。其二，由于大众文化的民间形式或日常形式有时被知识分子、文化精英主义者们赋予低级、粗俗的意味，由此大众文化便有了与精英文化、高雅文化甚至先进文化等相对立的意义，在某种意义上成了未开化、蒙昧甚至落后文化类型的代名词。这种对文化概念的理解体现了较鲜明的二元划分，突出了文化的等级性、差异性和界限性。这种对大众文化的理解更占主导地位。然而，对大众文化概念的各种意义的解码并不适用于对大众文化范畴的现代能指的完整解读，因为在现代文化研究和文化批判理论中，大众文化范畴更主要是立足文化的现代发展而立论的。大众文化是在发达工业社会和后工业社会中随着文化进入工业生产和市场商品领域而产生的新的社会现象。法兰克福学派通常也是在与"文化工业"非常相似的范畴内使用"大众文化"这一概念的。在他们看来，所谓大众文化是指借助于大众传播媒介（电影、电视、广播、报纸、广告、杂志等）而流行于大众中的通俗文化，如通俗小说、流行音乐、艺术广告、批量生产的艺术品等。这些文化产品融合了艺术、商业、政治、宗教与哲学，在闲暇时间内操纵广大群众的思想与心理，培植支持统治和维护现状的顺从意识，行使社会欺骗的功能。总之，对大众文化的这些基本定位已成为法兰克福学派甚至是后现代主义等现代文化理论研究中占主导性的理解范式，大众文化被作为文化工业、媒体文化、消费文化、视听文化、娱乐文化等加以界定、理解、分析和批判。法兰克福学派对大众文化确实持批判态度，他们看到了大众文化的负面影响，这主要包括：

（一）大众文化的商品化特质削弱了文化的自由超越的创造性。从本质而言，法兰克福学派的理论家们大都是些理想主义者。他们对资本主义的现实极为不满，但又无力投身于变革现实的伟大实践；因此，他们只能在理论的层面上一遍又一遍地推翻旧制度。也正因为如此，他们寄希望于艺术，认为艺术是克服异化的有效途径。在他们看来，艺术的真正本质就在于创造性，特别是体现在它的自由和超越性上。真正的艺术的首要特质就在于体现人的自由，它是人的自由自觉的对象化本质的实现和确证。无论是艺术品的创作，还是艺术品的审美，都展现了人所特有的本质规定性，即自由。霍克海默继承了康德的美学理念，坚持美的非功利性特征，认为美在某种意义上是一种超越功利的需要，是没有利害关系的愉悦存在。美的本质是人们在不顾及社会价值和目的性的前提下，在美的对象中实现自由和自我关照的活动："在艺术活动中，可以说人已摆脱了他作为社会成员的职责,以及他作为一个独立的个体产生反映的职责。个性——艺术创作和批判中的真正要素,不仅存在于特有的风格和奇特的构想中,而且存在于能经得起对现行经济制度的整形外科手术的力量中,这种制度把所有的人都雕塑成一个模式。人类,就其没有屈从于普遍的标准而言,他们可以自由地在艺术作品中实现自己。"① 霍克海默和阿多诺高度赞扬贝多芬的艺术创作态度,指出:"贝多芬的音乐深刻地反映了他对铜臭钱的愤怒,他把必须出卖艺术品的作法看做世界对美学的强制……"② 真正的艺术活动和艺术作品体现了自由原则和创造性原则。在霍克海默看来,艺术是表征主体性的领域,是人的个性的自由的创造和独立判断,所以关涉私人领域;艺术作为人的自由的创造物是独立的、不可替代的、不可重复的。真正艺术的另一个本质规定性就是它的超越性,即对现实存在和给定性的否定和批判。艺术的主体性使其具有超越日常世界的可能性。艺术的自由本质虽然具有内在性,往往表现为独立个性的内在的自由创造或内在的自由体验,但这并不意味着艺术活动和审美活动不具有现实性。实际上,在艺术和审美活动中所展开的自由创造和自由体验一经发生,就已经在理想和现实之间形成一种张力,形成对异化的、物化的、分裂的现存世界的超越和否定的维度。因此,真正的艺术既是一种自由的创造,也是一种变革现存的力量。真正的艺术具有超越性和否定性的革命力量,其本身也是超越异化的。法兰克福学派的上述理论对后来的欧洲左派理论家影响深远。伊格尔顿就认为,审美"是一种真正的解放力量,主体通过感性律动和兄弟情感而不是外加的律法联结成群体,每一个个体维护自己独一无二的特殊性,但是和谐地融入社会"。③ 比起法兰克福学派的理论家们,伊格尔顿的深刻之处是他还看到了审美是一种极为有效的政治霸权方式。

法兰克福学派站在文化精英主义立场,强调高雅文化和大众文化之间的内在差异,试图通过唤醒艺术的批判否定的乌托邦精神来改造不合理的社会现实。这一主张无疑具有深厚的历史责任感和深远的文化价值。人类社会的发展需要伟大的艺术和高尚的文化,并以此指引人们奔向理想社会。这种伟大的艺术和文化绝不可能是仅供娱乐消遣的文化快餐,它将通过崇高、神圣、美来给人以震

---

① [德]霍克海默:《批判理论》,李小兵等译,重庆出版社1989年版,第258—259页。
② [德]霍克海默、[德]阿多诺:《启蒙辩证法》,洪佩郁、蔺月峰译,重庆出版社1990年版,第148页。
③ [英]弗朗西斯·马尔赫恩:《当代马克思主义文学批评》,刘象愚等译,北京大学出版社2002年版,第75页。

撼,对日常世俗生活保持批判反思和审视的态度。这种批判立场直接启迪了西方后来的马克思主义学者们。如理查德·沃林在评价阿多诺的美学理论、分析后现代艺术的特征时就指出,后现代艺术试图抹平和消解高级文化和低级文化、艺术和娱乐的区分远不是一种进步,它使艺术混迹于日常生活领域,并导致了审美自主权的解体。"在这里,主要的危险是艺术和生活之间的批判张力的松懈,那种张力是现代主义美学的关键所在。结果将产生这样一种危险:一旦艺术和生活之间的界限被模糊了起来,那么艺术的批判潜力就要走向衰微,并且艺术本身将蜕变成某种证明工具,即晚期资本主义'幸福意识'的无批判的镜像。"①

上述观点直接影响了法兰克福学派对大众文化的看法。他们认为,大众文化已经丧失了真正的文化的本质规定性,即丧失了艺术品的创造性,呈现出商品化的趋势,具有商品拜物教的特征。霍克海默和阿多诺在《启蒙辩证法》中抨击了文化工业(即大众文化)的异化现象,指出:"文化工业的产品到处都被使用,甚至在娱乐消遣的状况下,也会被灵活地消费。但是文化工业的每一个产品,都是经济上巨大机器的一个标本,所有的人从一开始起,在工作时,在休息时,只要他还进行呼吸,他就离不开这些产品。""社会上所有的人都接受文化工业品的影响。文化工业的每一个运动,都不可避免地把人们再现为整个社会所需要塑造出来的那个样子。"②阿多诺在讨论音乐的商品化现象时也指出,除了先锋派音乐以外,今天的音乐都不再具有创造性,都成了商品,它们是受市场导向的、受利润动机和交换价值支配的商品。大众化音乐的创作者所关心的是上座率和经济效益,而不是艺术的完美和审美价值。人们对音乐的崇拜已经异化为对音乐所能取得的交换价值的崇拜。霍克海默和阿多诺认为,大众文化的商品化特征与现代科学技术的发展密切相关。艺术同现代技术发展所提供的大众传播媒介相结合,使得批量生产和普遍传播成为可能。艺术同大众传播媒介的结合,特别是同广告的结合已经达到了登峰造极的地步,以致"广告成了唯一的艺术品"。显然,这样的艺术品不可能具有真正的艺术的创造性特征。

(二)大众文化的齐一化特质使艺术的本质丧失殆尽。一般认为,艺术的创造性特征主要表现在它的个性上。真正的艺术总是不可替代、不可重复的个体的独创。然而,由于现代技术的批量生产特征和大众传播媒介的大众特性,现代

---

① [美]理查德·沃林:《文化批评的观念》,张国清译,商务印书馆2000年版,第132页。
② [德]霍克海默、[德]阿多诺:《启蒙辩证法》,洪佩郁、蔺月峰译,重庆出版社1990年版,第118页。

艺术品开始失去个性,从形式到内容都越来越趋于相同,成为可以批量生产的大众化商品,艺术成了无个性的模仿和标准化的批量复制。艺术品的唯一性、独特性、不可替代性特征被标准化、数量化、同质化、齐一化所取代。几乎所有的法兰克福学派的理论家都敏锐地看到了大众文化的商品化特征和消费化取向以及艺术向商品性的屈从。他们认为由于出现大量齐一化的廉价产品,再加上普遍的欺诈,今天的艺术品已经成为按照工业生产的目的(利润和效益),由工业生产控制的,可以进行买卖的一类商品。文化艺术由于进入工业生产领域,成为获取利润和经济效益的手段,也就必然服从市场机制和商品价值的规律,服从经济规则。"通过要求艺术作品要完全具有效益,也就开始宣布了文化商品已涉及了内在的经济联系。"①在这种情况下,艺术作品服从于一种外在的、可控制的目的,不再作为一个独立存在的纯粹个人的领域,艺术品的批判功能消失了。马尔库塞揭示出大众文化对痛苦意识的征服导致了理想的堕落,并指出:"这种堕落表明,先进工业社会正面临着理想被物质化的可能性。这种社会的能力正进一步降低那个使人的状况得以表现、理想化和控诉的崇高领域。高级文化成了物质文化的一部分。在这个转变中,它丧失了它的大部分真理性。"②在这个世界中,文化不再表现理想、追求崇高、反抗现实以及商品拜物教。通俗化、大众化的文化已经丧失了文化所具有的真正的本性,即丧失了艺术的创造性。哈贝马斯也表达了相似的观点:"艺术进入使用价值的总和中,只是在艺术放弃了自己的独立性这个时期。这个过程肯定是有矛盾的。这个过程既可以把艺术退化成宣传性质的大众文化,或曰商业性质的大众文化,又可以把它变成为一种破坏性的集团文化。"③法兰克福学派的理论家普遍认为,在大众文化中,普遍存在着"个性的虚假",无论在文化艺术创作中,还是在艺术欣赏中,创造的个性都不复存在。人们内心深处对美的感受和反应已经完全物化。因此,他们断言,艺术堕落为大众文化,陷于异化之境,失去自由与超越的创造性本质,远离人真正的需要而与平庸的现实趋同,其主要的原因就是资本主义的文化工业。文化工业体系正是建筑于工业国家所制造出来的先进的技术文化手段基础上的。因此,大众文化的商品化特征与现代科学技术的发展状况密切相关。艺术和现代技术发展所提供的大众传播媒介相结合,使得批量生产和普遍传播成为可能。

---

① [德]霍克海默、[德]阿多诺:《启蒙辩证法》,洪佩郁、蔺月峰译,重庆出版社1990年版,第149页。
② [美]马尔库塞:《单向度的人》,张峰、吕世平译,重庆出版社1993年版,第50页。
③ [德]哈贝马斯:《重建历史唯物主义》,郭官义译,社会科学文献出版社2000年版,第317页。

（三）大众文化的欺骗性使艺术的超越维度消解。在法兰克福学派看来，大众文化具有很大的欺骗性，大众文化促成了人们的逃避主义、遁世主义倾向。它主要迎合在机械劳动中疲劳的人们的文化需求，通过提供越来越多的承诺和越来越好的娱乐消遣来消解人们的内在的超越维度和反抗维度，使人们失去思想的深度，从而在平面化的文化模式中逃避现实，沉溺于无思想的享受与现实认同。"享乐意味着全身心的放松，头脑中什么也不思念，忘记了一切痛苦和忧伤。这种享乐是以无能为力为基础的。实际上，享乐是一种逃避，但是不像人们所主张的逃避恶劣的现实，而是逃避对现实的恶劣思想进行反抗。娱乐消遣作品所许诺的解放，是摆脱思想的解放，而不是摆脱消极东西的解放。"[①]法兰克福学派清楚地认识到，在发达工业社会里，无论是大众文化的制造者，还是大众文化的消费者，都表现出逃避现实的特征。霍克海默和阿多诺还以电影为例，说明电影这种大众文化的欺骗性。人们在欣赏电影时，往往误认为电影就是外面大街上发生的情况的继续，或者认为外面的世界是人们在电影中所看到的事情的延续。这样就造成了人们的错觉，模糊了生活和电影的区别，极大地抑制了观众的批判能力，消解了人们对现实的不满。大众文化的欺骗性不仅表现在电影，而且也体现在其他各种艺术活动中。难怪列菲伏尔将现代资本主义社会称为"控制消费的官僚社会"。这个社会不断地生产和创造新的商品，并通过新奇的广告宣传不断地刺激人们的消费欲望，影响人们的消费方式和习惯。他说："宣传不仅仅提供了一种消费和意识形态，而且更主要地创造着'我'这样一种自我实现的消费者形象，在这样的行为中消费者认识到自己并与他自己的理想相一致。"[②]列菲伏尔指出，资本主义社会的消费控制和大众文化导致了日常生活的支离破碎，也形成了这样一种自相矛盾的异化：一方面，生活比以往任何时候都舒适、自在，但同时也比过去任何时候都更糟糕、更令人苦恼。日常生活的异化产生了一种历史性的后果，即掩盖了资本主义的剥削和压迫，削弱了人们的主体性和革命性，维护了资本主义的现状。

法兰克福学派对大众文化所做的批判是西方大众文化批判理论中最为激进与严厉的一种声音。除本雅明以外，他们几乎自始至终地贯彻了彻底的激进否定立场和坚决拒斥的态度。他们坚持认为，大众文化的产生与扩张不仅湮没了

---

① ［德］霍克海默、［德］阿多诺：《启蒙辩证法》，洪佩郁、蔺月峰译，重庆出版社1990年版，第135—136页。
② Henir Lefebvre, *Everyday Life in the Modern World*, Allen Lane, The Penguin Press, 1971, p.90.

文化艺术追求崇高、反抗现实的自由超越精神，堕落为一种庸俗的、平面化的商品性文化消费，而且大众文化成为一种维护不合理社会的意识形态工具。作为一种意识形态工具，大众文化与资本主义现存社会的极权统治具有共谋的关系。法兰克福学派的上述观点对于我们把握当代资本主义社会的大众文化确实具有启迪意义。尽管他们内部存在很大的差异，如霍克海默、阿多诺视大众文化为启蒙理性为自己树立的耻辱柱，并对现代性表示了完全的、彻底的怀疑，但与他们同时代的本雅明却以一种更为浪漫的精神批判大众文化。本雅明并没有一般地否定大众文化，而是承认甚至赞扬了大众文化的积极价值和历史意义。他在批判大众文化对传统艺术中"灵韵"丧失的同时，却也承认一切艺术作品原则上都是可以复制的，艺术作品的机械复制在历史发展上具有必然性，艺术形式必然要随着技术的发展而不断发生变化。从一个特定意义上说，缺乏灵韵的平民化的大众文化与艺术的产生与发展，正是技术发展的文化结果。因此，他不认为大众文化只具有消极作用，大众文化同样可以开阔人们的视野，引起人们感知方式的变革，正因为如此，机械复制艺术能够并且应该承担起改造社会的革命功能。日后，哈贝马斯显然受到了本雅明的影响，他也不一般地否定现代性，而认为现代性的主要缺点是工具理性的膨胀和交往理论的缺失。

法兰克福学派对资本主义大众文化的批判，不仅具有历史意义，而且具有当代意义。但如果我们站在 21 世纪的理论高度，回首过去一个世纪社会与文化的发展，乃至艺术的发展，在不同国家、不同利益集团的敌对关系为各种商业关系逐渐代替的今天，把这些问题放到马克思主义在 20 世纪发展的背景下加以考察，就不难发现法兰克福学派自身的若干理论缺陷。

首先，法兰克福学派的大众文化批判理论继承了马克思主义的学说。在马克思主义那里，黑格尔的批判只是一种唯心的批判，充其量只是批判的第一步，因为在黑格尔那里个人演绎即使改变了自我理解，也无法改变真正的社会不平等现象。因此，马克思认为黑格尔哲学不利于实质性的政治变革，不是真正的批判，他结束了黑格尔哲学的非现实性，转而注重社会实践，用武器的批判代替批判的武器。马克思的批判就总体而言是对资本主义社会结构、生产关系、意识形态的批判，它是从社会的整体现实出发将批判做了进一步推进。贯穿于法兰克福学派的批判理论正好反映了他们对马克思主义的继承。但是，马克思要批判的主要对象是代表着资本家利益的社会结构和资产阶级这个阶层，而批判理论和马克思在这一点上却有着相当大的不同，他们的批判重点已经从对资本主义社会制度的批判转向了对现代社会无处不在的技术理性、日常生活现象等的批判,从批判资本家转向批判社会产品。

其次,他们准确地认识到了真正的艺术应当追求理想和崇高,应当对不合理的社会现实展开批判,这是艺术的真正精神之所在。为此,他们不遗余力地对大众文化的商品低俗化和消费主义倾向给予了坚决的、彻底的批判和否定。然而他们没有真正做到从历史的现实发展上、从艺术本身的动态变化中准确地揭示和分析文化的自身发展规律,他们在很大程度上过多地停留于对经典艺术的怀恋和伤感,表达了一种理想主义、浪漫主义的济世情怀。文化本身是要随着时代的发展而发展的,技术手段在艺术发展中的应用是历史的必然,这将为文化艺术的发展提供一种新的走向。在这个问题上,法兰克福学派的众多理论家的愤世嫉俗就显得有些不合时宜了。尤其值得注意的是,进入20世纪后期,各种大众文化已经走进人们的日常生活。无论是在发达国家,还是在发展中国家;无论人们是主动接受,还是被动接受,大众文化都是挥之不去的社会存在。人们在充分享受着大众文化所带来的前所未有的丰富产品时,又要彻底否定这些文化产品,这同样是不可能的。在谈到大众文化的组成部分——通俗文学时,托尼·贝内特就提出,在马克思主义批评内部,通俗文学一直是一个被忽视的研究领域。我们的目的并不是建立一种"马克思主义的通俗文学理论",而是要提出某种可以用马克思主义分析和占领一般所指的通俗文学的方式。这显然是对法兰克福学派理论的纠偏。

再次,法兰克福学派的大众文化批判理论,将理论的锋芒过于集中地指向文化商品化的现象形态。他们站在精英主义的立场,基本上将大众等同于被动的客体和接受者,没有看到或低估了大众本身的批判性和主体性。实际上,大众本身对大众文化的批判意识和批判精神也是不能否定的。在这方面,西方新一代的马克思主义学者似乎看得更加准确。依据斯图亚特·霍尔等人对传媒理论的研究,大众对大众文化的解码、接受本身是一个复杂、多样、异质的过程。一方面,"冲突、矛盾、甚至是误解也就经常在主导与职业意义之间及各自的符号代码之间有规律地发生",另一方面,大众又"有可能完全理解话语赋予的字面和内涵意义的曲折变化"。[1] 大众接受和欣赏大众文化,其原因并不完全取决于大众文化的经济本质和政治本质,其结果也并不一定导致大众对大众文化、对不合理的

---

[1] 罗钢、刘象愚主编:《文化研究读本》,中国社会科学出版社1999年版,第357—358页。

社会现实的完全认同，从而接受其意识形态的控制。在市场经济条件下，一种文化产品能否被消费者接受，不完全取决于意识形态的倾向，还要受市场与宏观环境变量，包括人口环境、文化环境、经济环境、政法环境、技术环境等的影响。显然，法兰克福学派对市场的研究是非常薄弱的。另外，认识到文化是一种特殊的商品固然重要，但认识消费者是如何使用文化商品以及使用方式则更为重要。在约翰·费斯克看来，大众文化是功能的。它的产品是商品，但又不是普通的商品，市场的价格不能决定商品的内在价值，文化商品除了使用价值外，还有文化价值，它单靠买卖是无法体现的。因此他认为，大众文化是由大众而不是由文化工业促成的。大众文化并不是由统治集团炮制而成的，它产生的过程是大众和统治者在文化经济领域的斗争过程，充满了权利和反抗。费斯克的观点显然是对法兰克福学派的纠正。

最后，法兰克福学派把文化简单地分为高雅和粗俗的二分标准也值得再商讨。这种简单的二分模式应该被一种更为统一的模式所取代。该模式应把文化看作是一个范畴，并用相同的批评方法去研究所有的文化产品，从歌剧到流行音乐，从现代派文学到肥皂剧。法兰克福学派对大众文化的批评认为，它不同于"真艺术"理想模式，批评、颠覆和解放特征仅局限在高雅文化的"特权"产品中，所有的大众文化都具有高度意识形态化和同一性的特征，会产生欺骗被动的大众消费者的效果，这也同样会遭到艺术发展的事实的否定。人们应该立足整个文化领域的批评和意识形态，而不应仅把批评局限在把高雅文化或把粗俗文化看成具有意识形态性。人们也应该考虑到这种可能性，即批评和颠覆特征不仅存在于文化产业的产品，而且还存在于现代派高雅文化中。在这方面，伯明翰学派的研究路径值得我们关注。他们的文化研究通过系统地摒弃高雅与粗俗文化之分，通过关注媒介等文化产品，打破了法兰克福学派研究中的某些局限，为马克思主义文化理论的当代形态增添了新的内容。

在与当代思潮的对话中发展马克思主义
——论詹姆逊的美学思想

弗雷德里克·詹姆逊(Fredric Jameson,1934—)是当今美国最有影响的马克思主义文化、文学批评家之一,他在马克思主义研究领域最大的特点是关注资本主义社会的现实问题,善于在与当代西方各种思潮的对话中,阐释马克思主义的当代意义,并努力去发展它。

一、建立现代意义的马克思主义阐释学

自从 20 世纪 80 年代以来,詹姆逊便致力于建立现代意义的马克思主义阐释学。他一方面深受卢卡奇总体性思想的影响,一方面又超越了卢卡奇的历史主义和人道主义。

詹姆逊坚持总体性,主张从社会、历史和文化辩证地考察问题。他自己的思想发展是以他在《马克思主义与形式》一书中最初阐发的、逐渐形成和发展的辩证批判意识为基础的。他认为,辩证的批判尽管只能使我们实现内部和外部在内在和外在(本质和非本质)、存在和历史之间的一种暂时综合,然而,这是我们通过对自身进行客观的历史评判所得来的综合。在《政治无意识》中,他进一步发展了上述思想。在书中,他把"叙事"看作是人类大脑的主要功能或例证。叙事变成了模式,因为正是叙事的形式而不是它的任何特殊内容创造了意义。此外,对历史的叙事也必须进行相同的分析,因为像文学一样,只能通过它的叙事形式才会接近它。詹姆逊认为,马克思主义对历史所作的优秀的叙事,是唯一伟大的集体叙事。他指出,它探求了那个不间断的叙事的踪迹。在主题中恢复和实现了这一基本历史的被压抑和掩盖着的现实。这样,政治无意识的学说就发

现了自己的功能和必要性。政治无意识作为一个中介,提供了不同层次之间、有机的和历史的自我之间进行变换的手段;由此,詹姆逊揭示了自我意识的中介作用,这就是创造意义的过程。因此,对詹姆逊来说,马克思主义从来就不是一个结束了的故事,而是一个不断延展的故事,它的生命力和未来取决于认识它自己的叙事要素的能力。

詹姆逊不仅建立了后现代主义理论,并把这一理论运用于文化研究,而且他还十分善于通过把后现代主义文艺与现代主义文艺加以比较研究,揭示它们的重要特点。他在论述后现代主义理论时,自觉地运用了辩证唯物主义的一些基本观点,并运用这些基本观点去分析具体的文艺现象,他看到了文艺与社会经济状况之间合乎逻辑的联系;同时他也绝不片面地以为经济决定一切,他看到了艺术的发展具有自身的规律,受到多方面因素的制约,这些都是十分可贵的。

詹姆逊理论的一个重要特点,一如西方其他理论家那样,十分重视马克思主义的"解释"功能与它的"描述性"及"批判性",这在《政治无意识》及其最近几年的论著中均有反映。他曾说过,写作《政治无意识》的基本主题之一就是"……论证马克思主义包容其他的解释方式或系统;或者,用方法论的术语来说,通过将它们的精神活动从根本上历史化,后者的局限总可以克服,它们的比较积极的发现也可以保持,这样不仅分析的内容,而且还有方法本身,都会随着分析者被纳入对解释的'文本'或现象的考虑之中"。[①] 詹姆逊所说的马克思主义阐释是一种广泛的人类精神现象与意识形态的阐释学,包括对文学艺术作品与文学批评作为文本的阐释。这是一种政治的,也是历史主义的阐释,其作为一种"历史化的描述",是基于把对"过去的"文本的阅读放在离不开"现时的经验"的语境之上,既适于古典,也适于处理现代主义—后现代主义的种种批评操作,以及对现代主义—后现代主义的文学作品之"不可解释性",把"非神秘化(de-mystification)"转化为"可解释的"。它认为"多元化"中的任何一种阐释的背后都有一套理论体系,或"阐释主符码""阐释关键"支持。这可以说是詹姆逊在后现代的语境中对马克思主义"当代性"所做的独特的思考与回应。他的这一思考是极有意义的:当世界已进入全面缓和、改良、渐变的时期,新的格局、新的阶级关系向马克思主义提出了许多新的现实问题,而理论上对新的问题与要求的阐释往往正

[①] Fredric Jameson, *The Political Unconscious: Narrative as a Socially Symbolic Act*, Cornell University Press, 1981, p.47.

是在实践的新困惑中提出来的。就这个意义上可以说,从生产实践、科学技术与阶级的政治的斗争实践来看,一种新形态的马克思主义阐释学、一种"非实践性"的马克思主义,是其自身的世界历史命运,是历史带来的,是马克思主义在 20 世纪后期的由"冷战—对抗"转向"理解—对话"的世界中的新形态的表现。自 20 世纪 80 年代以来,詹姆逊在对后现代主义文化与晚期资本主义历史状况的分析中,把后现代主义既作为一种风格、更作为资本主义第三发展阶段的"文化逻辑"。这种逻辑对于历史就是总体性的反映关系。但他指出,后现代主义不仅是 19 世纪末社会生活物化的反映,作为对物化的一种反抗,也是一种对日常生活增强和乌托邦之补偿的象征行为。从反映论这个出发点出发必然导致经济基础与上层建筑的关系。詹姆逊认为马克思的《〈政治经济学批判〉序言》中关于上层建筑与经济基础关系的著名论述,再加上剩余价值理论,便是马克思主义的全部综合。

二、在与西方当代思潮的对话中建构自己的理论体系

20 世纪 70 年代初,美国的思想界和学术界对俄国形式主义和法国结构主义还比较陌生,有关论著的英译本也不多见。1972 年,詹姆逊出版了《语言的牢笼:对结构主义和俄国形式主义的批评》一书,该书以一定的意识形态为框架,在思辨的层次上对结构主义的整个理论体系进行了观照,说明索绪尔的语言学提出的共时方法和时间与历史现实之间可能发生的各种关系,并以这一理论作为一种模式和比喻,对文学批评、人类学并最终对哲学本身所产生的解放思想的重大意义做了评价。詹姆逊认为,以一定的意识形态为理由把当时在欧洲流行的结构主义"拒之门外"就等于拒绝把当今语言学中的新发现结合到我们的哲学体系中,这显然是不明智的。因此他采取了对话的方式,"钻"到这些思潮的内部,对其进行深入透彻的研究,当从另一头"钻"出来的时候,便得出了一种全然不同的、在理论上较为令人满意的哲学观点,即在与西方当代思潮的对话中建构自己的理论体系。他的这一思路在当时是十分"超前"的。

20 世纪初,欧洲语言学和文学研究几乎同时经历了一场反传统的思潮。在语言学中是以索绪尔为代表的强调即时和整体的共时语言学对以新语法学派为代表的强调历时和个别的历史语言学的较量;在文学研究中则是以俄国形式主义为代表的"科学主义""客观主义"对俄国革命民主主义作家以及历史主义和象

征主义的批评。詹姆逊认为,这两股思潮的共同特点是,分离内在的东西,使自己特有的研究对象跟其他领域的研究对象彻底分家。这样,语言学应该研究语言系统,文学研究则应以"文学性"为研究对象。陌生化可以说是俄国形式主义理论的核心。詹姆逊首先指出:"'陌生化'作为一个纯形式概念具有三个明显的长处",它"起到了把文学(即纯文学系统)与任何其他的语言使用形式区别开来的作用,因此,它首先是使文学理论得以建立起来的先决条件。""但同时它也使文学作品内部得以建立起一种等级。由于艺术作品的最终目的现在已经事先确定,即更新感知,突然间以一种新的眼光、一种新的未曾有过的方式去观察世界,所以作品的各个成分及技法或手法现在都以此为目的分成等级。""最后,陌生化这个概念在理论上还有三个长处,即它揭示了一种新的文学史观:这并不是唯心主义历史观所持有的那种根深蒂固的传统无限延续的观念,而是将历史视为一系列的突变,即与过去的一系列断裂,其中每一种新的文学现实都被看成是与上一代占主导地位的艺术准则的决裂。"[①]由此,从陌生化这个基本概念产生出一套完整的文学理论,这种理论的建立首先是通过离析出纯文学系统本身,其次是通过建立起存在于这个共时系统中的各种关系的一种模式,最后是通过在对一种共时状态转变到另一种共时状态所发生的那种变化的分析中所表现出的向历时的返归。詹姆逊在肯定陌生化的某些长处的同时,又批评了它在方法论上的某些致命的缺陷。他认为,只有"业已存在的东西——实物、惯例、一定的单位——才能陌生化",那么,什么是俄国形式主义者认为"业已存在"并已为大家所熟悉的东西呢?答案当然是文学的形式和内容两个方面。但因为俄国形式主义者不仅一贯排斥内容,而且总是将一切内容视为形式的投射,所以,在他们的论著中从来就说不清陌生化的到底是内容还是形式。他以什克洛夫斯基的有关论述为例指出:

> 我们已经把这种内容中的陌生化向形式中的陌生化的滑动称为什克洛夫斯基理论中的一种模糊,但我们不清楚这种模糊究竟是由于疏忽引起的还是有意造成的。毫无疑问,《散文理论》中一句关键的话语使这个问题比以往任何时候都更令人困惑不解:"艺术是重新体验创造事物的一种手段,而已经创造出来的事物对艺术却并不重要。"我们是

[①] [美]詹姆逊:《语言的牢笼》,钱佼汝译,百花洲文艺出版社1995年版,第42—43页。

否应该认为,一切形式的艺术之所以存在仅仅是为了"暴露自己的技法",为了让我们看到艺术是怎样创造的,以及事物是怎样向艺术转变、怎样成为艺术的?①

詹姆逊还通过对但丁《天堂》的分析,来说明这种形式主义理论的缺陷。在《语言的牢笼》中,詹姆逊用大量的篇幅论述了源于法国的结构主义。詹姆逊指出了俄国形式主义和法国结构主义虽然都源于索绪尔的语言学,但它们的研究对象和研究方法却不尽相同。詹姆逊在书中从宏观和微观两个方面,对结构主义在人文学科中的应用与产生的不同理解做了分析。宏观上,他把结构主义理论放在上层建筑和基础结构对立统一这一马克思主义的思想框架中加以审视,认为结构主义研究的是"上层建筑",是"意识形态",但不能也不可能脱离对基础结构的研究;在微观上,詹姆逊"按照符号本身的内部结构……区分3种不同的研究:主要针对能指的组织的研究、以所指为对象的研究,最后还有试图单独提出指意活动本身,开始在能指与所指之间建立初步关系的研究"。②

詹姆逊首先强调能指与所指是不可分割的,他批评了把两者割裂开来的做法。因为"我们最终不可能用任何在方法上或概念方面有意义的办法使所指脱离能指"。他指出了这种思想方法的严重后果:"以结构主义不承认有自在之物,仅承认按不同的结构组织起来的语言表述为理由就认为这个问题根本不值一提是不够的,因为这种看法只是把问题从康德那里转移到了他在德国客观唯心主义方面的继承人身上,而并没有解决它。不管怎样,实际上所有的结构主义者,包括列维—斯特劳斯及其对于自然的认识、巴特及其对社会和思想问题的关心、阿尔都塞及其历史意识,都承认在符号系统本身之外本有一种最基本的存在,这种存在不管它是否可被认识,起着符号系统的最后参照物的作用。"③詹姆逊指出结构主义坚持类似于胡塞尔的现象学中存而不论的"悬置"方法,拒绝指涉物的介入。他认为这不是我们从外部对结构主义所做的一个评价,而是它自身的一个矛盾,因为它的有关符号的概念不允许我们对它外面的现实世界进行任何研究。这种现象在文学理论中的反映便是一味地排斥内容或混淆内容与形式的界限。结构主义的独有的错误恰恰就在于它把自我或者主体当作实体。只有这

---

① [美]詹姆逊:《语言的牢笼》,钱佼汝译,百花洲文艺出版社1995年版,第66页。
② [美]詹姆逊:《语言的牢笼》,钱佼汝译,百花洲文艺出版社1995年版,第85页。
③ [美]詹姆逊:《语言的牢笼》,钱佼汝译,百花洲文艺出版社1995年版,第90页。

样,它才能避免将外部内容引入纯粹的表示关系的系统中,才能避免进行解释,最终使结构主义的形式又转变为一种新的内容。詹姆逊指出,形式批评将作品的形成看作是自己最根本的内容,而结构主义者又把一部分作品内容视为语言本身。

在对结构主义做了宏观和微观分析之后,詹姆逊又从认识论的宏观高度讨论了语言模式这个根本问题,他指出:

> 一种哲学如果自身不包括有关其自身特点的理论,如果不在意识到它所涉及的对象的同时也给某种起码的自我意识留有余地,如果在认识它应当认识的事物的同时不对认识自己作出某种基本解释,那么它必定落到画了自己的眼睛还不知道的下场,我相信这一点是不言自明的。①

詹姆逊倾向于把结构主义的语言模式看作是一个"在结构上无法产生自我意识理论的体系"②,用语言系统来说明现实,用新的语言学术语来重新表述哲学问题,这一选择必然是一个专断的决定,必然使语言本身成为一种享有特殊地位的阐释方法,如此我们应当冲破语言的牢笼,并寄希望于一种新的、真正能将形式与内容、符号和指意结合起来的阐释学和语符学。

三、与后现代主义文化的对话

詹姆逊对马克思主义理论的重要贡献之一是他对晚期资本主义社会的研究,并且试图在与晚期资本主义的各种思潮的交流与对话中发展马克思主义。他曾认真研读曼德尔的《晚期资本主义》。曼德尔认为资本主义的发展可分为3个主要阶段,而每个阶段都是对前一个阶段的辩证开拓。第一个阶段是市场资本主义;第二个阶段是帝国主义下的垄断资本主义;第三个阶段即后工业阶段。这三个阶段的经济与政治特征完全不同,它们在文学与文化风格上也对应着经历了三个阶段,即现实主义、现代主义和后现代主义,这种文学、文化上的"三分

---

① [美]詹姆逊:《语言的牢笼》,钱佼汝译,百花洲文艺出版社1995年版,第174页。
② [美]詹姆逊:《语言的牢笼》,钱佼汝译,百花洲文艺出版社1995年版,第174页。

法"显然是受了曼德尔的影响。曼德尔对资本主义三阶段的划分的依据不是整体的质变,而是局部质变。因此詹姆逊认为,封建社会向资本主义的转变比资本主义本身三个阶段的转变要深刻得多。然而他又指出,在马克思主义内部与外部,就当前社会是否有"质的变化"这一观点还有激烈的争论,特别是对资本主义的第三个阶段,不同的社会学家虽在时间的划分上大致一致,即以第二次世界大战为界,但在叙述其阶段特征时却各有侧重。社会学家的争议并不影响詹姆逊对资本主义三个阶段文学、文化问题的讨论。詹姆逊关注三个阶段的文化对应可分为创作与批评两大领域。如现实主义阶段,在创作上提到的是巴尔扎克、斯汤达、德莱塞等,在美学、理论与批评上主要就是卢卡奇;在现代主义阶段,创作上提到的是马拉美、T. S. 艾略特、普鲁斯特、乔伊斯、毕加索、蒙克等,相应的理论思潮主要是弗洛伊德主义、存在主义、结构主义、神话原型批评;在后现代主义阶段,在创作上以文学方面的品钦、昆德拉为代表,绘画上以劳生柏等为代表,还有音乐、建筑方面的代表,理论上主要是解构主义、新实用主义、新历史主义、女权主义等思潮。

詹姆逊在当代"西方马克思主义"理论家中占有重要的一席,其中一个重要因素便是他提出了"后现代主义"这个概念。这个概念的提出是以他对资本主义的不同发展阶段以及不同阶段的资产阶级文化的总体看法为基础的。他说:

> 要谈后现代主义,首先要同意作以下的假设,认为在50年代末到60年代初期之间,我们的文化发生了某种彻底的改变、剧变。这突如其来的冲击,使我们必须跟过去的文化彻底"决裂"。而顾名思义,后现代主义之产生,正是建基于近百年以来的现代(主义)运动之上;换句话说,后现代主义文化的"决裂性"也正是源自现代主义文化和运动的消退及破产。不论从美学观点或从意识形态角度来看,后现代主义表现了我们跟现代主义文明彻底决裂的结果。①

与以往的马克思主义者不同,詹姆逊更为关注资本主义发展过程中的"变异",他指出:"……既然社会及科技的发展会从一个时期演化到另一个时期,则社会文

---

① [美]詹姆逊:《晚期资本主义的文化逻辑》,陈清侨等译,生活·读书·新知三联书店1997年版,第421页。

化跟机器的关系以及它对机器的再现的方式形式,自然也会因时移世易而辩证地转变。"①这可以认为是他对马克思主义的基本立场与态度,也就是说他的马克思主义立场、观点充满着发展与变化的辩证思想。他还认为在第三世界,如南美洲,三个阶段的文化同时并存并交叉在一起,在那里,文化具有不同的发展层面。很显然,他沿用了法兰克福学派"文化工业"的术语,这多少也可以看出他的理论的继承关系。

作为"西方马克思主义"的后来人,詹姆逊继承和发展了卢卡奇《历史与阶级意识》中提出的"总体性"原则、"物化"理论等。他认为卢卡奇所提出的只有通过总体性才能发现最终真理,也就意味着谬误或坏的意识形态就是因为没有总体性原则而出现的,是部分、局部的真理。卢卡奇认为只有工业无产者才能理解并且运用总体性原则来思维,而其他的阶级则或多或少地受其阶级地位的局限,阻碍了他们用总体性原则来思维。但无产阶级这种总体性认识方法是从哪儿来的呢?卢卡奇说是一种"输入意识",是一部分知识分子推论出无产阶级在这样一个阶级地位里应该有什么意识,然后再将其输入到无产阶级中去。在论到资产阶级不可能运用总体性原则,资本主义的阶级意识都带有意识形态性时,卢卡奇认为资产阶级意识形态是一种"局部意识",詹姆逊则把这种现象称之为"限定的策略",即并不是说资产阶级的意识是错误的,而是说其必然有结构性不完整。这样,他从卢卡奇的理论中又找到了一种新的意识形态观,并不是说错误的或歪曲事实的观点就是意识形态,而是说意识形态没有从总体角度来认识,不是总体意识。

在《历史与阶级意识》中,卢卡奇用"物化"来指意识形态,使"物化"具有了特定的含义。詹姆逊认为卢卡奇的"物化"理论也可以用"限定的策略"来解释,意即不可能认识整体,詹姆逊认为卢卡奇的"物化"理论也影响了他的文艺观。他认为西方现代艺术是"物化"的产物,现代主义艺术不再反映社会关系,把一切事物都变成很奇怪的富于魔力的现象;而现实主义却表现社会关系。卢卡奇认为现代主义艺术把叙事变成描述,故事开始消失,而个人疯狂经验开始出现,而现实主义要反映种种关系;前者要描述而后者才是叙事,现实主义就是力求通过小说来描绘社会总体。在文学中,卢卡奇认为能够把握总体性原则的作家写作的

---

① [美]詹姆逊:《晚期资本主义的文化逻辑》,陈清侨等译,生活·读书·新知三联书店1997年版,第485页。

是叙事形式的作品,而如果一位作家不能从总体性的角度来讲故事,那他的作品就是描述性的,是关于现象和对象的文学。

詹姆逊把卢卡奇的上述观点引入文化领域,并用以分析资本主义的3个阶段不同的文化审美特征,他指出:

> 德国的古典美学家康德、席勒、黑格尔都认为心灵中美学这一部分以及审美经验是拒绝商品化的;康德将人类活动分为三类:实际的、认识论的和美学的;对康德以及其后很多美学家甚至象征主义诗人来说,美、艺术的最大长处就在于其不属于任何商业(实际的)和科学(认识论的)领域,这里的科学知识是从不好的角度来理解的。美是一个纯粹的、没有任何商品形式的领域。而这一切在后现代主义中都结束了。在后现代主义中,由于广告、由于形象文化、无意识以及美学领域完全渗透了资本和资本的逻辑,商品化的形式在文化、艺术、无意识等等的领域是无处不在的,正是在这一意义上我们处在一个新的历史阶段,而且文化也就有了不同的含义[①]。

他后来反复说明,现代主义高峰时期所产生的文化毕竟和后现代主义时期的文化大不相同。"譬如说,拿凡高笔下的鞋跟华荷笔下的鞋(《钻石灰尘鞋》)放在一起,我们毕竟就看到了两个截然不同的世界。"[②]他总结出了后现代主义文化的几个主要特征,即"零散化""破碎化""平面化""深度模式的消失"等,最终导致的是"情感的消失"。詹姆逊将凡高(即上述引文中的"凡高",现在通行的译法是"梵高")和华荷的绘画加以比较后指出,凡高把人间那荒凉贫瘠的种种用乌托邦般的颜料填得异常充实饱满。相反,华荷笔下的商品世界,早已让五花八门、似实还虚的广告形象所降格、污染。在人间世上的表层领域里,本来充满了这些色彩缤纷的事物,华荷一来,便把外表的灿烂撕破,揭露出背后那死灰一般,以黑白交织而成的底层……"在华荷的创作里,它显然牵动着客观世界中一些更基本的变化——至今,社会的客体已经被演绎为一组一组扬弃了内容意义的文本或者'摹拟体'——显然,死亡不再触及内容,却牵动了后现代社会文化中主体倾向、

---

① [美]詹姆逊:《后现代主义与文化理论》,李小兵译,陕西师范大学出版社1987年版,第129页。
② [美]詹姆逊:《晚期资本主义的文化逻辑》,陈清侨等译,生活·读书·新知三联书店1997年版,第439—440页。

主体意识的网络,引起了一些更加基本的变化。"①对华荷的作品,詹姆逊还给以马克思主义的阐释,由于画面只是几只实物女鞋,它被赋予两种"恋物癖"(fetishism)的意义。一种是弗洛伊德的"恋物癖";另一种便是马克思所说的"商品拜物教"。由于华荷突出了后期资本主义的商品崇拜,因此这幅画成了批判性的政治声明。

詹姆逊以现代派画家蒙克的《呐喊》为例,指出在这幅作品中深刻反映出疏离、沉沦、寂寞、孤独以及社会的解体,它是当年所谓"焦虑的岁月"的典型,标志着现代人的时代情绪,这种现代情绪的披露不但是现代生活焦虑感的"具体表现",甚至称得上是现代主义"表现美学"本身的一种解构。作品抓住了主人公感情外泄的一刹那,内在的苦痛便得以投放出来(画中人物双手捂着耳朵),形成一种姿态、一声呼喊。这时内心的感受透过戏剧性的外在形式传达出来,最后使主观的情绪得到净化。而在华荷的《钻石灰尘鞋》里,我们却感受到了被一种奇异的兴奋所笼罩,被一种装饰堆砌的情态所影响,让人在观赏时隐约像获得了一点什么补偿似的。詹姆逊指出,后现代主义作品的这些特征旨在说明其"情感的消失"和"深度模式的消失"。

在分析后现代主义艺术特征时,詹姆逊还引用了格雷马斯和拉康的理论。在拉康看来,"意义链"是指互相关联的能指句型排列系列,构成一句话或一个意义。也就是说,意义产生于从能指到能指之间的运动。当这种关系崩溃时,也就是意义崩溃时,人们就进入"精神分裂",其形式是一堆清晰但毫无关联的能指组成的碎石。精神分裂症状即把潜意识中的病症通过身体语言(body language)来传达意义的线索。詹姆逊论及的精神分裂症是同"语言失灵"相关联之"后现代主义写作"的表现。詹姆逊认为这种情形如果不能将句子的"前面""中间"与"后面"连接起来,形成意义链,那么个体的人生经历与精神生活也就失去了与"现在"连接着的历史的过去与未来,就下降为"纯粹"的、物质的能指的体验,或时间中一连串"纯粹"的、互不相联的现时的体验,这就是"精神分裂"的写作。精神分裂写作的问题其实并非后现代主义所特有。詹姆逊认为,早在19世纪浪漫主义便已推崇某种形式的精神失常。不过,当代的精神分裂反映的是一种"对社会的彻底拒绝抵抗,或者是彻底的不接受"。他认为后现代主义的精神分裂患者

---

① [美]詹姆逊:《晚期资本主义的文化逻辑》,陈清侨等译,生活·读书·新知三联书店1997年版,第441页。

不同于荷尔德林、梵高、斯特林堡等人,他们不是真正医学病理学上的精神病,而是文化、哲学与美学意义上的"疯子"。

"深度模式"是詹姆逊用以同现代主义比较之下进一步说明后现代主义的"意义链"之崩溃的文本。在詹姆逊看来,"深度模式"有两种:一种是就时间而言,另一种是就空间而言;前者指文学作品的"历史深度",后者指视觉艺术的"空间深度"。他故意把"深度"用得含含糊糊、模棱两可。而且"深度模式"也仅限于现代主义,当然,是仅就其与后现代主义的直接参照而言的。他曾以乔伊斯的《尤利西斯》作为现代主义的代表,以品钦的《万有引力之虹》为后现代主义的代表,将两者进行"深度模式"的比较。他指出,《尤利西斯》强调本身作为一本"绝对"的作品,即所有的一切都包括在里面,任何读者都没有必要再去读任何其他的书。对于这样一部作品必须无穷无尽地解释下去,深入进去,永无止境。而《万有引力之虹》虽然也有很广阔的画面,甚至也带有像前者一样的"百科全书"的特点,但却没有什么可解释的。"这里没有必要去寻找什么意义,因为品钦已将他要表达的全部意义都明确地写进去了。"值得注意的是,"深度模式"消除与"意义链"崩溃的关系问题,"全部意义都明确地写进去了",应该是通过"意义链"崩溃的方式"写进去的",并且这种"意义"是"不可以解释,不需要解释"的,而仅仅"应该去体验"。① 这也就是说,"深度消失"就是放弃了各种各样的阐释学,视觉深度与阐释系统逐渐消失。

无论从文本还是从接受主体来看,深度模式不仅限于与思想关联的"意义",也涉及情感。因此,"深度模式"的消失也就是"情感的消失"。詹姆逊以凡·高的《农鞋》为例指出,对这幅画可以有两种不同的接受阐释,一种是历史社会的,即把画理解为关于农民悲剧、乡间赤贫的整个客体世界,关于农民苦累不堪的整个不完善的人类世界的写照。但单有这样的解释显然是不够的,因为凡·高的其他作品,更有代表性的是他的色彩斑斓的自然景物。詹姆逊认为,把一种无生气的农民的客体世界主观地转变为最灿烂的、纯油画的形式,是一种乌托邦的姿态。他抓住了海德格尔阐释模式的核心——艺术作品产生于"世界与大地"冲突所产生的"透亮"之中,并对这种极端的"深度模式"进行了有意义的"重写",即把"世界"理解为"人的肉体与自然的无意义的质料性",把"大地"理解为"历史和社会",而两者之间的"透亮"便是"意义"。这样他就完成了海德格尔阐释模式的历

---

① [美]詹姆逊:《后现代主义与文化理论》,李小兵译,陕西师范大学出版社 1987 年版,第 182 页。

史化改造。

从"深度模式"的消失到主体的消失,这是詹姆逊为现代主义向后现代主义转型所描写的发展轨迹,詹姆逊把这种转型归之为"主体的异化被主体的分裂替代"。这种描述是否十分准确自然还可进一步探讨,但它说明后现代主义在创作与文化的主体性上较之现代主义,"深度模式"被平面化了,无论是主体的思想、观念、情感都用"消失"两字来表征。"原本"的消失意味着作者——创作主体的消失。如果从辩证的角度看,这本身可以说又代表着另一种根本不同的"深度模式"。

总之,詹姆逊试图以历史辩证法为准绳,把马克思主义美学、文论与精神分析学、符号学、解释学等当代西方诸种思潮与流派中的某些观点"融合"起来,强调文艺与社会生活、历史时代条件的联系,他对各家学说所持的态度,一般也是在指出其不足和局限的同时,又对其有价值的部分做出具体的分析与肯定,他的最终目的是要将这些理论可取之处予以"除幻",并糅合于自己的理论框架之中,用以丰富他所说的"能够涵盖所有批评方法的不能超越的视野"的马克思主义的阐释体系。他的这些努力对推进马克思主义美学与文论的当代建设确实具有积极意义。但他的理论与其他国外马克思主义学者一样,同时具有明显的错误与矛盾。如他一方面表示不喜欢"西方马克思主义"这个称号,宣称自己是"新马克思主义"者,同时在自然与历史、辩证唯物主义与历史唯物主义的关系问题上,又声称自己是属于"西方马克思主义"的。① 他重复着卢卡奇早年的错误,即认为"在自然、存在与人类历史中并没有相同的规律"。这里就涉及对辩证法是否是自然与人类历史的共同规律的认识问题。他声称"历史唯物主义则是关于历史的,和形而上学、存在、自然等没有关系,辩证法只是在历史发展中起作用,在自然界中则不能说有辩证法"。② 这显然是犯了与其他"西方马克思主义"者相同的错误。他否定自然辩证法,必然导致否认人类同样要受自然规律支配,进而否定社会总体性规律是不以主体的认识与意志为转移的"外部规律",而走上主体"自律论",即人的本质不是由人以外的社会关系的总和所决定,而是由"人自身"的理性、欲望、心理的和情感的东西,即詹姆逊所说的力必多的东西所规定,这显然是片面的。

---

① [美]詹姆逊:《后现代主义与文化理论》,李小兵译,陕西师范大学出版社 1987 年版,第 81、93—94 页。
② [美]詹姆逊:《后现代主义与文化理论》,李小兵译,陕西师范大学出版社 1987 年版,第 81、93—94 页。

詹姆逊并不谋求同西方当代的某种思潮"合流",但又与之存在着一种不可或缺的共生式关系。他的理论兴趣有一个向结构主义、形式主义方面的转移,但这种转移又不是顺应,相反表现在他对形式主义之非社会、非历史化的不知疲倦的颠覆。也正因为如此,才使他成为研究晚期资本主义时期的马克思主义的一位举足轻重的代表人物。从某种意义上也可以说,或许正因为他的理论顺应西方变动不定的思想潮流太快,甚至还来不及清理,因此失误与矛盾在所难免。

"改造空间":跨文化交流的新视阈

跨文化交流是当今文化研究中重要的内容。随着经济全球化进程的加速,跨国、跨文化的交往活动日益频繁,不同文化背景人员的跨国往来与日俱增,跨文化交流变得日益重要。与此同时,人们对文化差异的关注和认识也在不断深入,这是文化研究的一大进步。不过从文化研究的视阈看,人们面对任何一种异质文化,在进行跨文化沟通时,根据彼此对对方文化的了解程度,难免出现陌生,这又是十分自然的现象。

哥本哈根大学丹尼斯·金普尔(Denise Gimpel)在《改变如何发生？——一种不同的文化研究方法的建议》一文中列举的一个有趣的事例颇能说明这种现象:"我们只需考虑我们谈论西方民主或人权时的方式,便可发现即便在我们所认为的这些概念的发源地,人们对这些概念的理解也并不一致。比如说,丹麦人与美国人对于民主和自由社会的理解也常常不同。如在奥巴马政府推行医改法期间,人们开始怀疑是否所有的国家都有着一样的基本信仰。"同一个文本,为何会有如此截然不同的理解？其中原因也许很多,但文化差异与文化迁移是其中的重要原因。

文化差异没有改变沟通的普遍性质,但是,文化因素的介入却增加了沟通的复杂性和困难程度。从人类学家卡尔维罗·奥伯格(Kalvero Oberg)使"文化冲击"(cultural shock)一词大众化开始,文化差异一直是人们关注的重点。这种关注是从两个不同的层面展开的:一方面是对不同国家、民族、文化体系间的文化比较,比如东西方文化差异、中日文化差异、日美文化差异等;另一方面,为了有效地进行上述文化比较和分析,学者们从千差万别的文化中提取比较重要的维度。文化迁移是指人们下意识地用本民族的文化标准和价值观念来指导自己的言行和思想,并以此作为标准来评判他人的言行和思想。实际上,任何一种文化都有其自身的独特价值,这种价值是与其特殊环境相匹配的,一种文化现象的产生、存在和发展是与人们生活的具体历史条件相联系的。成功的跨文化沟通要求我们必须培养移情的能力。即在传递信息前,先把自己置身于接受者的立场上;接受信息时,先体认发送者的价值观、态度和经历、参照点、成长和背景。设身处地体会别人的处境和遭遇,从而产生感情上共鸣的能力。

克服跨文化交流过程中出现的各种文化差异与文化迁移现象,一直是文化研究的重要课题。丹尼斯提出的"改造空间",为我们克服跨文化交流过程中出现的各种文化差异与文化迁移现象,提供了一种新的理论视阈。

丹尼斯不满足于多琳·玛赛的"空间"概念,因为这种"空间"概念只是一个静态的物理概念,而丹尼斯在文中使用的"空间"是在多样性框架内关系的协商,不是一个物理概念,而是一个过程,是观念、事物和人在遭遇异质文化时的流动性过程。这个空间不同于霍米巴巴的"第三空间"或者"杂糅"(其中充满绝望、暴力和痛苦的自我身份追寻)。在流动性的空间里,不是文化的替代或同化,而是完善和改进各自的传统,给异质文化的人提供新视角、新观点;在这个空间里,不是征服与统治,而是接触与交融,进行对话,超越边界,这是一个连续一致、综合包容、永不封闭的空间。

多琳·玛赛在她的《地方的全球化意识》一文中,曾描述了这样的例子:在美国,每一个老城里,底层居民在起居室里吃英国工人阶级风格的鱼和中餐馆外卖,在日本产电视机上看美国电影。夜黑不敢出门。在她于1994年出版的《空间、地方和性别》一书中解析时空压缩哲学意义的时候指出,根据爱因斯坦的相对论,空间和时间并不是两种互不相干的存在,而是难分难解紧密联系在一起的。空间的界定故此不复是绝对的,而是相对得以界定。一个显见的事实是,空间的出现至少需要两个点。进而视之,时间亦是由点运动而构成。不同的点同时构成了空间和时间,它意味着时间不复是在静止的空间中流淌,反之两者相辅相成,彼此为对方所建构。它们都是在客体的相互关系中形成。这样来看社会空间,便也是由共时态的社会关系所组成。它是一种社会建构,是动态而非静态的,随着社会关系的变化而变化,而权力和符号就是它的两个标识。

丹尼斯显然受多琳·玛赛"空间"概念的启迪,同时又发展和完善了这个概念:在多琳·玛赛"空间"概念的基础上,提出了"改造空间"的概念:这是"一种更有效的方法,可以解决变迁和文化现象迁移这些问题,而不是单纯依靠正确或错误的传播或解释、力量与进步、'我们'与'他们'的论述。我曾尝试创造一种反思这些问题的方式。在我看来,这些方式能够用来理解、阐释或描述全球性或本土性文化主体之间,以及世界观不同的个人与机构之间的互动交流。这里值得说明的一点是,对世界感知的不同不仅仅局限于地理文化不同的人们或机构之间,这一差异也存在于同一个地理文化区域内。"[1]丹尼斯这一"改造空间"的概念的方法建立在空间概念和改造空间的基础之上,这种方法将改造空间视为一种想象过程的方法,它引发并决定改变与外来思想的不同合理性。这种尝试其实就是跨文化交流过程中,各种具有创造力的思想相互摩擦、碰撞的文化互动,它能够发掘出文化交流双方无尽的潜力。正如他所引用的萧伯纳的话,"如果你我各有一个苹果,我们相互交换,那我们仍旧是各只拥有一个苹果。但是如果我们各有一个想法,交换之后,我们每人就有两个想法。"[2]在他看来,"我们至少各有两个想法,也许更多,因为这些想法会起作用并与组成我们思想的其他概念相互反应"[3]。这样的研究视阈既超越了多琳·玛赛的"空间"概念,也超越了霍米·巴巴等人的"第三空间"概念,因为先前有关"空间"的研究都没有揭示历史研究的基本问题:不同地理文化区域的人们、思想以及体系为何且是如何互动、引发变化、更新或改革的这些本质问题。"改造空间"的概念强调的是创造力,"这个空间并不是研究者的梦想或灵感之地,也不是政治议程规划出来的一个'更好'的世界。这个空间不是一个'他者'——非西方人、非现代'他者'——可以进入或应该进入的空间。它不从'历史队列'的角度去看待变化与交流"[4]。

丹尼斯在文中用相当篇幅分析、论述了陈衡哲的思想历程,也颇耐人寻味。陈衡哲出生于江苏武进县城一个书香家庭,自幼受到中国传统文化的熏陶。1914年,清华大学在上海招收留美学生,她由此考入美国瓦沙女子大学,以后又在芝加哥大学攻读西洋史、西洋文学,对西方的科学和文化、民主和自由可谓有切身的感受和体验。1920年,北大校长蔡元培致电陈衡哲,聘请她为历史系教

---

[1] C. T. Hsia, "Yen Fu and Liang Ch'ich'ao as Advocates of New Fiction", in *Chinese Approaches to Literature*, ed. by Adele Austin Rickett, 1978, pp. 221 – 257.
[2] C. T. Hsia, "Yen Fu and Liang Ch'ich'ao as Advocates of New Fiction", in *Chinese Approaches to Literature*, ed. by Adele Austin Rickett, 1978, pp. 221 – 257.
[3] C. T. Hsia, "Yen Fu and Liang Ch'ich'ao as Advocates of New Fiction", in *Chinese Approaches to Literature*, ed. by Adele Austin Rickett, 1978, pp. 221 – 257.
[4] C. T. Hsia, "Yen Fu and Liang Ch'ich'ao as Advocates of New Fiction", in *Chinese Approaches to Literature*, ed. by Adele Austin Rickett, 1978, pp. 221 – 257.

授,她由此成为北京大学第一位女教授,后来还任教于国立东南大学和国立四川大学,专教西洋史。她的文学创作涵盖新诗、旧体诗、散文和小说等诸多领域。1935年,她的丈夫任鸿隽就任四川大学校长,陈衡哲随夫入川。她深感四川文化落后,1936年3月、4月和6月,在胡适主编的《独立评论》上发表了三封"公信",即总称《川行琐记》的文章,引起轩然大波。在《川行琐记》中,陈衡哲秉笔直书,批评川人的保守和落后,她称四川有"二云"——天上的乌云和人间的鸦片烟云;四川的"有些女学生也绝对不以做妾为耻";四川的鸡蛋缺乏蛋味,水果缺乏甜味,兰花缺乏香味诸如此类。她还给川人开了五副"药":掘除鸦片烟苗的铲子、销毁烟具的大洪炉、太阳灯、鱼肝油、真牌社会工作人员。文章出炉后不久,陈衡哲遭到社会的围攻,被骂为"学了点洋皮毛的女人""摆洋架子和臭架子的阔太太""卖弄华贵的知识分子"和"文化领域中的汉奸"。有的作者攻得兴起,竟然攻击陈衡哲的私生活,说她心里爱的原本是胡适,因为江冬秀河东狮吼,不容许卧榻之侧有别的女人鼾睡,胡适惧内,不敢离婚,她想做白话文祖师爷的夫人亦不可得,没奈何才下嫁给川人任鸿隽,她挑剔四川的劣病,实际上是歇斯底里的泄愤,是恨乌及屋……正如丹尼斯所总结:"她和成千上万的中国人一样,渴望能够'拯救中国'。但是她的生活并未因为她自己想象的成功而达到顶峰。"[1]"陈衡哲与像她一样的知识分子将他们在特定地点与特定时间接触到的特定思想、话语、观念与其个人生活与民族未来融为一体。关注他们的融合方式有助于我们更加深刻精细地理解民国时期中国的改变创造机制。这种相互交错的叙述与状况组成了个人、网络或团体生活的动态转换空间。认识到这一点我们便会明白随时随地发生的改变机制远比我们所相信的一般历史要复杂得多,这种复杂性对于我们重新书写和重新思考过去与现在许许多多的变革故事可谓是一种挑战。"[2]陈衡哲学贯中西,兼通文史,当年胡适力推白话文,阻碍重重,连在美国求学的同侪都反斥胡适时,唯独陈衡哲支持胡适。陈衡哲写成白话小说《一日》的时候,鲁迅的《狂人日记》还未问世。但对于中国学术界而言,陈衡哲差不多已经消失在历史的尘埃中,如今有人提起陈衡哲,多因胡适的缘故。有胡适研究者推测,当年在纽约期间,陈衡哲和胡适之间的关系很微妙……一个女才子为何被国

---

[1] C. T. Hsia, "Yen Fu and Liang Ch'ich'ao as Advocates of New Fiction", in *Chinese Approaches to Literature*, ed. by Adele Austin Rickett, 1978, pp. 221-257.

[2] C. T. Hsia, "Yen Fu and Liang Ch'ich'ao as Advocates of New Fiction", in *Chinese Approaches to Literature*, ed. by Adele Austin Rickett, 1978, pp. 221-257.

人迅速遗忘？个中原因固然复杂，丹尼斯在文中也没有给出明确答案，但在我们看来，主要还是因为她深受西方文化的影响，她与中国近代的严复、梁启超等人一样，缺少"改造空间"的意识，最终并未正确地吸收西方文化，又丢失了中国文化的身份，陈衡哲身上反映出的历史教训其实是深刻的。

由此，丹尼斯的文章引发我们进一步去思考和反省文化身份的问题，这对于跨文化而言具有更为迫切的现实意义。全球化空间之中文化的身份认同问题，无疑当是今日空间转向趋潮中的一个更值得关注的现实问题。正如斯图亚特·霍尔所说："……身份是通过差异与区别而不是从外部建构的，这就必然需要一些极端令人烦恼的辨识。"① 沿着文化身份问题的解答，我们也才能进一步去思考中国文化圈如何加速接受外界思想融合的问题。虽然"跨文化借鉴与这种借鉴在社会变化上有复杂的本质，自19世纪以来中国与外界的交往还是被贴上了'冲击''冲突''会和'的标签，或被描述为'暴力行为''劣质文化对具有明显优势的优质文化的反应'或是中心与边缘的动态变化，诸如此类，不一而足。几乎所有上述分析都预设了一种特殊的权力结构，且它们在政治现代性的讨论中已经根深蒂固"。但由于忽略了选择一种有效的方法来解决改变和文化现象迁移这个重要问题，因此以往的研究既没有很好地解读文化身份的路径，也缺少跨文化交流的有效途径。丹尼斯提出的"改造空间"不失为跨文化交流的新视阈、新方法，因为"改造空间涵盖在历史上特定时期或整个历史进程中，是本地与外地、个体或组织机构，以活动的形式来交流互动的空间（个人、实体、文本、智力、历史、制度等）。此空间不是封闭自守的，因为我们赖以生存的世界持续受到这种交流互动的影响"。我们在"改造空间"的视阈下也更加容易描述并分析不同历史时期的发展趋势，如全球化就是思想和商品逐步扩散，具有世界意义或存在的合理性的一种现象，与之相随的是变得越来越小的世界空间概念或昙花一现的感觉（时尚、先锋文学或艺术、制度改革）。此外，"改造空间"这个概念的引入也可回避传统与现代或原来概念的对与错等的阐释中的二元对立。它也可以通过分析一种欲望之外的过程来表明某个个体试图促进或阻碍"现代性"发展的进程。"它可关注不同空间的相互作用或平行发展，也可以关注在不同空间里机制、巧合和猜想怎样让某些思想观念长足发展或遭人拒斥的过程。因此改造了的空间

---

① ［英］斯图亚特·霍尔、［英］保罗·杜盖伊编著：《文化身份问题研究》，庞璃译，河南大学出版社2010年版，第5页。

涵盖日常习惯变化和世界观变化的长期效果,有助于理解个人生活及其发展轨迹。"

20 世纪 90 年代以来,不少中外文化研究学者都有一个共同的特点,即能从时代的全球化和文化转型的新角度,在多元文化视野融合的基础上开展文化研究,这反映了文化研究的大趋势。中国学者已经开始冲破"欧洲中心论"的樊篱,不断更新着文化研究的观念、方法,以新观念、新眼光,通过跨学科、跨文化、跨民族、跨语言的文化研究,开展与世界各国、各民族多元文化的对话,促进互识、互补,实现不同文化之间的沟通和理解,以期改进人类文化生态和人文环境,共建全球的多元文化。从这个意义上看,丹尼斯"改造空间"概念的提出,为我们开展跨文化交流提供了又一重要启迪。

现代、后现代语境中的西方马克思主义对中国当代文论的启迪

随着中国改革开放和现代化建设的深化、发展,现代性和后现代语境也逐渐成为国内学者关注较多的话题,诸如后现代在当前中国存在的可能性和现实性及其后现代与现代性的关系等问题,都是中国当下文论研究与文化研究的热点。在不到20年的时间里,中国的文论界几乎引进了西方现代主义和后现代主义所有主流学者的作品,真可谓不胜枚举。值得注意的是,从2000年至2008年,围绕西方马克思主义与现代主义、后现代主义的关系等问题,我国学术界发表了不少有质量的文章。如吴琼对西方马克思主义与现代主义的关系做了系统的梳理和回顾,指出:"20世纪以来,西方马克思主义与现代主义发生了三次重要的相遇,在这三次相遇中,西方马克思主义美学或文化批评呈现出了3种理论形态:现实主义的、现代主义的与后现代主义的,它们从各自的方面丰富和扩展了马克思主义本有的社会批判品质,使马克思主义的角度成为今日西方文化研究中不可或缺的一维。"[①]

在文学艺术领域,后现代也表现出一些与以往各种创作思潮迥然不同的特征。如:

1. 不确定性的创作原则。如果说在现实主义那里,主题基本上是确定的,作者强调的就是突出主题;在现代主义那里,作者反对的是现实主义的主题,他们并不反对主题本身的话;在后现代主义那里,主题根本就不存在,因为意义不存在,中心不存在,质也不存在,后现代主义作家更强调创作的随意性、即兴性和拼凑性,并重视读者对文学作品的参与和创造。这种主题的不确定与后现代主

[①] 吴琼:《解读现代主义——西方马克思主义与现代主义》,载于《中国人民大学学报》,2001年第2期。

义者的理性、信仰、道德和日常生活准则的危机和失落是密不可分的。如果说在现实主义那里，人物即人，在现代主义那里，人物即人格的话；那么在后现代主义那里，人即人影，人物即影像。后现代主义在宣告主体死亡、作者死亡时，文学中的人物也自然死亡。这种"形象的不确定"还体现在后现代主义文学的主人公已经从昔日的"非英雄"走向了"反英雄"。

后现代主义作家反对故事情节的逻辑性、连贯性和封闭性。他们认为，前现代主义的那种意义的连贯、人物行动的合乎逻辑、情节的完整统一是一种封闭性结构，是作家们一厢情愿的想象，并非建立在现实生活的基础上，因此必须打破这种封闭体，并用一种充满错位式的开放体情节结构取而代之。这样一来，后现代主义作家便终止情节的逻辑性和连贯性，将现实时间、历史时间和未来时间随意颠倒，将现在、过去和将来随意置换，将现实空间不断地分割切断，使得文学作品的情节呈现出多种或无限的可能性。新小说便一反传统小说情节的确定性，而精心建构一种迷宫式的情节结构。因为反对有计划地安排人物的命运和遭遇，反对将生活编写成连贯集中、惊心动魄的样子，反对塑造典型人物，因此新小说在写作手法上也都打破传统的时间概念，把过去、未来、现在混为一体，将现实、幻觉、回忆交织一团，从而构成了一些与传统小说完全不同的，表面上杂乱无章的场面，而这一切其实都是作者精心安排的。

后现代主义文学还表现在语言的不确定性上。语言是后现代主义的最重视的因素，它甚至都上升到了主体的位置。从某种意义上说，后现代主义的不确定性就是语言的不确定性。

2. 创作方法的多元性。后现代主义文学的不确定创作原则必然导致其创作方法的多元性。多元性也是后现代主义文学的又一基本特征。进入20世纪90年代以来，由于世界局势的巨大变化，以"欧洲中心主义"和"西方中心主义"为代表的文化绝对主义已成为众矢之的，世界各地的思想家都开始思考、关注如何建立起新的国际文化关系这一最新课题。在失去中心与绝对之后，全球人类共同处在同一水平线上，世界文化呈现出一派多元发展态势，人们所重视的是真正意义上的文化交流和文化对话。后现代主义文学创作的多元性无疑同这种文化的多元性倾向有关。后现代主义文学的这种多元性特征主要体现在后现代主义与现代主义、现实主义、浪漫主义的融合贯通之中。后现代主义精神虽然与现实主义相去甚远，但在表现手法上却有着许多相通之处。譬如魔幻现实主义就是后现代主义与现实主义的神奇结合。魔幻现实主义是后现代文化的产物，其总体精神及创作方法都具有鲜明的后现代特征,但是魔幻现实主义作家从来就没有远离过现实主义。

3. 语言实验和话语游戏。人们通常认为,现代主义和后现代主义最大的区别就在于:现代主义是以"自我"为中心,一般来说,现代主义遵循以自我为中心的创作原则,将认识精神世界作为主要表现对象;而后现代主义则倡导以语言为中心的创作方法,高度关注语言的游戏和实验。前者通常将人的意识、潜意识作为文学作品的重要题材加以描绘,刻意揭示人物的内在真实和心灵的真实,进而反映出社会的"真貌"。而后者则热衷于开发语言的符号和代码功能,醉心于探索新的语言艺术,并试图通过语言自治的方式使作品成为一个独立的"自身指涉"和完全自足的语言体系。他们的意图不是表现世界,也不是抒发内心情感、揭示内心世界的隐秘,而是要用语言来制造一个新的世界,从而极大地淡化,甚至取消文学作品反映生活、描绘现实的基本功能。同样,在消解了"现实"的真实性后,后现代主义者便相信,语言本身就是意义,语言再无须依附在其他的"现实"基础上。既然语言能够制造"现实",语言本身就是意义,那么后现代主义者只要沉溺于语言之中自由嬉戏,就能获得充分的意义和乐趣。于是后现代主义作家一方面对传统文学进行戏仿,在语言游戏中自得其乐;另一方面,后现代主义作家又抹去了小说及其对象的差别,将小说的虚构与虚构的现实任意转换,混成一团。后现代主义文学的这种叙述方式的游戏性,使得读者能够从阅读文本中获得极大的愉悦。后现代文本是一种"语言构造物",是一个网状结构,读者可以从任何地方开始阅读,也可以在任何地方停止阅读。读者无须去探求或推敲隐藏在文本之后的内容,他只要关注自己每时每刻的体验和感觉就行。1968年,英国小说家B.S.约翰逊别出心裁地发表了一部装在盒子内、封皮可以移动的散装活页小说,便将后现代主义的这种游戏精神发展到了极致。读者可以随心所欲地将全书松散的27章重新排列,任意组合,可以从任何一章开始阅读,开始自己的游戏。

在这些理论引进的过程中,哈贝马斯与詹姆逊理论的有关论述在中国知识界普及和引用率最高,由此,他们的学说也得到了比较深入的探讨。

有人从社会学角度提出,目前中国正处于以市场经济建构为目的的社会转型时期。一方面,现代化的进程呼吁我们必须倡导一种以科学理性和人的主体性为内涵的现代性文化精神;另一方面,西方高度工业化的过程所带来的人文精神失落、生活世界萎缩的消极后果和负面效应也清晰地展示在我们面前,要求我们对之进行审视和反思,以实现现代性的重构,从而超越工具理性的过度膨胀,实现科学价值与人文价值相统一的发展,实现人的自由全面的发展。哈贝马斯的"生活世界"学说对于启发我们如何兼顾这两方面因素,从社会一体化整合的角度来考察当代社会,建构合理和健全的社会关系,寻找符合中国国情的现代化发展路径具有借鉴意义。有不少学者认为,哈贝马斯的现代性社会交往合理化理论对于中国文论的建构具有重要的启示意义。首先,"主体间性"理论突破了文学认识论的二元对立思维方式,将文学看成是主体间的存在方式,是人这一自我主体与对象主体的自由交往、和谐共存。因而,对文艺的认识不但得到突围,而且使对话和交往成为文艺理论批评的中心课题。其次,哈贝马斯的交往行为理论对不同理论传统的扬弃、沟通和综合,体现了宏大的包容性,这对处于多元格局的中国文论各文艺观念之间的沟通、融合很有启示意义。这样,中国文论通过跨域对话,通过与各学科的打通、融合,就能实现在操作层面上的建构。还有一些学者认为,后现代与中国存在着较强的亲和力,这不但表现在后现代使中国学者重新获得了关注社会的独特角度和知识话语权,而且还表现在相关的中国文艺创作也获得了较热烈的反应。不少人在他们的小说、诗歌、绘画中表现出他们所理解的后现代。但中国有自己独特的语境,中国的后现代与西方存在着相当大的文化差异。这种差异首先就是中国没有西方后现代反抗的哲学背景,其次就是当今的中国仍是一个农业大国,经济领域实际上是自然经济、计划经济、商品经济乃至"金融—证券经济"的并存,而且中国人均购买力还很有限,中国的广大地区离产生后现代的那个消费社会还有相当大的距离。这就表明,现代性建构仍是中国当前最紧迫的任务。这在文学艺术上的表现就是,中国后现代主义仅仅是一个空间概念,它并不是在现代主义的基础上产生的。所以中国知识分子所认同的只是西方后现代主义的姿态,或者说形式框架,而并非其具体内涵和体验。除上述这些理论问题外,全球化问题也是中国学者近来关注的热点之一。有学者指出,全球化是马克思主义发展的必然,对此应从历史二重性角度辩证看待:一方面,全球化带来文化的融合;另一方面,它本身成为生产发展的阻碍。有学者认为,应将全球化放在特定的时代来谈,文化全球化是文化工业出现后的特有现象。更有学者认为,面对全球化语境,现实、人、文化、艺术受到冲击而发生巨变,后现代文化同样在悄然影响着国内文化发展,文化危机的因素也出现在我们的生活里。全球化正负面兼备,负面效应表现在人的价值观念的失衡和人的异化危机上。为此,有学者强调文论与美学更应关怀现今的人,尤其是在全球化语境中人的精神的生存状态,使人得以诗意地栖居。

早在20世纪80年代初,詹姆逊就进入了中国文论界、美学界的视野。他是以新马克思主义文艺理论家和后现代主义文化理论家的双重身份出现在学术界的。尽管其学术研究领域多有转移,但马克思主义始终是他学术研究的重要思想资源,对西方后现代思想的开放态度使他一直尝试着调和马克思主义与后现代主义的各种可能,这种学术经历使他的研究贯穿了非常鲜明的马克思主义立场。马克思主义的分析方法影响了他的后现代研究,同样也影响着他的现代性研究。詹姆逊没有像其他有些学者一样去抢夺现代性话语权,迅速占领制高点,而是表现出相当的低调,甚至有些为现代性研究泼冷水的味道,这是颇为值得我们玩味的。他说:"现代性不是一个概念,既不是哲学的概念也不是别的概念,它是一种叙事类型。在这种情况下,我们希望放弃对现代性进行概念陈述的徒劳努力,此外,我们要问:现代性影响也许不只是限于对过去时刻的改写,即,对过去已有的说法或者叙事进行的改写。放弃我们分析现在时所用的现代性,更不要说我们在预测未来时的情形,这样做无疑能够为推翻一些现代性(意识形态)叙事提供一种有效的手段。当然还有其他取得这一目的的方法。"①詹姆逊甚至提出:"在当前的语境中,'现代性'这一个令人困惑的术语,恰恰是作为对于某种缺失的遮盖而被运用着,这种缺失指的是在社会主义丧失了人们的信任之后,不存在任何伟大的集体性的社会理想或目的。因为资本主义本身是没有任何社会目的的。宣扬'现代性'一词,以取代资本主义,使政客、政府与政治科学家们得以混淆是非,面对如此可怕的缺失而依然可以蒙混过关。"②在詹姆逊看来,新的现代性研究是伴随着伦理学、政治学、美学等学科的复兴而出现的,仍然围绕着一些陈旧的话题——诸如宪政、公民权、代议制和责任等——展开,并没有提供多少新鲜的东西。新的现代性话语不仅掩盖了集体性的社会理想的"缺失",包含了从根本上拒绝集体变革的立场,而且也不乏各种现实的考虑和策略,即为了否认西方世界面临的后现代境遇,拒绝正视资本主义出现的新变化和现实,无视资本主义进行的第三次全球性的扩张事实。如吉登斯就否认现在所处的时代是后现代性时代。他认为,我们正处于晚期现代性时代,是现代性的后果极致化和普遍化了的时代,后现代性只是现代性的翻版。他重提现代性是为走通向自由

---

① [美]詹姆逊:《对现代性的重新反思》,载于《文学评论》,2003年第1期。
② [美]詹姆逊:《全球化与政治策略》,出自《当代国外马克思主义评论》第2辑,复旦大学出版社2001年版,第285—286页。

市场的"第三条道路"服务,也是为了树立对中产阶级承担起实现现代性的信心,其现实目的是非常明显的。

如果我们考察一下詹姆逊的知识背景就不难发现,他不仅深受马克思主义的影响,同时也深受西方现当代哲学的影响。在 20 世纪 80 年代初西方学术界的理论争论中,"总体性"(totality)是一个被频繁使用的概念。利奥塔曾以总体性的消解作为后现代的标志,从而触发他与批判理论领袖人物哈贝马斯之间关于现代性与后现代性的论战。詹姆逊则视此为后结构主义向马克思主义挑战的本质所在,并以积极的姿态起而捍卫总体性。

我们知道,总体性概念的直接来源是黑格尔哲学。在本体论上,黑格尔认为,真正完整的实在只有一个,那就是总体,亦即绝对理念,除了依靠和总体的关系并最终包括在总体之中,没有任何有限事物是实在的;在历史哲学上,他认为整个人类历史也不过是绝对理念向外展开并向自身回归的过程,是一个有着单一目标、由不完善趋向完善的过程。由于黑格尔的巨大影响,19 世纪后期和 20 世纪前期的众多重要思想家,如弗洛伊德、杜尔凯姆、曼海姆、斯班、卢卡奇、葛兰西、柯尔施等人,以及结构主义、格式塔心理学、系统理论等诸多理论派别的思想都带有明显的总体性色彩。对此,新康德主义哲学家翁格曾说:"在现代思想史上,没有比构造一种可行的总体性的观念更为持久和更有影响力的思想倾向。"①

也正是总体性在现代思想史上的特殊地位,使之成为众多后结构主义理论家一致攻击的目标。后结构主义秉承基尔凯郭尔、尼采、巴塔耶、海德格尔、阿多诺一路以降的传统,并以极端反叛的姿态出现。他们认为,启蒙以来的现代思想往往以普遍真理自居,以人类全体之解放与福祉为允诺,事实上它非但没有兑现这一允诺,反而导向了希特勒法西斯主义和斯大林式共产主义的"总体恐怖",其根本原因就在于它以追求自由、平等、博爱的名义来排斥矛盾和差异,强求一致。因此,他们反对把各种复杂的差异与独特性还原成某种基本范畴代码的做法,极力标举话语、断裂、差异、矛盾,而排斥任何可以想象的总体性形式。

詹姆逊对总体性的理解近似于卢卡奇。在《历史与阶级意识》一书中,卢卡奇以总体性为支配观点,构造了一种黑格尔式马克思主义哲学。他声称:"不是经济动机在历史解释中的重要地位,而是总体性的观点,使马克思主义同资产阶

---

① Martin Jay, *Marxism and Totality*, University of California Press, 1984, p.21, p.522.

级科学有着决定性的区别。""总体性范畴的统治地位,是科学中的革命原则的支柱。"①正是在此意义上,詹姆逊把后结构主义的反对总体性看成是对马克思主义的进攻,并试图以自身的后现代理论建构来表明,总体性仍是不可超越的理论视野。

在1985年的一次采访中,詹姆逊谈道:"在我看来,马克思主义的强大力量(它颇依赖于总体观念)正在于它坚持知识的总体观,并把所有对世界进行感知和认识的不同方式融会贯通,因为它的先决观念视整个社会生活为一体。"②正是基于这样的认识,他反对把后现代主义仅仅视为美学风格或文化现象,而力图联系社会经济基础结构的变迁,对之做出总体的说明。为此,他致力于把自己的后现代理论建立在马克思主义基础之上,声称其理论的"目的就是要提供一个能面向两方面的东西:分析文化文本特征的原则,同时该原则本身又是一个工作体系,即能说明这些特征的一般意识形态功能"。③

在奠定其理论的基本框架时,詹姆逊借助于曼德尔对资本主义的三阶段划分。在《晚期资本主义》一书中,这位比利时经济学家认为,经过马克思所说的"市场资本主义"和列宁所说的"垄断资本主义"以后,西方发达国家自第二次世界大战以来已进入"晚期资本主义"。其特征是工业化的组织管理渗透到社会生活的各个方面,渗透到农业、商品流通领域,并进而渗透到文化生产、娱乐消费等领域。詹姆逊把现实主义、现代主义、后现代主义三种艺术(文化)风格同这三个阶段联系起来,认为后现代主义是晚期资本主义经济跨国性扩张在文化上的表现,是商品文化和物化逻辑彻底清除前资本主义"飞地"(自然和无意识)的产物。在《晚期资本主义文化逻辑》一文中,他写道:"艺术生产今天已被整合进整个的商品生产中:经济的那种要以更快的转向速度掀起新而又新的商品浪潮(从飞机到服装)的疯狂般的迫切性赋予艺术创新的实验一个日益基本的结构功能和位置。形形色色的机构对于新艺术的支持,从基金和拨款到设立博物馆及其他形式的资助,其实就是对这种经济必要性的认可。"④

很显然,詹姆逊在后现代主义问题上坚持了经济基础决定上层建筑的马克思主义基本原理,而这恰恰是后结构主义所要反对的。后结构主义的核心观念

---

① [匈]卢卡奇:《历史与阶级意识》,杜章智等译,商务印书馆1992年版,第94页。
② 赵一凡:《马克思主义与后结构主义》,载于《国外文学动态》,1987年第2期。
③ 中国社会科学院:《后现代主义》,社会科学文献出版社1993年版,第129页。
④ 王岳川等:《后现代主义文化与美学》,北京大学出版社1993年版,第77页。

就是"去中心"(de—center),认为社会的总体统一只是幻想,而强调社会的不同局部、不同层面之间的差异与异质性。与传统的总体性哲学相反,他们要把差异从"同一"的逻辑中解放出来。福柯说:"要差异地理解差异,而不是找出差异之下的共同因素,从而差异就不再让位于导致产生概念一般性的普遍特征,并将成为纯粹的事件(有差异的思想、对差异的思想),至于重现(repetition),它将不再是作为同一的单调系列,而将成为被移置的差异。"①对此,詹姆逊认为,恰恰是差异在表面上的无所不在泄露了后现代的真正秘密。他写道:"对于差异的坚定捍卫,在大多数情况下理由自然很简单,就是自由和宽容。这一立场的无可辩驳是众所周知的。但它至少有一个好处,即提出了一个令人困惑的历史性问题:对于差异的宽容作为一个社会事实,是否属于社会同质化、标准化以及真正差异被取消的后果呢?"②就后现代社会作为形态上更为纯粹的资本主义发展阶段来看,很明显表现出走向同一、走向普遍性的趋势,这可以从资本主义大规模生产与消费、全球市场关系、大众媒介、广告宣传、心理从众等诸多现象中看出。资本正在变得越来越总体化,它对文化、地理以及心理空间的渗透力与同化力变得日益强大。在此情形下,对差异与异质性的无限夸大就只能掩盖资本主义生产方式的可怕后果,它比任何总体性观念都更为天真和更具有乌托邦色彩。就此而言,对差异的顶礼膜拜是非常容易与当代消费主义的意识形态和文化实践互为表里的。

是否真的如后结构主义所言,一旦就后现代主义纷繁杂多的现象做出社会—文化的总体理论化,就必然要压制它们之间的差异、排斥其各自作为具体存在的独特性呢?詹姆逊认为,这里关键在于混淆了抽象的不同层次。首先,把思想当成事物,把关于世界的模式当成世界本身,这恰恰是资本主义物化逻辑无所不在的表现,即观念的物化、思想的物化。其次,"区分"本身就是一个系统化的概念,它使差异的展开成为更抽象层次上的同一性。而对于总体性的后现代主义概念的反对,不过是传统的对于资本主义概念反对的老调重弹:"因为这些反对从本质上都以某种形式依赖于下述悖论,即尽管各种各样的前资本主义生产方式获得了以各种形式的协同性与凝聚力来再生产自身的能力,相反,资本主义的逻辑是分散的和原子式的,它与其说是一种社会不如说是一种反社会,其系统

---

① Douglas Kellner, *Postmodernism, Jameson Critique,* Mainnsonneuve Press, 1989, p.320.
② Fredric Jameson, *Postmodernism, or the Cultural Logic of Late Capitalism*, Duke University Press, 1991, p.341.

的结构,更不用说其再生产自身的方式,仍然是一个谜和一种措辞上的矛盾。"①如果说系统化地生产差异这种看似悖论的现象是资本主义制度的内在逻辑及其捉摸不透的本性的话,那么,正是马克思主义的总体观提供了使之非神秘化的强有力武器。

  一种总体性的后现代主义理论有赖于社会—文化分期的假定。詹姆逊认为,分期并不意味着简约化或还原论。在 1984 年的《60 年代作为时期》一文中,他对此做出了系统的解答。他写道:"这里所要讨论的时期不应被理解成某种无所不在或共同享有的风格或思想与行为方式,它更应被理解成对一种共同的客观情境的享有,对此情况可以有诸多不同的反应和创造性革新,但总是受到其结构性限制。从而,重要的不是某种 60 年代在其所有层次上的有机统一命题,而是关于其基本情境的节奏与动力的一种假定;在这一情境中,那些不同层次遵照其自身的内在规则发展运作。"②在此,詹姆逊采纳了阿尔杜塞"多元决定论"的思想,即坚持社会构成一个统一总体的同时,尽可能给其中的不同层次以相对的自律性。但是,马克思所讲的经济基础对上层建筑的"最终决定关系"仍然存在,尽管并非机械的因果决定关系。以符号与后结构主义理论为例,詹姆逊指出,当资本主义达到日益抽象或物化了的存在方式时,语言也同样变得抽象,并最终抛弃了指涉外物的包袱而成为自我指涉的。结果是不再有意义稳定、所指明确的符号领域,而只剩下漂浮不定的能指。符号的变化促成了理论生产领域的变化,这就是后结构主义对意义、阐释系统和深度模式的弃绝。从表面上来看,后结构主义和虚无主义的"朋克"之间也许并无任何联系,但它们都必须被理解成同一体系的一部分,这就是晚期资本主义经济及其极度抽象的商品化逻辑、无所不在的物化模式。詹姆逊把 20 世纪 60 年代种种社会现象(从革命政治、文化生产到哲学)最终同曼德尔所讲的晚期资本主义全球性扩张联系起来,把它们看成是后者所带来的"上层结构的信用透支"和"全球性能量释放"。

  应该说,詹姆逊的后现代主义社会—文化理论建构及其为总体性辩护,的确表现出相当的洞察力和说服力。正如凯尔纳所言,"以一种黑格尔式马克思主义的方式,詹姆逊面对后现代的和后结构主义的进攻,有力地捍卫了表征和总体性

---

① Fredric Jameson, *Postmodernism, or The Cultural Logic of Late Capitalism*, Duke University Press, 1991, p.343.
② Fredric Jameson, *The Ideologies of Theory*, Vol 2, University of Minnesota Press, 1988, p.179.

的概念,并且提供了自己的关于现今时代的总体理论——这恰恰是黑格尔式马克思主义的传统功能与重要贡献。"①就其所强调的总体性的最基本含义,即把那些表面上独立的现象置于一个更大的相互关联的语境中来加以认识而言,这也许是任何想要于人类实际生活有所裨益的理论都不可缺少的。但詹姆逊把总体性视为马克思主义的核心观念,并不意味着詹姆逊是在坚持与维护科学的马克思主义立场。相反,他的理论广泛吸收了当代理论中的其他成分。即便是后结构主义,他也是力图在自身的理论建构中吸收和采纳其主要的理论创见。例如:在"经济基础—上层建筑"关系问题上引入阿尔都塞的"多元决定论",就是在一定程度上对"去中心"思想的接受;对"生产方式"模式的共时性理解,也使得他的历史观在不知不觉中向福柯靠拢。尽管这无疑使得他的理论显得过于折中,不乏矛盾龃龉与含混暧昧之处,但较之对后结构主义持完全否定态度者,还是值得中国学者借鉴的。

我们知道,后结构主义者把总体性等同于恐怖和压抑,固然与他们对法西斯主义,以及他们所谓的斯大林式社会主义、20世纪60年代激进政治实践和70年代的红色高棉的反思有关,但也不乏偏激与片面之处。贝斯特的评说堪称公允:"如果总体性可以指暴虐、封闭、强制同一的反面乌托邦(distopian)梦魇,它同样可以指个人发展、社会与生态和谐的乌托邦梦想,可以指脑力与体力劳动、心与身之间有害无益的分裂的终结。每一种观点都讲出了某些真理,表述了这个概念的一个方面。总体性既可以通向瓦尔登湖,也可以通向斯大林的古拉格,而这只有通过具体的理论和政治运用才会实现。"②同时,我们也不能不看到,对总体性的偏爱,不可避免地也给詹姆逊理论带来了相当的局限与困境。他试图提出一个包容整个社会生活的时代分期概念,实际上是把后现代主义看成是现今第一世界中居于主导地位的艺术(文化)风格或类型,过分强调了它与现代主义之间的断裂,夸大了它在文化整体及不同文化领域中的实际表现,而没有注意到后现代主义与现代主义关系上的复杂性。比较而言,利奥塔把后现代主义说成是现代主义的早期状态,也许更合乎艺术发展的实践。另外,詹姆逊试图从经济基础的角度给予后现代主义以总体性的解释,但在这两个层面之间,他并没有提供一个令人满意的"中介"模式。尽管他在诸多著述中都试图解决这一马克思

---

① Douglas Kellner, *Critical Theory, Marxism and Modernity,* Polity Press, 1989, p. 175.
② Douglas Kellner, *Postmodernism, Jameson Critique,* Mainnsonneuve Press, 1989, p. 360.

主义美学难题,但总的来说,他给出的答案是过于含糊和令人难以捉摸的。

更为重要的是,总体分期的构想也使得詹姆逊过分拘泥于社会文化的实存层面,而较少从思想史的角度来考察后现代问题。相比之下,对詹姆逊抱相当同情态度的凯尔纳和贝斯特就显得更能理解利奥塔、福柯等后结构主义思想家的精神实质。在《后现代理论:批判与质疑》一书中,他们把利奥塔等人与哈贝马斯所代表的批判理论同置于对现代性的批判与反思这一传统中来考察,而称他们间的论争为"兄弟之争"。实际上,利奥塔本人在20世纪80年代也明确提出,后现代乃是对现代性的重写:"后现代不是一个新的时代,而是对现代性自称拥有的一些特征的重写,首先是对现代性将其合法性建立在通过科学和技术解放整个人类的事业的基础之上的宣言的重写。……这种重写在现代性本身里面已经进行了很长时间。"[1]利奥塔对于后现代的这种理解正为越来越多的理论家所认同。这使我们不能不看到,詹姆逊在其理论的基本立场和方法论上,确有某种刻板与守旧之处。

对后现代思想家对马克思的种种"解构"式解读,我们自然不必完全认同,却也不应简单拒斥。站在"现代"思维的立场来看,对于马克思的学说,后现代思想家强调其方法而非结论,重视其思路而非体系,赞赏其某些片断而非整体;更重要的是,一些后现代思想家对马克思哲学中某些成分的强调,意在对作为整体的马克思文本进行拆解,使其呈现内在的对抗性和自我消解性。因此,在后现代语境中,马克思的文本变得支离破碎,不再具有一以贯之的统一意义。而站在"后现代"的立场来看,这种"支离破碎"既标志了既有的马克思主义阐释模式面临危机的症候,也同时孕育了克服危机的萌芽,由此,正是在这种"支离破碎"中,马克思的文本重新获得鲜活的生命力。詹姆逊等人在马克思主义和后资本主义、马克思主义和后结构主义之间所做的互文性解读,至少给我们以下启示:文本内在的差异及异质性并不一定是灾难,相反,它可能为文本打开新的、无穷无尽的意义源泉;致力于构造完整的体系可能已不合时宜,在后现代知识状态中,面对不同的历史情势,可能产生不同研究路径的马克思主义,每一种研究路径都是值得考虑的;由此教条主义和本本主义的马克思主义就特别需要摈弃了。

---

[1] [法]利奥塔:《后现代性与公正游戏》,谈瀛洲译,上海人民出版社1997年版,第165页。

阶级意识和超越阶级意识：
马克思主义文化研究的应有立场

众所周知，在马恩经典作家的论著中，尤其是在他们的早期著作中，意识形态是一个使用非常频繁的词语。在《1844年经济学哲学手稿》中，马克思在批判资产阶级国民经济学时指出，国民经济学家一方面发现了财富的来源是人的劳动，而不是死的物，另一方面又发现，工人的工资与他们的劳动所创造的价值成反比，但是他们却无力解决这个问题。其根本原因在于国民经济学家们把私有财产当作给定的事实接受下来，而没有进一步探询私有制产生的原因，结果它成了替现实辩护的学说。马克思将这种把现实世界的矛盾当作给定的事实接受下来，并导致维护现状的理论称之为意识形态，他对此持一种彻底批判的态度。在《德意志意识形态》中马克思和恩格斯指出："思想、观念、意识的生产最初是直接与人们的物质活动，与人们的物质交往，与现实生活的语言交织在一起的。观念、思维、人们的精神交往在这里还是人们物质关系的直接产物。表现在某一民族的政治、法律、道德、宗教、形而上学等的语言中的精神生产也是这样。人们是自己的观念、思想等的生产者，但这里所说的人们是现实的、从事活动的人们，他们受着自己的生产力的一定发展以及与这种发展相适应的交往（直到它的最遥远的形式）的制约。"[①]按照马克思和恩格斯的理解，独立的意识形态的产生与社会分工、与精神生产的独立化及其职业精神生产者，即思想家的出现直接相关。"分工只是从物质劳动和精神劳动分离的时候起才开始成为真实的分工。从这时候起意识才能真实地这样想象：它是某种和现存实践的意识不同的东西；它不用想象某种真实的东西而能够真实地想象某种东西。从这时候起，意识才能够

[①]《马克思恩格斯选集》，第1卷，人民出版社1972年版，第30页。

摆脱世界而去构造'纯粹的'理论、神学、哲学、道德等等。"①显然,马恩经典作家认为,这种独立化的精神生产及其成果就是意识形态。

同时,在马恩经典作家看来,意识形态不是与现实的历史进程完全无关的纯粹的理论形态,而且具有深刻的政治内涵。在这个意义层面上,他们和特拉西所使用的意识形态概念并无二致。马恩经典作家认为在有阶级存在的文明时代,社会的运行和统治往往要借助于意识形态的力量,以此取得社会统治的合法性基础。每个时代,作为统治思想或指导理论的意识形态总是同特定阶级的地位和利益相关联,但无论是统治阶级还是被统治阶级,都倾向于赋予自己的意识形态以普遍性的特征或普遍性的形式,把自己的利益说成是社会全体成员的共同利益,把自己的意识形态描绘成唯一合法的、有普遍意义的思想。因此,"统治阶级的思想在每一时代都是占统治地位的思想。这就是说,一个阶级是社会上占统治地位的物质力量,同时也是社会上占统治地位的精神力量"。② 马恩经典作家不是像拿破仑那样,把意识形态简单地看作是"荒谬的诡辩术""有毒的学说",而是揭示了意识形态具有替现状辩护的本质特征。虽然它表面上具有普遍性的特征,但实质上它是为特定的集团利益或特定的社会秩序辩护,为现存秩序提供合法性和合理性的论证。恩格斯在晚年致梅林的一封信中更明确地说道:"意识形态是由所谓的思想家通过意识、但是以虚假的意识完成的过程。推动他的真正动力始终是他所不知道的,否则这就不是意识形态的过程了。因此,他想象出虚假的或表面的动力。"③由此,我们也不难看出,马恩经典作家不是在中性的或肯定的意义上使用意识形态这个概念,而是在否定和消极的意义上使用这一概念,他们对意识形态持彻底批判的态度。

值得注意的是,20世纪的思想家,特别是早期的西方马克思主义者,并非都是在否定的意义上形态这一概念的。卢卡奇在《历史与阶级意识》中虽然指出了资产阶级的"虚假意识"的问题,也指出了无产阶级有能力从自己的生活基础出发,在自己身上找到同一的主体—客体,但他并没有过细地讨论无产阶级的自觉意识是如何形成的,而是重点强调这种自觉意识在社会革命中的作用。在他看来,无产阶级的阶级意识是一个不断在变化的主体运动的过程,变化的形式不是

---

① 《马克思恩格斯选集》,第1卷,人民出版社1972年版,第36页。
② 《马克思恩格斯选集》,第1卷,人民出版社1972年版,第52页。
③ 《马克思恩格斯选集》,第4卷,人民出版社1995年版,第726页。

机械的,而是辩证的。只有当无产阶级的阶级意识发展到实现理论和实践的结合,显示出无产阶级主体活动与阶级意识相结合的时候,无产阶级阶级意识的实践性、积极性才能通过无产阶级的活动表现出来,并显示出革命的本质。由此思想路径出发,他认为无产阶级是历史进程中主体和客体的统一体,而无产阶级的阶级意识能达到对社会历史的总体认识。对于无产阶级革命来说,意识形态是决定一切的,革命的胜利取决于无产阶级是否拥有成熟的阶级意识,是否取得了意识形态的领导权。"对无产阶级来说,它的'意识形态'不是一面扛着去进行战斗的旗帜,不是真正目标的外衣,而就是目标和武器本身。"[1]他认为,西欧革命运动面临的最大问题是"无产阶级意识形态的危机"。物化意识的实质是使无产阶级丧失了对资本主义社会整个现实的批判力和改造力,这是资产阶级取得成功的主要原因。那么如何克服物化并改变人的存在状况呢? 卢卡奇寄希望于无产阶级的阶级意识的生成。阶级意识的生成是使人摆脱物化意识的现实手段与革命力量。作为资产阶级意识形态的物化意识和物化结构导致人的世界和社会历史进程支离破碎,扬弃物化的唯一方法就是要在思维方式上回到作为马克思辩证法核心的"总体"(totality)范畴上去。无产阶级革命的根本目的就在于"唤起人们对于总体性的渴望"。总体性的方法要求不仅要把社会当作一个有机的、不断运动的整体来考察,而且也要认识到人自身存在的全面性和完整性,摆脱人的存在的片面物化状态。早期西方马克思主义者一方面对资产阶级的意识形态的虚假性进行了尖锐的批判;一方面又站在肯定的立场上提出要无产阶级去夺取意识形态的领导权,并用无产阶级自己的意识形态去代替资产阶级的意识形态,他们并没有完全在否定的立场上使用意识形态这一概念。他们和马恩经典作家一样,寄希望于无产阶级革命,但又有别于马恩经典作家,不提倡采用武装斗争和暴力革命的手段去夺取革命的胜利,而是提倡一种"文化—心理"革命,通过意识形态领导权的获得取得最终胜利。这一思想理论上的分野不仅最终导致了他与经典马克思主义在实践层面的明显差异,而且也影响了日后的西方马克思主义、欧美左翼理论家的文化研究的思想路径和方法。

在《历史与阶级意识》中,卢卡奇详细论述了阶级意识理论。他认为马克思生前没有对阶级意识的内涵做出明确的阐释,更没有建立起系统完整的阶级意识理论,而"就在马克思要规定什么是阶级的时候,他的主要工作被中断了,这对

---

[1] [匈]卢卡奇:《历史与阶级意识》,杜章智等译,商务印书馆1999年版,第129页。

无产阶级的理论和实践来讲都是一种灾难"[1]。因此,卢卡奇指出,阐明阶级意识的含义与功能,区分不同阶级的阶级意识,把握无产阶级阶级意识的作用与发展前景,是非常必要的,他甚至宣称继承马克思的未竟事业就是要建构一个系统的阶级意识理论。可见,卢卡奇对阶级意识问题的探讨从一开始就定位在马克思主义理论的范围之中。

在卢卡奇看来,所谓阶级意识"既不是组成阶级的单个个人所思想、所感觉的东西的总和,也不是它们的平均值"[2],而是与一定社会存在相关联的"总体的阶级"意识。从这种特定的历史关联性出发,认识阶级意识的本质就只有"依靠客观可能性的范畴进行历史分析"。这也意味着,在一个特定的社会中,阶级意识应与现实生活中个别主体的思想、意识、欲望和感情区别开来,是由生产过程中的特定地位决定的总体意识,且看这一社会的经济总体一般可以被主体认识到什么程度。在这一点上,青年卢卡奇认为,人们是不可能超越"他们那个时代的社会经济结构为他们规定的界限和他们在这一社会结构中的地位"的。[3] 不难看出,在卢卡奇看来,阶级意识必须和经济意识相区别。阶级意识不是对其所处社会历史环境的一种经验性描述,它强调一个阶级若不能超出经济结构对它确定的界限,而沦入一种具体的经济结构之中,那么就"意味着人们对自己的、社会的、历史的经济地位的无意识"[4]。这种无意识在卢卡奇看来就是一种"虚假意识"。另外,阶级意识必须和个体意识相区别。个体意识指的是,在心理学上可以被描述、可以被解释的人们在生活中对其处境所形成的个体观念。我们不应把阶级意识混同于个体意识,而应把它理解为一种集体、阶级的意识。这就是说,阶级意识是社会总体的表现,所谓阶级意识是一种非经验的意识,就是强调它超越了直接性,是对社会总体的把握;所谓它是一种非个体的意识,就是强调它"不是个别人的思想",而是一种总体的意识,倘若不是这样,"它就不能发现社会存在的总体"[5],因而,总体性是阶级意识的准则。

卢卡奇在分析阶级意识概念的基础上,对阶级意识的产生做了历史考察,提出了阶级意识发展进程中有三个不同时期:前资本主义社会的亚阶级意识、资产

---

[1] [匈]卢卡奇:《历史与阶级意识》,杜章智等译,商务印书馆1999年版,第100页。
[2] [匈]卢卡奇:《历史与阶级意识》,杜章智等译,商务印书馆1999年版,第107页。
[3] [匈]卢卡奇:《历史与阶级意识》,杜章智等译,商务印书馆1999年版,第108页。
[4] [匈]卢卡奇:《历史与阶级意识》,杜章智等译,商务印书馆1999年版,第108页。
[5] [匈]卢卡奇:《历史与阶级意识》,杜章智等译,商务印书馆1999年版,第107页。

阶级的阶级意识和无产阶级的阶级意识。卢卡奇的重点是从资产阶级阶级意识的批判性研究转向对无产阶级阶级意识的直接论述。他认为,资本主义社会存在的客观现实,就其直接性而言,对无产阶级和资产阶级都是同样的。然而,由于历史地位的不同,这两个阶级对社会现实的认识却是根本异质的:卢卡奇指出,"把辩证法的方法当作历史的方法则要靠那样一个阶级来完成。这个阶级有能力从自己的生活基础出发,在自己身上找到同一的主体—客体,行为的主体,创世的'我们'。这个阶级就是无产阶级"。[①] 但是,无产阶级对自身主体能动性的认识不是简单的,必须经历一个由自我客体化向主客体同一转变的历史过程,并最终实现人类主体第一次自觉地自我确证。这是因为人类对客观世界的认识是主体与客体相互作用的结果,所以对认识的理解必须从主体、客体及其相互作用方式三方面着眼。认识既不是完全客体的,也不是完全主体的,具体的认识是主客体在相互作用中交互规定的结果,这一认识论上的问题显然受到了卢卡奇的关注。卢卡奇的理论贡献就在于他认识到了,在资本主义社会中,最重要及最基本的现象就是"物化"。无产阶级作为资本主义的产物,必然隶属于他的创造者的生存模式。这一生存模式就是非人类和物化。因为,物化世界中的无产阶级,主要被归结为经济过程的客体,它的残存着的主体性只是一个消极的和直观的旁观者的主体性。他认为,物化的含义主要表现在两个方面:第一,商品生产中人与人的关系表现为物与物的关系,即所谓"人的一切关系的物化"。人的关系被物的关系所掩盖,人的关系表现为物,如资本。第二,人的劳动的创造物反过来控制着人,"人自己的活动,人自己的劳动,作为某种客观的东西,某种通过异于人的自律性来控制人的东西,同人相对立"[②]。这种人与物之间物化的关系使人缺乏主体性,不能对现实进行自觉地改造。这种物化现象的集中表现就是商品拜物教。这正是"现代资本主义一个特有的问题"[③],即物化就是资本主义社会的普遍的、特有的必然现象。卢卡奇认为研究物化的目的就是要把物化现象理解为构成资本主义社会这一整体的一个普遍现象。物化是生活在资本主义社会中每一个人必然的直接的现实,这是由资本主义社会的经济形式决定的。卢卡奇认为,克服和消除物化现象的力量不是资产阶级,而只能是无产阶级本身。这是因为,既然无产阶级在资本主义社会中在总的方面来说是最物化的阶

---

① [匈]卢卡奇:《历史与阶级意识》,杜章智等译,商务印书馆1999年版,第232页。
② [匈]卢卡奇:《历史与阶级意识》,杜章智等译,商务印书馆1999年版,第150页。
③ [匈]卢卡奇:《历史与阶级意识》,杜章智等译,商务印书馆1999年版,第147页。

级,那么,它必须废弃本身才能获得自身的解放,而为废弃它自己,就必须把物化意识上升为自觉意识。

马克思指出:"有产阶级和无产阶级同是人的自我异化。但有产阶级在这种自我异化中感到自己是被满足的和被巩固的,它把这种异化看作自身强大的证明,并在这种异化中获得人的生存的外观,而无产阶级在这种异化中则感到自己是被毁灭的,并在其中看到自己的无力和非人的生存的现实。"①出现在资产阶级身上的"虚假"意识所造成的自我欺骗,就其各种辩证矛盾和各种客观的虚假性而言,至少是与资产阶级的阶级地位相一致的。"'虚假'意识虽然不能挽救它的灭亡,阻止这些矛盾的不断增加,但是它确实给了资产阶级继续战斗的内在可能性,即取得成功,虽然是暂时的成功的内部条件。但是,在无产阶级那儿,这样一种意识不仅带有这种内在的(资产阶级的)矛盾,而且也是和无产阶级的经济地位促使它——无论它是怎样想的——必然要采取的行动相对抗的。"②所以对于无产阶级来说,理解它自己的历史命运变得越迫切,无产阶级的阶级意识决定它的每一个行动也就变得越迫切。当向着自由领域过渡的时刻到来时,只有无产阶级的自觉意识才能够把人类从迫在眉睫的灾难中拯救出来。因此,无产阶级会寻找自身解放的道路,逐渐把物化中自我客体化的阶级意识上升为主客体同一的自觉的无产阶级意识,挖掘自身发展过程的主体性。

事实上,总体性以及总体性与物化、阶级意识的逻辑关联性,共同构成了卢卡奇总体性思想的内在逻辑。作为认识论原则,总体性是具体的总体性,它力求在最高的思维形式中再现事物的整体联系,同时又保留个体之特殊性的存在。提出具体的总体性的观点是卢卡奇日后被指责为把马克思主义黑格尔化的主要根源。但从理论来源来看,卢卡奇的总体性概念的确是主要来自黑格尔的逻辑哲学。按照黑格尔关于"真理是具体的"和"具体概念的逻辑"的总体性逻辑思想,卢卡奇认为,唯物主义辩证法的总体性概念首先是指相互作用的矛盾的具体的统一,也就是说,具体的总体是包含矛盾和多样规定性的总体。他指出总体性的范畴不是把它的各个成分归结为一个毫无差别的统一体、同一体。但是,具体的总体强调总体对于各个环节在方法上的优先性,反对用孤立的观点看待事物,主张部分与整体、理论与实践、主体与客体的统一。在卢卡奇看来,只有用具体

---

① 《马克思恩格斯全集》,第2卷,人民出版社1957年版,第44页。
② [匈]卢卡奇:《历史与阶级意识》,杜章智等译,商务印书馆1999年版,第131页。

的总体来认识事物,才能把具体事物与总体联系起来思考,才能给具体事物以确切的含义。因此,总体性的认识方法与资产阶级旧哲学以及第二国际庸俗马克思主义所代表的实证主义的方法是根本不同的。

作为本体论原则,总体性是社会历史的总体性。具体的总体性要求把社会当作一个有机的总体来把握。卢卡奇认为,具体的总体是真正的现实范畴,在此,卢卡奇的"现实"指的就是充满矛盾和对抗的资本主义社会现实。卢卡奇多次强调总体性是一个社会历史概念,它不适用于自然界,只适用于社会历史领域。他还批评了恩格斯的自然辩证法思想,认为恩格斯把黑格尔的辩证法思想扩展到自然领域是错误的。其结果只能导致忽略历史过程中的主体与客体的相互关系,那是因为卢卡奇的总体性思想的核心是主体与客体的相互作用。他着重强调的是人的主体性,而不是自然的客观性。他的总体性思想的核心内容就是社会历史领域中的主体与客体的相互作用的辩证法。总体性中的主体,不是指个人,也不是抽象意义的人,而是具体的现实的人,主体处于历史的辩证过程中,表现为人与人之间相互交往的社会的人。总体性中的客体不是单纯的客观存在,而是纳入历史发展过程的过程总体。

阶级意识理论是卢卡奇的理论逻辑的终结点。卢卡奇运用总体性方法考察资本主义社会的物化现象之后,指出欧洲无产阶级革命失败的根本原因在于无产阶级不成熟的阶级意识,它导致了革命主体的积极性和创造性的丧失。卢卡奇指出,阶级意识并不是个别阶级成员来自经验的心理意识,而是整个阶级对其所处的社会历史和生产过程中特殊地位的认识。阶级意识就是理性的适当的反映,而这种反映则要归因于生产过程中特殊的典型地位。阶级意识因此既不是组成阶级的单个人所思想、所感觉的东西的总和,也不是它们的平均值。作为总体的阶级在历史上的重要行动归根结底就是由这一意识,而不是由个别人的思想所决定的,而且只有把握这种意识才能加以辨认。由此卢卡奇得出结论:无产阶级的阶级意识的实质就是无产阶级作为社会历史进程的统一的主体与客体的地位的自觉意识,无产阶级的阶级意识的核心是总体性在实践上的生成和理论上的自觉。由此可以看出卢卡奇的总体性思想与阶级意识理论的逻辑关联。

卢卡奇通过上述思辨哲学探索了无产阶级解放的路径,尽管这一探索是很不彻底的,但他毕竟摆脱了基础和上层建筑二分的思想路径,开始注意阶级意识,开始注意无产阶级自身的主体意识,开始注意文化的独特作用。正如本·阿格在《作为批评理论的文化研究》中所指出的,"卢卡奇在文化研究上的影响微不足道,但他关于阶级意识和文化表述的研究对最初的西方马克思主义方案却具有变革性的影响,如果低估这种影响则犯了一个严重的错误"。① 这是因为,本·阿格在卢卡奇的有关论著中看到了这位思想家对发展马克思主义的杰出贡献,也看到了其理论的缺失。本·阿格从经典马克思主义基础和上层建筑的二分中,引申出经典马克思主义由于强调基础和上层建筑而对文化研究有所缺失。作者一方面高度评价卢卡奇的理论贡献,为文化重新赋予相关的社会政治地位,并试图建构马克思主义的文化政治学;一方面也指出了卢卡奇的历史局限,他没有在充分打破马克思主义基础和上层建筑二分的思想方法中赋予文化以独立地位,因为文化既是一个统治领域,又是建立社会主义的斗争中的主要政治战场。由此,作者分析了卢卡奇和苏联无产阶级文化派在文化政治学领域的失误,分析了西方马克思主义,特别是法兰克福学派文化研究的先天不足,重新运用卢卡奇的观点,提出了一个颇有建设性的命题:马克思主义应该是一种总体理论——涵盖一切的理论——而不仅仅是关于无产阶级这个利益团体的理论。

在本·阿格看来,卢卡奇在《历史与阶级意识》一书中"……追随着马克思,将无产阶级作为历史的同一主客体来神化。在此,他的神化在论证上缺乏反思基础"。"马克思同样遇到过这个问题:卢卡奇就是从他那里接过该问题的。结果,卢卡奇表明了一种无产阶级的文化评判标准——所谓的现实主义,他认为现实主义不仅能揭露资本主义的排他性,而且能为社会主义未来的文化创建和评判指引方向。"② 由此他认为,"现实主义因为消除文化创建的浪漫色彩,把文化简单地当成政治而经常受到攻击。但实际上并不需要如此。卢卡奇的现实主义不同于日丹诺夫的社会主义现实主义,后者将苏维埃工人誉为文化创建的主体。而卢卡奇的现实主义政治色彩不够强,因为他没有重视文化和政治的非同一性;他能够发现资产阶级艺术的错误的一般概念,但是不能发展一个切实可行的足以与之抗衡的美学方案。卢卡奇能够解读文化,但是不能书写文化。因此,他关于马克思主义文化理论的看法比大多数其他马克思主义者和新马克思主义者的看法形成得要早。所有这些看待文化政治的视角都没有利用文化和政治的非同一性(以阿尔杜塞的术语来说就是"文化的相对自治"),仅仅是寻找文化中暗含的政治而不是有远见地、思想解放地使文化创建政治化。换句话说,尽管卢卡奇

---

① Ben Agger, *Cultural Studies as Critical Theory*, The Falmer Press, 1992, p. 42.
② Ben Agger, *Cultural Studies as Critical Theory*, The Falmer Press, 1992, pp. 44 – 45.

在自己的批评中将资产阶级文化工作历史化,但他早期的文化研究方式仍然脱离历史和政治。像大多数的马克思主义文化理论者一样,卢卡奇没有认识到批评本身就是一个文化建构和重构过程"。①

有鉴于此,本·阿格不无忧虑地提出:"马克思主义文化社会学正在崩溃,因为它既不了解批评家的建构作用,也不了解艺术家本身的建构作用。这是因为实证马克思主义文化社会学认为文化在本质上是一个贮存间接真理言论的宝库(如关于资产阶级世界观的优越性,或者是艺术中所谓的著者视角的缺席)。这并没有错误,只是从文化研究的角度来说还是远远不够的。正如法兰克福学派理论家所言,文化既是一块真理言论的领地,本身又是一项超越和建构的方案,法兰克福学派使得对文化的纯粹认识论调查从一开始便狭隘的片面化。这是法兰克福文化研究的看法与众不同的关键之处。在卢卡奇和戈德曼方式之后,法兰克福学派提出了一种文化批评模式,也例证了这种批评模式;这种模式不仅考虑到表述的建构,而且考虑到批评的建构,不愿被狭隘的、认识论的传统马克思主义批评模式所约束。"②本·阿格认为,如果文化能够简单地像卢卡奇说的那样根据自身暗含的正确主张去进行解读,那么它仅仅只是一个被当作是系列传播物的政治因素。文化政治想要改变这些传播的内容,从隐藏的资产阶级文化的个性转向无产阶级文化的普遍性。但是,本·阿格认为文化也能根据自身的超越特征,尤其是在关注历史缺陷的方法上来进行解读和书写。从这种意义上说,当文化表述现实时,表述本身就形成了各种各样的抵制和希望。

西方马克思主义一贯强调艺术的超越特征比阶级真理重要得多,称之肯定的文化将艺术降低至仅为日常生活的反映,因此忽略了它的解放特征。本·阿格认为,尤为重要的是,文化批评本身只是表述的表述,而不是像文化产物一样独立地作为干预。但是,这又回到了马克思科学主义的长期问题:将马克思主义当作无可辩驳的经济准则的人同样倾向于将文化降低至纯粹的表述。意识形态批评和文化批评可以揭露真相,古为今用。它们通过扫除清醒认识和阶级行动中的障碍为政治启蒙服务。"这种文化批评在本质上的实证主义模式被卢卡奇之后的许多马克思主义者所接受。根据以主体为中心的后结构批评,我们传统的知识模式是不够的。"③他还指出:"20世纪早期,马克思主义的危机并没有像

---

① Ben Agger, *Cultural Studies as Critical Theory*, The Falmer Press, 1992, p.45.
② Ben Agger, *Cultural Studies as Critical Theory*, The Falmer Press, 1992, pp.45–46.
③ Ben Agger, *Cultural Studies as Critical Theory*, The Falmer Press, 1992, p.48.

预见的一样,被后结构主义称之为表述危机的方式解决。卢卡奇认为,不管是以经济主义形式还是以文化形式,话语或多或少是揭开神秘化的直接载体。他没有预料到后结构主义对语言的实证主义哲学批评是有理有据的;在一些事例中,哲学趋势和时尚突然一夜之间发生了改变。但奇怪的是,像卢卡奇这样的黑格尔理论家在发展马克思主义的经济主义批评时如此认真地考虑意识形态和思想观念,竟然在文化分析时忽视了重估文化领域的内在意义。确实,在某种程度上,文化大不一样——正好是解构恩格斯、考茨基和布尔什维克的机械马克思主义所需要的解放性评论和实践的源泉。正如马尔库塞所言,需要一个依之构想批评和抵制的'第二维',即想象和欲望的领地。"[1]

本·阿格还中肯地指出,"要批评卢卡奇未能根据社会和文化理论的含义预料到表述危机的到来是不公平的。事实上,正是卢卡奇通过他具有开拓意义的《历史与阶级意识》一书最先推动了后来法兰克福和德里达对表述的形而上学和政治学的批评。尽管不应该只看过去,吹毛求疵地批评卢卡奇,"还原的马克思主义文化社会学家"仍然忽视文化和文化批评的建构作用,反事实地处理文化的合法主张。虽然这种处理有趣又重要(如马克思主义关于媒体和大众娱乐对世界的严重错误表述的批评),但是这种处理方式没有将自己理论化为表述性的建构过程。因此,也就丧失了建构性基础,这种建构性能够超越表象地把错误意识推向对丰富的人类存在的日常生活的认同。"[2]本·阿格还批评"卢卡奇错误地将无产阶级泛化为世界历史的同一主客体,从而忽略了解放运动的其他力量"[3]。他认为马克思主义文化理论必须反思马克思在19世纪中期关于国际资本主义社会变化形式和动因的设想。这并不是像后马克思主义者和后现代主义者一样要解散无产阶级,而是鉴于1883年马克思去世后资本主义在世界及精神领域的发展,要鼓励人们对马克思主义进行彻底再思考。

为此,本·阿格提出如下问题:"马克思主义仅仅是或者主要是关于工人劳动力剥削的理论,还是关于所有统治、压迫及剥削问题的更为普遍的理论?法兰克福理论家认为马克思主义只是一种批判理论,而非文化理论。他们没有给予阶级统治特权,而是将统治的源头和深度追溯至划时代的主体哲学,这种哲学实现了对客观他者的征服,客观他者既是自然,也有他人。这是《启蒙的辩证》中展

---

[1] Ben Agger, *Cultural Studies as Critical Theory*, The Falmer Press, 1992, p. 49.
[2] Ben Agger, *Cultural Studies as Critical Theory*, The Falmer Press, 1992, p. 50.
[3] Ben Agger, *Cultural Studies as Critical Theory*, The Falmer Press, 1992, p. 53.

开的讨论,可能也是法兰克福批评理论最重要的言论。"①本·阿格尖锐地指出,无产阶级文化派的观点——艺术必须以某种方式为无产阶级在世界历史斗争中的利益服务——即便在19世纪和20世纪早期可能都是错误的。卢卡奇的这一言论是不可能正确的。对于解构文化研究而言,不存在什么"站在之外":文化批评不仅仅是表述性的,更是建构性的。批评家通过批评已经在改变世界,创造和再创造文化。意识形态批评如果不是充分的实践,也是一种政治实践。试图从外部提供文化启蒙的文化艺人和批评家不能简单地为无产阶级代言。文化批评和文化生产之间一直存在着一种辩证关系,这就迫使批评家不能简单地站在历史之外假定一个坚不可摧的基础,而要以一种承认历史性和可误性的方式为个人宣称的基础进行论证。

本·阿格看到了卢卡奇错误地将无产阶级泛化为世界历史的同一主客体,从而忽略了解放运动的其他力量。为了使正在建立中的马克思主义的文化理论不再无可救药地与当今时代格格不入,马克思主义文化理论必须反思马克思在19世纪中期关于国际资本主义社会变化形式和动因的设想。这并不是像后马克思主义者和后现代主义者一样要解散无产阶级,而是鉴于1883年马克思去世后资本主义在世界及精神领域的发展,要鼓励人们对马克思主义进行彻底再思考。

从这一理论路径和思想方法出发,本·阿格指出,"如今,我认为具有无产阶级文化派特征的观点在左派学者中随处可见。但是现在的问题不仅仅是阶级,还涉及种族和性别。现在越来越多的人投身到文化评价运动中来,他们站在受害者的立场,表述他们的遭遇,以正确的政治论断来评价文化作品的真实性。通常,艺术家也来自这些严阵以待的队伍,他们的作品被当作是无权阶级发出的声音。这就导致了从文化作品描绘的特定的主体角度出发的文化研究的政治化、专业化以及族裔聚居:女性艺术和有色人种艺术(除了阶级艺术之外,如最初的日丹诺夫主义中的无产阶级文化派)。本质上,这些主张都认为能够从外部按政治真实性或者文化理论正确性的某种机械需求的观点来评判文化。尽管女性主义文化研究和从非白人角度进行的文化研究都将自己和马克思主义区分开来,但他们在自己的批评实践中仍然利用传统马克思主义的表述评价标准。尤其是,他们试图站在文化历史之外,从他们的政治诚信角度去评价有争议的作品,

---

① Ben Agger, *Cultural Studies as Critical Theory*, The Falmer Press, 1992, pp. 53–54.

这恰好是马克思主义文化理论的最初方案。"[1]由此,本·阿格不仅深化了卢卡奇的思想学说,提出了建构文化政治学的基本架构,同时也提醒人们注意:文化研究确实要有"阶级意识",但又要超越"阶级意识"。本·阿格认为,不管是马克思主义者还是女性主义者,要根据特定的意识形态联系将文化研究政治化就意味着人们能进行无政治意义的文化研究:就像在社会主义现实主义中一样,政治也是悄悄渗入到文化之中的。那种假设认为本质上为实证主义立场的文化实践不是文化政治。他认为任何一种文化解读都是文化创造行为。这既是建立他所说的文化政治学的需要,也是马克思主义文化研究的应有立场。由此也不难看出,本·阿格的上述理论在卢卡奇的思想基础上又推进了一步。

---

[1] Ben Agger, *Cultural Studies as Critical Theory*, The Falmer Press, 1992, p. 55.

文化身份与保护文化多样性
——从怒江开发的讨论说起

2004年起，一场关于怒江开发的讨论引起了社会各界的关注。围绕着开发和保护形成了两种截然不同的意见，其各自似乎都提出了不少理由。撇开技术问题不论，赞成按原生态保护论者提出的诸多理由中有一些问题确实涉及文化，如怒江地区聚居着傈僳、独龙、苗、彝等10多个少数民族，独特的自然环境和传统的生活方式形成了丰富多样的地方民族文化，这同样是一笔宝贵的财富。在文化多样性在世界范围内广受关注的今天，如何使之完好保存并发扬光大是非常迫切的问题。

有资料统计，怒江两岸98%以上的土地是高山峡谷，其中坡度在25度以上的占76.6%，老百姓只能靠陡坡垦殖、广种薄收的方式来满足基本生存需要，原始的"刀耕火种"居然是最主要的农业生产方式。由于土地贫瘠又买不起化肥，老百姓只能用烧荒这种方式给土地增肥。陡坡地水土流失严重，一块地种上几年就要放弃，需要重新烧林、垦殖新的陡坡地。

有限的耕地承载着过量的人口。全州总人口50万人，20万属于贫困人口，70万亩耕地大部分是挂在陡坡上的"大字报地"，每亩地的产值回报仅为33元，至少5亩地才能养活1人。2004年，农民人均纯收入970元，至今还有5.7万户农村群众居住在茅草房、"杈杈房"，占全州总户数的48.7%。

由于农村能源结构单一，百姓只有靠砍伐树木来满足基本的燃料需求，全州仅农村生活用材量就达每年50万立方米。通过考察不难发现，如今这里已经没有大面积的原始森林，只是在一些垂直的峭壁上还有森林覆盖，由于太陡了，人上不去才留下来了，不然早砍光了。现在甚至70度的坡地都有人耕种，经常发生人、畜坠落事故。

山上潮湿阴冷,农民家的火塘一年365天是不灭的,再珍贵的树木被砍回家都和普通薪柴没有两样。烧荒时,再珍稀的植物也和普通野草没有两样,因为居住在这里的老百姓要生存。

生态开发即可持续发展,其前提毕竟还是要发展。阻碍社会发展,无论出于何种目的,都是不得人心的。在这方面,不少中国人都有切身的体会。改革开放初期,有些人,特别是有些外国朋友非常喜欢当时中国的生活状态,认为潮水般的自行车,几乎找不到一个肥胖症的面孔……是一种原始的美。他们认为那时的中国没有污染,能源消耗很小,在保护地球的同时,中国人正过着田园诗般的生活。中国人不应该打破这一切……从理论上说,我似乎不能不承认他说的有一定道理,但是,从感情上说,无论他的理论多么动听,我们都不能容忍有人阻碍中国人民追求现代化生活的要求。由此,我们不得不面对文化身份和保护文化的多样性这个严峻的问题。

文化身份的认同在全球化时代显然已成为非常尖锐的问题。随着国际间交往的频繁、跨国公司无限制地繁衍以及各种电子媒体的出现,必然会产生文化认同的危机感,人们担心,原来传统意义上的文化界限是否会消失,是否会发生一种文化类型向另一种文化类型的转移,最终趋于大同。这种危机感已经现实地存在于中国近年的文化争论中。于是,确认文化身份和保护文化多样性成了人们普遍关心的重大问题。

20世纪末至21世纪,伴随着我国社会主义现代化建设的全面发展,科学和技术的现代化进程的飞速发展,我国由农业文明向工业和大工业文明转换的速度不断加快,同时也对少数民族文化的生存和发展产生了重大的影响。现代化宛如一把锋利的"双刃剑",它不仅是各民族国家、各民族地区走向富强、繁荣、民主、进步的必由之路,同时也对各少数民族的文化身份和民族文化多样性特征提出了巨大的挑战。随着全国人民生活水平的逐步提高,人员和物资交流日益频繁,在可以预见的一个时期内,必将有大量的外来人员涌向各个民族地区,文化身份与保护文化多样性将成为严峻的现实问题。

我们应当看到保护民族文化正面临着前所未有的困难:

首先,民族文化的生存环境会受到冲击。各民族区域的少数民族聚居区,不管是生态环境、生产方式、经济形态还是社会环境,在现代化浪潮的冲击下都发生了根本性的变革,尤其是随着广播、电视、电信的迅速普及和交通状况的极大改善,各少数民族之间突破了往日的分割与隔离,民族间的交往日益增多。民族间的交往自然会带来各种文化的交流与碰撞。在现代工业社会文化潮流的冲击下,体现民族特色的民族传统文化正以可见或不可见的形式大量流失。如果缺乏强有力的保护措施,许多少数民族的服饰、语言、传统民居、歌唱艺术、民族舞蹈、礼仪习俗等民族文化遗产,有可能在未来稍长一些的时间内大部分或全部消失。

其次,民族文化多样性特征会受到冲击。在中华人民共和国成立初期,许多少数民族地区的经济生产方式仍属于游牧、半农半牧、渔业聚集与农耕的自然经济方式。生产力水平较低、生产方式的落后性成为大多数民族经济的根本特征。正是社会形态和生产方式的差异性直接导致了少数民族文化的多样性特征。随着社会主义制度的确立,各少数民族都进入了社会主义时代。这是一种社会形态的大跨越,也是各少数民族历史进程的历史性飞跃,它对各少数民族的各个方面都产生了深远的影响。由于生产方式和社会发展阶段决定着该民族的生活方式,不同的生活方式造就不同的民族特点,伴随着现代化进程的推进,在相同的社会形态和大体相似的生产方式下,也随着各民族社会生产力的普遍发展,各民族间的交往日益频繁,互相吸收、互相影响的力度不断加大,出现了民族同化和民族文化快速融合的现象。这种民族间的自然同化是现代化的伴生现象,也是符合历史发展潮流的。在民族自然同化过程中,各少数民族的民族特点都出现了变异,趋同性是其最基本的特征。但民族特点的趋同导致了少数民族的相似性,也自然影响了各少数民族传统文化的多样性和独特性。

再次,现代化浪潮对民族区域的各种民族传统文化观念的冲击。各少数民族具有许多优良的文化传统。诸如,不屈不挠的斗争精神、求真务实的生活态度、刚毅诚信的秉性、勤劳简朴的美德、团结互助的集体观念及较强的民族内聚力等。正是这些优良的传统文化精神才使各少数民族在极其艰苦的环境下获得生存和发展,并对边疆的开发和建设作出了积极的贡献。然而,正如没有任何一种文化是十全十美的,少数民族传统文化也有其弱点。体现在思想意识和价值观上主要是:经商可耻的观念,平均主义观念,竞争意识淡薄,依赖意识严重,积累和再生产观念缺乏,宗教意识浓厚以及轻利的、保守的、平均主义的价值观。这些传统观念明显反映出中国封建农业经济社会的特征。少数民族传统观念上的这种保守性、专制性、宗教性、封闭性、地域性等文化观念模式和现代化所要求的商品性、竞争性、民主性、科学性、世俗性、开放性的观念模式,以及那种轻利、保守、平均主义的价值观与现代化要求的重利、竞争、进取的价值观之间必然充满着尖锐的矛盾和冲突。随着改革开放的深入，现代化的浪潮逐步冲击到各少数民族的聚居区，使与少数民族传统文化相适应的民族文化多样性生态系统处于急剧变化之中，许多民族地区在开发旅游资源，拓宽旅游市场的时候，那些多姿多彩、内容丰富的民族文化资源给当地民族地区带来经济效益的同时，也给当地的传统文化和生态环境带来一系列的负面影响。

最值得关注的负面影响有：

第一，民族文化商品倾向日趋严重。在许多少数民族地区，所谓对民族文化的开发，主要是发展旅游及其衍生产品。旅游是一种以商品经济为基础的文化现象。在特定的时间和环境里，民族文化商品化起到了有效刺激游客的作用，使之把民族文化资源优势转化为经济优势。但其负面影响是失去了原有的民族文化精华成分，甚至远离其文化的宗旨和内涵，使民族文化向拜金主义发展。

第二，民族文化展示的庸俗化趋向日趋严重。民族文化旅游的一个重要特征是其神秘性。对旅游者来说，参与民族旅游的愿望是想通过观赏、了解、领略、参与，感受奇风异俗，以满足其求新、求异、求奇心理，达到不虚此行的目的。但是，有一些旅游者对民族文化中某些落后的、不健康的东西抱有浓厚的兴趣，而某些地方的旅游开发商竟然也去迎合部分旅游者的这种心理，使民族文化走向庸俗化。

第三，民族文化价值所具有的健康的价值观念逐渐淡化。由于生存环境的制约，各民族文化价值取向的差异性很大，但他们仍然有共同珍视的价值观，如热情好客、忠诚朴实、重义轻利等。但是，以市场经济为中心的民族旅游开发导致一些朴素的民族文化价值观念出现了明显的淡化，甚至给人以民风日渐庸俗的印象。民族地区文化变迁方向是变劣还是变好，是可以引导的。如果民族旅游一旦开发到哪里，哪里的传统面貌就急剧改变，不仅从衣着、建筑到生活方式都迅速地与外来者趋同，而且原有的健康的价值观念也逐渐淡化，那么该地对旅游者就不再有吸引力，等人们意识到变迁的文化对该地可持续发展造成的影响，再采取补救措施，恐怕是"亡羊补牢，为时晚矣"。因此，我们一定要对民族文化的消极影响给予足够的重视。

可见，我们必须注重对民族文化精华进行认真的保护。

随着我国人民生活水平的逐步提高，我们有些国人保护民族文化的觉悟也提高了，也经常爱站在关心世界前途的高度对那些不发达地区的发展要求说三道四或品头论足。可是，当我们回忆起十几年前和外国朋友辩论时的情景，我们不禁要反思,这些国人为什么也会不自然地产生和当年外国人同样的看法,是不是我们的觉悟不高,只有当我们失去一样东西的时候,我们才能体会到它的可贵?也许问题绝不仅仅这么简单。社会要发展,自然界要进化,人民要过上幸福的生活,是任何人也不可能阻止的客观规律。当那些专家、明星、大腕们开着汽车,住着洋房,享受着现代化的文明时,我们却要对着怒江两岸的百姓们大声疾呼,"请为我们的子孙保留一条生态江吧"!他们能接受吗?他们是否也会像当年我们对外国人一样,要求我们这些高尚的环保人士和他们来一个换位,用其一生的刀耕火种呵护那些珍贵的野生物种。

由此,我们会想到1929年4月29日,鲁迅在《坟·灯下漫笔》这一名篇中,针对那些赞颂"中国固有文明"的外国人,有这么一段精辟的分析:"外国人中,不知道而赞颂者,是可恕的;占了高位,养尊处优,因此受了蛊惑,昧却灵性而赞叹者,也还可恕的。可是还有两种,其一是以中国人为劣种,只配悉照原来模样,因而故意称赞中国的旧物。其一是愿世间人各不相同以增自己旅行的兴趣,到中国看辫子,到日本看木屐,到高丽看笠子,倘若服饰一样,便索然无味了,因而来反对亚洲的欧化。这些都可憎恶。"[①]鲁迅的这段话对我们今天而言,是不是还有些启迪呢?

从前被称为"固有文明"的东西,现在则换了个时髦的说法,叫作"文化多样性",赞颂"中国固有文明",也改叫保护"中国文化多样性"了。名号变了,但是其心态,仍然不出鲁迅在整整80年前归纳出来的这4种。

贫困不是文化。民族文化也不是静止不变的。既然我们早就告别了远古的生活方式,历经了数千年的演变,扯掉了裹脚布,脱下了长马褂,融入了现代文明的洪流,又凭什么要求少数民族继续保留其"原生态",作为博物馆的展品供我们研究、欣赏呢?

可持续发展不仅是人类当前利益和长远利益的兼顾,而且也必须做到人口、资源、环境各方面的兼顾。既不能不顾环境,进行掠夺性的发展,也不能以环境问题为借口,无视人口发展的正当要求。当我们完美的环保主义进化到要把人类文明的范围扩大到全部生物物种和整个世界的时候,我们至少应该保留对我们同类中的弱势群体的同情心,特别是对现有贫困地区人口的生存和发展问题绝不能视而不见。

---

① 《鲁迅全集》,第一卷,人民文学出版社1981年版,第216页。

我们不能忽视了一个基本事实,那就是对民族文化身份的诉求其实就产生于对现代化追求的过程中,正是有了经济发达的前提,我们才会产生保护民族文化特性的欲求。关于这一点,倒是一位研究中国历史的美国专家德里克看出了问题的症结所在,他一针见血地指出,正是中国社群的经济成功——包括中国台湾和香港地区以及新加坡和海外的华人——突出了中国人间的差异,重新提出了中华性(Chinese identity)的问题。散居海外的华人的身份也成为 20 世纪 80 年代的重要问题,另外,后社会主义的中国大陆也出现了类似的问题。中华性再次成为紧迫的问题,原因很明显,到 20 世纪 80 年代末,"大中华"(Greater China,基本上是经济、政治概念)和"文化中国"的问题与东亚资本主义问题纠缠到了一起。由东亚资本主义发展掀起的儒学复兴,为探讨中华性的问题创造了思想空间。德里克的深刻之处还在于他明确提出:"……本土是一片充满前途的场所,这是我的首要看法。在过去十年中,全球化的社会与意识形态上的变化推动了我们对本土进行激进的重新反思。我尤为感兴趣的是全球资本主义的出现和将本土作为一个抵抗与解放场所的看法的出现及两者之间的关系。对我来说,这两者之间的关系对于将'批判性本土主义'作为一种对当前层面上的资本主义在意识形态上的清晰表达与本土主义区分开来是极为重要的。"①德里克的这番话启示我们认识这样一个道理:文化身份的诉求正是伴随着经济的发展进入到汉语思想界的,经济的发展不仅不会导致文化特征的流失,反而加强了对文化身份的诉求与认同。同时,文化身份问题也不仅仅是一个认同的问题,它也包含着重新建构的问题,即如何在新的历史背景下实现传统儒学的现代性转型。

我们也应当注意到,伴随着经济的发展,文化身份问题被特别强调,这不是中国的特例,在一些发达的资本主义国家,也有这种现象。因此这是一个普遍性问题。杜维明本人并不否认这一点。在新加坡《联合早报》75 周年报庆活动的演讲中,他提出了一个观点:高度发达的国家内部也有南北问题。他从族群、语言、性别、地域、年龄、阶级和宗教等 7 个方面,具体阐述了西方发达国家内部的文化差异性问题,指出南北问题不仅出现在高度发达的国家和正在发展的国家之间,即使高度发达的国家本身也有南北问题,因此,族群、语言、性别、地域、年龄、阶级和宗教这些根源性问题和全球的普世化问题经常是纠缠在一起的,他说:"这一种复杂的互动的现象,就是 global 和 local 之间的关系,英文世界里用

---

① 王宁:《德里克的学术思想探幽》,http://arts.tom.com,2004 年 5 月 24 日。

一个特别的名词来形容它,叫作 glocal,就是说既是 global(全球的),又是 local(地方的),因此同时是全球又是地方的现象。"[1]例如,一般的跨国公司固然是全球化的,但成功的跨国公司却能够以全球化的理念,在不同的文化环境、不同的地域里面,真正地生根,其成功的诀窍就在于全球公司的地方化,如果做不到这一点,跨国公司便不可能在这一地区求得生存和发展。既然在发达的资本主义国家,经济的发展、跨国公司的扩张也不能取消民族文化的差异与特性,那么,我们还有什么理由担心文化的趋同一定会发生在我们这个具有如此悠久文化传统的国度中呢?一种合乎逻辑的结论应该就是我们一再声明的:经济的发展、全球化的进程,并不会必然导致民族文化特性的丧失,它甚至还有可能提供确立文化身份的外部条件。

---

[1] 李庆本:《全球化语境下文化身份的认同与建构》,http://www.cul-studies.com,2004 年 10 月 19 日。

论经济全球化趋势对我国文化发展的若干影响

"全球化"是当今世界人们普遍关注的一个热门话题。由于人们对它进行阐释、理解的角度不同,价值取向不同,形成了各不相同甚至相互对立的全球化理论。有的学者从市场经济角度提出全球化是资源在全球范围内的自由流动和配置;有的学者从信息通信角度提出全球化是信息克服空间障碍在全世界的自由传递;有的学者从政治经济制度的角度提出全球化是资本主义的全面扩张,或谓"全球化不过是帝国主义的另一名称";有的学者从文化的视角提出全球化就是消解文化的本土化(民族化),实现全球文化一体化等,不一而足。不管各家观点如何歧异,全球化毕竟是一个已经出现在世人面前的不争事实。

从现有的文献看,马恩经典作家虽然没有明确使用"全球化"这一概念,但马克思和恩格斯在《德意志意识形态》中论述人类社会的发展规律时,曾提到一个概念:"世界历史性的共同活动形式",指的是人类社会从古代的自然经济发展到17、18世纪的工业化经济阶段之后,从事生产活动的"各个单独的个人才能摆脱各种不同的民族局限和地域局限,而同整个世界的生产(也包括精神的生产)发生实际联系,并且可能有力量来利用全球的这种全面生产(人们所创造的一切)"[①]。马克思和恩格斯认为,随着这种生产和贸易上的相互联系和相互影响的活动范围愈来愈扩大,"各民族的原始闭关自守状态则由于日益完善的生产方式、交往以及因此自发地发展起来的各民族之间的分工而消灭得愈来愈彻底,历史就在愈来愈大的程度上成为全世界的历史。例如,如果在英国发明了一种机器,它夺走了印度和中国的千千万万工人的饭碗,并引起这些国家的整个生存形

---

① 《马克思恩格斯全集》,第3卷,人民出版社1960年版,第42页。

式的改变,那么,这个发明便成为一个世界历史性的事实"[①]。马克思和恩格斯的这些关于"世界历史性的共同活动形式"的论述,实际上已经触及生产交往方式"全球化"这个概念。在马克思和恩格斯看来,全球化绝不是人类社会开天辟地以来就已存在的东西,而是历史发展的产物,是伴随着资本主义生产方式的兴起、发展而逐步形成的。以后,他们又在《共产党宣言》中明确指出资本主义生产基于开拓世界市场的需要,势所必然地促使各民族国家首先在经济领域,继而在文化领域客观地营造出一种"世界性"的语境,即不论物质生产或精神生产都打破了以往自然经济条件下民族性和地域性的局限而走向世界。关于这种世界性关系(语境)的形成,马恩此前称之为"历史向世界史的转变",实质上也就是全球化趋势的体现。

进入20世纪以来,特别是资本主义社会由自由竞争阶段进入垄断阶段和后工业社会阶段以来,又有两大社会因素极大地推进了全球化的历史进程:一是巨型跨国公司、区域性的经济实体和全球性的经济组织不断涌现;二是科学技术革命的迅速发展。前者通过巨型的经济实体和组织,进行国际性的投资、国际性的联合生产、国际贸易,把各民族国家的经济卷入世界市场的体系之中,使它们不同程度地成为全球经济的一个组成部分。在这种背景下,全球经济一体化日益成为一种不可抗拒的历史潮流。后者则通过高科技成果,如通信卫星、数字化通信技术、设备的发明和广泛使用,打破了空间障碍,建立了国际互联网,使得地球变得越来越小,处于不同国家、不同地区、不同政治文化背景下的人们可以更广泛、更迅速、更简便地进行"全息性"的交流,从而使世界变成了一个网络世界,一个所谓的"地球村"。世界各国、各民族间的经济、政治、文化上的活动发生了更加紧密的联系,任何一个地区、国家经济的发展或出现的问题,都会不同程度地对全球带来正面或负面的影响。除了上述两个促进全球化的动力因素外,随着政治、经济、文化,特别是科学技术等全球化关系的不断扩大,一系列危及人类生存与持续发展的全球性问题也日渐凸显出来,如人口问题、生态环境问题、资源利用问题、战争与核扩散、恐怖主义、失业与难民、粮食危机、非法移民、艾滋病与毒品、黄色文化泛滥等,这些具有全球性的社会问题,需要动员全人类的集体智慧和力量,在全球范围内进行协作治理,这也是促使人类全球化语境进一步发展的一个重要原因。

[①]《马克思恩格斯全集》,第3卷,人民出版社1960年版,第51—52页。

由此可见，全球化是一个历史范畴，它本质上是一个内在充满矛盾的过程。甚至西方学者自己也看到了这一点。他们也承认，"全球化并不意味这个世界在政治上已经实现了统一，经济上已经完成了一体化，文化上已经实现了同质化。全球化是一个在很大程度上十分矛盾的过程，无论就它的影响范围，还是它的多种多样的结果而言"[1]。全球化虽然起因于资本无限增殖的需要，并且迄今处于经济、科技强势的发达资本主义国家仍在其进程中起着主导作用，但我们却不能因此简单地把全球化归结为全球资本主义化。应当看到，介入全球化的国家，既有发达资本主义国家，也有社会主义国家，还有广大的第三世界国家。全球化中不同性质的国家，在经济、政治、文化的利益上既有共同性、相互依赖性，也有差异性和对立性。如果说迄今全球化的结果已经形成了一个"经济共同体"，那么，这个"经济共同体"应当说是多元并存的、共生共长的、相互制约的对立共同体，而绝非经济制度同质化、趋同化的经济共同体，经济全球化是如此，文化上的全球化更是如此。这就要求我们必须用马克思主义的辩证的思想观点来正确认识全球化这一命题，既不能只看到全球化统一性的一面而忽视了其对立性的一面，也不能因只见到了对立性而否定了统一、否定了全球化的客观发展趋势；既不能因介入全球化进程而消解自身的民族认同，也不要以维护民族性、本土性为由拒斥全球化的历史潮流；既不能把全球化看成单纯是资本主义国家推动全球资本主义化策略而拒绝与资本主义国家在经济、文化、政治、科技等领域进行交流、对话与合作，也不能在介入全球化的运作之后，丧失对经济上、科技上处于强势的某些资本主义国家推行新的经济霸权主义和新殖民主义策略的警惕。只有将一体化与多元化、集中化与分散化、求同性与存异性、全球化与本土化有机地统一起来认识，才是我们对待当今世界全球化趋势的正确态度。党和政府在制定相应的文化政策时，要特别注意处理好扩大开放、进一步加强和世界各国、各民族的文化交流与坚持文化主权和适度保护本国、本民族文化的辩证关系。

全球化在文化领域里的一个重要表征，就是各国、各民族文化通过世界性的交流，打破了原来闭关自守的狭隘界限而走向开放和多元，形成一种"世界文化"的新格局。马克思和恩格斯在《共产党宣言》中指出："资产阶级，由于开拓了世界市场，使一切国家的生产和消费都成为世界性的了。使反动派大为惋惜的是，资产阶级挖掉了工业脚下的民族基础。古老的民族工业被消灭了，并且每天都

---

[1]《全球化时代的资本主义》前言，中央编译出版社1998年版，第5页。

还在被消灭。它们被新的工业排挤掉了,新的工业的建立已经成为一切文明民族的生命攸关的问题:这些工业所加工的,已经不是本地的原料,而是来自极其遥远的地区的原料;它们的产品不仅供本国消费,而且同时供世界各地消费。旧的、靠本国产品来满足的需要,被新的、要靠极其遥远的国家和地带的产品来满足的需要所代替了。过去那种地方的和民族的自给自足和闭关自守状态,被各民族的各方面的互相往来和各方面的互相依赖所代替了。物质的生产是如此,精神的生产也是如此。各民族的精神产品成了公共的财产。民族的片面性和局限性日益成为不可能,于是由许多种民族的和地方的文学形成了一种世界的文学。"①在这里,马克思和恩格斯虽然没有明确使用"全球化""世界文化"等概念,而是提出了"世界的文学"的概念,但这里的"文学"一词是"泛指科学、艺术、哲学、政治等等方面的著作"②,事实上是指"世界的文化"。根据马克思和恩格斯的有关论述,我们认为这里至少包含这样两层含义:一是世界文化是由文化的民族性因素和世界性因素(人类的共性)相结合的产物,二者的关系是个性与共性的辩证关系,文化的世界性寓于民族个性之中,并通过民族个性体现出来;文化的民族个性则是不同程度地蕴涵着人类共性。这是民族文化能够为其他民族所认同和接受并成为人类共同精神财富的基本原因。二是从文化本身的外部关系看,世界的文化是指由不同国家、民族的文化本体通过相互交流、对话,从而形成相互依存、相互影响、相互促进的世界性的文化关系。在当今全球化的语境下,只有按照上述辩证的观点去处理文化的民族性与世界性的关系,才能促使我国文化建设沿着正确的方向走向世界。党的三代领导核心都一以贯之地主张把弘扬文化的民族性与积极地、主动地对外交流结合起来。他们一方面强调建设中国新文化必须立足于中华民族生活的土壤,批判继承民族文化传统,创造出具有民族精神、民族审美情趣,为中国老百姓所喜闻乐见的中国作风和中国气派;另一方面又强调应该在中国自己的基础上,批判地吸收西洋有用的成分,认真研究和借鉴世界各国的文明成果,善于从其他国家和民族的文化中汲取营养,发展自己……建设和发展有中国特色的社会主义文化。他们一再告诫人们:在中外文化交流问题上,既要反对民族虚无主义,又要反对盲目排外主义;既要反对民族保守主义,又要反对"全盘西化"。

---

① 《马克思恩格斯选集》,第 1 卷,人民出版社 1995 年版,第 276 页。
② 《马克思恩格斯选集》,第 1 卷,人民出版社 1995 年版,第 276 页。

理论界有人认为全球化意味着民族性将日益消亡，21世纪中国文化的建设不应再过多强调继承民族文化传统、强调民族性、本土性，否则就有违于全球化的世界潮流，陷入狭隘民族主义和文化保守主义，阻碍文化走向世界。持这种见解的人显然是把民族片面性和局限性与民族性、民族特色等概念混为一谈，以至于陷入民族性/世界性二元对立的理论误区。其实只要认真阅读马恩关于世界文学的那段著名论述，就不难发现他们所说的"民族片面性"，指的是在封建制度下自给自足的自然经济基础上形成的"闭关自守"的消极、落后的民族性，这与在长期民族生活土壤上铸就的民族特性，包括民族语言、民族心理素质、民族精神、民族审美情趣、民族风俗习尚的特殊性等绝不能相提并论。在全球化的历史进程中，民族的片面性无疑会日渐消亡，但不等于民族性也会随之消亡。因此，作为反映民族特性的文化也不会消亡。文化代表着一个民族的身份，从这个立场出发，而不是从文化的价值和道德评判角度出发，可以说文化不存在"好""坏"之分。每个民族都在努力维护自己的文化身份。发达国家及其民族如此，发展中国家及其民族更是如此，这是事关国家主权和民族独立根本利益的"软权力"，是国际社会应当普遍尊重的。如20世纪80年代前后，在缔结关贸总协定的谈判过程中，法国政府为保护本国和本民族文化，提出了"文化例外"的主张，这个主张得到了加拿大等国的支持。1997年，不结盟国家举行麦德林会议，其中心议题就是反对丧失民族文化归属感的"消极全球化"。历史已经反复说明，民族是基于血缘和地缘的文化共同体，而文化是民族的精神命脉和生存根基。失去了文化身份和特征的族群，仅仅是"人口"，根本谈不上是独立的民族。因此，我们不仅坚决维护中华民族文化的生存权和发展权，而且充分尊重世界各国其他民族文化的生存权和发展权。只有坚持各国、各民族文化的生存权和发展权，我们才能营造多元文化平等对话的世界文化新格局。当然，我们也应当承认，任何文化的强势必然伴随着经济的强势，美国文化商品之所以在中国和世界各地畅销正是凭借着其高科技与工业生产的优势。任何资本与文化的输入必然伴随着一定的价值观，在这里，利益是决定其他一切的原则。全球化也不会给世界上所有的群落带来同等的机会与好处，正是这种"两极效应"给全球化带来了截然相反的评价与见解，这又是不足为奇的。

经济全球化虽始于第二次世界大战以后，且目前还呈加速发展之势，但从总体上看还处在初级阶段。全球化的程度因地区和国家参与各异而受到影响，许多国家的经济甚至还没有进入全球化的范围之内。但较之半个多世纪前，毕竟全球化的基础已经奠定,全球市场和网络已开始形成。不过文化的情形与此不同,尽管过去半个世纪以来世界各国之间的文化交流之频繁超过了历史上任何时期,文化的吸收与融合也达到了空前的程度,然而文化的差异却并不日见消弭。文化的发展虽然受经济全球化的影响,却并不与经济全球化成正相关作用,它有更为复杂的内在发展逻辑。也只有文化的多样化才能保证人类在未来的各种挑战面前不至于因"文化基因"的单一而灭亡。

文化的民族性不是一个僵死不变的固定实体,而是一个动态的生成结构。它根植于民族生活的土壤之中,必然会随着民族生活条件的变化、随着时代的变迁而不断地推陈出新,不断生成新质。全球化也是一个多元化的概念,在世界性的文化交流、对话中,它提倡文化多元主义,对抗和反对唯我独尊的文化一元主义或文化霸权主义。因此,强调不同民族文化的独特价值,弘扬文化的民族独创风格,不但不会阻碍民族文化走向世界,反而这才恰恰是有益于解构当今西方某些发达国家的霸权主义者试图借"全球化"推行文化殖民主义的策略,有益于真正实现多元共存互补的文化全球化目标。

我们已经跨入 21 世纪的门槛,世界各国、各族人民都在维护着自己的文化传统,寻找着自己的文化身份,如果我们失去了自己的文化传统和文化身份,在全球化的语境下,就可能出现众声喧哗独无我的尴尬局面。在当今多元文化的全球化格局下,放弃自己的民族文化特性,无异于放弃自己的文化生存权,这才真正堵塞了中国文化走向世界的道路。"历史和现实都告诉我们,国家要独立,不仅政治上、经济上要独立,思想文化上也要独立。"[①]在当今,要代表中国先进文化前进方向,建设有中国特色的社会主义文化事业,也要认准自己的文化身份,既立足本民族的现实文化土壤,又立足民族文化(本土文化)与"他者"文化(外来文化)在平等对话中进行创造性建设,如此才能为世界文化作出自己独特的贡献,才能使中国文化堂堂正正地走向世界和屹立于世界文化之林。

当今世界,和平与发展仍是时代的主题,但霸权主义、强权政治依然存在,西方敌对势力还在不断对我国实施"西化""分化"的政治战略,这种政治上的压力将会长期存在,而且各种颠覆和反颠覆的斗争还会继续下去。在经济领域,经济全球化不断发展,知识经济迅猛崛起,生产力发展日新月异,以知识创新、技术创新和高新技术产业为核心的综合国力竞争日趋激烈,发达国家在经济上和科技

---

① 《在中国文联第六次全代会、中国作协第五次全代会上的讲话》,载于《文艺报》,1996 年 12 月。

上占优势的压力也将长期存在。在文化领域,世界各国优秀文明成果不断传播,但各种文化的矛盾碰撞也日益激烈,腐朽思想文化的侵蚀不断加剧,不同意识形态的斗争在21世纪还将长期存在,而且有时会相当复杂、相当尖锐。在严峻的国际挑战面前,社会主义国家能否长治久安,一要看社会主义国家社会生产力的发展状况,二要看人民群众对党的态度,三要看党能否代表先进文化的前进方向。因此,必须从社会主义事业兴旺发达和民族振兴的高度,充分认识有中国特色社会主义文化建设的重要性和紧迫性。

以文化研究的视阈审视互联网

2013年1月15日,中国互联网络信息中心(CNNIC)在京发布第31次《中国互联网络发展状况统计报告》。该报告显示,"截至2012年12月底,我国网民规模达到5.64亿,全年共计新增网民5090万人。互联网普及率为42.1%,较2011年底提升3.8%"。① 从数据来看,两项指标均延续了自2011年以来的增速趋缓之势。与此同时,我国手机网民数量快速增长。数据显示,2012年我国手机网民数量为4.2亿,年增长率达18.1%,远超网民整体增幅。此外,网民中使用手机上网的比例也继续提升,由69.3%上升至74.5%,其第一大上网终端的地位更加稳固……② 不过,在我们充分肯定互联网便捷、高效、服务大众等正面效应的同时,我们是否也该思考一下它所带来的负面效应,并从文化研究的视阈更加审慎地看待它呢?

一、互联网从来就不是真正的公共空间

一直以来,一种流行的观点总是认为互联网是一个公共空间,德国学者哈贝马斯更是把互联网看作政治领域的公共领域,他的观点在学术界产生了广泛的影响。事实果真是这样吗?我们以2013年"全国两会"期间"申纪兰代表资格争议"为例,大致就能窥视出一些问题的端倪。"两会"召开之际,申纪兰连任12届全国人大代表受到一些网民的质疑。对此,山西省委书记袁纯清表示:"这是山

---

① http://news.xinhuanet.com/tech/2013-01/15/c_124233840.htm.
② http://news.xinhuanet.com/tech/2013-01/15/c_124233840.htm.

西人民的骄傲。"他称:"申纪兰代表是男女同工同酬的时代过来的,非常了不起。""作为正厅级干部,她保持了人民本色,谁能做得到? 这是我们的骄傲和自豪。这就是我们理直气壮的理由。"①山西省委宣传部长胡苏平向媒体解释说:"申纪兰在山西深得老百姓拥护,能把最基层老百姓的声音反映出来,如果不让申纪兰当代表,估计山西老百姓反对的声音会更大。"②不过这些都是所谓"官方的声音",网上质疑的声音也不少,比较"中性"的意见是:"申纪兰老人对人大会议应该肩负的使命和责任的严肃性,认识得远远不够。会议参加多了,头脑也容易麻木。也许,所有的党务、妇联、人大会议等,都是一样的,摇头不如点头好。有些人对生活标准看得不一定太高,而且很艰难地保持了艰苦的本色,这一点当然要给予足够的肯定,但是,你要代表人民走到人民代表大会会场行使代表的职责,那就有必要认真点,首先你得明白你带来了人民的哪些要求,你的是非辨别能力还能不能对国家制度的再建设起到有益的探索和取舍作用? 如果只能当个只会点头的代表,这种代表多了,那中国的全国人民代表大会的议案和决议还能不能有可以信得过的含金量,那就值得怀疑了。"③更有甚者认为:"《劳动法》规定女性退休年龄为 55 岁。山西方面让申纪兰超期服役 29 年,严重违反了劳动法等相关法律、法规的规定。老人家该休息了,她不是老黄忠。山西方面再次选举申纪兰当人大代表,是嘲笑国中无人吗?"为此,该网友提议:"由全国人民举手罢免申纪兰现任十一届人大代表资格,并呼吁十二届全国人大在审查代表资格时,终止申纪兰的十二届人大代表资格。"④面对申纪兰代表资格问题,网上的各种声音可谓得到了充分表达,但很少有人意识到网上各种声音背后的"语言暴力",也很少有人从文化研究的路径认真思考互联网有无真正的公共空间。

正如当代美国左翼学者马克·波斯特所指出的,研究互联网文化问题不是一项简单的任务,包括从文化研究的视阈探讨互联网的公共空间问题都不十分简单。因为"互联网是如此根本性地改变了人们从现代社会和此前漫长的年代中习得的认识与经验。时间与空间、肉体与精神、主体与客体、人类与机器——随着网络化的计算机的应用与实践,它们都在各自相互激烈地转换。即使当一个人意识到这些,并有意识地带着与现实世界中同样的动机、像在现实生活里一

---

① http://news.xinhuanet.com/2013lh/2013-03/04/c_124410404.htm.
② http://tieba.baidu.com/p/2191145121.
③ http://blog.chinaiiss.com/cjik/blog/view/180843.
④ http://club.kdnet.net/dispbbs.asp?boardid=1&id=8962055.

样在网络空间中活动,机械调节的中介作用(mediatation)仍将毫无疑问地改变人的经验"[1]。互联网作为新兴媒介,"第一步是要认识新媒介与人类之间构成的关系,它一方面不同于人与自然物的关系、人与机械的关系,另一方面也不同人与人之间的关系(特克尔,1995)。因此这个世界上有一些新的东西,我们必须对此作出说明"。[2] 马克·波斯特认为:"互联网这一媒介——我将其与印刷和广播区别开来——的新颖之处在于作为一个机器、世界上的一个事物、空间的一个物体——简而言之,作为又一个新的技术设备,它还没有获得足够的确定性(underdetermined)。"[3] "电子媒介以它们的物质形式和时空领域构建了一个超现实的仿像(simulacral)的世界。在这片技术文化的风景下,主客关系正在变化。主体被构建成为散漫的、破碎的、多样的,而不是支撑着一个稳定的、核心的形象。"[4] 为此,[5]马克·波斯特用"不确定性"(underdetermination)的概念去界定互联网的特征,从而与"过度确定"(overdetermination)的概念形成一个对比。有鉴于此,"对互联网的研究,必须从对人/机器、主体/客体、身体/心智、时间/空间的解析学中尝试寻找主体建构的新结构。这是我在以后的章节中试图完成的,即使不是最终的形式,至少也是一种初步确切并且系统的陈述。但是,我首先要对主体问题详加阐述。因为在考察互联网文化中,这个词也许不再有用。"[6]马克·波斯特的上述观点为我们从文化视阈审视互联网的公共空间问题提供了新的路径。

  人们可能会问,公共领域在哪里?哪里可以让公民针对必须协调的公共政策自由交换意见?哈贝马斯认识到了公共领域的瓦解和随之而来的民主政治危机,1962年,他出版了《公共领域的结构转型》一书,他的核心观点之一就是把互联网看作政治领域的公共领域。他追溯、描述了公共领域民主在17、18世纪的发展以及在20世纪衰落的过程。在该书中,哈贝马斯的政治意图是通过公共领域的重建,推进由理性主导的"启蒙运动";不是大量现代实践的工具理性,而是代表了最优秀的民主传统的批判理性。"原先,公共性确保公共批判对统治做出合理的解释,同时,对统治的实施进行批判监督。其间,公共性使对非公众舆论

---

[1] Mark Poster, *What's Matter with the Internet*, University of Minnesota Press, 2001, p.4.
[2] Mark Poster, *What's Matter with the Internet*, University of Minnesota Press, 2001, p.12.
[3] Mark Poster, *What's Matter with the Internet*, University of Minnesota Press, 2001, p.13.
[4] Mark Poster, *What's Matter with the Internet*, University of Minnesota Press, 2001, p.14.
[5] Mark Poster, *What's Matter with the Internet*, University of Minnesota Press, 2001, p.12.
[6] Mark Poster, *What's Matter with the Internet*, University of Minnesota Press, 2001, pp.5–6.

的统治这一矛盾现象成为可能:公众性不仅在公众面前呈现了统治的合法性,还操纵了公众。"①"公共性原则变化了,与此同时,具有政治批判功能的公共领域这一思想以及公共领域的实际功能也发生了变化。"②有学者开始通过提出反公共领域(oppositional)概念来责难哈贝马斯,尤其是无产阶级的反公共领域。他们观点的重要性在于将公共领域定义的地域从启蒙运动的历史先验主义理想化转移到多重性和异质化的话语中。特别是在考察与自由民主的关系时,公共领域概念的这一关键性转变更是凸显了自身意义。在意识形态上,自由主义的一大理想就是将公共领域缩减为现存的民主制度。哈贝马斯对自由主义进行了批判,并试图找寻完全对立的另外一种选择,但他仍然将政治普遍化和垄断化了。

马克·波斯特显然也意识到了哈贝马斯的理论局限,他认为,"一旦更新的电子媒介通信、尤其是网络被考虑在内,困难就被成倍地放大了。现在,'交谈'、面对面的会见,以及'公共'话语等问题已经被交换符号的电子形式弄得混淆而且更加复杂。如果'公共'话语是作为从没见过面也可能永远不会见面的遥远的个体发送到屏幕上的像素形式存在,就像互联网的'虚拟社区'、'电子咖啡馆'、电子公告牌、电子邮件、计算机会议,甚至电视会议,那么'公共'话语和'私人'信件、印刷品等还有什么区别?面对面交谈的公共领域时代显然结束了:民主问题因此必须考虑到新形式的电子媒介话语。信息模式下的民主讲演需要怎样的条件?这种情况下,什么样的主体在说、写或者交流?需要什么样的主体、身体和机器来促进民主交流和解放运动?对哈贝马斯来说,公共领域是对称关系中具体主体的同质性空间,通过批判言论和表达合法声明寻求一致。我认为,这种模式在电子政治的舞台中会被系统化地否定。所以我们被建议抛弃哈贝马斯将互联网看作政治领域的公共领域的概念。"③这是马克·波斯特对哈贝马斯为代表的批判理论家的大胆挑战。

马克·波斯特还认为,批判理论过久地坚守着公共领域,哀叹着媒介"干扰"的事实,以及先是广播后是电视在政治中的僵滞状态。但事实上,政治言论长久以来一直被电子机器控制,现在的问题在于,机器促成了新的去中心化的对话形式,并创造出新的人——机器集合体、新的个体以及集体"声音""忧虑""交流",这些都是政治结构和团体的新阻碍。"当公共形象(实时)比公共空间更重要时,

---

① [德]哈贝马斯:《公共领域的结构转型》,曹卫东等译,学林出版社1999年版,第202页。
② [德]哈贝马斯:《公共领域的结构转型》,曹卫东等译,学林出版社1999年版,第203页。
③ Mark Postr, *What's Matter with the Internet*, University of Minnesota Press, p.181.

'公共'的概念还剩下什么?"①马克·波斯特清醒地认识到,如果网络也拥有一个公共领域,谁居住其间?怎样居住?尤其,人们必然问,这个公共领域中交换的是怎样的信息?没有面对面的交流,仅仅是屏幕上的电子在闪烁,这一空间里存在什么样的社区?何种有关政治的特殊的、虚拟的体现形式会在转瞬即逝的网络空间里留下印迹?由此,马克·波斯特雄辩地说明了互联网从来就不是真正的公共空间。"公共领域的问题是对任何一种民主进行再定义的核心所在。当代的社会关系看起来缺乏交流实践的基础。过去这类实践是民主政治的范本:集会、新英格兰的市政礼堂、村教堂、咖啡屋、酒馆、公共广场、便利的谷仓、联合礼堂、公园、工厂的餐厅,甚至是街道的拐角等都是公共领域。今天,这些地方大多还在,但已不复是政治讨论和活动的组织中心了。看起来,媒介,尤其是电视与其他形式的电子传媒,孤立了市民并替换了旧式政治空间中的自我。"②马克·波斯特的论述有很强的现实针对性:民主问题必须考虑到新形式的电子媒介话语,网络时代显然不具备面对面交谈的公共领域,那么,信息模式下的民主需要怎样的条件?在这种情况下,什么样的主体在说、写或者交流?需要什么样的主体、身体来促进民主交流?这些都是亟待回答的问题。为此,马克·波斯特建议抛弃哈贝马斯将互联网看作政治领域的公共领域的概念。"如果是网络文本的布局与传播使学术权威受到挑战和改造,那么政治权威也有可能遭受同样的命运。"③这也就是申纪兰代表资格在网络上引发极大争议的原因所在。

二、互联网是一个时间的强盗

如果说,马克·波斯特还是更多地在后现代视阈的文化理论、在学理的层面探讨互联网的所谓"公共空间"问题,那么同是美国学者的本·阿格与贝丝·安妮·谢尔顿则从文化研究与社会学视角直接提出了互联网对当代社会的危害。当今,在人们普遍享用着互联网所带来的各种便捷、高效的时候,本·阿格与贝丝·安妮·谢尔顿在《快速家庭,虚拟孩子》(*Fast Families, Virtual Children*)中则引领我们回忆起了这样一番景象:20世纪50年代,广告描绘了家庭主妇在

---

① Mark Poster, *What's Matter with the Internet*, University of Minnesota Press, pp. 182–183.
② Mark Poster, *What's Matter with the Internet*, University of Minnesota Press, p. 178.
③ Mark Poster, *What's Matter with the Internet*, University of Minnesota Press, p. 189.

厨房里被做饭和洗衣的最新技术包围时容光焕发的画面。她在完成这些家务之后还可以有时间追求自己的爱好,全心全意地照顾孩子和丈夫。"这是二十世纪五六十年代臭名昭著的包含家政女主角的情景喜剧中理想化的世界。今天,指向女性的广告强调女性的生活是匆忙又烦扰的,尤其是现在她们兼顾工作和家庭。在这种情况下,她们需要智能手机、笔记本电脑和微波炉帮助她们更快地做完家务。"①"远程工作、家庭工作和传媒结合在一起成为时间强盗。"②这是因为家庭工作不仅指孩子学校布置的任务和项目,还有所有由孩子和成年人参与完成的占用大量时间的活动,从洗衣做饭到平衡账簿再到假期安排。由于家变成了一个小工厂,待在家里的人比以前更忙碌,实际上她们是(学校工作、饭菜和熨烫的)生产者。西方左翼女权主义者已经注意到女性的家庭角色——包括分娩和养育孩子——为资本主义创造了利润。如果没有这种主要由女性承担的家庭劳动,男性就没有晚饭吃,也得不到安慰,劳动力的再创造也可能实现不了。家务工资的运动迫切要求为女性这份未被重视却很重要的工作支付工资。

  本·阿格与贝丝·安妮·谢尔顿清醒地注意到了当代资本主义社会的上述"社会病",指出:"我们这里的成年人的家庭工作是指按照传统分配给女性的活动,比如负责家庭的运转、管理孩子、计划假期安排以及自己做或外包家政维修。这些活动中很多都借助了电脑和手机。例如,你可以通过浏览网页找到一个当地的水管工,而不需要查询黄页电话簿。家庭工作主要由女性承担,使丈夫和孩子作为劳动力得以再生。从这个意义上讲,这个工作是多产的,而且为资本主义创造了经济价值。孩子的家庭作业有三个方面的意义:它教给了孩子一些技巧;它教给孩子要自律和尊重权威;它防止孩子有太多的闲散时间,从而为他们的成年做准备。……学校工作创造出了未来的成年人和与成年人一样的孩子,因为它剥夺了孩子未被结构化的时间,这些时间本来可以进行非生产性的、可能颠覆人们的常规想法的活动。而且如果学校工作没有有效地填满孩子们的课余时间,他们就被鼓励着去参与组织好的体育活动,学习更加耗时的课程。而他们的童年、玩乐和探索就丧失了。"③在这种生存环境下,人们必须保持忙碌,并不断

---

① Ben Agger and Beth Anne Shelton, *Fast Families, Virtual Children: A Critical Sociology of Families and Schooling*, Londn Paradigm publishers, 2007, p.60.
② Ben Agger and Beth Anne Shelton, *Fast Families, Virtual Children: A Critical Sociology of Families and Schooling*, Londn Paradigm publishers, 2007, p.61.
③ Ben Agger and Beth Anne Shelton, *Fast Families, Virtual Children: A Critical Sociology of Families and Schooling*, Londn Paradigm publishers, 2007, pp.61-62.

完成工作任务,这样他们才能消费所有的劳动产品,他们的注意力才能从那揭露出他们现在被结构化的生活的无意义本质的巨幅画面上移开。如果工作的人们质疑这个处境,那么他们要么失去工作,要么他们的时间必须被迫用在远程办公、家庭作业和传媒上,这的确成了"快速资本主义"时代的社会病。马尔库塞曾论道:富裕社会中的资本主义只能通过生产实际上错误的商品需求和人们不需要的服务来创造利润。如今互联网及大众传媒文化也使人们不再关注不开心的真正原因,起到了灵魂镇痛剂的作用。电视、电影和互联网占用了大量的娱乐和休闲时间。美国人用晚上的时间看电视,用其他时间甚至是工作的时间上网,这使他们不再关注只能在市场之外才能被完全理解的自己的真实需要。

本·阿格与贝丝·安妮·谢尔顿认为,孩子可能比成年人更容易自然而然地迷恋技术,尤其是大人在他们很小的时候就教给他们熟练掌握电脑相关的活动。其他快捷的信息和交流技术也产生了相同的效果。互联网是这个时代的电视。"的确,你现在可以在笔记本电脑上看电视和电影。互联网战胜了电视是因为互联网是互动性的,它用聊天进而找到群体的方式诱骗人们。再一次地,所有这些对学者、独立的艺术家、想要创造新的公共领域(网络民主的一个版本)的政治积极分子来说是大有裨益的。但是互联网也是一个时间强盗、一个广告发动机、一个缺乏足够的自我边界的虚拟自我的陷穴、一剂安慰受伤的和疏离的人际关系的药物。互联网就它现在的性质来看倾向于模糊科学和虚幻之间的界限,因为网上的每个帖子都看似很权威。"[1]作者在书中用维基百科为例,指出这种优质的与拙劣的研究都被张贴到网上,误导年轻人信任在屏幕上浮动的信息世界。

这真是一个悲哀的社会!孩子从学校回到家之后就给他们的朋友发短信,他们在一句话中打出简短的充满表情符号的文本。对这些司空见惯的现象加以审视之后,我们很容易发现这是由很多片段组成的,相当表面化的,在这里,形式和内容一样重要——我们的孩子只是在和其他孩子建立联系。在中学的走廊或餐厅由于过于害羞而不敢说话,孩子们开始在真实的时间探索虚拟的关系。他们用手机做相同的事情,给其他孩子发短信,从而避免声音的交流,甚至是留下声音的过程。互联网也是邮件——21世纪早期习惯用的交流方式的论坛。网

---

[1] Ben Agger and Beth Anne Shelton, *Fast Families, Virtual Children: A Critical Sociology of Families and Schooling*, Londn Paradigm publishers, 2007, p.87.

络流量越来越使人们应接不暇——工作相关的、个人的、垃圾邮件、邮件清单管理以及群信息和对不定期邮件的回复。大量的邮件构成了时间盗窃,对孩子的掠夺并不比对家长的少。更可怕的是,互联网的这些衍生产品导致了整个社会智力水平的进一步下降,这些都是需要在今天引起全社会高度关心的大问题。西方左翼学者的研究告诉我们:互联网及其手机、笔记本电脑等衍生产品加速了21世纪人们的生活节奏,增加了人们的期望值,也使家庭和私人生活作为安全的避风港的幻想破灭,最终,互联网给当代人带来的一切利与弊都值得重新思考。

后　记

呈现在读者面前的这本自选集里的文章都已在刊物上公开发表过，这些文章大致勾勒出了我这些年在马克思主义文艺理论、美学、文化研究方面的"研究轨迹"。本书的上编集中于马克思主义文艺理论的一些基本理论、基本问题、基本原理的研究；下编主要集中于西方马克思主义文论，包括美学的基本问题、主要思潮流派及思想路径、代表人物的研究。我从不自诩是马克思主义者，但这本自选集和其中的内容大致可以证明我的"马克思主义研究者"的身份。

稍有马克思主义常识者都知道，"解放"与"批判"是马克思主义的精髓。人类解放是马克思全部思想的主题。马克思认为，只有达到"人自身的解放"，才能实现一切人的自由而全面的发展。马克思在《〈黑格尔法哲学批判〉导言》中指出："德国人的解放就是人的解放。这个解放的头脑是哲学，它的心脏是无产阶级"，马克思在这里最早提出了其人类解放理论的核心思想："人类解放只有通过无产阶级的解放才能实现，无产阶级只有解放全人类才能解放自己。"马克思基于对资本主义生产方式内在矛盾和无产阶级历史地位的考察，揭示了只有当无产阶级进入政治领域，全人类的自由平等才可能得以实现。正是由于认识到人类解放与无产阶级解放的高度一致，马克思消解了现代政治思想对人的解放的虚假承诺，为实现人类解放找到一条现实路径，即从阶级解放（政治解放）到社会解放（经济解放），再到人自身的解放，这一逻辑层次表明人的解放只有在政治解放和社会解放的基础上才可能展现，这一路径的揭示标志着马克思实现了对资产阶级政治的超越。在《德意志意识形态》中，马克思指出，共产主义的实现必须"以生产力的巨大增长和高度发展为前提"。"如果没有这种发展，那就只会有贫穷、极端贫困的普遍化；而在极端贫困的情况下，必须重新开始争取必需品的斗争,全部陈腐污浊的东西又要死灰复燃。"马克思反复强调,"当人们还不能使自己的吃喝住穿在质和量方面得到充分保证的时候,人们就根本不能获得解放"。

"批判性"是马克思辩证法最根本的特质。马克思把辩证法的否定性具体化为"批判性"和"革命性"。马克思在《共产党宣言》中批判形形色色的社会主义思潮时,曾不无讽刺地批判"封建的社会主义":"为了激起同情,贵族们不得不装模作样,似乎他们已经不关心自身的利益,只是为了被剥削的工人阶级的利益才去写对资产阶级的控诉书。他们用来泄愤的手段是:唱唱诅咒他们的新统治者的歌,并向他们叽叽咕咕地说一些或多或少凶险的预言。这样就产生了封建的社会主义,半是挽歌,半是谤文,半是过去的回音,半是未来的恫吓;它有时也能用辛辣、俏皮而尖刻的评论刺中资产阶级的心,但是它由于完全不能理解现代史的进程而总是令人感到可笑。为了拉拢人民,贵族们把无产阶级的乞食袋当作旗帜来挥舞。但是,每当人民跟着他们走的时候,都发现他们的臀部带有旧的封建纹章,于是就哈哈大笑,一哄而散。"

"人的解放"是马克思主义的最高目标。马克思在《论犹太人问题》和《共产党宣言》中都对这一思想进行了论述,并深入阐释了政治解放与社会解放两大历程。马克思在《论犹太人问题》中指出了政治解放对于人从宗教中解放出来的进步意义,批判了鲍威尔对二者混淆的错误理论。鲍威尔认为,实现犹太人的解放就是将犹太人从宗教中解放出来,消灭宗教间的对立,最终消除犹太人与基督徒之间的对立,这样才能使犹太人获得政治上的宗教解放。马克思通过将政治解放与现实社会的"人的解放"相区别,指明政治解放的历史局限,因此,无产阶级在获得政治解放后,仍需进行新的社会变革。

马克思在《共产党宣言》中指出,无产阶级夺取政治统治权后,要利用统治政权剥夺资产阶级的全部资本,把一切生产资料集中在无产阶级国家手中。除此之外,还要破除社会上一切制约生产力发展的因素,将变革生产力作为夺取政权之后的主要奋斗目标,并以生产力提高和经济发展为基础,促进社会各方面产生深刻变革。只有在生产力高度发展的基础上,才能实现人的解放的最终目标,否则人类就会陷入普遍贫穷的状态。其次,要利用政权将资产阶级的资本牢牢掌握在自己手里并合理运作,将人们从经济和物质的压迫下解放出来,使人们不再以获得维持生活的生产资料为目的进行劳动,朝着人的自由而全面的发展和人的完全解放的方向迈进。最后,要紧握社会生产工具,有组织有计划地进行社会生产,将"全部生产集中在联合起来的个人的手里",尽最大可能发展社会生产力,把生产力发展到能够满足全体成员所需要的规模,不断增加社会财富积累,最终实现共同富裕,并为全人类解放打下坚实的物质基础。

就我的成长经历而言,我既经历过"文化大革命",也亲历了改革开放的全过程。"文化大革命"结束,我有幸成为社会幸运儿中的一员,考入大学,最终接受了直至博士研究生的完整的高等教育。如果从1986年秋我踏上西行的列车,去敦煌参加全国马列文艺论著研究会第八届年会,并在《马列文论研究》第11集上发表《对"文艺是现实生活的反映"的再认识》算起,我已经在这条漫漫学途行走了30多年,其中既有艰辛,更有欢乐,我对自己选择的学术归宿无怨无悔。

感谢众多学术前辈们对我的提携,感谢各位杂志社的主编、编辑们一直以来对我的扶持,我还要特别感谢我的盟友、上海社会科学院经济研究所副所长韩汉君研究员的出版建议和具体帮助,同时,我还要感谢曾军教授和万娜副教授,他们对我的访谈已经大致勾勒出我的学术立场和学术历程。

马驰

2022年岁末于上海

发表文章一览表

上编

《对"文艺是现实生活的反映"的再认识》,《马列文论研究》,第11集,中国人民大学出版社,1991年
《论艺术生产与艺术消费》,《社会科学》,1998年第10期
《马克思主义文艺思想在中国的传播与发展》,《文艺研究》,2000年第4期
《警惕意识形态的虚假性》,《黑龙江社会科学》,2012年第1期
《文学理论美学化是否可能——对文论界一些流行观点的思考》,《社会科学战线》,2001年第2期
《中国美学走向现代化的前提条件》,《学术月刊》,1993年第1期(当代美学研究访谈中)
《论"人的全面发展"与文艺的社会功能》,《哲学原理》,2006年第8期
《论文学的本质与审美意识形态》,《学术月刊》,2006年第7期
《论马克思的实践观——兼评实践美学论者的一些观点》,《河北学刊》,2005年第3期
《论马克思实践观形成的历史环境和具体规定性》,《上海大学学报》,2009年第11期
《对当下文艺理论研究现状的一些思考》,《学习与探索》,2007年第1期
《对生态美学研究的一些思考》,《黑龙江社会科学》,2005年第5期
《准确把握〈讲话〉中的"经"与"权"》,《学习与探索》,2012年第6期
《中国文学之路何在?——从文艺大众化到塑造社会主义新人的一些断想》,《学习与探索》,2013年第4期
《人民是文艺表现的主体》,《学习与探索》,2018年第1期
《以人民为中心的生动写照——毛泽东〈七律二首·送瘟神〉创作成因考》,《学习与探索》,2021年第4期
《文艺批评要"剪除恶草""灌溉佳花"》,《吉林大学社会科学学报》,2022年第1期

下编

《普洛普叙事理论》,《文艺研究》,1991年第1期
《卢卡奇是"西方马克思主义"的鼻祖吗》,《学术月刊》,1996年第8期
《艺术不是纯粹的意识形态形式——卢卡奇对艺术与意识形态关系的论述》,《河北师范大学学报》,1997年第1期
《论葛兰西的实践理论及其文艺观》,《学术月刊》,1998年第6期
《论拉法格的文艺思想》,《广西师范学院学报》,1999年第4期

《区分两种不同的后现代主义——本·阿格文化研究给我们的启迪》,《文化研究》,2011 年第 9 期

《西方马克思主义对中国当代文论的影响与启迪》,《黑龙江社会科学》,2006 年第 1 期

《伯明翰与法兰克福:两种不同的文化研究路径》,《西北大学学报》,2005 年第 2 期

《意识形态批判理论及其对我国文论建设的启迪》,《文艺理论》,2005 年第 4 期

《重新认识后现代主义——本·阿格给我们的启迪》,《甘肃社会科学》,2015 年第 6 期

《本·阿格的文化研究观》,《社会科学辑刊》,2010 年第 5 期

《论科学主义与阿尔都塞结构主义的马克思主义》,《甘肃联合大学学报》,2005 年第 1 期

《论技术理性批判精神的当代意义》,《涪陵师范学院学报》,2004 年第 2 期

《马克思主义人的全面发展观视野下的格雷厄姆·默多克》,《黑龙江社会科学》,2006 年第 6 期

《论大众文化批判的当代意义及其历史局限》,《学习与探索》,2004 年第 3 期

《在与当代思潮的对话中发展马克思主义——论詹姆逊的美学思想》,《学术月刊》,2002 年第 12 期

《"改造空间":跨文化交流的新视阈》,《社会科学辑刊》,2014 年第 6 期

《现代、后现代语境中的西方马克思主义对中国当代文论的启迪》,《学习与探索》,2009 年第 1 期

《阶级意识和超越阶级意识:马克思主义文化研究的应有立场》,《甘肃社会科学》,2010 年第 4 期

《文化身份与保护文化多样性——从怒江开发的讨论说起》,《广西师范大学学报》,2006 年第 1 期

《论经济全球化趋势对我国文化发展的若干影响》,《马列文论研究》辑刊第 13 集,中国人民大学出版社,2002 年

《以文化研究的视阈审视互联网》,《全国马列文论研究会第 30 届年会论文集》,海天出版社,2014 年